李鸣生，当代著名作家。1956 年生于四川简阳。1974 年入伍。1991 年毕业于解放军艺术学院文学系。中国报告文学学会副会长。中国作家协会报告文学委员会委员。中国文字著作权协会常务理事。

1981 年发表第一首诗歌。1982 年发表第一篇小说。1984 年发表第一部中篇报告文学。1990 年创作第一部电视剧剧本（中央电视台播出）。1991 年发表第一部长篇报告文学。主要作品有：《李鸣生文集》（十六卷），李鸣生“航天七部曲”（七卷），李鸣生“走出地球村”系列丛书（七卷），中篇小说、电视剧、电视专题片、电影纪录片多部，共约九百万字。

作品曾获三届鲁迅文学奖、三届国家“五个一工程”奖、三届中国报告文学奖，以及中国图书奖、中国改革开放三十年优秀报告文学奖、中国长篇广播金奖、北京市优秀文学作品奖、上海重大文艺工程精品图书奖、《当代》文学奖、首届《中华文学选刊》奖、冯牧文学奖、徐迟报告文学奖、全军文学作品特等奖、全军文学作品一等奖、中国人民解放军文艺奖等二十二项。

有作品入选《21 世纪中国文学大系》《21 世纪中国最佳纪实文学》《中国报告文学精品文库》《共和国作家文库》《新中国 60 年文学大系》《30 年文学典藏》《中国优秀报告文学读本》《中国报告文学精选》及大中专院校教材等数十种文本。

李鸣生微信公众号：lms6668

博客中国李鸣生专栏：limingsheng.blogchina.com

李鸣生新浪微博：@ 李鸣生

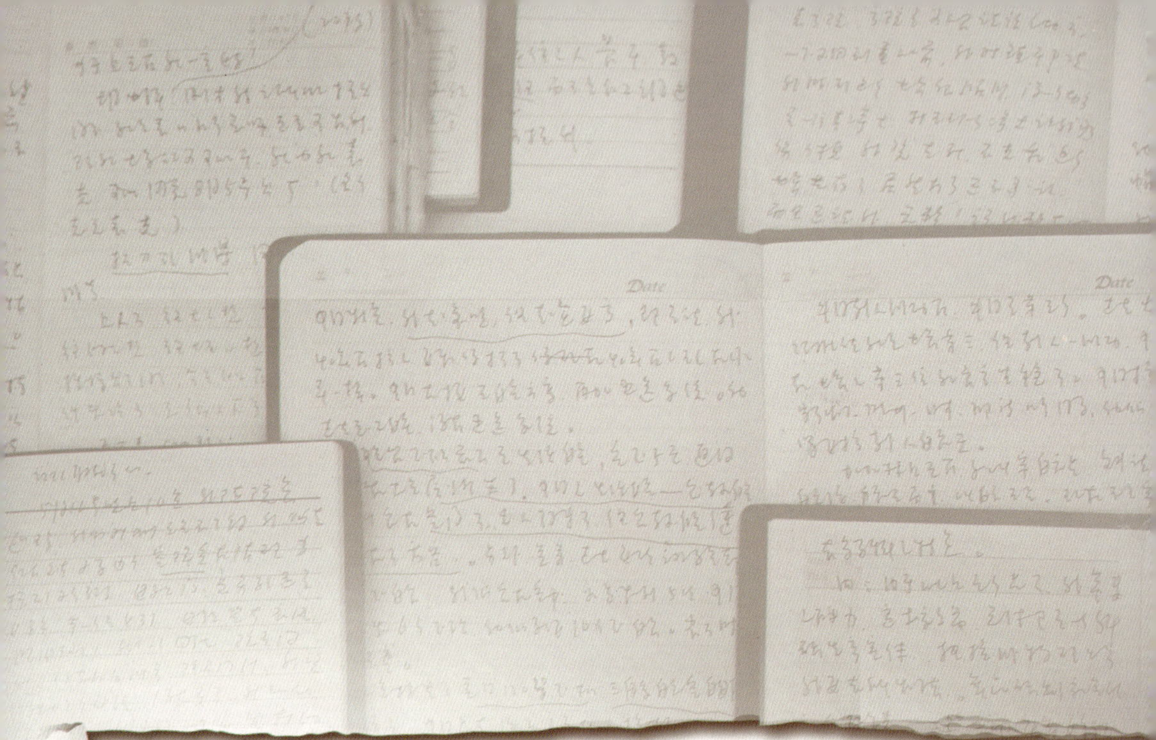

作者采访手迹

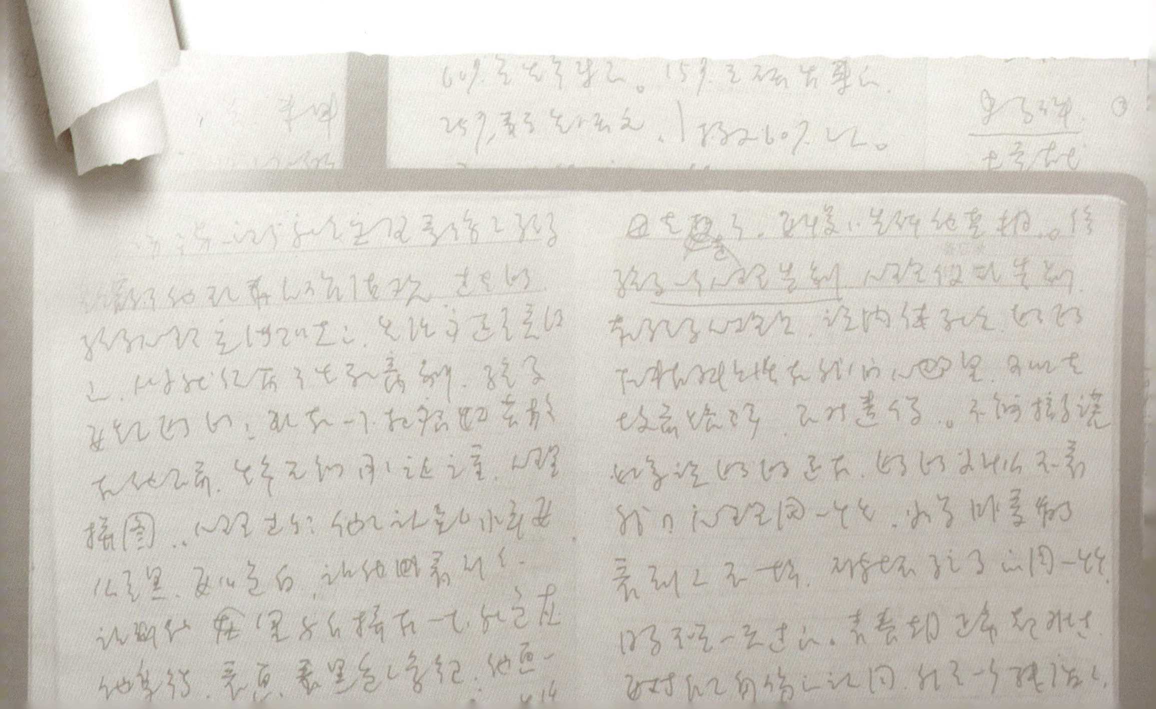

李鸣生文集

千古一梦

——中国人第一次离开地球的故事

天地出版社

图书在版编目（CIP）数据

千古一梦——中国人第一次离开地球的故事 / 李鸣生著.
—成都：天地出版社，2017.2
（李鸣生文集）
ISBN 978-7-5455-2152-8

Ⅰ.① 千…　Ⅱ.① 李…　Ⅲ. ①报告文学-中国-当代
Ⅳ.①I25

中国版本图书馆 CIP 数据核字（2016）第 179825 号

QIANGU YIMENG

千古一梦　李鸣生 著

—— 中国人第一次离开地球的故事

出品人　罗文琦

选题策划　张　京
选题组稿　谭清洁　漆秋香
责任编辑　谭清洁　漆秋香等（本书责任编辑：罗月婷）
装帧设计　冠腾文化
电脑制作　四川胜翔数码印务设计有限公司
责任印制　田东洋

出版发行　天地出版社
（成都市青羊区槐树街 2 号　邮政编码：610031）
网　　址　http://www.tiandiph.com
http://www.天地出版社.com
电子邮箱　tiandicbs@vip.163.com

印　　刷　四川经纬印务有限公司
版　　次　2017年 2 月第一版
印　　次　2017年 2 月第一次印刷
规　　格　168mm×240mm　1/16
总 印 张　330（本书印张：28）
总 字 数　4700 千(本书字数：416 千)
总 定 价　698.00 元
书　　号　ISBN 978-7-5455-2152-8

在人类通往太空的路上，航天人的每个脚印，远比总统伟大。

——题　记

序

有思想的非虚构：李鸣生报告文学论

丁晓原

尽管我们有《左传》《史记》这样久远的文学纪实的传统，但具有特指性的报告文学还只是一种只有百余年历史的后起文体。建构晚近三十年中国报告文学史的优秀作家有许多，其中特别重要的是一批穿越上世纪70年代末至新世纪的资深报告文学家，我们称之为跨世纪报告文学作家。但真正具有文体史意义的，或其创作参与了文体建设的报告文学作家，并不是很多。李鸣生是其中不可或缺的一位，他的写作对报告文学文体具有典型意义。这位写作了《飞向太空港》《澳星风险发射》《走出地球村》《中国“长征号”》《远征三万六》《千古一梦》《发射将军》“航天七部曲”的“太史令”，以其独特的创作，为我们书写了新中国航天的悲壮历史。它们既是航天的壮美诗史，也是国志，是文学。作家的地位是由作品的品位决定的，作家的个人史由其创作史建构。李鸣生以其高水准、大规模的航天作品，铸就了他在文坛作为中国航天首席报告文学家、中国航天文学领军者的地位，即使在世界航天文学的书写中也可作如是观。此外，《走出地球村》《中国863》和《震中在人心》三部作品分别获得第一届、第二届和第五届鲁迅文学奖。获得三届鲁迅文学奖的作家很少，尽管获奖不是评价作家创作的唯一尺度，但李鸣生的这些作品摄取独特，叙事宏阔，思考深广，语言表达颇具个性意味，是完全配得上鲁迅文学奖这一荣誉的。

我们对作家的创作进行价值评估，需要超越作品某种应时而生的新闻性，获得必要的时间间距和空间背景。时间是最有信度的批评家，空间也为批评提供了更多的参数。基于这样的认知，我们将李鸣生个人的报告文学创作史，推置于晚近三十多年中国报告文学史中加以观照考察，解析作家创作的特质，探索其何以并在多大程度上实现了对报告文学文体的有效诠释，这应该是很有意义的。

一

我以为，报告文学是一种个人化的社会写作。从作者主体角色的存在视之，这是一种典型的知识分子写作方式。对此，李鸣生也是认同的。他在鲁迅文学院第二十届中青年作家高级研讨班的研讨会上，就明确地告诉他的青年同道："我认为，真正的报告文学作家是典型的知识分子。"①

知识分子的范畴具有多种义项。这里所说的知识分子不是"知识"的知识分子或者是"专业"的知识分子，而是公共知识分子。这种知识分子的基本特点是介入社会；作为社会良知，基于独立思想而向社会发言。因此，报告文学的写字间是整个社会，它拒绝一厢情愿的私人写作。并且从根本上说，作家的思想品位决定着报告文学作品的品质，而有品位的思想需要作家秉持独立的人格。在李鸣生看来，"知识分子最大的特点就是他的人格的独立，这点，作为一名优秀的报告文学作家必须具备"。由此李鸣生给出"报告文学作家和新闻记者的区别"的关键之处在于，"新闻记者是要在现场报道，要在第一时间内把最有价值的信息传达出去（深度报道另当别论）；报告文学作家是要在这些新闻事件的基础上作出自己的独立思考，最终传递和表达的是你对这个世界的思考，而你的思考要与众不同。所以，在所有的社会问题上，作为报告文学作家必须建立起自己独立的思想体系，进行与众不同的思考，最终发出与众不

① 李鸣生：《报告文学作家要人格独立》，中国作家网 2013 年 7 月 2 日。

同的声音”。[①] 由此可见，思考、思想之于报告文学作家李鸣生所具有的特别意义。“一个民族光有空间的高度是不够的，还必须要有思想的高度。唯有拥有了思想的高度，其眼光、胸襟、境界才大不一样，甚至说话的气派、分量也大不相同；而天天看到、想到的，就不仅仅是秦砖汉瓦、巍峨长城，滔滔黄河、滚滚长江，还有五洲四海、辽阔世界，万里长空、茫茫宇宙!”（《千古一梦·尾声》）这是李鸣生长篇报告文学《千古一梦》中一段具有主题性意义的表述。根据这一表述，结合体现作者追寻思想自觉的创作实践，我们可以获得观照、读取李鸣生报告文学特质与价值的一个优选的视角。在我看来，李鸣生的报告文学体现为一种有思想的非虚构写作范式。

思想为美是报告文学写作美学中的一条重要原则，这是这一文体作为知识分子写作方式的一种内在规定。著有《西部在移民》的麦天枢曾经说过：“当思想的深度构成读者对报告文学的普遍要求的时候，思想性就表现为一种美；思想性通过文学手段来承载，思想性就变成了文学性。”[②] 优秀的报告文学是作家卓异思想的产物，同时它又如思想的“发生器”，能够激活读者的关联思考与叩问。《哥德巴赫猜想》在新的历史时期首次正面叙写讴歌科学工作者的业绩和科学精神，在拨乱反正之初具有显然的思想先锋意义。《人妖之间》直击现实严重的腐败，开创了新时期以批判为价值取向的“问题报告文学”的先河。作者感于世相而提出的“人们啊，要警惕”的告诫，危言醒世，启人深思！李鸣生初入文坛，就浸润着新时期报告文学的文学精神。在其后的写作中，他奉持“独立人格、独立立场、独立思想、独立写作”的原则。这一原则来自他长期写作实践的真切体悟，也视为他对报告文学理想写作的一种诉求。出版文集时，这一原则被赫然印在文集的封面上，这充分说明作者对这诸多“独立”的特别看重。

我以为，四个“独立”的核心在于“独立思想”。“独立思想”是我

① 李鸣生：《报告文学作家要人格独立》，中国作家网2013年7月2日。

② 参见《太行夜话——报告文学五人谈》，《光明日报》1988年9月23日。

们解读李鸣生报告文学的“文眼”。李鸣生是一位对思想有着执着认知的作家。他以为：“一个作家的思想非常重要，无论你是写什么的。思想决定作品的高度，决定作品的品质，甚至说思想决定一切。而这种思想，必须属于自己。”[①] “思想”在李鸣生报告文学写作中是一种整体性的存在，它涉及选题与格局、价值取向和叙事设置、思想表达和语言策略，等等。特别与众不同的是，思想于报告文学家李鸣生而言，更可贵的是体现为思考的方法、思维的智慧。我们读李鸣生的作品，很容易获得一种直观的感觉，就是大题材、大视野、大构架、大叙事、大主题、大气场。同样是科技题材的报告文学，徐迟的《地质之光》《哥德巴赫猜想》《生命之树长绿》等可谓是精致的诗，而李鸣生的《飞向太空港》《千古一梦》等作品是一种史诗的创制，即便是《发射将军》这样的人物报告文学，也注意将个人史与国史的叙事有机融合，体现出别有意味的史性。我以为李鸣生写作中显示出的种种大观，从根本上说是来自作家的大思维。其中具有李鸣生原创性新思维的，是其关于“星际文明”“宇宙文明”的发明与阐释。这是李鸣生卓然有成、自立于文坛的思想前提。

二

航天书写于李鸣生而言是一种宿命，一种天作之合的情缘，是个体生命史的建构，也是作者贡献天地文明的事业！“十五年的发射场生活，使我比一般人更有条件看到天空，也更有机会随着火箭卫星的一次次升腾，对我们居住的这个星球以及顽强地活在这个星球上的同类进行立体的思索，从而改变了我跪着看待人生的姿势，获得了一个与众不同的审视世界的角度。”（《飞向太空港·后记〈天空让人想起使命〉》）这位结缘于航天伟业的作家，是以航天人的姿态入轨报告文学天地的。从李鸣生的话中，我们可以获知作者不仅具有得天独厚的熟稔题材的条件，而且

---

① 参见杨鸥：《李鸣生：中国航天史诗的书写者》，《人民日报·海外版》2010年8月6日。

更重要的是由此衍生出的心理优势和写作智慧。“发射场成了我的精神牧场”（《千古一梦》）。在对象主体化的领悟之中，李鸣生开启了辽阔宽广的思维空间。这种思维空间早在写作《飞向太空港》时就已形成了。《飞向太空港》叙写的是中国“长征三号”火箭发射美国“亚洲一号”卫星的故事。这样的题材在当时极易写成高度意识形态化的主题，但李鸣生显然并没有为思维定式所囿。有作品“题记”可证：“谨以此书，献给创造空间文明、寻找人类新家园的航天勇士们！”这里所说的“空间文明”为李鸣生首先提出，在作品后记《天空让人想起使命》中，作者对此有具体的阐释。这篇后记中，作者从容地挥洒着沛然的才情，演绎着飞天想象的迷人：在宇宙文明的时代，“也许，宇宙公民们还会从各自的星球走来，手牵着手，肩并着肩，欢聚一堂，嬉笑打闹，谈天说地。而地球人回忆的话题一定是：在很久很久以前，我们如何艰难、痛苦地挣扎在地球上”。这不只是凌虚的想象，更有对科学逻辑的预知。李鸣生认为：“从区域文明到地球文明，从地球文明到星际文明，从星际文明再到地球文明，应该是一个无法抗拒的自然规律。航天时代带来的宇宙意识，导致了人类认识的飞跃，从而把人类的思想与情感引升到一个辽远而广阔的大境界。”这一表述中所包含的卓异的宏大思维，表明了作者思维的开阔与大气。而正是这样的思维建构，促成了《飞向太空港》得以大起高开，使李鸣生此后能以高水准的创作在充满竞争的报告文学领域中步履稳健地登堂入室。

《飞向太空港》的主题不只是此类题材通常会有的爱国主义精神。它的主题是复调式的。作者将中外航天合作置于中国改革开放的大背景之中，《周游列国的中国专家们》等章节极其真实地反映了开放之初始，人们在观念、能力、文化以及适应国际规则等方面所面临的种种问题。从这一点而言，这部作品可以说是为中国的开放史留存了一段生动而珍贵的侧影。而更富创意的是作者基于空间文明的思想，将不同文明的交流设置为一个叙写重点，以开放、包容的姿态，使作品超越政治叙事，建构起一个更为宏大的文明叙事。作品共六章，其中第四章《火箭，另一个伟大的文明》、第五章《我们都是地球人》和第六章《跨越国界的飞行》都直接关联了不同文明交流的叙事。正如作品中作者在与美方技术专家交流时所说，中美火箭与卫星的合作，“不单单是一次空间技术的合作，也是两个民族、两种文化、两种感情的一次交流与沟通；不光是发射一颗卫星，也是中美两国科学家在一起共同创造空间文明。因为开发宇宙，造福人类，是全人类的共同使命”。这里给出的正是《飞向太空港》的核心价值。李鸣生在《中国“长征号”》中有一段关于“长征号”意义的表述凝练而到位：“‘长征号’其实就是中华民族的一种象征，它象征着力量，象征着智慧，象征着精神！‘长征号’从封闭走向开放、从靶场走向市场的历史，就是中华民族从传统走向现代、从国内走向世界的历史；‘长征号’与世界接轨的历史，就是中华民族与世界融合的历史。”我想，这一表述用于对《飞向太空港》多维主题的解读，也是非常合适的。

如果按照“主旋律”作品的写作制式，李鸣生的《澳星风险发射》自然无法进入“主旋律”的“轨道”；而若是按照“问题报告文学”的写作要求，则这一作品需要设置为“批判”的模式。《澳星风险发射》由作品题目就可知晓所写重心，但这里的“风险”并不是作为一种“问题”来作否定性报告的。航天是一种高风险的科技，因此，失败也是航天史的一种真实。作者将 1992 年 3 月 22 日“澳星”发射失败视作一种客观存在，以一种中性的叙事立场，在中国航天文学中第一次直面失败，并对此作全展式的报告，“本来，人们对那个春天的夜晚寄予了再大不过的希望。结果，那个春天的夜晚回报给人们的却是天大的懊丧和无尽的遗憾；中华民族的自尊心受到了空前的刺激，火箭子孙的感情遭到了莫名的戏弄”，“失败似一道无形的阴影，笼罩在发射场的上空；失败像一个看不见的幽灵，潜伏在人们的心底”。作品以真实而很有故事性的叙写，凸显了极具中国特色的失败心理和失败文化。但显然，李鸣生并不是因为“懊丧”与“遗恨”而言说失败，而是因为真正领悟了诗人惠特曼所说的“当失败不可避免时，失败也是伟大的”的深意。作者以为：“一个民族，如果不光会欢呼成功，而且还能正视失败、接受失败、超越失败，甚至达到一种欣赏失败的境界，那这个民族该是多么地伟大而不可战胜啊!”由此，作品既展示“澳星”发射失败后种种中国式的反应，也不吝笔墨实写了中国航天人艰辛负重、超越失败的壮美精神。这样颠覆常规的写作，在当代中国报告文学史上也是少数的典型个例。作品这种有意义的立异，正是建立在作者独立思想、独立写作的基础之上的。从这个角度而言，《澳星风险发射》是有思想非虚构的一个典型样本。

如果我们仅仅关注创作了航天及其他高科技题材作品的李鸣生的存在价值，是不够的，也是不完整的。我们还应当关注他的另一部作品——《震中在人心》，关注这部作品的写作怎样“避免概念化，避免传统的主流叙事”，又怎样将“传统的‘主流’叙事转化为作家个性化的作品叙事”①。李鸣生的这一表达实际上涉及了公共的“主流叙事”和作家个人的“作品叙事”这个重要的话题。真正的报告文学需要作家在面对重大的公共写作题材时，善于将新闻写作常设的“主流叙事”有效地转化为文学创作别异的“作品叙事”。这里的“作品叙事”，就是基于主体独特感受、独立价值判断、独立思想的具有个人色彩的非虚构的文学叙事。在这一点上，《震中在人心》尤显其意义。这部取材于汶川特大地震的作品，在第五届鲁迅文学奖终评中以名列第一胜出。有意思的是，在初评时因为作品思想的某种“异调”、主题的非主旋律而差一点遭淘汰出局。这是很值得我们思考的。我们需要反思何为地震非虚构作品的终极价值。我以为钱刚的《唐山大地震》和李鸣生的《震中在人心》，在某种角度上对此作了例说。《唐山大地震》就是一部具有多功能的皇皇之作，它“是作者为今天和明天的人类学家、社会学家、地震学家、心理学家……为我们整个星球上的人们留下的一部关于大毁灭的真实记录，一部蒙受了不可抵御的灾难的人的真实记录”②。《震中在人心》不仅有通常的对抗震救灾的感人场面的描写，而且更有对人类遭遇重大创伤的生命之痛的感悟，还有对地震灾害作出的深刻反思。作品不仅观照地震的视角独异，而且在情感与思考的深度上超越了同类作品。作者曾说，“面对灾难，作

① 《李鸣生在〈千古一梦〉研讨会上的发言》，中国作家网2009年5月22日。

② 徐怀中：《唐山大地震·代序》，《解放军文艺》1986年第3期。

家不应缺席；面对死亡，文学不该沉默”。大地震的写作有很多可能性，应该有对一方有难、八方支援，以人为本、抢救生命等主题的表现。但大地震终究是对人类的重创，因此大悲悯应该是此类写作不可或缺的元素。“我只为真相，只为实情，只为血印，只为泪痕，只为记录，只为见证。我不想把废墟变成大厦，把悲剧变成喜剧；我不想把谎言变成真理，把哭泣变成歌声；我不想把反思变成庆典……公示汶川大地震灾难的真相，传递废墟的气息，留下亡灵的心声，定格人心的表情。”正是有了这样的思考，作者不仅独异地摄取地震的镜头，而且在叙事处理、情感书写和思考深度以及批判性等方面超越了同类题材的作品。

有思想的非虚构，需要达成报告客体的本真、呈现主体自我的元真，从而实现报告文学文体有自我且真实的文体性。真实是报告文学的生命，是其文体力量生成的支点。报告文学的真实说到底需要作家独立地思考和判断，不违心，不唯上，不唯书，不唯权威名家，而能唯实，尊重并敬畏叙写对象本身的历史存在。作为一个有思想的非虚构作家，李鸣生是严格持守这样的写作原则的。其作品里有一个关于钱学森的个例可以说明这一点。钱学森是名满世界的杰出科学家，“钱学森的脑袋比一般人的大，略呈方形；尤其是额头，非常宽阔，而且发亮。你很难说清他的脑袋具体哪点与众不同，但给你的印象就是与众不同，似乎藏有一座智慧的金山，又像装着一组成功的密码，满脑袋都长满了天才的花朵与知识的森林，甚至连每根头发丝都像是一棵智慧的大树”。（《**走出地球村**》）可是就是这样的科学家，当年却坚持航天飞船“五人舱”的设计主张。“钱学森解释说，这五个人的分工是：一个是指令长，一个是航天员，一个是随船工程师，一个是随船医生，再加上一个政委。”（《**千古一梦**》）就是“再加上一个政委”的极简叙说，意味无限地实写了当时中国航天发展的复杂的政治生态。尽管科学的“钥匙”可以开启政治的“后门”，但科技的研发需要盖上“政治的印章”。“再加上一个政委”并不是钱学森的非科学，而是政治异化下一种集体无意识的表达。这便是历史的真实，也是一个关于钱学森的真实的插曲。

三

研读李鸣生的报告文学，我以为他的最大优势，并不在于新闻性，而体现为作品思想性的整体生成和他对非虚构文学性的自觉追求。这是决定李鸣生报告文学写作能在较高水准上长期可持续发展的关键因素。而这对新常态语境中的报告文学写作，更具有切实的意义。所谓“新常态”，取自经济学界的一个热词，报告文学的“新常态”就是全媒体或融媒体的存在。全媒体时代的报告文学，它原有的“新闻性”红利大为减少，文体一般的新闻优势已不存在。这就需要报告文学基于非虚构原则，通过有深度有个性的思想表达和非虚构文学的美学建设，激发文体内在的活力，有效强化非虚构叙事的优势。

文学性不高，是制约报告文学作为审美文体而发展的一个重要因素，也是影响读者阅读的一个基本问题。尤其在全媒体时代，报告文学文体的新闻性优势已经失去，报告文学的写作并不能简单依赖新闻性，在此背景中，文学性的意义就显得特别重要。报告文学的文学性是什么？烦琐的学院派式的论证最终也许还是无解。在美国非虚构作家杰克·哈特的《故事技巧——叙事性非虚构文学写作指南》中，“叙事性非虚构文学”命题及其展开的思路，对于报告文学文学性的研究和达成，或许能给我们一些有意义的启发。

我以为作为一种叙事文学样式，将报告文学定义为“叙事性非虚构文学”，是符合这一文体逻辑的。报告文学是真实的叙事，小说是虚构的叙事，它们共同的要求是叙事。叙事构成报告文学写作的本体，它既承载着作品思想情感等价值表达，同时又是写作本身的重要目的。

李鸣生的作品具有强烈的叙事意识。《中国“长征号”》是中国火箭发射美国卫星的大叙事，作品以事件演化为叙事线索。这是作品建章的目录：第一章《怪圈》、第二章《变轨》、第三章《推销》、第四章《天机》、第五章《谈判》、第六章《碰撞》、第七章《发射》、第八章《草图》、第九章《保险》、第十章《贷款》、第十一章《合同》、第十二章

《失败》、第十三章《检讨》、第十四章《发愤》、第十五章《官司》、第十六章《爆炸》、第十七章《阵痛》、第十八章《反省》、第十九章《雪耻》、第二十章《代价》。由章目设置可见，作者十分重视作品的叙事构篇，贯穿其中的线索主干清晰而又跌宕曲折，故事性很强，对读者别有一种牵引力。《发射将军》是一部人物报告，作品以“发射将军”与发射相关的人生历程为叙事线索，具有某种纪传体的特征。作品从第一章《军委令》将主人公由战场奉调至发射场作为故事的发端，以人物离休生活“晚年赋”作结，突出了“故事性”人物的叙事。吸引读者的是将军的传奇和在传奇中蕴含的伟大精神。

一个叙事优化的文本，首先需要建构一个与之适配的叙事结构。李鸣生能根据客体本身内在的逻辑和主题思想表达的需要来配置这样的结构。《走出地球村》写的是“东方红一号”卫星飞天的故事。卫星的研制动议于1958年，发射成功在1970年。这是一个具有特殊的政治生态的时期。根据这样一种特殊的存在，作品设置卫星叙事和政治叙事双线叙事结构。政治叙事在《走出地球村》中是充分的，从开篇“苏联第一颗卫星上天，艾森豪威尔总统手中桥牌落地”，到“美国人造‘小月亮’挂到天上，周恩来午夜拿起直通毛泽东的电话”，一直贯穿到收结“卫星功臣登上天安门”。而“‘小弟弟’找‘老大哥’学放卫星”“忍着饥饿的肚子，中国从八公里起飞”“‘东方红一号’人造卫星方案诞生”“马灯前钱学森坐卧不安”“火箭司令神游戈壁”等则为卫星叙事。这种双线并置反映的正是“东方红一号”卫星的一种特殊的历史真实。这样的安排一方面强化了对科学家忍辱负重、刻苦创造、献身科学光辉形象的再现，另一方面对非科学的政治对于科学的干预、对于科学家的摧残，进行了深刻的反思和批判。

一般来说，李鸣生的报告文学叙事构架是宏大的，这是因为叙事对象具有先在的宏大性。但是单纯的宏大无法抵达文学叙事所需要的细部深层的景致，宏大叙事需要有具体叙事作坚实的支撑。李鸣生也有作品如《发射将军》，表面看不是宏大题材，书写的只是某个人物。但对于这样的作品作者并不就小写微，而是注意将人物推置时代与历史的宏大背景中加以表现。在历时演进的纵轴上融合将军的个人叙事、导弹部队的集体叙事和共和国历史的大叙事。作为文学的非虚构叙事，在李鸣生报告文学中大叙事与小叙事是相生的，而小叙事的核心则是具体的人物叙事。“叙事需要三大支柱：人物、动作和场景。排在第一位的是人物，因为人物能够推动动作和场景的发展。”① 对于人物叙事的意义，李鸣生是充分认知的。他说自己的作品“希望通过人物把我们的历史，一个非同寻常的历史写出来”②。李鸣生把人物作为历史叙事的要素，而在我看来人物就是历史的本身，作者笔下的许多人物，航天人、科学家等，正是他们创造了作者叙写的历史。不仅如此，作者再现的人物，许多是中国脊梁式的人物而又具有常人情怀。作品的感染力来自于这些走近读者的真实而感人的人物。

李鸣生报告文学的人物叙事，颇多性格叙事、精神叙事。《中国863》是一部题材重大的长篇，作品首章《悄悄发生的革命》格局甚大，由美国“星球大战计划”、欧洲“尤里卡计划”、日本“振兴科学技术政策大纲”叙述领起，导出中国的“863 计划”。这是典型的宏大叙事。以后的全部篇幅从第二章到第七章都为具体的人物叙事，其中第二章《科委来了个“厉害的老太婆”》，是作品重点写作的一章。“厉害的老太婆”是朱丽兰。“厉害”是其作为管理者的主导性格，改革创新，敢于担当。但作品没有将她写成一个单面的概念人物，而是运用细节集成的方法，还原朱丽兰既“厉害”又和蔼；既是工作狂，又会理发、织毛衣、弹钢琴的圆形立体的本真。而李鸣生航天系列中的航天人的形象，是最烙印在心底的、难忘感人的。作者叙写这些人物，不只写他们的科学智慧、科技才能，而更重于对他们作精神性叙事。赵廉清是创建西昌发射场的指挥者，在非常年代，知其不可为而为之，积劳成疾。他留给这个世界最后的镜头是：“他手上紧紧揣着一样东西。这样东西不是别的，就是他

① 杰克·哈特：《故事技巧——叙事性非虚构文学写作指南》，第 74 页，叶青、曾轶峰译，中国人民大学出版社，2012 年。

② 《李鸣生在〈千古一梦〉研讨会上的发言》，中国作家网 2009 年 5 月 22 日。

生前一直随身携带的那个军用挎包！而护士打开挎包后，只看见两样东西：一份皱巴巴的施工图纸，一个被啃了小半的冷馒头！”（《千古一梦》）从这样的细节中我们可以看到，一个瘦小羸弱的生命里，升华出一个伟大的精神形象。

四

故事是什么？乔恩·弗兰克林在《为故事而写作》中为我们给出了“定义”之一：“当人物遇到错综复杂的情况，而他又不得不面对和解决时，行动就发生了，故事正是由一连串这样的行动所构成的。”[①] 这一表述中关键词是冲突，是矛盾。故事存在于冲突、矛盾之中，冲突、矛盾推衍出故事。非虚构的报告文学作者无法依靠想象力制造故事，但是他可以从对真实客体冲突、矛盾的存在中，选择并呈现其中的故事。李鸣生说，在他的作品中，“我希望呈现大的矛盾”[②]。《走出地球村》中有极“左”政治与卫星科技的矛盾，《中国“长征号”》中有开放与保守、体制与市场、国力基础与航天发展、中外文化等之间的矛盾，航天人存在的价值就是“面对和解决”“错综复杂”的矛盾冲突。这些形成了李鸣生叙事的基本构架和基础。这样的矛盾构篇也决定了李鸣生报告文学叙事的丰富性和复杂性。在总体的矛盾叙事基础上，作者再相宜地采用悬念式叙事方法，就更有效地强化了作品叙事的故事性。悬念不是虚拟的，而是实际发生的状况，也是航天高风险的一种表征。作品一环扣一环的悬念叙写，渲染了其时其地其情的紧张感。而报告文学所需的现场感就在这紧张感之中，特别扣人心弦，使人身临其境，强化了故事性叙事对读者的吸附力。

李鸣生报告文学的叙事方法是富有变化的，他能根据不同的报告对

① 杰克·哈特：《故事技巧——叙事性非虚构文学写作指南》，第6页，叶青、曾轶峰译，中国人民大学出版社，2012年。

② 《李鸣生在〈千古一梦〉研讨会上的发言》，中国作家网2009年5月22日。

象运用相应的方法。在他的作品中读者可以分享到多种叙事艺术所产生的叙事之美。在《千古一梦》中，作者设计了“双声叙事”，即作者（采访者）叙事和人物（被访者）叙事的结合，特别是导入当事人的自述，以人物的亲历亲验，真实地还原出特定时空中人物和事件的现场情状。这是一份珍贵的活的航天档案。《发射将军》则注意在“实体叙事”中有机地穿插“软性叙事”。所谓“实体叙事”是指与作品主人公“发射将军”直接关联的主干内容的记写，而“软性叙事”则如对导弹部队饥饿、文艺生活极度贫乏等的叙说。《震中在人心》则是一部运用镜头观察和叙事的作品，“用镜头定格真相，让文字留下思考”，大量的照片极具视觉冲击力和情思震撼力，不只是为文字的叙述提供了直观的背景，而且照片本身也成为作品的一种独特的叙事元素，生成了超越文字的叙述力量。

五

文学是语言的艺术，报告文学也是。语言是作品思想的现实，也是叙事生成的工具，还是作为审美的报告文学的要素。报告文学创作中语言的问题，主要是缺乏主体鲜明个性的语言新闻化，另一个是小说化的语言絮叨铺张。李鸣生的报告文学大多为长篇，但语言凝练具有表现力，诚朴简约不过度藻饰，并且具有自己鲜明的个性，许多语言表达有意味、情味、趣味，有效地增强了他作品的文学美感。在这里，我不打算对李鸣生报告文学的语言艺术进行全面的解析，只就他的“智慧语言”和“软语言”运用之美作一解读。

所谓“智慧语言”，是指形象生动、意含新异别致、具有特殊表现力的语言。比如“已经点火的火箭竟然无视天下众生，老练得如同一位千岁老人，打个盘腿坐在那儿，连动都懒得动弹一下”。（《澳星风险发射》）写卫星发射的失败，作者用拟人化的手法形容，以独特的冷峻与幽默，写意地写出发射失败的状态和航天人的尴尬，用语非常新颖。作者以幽默笔法言说失败，正与作品正视失败、超越失败的主题相关。幽默的语言是典型的智慧语言。在李鸣生的作品中已不是偶尔为之，而是一种个性的语言景观。“在国际市场上，美国人早就大把大把地捞着美元，中国人为什么不能去弄点‘零花钱’？在国际空间俱乐部里，美国人可以大口大口地喝着‘咖啡’，中国人为什么就不能去喝上一杯‘清茶’？”（《中国“长征号”》）这一表达的语境是，对于中国航天进入国际市场，国内以为冒险，西方设置障碍。这里的美元与“零花钱”之喻，客观地表示中美航天科技实力和航天市场份额的差距，“清茶”之类意含走中国自己的航天发展之路。整体的表意是非常清晰的，就是中国应该进入国际航天市场进行竞争，只不过用“李式语言”表达，意味意趣就大不一样了。“已经欠着一屁股账的中国专家当然拿不出这笔钱来，他们只有一个价值连城的传家宝，这就是：自力更生！”（《中国“长征号”》）“一屁股账”与“价值连城”对举，极简地实写了中国航天发展的境况，高度凝练了中国航天的伟大精神。

李鸣生幽默的语言可分为“麻辣幽默”和“冷幽默”。“这一年，‘反右斗争’刚刚过去，‘大跃进’的旋风又骤然卷起，中国人像被灌了一桶大剂量的兴奋剂。”（《千古一梦》）“据说，两年前一所中学考试时，发生过这样一个故事——试卷问：爱因斯坦是谁？学生答：美国当代著名歌星。”（《飞向太空港》）这种幽默让我们无法轻松说笑，其间的麻辣唤起读者对非常年代的反思与批判；是对过度娱乐化，忽视科学世相的揭露和讽刺。“美国人把这条山沟称为‘神秘的峡谷’，而当地彝族老人则说：‘什么神秘不神秘，这山沟就是我们过去放羊的地方！’故此，当地人称‘赶羊沟’。”（《飞向太空港》）这样的文字可谓冷幽默，读起来会忍俊不禁。报告文学拒绝虚构，但它同样需要作家具有丰富的想象力。想象之翼可以飞扬智慧的语言。“世界各国许多中学的少男少女们，每晚相聚在迷人的星空下，像谈论童话似的，长时间不知疲倦地谈论着卫星、卫星、卫星。仿佛苏联的这颗人造卫星，成了他们嘴里一块永远嚼不够的口香糖。”（《走出地球村》）以“口香糖”喻说人类第一颗人造卫星发射后对各国学生的影响力，新颖生动，可意会，也可言说，体现了李鸣生语言表达的一种智慧。

软语可人，是我阅读李鸣生作品时的一种直觉。我这里无法给出

"软语"的标准解释。所谓软语，是一种"闲语"，它不属于主干叙事，但与主干叙事有所关联；在表情表意方面偏于柔细，静安之中，可入情入心。"将军家的院门是双扇的大铁门，夕阳照在斑斑驳驳的门上，给人暖洋洋的感觉。每当这时，将军便坐在门外一张自制的小折椅上，像一位坐在长满颗粒饱满的庄稼地边的老农，静静地守候着儿孙们的归来。夕阳在他眼角的皱褶里绣着陈年旧事，时光在他花白的头上写着岁月沧桑。"（《发射将军》）将军从战场到发射场，军人形象刚硬，棱角分明。而此时进入晚景的将军没有了豪情、霸气，却有人间的亲情和慈祥。"夕阳在他眼角的皱褶里绣着陈年旧事，时光在他花白的头上写着岁月沧桑。"我们从诗一样的句子中，可以读出将军人生种种的况味。

李鸣生的报告文学有种种特点和优点，而我最为看重的是他的作品有思想，也很文学。有思想，也文学，这就是我所希望读到的报告文学。

2015年8月28日

目　录

前　言

我与飞船三十年

佛家讲缘。我不是佛门弟子，却与中国飞船有着非常微妙、无法割舍的某种情缘。

三十五年前，我当兵走进西昌发射场，成为中国航天创业队伍中的一员。那时的西昌发射场，严格说来还不能叫发射场，因为一切尚在初创之中。新兵下连时，我被分配在了工兵团三连。西昌基地最苦的是工兵团，工兵团最苦的是三连，三连的任务是昼夜不停地打山洞!

我第一次相遇飞船，就是我第一次打山洞的那个夜晚。

那个夜晚在我的感觉中很神秘。班长首先带我来到一座光秃秃的大山面前，念了一段毛主席语录："下定决心，不怕牺牲，排除万难，去争取胜利!"然后才领着我钻进了一个黑乎乎的山洞。一进山洞，我便看见一群老兵光着膀子，穿着裤衩，抱着风钻，像老鼠似的趴在那儿吭哧吭哧地打山洞!

而我的任务，是把石渣装进一辆小推车，然后把小推车推出山洞，再将石渣倒在山下。我推着上千斤重的小车，犹如推着一座大山，每迈出一步，都要使出吃奶的力气。这对年少青春的我来说，简直如同劳役!

后来我实在推不动了，便一屁股坐在洞口的石头上，望着天上的月亮发呆。那天晚上的月亮很美也很温柔，我的心却一片冰凉。不知过了多长时间，班长坐在了我的身边。班长是 1969 年入伍的山东兵，个子不高，相貌平平，却有一副女人般的似水柔肠。我问班长，为什么非要在这儿打个洞？班长很神秘地对我说，这儿将来要发射飞船，把中国的宇航员送上天！

听到“飞船”二字，我大吃一惊。有关飞天的神话，我从小就在小人儿书上看过。然而当这个“神话”突然从老实巴交、满嘴大葱味的班长嘴里说出时，我却怎么也不敢相信。

班长很认真，又说，真的，我刚当兵时，我的老班长就告诉我说，这个山洞，就是将来发射飞船的地下指挥所，我们已经打了整整四年了！

此后，飞船便成了支撑我和我的战友们在原始的大山沟里坚守下去的一种精神力量，也成了我年少时期的一个美好梦想——我梦想着有一天，能亲眼看到中国的飞船载着中国的宇航员从我们亲手建造的发射场飞向太空！

然而，一年过去了，两年过去了，十年亦过去了，我梦想中的飞船却如同天边的星辰，高挂云里雾中，可望而不可即。后来我就听老兵们偷偷在说，载人航天工程下马了，西昌发射场不再发射飞船了！此后，我便有了抬头望天的习惯，发射场成了我的精神牧场，飞船则成了我心中一个遥远的梦！

这一梦，便是整整二十年。

我第二次相遇飞船，是 1995 年。

这年夏天，我在北京采访航天部总工程师白拜尔。那天一进他的办公室，我便看见各种图纸资料堆积如山。我问他在忙什么，他告诉我说，中央已经批准了载人航天工程，过几年就要发射飞船，这事儿我们已经悄悄干了十年了！我听后非常兴奋，当即提出采访飞船的事。可他说，不行，载人航天是绝密工程，中央有令，搞飞船要关起门来悄悄地干！所以现在对外不能说。我问什么时候可以说，他说我也不知道，你等着吧！

这一等，又是整六年。

我第三次相遇飞船，是在 2001 年。

这年春天，我第一次走进位于北京西郊的中国航天城，接待我的是航天员系统负责人吴川生。当时，中国要发射飞船的消息虽然在外界已流传甚广，但航天城尚未对外开放，未经特殊审批，任何人不得进入。甚至，航天城的一草一木，都在严格的保密之中，就连中午的饭桌上都弥漫着一种神秘的味道。这次我观看了航天城的相关设施、航天员的训练场地和宿舍，也与几位航天员见了面；遗憾的是，上级有令，飞船此时不能露面，所以我只是听人反复谈起飞船，而依然未能亲眼见到飞船。

我第四次相遇飞船，是在 2002 年。

这年冬天，“神舟四号”飞船将在酒泉基地首次进行无人飞行试验发射。顶着狂风大雪，我从北京匆匆飞到酒泉发射场，终于亲眼看到了梦想了二十九年的真正的飞船！不料发射之夜，戈壁滩的气温出现了历史上从未有过的低温———零下二十八摄氏度，于是搞得发射现场气氛相当紧张。尽管此前二十年中国所有重大航天发射我几乎都在现场，但观看飞船发射却是第一次，因此除了紧张，还有几分激动，内心充满了一种完全不同于过去的期望。果然，在点火发射那一刻，冲天而起的飞船带给我的震撼与惊喜，的确非同往常！

我第五次相遇飞船，是在 2003 年。

这年春天，经有关部门特批，我正式入住航天城，走进了飞船总装车间，第一次近距离地观看了“神舟五号”飞船的“五脏六腑”甚至“毛细血管”。之后，我对“神舟五号”飞船进行了长达一年的跟踪采访，有幸成为见证中国宇航员首次飞天全过程唯一的一个作家。其间，我走进载人航天工程重要现场，参加了载人航天工程所有重要会议，听到了各种相同的声音、不同的声音甚至争吵的声音，采访了上百位航天专家、工程技术人员和发射官兵，从而获得了数百万字的第一手采访资料。比如，在北京协和医院，我采访了躺在病床上的原航天部副部长刘纪原；在“非典”期间，我采访了刚刚出院休养在家的载人航天工程总设计师王永志；在航天城，我采访了飞船总设计师戚发轫、十四位航天员以及十四位航天员的妻子；在酒泉发射场，我采访了副总指挥沈荣骏、胡世祥和基地司令员张建启、火箭总指挥黄春平、火箭总设计师刘竹生、飞船总师戚发轫、总指挥袁家军等。在那无数个兴奋又紧张的白天和夜晚，我与航天人同忧同乐，同悲同喜，心和他们一起跳动，血和他们一起奔涌，最后成了他们中的一分子，完全融进了这场伟大的飞天壮举之中。

我第六次相遇飞船，是 2003 年 10 月 15 日，即杨利伟乘“神舟五号”飞船飞向太空这一天。

这天上午 8 时，我来到离发射塔约两百米的地方，成为离发射塔架最近的目击者之一。我这次看到的飞船与前几次都不相同，因为里面坐着一位活生生的航天员！而且我将用自己的相机，亲手拍下中国人第一次飞天的伟大画面。这天戈壁滩的太阳起得早，当万道霞光撒落在火箭、飞船身上时，我感到了一种少有的温暖。然而，当离发射还有最后一分钟时，我手中的相机却情不自禁地颤抖起来，一丝恐惧竟然掠过心头！因为重达 479.7 吨的火箭就要从我头顶飞过，万一掉下来怎么办？但此刻的我好比一个已经跳进战壕即将冲锋的战士，就是想当逃兵也没机会了。火箭起飞后，烈焰熊熊的火箭从我的面前缓缓升起，再从我的头顶隆隆飞过，那一刻，我的心跳骤然加快，什么也顾不上了，“咔嚓”一声按下快门，把中华民族千年的飞天梦定格在了我的镜头里。

直到这时，望着万里长空，我才在心里对自己说了一句：该写一部书了，一部关于中国人第一次挣脱地球、飞越人间、奔向宇宙的书。当然，这部书的著作权不属于我自己，而属于我们这个拥有追梦精神的伟大民族！

序　章
从加加林说起

在人类历史的漫漫长河中，我们可以无视万千岁月，但有一个日子却不可忽略，这就是：1961 年 4 月 12 日。

这是人类有史以来最伟大的一个日子。因为这一天，人类终于挣脱地球重力的束缚，从人间飞到天上，第一次实现了人类飞天的伟大梦想！

代表人类实现这一伟大梦想的，是一位苏联人。这位苏联人便是我们耳熟能详的苏联宇航员加加林！

加加林是人类从陆地跨进太空的一个标志——标志着人类告别了陆地行走的步伐，开始了太空飞翔的历史。加加林的出发港，是位于苏联哈萨克共和国中部的拜科努尔发射场，即 1957 年苏联第一颗人造地球卫星升起的地方。如果有一天您有机会走进这个发射场，便会一眼看见，发射场的旁边赫然耸立着一块石碑，石碑上写着这样一段文字：

苏联人以其独创的才能，在这里开始了勇敢大胆的宇宙进军——1957 年。

加加林离开地球的准确时间，是 1961 年 4 月 12 日清晨。这天清晨，当加加林钻进即将起飞的“东方号”飞船时，太阳刚从地平线上缓缓升起。被盐土覆盖着的哈萨克草原虽然已有灌木正在变绿，但扑面而来的冷风还是让加加林感到了几分寒意。莫斯科时间 9 时 7 分，火箭点火，飞船起飞。在飞船上升阶段，通信一度中断，加加林的脉搏达到了每分钟一百五十次。在后来不到一个半小时的飞行中，加加林经过了白天和夜晚的交替，一会儿看到的是地球，一会儿看到的是月球；一会儿看到的是紫红色的太阳，一会儿看到的是漆黑色的夜空……10 时 55 分，在太空飞行了一百零八分钟的加加林安全着陆在郊外的一片田野上。搜救人员随即在加加林着陆的地方临时插上一块木牌，木牌上写着一句即便在今天看来也是非常实在的话：

请勿移动。1961 **年** 4 **月** 12 **日莫斯科时间** 10 **时** 55 **分**。

然而，当加加林上天的消息轰动整个地球时，却没有人知道，还有一个和加加林同等重要或者说比加加林更为重要的人。甚至四十二年后当中国宇航员杨利伟上天的消息再次轰动世界时，人们首先想到的还是加加林，而少有人记得或者忘了或者根本就不知道，还有一个和加加林同等重要或者说比加加林更重要的人。

这个人，叫科罗廖夫！

谈到加加林，谈到人类飞天的历史，我们就不能不谈到科罗廖夫。可以肯定地说，没有科罗廖夫，就没有加加林——至少加加林的历史会因此而有所改变。科罗廖夫是苏联第一枚远程火箭、第一艘宇宙飞船的总设计师。这是一位我们不应该忘记也无权忘记的人物。1972 年，苏联首次公映了一部名为《驯火记》的电影，电影主人公的生活原型便是科罗廖夫。该片一经问世，轰动全球。不知什么原因，我第一次在书本上见到科罗廖夫，便对这位天才的航天大师敬佩得五体投地。后来在电影《驯火记》中与这位大师再次相遇，更为他的人格魅力和追梦精神所折服。科罗廖夫一生最大的梦想，就是要让人类走出地球摇篮，奔向太空，奔向月球，奔向宇宙！为了追寻这一伟大梦想，他的专注与执着几乎到了疯狂的地步。在我看来，苏联是世界上为数不多的最伟大的国家之一，这个伟大的国家出了两个伟大的人物，一个是政治家列宁，一个便是航天专家科罗廖夫。这两个人物我之所以冠以“伟大”二字，是因为他们从不同的角度将人类的历史推进了一大步——如果说列宁是苏联人民的精神领袖，科罗廖夫就是苏联人民的科技舵手；如果说列宁为苏维埃共和国绘制的是一条走向未来社会的理想之路，科罗廖夫为地球人类开辟的则是一条通往宇宙的航天大道！

1932 年，年仅二十五岁的科罗廖夫出版了《火箭发动机》一书。三年后，他为自己的祖国设计了第一代火箭并发射成功！从此，他走在了登天的路上。在他勾画的蓝图中，人类离开地球飞向宇宙的梦想指日可待。然而就在这时，苏联的肃反扩大化运动开始了。1937 年，掌管着苏联海、陆军大权的图哈切夫斯基因间谍嫌疑罪被判死刑，科罗廖夫受牵连被定为“同党”，判重罪，被押解到一个荒无人烟的小岛，开始了挖掘金矿的苦役生涯。1941 年，苏联当局获悉德国在搞“V－2”导弹，便把科罗廖夫转到四号特种监狱工厂，让他重新组织人马研究军用火箭。1947 年，科罗廖夫利用德国专家的智慧和“V－2”导弹的已有成果，成功地设计了苏联第一代导弹。两年后，他设计的中程导弹试验成功并开始装备部队。1953 年，科罗廖夫第一次以航天专家的身份向苏共政治局介绍了火箭研究的现状和利用多级火箭发射人造地球卫星的伟大设想。从此，苏联军界、政界对他刮目相看。

上个世纪五六十年代有一个很奇特的现象，就是人类不少震惊世界的科学创举，都是在政治皮鞭的抽打下进行的。苏美两国由于历来是一对政治上的冤家，所以两国载人航天的发展秘史也起始于两国的政治对抗。二战前，苏美间的较量主要表现在陆地上；二战后，则由陆地转向了太空。当时国际上有一个公认的观点，即哪个国家最先成功地建立永久性空间站，哪个国家就能控制整个地球。为此，美国的航天之父布劳恩曾经设想，建立一个经常载人的、并能发射核导弹的宇宙空间站。布劳恩说：“如果考虑到空间站在地球上所有有人居住的地区上空飞行，那么人们就能认识到，这种核战争技术会使卫星制造者在战术和战略方面拥有战争史上从未有过的最明显的优势。”而美国的兰德军事研究所也公然宣称：“第一个发射人造卫星的国家，在军事和科学方面都将成为领袖国家。”于是，谁能发射人类第一颗人造卫星，便成为当时苏美争夺“领袖国家”地位的焦点。

1954年，赫鲁晓夫走马上任。赫鲁晓夫对火箭技术一无所知，正如他自己后来所回忆的那样："当听科罗廖夫介绍火箭时，我们就像一群傻子，不相信这家伙能飞起来。到了发射台上，我们真像乡巴佬进城一样绕着火箭走，摸它，拍它，看它到底有多结实，差一点我们就要用舌头去舔它了，看它究竟是啥滋味。"但不懂火箭的赫鲁晓夫却懂政治。他知道稳定政权的最好办法，就是不断用一些新鲜的东西去振奋人心。所以，他一上任便同意成立航天局，并批准了科罗廖夫的洲际火箭和人造地球卫星的计划。于是1957年8月3日，苏联赶在美国之前，成功地发射了由科罗廖夫设计的人类第一枚洲际导弹；同年10月4日，苏联又赶在美国之前，再次采用科罗廖夫设计的捆绑式火箭成功地发射了第一颗人造地球卫星，使苏联一举成为世界上最伟大的"领袖国家"。

奇怪的是，当世界许多知名专家纷纷向苏联第一颗人造卫星的火箭总设计师表示祝贺时，苏联当局却将科罗廖夫秘密隐藏起来，不让他露面，而有意安排不搞火箭也根本不懂火箭的谢道夫院士现身于各种重大场合。结果，西方新闻界一直把谢道夫当成人类第一颗人造卫星之父。

1957年11月3日，苏联再次赶在美国之前，将一颗载有一只母狗的人造卫星发射上天。这只母狗的名字叫"莱依卡"，它在太空飞行的状态下通过无线电遥测渠道将其信息传回地面，为苏联科学家、同时也为人类得出了一个重要的结论，即母狗在太空飞行，对其生命并无威胁，这表明地球上有生命的动物都可以去太空旅行。这一试验报告送到赫鲁晓夫手上后，赫鲁晓夫当即下令：立即集中力量研制载人飞船，一定要赶在美国之前，把地球上最高级的动物——人——送上太空！为确保航天员的安全，科罗廖夫决定采用在公海回收载人飞船的方案。而赫鲁晓夫却出于政治的需要，要求载人飞船必须在本国领土降落。因为飞船一旦降落公海，西方的航天专家和新闻记者都可能赶到现场，这就会暴露前去迎接航天员的科罗廖夫。这让科罗廖夫陷入非常痛苦的两难境地：一方面，他必须满足赫鲁晓夫的政治要求；另一方面，作为一个科学家，他又绝不允许自己设计的飞船把航天员带向死亡。结果，重压之下的科罗廖夫第一次犯了心脏病，住进了医院。检查中，医生发现他的肾脏也有严重疾患。科罗廖夫这才知道，凡在监狱和集中营里关押过的人，出来后都有这类疾病。但他更清楚的是，苏联必须赶在美国之前把人送上天！所以科罗廖夫强行出院，仅用三个月便研制出了用于发射载人飞船的运载火箭。发射那天，地上的科罗廖夫一直注视着天上的加加林，脉搏最快时每分钟达到了一百五十六次！他因心脏几次出现异常，不得不将一粒又一粒的药丸塞进嘴里，直到加加林安全返回地面。

但历史常常就是如此滑稽。当加加林从太空安全返回地球后，在莫斯科红场举行的全世界瞩目的隆重欢迎仪式上，迈着方步走在红地毯上接受鲜花、接受笑脸、接受欢呼、接受掌声的，却只有加加林和赫鲁晓夫；而将加加林送上太空的科罗廖夫则默默匍匐在地下室里，继续默默地熬夜，默默地加班，默默地埋头苦干，默默地制订着一套新的发展计划——通过发射大量的卫星式飞船，稳步提高苏联的载人航天技术。可赫鲁晓夫对他的“稳步提高”似乎毫无兴趣，下令必须在 1964 年十月革命节前把三名苏联宇航员发射上天！于是科学不得不再次跪倒在政治的脚下。好在上苍有眼，1964 年十月革命节前，科罗廖夫侥幸完成了太空“三人飞行”的任务，又为苏联抢了个“第一”。

而人生的坎坷，工作的压力，精神的创伤，再加上政治的重压，却使科罗廖夫身心交瘁，力不从心。尤其是 1965 年，和他一同遭受过政治迫害的年仅五十二岁的著名火箭专家沃斯克里森斯基突然去世，更是给了他沉重一击。在那段时间里，他常常孤身一人伫立于夜幕之下，望着深邃莫测、无边无际的浩瀚星空沉默不语。尤为荒唐的是，1966 年 1 月的一天，一个喝了酒的医生为他做一个小小的痔疮手术时竟然发生严重事故，结果一个闪烁着天才光芒的生命轻而易举便结束在了一个酒鬼的手术刀下！

科罗廖夫的不幸去世，对苏联乃至全人类的航天事业都是一个重大的损失。科罗廖夫去世后，苏联第一次发射飞船便遭失败，接着发射“质子号”火箭又受重创，再接着三名航天员命丧太空！当这一系列的悲剧活生生地发生在人们眼前时，苏联当局这才想起科罗廖夫。不少苏联航天专家都说，如果不是天才的科罗廖夫过早去世，这些悲剧也许就不会发生了，而且第一个登上月球的将是苏联人而不是美国人。

可惜，一切都晚了，历史已经不能改写了。就这样，一代航天大师科罗廖夫在这个世界默默地生活了五十八年之后，突然默默离开了这个世界，而后渐渐淡去，直至被人遗忘。而加加林的名字却名扬四海，响彻宇宙，永远轰轰烈烈地留在了天上！

然而不管怎么说，人类飞天的伟大梦想毕竟已经变成了现实。这一人类史上前所未有的伟大壮举不仅让苏联人欣喜若狂，也让整个人类震撼不已！好比一间常年不见天日的屋子，有一天突然被人推开了一扇窗户，不仅让人一下子呼吸到了新鲜空气，而且还突然让人眼前一亮，看到了一个从未见过的新世界——宽广无垠、魅力无穷的太空家园！于是“到天上去”已不再是虚幻的梦想，而是活生生的现实。往日神秘、高远的浩瀚太空，很快成了地球人类有待开垦的下一块或者说最后一块丰美诱人的处女地。面对这块处女地，谁又不想早点去开垦一番呢？

苏联人想，美国人同样也想。

加加林上天，对美国是个很大的刺激。美国怎么也没想到，四年前第一颗人造卫星就落后于苏联，四年后又再次被苏联甩在了屁股后面。其实美国早有把人送上太空的计划。二战结束后，在美国，以航天之父布劳恩为首的科学家便开始了载人航天的构想。但是自视为老大的美国人过高地看待了自己，过低地估计了苏联——苏联在准备发射第一颗人造卫星时，美国却在忙于改建一枚短程技术导弹，用于从土耳其向苏联发射核弹头，而苏联就是在这个时候将第一颗人造卫星发射上天的。对此，美国氢弹之父爱德华·特勒曾气急败坏地说：“美国输掉了一场比珍珠港还要重要的战役！”而肯尼迪总统则把它看作“多年来美国经历的最惨痛的一次失败”，他在竞选总统时就提出了“新边疆”的口号。肯尼迪对“新边疆”的解释是：“我们又一次生活在一个充满发现的时代。宇宙空间是我们无法估量的新边疆。美国现在唯一的出路，就是以攻为守。”

于是，1958 年，美国成立了国家航空航天局。同年 1 月 31 日，成功地发射了第一颗人造地球卫星。1960 年 10 月，肯尼迪竞选总统时，还说了一句惊世骇俗的话：“哪个国家能控制宇宙，哪个国家就能控制地球。”所以苏联的加加林刚从太空回来二十三天后，即1961年5月5日，肯尼迪总统便一声令下，发射了“水星四号”载人飞船，将美国的第一个宇航员艾伦·谢泼德送上了距地面一百八十六公里的高空！

现在，苏联人上天了，美国人也上天了，中国人想不想上天呢？

当然想。而且，比谁都想得辛苦，想得漫长。

第一部

“曙光”飞船

第一章
中国猴子的遗憾

人类的梦想始于何年？飞天之梦起于何时？今天的我们恐怕已经很难考证了。不过从我查阅的大量国内外史料来看，说飞天梦起源于中国，并最早被中国人付诸行动，应该不是一个问题。

但问题在于，尽管全世界都说中国是火箭的故乡，全世界都知道中华民族最早怀有飞天的梦想，全世界也承认两千多年前中国就有“嫦娥奔月”的浪漫神话，六百年前中国就有“万虎登天”的真实故事。但历史却从不在乎什么神话不神话，也不管你什么梦想不梦想，而只认一样东西——事实！

事实是，第一个把人类飞天梦变成现实的不是中国人，而是苏联人。苏联的加加林上天这年，中国的航天员杨利伟还没有出生。美国宇航员谢泼德遨游太空时，中国航天人还在一边捂着饥饿的肚子一边画着飞船的草图。因此，如果说人类的飞天梦源于中国，那么人类的飞天史就始于苏联。而中国真正追梦的旅程，从严格意义上说，则起步于 1958 年。

1958 年，是共和国历史上政治热潮高涨、民众情绪几近疯狂的一年。这一年，“反右斗争”刚刚过去，“大跃进”的旋风又骤然卷起，中国人像被灌了一桶大剂量的兴奋剂，除了拼命地“大炼钢铁”，就是疯狂地“大放卫星”，拼命地制造谎言！而同为社会主义国家的苏联“老大哥”，不仅一年前成功地发射了第一颗人造地球卫星，而且紧接着又将一只名叫“莱依卡”的母狗送上了天。于是母狗上天再次成为轰动世界的又一特大新闻。苏联发生的这两件事——一件是没有生命的卫星上天，一件是有生命的母狗上天，对世界的震动都很大，对中国的震动同样也很大。在这种背景下，或者说在这种压力下，中国航天人自然就开始考虑中国人上天的问题了。而作为新中国领军人物的毛泽东，在1958年5月召开的中国共产党的八大二次会议上也大手一挥，用气吞山河般的湖南话说了一句："我们也要搞人造卫星!"于是，中国航天人从此踏上了从陆地走向太空的漫漫征程。

然而，先驱者总是孤独而寂寞的。

1958年8月初，中国科学院成立了中国第一个卫星小组，即后来所谓的"581小组"。"581小组"的成立，在一定意义上标志着中国载人航天的起步。由于这个时候苏联已经开始着手研制载人飞船了，所以中国飞船的问题也就纳入了"581小组"的议程之中。几天后，在中国科学院力学研究所召开的一次座谈会上，一位当时很有名望的科学家从科学的角度，第一次公开表达了中国要搞飞船的意向。

这位科学家叫赵九章。

赵九章是上个世纪五六十年代与钱学森齐名的一位气象学家，中国第一颗人造地球卫星的设想就是他最早向周恩来总理提出的。但这位科学家命途多舛，时运不济，"文化大革命"中连连惨遭不幸，后来被迫服药自杀。1979年中国科学院为他平反昭雪时，连一个骨灰盒也找不到，只好将他生前戴过的一顶帽子放在桌上。十年后，即1989年，当我第一次采访到赵九章的故事时，心灵受到极大震撼，后来便将他的故事写进我的长篇报告文学《走出地球村》，通过《当代》杂志和人民文学出版社第一次公之于世。一位华裔科学家在美国的一家图书馆读到后，感动得泪流满面，特意写信向作者和出版者致谢。2003年，赵九章被中共中央追认为"两弹一星"功勋科学家，可见这位科学家的影响之大。

赵九章提出搞飞船不久，即1958年8月中旬，中国科学院生物物理研究所成立了高空生理研究组，开始进行动物实验。国家计划委员会也指定"九人小组"负责，开始实施早期的宇宙生物研究。中国医学科学院和军事医学科学院则分别成立了宇宙医学专业小组和宇宙医学研究室。

而为了吸收国外先进经验，经赵九章牵线搭桥，中国相关代表团于 1960 年参加了分别在捷克斯洛伐克和爱尔兰举行的由社会主义国家的科学家组成的国际航空宇宙医学会。

然而，就在中国航天人考虑如何把老鼠、小狗之类的小动物送上太空时，苏联、美国却将高级动物——人送上了太空！

苏、美宇航员上天，这对中国无疑是一种打击，也是一种刺激。尽管有的中国航天专家多少有些不服气，却又无可奈何。因为，1961 年的中国，在经历了“大跃进”死去活来的折腾后，接着就是苏联撤走全部在华专家，五亿中国人民勒紧裤带偿还贷款！也就是说，当人类的脚步已经跨进航天的大门时，被誉为“火箭故乡”并诞生过人类“登天始祖”万虎的中国，面临的最大问题，却还是生存问题：年仅十二岁的新中国还有许多百姓没有饭吃，甚至身居北京的航天人也同样填不饱肚子。由于饥饿，中国航天人营养严重不良，体力极度透支，有的视力下降，有的出现贫血，有的患了夜盲症，有的全身浮肿，连穿衣走路、上床下楼都很吃力。饥饿在撕咬着中国航天人肠胃的同时，也压迫着中国航天人的大脑。

尽管如此，中国航天人依然坚持着自己的梦想。尤其是苏联的加加林上天后，原本就不甘落后的中国航天人更是加快了追赶的步伐。1961 年 6 月，中国科学院在著名科学家裴丽生、钱学森、赵九章的主持下，举办了第一次星际航行座谈会，开始具体探讨包括载人飞船在内的有关宇宙飞行的诸多问题。1963 年，中国科学院成立了星际航行委员会，在理论上对中国的载人飞船问题展开研究。1965 年 10 月 20 日，国防科委主持召开了“空间技术论证会”——史称“651 会议”，正式提出载人飞船问题。同年 11 月 16 日，著名科学家蔡翘给赵九章写信，第一次以书面的形式提出了发展中国载人飞船的步骤问题，得到了赵九章的大力支持。1966 年 1 月，国防科委主持召开了“宇宙医学、宇宙生物学规划会议”，讨论修订了《载人宇宙航行规划医学、生物学部分》草案，并建议成立宇宙医学和生物学专业组，建立航空宇宙医学和宇宙生物学研究中心。同年 3 月，中国科学院和国防科委等部门在北京京西宾馆召开了宇宙飞船规划会议，蔡翘、贝时璋、沈其震等几位著名科学家还参与了该规划草案的制订。

与此同时，中国科学院、七机部、国防科委等部门的另一批专家也在秘密进行探空火箭和生物火箭的发射试验，即用火箭把老鼠、小狗等一些小动物发射到天上，看高空飞行中的失重会给它们带来哪些生理影响、哪些生理反应，通过分析搞清高空环境和大气环境二者有何不同，具有什么特性，适不适合人的生存，然后再对人上天后可能遇到的种种问题展开研究，从而获取科学试验数据。

这种试验看似简单，实则非常复杂。因为这些上天的老鼠和小狗必须先从很多种类的老鼠和小狗中严格筛选出来，再进行训练培养。筛选这些老鼠和小狗的过程与后来选拔航天员相类似，除了要考虑它们是否聪明、勇敢、灵巧之外，还得考虑它们的大小、高矮和重量。因为火箭头上装老鼠、小狗的密封舱空间有限，所以上天的老鼠、小狗太肥胖了不行，太瘦小了不行；傻头笨脑的不行，太调皮捣蛋的也不行。

现在回过头去看，从 1958 年到 1966 年的八年间，从事探空火箭、生物火箭发射以及生物研究的中国航天人，对载人航天的前期探索与研究是作出了很大贡献的。其主要实绩是：

1960 年 2 月，首次发射了中国第一枚自行设计、研制的试验性液体探空火箭。这枚火箭的飞行高度只有八公里，却迈出了中国探空火箭的第一步。

1964 年 7 月，首次发射了中国第一枚生物探空火箭。这枚火箭不仅将大白鼠发射到了七十公里的高空，而且安全返回，同时还测量、拍摄了大白鼠在超重、失重环境下的生理状态，取得了宝贵的试验资料，掀开了中国宇宙生物学的第一页。

1965 年 6 月，连续发射了两枚生物探空火箭，再次将另一批大白鼠送到太空。

1966 年 8 月，连续发射了两枚高空生物探空火箭，把一只叫“小豹”的公狗和一只叫“姗姗”的母狗成功地送到了太空，其发射高度达七十公里！这两只上天的小狗均来自从全国精选的三十只优秀的小狗，除了要求它们的体重在六公斤左右外，还必须身体健康、反应灵敏、性格温和，并能忍辱负重、善解人意。尤其值得一说的是，“小豹”和“姗姗”作为动物的代表，是中国载人航天历史上最早进入七十公里高空的大型动物，我们不妨把这两只小狗称作中国载人航天的“先驱”。苏联在加加林上天之前，虽然也是先发射载有动物的生物火箭——从 1949 年到 1959 年，苏联向太空发射了四十四只小狗和一只兔子，但苏联与中国不同的是，苏联的第一只母狗“莱依卡”上天不久，便命丧太空，而中国的“小豹”和“姗姗”上天后却安然无恙，并双双携手把家还，以至于成为当时万人瞩目、争相观看的“太空英雄”“动物明星”。而且，“小豹”和“姗姗”从天上返回人间再运到北京后，专家们还举行了隆重的欢迎仪式，它们受到中国科学院院长郭沫若和党组书记张劲夫的接见。此后，“小豹”和“姗姗”相依为命，生活幸福，不久居然还生下了一个活泼可爱的小宝宝，为科学家们常年沉闷的实验室增添了不少情趣。因此，当三十七年后杨利伟飞向太空时，对三十七年前就已经上天的这两只小狗，我们理应心怀敬意。

1966 年 8 月，在北京实施了“猴子上天”的计划。这是继“小狗上天”计划之后又一个开创性的举措。因为与大白鼠、小狗相比，猴子算是更高级的动物，比大白鼠和小狗更接近人类。对猴子进行试验，就能更准确地了解将来航天员上天后的真实生理状态和反应。美国航天员上天之前，曾用飞船发射过一只黑猩猩，就是出于这样一种考虑。

然而，正当中国航天人全身心地追逐飞天的梦想并为之积极努力时，史无前例的“文化大革命”却开始了！北京搞载人飞船的专家们很快跌入政治灾难的深渊，而正在北京准备把猴子送上天的上海的一批专家也被匆匆召了回去，而后在极“左”政治皮鞭的驱赶下，迅速投身于“轰轰烈烈”的“大革命”中。

于是，当数以千万计的“红卫兵”一下从课堂蹦到街上，继而又以

“革命小将”的名义登上中国政治舞台时，已经在树上蹦跶了千万年的中国猴子，却失去了一个从树上一下蹦到天上的绝好机会。

这是中国猴子的遗憾，更是中国人的遗憾。

第二章

该上几个航天员？

1967 年 3 月的一天，七机部第八设计院的几位年轻专家正在办公室查找资料，窗外突然传来敲锣打鼓声，同时还伴有狂呼乱叫、声嘶力竭、一浪高过一浪的口号声。专家们不用看就知道，又是“造反派”上街游行了。这时，一个满脸憋得通红的青年专家突然站起来说，我有个想法，想给大伙说说。

历史常常就是这样，沉默到了某一时刻，总会有人站出来，或振臂疾呼，或举旗呐喊，或高声痛骂，或倾情诉说，打破原有秩序，寻求新的出路。

这位站出来打破沉默的年轻专家，叫范剑峰。

采访范剑峰很不容易。他属于低调寡言、只干不说的那一类专家。我先后多次与他联系，并反复说服动员，最后他才同意接受采访。我第一次走进范剑峰的家，是 2003 年 7 月的一天。范剑峰的家若用“家徒四壁”“一贫如洗”来形容，似乎并不过分。举一个例子，采访时，我希望找一张写字台作记录，他家却连一张写字台都没有，只有一张吃饭用的小圆桌，我只好把我的笔记本电脑放在小圆桌上。可由于小圆桌太小，放了电脑和一些资料后，我手中的采访本居然再也找不到地方可放了，我只好放在膝盖上记录。

范剑峰个子瘦小，其貌不扬，如果把“老实巴交”这四个字搁在他身上，恐怕是再恰当不过了。1935 年 7 月，范剑峰出生于浙江绍兴，与鲁迅是同乡。1958 年，当毛泽东发出“我们也要搞人造卫星”的号令时，他从华东师范大学物理系毕业后刚分到上海机电设计院，跟着著名航天专家王希季搞探空火箭，从事总体设计工作。得知苏联加加林上天的消息那天，范剑峰正在火箭试验现场，不知是因为刺激太大，还是肚子实在太饿，他当即便晕倒在地上。醒来后，他睁开浮肿的双眼第一句话就问：苏联人真的上天了？范剑峰说，那天晚上，我怎么也睡不着，后来干脆爬起来，站在窗户跟前，望着天上的星星发呆，恨不得当天晚上就搞载人飞船，第二天一大早就把中国的航天员送上天！可当时的现实是，中国连一只猴子都还没弄上天，何谈载人飞船！

不久，上海机电设计院迁往北京，更名为七机部第八设计院，主要搞导弹、卫星和飞船。在那个饥饿的年代，范剑峰虽然肠胃空空如也，大脑却相当充实。他每天坚持必做的事，就是跟踪、研究苏联、美国的载人飞船。而搞出中国自己的飞船，则是他的一个梦想。1964 年，中国第一枚中近程导弹和第一颗原子弹试验成功，这两件事让范剑峰备受鼓舞，信心大增。但他万万没有想到，“文化大革命”如同自然界的狂风暴雨，一夜间说来就来了。这一来不打紧，领导靠边，工作瘫痪，红旗飞舞，锣鼓喧天，口号声声，标语片片，国家乱了，军队乱了，各个科研单位乱了，跟踪、研究载人飞船的计划也跟着乱了。他只好自己偷偷琢磨怎么搞飞船。可眼看着“革命风暴”越刮越猛，时间一天天像流水一样哗哗流去，他又焦急万分，心有不甘。

因此，当今天看着“造反派”的队伍又大张旗鼓地从眼前走过时，老实巴交的范剑峰便再也憋不住了，终于开口说道，苏联加加林上天都六年了，我们还什么都没搞上去，连一颗卫星也没搞上去。载人飞船的事，我觉得我们应该尽快搞起来！

范剑峰学识渊博，却不善言辞，当众说话时细声细气，很是腼腆。但在场的几位专家听了范剑峰的想法后，都说好。当然也有人担心，说现在全国乱糟糟的，头头们一个个都挂起来了，搞飞船是国家的大事情，没人来管，怎么搞？范剑锋说，管他的，我们先干起来再说，走一步是一步，反正歇着也是歇着。中国的载人飞船，早晚都是要搞的，晚搞不如早搞。否则，中国与世界的差距会越来越大，今后就是想赶也赶不上了。

于是，1967 年 3 月中旬的一天，范剑峰和几位专家商量后，决定把中国科学院、军事医学科学院以及第八设计院的有关专家召集在一起，就载人飞船问题专门进行一次座谈，地点就选在中国科学院物理研究所小礼堂。范剑峰是搞总体设计出身的，既了解各系统的情况，又熟悉各方面的专家，由他牵头，理所当然。范剑锋说，由于这次座谈会是专家自发组织的，算是民间性质，所以连个开会的正式通知都没有，只给每个专家打声招呼就行了。专家们一听要讨论载人飞船问题，个个情绪都很高，干劲儿很足，通知开会的时间明明是 8 点，可有的专家 7 点就到了。等二十多位专家全部到齐，还不到 8 点。

专家们如此积极，原因有两点：一是苏联、美国的飞船都上天了，中国还没动静，作为同行，自尊心多少会受一些刺激；二是自 1960 年苏联撤走在华全部专家后，中国的专家们心里都憋着一肚子的气，发誓要搞出点名堂来。搞导弹火箭的专家很快搞出了导弹火箭，搞核武器的专家很快搞出了原子弹，可搞载人飞船的专家呢？却一直停留在纸上谈兵的阶段，几乎没搞出什么名堂来，心里当然不是个滋味。所以大家一听说要讨论载人飞船的问题，便有点心急火燎的感觉。

座谈会开得很简单，没有隆重的仪式，没有像样的桌椅，甚至连一杯茶水都没有。大家到场后，随便找个地方一坐，范剑峰先说上几句，大伙儿便七嘴八舌地讨论起来。讨论中，对要不要搞载人飞船的问题大家没有异议，但对搞载人飞船的步骤却出现了两派意见。一派主张继续先做发射猴子的试验，然后再考虑发射人的方案；另一派主张不用再做猴子的试验，直接把人发射上天。范剑峰属于后者。他的观点是，苏联、美国的狗和猴子早就上过天了，人也早就上去了，事实已经证明，无论是小狗、猴子还是人，上天都没什么问题。如果中国再走苏联、美国的老路，继续弄猫弄兔、弄狗弄猴什么的，既没必要又耽误时间。所以搞狗、搞猴子的事可以先停下来，集中力量直接搞人。因为运载火箭已经搞出来了，就可以着手搞载人飞船了。如果再不抓紧，就给耽误了。

座谈会开了半天，最后结果是：多数人主张直接上人，少数人主张先把猴子弄上去再说。但不管是主张先上猴子的还是主张直接上人的，都有一个共同的意见：向上级反映，建议尽快开展载人飞船的研制工作。

会后，范剑峰找到第八设计院的领导，汇报了座谈会的情况和大家的建议。院领导当即表示支持。

接着，范剑峰又去找钱学森。

钱学森此时已是七机部的副部长，虽身居高职，中国载人飞船之事仍在他的构想之中。而事实上，加加林上天后，钱学森曾经就飞船一事和有关专家作过多次沟通。所以听了范剑峰的汇报后，钱学森表态说，你们的想法很好，抓紧做吧，我支持，有什么困难和问题跟我讲。范剑峰说，现在最大的问题就是太乱，工作起来很困难。钱学森说，不管怎么样，先把载人航天的锣鼓敲起来再说！

之后，钱学森又亲自找过范剑峰，谈了好几次飞船的事。范剑峰说，钱学森每次见了我，第一句话就说，你们赶快搞起来吧！这是一件好事，也是一件大事！

有了院领导和钱学森的支持，范剑峰很快在第八设计院组织了二十多个专家，开始对载人飞船进行调研、论证。根据我的调查采访，这是中国最早搞飞船总体设计的一个群体。但这个群体从严格意义上说，属于自发行为，算不上正式组织。而范剑峰们对载人飞船的研究也还仅仅停留在查找资料、预想方案的初始阶段。虽然他们每天都在想着载人飞船的事，却缺少一个明确的方向和具体的方案，因而常常感到举步维艰。

究其原因，主要还是来自“文化大革命”动乱的影响。

其时，“文化大革命”已进入第二个年头，全国许多科研机构基本瘫痪，正常工作已经无法进行。不少科学家惨遭迫害，或下放，或受批斗，或致残，甚至被害死。一直关注、支持研制载人飞船的赵九章，此时头上已被戴上了“反革命”的高帽子，胸前挂着“大特务”的铁牌子，每天被“造反派”押着挨批、挨斗、四处游行，直至次年 10 月 10 日被迫服药自杀！

幸而，这一时期中国科技界有老帅聂荣臻当家。为了维持正常的科研秩序，保护科技人才，1967 年 3 月初，聂荣臻起草了一份《关于军事接管和调整改组国防科研机构的请示》递交中央。3 月 20 日，毛泽东批准了这一报告。此后，载人飞船相关工作才渐入正轨。

1967 年 5 月，中国人造卫星宇宙飞船研究院正式组建。11 月 9 日，时任国防科委副主任的刘华清组织有关专家，就卫星、飞船研究院的体制方案和组建问题展开专题讨论。1968 年 1 月 8 日，“651 筹备处”首次召开“中国第一艘载人飞船总体方案设想论证会”。

此次会议由钱学森主持，与会者均为各系统权威专家。虽说专家们在会上发表的意见并不系统，也不成熟，但中国载人飞船的问题能第一次正式摆到如此高规格的会议桌上，却是一个了不起的进步，所以专家们个个拍手称快。就在这次会上，以钱学森为首的专家们还提出了一个大胆的设想，即：中国第一艘飞船上五个航天员！并要求各分系统按照上五个航天员的设想，尽快拿出各自分系统的方案。

1968 年 2 月 20 日，经毛泽东亲自批准，中国空间技术研究院正式成立，钱学森任院长，常勇任政委。钱学森上任后，载人飞船问题很快提上议事日程。钱学森先将有关专家召集到一起，就中国到底要不要搞载人飞船的问题再次进行论证，并亲自到会听取意见。论证结果是，多数专家认为，中国载人飞船应该搞，而且早搞比晚搞好。

同年 4 月，在钱学森的筹划下，中国空间技术研究院正式成立了载人飞船总体设计室，范剑锋任主任，王壮任副主任，专门负责载人飞船的总体方案设计。

根据我的调查采访，这个飞船总体设计室，是中国第一个专门负责载人飞船总体设计方案的正式组织。设计室成立后，范剑锋兴奋得好几个晚上没睡着觉。他很快组织起四十多个专家，迅速展开了工作。由于任务明确，再加上大科学家钱学森是顶头上司，所以范剑锋们干起工作来比原来痛快多了，方便多了，感觉也大不一样了，第一次真切体会到了名正言顺的甜头和理直气壮的力量。范剑峰说，钱学森对载人飞船的事非常重视，既亲自谋划，又具体过问。钱学森当时离空间技术研究院很远，但只要一有时间，他就亲自过来，和我们商谈有关载人飞船的事。

我们有了什么事情，也直接向他汇报，中间省掉了许多麻烦。而我们对载人飞船的研究进展情况，由钱学森随时向国防科委汇报，国防科委再向中央汇报。

不久，范剑峰领导的飞船总体设计室渐渐扩大到各个研究所，全国大约有二百多位专家先后参与了飞船总体设计方案的论证工作。在飞船总体设计方案的论证过程中，中国航天人遇到了许多棘手的问题。其中最大的一个问题，是中国的第一艘载人飞船“曙光号”到底乘坐几个航天员的问题。

范剑峰说，当时除了主张上五个人的方案之外，专家们还提出了三个方案：一是上一个人，二是上两个人，三是上三个人。就是没有一个专家提出上四个人的方案，大概都怕“四”这个数字不吉利!

这个问题今天看起来有些荒唐。科学家怎么也会如此迷信呢？其实，迷信作为一种文化现象，在中国这块土地上可谓历史悠久，无时无刻不像空气一样弥漫在我们的心灵与生活中。可以说，是人就有迷信心理，只是程度不同而已；科学家也不例外。而且，这种东西不光中国有，外国同样有；上个世纪五六十年代的科学家有，八九十年代的科学家仍然有。比如，据我所知，20 世纪 90 年代初，中国的“长征号”火箭在一次发射前，一位火箭专家由于害怕失败，或者说太想成功了，竟去征求一位气功大师的意见，看选择哪一天发射才是黄道吉日，以便决策时作参考；而还有一位女工程师，则在发射的前夜，偷偷跑到发射架下，双手合十，祈求上苍保佑发射顺利!

专家们在论证上述四种方案时，政治、社会、心理等各种因素纠缠在一起，很难形成统一意见。范剑峰说，为了论证这个方案，大会小会研究讨论，反反复复，争论很大，公说公有理，婆说婆有理，领导有领导的考虑，专家有专家的想法，这个系统有这个系统的意见，那个部门有那个部门的观点。有人说，苏联、美国第一次上的都是一个人，现在中国再上一个人，就没什么意思了，应该上两个人。有人马上就说，苏联在 1963 年就上两个人了，现在我们再上两个人，还有什么意思？要上就上三个人。但有人又说了，苏联 1964 年就上三个人了，美国的“双子星座号”也上了三个人，现在我们再上三个人，最多和苏联、美国打个平手，有啥意思？干脆，要上就上五个人，这样中国就可以超过苏联、美国了！

后来，意见集中在是搞一个人的方案还是五个人的方案上。

主张上一个人的，除部分专家外还有一个特殊人物，这就是后来红极一时的党中央副主席、再后来臭不可闻的“四人帮”成员之一王洪文。王洪文由于来自上海，所以想用上海的火箭来发射载人飞船。他的原话是：“先打一个人上去再说。”

而上五个人的方案，主要是钱学森的意见。范剑峰说，有一次我们向钱学森汇报方案，钱学森对我们说，我们是不是不要像苏美那样，按自己的路走，搞个五个人的方案如何？我们问钱学森，这五个人如何分工？钱学森解释说，这五个人的分工是：一个是指令长，一个是航天员，一个是随船工程师，一个是随船医生，再加上一个政委。钱学森的意思是，五个人可以组成一个集体，既有分工，又有合作；既体现了科学，又体现了集体领导，还突出了政治。

毫无疑问，钱学森是一位了不起的科学家，尤其在新中国成立之初，他为中国的导弹事业作出了不可替代的贡献；但再伟大的科学家也难免会有历史的局限，英国大科学家牛顿有，美国大科学家爱迪生有，美国大科学家爱因斯坦也同样有，古今中外的大科学家几乎无一例外。因此，若用今天的眼光来看，五个人的方案在技术上其实难度很大，与当时的实际也不相符，多少有贪大求全、盲目“跃进”之嫌，很明显是受到了那个年代社会思潮的影响。五个人的方案别说当年搞不了，即便放在今天恐怕也很难搞成。但那时的中国就是这样，在一些科学项目或者科研工程中，科学家们往往很难摆脱政治的束缚和社会的影响，总会自觉或不自觉地去迎合某种政治的需要。这对以探索、坚持科学真理为已任的科学家们来说，实在是一件很尴尬又头疼的事情。

后来事实证明，范剑峰们按五人方案搞出的《总体设计报告》，越深入到具体问题就越感到矛盾很多，困难很大。首先，飞船的座舱要装五个人，体积、容量就是一个大问题；其次，五个航天员在天上的吃、喝、拉、撒、睡等问题也非常棘手；再者，飞船的重量、空间、结构、消耗、供应等各个系统都相当复杂。所以范剑峰说，方案搞出来后，在飞船总体设计室内部就有两种不同意见。一种认为，五人方案是顶头上司钱学森提出来的，不好驳回；另一种认为，搞科学还是应该从实际出发，搞两人方案比较合适，也更有把握。

这些意见后来反映到钱学森那里，据说钱学森也意识到了五人方案并非最佳，于是组织人马重新论证。但到底哪个方案最佳，一时举棋不定，谁也说不准。最后只好五人方案和两人方案同时搞；而一人方案和三人方案也在进行之中。

不久，四个方案全都搞出来了。

飞船方案搞出来了，飞船叫个什么名字是好呢？

开始，有人提出叫“大跃进号”，即乘“大跃进”之风，“超英赶美”的意思。有人说好，有人说不好。结果没有采用，原因不详。

后来，飞船正式定名为“曙光号”。

至于为什么叫“曙光号”，是谁提出的，又是谁定的，这个问题航天界众口不一，传说不少。有人说最早是钱学森提出的，有人说是某个专家提出的，有人说是几位专家商量出来的，也有人说是周恩来建议的，还有人说是毛泽东命名的。总之说法很多，难以考证。

不过范剑峰有个说法，我认为倒是值得注意。范剑峰说，中国第一艘飞船后来之所以叫“曙光号”，是由中央专委办公室定的。大概是1967年9月的一天，钱学森回来告诉我们说，好消息，中央专委办公室已经给载人飞船取了个名字。我们一听，迫不及待地问，叫个什么名字？钱学森说，叫“曙光号”。我们听了非常高兴，因为飞船有了名字，就等于开了个头，我们就可以理直气壮地搞方案了，名正言顺嘛！而且，“曙光号”这名字取得多好啊，既有政治意义，又充满诗意，还给人以希望。所以我们听了非常高兴，当晚就加班到深夜，有人还激动得一夜没睡觉。

根据我的调查采访，相比较而言，范剑锋的这一说法更接近历史的真相。其理由是，在那个年代，中国第一艘载人飞船的命名，如同后来中国第一颗人造卫星“东方红一号”的命名一样，绝不单单是个名字的问题，而有着太多的政治因素和复杂的社会原因。说“曙光号”是某个专家或者某些专家提议的，这合情合理；但若说“曙光号”是航天界内部拍的板，则绝无可能。

第三章

毛泽东画了一个圈

在范剑峰们搞“曙光号”飞船总体方案的同时，还有一支科学家队伍，也在为“曙光号”飞船卧薪尝胆，埋头苦干。这就是后来中国航天员杨利伟所在的单位——北京航天医学工程研究所。

北京航天医学工程研究所在杨利伟上天之前，几十年来一直处于绝密状态，故外界对它的历史背景一无所知。1968 年，钱学森在筹备飞船总体设计室的同时，向国防科委打了一个报告，建议成立一个宇宙医学及工程研究所。同年 4 月 1 日，经国防科委批准，宇宙医学及工程研究所正式成立，内部简称 507 所，后更名为北京航天医学工程研究所。该所总编制定员为一千二百六十五人，由何权轩任所长，霍俊峰、陈信、石云峰任副所长。其主要任务，一是开展空间医学科学研究，二是负责选拔和训练航天员。

事实上，早在 1958 年，这批科学家便开始了对宇宙医学的探索，后来又重点开展了航空航天医学工程的研究。到 1968 年，十年间他们先后建成了我国第一台六米半径的人用离心机、各类低压环境实验舱、高低温实验室和人用秋千、转椅与振动台等。就是说，早在 1968 年以前，他们就已初步搞出了一套中国最早的用于载人航天的大型地面模拟实验设备，并进行了大量人体医学实验，在航空航天医学的理论与实际应用上取得了骄人的业绩。

北京航天医学工程研究所正式成立后，为了尽快把中国人送上太空，在所长何权轩、副所长陈信的领导下，这批科学家开始全封闭地投入各项研究。陈信说，我们当时的任务，就是让人进入太空，不仅要保证航天员的生命安全，还要保障航天员在太空中高效率地工作。

不幸的是，这批科学家与范剑锋那批科学家同样生不逢时。航天医学工程研究所成立之际，正处“文化大革命”高潮期。“文化大革命”的风暴疯狂冲击着九百六十万平方公里国土的同时，也冲击着专家们的工作和生活。他们每天不仅要学习毛主席著作、背诵毛主席语录，还要“早请示”“晚汇报”。以及参加各种五花八门的“毛泽东思想学习班”“毛泽东思想讲用班”等。一部分专家被“打倒”或“靠边站”，不是被拉到街上游行批斗，就是被放逐到农村劳动改造。最为难堪的是，研究所成立之初，所址一改再改，一变再变，总也找不到一个固定的落脚地：一会儿借地于北京大学昌平分校，一会儿搬至北京工业学院，一会儿移到北京农业大学，一会儿又突然下令撤退。尤其是林彪“一号命令”下达后，研究所的仪器、设备、文件、资料以及部分专家统统从北京秘密搬往山西、河南的偏远“三线”地区。还有一部分专家及其家属则被迫离开单位返回老家暂住。当时，研究所不但缺少必要的研制设施，就连一般实验室用的水、电、煤气都没有。由于找不到合适的实验场地，只好在楼道或宿舍里开辟简陋的实验室。在建造水蒸发器实验室时，甚至竟选择了一个早被废弃的猪圈！加之研究所的人员来自全国二十所中高等院校和军内外若干单位，思想混乱，派性争斗不断，因而无论在组织管理还是生活、工作条件等诸多方面都陷入重重困境。

不过，即便如此，无论是以陈信为代表的这批科学家，还是以范剑锋为首的那批科学家，他们研制飞船的工作始终没有中断。只是他们当中谁也没有想到，正当他们在“革命”的“大风大浪”中为追寻飞天的梦想而东迁西搬埋头苦干奋力拼搏时，苏联、美国航天人的脚步已经迈向了另一个星球！

1969年，地球的西半部发生了一件惊天动地的大事情。这就是：1969年7月16日，美国的两名宇航员乘坐“阿波罗”飞船登上了月球！

八年前，美国总统肯尼迪曾向世界宣布：“美国将在十年内把人送上月球!”八年后，美国人的脚步真的就踏上了月球。当美国宇航员阿姆斯特朗打开飞船舱门缓缓走下扶梯，在月球上刚刚印下人类第一个脚印时，还说了一句令全地球人都怦然心动的话：

对一个人来说，这是一小步；但对整个人类而言，这却是一大步!

而且，两位美国宇航员还在月球的表面插上一块金属匾牌，匾牌上刻着这样一段文字：

公元 1969 年 7 月，地球行星上的人踏上了月球。我们为全人类的和平而来!

而位于东半球的中国，三个月前，“林副统帅”刚被中国共产党第九次全国人民代表大会正式确定为毛泽东的接班人。于是政治必须“高于一切”，政治必须“压倒一切”，成为全国首要的重大任务。像美国“阿波罗”飞船登月这类与“革命”八竿子打不着的事情，自然一概遭到杜绝。再说了，中国在地上的“大革命”还没闹完，哪有工夫去管月球上的事情！如果让社会主义的中国看到了“美帝国主义”登月，岂不是“长了资本主义的威风，灭了无产阶级的志气”?！所以，当地球上四十九个国家、一千多家电视台都在忙着转播“阿波罗”飞船的发射实况时，中国却理直气壮地进行了抵制，全国没有一家媒体报道这一盛况，致使人类历史上这一旷世伟大、绝版辉煌的时刻与拥有五千年文明历史的东方古国的七亿人民失之交臂；当“阿波罗”飞船登月成功的消息轰动世界，全球至少有三十亿人在欢呼、祝贺时，七亿中国人却在忙着高举“语录”、欢呼“万岁”、敬祝“林副统帅身体健康永远健康”。而那些一心梦想着飞天的中国航天人，当美国人登上月球时，他们却蹲在“牛棚”里，不仅连美国人登月的影子都没看到一眼，甚至对美国人登月的消息也一无所知。

美国“阿波罗”飞船登月这天，以范剑峰为首的飞船总体设计室的专家们正在参加一个批判“资产阶级反动学术权威”的批斗大会。会场内“革命气氛”十分热烈，会场外的世界他们却浑然不知。直到晚上 8 点，他们才放下“语录”，躲进一间狭小的屋子，继续埋头论证“曙光号”飞船的总体方案。而以陈信为首的航天医学工程研究所的专家们，在美国飞船登月前和登月后这段日子里，有的在家参加学习班，有的在参加“讲用会”，有的去了“五七干校”劳动改造，有的则因林彪“一号命令”的下达而忙于搬家，所以压根儿就不知道地球西边的美国人居然已经登上了月球！等这一消息后来传进他们的耳朵时，事情已经过去数月甚至半年了；而那些在“五七干校”劳动改造或者在老家暂住的专家们知道此事，则是一年或者几年后的事情了。

美国“阿波罗”飞船首次登月，中国专家们连看都没看上一眼，这对长期跟踪飞船、研制飞船、立志搞出飞船的他们来说，不能不说是一件很悲哀的事情！好比世界杯足球赛最后决赛时，中国足球运动员非但不能亲临现场观看，甚至连比赛的实况转播也不让看上一眼，其心情可想而知了。要知道，自 1960 年中苏关系破裂后，对于有关载人飞船方面的资料苏联封锁得十分严密，中国航天人哪怕想获取一点点信息也是困难重重、极其不易的；而在信息的开放方面，美国较之苏联虽说要好一些，但中美两国毕竟不属于一个阵营，又能好到哪里去呢？我们不妨设想一下，倘若当年中国航天人能亲眼看到美国“阿波罗”飞船的发射实况——哪怕是转播的录像——对他们搞“曙光号”飞船该是多大的启发和激励啊！

然而历史就是如此残酷无情，该发生的不发生，不该发生的却偏偏发生而且总是不断发生。所以，如果说八年前苏联的“东方号”飞船上天对中国航天人是一次提醒、一次鞭策，那么八年后美国的“阿波罗”飞船登月对中国航天人就是一次沉重的打击！

当然，中国航天人心里也明白，载人航天毕竟属于现代尖端技术，不同于 19 世纪下半叶兴起的航空技术，中国要实现飞天的梦想，还有很大的距离；何况当时国内上上下下对此有不同的认识、不同的意见，甚至还有坚决反对的观点。有人认为中国应该尽快搞飞船，有人则认为中国搞飞船为时过早，有人认为中国搞飞船用处不大，有人甚至认为中国搞飞船毫无意义、没有必要……反对者们最强调的一条理由是，中国连卫星都还没上天，怎么可能让人离开地球？所以中国当务之急不是把飞船发射上天，而是尽快将卫星射入太空！

另一方面——也是最重要的一方面，1969 年中苏关系剑拔弩张，国际形势极为复杂。特别是珍宝岛之战后，中苏大战一触即发。因此，中国军方有关高层人士提出一个非常严峻的问题：未来战争到底打什么？即是说，是打常规战，还是打非常规战？在这种形势下，钱学森提出了一个“天兵天将”的设想。所谓“天兵天将”，顾名思义就是在天上打仗。再说得专业一点，就是“空间大战”。在这个“空间大战”计划中，有超级大炮、反导弹、反卫星以及载人飞船等内容。张爱萍将军对此非常赞同和支持，他说，中国没有十到十五年的军事技术储备不行，必须提前搞，否则等将来战争爆发了再想起来搞，就晚了，也完蛋了！所以，“空间大战”计划报上去后，出于当时国际国内形势的紧迫需要，中央很快就批了。

而“曙光号”飞船的事，只好暂时搁置一旁。

“曙光号”飞船真正引起中央的重视，是在中国第一颗人造卫星“东方红一号”上天之后。

“东方红一号”卫星上天的时间，是 1970 年 4 月 24 日。这天，范剑峰、陈信等一大批专家正参加空间技术研究院专门为搞“曙光一号”飞船总体方案而准备的毛泽东思想学习班。上午 10 时许，主持人在会上领着大家背诵毛主席语录：“我们都是来自五湖四海，为了一个共同的革命目标，走到一起来了。”刚刚背诵完毕，一个振奋人心的特大喜讯便从天而降：我国“长征一号”火箭在西北酒泉基地成功发射了我国第一颗人造卫星——“东方红一号”！

会场顿时一片欢呼，一片沸腾，一片热泪长流！会后，无论在食堂还是在宿舍，不管是在工作还是在散步，专家们个个扬眉吐气，兴奋难抑，都在议论、探讨一个共同的话题——飞船！仿佛希望的“曙光”就在明天，就在眼前！

是的，中国第一颗人造卫星上天，虽说比苏联晚了十三年，比美国晚了十二年，但现在毕竟上天了，而且比苏联美国的重量大、功能强、飞行时间长。这就为搞载人飞船奠定了技术基础。同时更重要的是消除了一些人的思想障碍，甚至改变了一些人的传统观念，让人第一次实实在在地看到了中国飞船的一线“曙光”。如此一来，国内主张搞飞船的人比先前多了，反对搞飞船的意见比先前少了，一直坚持搞飞船的专家则比过去更有信心了！而当卫星上的《东方红》乐曲从太空播向世界、响彻宇宙，并通过无线电波传回天安门、传回中南海、传回九百六十万平方公里的神州大地时，无论是以毛泽东为首的政治家，还是以钱学森为首的科学家，想得最多的一件事情，很可能就是一定要尽快把中国人送上天！

很快，国防部五院和空军联合起草了一份关于研制“曙光号”飞船的请示报告递交国防科委，随后呈送中央军委办事组审阅。于是，1970年7月14日这天，当毛泽东坐在他那张宽大的、散发着浓浓书香的写字台前大笔一挥，在“曙光号”飞船的请示报告上画了最后一个圈。

关于这份请示报告，在2003年“神舟五号”飞船上天后，不少报刊、书籍中出现了两种说法。一说毛泽东在报告上作了批示；一说毛泽东没作任何批示。采访中我曾踏过不少部门的门槛，找过不少相关元老，希望能亲眼见到这份报告的真迹，可最终还是无功而返。后来，我查找到了《航天医学工程研究所大事记》，发现在1970年8月9日这天，记载着这样一段文字：

> 国防科委通知，毛泽东、林彪、周恩来和中央军委办事组7月14日批准，“即着手载人飞船的研制工作，并开始选拔训练航天员”。

加引号的这句话是谁的批示，《大事记》上没有注明，从字面上看，是中央军委办事组批示的可能性大。后来有人撰文说，加引号的这句话是毛泽东的批示，对此我曾特意求证于范剑峰。范剑峰的回答很肯定，他说，钱学森曾把这份报告的复印件给我看过，这句话不是毛主席的批示，毛主席只在上面画了个圈。此前周总理等人已经在上面画了不少圈，毛主席画的是最后一个圈。报告上都是圈阅，没有批示，一个字也没有！

其实，这句话到底是谁的批示，毛泽东是否作了批示，今天已经不重要了；重要的是他老人家当年在"曙光号"飞船的报告上，的确画了一个圈。如果没有他老人家画的这个圈，"曙光号"飞船肯定没戏。由于毛泽东画圈的时间是 1970 年 7 月 14 日，再加之保密的原因，故"曙光号"载人飞船工程的代号后来就叫"7・14"工程，即 1970 年 7 月 14 日毛泽东批准的工程。

"曙光号"飞船计划正式获准后，全国很快行动起来。其间有一个很重要的会议在此需要提及，这就是 1970 年 11 月 9 日国防科委和七机部在北京京西宾馆召开的"曙光号"飞船方案论证会，史称"11・9"会议。

据不少专家回忆，"11・9"会议把"曙光号"飞船工程推向了一个高潮，堪称一次里程碑式的会议。参加这次会议的航天专家，全国有二百多名；同时还有各大军区副司令员一级的人物，如后来的中央军委副主席刘华清。会上主要有三个亮点：

第一个亮点，是范剑峰关于《"曙光号"飞船总体方案》的报告。范剑峰的报告在会上讲了两个多小时，其内容包括飞船的总体技术方案、技术设想、技术指标以及各系统的构成等。在上几个航天员的问题上，范剑峰主张上两个。理由是上一个航天员技术上太落后，上五个航天员则返回时技术上有很大风险，实际用处也不大。上两个航天员，往返运输既实用方便，又符合中国现有国情和技术水平。范剑峰说，他当年之所以倾向上两个人的方案，除了技术上的原因外，还考虑了北京和上海两派意见的平衡问题。因为上海方面开始主张上一个，北京方面开始主张上五个。

报告结束后，专家们分组讨论，各抒已见，畅所欲言。讨论中，应不应该搞飞船不再是个问题，因为毛主席都批准了，谁还敢说不搞啊？

即便有不同意见，也只有憋在心里。所以讨论的话题不再是搞不搞的问题，而是怎么搞的问题。比如，各个协作单位怎么落实，相关军区如何组织，技术问题怎么攻关，每个单位承担什么责任，用什么火箭发射飞船，远洋测量船如何建造，飞船上天后怎样测控，飞船返回时如何回收，等等。至于到底上几个航天员，会上争论也很激烈。争论的双方主要是上海派和北京派，争论的焦点是上一个还是上五个。最后，会议一致通过的方案是：上两个。

第二个亮点，是上海益民一厂把精心制作的航天员的食品送到了会场。该厂为了扩大“曙光号”飞船的影响，还请专家们对这些食品进行了品尝。结果专家们反映不错，都说口感很好。

第三个亮点，也是最大的亮点，是北京529厂居然把“曙光号”飞船一比一的模型搬进会场，给“曙光号”飞船造势。而且会议还作了一个有趣的决定：安排每一位专家都到飞船的座舱里坐一坐，体会一下上“天”的感觉。于是专家们听说后兴奋得不得了，一大早就起床排队。二百多人的队伍，排到了宾馆的大门口。有的专家坐进飞船后，东摸摸，西瞧瞧，磨磨蹭蹭，兴奋得像个顽皮的孩子，居然迟迟不肯起来。结果排在队伍后面的专家急了，扯着嗓门一个劲儿地喊：哎，老哥们儿，自觉点，快起来！第二天，会议只好再出台一个新规定：每位专家坐进飞船的时间不得超过两分钟。这才保证二百多位专家都“坐”上“飞船”，实实在在地体验了一把上“天”的感觉。

“11·9”会议历时五天，最后与会者纷纷表示，坚决服从分配，不争不挑，叫干什么干什么，叫干什么就干好什么，只要能尽快把“曙光号”飞船送上天，怎么都行。

“11·9”会议后，“曙光号”飞船从方案的论证阶段，直接进入工程阶段；而且上面明确要求：“曙光号”飞船将在1973年底之前发射上天！

于是，中国科学院、国防科委、空间技术研究院所属的全国数十家研制单位及各系统迅速启动，全力投入，搞方案的，搞工程的，搞火箭的，搞飞船的，上上下下齐心协力，昼夜加班大干快干，很快便在全国掀起了一股“飞船热”。

当然，这股“飞船热”如同地下岩浆，虽炽热滚烫，却只在暗中流淌。因为“曙光号”工程是那个年代绝密中的绝密，不光对国外封锁，对国内也同样保密，凡是承担了“曙光号”飞船任务的专家，即使对自己的父母和妻子儿女，也绝对不能说一个字。

在“曙光号”飞船的研制过程中，尽管也遇到了不少干扰和困难，但因为是毛主席批准的工程，是“天字号”的政治任务，工程进展基本还算顺利。于是在全国很快就搞出了不少实实在在的东西。譬如，北京的529厂按一比一的尺寸搞出了“曙光号”飞船的框架结构模型。这个飞船模型和美国的“双子星座号”类似，外形有点像个倒扣的大铁锅。北京503所搞出了航天员手动控制系统方案设计，相关的显示屏、计算机、大航钟、平台也搞出来了，还做了个模拟飞船，在地上能动，发动机是真的，航天员可以坐上去操纵，叫作“航天员控制系统实物仿真”。北京的另一个部门搞出了转运飞船的运输车以及给飞船供电的氢氧电池。沈阳的601所赶制了两把弹射座椅。北京航天医学工程研究所承担了“曙光号”飞船的生命保障系统和环境控制系统两大任务，在时间紧迫、缺少资料又没有现成设备的情况下，赶制出了手套、靴子、宇航服、宇航头盔以及离心机、冲击塔、天文馆、振动台等一系列训练航天员所需的大型地面设备。

而航天员的选拔工作，这期间也在秘密地进行之中。

第四章

秘密选拔航天员

中国航天员最初的选拔，其实早在加加林上天那年即1961年就已经开始了。

这次选拔严格说来应该叫试选。由于整个过程神速而绝密，所以详细内幕很难作详细考证。幸而有一位当年的入选者——空军飞行员方国俊，对这段往事记忆犹新，从他的回忆中我们可以了解到这次试选的大致情况。方国俊说，1961年下半年，我和二十多个飞行员被秘密挑选出来后，集中在了十一航校。一到航校，一个姓余的领队对我们说，你们的任务就是改装歼—7飞机。改装也许成功，也许失败，要做好最坏的打算。中国当时刚刚引进两架歼—7飞机，我们不明白为什么要改装，更不清楚为什么要我们“做好最坏的打算”。那位姓余的领队见我们脑子转不过弯来，又说，你们怎么这么不开窍！就再也不说话了。后来有专业人员来了，既不提改装飞机的事儿，也不让我们去试飞，只是很随意地问问，看报纸没有？苏联的加加林已经上天了，你们有什么感想啊？等等。后来，又有领导找我们谈过话，也有专家和我们聊过，可谈的都是一些飞机的事，比如飞机哪些地方先进？能不能突破地球大气层？就是只字不提飞船的事儿。但每天都有人在观察我们，好像在等待着什么。直到后来，有人才偷偷给我们透露了点内情，说苏联有了加加林，中国也想有加加林，上级打算从我们这批飞行员中挑选中国的加加林。过了三四个月，可能是因为那个年头闹灾荒的缘故，就让我们回部队去了。临走前有人还叮嘱我们说，回去后如果单位问你们为什么又回来了，你们就说改装新引进的歼－7飞机，体检没有过关。以后需要时，你们要招之即来，随叫随到。

然而在此后的若干年里，再也没有任何动静。据说不少飞行员回去后一直在等，虽然谁也没有说过他们就是未来的航天员，更没有人承诺过一定让他们回去，但他们自己心知肚明，一直默默地等待着。遗憾的是，他们中的绝大多数人一直等到离开飞机驾驶舱，等到头发花白，等到杨利伟上天，最终也没等到上级通知他们回去的那一天。

七年之后，即1968年8月20日，中国空间技术研究院根据航天医学工程研究所的建议，向国防科委提出选拔和训练航天员的申请。国防科委随后向中央军委呈送了《关于选拔和训练航天员的请示报告》。接着，航天医学工程研究所组织专家深入空军飞行部队，与飞行员和航空医生进行多次座谈，作了一年多的调研，之后初步制订了航天员的医学选拔方案。直到1970年10月，中央军委才以红头文件的形式，正式下达了选拔航天员的秘密任务。

空军和航天医学工程研究所当即联合组成了一个选拔航天员的班子，从1970年10月13日起，乘坐由空军提供的一架专机，先后奔赴沈阳、南京、广州和北京四个军区进行选拔。这次选拔分为初选、复选两个阶段。初选从1970年10月中旬起，至1970年12月中旬止，历时两个月。复选从1971年2月起，至1971年5月止，历时三月有余。由于当时中国尚无选拔航天员的现成经验，选拔中就参考或套用苏联和美国的某种模式及某些做法。一位名叫王德汉的专家参与了这次选拔的全过程，对内情比较熟悉。王德汉说，我们接到任务后，风雨兼程，马不停蹄，先在四个军区的空军的十四个歼击机部队蹲点一百余处，然后从一千九百一十八名飞行员中初选出二百一十五名，又从这二百一十五名中挑选出八十八名。第二年一月再将这八十八名飞行员分三批通知进京，秘密集中在空军总医院，实行严密封闭管理，不准与外界接触，禁止与家人联系，每天除了吃饭睡觉，就是接受五花八门的检查。

而这时已经从一名飞行员晋升为空军某飞行团团长的方国俊，有幸再次成为这八十八名中的一员。方国俊说，我接到去北京复选的通知后，连对家人都来不及交代一下，就赶到了北京。一到北京，就把我们关进空军总医院的一栋小楼里，就是现在的八里庄。一关进小楼，就让我们换上病号服，搞得我们莫名其妙，也让小楼外的人大惑不解：新来的这伙人到底是干什么的？说他们是正常人吧，每天都去用紫外线灯消毒；说他们是病号吧，每天进进出出，个个活蹦乱跳，生龙活虎，打球跑步，比谁都能折腾。直到有一天，上级给我们放映了苏联加加林乘坐“东方号”宇宙飞船上天的纪录片，我们这才恍然大悟。

此次选拔航天员的一大特点，是万事不离“毛主席语录”。“毛主席语录”是上个世纪70年代中国人民手中一件战胜困难、坚定信心的精神武器，人人要学，人人要背，而且要活学活用，须臾不离。选拔航天员自然也不例外。因此，在所有选拔航天员的工作间里，全贴满了“毛主席语录”，飞行员无论是坐着、站着还是躺着，只要一抬头一睁眼，就能看见。每次做检查科目前，工作人员还要事先掏出“红宝书”，和飞行员一起高声朗读：“我们都是来自五湖四海，为了一个共同的革命目标，走到一起来了。”然后才开始检查。尤其是飞行员做高难度科目时，为坚定信心，增添力量，防止出错，一些身着军装、手捧“红宝书”的工作人员——年轻漂亮的女兵们——还会站在身后，认认真真一字一顿地为飞行员大声朗诵“毛主席语录”：“世界上怕就怕认真二字，共产党最讲认真。”而且反复朗诵，一直朗诵到飞行员做完动作为止。而每当这时，飞行员们也会习惯性地，甚至是依赖性地在心里反复默诵当时最流行的一段“毛主席语录”：“下定决心，不怕牺牲，排除万难，去争取胜利！”结果，再高难度的科目也能顺利通过，而且保证不出一点差错。

这一奇迹在今天的年轻人看来，一定觉得荒唐可笑、不可思议。可在当年，无论是选拔者还是被选拔者，对这件事全都做得虔诚无比，一丝不苟。而事实上，“毛主席语录”也真是神奇莫测，妙不可言，关键时刻总能帮助飞行员克服一个个的困难，闯过一道道的难关，最后直达胜利的彼岸。所以，无论是选拔者还是被选拔者，至今也不否认的一个事实是，曾经流行全国、家喻户晓的“毛主席语录”，在那次选拔航天员的过程中的确发挥了神奇的作用。比如，后来已经成为将军的方国俊就说，

“毛主席语录”当年对我的影响的确很大。比如做离心机测试检查时，只要负荷一增加，我的心里和脑袋就特别难受，像快要炸了一样！每当这时，我就在心里反复背诵“毛主席语录”：“下定决心，不怕牺牲，排除万难，去争取胜利!”最后果然就取得了胜利。在闯其他难关、克服其他困难时，我也基本上依靠的是这条“毛主席语录”。

这其中的奥妙究竟何在？我想今天的社会学家、心理学家们也许很有剖析的必要，甚至列为一个特殊的课题加以研究，也未尝不可。

此次选拔，从八十八名飞行员中最终选出了二十名预备航天员，方国俊再次有幸成为这二十名中的一员。然而遗憾的是，这位从 1953 年开始驾机飞行直至 1995 年结束，在天上飞了整整四十二年的“老飞”，尽管两次参选，两度入围，最终却因“曙光号”飞船的搁浅而永远失去了上天的机会。否则，中国“飞天第一人”很可能就是方国俊，而不是杨利伟。

这，莫非便是所谓的“命中注定”?

2003 年 10 月 15 日，已经赋闲在家多年的方国俊将军守在家中的电视机前观看“神舟五号”飞船的发射实况。当“中华飞天第一人”杨利伟遨游太空的画面出现在他面前时，他触景生情，感慨万千，禁不住潸然泪下……这位“老飞”一生追求的飞天梦彻底破灭后，他诚恳地表示说，等到有一天我闭眼了，我想把我的遗体捐献给国家，为中国的航天事业作最后一点贡献，让专家们好好研究研究，不知道有价值没有?

航天员选拔结束后，紧接着就是航天员的训练。

1971 年 5 月 12 日，空军接到中央军委紧急命令，要求立即成立“宇航员训练筹备组”。当时的预想方案是，由空军负责，成立一个大约五百人的宇航部，用两年左右的时间完成对中国首批航天员的训练，因为空军有训练飞行员的经验。然后再用“东风五号”运载火箭发射“曙光号”飞船。第一次上天的航天员为两名，发射时间是 1973 年底。

时任空军司令员的吴法宪接到军委紧急命令后，当即组织人马，火速行动，当天便发出绝密电报，紧急命令空军二十四师师长薛伦、三十四师副师长李振军以及郭儒茂、刘树志、徐培根、李瑞祥、邹永利七名干部，务必于 5 月 14 日前赶到空军招待所报到。

电报十万火急，接到命令的七名空军干部却一头雾水：是去打仗还是执行特殊任务？

薛伦等稀里糊涂报到后的第二天，即 5 月 14 日，“宇航员训练筹备组”便宣布成立，薛伦任组长。薛伦说，我接到命令后，什么都没给我说，只让我停下手头所有工作，立即去北京东交民巷报到。报到前我不知去干什么，报到后我同样搞不清要干什么。筹备组成立后，空军的一位副参谋长和政治部副主任给我们交代工作，说毛主席已经批了，要你们搞宇航工作，训练中国的宇航员，必须在 11 月前做好接收宇航员的一切准备工作，确保训练如期进行。关于你们的调动，总政李德生主任也批了，你们先工作起来，以后再下命令。还给我们看了一个复印件，我记得上面好像有毛主席的批示“同意”两个字。大家听了后，你看我，我看你，大眼瞪小眼，很紧张，压力也很大。因为我们过去只训练过飞行员，没训练过宇航员，都是门外汉，怎么训啊？

由于时间紧迫，宇航员训练筹备组没有现成的办公室，只有临时借用空军学院的四十九号楼办公。至于办公条件嘛，配一辆小车，装一部电话，再放上几张桌椅板凳，就算完事了。领导再三叮嘱的只有一条：保密，保密，一定要保密！所以训练航天员的事谁也不能说，父母、老婆、孩子不能说，亲友、战友、朋友更不能说。甚至连“宇航员训练筹备组”这个名称，对外也只能使用代号，不能提“宇航”两个字。使用什么代号呢？后来不知是谁的主意，说毛主席批准“曙光号”飞船工程的时间是 7 月 14 日，就用“7・14”做代号吧。于是宇航员训练筹备组对外就叫“7・14 办公室”。

那个年代的人，现在看来实在难得，保密观念强，组织纪律性强，上级要求不说就不说，上级要求保密就绝对保密，一个字都不会说，也不敢说。不像现在有的部门有的人，不让讲、不能讲的事偏偏要讲，而且比什么事都讲得快、传得远。特别是有的保密会议，今天刚结束，明天就泄密了，甚至有的会议还没结束，手机就开始“里外沟通”了，哪还有什么秘密可言！由于薛伦他们保密工作做得好，不仅外界未察觉蛛丝马迹，甚至连空军学院的院长也搞不清真实内情。更有意思的是，与薛伦他们同时悄悄进驻空军学院的还有一个秘密组织，这个组织的人与薛伦他们朝夕相处，天天见面，笑脸相迎，但彼此却始终守口如瓶，谁也搞不清对方的底细，也从不向对方打听。直到多年之后，薛伦他们才知道对方是搞弹道导弹的，而对方也才知道薛伦他们是训练宇航员的。薛伦说，在那个“左”得可怕而保密性又很强的年代，训练宇航员是一件相当艰难的事。一切都是从零开始，而准备时间却只有几个月。宇航员的吃喝拉撒以及飞行训练等，我们样样都得管。一方面，我们要为宇航员找住房、找食堂，在生活上做好各种安排；另一方面，还要到各个高校物色教员、准备训练教材以及和航天医学工程研究所协调宇航员的生命保障系统训练；同时自己还得拼命学习英语和各种宇航知识，唯恐不能胜任工作。

1971 年 8 月，薛伦等人还去西昌发射场进行了实地考察，回来不久就预订了去南京的机票，准备于 9 月 14 日赴紫金山天文台学习天文学知识。从当时的计划进度和工作成效来看，按上级的要求在 11 月接收宇航员，应该不成问题。可谁也没料到，9 月 13 日，即他们准备动身去南京的头一天，突然接到上级紧急通知：所有人员在家待命，哪儿也不准去！

怎么回事？

原来，问题出在林彪身上。1971 年 9 月 13 日，时任中共中央副主席的林彪乘飞机外逃，摔死在温都尔汗。这就是上个世纪发生在中国的震惊中外的“9・13”事件。

“9・13”事件的突然爆发，打乱了薛伦他们的计划，也改变了宇航员的命运。全国人心一片慌乱，大好河山黯然失色。这个事件不仅影响了社会的稳定和人们的心态，还直接影响了“曙光号”飞船的研制进度乃至研制方向。

而全国受影响最大的是军队，军队中受冲击最大的是空军！

“9・13”事件爆发的当天，空军内部局势急转直下，剑拔弩张。原因很简单：林彪的飞机是从空军被私自调走的，空军司令员吴法宪被怀疑是林彪的死党，空军理所当然就成为上级追究、审查的“重灾区”。于是空军不少军官一夜间成了审查对象。而由空军负责并设在空军学院的“宇航员训练筹备组”即“7·14”办公室，自然也在劫难逃。

“7·14”本是毛泽东批准“曙光号”飞船的日期，可专案组进驻空军后，有人却疑神疑鬼，说“7·14”就是“起义室”，“7·14”办公室就是林彪的起义室，是林彪设在空军的司令部。而“7·14”办公室的七个军官自然就是林彪的死党、林立果的同伙，他们设立“7·14”办公室的目的就是要搞政变！如此组织，如此团伙，这还了得！于是薛伦等人统统被抓了起来。薛伦说，当时我们可真是冤得很呐！专案组的人也不想一想，就七个人，几间办公室，一部电话，我们能搞政变吗？真是荒唐透顶，天大的笑话！

但薛伦等人还是被关了半年，有的甚至一年，直至后来确认“7·14”办公室与林彪无关，才被放了出来。

中国宇航员的首次训练筹备工作由此中断。

第五章

飞船·图纸·馒头·挎包

在选拔宇航员的同时，发射场的准备工作也在秘密进行之中。

当时，可供发射飞船的发射场全国只有一个，即位于西北荒原的酒泉发射场。但上个世纪六七十年代的中国，中苏关系十分紧张，特别是自1969年中苏珍宝岛战役爆发后，两国边防部队均进入实战状态，苏联不仅在中蒙边境屯兵百万，甚至将核弹头都安装在了导弹的头上，并不时进行武装挑衅。中苏之战剑拔弩张，一触即发。双方一旦开战，地处中苏边境的酒泉发射场必将成为苏联摧毁的目标。因此，发射“曙光号”飞船的发射场是用原有的酒泉发射场，还是重建一个新的发射场，这个问题一开始就被提了出来。1966年，邓小平去酒泉发射场视察时，还对酒泉基地司令员李福泽说过：“现在看来，这个发射场离边境太近，一旦有什么情况，对我们很不利。我提议，你们多作些调查研究，再到适当的地方去选择一个新的发射场，尽快投入建设。我对四川的地理情况比较熟悉，我考虑了一下，四川的阿坝是个大草原，你们可以派人去看看。如果那儿不行，再到别的地方看看。总之，你们要抓紧时间解决好这个问题!”

邓小平考虑的当然并不只是飞船，而是国家的战略全局，但对促进选择新发射场却起到了催化剂的作用。

1967年3月8日，酒泉基地向国防科委正式提交了关于选择和建设新发射场的报告。该报告这样写道：“现已建成的东、西两个发射场，因受发射条件和国际环境的制约，无法满足发射高轨道卫星和宇宙飞船的要求，希望能尽快考虑选择和建设新发射场一事。”但由于当时对“曙光号”飞船到底搞还是不搞中央尚未最后决定，所以选择新发射场一事并未马上提到议事日程上来。

1969 年 10 月 18 日，林彪“一号命令”火速下达全军，中央军委办事组又从战备的角度提出，必须尽快考虑建设新的导弹发射场。原本属于正常的发射场选址工作，一下子又提到了战备的高度。10 月 29 日，酒泉基地司令员李福泽特意邀请钱学森到基地，就是否需要再建一个卫星、飞船发射场的问题交换意见。钱学森的意见是，应该再建一个适合发射高轨道卫星和宇宙飞船的发射场。接着，11 月 1 日和 3 日，中央军委办事组负责人黄永胜、吴法宪在北京京西宾馆接见了酒泉基地主要领导，明确指示，要疏散，要打仗，要在战略地位比较稳定的三线地区选择和建设一个新的发射场。第二天，酒泉基地向国防科委正式呈报了《关于选择宇宙飞行试验发射场的请示》。

这个请示很快获得国防科委的批准。

于是 1969 年 12 月 4 日，酒泉基地副司令员张贻祥、副参谋长乔平率领四十余人组成的选场勘察组，从北京乘坐军用专机直飞四川成都，由此拉开了勘察新发射场的序幕。

此次勘察采用空中与地面相结合的方式，天上地下两路人马，昼夜兼程，齐头并进，除确保所需车辆外，还配备了两架专用飞机。从 1969 年 12 月至 1970 年 3 月，在四个月的野外勘察日子里，勘察组先后对滇北、黔东、黔北、川南、川西、川北、甘南、陕西、陕北、豫西、鄂西、晋东南等九个省的二十五个地区进行了空中和地面相结合的立体勘察，空中飞行三十二架次，航程二万六千公里，地面足迹遍布八十一个县，行程五万六千公里，终于初选出了四川南部的越西县和甘肃东南部的徽县两个地方。

最后，经过专家们的比较论证，认为四川的越西地处大凉山中，四面环山，地形隐蔽，战略地位比较稳定。若从越西向东北方向发射大倾角的卫星和飞船，其飞行区域和火箭的落点都比较安全，对侦察苏联和美国的情况也较为有利。所以四川的越西优于甘肃的徽县。

1970年3月15日，酒泉基地正式向国防科委呈送了《卫星、飞船试验场选场勘察报告》，建议批准四川越西方案。国防科委和军委办事组本来已经批准了这一方案，但还是不太放心，决定对越西地区再进行一次复查，同时对西昌地区也作一次补充勘察。负责这次复查任务的，是刚被任命为酒泉基地副司令员的乔平。乔平率领勘察组抵达越西后，就像当年长征路过此地的红军，背着背包，挎着水壶，带着馒头，扛着仪器，每天起早贪黑，早出晚归，翻山越岭，徒步跋涉。

通过对越西地区的复查，乔平他们认为越西地区山太高，沟太深，地盘过于狭窄，不光飞机场离得太远，铁道线也没有大的发展，四周的测量点在布局上也有很大困难。一旦开工，投资既大，工期又长，很难满足发射载人飞船的要求。于是6月中旬，勘察组又风尘仆仆赶赴西昌勘察。结果发现，西昌各方面都优于越西。

于是，1970年7月9日，国防科委、中国科学院、七机部联合组织了几大系统的数十名专家，由酒泉基地司令员李福泽带队，第三次赴西昌勘察。时任飞船总体设计室副主任的王壮，便是这个勘察组的成员之一。王壮说，我们这支勘察队伍，有搞飞船总体的，有搞运载火箭的，还有搞测量控制的，总之穿军装的和不穿军装的都有。我们先从北京坐飞机到成都，再从成都坐车到西昌。西昌当时很荒凉，很偏僻。在一个叫漫水湾的地方，有一条河，叫安宁河，要进山沟，必须跨过安宁河。但安宁河没桥，就请当地的老乡用小船把我们一船一船地运过去。等好不容易过了河，抬头一看，大山沟里什么都没有，连路都不通，我们只好从老乡那儿借来小毛驴，骑着小毛驴进山，然后再一个点一个点地勘测。越西这个点我们也去看了，那儿地势很平，对飞机起落不错，但发现了麻风病，就给否了。西昌的邛海一带虽然也发现了血吸虫病，但经过反复勘测，同时也是根据当时林彪提出的“钻山沟”的原则，觉得还是西昌这儿作为飞船的起飞港比较理想。

此次勘察的结论是：西昌的确优于越西。

1970年8月16日，国防科委向军委办事组呈报了更改原发射场选址的请示；同年12月14日下午，周恩来在人民大会堂福建厅主持召开中央专门委员会，与会者一致表态同意，把发射场建在四川的西昌。

就这样，发射“曙光号”的发射场最终选定在了四川西昌，也就是我后来入伍当兵的地方。

但谁也没想到，就在这时，林彪“9·13”事件突然爆发了！

突然爆发的“9·13”事件，不仅震惊了中国，震撼了世界，也震惊了正在抢建中的西昌发射场。发射飞船的发射场当初选定在西昌，除了考虑飞船的因素外，其实还与林彪的“一号命令”直接有关；再加上“文化大革命”开始后，一直以“一年赶，二年超”“政治第一”作指导，所以西昌发射场一开始在总体规划和技术指标上就不可避免地带有浓厚的政治色彩和很大的盲目性。其主要问题是摊子铺得太大，标准定得太高，在总体方案还缺乏严密论证的情况下就急于上马。再就是发射场的建设目标一开始不是很清楚，发射场将来到底干什么，上面也一直没有一个明确的说法，一会儿说发射飞船，一会儿说发射卫星，一会儿又说要发射军事导弹，搞得部队惶惶不安，无所适从。

因此，西昌发射场经过一年多轰轰烈烈的“大干快上”后，到1971年底，基本建设便遇到了许许多多意想不到的困难和问题，火热的工地渐渐冷却下来，以致工程很难继续往前推进。而这时由于“9·13”事件的爆发，国防科委的领导班子也几乎处于瘫痪状态。发射场建设不但没有了下一步的计划，甚至连施工图纸、施工材料也没有了。一个浩大的工程像随风飘摇在江河中的一叶小舟，在政治风暴面前突然失去了航向，眼看就有沉没的危险。而数千名满怀忠诚、一腔热血的官兵也像一群突然失去赛场的斗士，攥着一身的劲儿却无处施展。于是，战士找班长，班长找排长，排长找连长，连长找营长，营长找团长，积极要求上面赶快下达任务，重新奔赴施工的“战场”！

在这种情况下，西昌“宇航工区”的领导们心急如焚，经反复研究，最后决定：派专人上北京反映发射场的情况，请求上级尽快明确任务，下达指示。

上北京反映情况的这个人，叫赵廉清。

赵廉清时任西昌宇航工区副主任，相当于后来的基地副司令员，主要负责西昌发射场的基建工作。我后来当兵到西昌发射场时，赵廉清就是我的首长。赵廉清去西昌之前，刚从“五七干校”劳动改造回来，用旁人的话说，“一身疲累，一身疾病”。可当上级把抢建发射场的担子搁在他的肩上时，他二话不说，欣然领命，挎上一个军用挎包，立马就从西北赶到了西昌。

赵廉清身体单薄，体质瘦弱，平常话语不多，走路轻手轻脚，属于那种典型的本分老实的庄稼汉形象。赵廉清在抗日战争中负过伤，是二等残疾；加上“文化大革命”的折磨与摧残，身体一直比较虚弱。虚弱到什么程度？平常洗个澡也会感冒。

但是，这位从枪林弹雨中走过来的革命军人和北京城里不穿军装的航天人一样，心里同样揣着一个飞天的梦想。发射飞船，把中国宇航员送上天，自他第一次听说这事儿起，就有一种莫名的激动，说不出的兴奋。当时，按照“曙光号”飞船的发射计划，西昌发射场的第一期工程必须在 1972 年底之前竣工。所以，为了保证按时完成任务，他每天一大早就起床出门，挎上一个军用挎包，拄着一根树棍儿，成天在工地上跑来跑去。凡见过赵廉清的人都知道，他肩上的那个军用黄挎包，总是走到哪背到哪，像是一个护身符，从来须臾不离。不知情的人常常以为他挎包里一定装有什么贵重东西。其实不然，他的挎包里除了装着一份施工图纸，便是一个军用水壶和两个馒头。每当在工地上累了，他就坐下来翻看图纸；渴了，便取出水壶喝上两口；饿了，再从挎包里掏出一个馒头啃上几口。不少人都说，西昌发射场的每一个施工点上，都留有赵廉清的足迹；而他每到一处，总能解决一些很实际的困难和棘手的问题。

赵廉清踏上北去列车的这天，是 1972 年 4 月 1 日。

这天上午 8 点，赵廉清准时走进西昌火车站，肩上依然挎着人们熟悉的那个军用挎包，挎包里依然装着一份图纸、一个水壶和几个馒头。西昌的风沙本来就大，这天车站的风沙尤其大，而且已经连续刮了三天三夜，还在不停地刮。瘦弱的赵廉清被风沙吹得东倒西歪，扶着车厢的把手上了车。由于近期工期紧张，实在太累，一上火车，他不吃不喝，倒下就睡。从西昌一直睡到成都；又从成都一直睡到北京；等火车到了终点，火车上的旅客几乎全下光了，他才从列车员的呼唤声中醒来。

肩挎军用挎包的赵廉清走出北京火车站，一下子仿佛闯进了另一个世界。这个世界让他感到很陌生，甚或还有几分惶恐。街头巷尾，站前路旁，锣鼓喧天，口号声声，到处是飞舞的红旗，到处是游行的队伍，轰轰烈烈的“革命”气氛一下就将他包围得严严实实。他长年住戈壁，蹲山沟，心里装着的只有导弹、火箭，只有卫星、飞船，而“革命”这两个字，对他来，是一件非常实际、非常具体的事情。可眼前的“革命形势”，却让他感到很不适应，很不习惯。他原以为，毛主席批准了要搞“曙光号”飞船，全中国肯定都会像他这样的“山里人”一样，整天埋头搞飞船；没想到北京人好像把搞飞船的事给忘了，这么多人都在忙着举红旗、喊口号、敲锣鼓、背“语录”、逛大街、刷标语，反而让他这个背着图纸大老远从山沟里跑到北京来的家伙，显得是那样的多余、那样的滑稽、那样的愚蠢！

但赵廉清不管这些，他在卓家庄招待所住下后，满脑子想的还是发射场，还是飞船。因为在来北京之前，一个数字已经像钉子一样钉进了他的脑袋：1971 年底之前，国家在西昌发射场前期工程中的投资已经高达一千五百三十万元人民币！而他非常清楚，这笔钱中的每元、每角、每分都是人民的血汗钱，都是为实现中国人的飞天梦而花掉的钱，现在发射场没有建好，飞船没有起飞，中国宇航员没有上天，怎么能眼睁睁地看着这一千五百多万的人民币打水漂呢！

赵廉清先找国防科委，又找中央军委，再找国务院。每到一处，他就如实汇报西昌发射场目前的困境和面临的危机，希望上级早点下定决心，确保工程正常进行，避免拖延飞船发射计划，避免国家遭受重大经济损失。但是，他没得到任何明确的指示——在那样一个非正常的历史时期，谁能给他一个明确的指示啊！接待方只是对他来京反映情况表示感谢，然后让他先回去，等研究之后再听通知。

长期在山沟里埋头工作的赵廉清并不知道，这一时期党内上层斗争相当激烈，许多比飞船重要、比飞船紧迫的大事都忙不过来，怎么可能顾得上理会他反映的情况呢？

可赵廉清脾气倔强，办事认真，死不甘心！他决定去找钱学森。他想钱学森是大科学家，说话总该管用吧。没想到钱学森同样很忙，职务多，工作多，会议自然也就多。赵廉清联系了好几次也没联系上，直到几天之后才接上头。

这一天，赵廉清走进钱学森办公室，屁股还没放下，便对钱学森说，西昌“7201 工程”的总体方案和各分系统方案至今没有确定下来，发射试验任务对工程的要求也不明确，所以西昌的工程设计、物资订货以及设备研制生产等至今没有落实。目前，发射场投入施工的军队和地方的总人数已经达到一万二千多人，但大规模的工程建设却无法开展，不少正在施工的工程经常停工待料，窝工的现象也十分严重。特别是数千名官兵长年耗在大山沟里，左右为难，进退不是，非常着急，也非常痛心。现在，大家最大的心愿就是希望上级尽快明确发射场的任务和建设要求，以便及时扭转目前难堪的局面……

赵廉清一口气把肚子里的苦水倒了个完。

钱学森听了后，想了好久，似乎有许多话要说，但又好像有苦难言。钱学森先安慰了他几句，然后谈了谈个人的想法。但西昌发射场下一步到底怎么搞，钱学森同样没有明确的意见。

走出钱学森办公室，赵廉清再也没去找任何人。他闷闷不乐地回到西昌发射场，然后闷闷不乐地继续上班下班。他不再像过去那样，每天都在等着什么，而是每天必须干点什么。他把内心的梦想与苦闷以及浑身的力气全都撒在了工地上。每天，他依然拄着一根树棍儿，挎着那个装着图纸、水壶和馒头的军用挎包，在工地上东跑西颠，忙来忙去。随着时间一天天过去，他跑的路越来越长，话却越来越少，身体越来越瘦。大伙见他脸色憔悴，日渐消瘦，劝他不要太累，注意休息。他总是笑一笑，说，没事没事，等把发射场建起来就好了。

1972 年 4 月底，国务院根据周恩来的指示，终于下发了《1972 年全国计划会议纪要》，开始纠正基本建设中存在的极“左”思潮和无政府主义；同年 8 月 24 日，国防科委又用电报通告西昌“宇航工区”：

> 西昌发射场工程的建设周期，由原来的 1972 年 1 月建成，改为“1976 年做好发射同步通信卫星准备工作，1978 年做好发射不载人飞船的准备工作”。

即是说，发射飞船的计划时间由原来的 1973 年改为 1978 年。

这一改，中国飞天的计划往后推迟了整整五年！

然而，尽管如此，数千名抢建发射场的官兵的热情和干劲还是再次高涨起来。因为虽然飞船推迟发射，但毕竟要发射，总比取消了强啊！所以，工程指挥部很快集中了十五个连队、两千多名新兵、近万名民工以及上千辆牛车、毛驴车、拖拉机、推土机等，昼夜加班，拼命苦干，轰轰烈烈地搞起了“工程大会战”！

“大会战”中，赵廉清——这位被官兵们称为“干瘦老头儿”的领导，竟然不顾自己病弱的身体，顶着狂风，冒着大雨，和战士们一起扛水泥袋！那天，风大雨大，天热路滑，年老体衰的赵廉清扛着水泥袋，踉踉跄跄，一步一拐，几次差点摔倒。在场的人都劝他不要扛，可他还是笑一笑，说，没事没事，咱们加把劲，早点建起发射场就好了。结果他硬是和官兵们一起，咬着牙坚持把一袋又一袋的水泥从库房扛到了工地。

遗憾的是，正当西昌发射场的官兵们大干快上、工程连连取得进展之际，轰轰烈烈的“批林批孔”运动又开始了！

1974 年 2 月上旬，江青和王洪文先后两次给酒泉基地的两个人写信，坚决支持他们在基地“放火烧荒”。3 月 8 日，王洪文、张春桥在听取了国防科委汇报“批林批孔”的情况后，很不满意。3 月 15 日，一个由十五人组成的“放火烧荒”小组从北京赶到西北酒泉基地，发动官兵动用大批判专栏、小字报、墙报和写信等形式，积极开展“批林批孔”。如此一来，“批林批孔”的“熊熊烈火”很快就从大西北的酒泉基地燃烧起来，并很快烧到了大西南的西昌发射场。

1974年8月13日，上级特派的“批林批孔”工作组进驻西昌发射场，开始帮助西昌宇航工区党委“过关”。身为工区副主任的赵廉清见工地停工停料，非常着急，也很气愤，便在会上呼吁说：“发射场的抢建工作现在刚刚起步，希望要坚持施工，不能影响工程的进度!”结果“批林批孔”工作组对他点名批评说：“赵廉清同志态度不老实，对运动有抵触情绪。”

结果，尽管数千名官兵拼尽全力，却因各种政治运动的干扰和各种条件的不足，西昌发射场的总体建设方案迟迟得不到正式的确定和批准，飞船发射时间也一变再变，一推再推。直至1974年，我已经参军来到西昌发射场，这个蛮荒的山沟依然还是一片乱石荒滩。在此后的日子里，尽管我和我的战友们年年岁岁春夏秋冬起早贪黑省吃俭用，盖房子挖山洞，架桥梁修公路，大干苦干拼命干，流泪流血又流汗，可为什么要这么干？干了到底有什么用？干到什么时候才算完？我不清楚，我的连长、营长也不清楚，我的团长、师长同样也不清楚。

而赵廉清，这位创建西昌发射场的“带头羊”——我的老首长，却因积劳成疾，来不及看到飞船的升起，来不及看到杨利伟上天，甚至来不及看到西昌发射场的真正建成，便在一个静静的深夜散手人寰。

后来基地的老兵告诉我说，赵廉清生病住院期间，基地领导和官兵们都去看望他。他躺在床上，已经不能动弹了，嘴里念叨的却还是工地，还是飞船，还是正在抢建的发射场。他去世后，一位年轻的护士在挪动他的遗体时，发现他手上紧紧攥着一样东西，这样东西不是别的，就是他生前一直随身携带的那个军用挎包！而护士打开挎包后，只看见两样东西：一份皱巴巴的施工图纸；一个被啃了小半的冷馒头！

第六章
先把地球上的事办好吧

应该说，从 1970 年毛泽东批准“7 · 14 工程”起，到 1971 年“9 · 13”事件爆发，这段时间是研制“曙光号”飞船的高潮期。但“9 · 13”事件后，“曙光号”飞船如同一块出炉的钢板，由开始的火红滚烫而迅速降温，直至最后彻底冷却。

那么是不是说，就是因为“9 · 13”事件，导致“曙光号”飞船夭折了呢？

不可否认，“9 · 13”事件是“曙光号”研制工程急剧收缩的一个转折点。但问题并非这么简单。实事求是地说，影响“曙光号”飞船研制的原因有很多，比如经费问题、科技水平问题、工业基础问题，还有观念问题、认识问题等等。当然，主要的还是政治运动问题。20 世纪 70 年代的中国是一个高喊政治口号、大搞政治运动的年代。政治高于一切、政治统帅一切、政治压倒一切、政治排除一切是那个年代的最大特色。“左”的政治色彩像空气一样弥漫在中国人民的生活中，也弥漫在科技领域的各个行业、各个部门、各个科研项目中。诸如学“毛选”、背“语录”，“三忠于”“四无限”，“早请示”“晚汇报”，是当年国人的家常便饭；而其他各色各样的政治运动和五花八门的政治活动，也如同大江大海的滚滚波涛，后浪推前浪一浪高一浪，汹涌澎湃势不可当。于是，科学变成极“左”政治的仆从，真理屈从于“革命”的谎言，科学技术不再是纯粹意义上的科学技术，科学家也不再是原本意义上的科学家。总之，几乎所有的科技项目和科技工程全被盖上了政治的印章，从而完全依附于政治、服从于政治、服务于政治。在这种特定的社会背景下，“曙光号”飞船的研制受到严重影响和冲击，也就在所难免。尽管当时全国的高音喇叭从早到晚甚至半夜三更都在不停地叫喊“革命形势一片大好”，但历史的真相是：研制“曙光号”的困难处处比天大。

时任飞船总体室主任的范剑峰说，“11·9”会议结束不久，我们分头到各军区落实飞船的研制任务，一到军区，就感到情况不妙，各个军区的负责人都不怎么管了，原来参加过“11·9”会议的副司令也不出面了，都借口说有事，让手下的人出面接待，应付一下了事。为什么呢？因为不少军区的司令、副司令因为“文化大革命”的冲击，已经泥菩萨过河——自身难保了。而其他人都在忙着干“革命”，谁也顾不上搞飞船。林彪“9·13”事件爆发后，情况就更糟糕了，有人忙着搞清查，有人忙着被清查，好些地方连工作都中断了。

时任飞船结构室主任的戚发轫说，“11·9”会议后，虽然有了方案，但由于各个部门的系统观念不强，每个部门都有各自的考虑，所以容易搞的就搞出来了。比如说最简单的运飞船的运输车，设计好后，很快就做出来了。而一些太复杂的、不容易搞的、搞不了的，就在那里拼命攻关。但再怎么攻关，搞不了还是搞不了，没有办法。再比如，我们是搞结构的，第一个就要防热，飞船上天后温度很高，这就要找最好的防热材料，既要满足防热要求，又要满足工艺水平。问题是，这样的防热材料没有，就得从头搞起。第二个，要搞弹射座椅，要救生。弹射座椅就是像飞机驾驶员座椅一样，出了事故后能把飞行员给弹出去。这个技术难度很大，需要做好多试验。可当时没设备、没经费，试验就没法做。另外，飞船要有舱门，舱门的开关问题、密封问题都得从头搞起。而我们加工的工艺、材料都受到限制。总之许多具体的事一旦做起来，问题就很多。

时任飞船总体室副主任的王壮说，“曙光号”当时尽管启动了，但由于“文化大革命”的原因，遇到不少困难。比如，飞船的图纸设计好了，研究院自己的工厂却做不了，只有找外面的协作工厂生产。北京科学仪器厂当时是飞船的定点生产厂，但该厂是专门生产科学仪器的，飞船一些大的构件搞不了。我们只有去找北京第一机床厂和北京金属结构厂搞。最后好不容易才按一比一的框架结构搞了个“模装船”。另外从技术角度讲，许多技术难题也攻克不下来，如弹射座椅、电源、控制等，需要投入的人力、物力、财力都很大，我们自己搞不了，只有跑到大连找一个研究所搞。我想如果当时先搞返回式卫星，再搞载人飞船，就比较容易一些。但返回式卫星和飞船当时同时都在搞。由于大家把返回式卫星的意义看得更重，所以投入的人力物力也就更多，这对搞飞船也是一个影响。

尤其到了1972年，工程迅速降温，难题不断增多，不同的声音甚至反对意见也开始冒了出来。范剑峰说，中国应不应该搞飞船？为什么要搞飞船？为什么人要上太空？这些问题在专家内部一直有争论，有不同看法。有人说，花那么多钱，把人弄上太空有什么用？我们就说，可以带动其他科学技术呀，像半导体材料什么的。还有人说，人上去了，能有经济效果吗？这个问题我们就说不清了，因为当时人都还没上去，有什么经济效果谁说得准啊？戚发轫也说，钱学森曾亲口给我们讲过，说国务院在讨论飞船问题时，是有争议的，不少人都提出了不同的看法。比如，水电部的人说，要是把搞飞船的经费给我水电部，我可以建多少个水电站，每年给国家增加多少电力；化工部的人也讲，如果把这个钱给我，我可以建多少个化工厂，每年能制造多少化肥，增产多少粮食。可这笔钱花到飞船上，能有什么用呢？

的确，人为什么要上太空？上太空后能干什么？到底能给人们的生活带来什么实惠？一句话，搞空间技术究竟有什么意义？当时不光一般的科学家说不清，就连搞载人航天的专家们也不能完全说清。自己底气不足，怎么说服他人？另外，一部分专家从20世纪50年代末就开始搞飞船，到70年代初，已经默默无闻地干了十几年，既没给国家干出什么名堂，也没为单位带来什么利益，自己还看不到什么希望，就连晋职晋级、立功受奖，单位也不予考虑。因为飞船还只是一个美丽的梦想，见不到具体的成果，所以久而久之对飞船便失去了热情，感到没什么意思。再有一个客观原因，就是上面有关部门对飞船的事儿这时已经基本上不管不问了。就是说，上面既不说要搞，也不说不搞，你爱搞不搞——听之任之，顺其自然。加上钱学森后来出任行政领导，飞船的具体事情无暇顾及。于是下边的专家也就闲着没事干，渐渐松懈下来。

到了1972年下半年，空间技术研究院所承担的“曙光号”飞船总体设计工作实际上已经处于半死不活的状态。不少项目搁置一旁，无人理睬。不仅协作单位的人不愿再干，就是搞飞船的专家也难以坚持，开始悄悄打起了退堂鼓。而恰在这时，上面下达了搞科学试验卫星“实践二号”的任务。部分搞“曙光号”飞船的专家便离开了研制飞船的岗位，转行搞起了卫星。比如，一直坚持配合搞飞船的两位主任——搞飞船温控的闽桂荣和搞飞船结构的戚发轫都找到范剑峰说，飞船的事看来没法再搞下去了，我们只有准备撤了；以后如果还搞的话，我们再组织班子，回来和你一起接着干！

这一来，负责飞船总体设计工作的范剑峰为难了。一方面，他希望本来就缺兵少将的飞船研制队伍能继续坚持下去，最好一个不少；另一方面，他又不忍心眼睁睁地看着这些专家继续陷在里面，耽误了自己的前程。最后，范剑峰只好将飞船总体设计室的几十位专家一分为二：王壮带一半人去搞“实践二号”卫星，他自己则带着剩下的十几个人继续坚持搞“曙光号”飞船。

可到了1973年底，范剑峰身边这十几个人也熬不下去了。因为剩下的这十几个人面临一个共同的难题：两地分居。“曙光号”启动时，空间技术研究院从全国各地抽调了不少技术骨干到北京。那个年代的人都是工作第一，组织安排搞飞船，二话不说马上就来，个人问题一概不谈，比如老婆调动、孩子上学等。不像现在，一些人若要调动工作，“兵马”未动，“粮草”先行，人未报到，房子、车子、孩子、妻子以及工资、奖金、福利等等都必须事先统统搞定，才肯到位。这些专家到北京后，范剑峰也曾向组织上打过无数份要求解决专家们夫妻两地分居问题的申请报告，可报告一直批不下来。因为那是一个大批“资产阶级人性论”的年代，夫妻长期两地分居的情况在全国比比皆是，习以为常，见怪不怪，谁也不当回事。但随着这批专家年龄的增大，两地分居引起的家庭矛盾越来越严重，而搞飞船的前景又一片迷茫。所以到了最后，范剑峰不得不同意身边这十几个专家也离开飞船总体室。

离开那天，范剑峰亲自送专家们去车站。一路上有风，天空还飘着蒙蒙细雨，街头巷尾尽是“红卫兵小将”的游行队伍以及七零八落的大字报。列车启动时，专家们把脑袋探出窗外，使劲伸长胳膊，拉着范剑峰的手，一边流着泪一边很愧疚地说，老范，对不起，我们走了，等什么时候飞船要再搞了，您告诉我们一声，我们一定还回来！范剑峰一边追着火车跑，一边抹着眼泪，也气喘吁吁地喊，老哥们儿，你们就放心去吧，等一有消息，我……我一定再把你们请回来！

就这样，原本雄心勃勃、兵强马壮的飞船研制队伍，转眼间便稀里哗啦烟消云散；曾经热热闹闹的飞船总体室，现在只剩下了范剑峰光杆儿司令一个人。

光杆儿司令的日子当然不好过。

范剑峰每天寝食无味，坐卧不安。他想忘了飞船，却怎么也忘不掉，反而越想忘掉心里越挠得慌。

有一天，范剑峰实在憋不住了，找到有关领导问，“曙光号”飞船是不是不搞了？领导说，我们也不清楚。范剑峰问，如果要下马，就明说，干吗遮遮掩掩、支支吾吾的？我们现在干也不是，不干也不是，这让我们怎么工作、怎么活呀？再说，怎么给下边的人交代呢？领导说，我们也没办法，上面没有明确指示让“曙光号”飞船下马，你让我们怎么说？范剑峰问，上面为什么不下个文件或者用电话通知一下呢？领导说，为什么？你说为什么？“曙光号”飞船工程是毛主席亲自批准的，谁敢下文件让下马？谁敢下通知不搞了？你敢吗？肯定不敢。我们敢吗？也不敢呀！你说是不是？范剑峰再也无话可说。他只有把自己关在屋里，独自悄悄做着飞天的梦。

1974 年，声势浩大的“批林批孔”运动又骤然爆发，“曙光号”飞船的研制工作再也无法维持下去了。有人急了，跑去找陈毅老总，希望陈老总出面帮着说说话。但在那种局势下，陈老总的话也失去了分量，尽管他一直支持搞飞船。

后来，情况反映到周恩来那里。据说周恩来听完汇报后，沉默良久，最后只说了这样几句话：我看还是先把地球上的事情办好吧，地球上的事情都没办好，我们就是到月球上抓两块石头回来，又有什么用啊？

这话有伤感，有失望，似乎还有几分无奈。

但采访中也有人说，这话不是周总理说的，而是毛主席说的。那么这话到底是毛泽东说的还是周恩来说的？是一个人说了，还是两个人都说了？我曾多处求证，也没找到确凿的根据。不过有一点我们可以确认，那就是，在毛泽东、周恩来两人中肯定有一个人说了。因为采访中不少当事人都谈到这个情况，都记得这个话的大意，甚至有的还能说出原话。如果毛泽东、周恩来两人没有说过这话，下面的专家们是绝对不会胡编乱造的。须知那个年代的中国人说话办事是多么小心谨慎啊！不像现在，话语权大了去了，上面说过的敢说，上面没说过的也敢说，甚至还敢胡说。

不久，周恩来病倒住院，有关载人飞船的报告转到了王洪文手上。此时的王洪文已非彼时的王洪文——不再是一个小小的秘书，而是堂堂的党中央副主席了！宇宙飞船与党中央副主席孰轻孰重？聪明的王洪文自然比谁都明白。据有关人士回忆，当了党中央副主席的王洪文每天忙于“批林批孔”，忙于“国家大事”，像飞船这种既不实惠又费力气的项目，他不可能当回事。加之这一时期国际形势又有新的变化——军事上的追求转为小型化、机动化，这一变使国内原有的科研计划也就跟着变了。到了 1974 年底，原来抓的三件大事——载人飞船、大火箭、反导弹系统便在一浪高过一浪的大批判口号声中悄然下马了。

值得注意的是，对“曙光号”飞船的下马，中央从未下过红头文件，也没下过正式通知或者什么指示。大概从 1974 年起，这事就再也无人过问了。更值得注意的是，在没人管、没人问的情况下，已是光杆儿司令的范剑峰依然我行我素，继续坚持搞载人飞船。到后来实在没法坚持时，他就转而跟踪、研究国外的载人飞船。与此同时，搞“曙光号”飞船控制系统的 502 所所长屠善澄也在坚持跟踪、研究国外的载人飞船。有一次屠善澄和范剑峰碰面后，刚一握手就说，老范啊，你跟踪，我也跟踪，咱俩患难与共，坚持到底，我就不信中国以后不搞载人飞船，我就不信我们搞不出载人飞船！而这期间，航天医学工程研究所的副所长陈信也带着一班穿军装的人马继续坚持搞“曙光号”飞船的相关研究，尽管举步维艰，却始终没有放弃。有一天，陈信听到一个消息，说为了紧缩部队开支，航天医学工程研究所要被解散。陈信心急如焚，因为“曙光号”飞船上马时，大型离心机、冲击塔、振动台等不少地面设备都是在他一手策划下费了很大的力气张罗起来的。而且，短短几年就开设了三百多个研究课题，进行了一万五千多人次的人体训练，填补了国内载人航天工程的许多空白。现在研究所要解散，比挖他的祖坟还难受！于是他到处烧香磕头，找领导反映情况，请求保住研究所。后来钱学森出面，航天医学工程研究所才保留下来。

然而遗憾的是，到 1975 年，“曙光号”飞船工程还是全线停止了。这些既不为权力也不为金钱，而只为科学和真理献身的中国航天人，在严峻的现实面前最终不得不低下高贵的头颅，坠落于不堪忍受的长达十年的沉寂之中。

二十年后的某一天，中国空间技术研究院一位搞院史的负责人找到范剑峰，请他写“曙光号”飞船的历史。范剑峰回去后，写了“曙光号”飞船上马的具体时间、具体内容、具体过程。但至于什么时候下马的，却没写。搞院史的负责人一看，感到奇怪，问范剑峰，你只写了“曙光号”飞船上马的时间，怎么没写下马的时间呢？范剑峰说，“曙光号”飞船上马的时候，中央有红头文件，名正言顺；下马的时候，上面既无红头文件，又无一纸通知，甚至连一句话也没有，稀里糊涂就下马了，你让我怎么写呀？不信你去查查，看当时有没有下马的文件或者什么通知。

这位负责人真去查了，结果一个字也没查到。

这位负责人再去问戚发轫。戚发轫说，我只知道“曙光号”飞船是毛主席亲自批准的，至于具体是什么时候下马的，我也不知道。大概是在 1974 年吧，我听钱学森回来说，“曙光号”飞船可能搞不了了，后来就没人再过问这事了。

采访中我注意到，不少当年搞“曙光号”飞船的人，后来大都默默无闻，日子过得平淡而艰辛，他们除了工资袋里多了一百元钱的退休金，在其他方面几乎没有什么改变。在那成千上万张“曙光号”飞船的设计图纸上，更见不到他们中任何一个人的名字，甚至就连范剑峰这样搞了二十来年飞船的大专家，图纸上也没留下一个“范”字！

2003年夏季的一个上午，范剑峰在他的办公室为我打开保密柜，拿出他当年搞的一摞摞飞船设计图纸和无数请示报告。我亲眼看见，每一份飞船设计图纸的落款处，的确都是写着某某研究所，而绝无“范剑峰”三个字。范剑峰说，那个时候搞设计的人在图纸上是不能署个人名字的，因为个人署了名就是个人主义，是资产阶级思想，谁署了名就会遭到批判。所以我搞了这么多的飞船设计图，都是以组织的名义，从来没有署过我的名字。

可惜啊，“曙光号”飞船的事仅过去三十余年，一些当事者便已记忆模糊，局外人对此更是一无所知。“曙光号”飞船的历史如同我们办公桌上司空见惯的台历，前面的一页翻过去了，便永远翻过去了，今天比昨天还要忙碌的人们，再也没有闲心或兴致去翻看一眼了。

幸而历史拥有属于自己的生命力，它常常会选择人们遗忘的季节或者某一时刻，从石头缝里猛地拱出来，谁也不在乎，谁也无法阻挡。

第二部

七年论战

第七章

中国到底搞不搞载人航天？

历史的脚步，走进了 1985 年。

从 1958 年到 1985 年，中国载人航天工程跌跌撞撞地走过了二十七年（其间 1975 年至 1985 年为空白的十年）。在这二十七年的时间里，中国之外的世界又是个什么样子呢？

我们来看看苏联和美国。

自上个世纪 50 年代起，不论苏联还是美国，两只眼睛就一只盯着陆地、一只盯着天空。1961 年加加林上天之前，苏美双方暗中较劲，各自发力。加加林上天之后，彼此拉开阵势，你追我赶，谁也不让步，谁也不服输。尤其进入七八十年代后，两国在激烈的竞争中，载人航天事业更是蒸蒸日上，如日中天。

苏联自 1961 年第一艘“东方号”飞船上天后，连续发射了五艘“东方号”飞船，将六位宇航员送入太空。接着，1963 年 6 月 16 日，“东方六号”飞船又将苏联第一位女航天员捷列什科娃送入太空，开创了地球人类第一个女人飞天的历史。1964 年 10 月 12 日，“上升一号”飞船首次载着三名宇航员在天上飞行了二十四小时十七分钟，绕地球十六圈。1965 年 3 月 18 日，“上升二号”飞船载着两名航天员在天上飞行了二十六小时零二分钟，其中一位名叫阿列克谢・列昂诺夫的宇航员还首次走出船舱，用一根腰带连着飞船在太空行走了二十四分钟，开创了人类首次漫步太空的历史，从而证明了人不仅可以在飞船内完成飞行任务，还可以在飞船舱外进行工作或者活动。这对后来航天员的营救、航天器的安装和维修以及对舱外设备故障的排除等都具有重大的实际意义。此后，苏联又先后发射了二十九艘“联盟号”飞船，并与“礼炮号”空间站进行了一系列的对接飞行。尤其值得一提的是，1986 年 3 月，第十五艘“联盟号”飞船在“礼炮号”和“和平号”空间站之间来回飞行，并成功地实施了对接，从而使“联盟号”飞船成为人类历史上第一辆太空“公共汽车”。

而美国从 1961 年 5 月 5 日成功发射第一艘载人飞船“水星号”至 1966 年 11 月的五年多时间里，连续成功发射了十四艘“双子星座”飞船。其中十一艘载人，三艘不载人。从这一阶段来看，美国在洲际导弹、人造卫星、载人飞船三个方面都落后于苏联。但美国并不服输。早在第一艘飞船上天后二十天，肯尼迪总统就正式批准了“阿波罗”飞船登月计划。八年后，即 1969 年 7 月 16 日，“阿波罗”飞船便将美国宇航员从肯尼迪航天中心成功地送上了月球，接着又连续发射了六艘“阿波罗”载人飞船，将十二名宇航员送上了月球！

此后，苏美空间竞争逐步升级，双方大有不惜一切代价血战到底的咄咄气势。1971 年 4 月，苏联发射了世界上第一个试验型空间站。1972 年，尼克松总统正式批准美国实施航天飞机研制计划。1977 年，苏联成功地发射了第二代长期型空间站，并创造了宇航员在空间站生活三百六十五天的纪录。1981 年，美国第一架航天飞机“哥伦比亚”号首次试飞成功，1983 年正式投入商业使用。此后五年时间里，航天飞机又进行了九十五次发射，二十四次获得成功，直到“挑战者号”发生爆炸为止。1984 年，里根总统向世界郑重宣布：美国将用十年时间建造空间站！

苏美两国多年来在空间方面的竞争、发展，不仅使本国的航天技术达到一个很高的高度，刺激和带动了其他各行业的技术发展，同时也影响和推动着世界各国对载人航天工程的迅速升温。特别是 1983 年美国总统里根提出“星球大战计划”之后，新科技革命的浪潮以浩荡磅礴之势一浪高过一浪地冲击着世界。于是，几乎所有发达国家都开始制订应对 21 世纪竞争的国家总体战略计划。比如，美国的高边疆战略，西欧的尤里卡计划，东欧的科技进步综合纲要，苏联的加速社会经济战略，日本的科技立国战略，印度和巴西的高技术发展计划，等等。这些发展战略计划的核心均集中在航天技术上，其目的就是在太空建造一个军事、科技、经济的运作平台，为开拓天疆、争夺空间基地打通道路。

由此一来，全世界迅速掀起了一股载人航天热。例如：苏联在继续保持飞船发展的同时，提出了发展航天飞机的计划。法国制订了欧洲联合发展“阿里安五号”和赫尔墨斯小型航天飞机以及哥伦布空间站的计划，提出了通过搞小型航天飞机来发展本国载人航天的思路，并着手论证、实施。英国成立了专门的空间研究中心，并加紧进行对可完全重复使用的水平起落式航天飞机的理论和概念的研究。西德也对水平起落搭载式航天飞机的技术可行性展开了探索和研究。日本在加紧研制“H－2”大型运载火箭的同时，小型航天飞机的研制活动也悄然启动，并打算通过研制一个有效载荷实验舱，同美国的永久性空间站对接，以迎接空间商业化和工业化时代的到来。而且，各国的经费投资均向载人航天倾斜。如苏联、美国计划 2000 年前的投资经费为二百亿至四百亿美元，日本计划 1984 年至 2000 年的投资经费为一百亿美元！

总之，无数事实表明，历史进入 20 世纪 80 年代后，世界载人航天正在向着新的高度挺进，航天技术正在向着新的深度发展，开拓高边疆、占据和控制空间正逐渐成为全世界发达国家总体战略的核心。

我在查阅、研究了苏美两国大量载人航天资料的基础上，单就苏美两国发射飞船的数量做过一个统计。这个统计未必绝对准确，但或许能让我们从中获得某些启示。其统计结果是：

苏联自 1961 年 4 月 12 日发射载有加加林的“东方号”飞船起至 1985 年止，共发射载人飞船五十五艘，无人飞船十二艘，“宇宙号”无人实验飞船五十艘，运货飞船二十六艘，总共发射飞船一百四十三艘！

美国自 1961 年 5 月 5 日发射“水星号”飞船起至 1971 年止（1971 年后搞航天飞机，抛弃了飞船），发射载人飞船三十三艘，无人飞船十一艘，货物飞船七艘，总共发射飞船五十一艘！

即是说，截至 1986 年，苏联、美国共发射飞船一百九十四艘！其中载人飞船占了八十八艘!

中国呢?

中国从 1958 年到 1974 年，搞了整整十六年的载人飞船，结果是“曙光号”飞船自动沉没，不了了之；而从 1975 年到 1985 年十年间，除范剑峰、陈信等少数专家在苦苦坚持外，整个载人飞船工程完全处于休眠状态。换句话说，截至 1985 年，浩浩长空没有一艘中国的飞船!

因此，中国与苏联、美国在载人航天方面的差距不是多与少的问题，也不是好与差的问题，而是有和无的问题。不管我们承认不承认，这是一个铁的事实。

而当这个问题实实在在地凸现在国人面前时，中国航天人便显得有点尴尬、有点着急了。因为中国的载人航天事业事关民族千年飞天的梦想，事关民族未来的发展，也事关子孙后代的生存空间，下一步究竟怎么搞，必须拿出个意见——是等待时机暂且不管，还是拼尽全力奋起直追？一句话，中国到底还搞不搞载人航天?

1985 年夏，航天部针对美国“星球大战计划”和中国航天未来的发展问题，在北戴河举行中国首届空间站研讨会。就在这个会上，重新提出了中国载人航天怎么搞的问题。此前，航天部在做国家“七五计划”时，李绪鄂、刘纪原两位部长曾经提出过这个问题，并组织有关专家开始着手论证。但把中国载人航天作为一个研究课题郑重其事地摆在如此高规格的会议桌上，这是“曙光号”飞船下马十年之后的第一次。

十年前，即 1975 年春，历经五年牢狱之灾的张爱萍将军重新出山后，提出了一个重大而紧迫的任务——“三鸣惊人”，即中国要尽快搞出洲际导弹、潜艇水下发射火箭和地球同步通信卫星。在张爱萍将军的统领下，中国航天人经过近十年的努力，于 1984 年 4 月 8 日前先后成功地发射了第一枚洲际导弹、第一枚潜艇水下火箭和第一颗地球同步通信卫星。但“三鸣惊人”后，中国航天下一步干什么，今后的路怎么走，又成为摆在中国航天人面前的一道难题。当时，中国改革开放的大门已经洞开，政治、经济和科技形势均发生了天翻地覆的变化。航天人告别动荡岁月后，迎来了一个心情舒畅的好时代。

然而改革开放之初，中国问题成堆，百废待兴，各行各业都在思考，都在反省，都在突围，都在寻求一条新的出路。航天界自然也不例外。尤其随着整个中国工作重点的大转移，中央军委根据邓小平“十五年内打不起大仗来”的指示精神，决定军队建设从临战状态转到和平建设轨道上，同时要求国防工业也要实现战略大转变。于是一大批军工型号产品纷纷下马，国家除重点工程外，不再拨专款养活号称“百万大军”的航天人。如此一来，航天人捧了几十年的“金饭碗”被端掉了，吃了几十年的“大锅饭”吃不成了，唯一的选择就是自己找米下锅，重新谋求生路！而另一方面，由于军工产品不景气，加上经济基础薄弱，航天人的生活条件相当艰苦。比如，外企公司本科毕业生一个月薪水三四千元，而航天部的研究生一个月工资却只有一百多元；50年代的老专家有的已是三代同堂，却只能挤在一间两居室的小房里；新一代技术人员结婚没房住，只能自己到外面租房；有的单位单身汉几千人，却只有一个食堂，长长的队伍每天排到食堂门口，比赶集还热闹；甚至有的单位上万人，只有一个洗澡堂，还常常不能正常供水。

面对这突如其来的变革，几十年来习惯了靠吃皇粮过日子的中国航天人，感到很不适应，甚至有的还患上了精神恐慌症！

然而尽管如此，一部分有载人航天情结的专家依然按捺不住内心那个飞天的梦想，又悄悄琢磨起了上天的事。他们认为，中国航天没有理由吃老本，没有理由不更上一层楼。如果掰着指头算一算，1985年以前，中国航天领域除了“长征号”系列火箭，几乎没有什么东西好意思拿出去面对世界的。于是，他们又戴上老花眼镜，偷偷找出尘封多年的设计手稿，一边细细查看，一边开始重新构想；或者走出办公室，找朋友打听消息，找同事交流意见，找领导试探口风，然后再私下聚集一起，反复商讨琢磨：是给航天部送上一份正式报告？还是直接给中央的最高领导写信，表达一下多年来搞载人航天的打算与愿望？

当然，这一时期毕竟还是中国改革开放的初期，不少专家的思想观念仍停留在“文化大革命”时期，一旦真要干起来，依然心有余悸。

所以他们只有把自己关在屋里悄悄地干，试探着干。用他们自己的话来说，因为怕人笑话，怕挨批评，只有偷偷地干，就像当年共产党搞地下活动一样！

但在这次北戴河会议上，由于形势不同，气氛不同，专家们的心理和精神也就发生了变化，不再担心什么，也不再怕这怕那。所以，会议开始的第一天，就有专家表示，中国应该搞载人航天；还有专家提出具体建议，说中国应该搞航天飞机，以解决空间站的往返运输问题；而著名老航天专家、本次会议的策划者之一任新民则明确表示，中国的空间站迟早都是要搞的，如果等到人家都成了常规的东西，我们才开始设想，就晚了。所以，中国航天的下一个目标应该是在太空建造自己的空间站，从现在起就该有一个规划，对其中某些单项的关键技术——比如飞船应该立即着手研究。一旦国家决定搞载人航天了，我们才能及时起步。我们要争取在21世纪初在地球的近地空域建立中国的空间站，并在空间站和地球之间有中国的运输工具（飞船），能看到我国的航天员、科学家在空间站上进行科学技术活动。如果我们现在还不尽快着手这方面的研究，中国与世界的差距将会越来越大！

此次会议在航天界产生了一定的影响，至少唤起了人们对已经过去了十年的“曙光号”飞船的一种留恋与记忆以及对未来中国载人航天的一种憧憬与向往。但这一切还是纸上谈兵，会后依然没有拿出具体方案。因为当时中国到底还搞不搞载人航天，科技界上上下下众说纷纭，一团迷雾，谁也看不清，谁也说不准，谁也拿不出一个可行的方案。有的说应该抓紧搞，有的说以后再说，有的说应该接着搞“曙光号”飞船，有的又说飞船早就过时了……到底怎么办？中央没下文件，领导没有发话，下边那些手上无权无钱的专家们，就只能在小范围内自发地悄悄做些准备工作。

而恰在这时，中国科技界发生了一件大事情！

1986年3月3日，针对美国“星球大战计划”的出台，中国四位著名老科学家王大珩、王淦昌、杨嘉墀、陈芳允给邓小平写信，提出《关于研究外国战略性高技术发展的建议》。两天后，邓小平批示："这个建议十分重要，找些专家和有关负责同志讨论，提出意见，以凭决策。此事宜速作出决断，不可拖延。"这就是中国"863 计划"出台的前奏。

事实上，围绕美国的"星球大战计划"，中国科技界此前已经争论不休、吵得沸沸扬扬了。但不管怎么争吵，也不过是"群众意见"而已。现在邓小平发话了，情况就大不一样了。3 月 8 日，即邓小平批示后的第四天，中央就在中南海召集科技界头面人物，对四位老科学家提出的建议进行讨论。会议最后决定，由国家科委主任宋健负责，立即着手组织中国高技术发展计划的论证工作。

于是从 1986 年 4 月起，全国两百多名专家云集北京，分十二个小组，对生物、航天、信息、激光、自动化、能源、材料七大领域展开论证。航天领域分为两个小组，一个是战略武器小组，另一个是航天小组。两个小组关起门来不分白天黑夜，整整论证了二十六天。在这二十六天中，为防止干扰、影响决策，专家们不得与外界联系，外界也不得与专家们接触，甚至航天部的部长也不得介入。据说这是中央领导的指示。航天小组最后的意见是：中国应该着手考虑载人航天。

与此同时，航天小组之外的一些单位和专家也在跃跃欲试。比如，国务院发展研究中心国际技术经济研究所就聘请了一些在航天战线工作三十年以上的专家，深入有关研究所和工厂，就"中国载人航天发展战略问题"展开调研。中国火箭研究院成立了小型航天飞机论证小组，开始探究小型航天飞机的方案。中国空间技术研究院成立了太空组、高技术组，开始论证飞船和空间站方案。

而范剑峰——当年"曙光号"飞船的领头羊，这期间自然也成了一位活跃分子。"曙光号"飞船虽然下马已经十年，但他一直惦记在心。当听说四位老科学家给邓小平写信后，他非常高兴，马上打开尘封多年的保密柜，找出当年"曙光号"飞船的设计手稿，加班加点，挑灯夜战。不久，他终于听到了好消息。范剑峰说，大概是 1986 年 6 月的一天，老专家杨嘉墀把我叫到办公室，说，老范，上天的事又有戏了！我一听高兴得不得了，忙问，是真的吗？杨嘉墀说，那还有假！你干不干？我说，怎么不干呢？这么多年我一直盯着呢！杨嘉墀说，那好，你先组织五六个人干起来。这个课题部里不管，由院里管。你赶快弄，有什么问题直接给我汇报就行了。我当时在空间研究院总体部当主任，回去给大伙一讲，大伙积极性都很高，我很快就组织一班人马开始做方案，加班加点搞了三个多月。有一天，老专家王希季把我叫到他办公室，说，老范，上天的事现在又有门儿了，听说报告已到赵紫阳那里了，你抓紧搞，以后有什么问题就直接找我吧。我回来后感到很为难，之前杨嘉墀让我给他汇报，现在王希季又让我给他汇报，两个都是大专家，两个都是我的老领导，两个都对载人航天很关心，但两个人的办公室都在一层楼上，我到底给谁汇报呢？后来我想了个办法，先给杨嘉墀汇报，再给王希季汇报，两个专家我都汇报。

1986年6月28日，国务院领导在中南海再次召开会议，就中国载人航天问题听取航空部和航天部领导的意见。航天部部长李绪鄂参加了这次会议。李绪鄂部长说，这次会上，大家对搞载人航天的意见比较一致，多数人认为中国应该搞。但航空部的意见是想搞空天飞机，航天部的意见想搞小型航天飞机，双方争论得很厉害。后来宋健谈了一个意见，说不要叫空天飞机，也不要叫小型航天飞机，就叫天地往返运输系统。会议开了三天，也争论了三天。由于双方争论激烈，各持己见，谁也说服不了谁，搞得领导一时也难以拍板，最后只好说，载人航天到底搞不搞，搞什么，你们各自回去先论证好了再说！

1986年9月，中国宇航协会运载专业委员会在宜昌召开第二届学术交流会，邀请了全国数十名航天专家，针对小型航天飞机方案展开讨论。9月底，中国空间技术研究院在老专家王希季的领导下，多次召开关于空间站的研讨会。10月初，中国科学院召开“中国载人航天发展规划方案设想”大会。范剑峰出席了这次大会。范剑峰说，那天有关部门通知我代表空间研究院去会上作报告。我事先并不知道会议规模有多大，等到了会场一看，天哪，参加会议的人坐了满满一大厅，而且著名科学家王大珩、林兰英等也坐在了前面。看见这么多老先生都来了，我非常兴奋，心想载人航天的事看来真的要搞起来了！因为这个时候我已经知道

“863 计划”里有一个项目就是要搞空间站。所以我在会上一讲起载人航天，不知不觉就多讲了几十分钟，结束时还加了一句：我们国家的载人航天，从 1966 年到 1986 年，沉寂了二十年！“曙光号”已经死了，现在几位老先生提出“863 计划”，可能会使中国的载人航天起死回生！王大珩老先生立即站起来，使劲鼓掌，非常激动地说，对对对，起死回生！起死回生！

1986 年 10 月，“863 计划”获中央政治局正式批准。航天作为七大领域之一，有幸列入其中。至于载人航天怎么搞，中央在二十四号文件中明确指示：先安排概念性的研究与论证，在充分论证的基础上，再作最后决断。

1987 年 2 月，“863”航天专家委员会正式成立，屠善澄为首席科学家，王永志、闵桂荣、黄克成、顾颂芬、李自广、胡文瑞为委员。航天专家委员会由国家高科技领导小组直接领导，组长是赵紫阳，副组长是宋健。专家委员会下设两个专业组，一个是大型运载火箭及天地往返运输系统组，一个是空间站及其应用组。专家组成立后，专家们很高兴，因为这次不管结果如何，至少给了他们一个开动脑筋、张嘴说话的机会。这对常年埋头苦干的中国科技知识分子来说，不是一件容易的事。并且，中央还拨给两个专家组三十八个亿的经费。如此大笔的经费过去从未有过，所以专家组第一次开会，会场便一扫过去的沉闷，多了少有的笑声。

专家组最初的论证工作并不复杂，先是开会研究讨论，再作简单规划，然后一边查阅资料，一边展开调研。调研分国内国外，先国内后国外，主要在国内。专家组的专家选自不同的部门，而且全是兼职。由于专家们在原部门都是顶梁柱、大忙人，所以大家不可能天天黏在一起，只能不定期地集中活动。集中时，彼此交换情况，一起论证。散会后，再把各自的任务带回去——用专家们的话说，就是自己回家“做作业”，下次开会时，再把“作业”带到会上来。但这种方式也存在诸多弊病。因为有的专家行政职务很多，工作非常忙，开会时坐一下就走了；散会后，有的回家做了“作业”；而有的就没有时间做“作业”，下次开会时光带一张嘴就来了。这种方式效率自然不高，所以拖的时间较长。

在“863”专家组论证的同时，航天部、国防科工委、航空部、中国科学院等部门的一些专家也在参与探讨、论证；而一些虽不是航天专家又非常关心载人航天的有识之士也加入了探讨、论证的行列。这些人热情高，想法多，虽然分布在全国各地，却与中国航天有着千丝万缕的联系。有了这两部分人的加入，中国载人航天的论证队伍更加壮大，对载人航天问题的争论也就高潮迭起，更为激烈！

于是，由于中国“863计划”的出台，一场有关中国载人航天的大论战也就由此拉开大幕！

第八章

中国为什么要搞载人航天?

在中国航天史上，几乎每个重大项目上马之前，无一例外地都会经历一场大争辩、大论战。过去搞“两弹一星”如此，搞同步通信卫星如此，搞“长征三号”火箭如此，搞“长二捆”火箭如此，现在搞载人航天同样如此，更是如此!

那么为什么要搞载人航天呢?

这是自 1961 年苏联宇航员加加林上天之后几乎全世界都在问的一个问题，也是二十多年来一直难以说清的一个问题。

我们不妨先一起来探讨一下。

从人性的角度来看，离开地球，到太空去，扩大生存空间，探寻未知世界，似乎可以理解为人类本性使然。我们假定人类就是宇宙最多情的儿子，这个多情的儿子原本来自太空，来自地球之外的某一个星球，因而人类梦想飞天，就像现实生活中的我们梦想回到故乡一样自然。而飞天梦只是人类若干梦想中的一个。这个梦想与生俱来，无法割舍。因为人类天生就不安分守己，总是这山望着那山高——已经占有了地球，还要追寻地球之外的星球。这其实是人类本性中的一种冲动，精神的一种扩张，欲望的一种释放，心情的一种表达，梦想的一种延伸。当人类刚刚诞生于地球的时候，总是从南走到北，由东走到西，书写的是行走的历史；当人类逐渐长大之后，便走出山洞，走出茅屋，走出森林，走出荒漠，开始书写奔跑的历史；当人类逐渐壮大成熟之后，又从盆地走向高山，从高山走向大海，从大海走向天空，再从天空走向宇宙，开始书写飞翔的历史。

从人类发展的角度来看，人类要到太空去，与自身的生存与发展息息相关。宇宙被科学家们视为除陆地、海洋、天空之外的第四故乡。人类随着生存历史与生命经验的日益积累，渐渐认识到，宇宙较之陆地、海洋和天空更为神秘广阔、富有魅力，也更加有利可图。尤其是当人类对宇宙有了更新、更深的认识后，到太空去便不再只是一种梦想，而是对未知王国的一种勇敢挺进，对稀有资源的一种刻意追求，对自然空间的一种心理统治，对宇宙地盘的一种控制占有。于是，宇宙空间成为人类欲望释放的酒吧、智力角逐的平台、权力博弈的领地，甚至是相互仇视、彼此倾轧的战场!

事实上，如果我们综观人类的历史，便会发现，像日光、月光、星光以及色彩斑斓、变化无穷的雷鸣电闪、迷雾浓云之类的自然景象，带给人类的绝不仅仅是诗意般的浪漫想象，还有诸如馒头、大米、香肠、啤酒、电灯、澡盆、卧室之类更加具体、更加实惠的精打细算。从当今世界的科学实验来看，人类对空间利益的追逐从未停止。而载人航天是人类搞得最多的一项活动，且呈不断上升之势，原因是人类越来越多地得到了实惠，尝到了甜头。无论是苏联还是美国，都在空间站和航天飞机上进行了有关人类医学、生物医学、生命科学、天体物理、新材料、新工艺等多方面的大量科学实验。比如 1983 年 11 月，美国的“哥伦比亚”号航天飞机将欧洲空间局的“太空实验室”带入轨道，进行了熔炼特殊合金、拍摄向日葵种子发芽、探测地球强大能源场以及人体生理测试数据等七十三项科学研究和实验；1984 年 4 月，“挑战者号”航天飞机将十一吨重的“太空曝晒舱”施放到轨道上，进行了五十七个项目的实验，包括一百二十个品种的二百亿颗西红柿等植物的种子的曝晒实验；1985 年 4 月，华人科学家王赣骏在“挑战者号”航天飞机上进行了自己设计的“微重力下的液滴状态实验”；1985 年 8 月，美国黑人女宇航员和日本女宇航员在航天飞机上进行了青蛙和青鳟鱼的产卵、孵化实验，等等。这些实验均为人类赢得了丰厚的回报。

此外，人类还在太空进行了对地观测、天文探测、军事侦察以及太空生产等。比如，苏联宇航员在“礼炮号”和“和平号”上进行的对地观测，发现了里海地区煤气田等大量矿藏；美国的航天飞机在太空探测中发现了非洲沙漠下的多处水源和巨大河谷；苏联在“礼炮六号”和“礼炮七号”空间站上进行长期的空间生产试验，成功地生产出了各种合金、半导体材料、陶瓷和超纯蛋白等产品，并通过设在“和平号”空间站上的专门生产车间，进行了有关半导体、光学玻璃和生物制品等三百多项生产试验；美国在航天飞机上生产出标准圆球等工业产品；苏联宇航员在“礼炮七号”空间站上生产出了一种有效的流感疫苗；美国宇航员在航天飞机上四次生产出了预防突发性心肌梗塞症的药品以及十余种治疗疑难病症的昂贵药物。这些事例表明，人类飞天的终极目的，其实就是要在太空扩大自己的生存空间和发展领域，从茫茫宇宙中获取更多、更有价值的自然资源，进而将宇宙空间变成人类新的生活家园和精神家园！

再从民族特性的角度来看，中华民族梦想离开地球、飞向太空，由来已久。从嫦娥到万虎，从远古到今朝，无数飞天勇士，超人奇才，梦断天涯，魂荡苍穹！然而飞天的梦想千古不变，永梦不醒！尤其是 1961 年苏联的加加林在太空第一次代表人类留下自己的身影后，一批具有特殊性格的中国航天人更是无时无刻不在做着飞翔的梦。在这些追梦者看来，一个民族幻想有一天在太空留下自己的身影，如同一只鸟儿向往有一天在天空进行一次漂亮的飞行。因此他们要向世人证明，嫦娥的儿女、炎黄的子孙、龙的传人既不是一帮只知道在地球上春耕、夏耘、秋收、冬藏的农夫，也不是一伙从早到晚一年四季围着灶台只对油、盐、酱、醋感兴趣的俗人，而是一群有着高远目标、广阔胸襟而又脚踏实地的登天勇士！他们要到天上去，开辟一块既属于中华民族也属于地球人类的疆土，为民族的发展获取更多的自然资源，为子孙的生存赢得更大的生存空间；同时也顺便换个角度，看看祖祖辈辈生活的地球到底是个什么模样，究竟是个什么德性。于是向宇宙进发，飞向太空，既是他们的梦想，也是国家的战略。

也许有人会说，现在已经有了相当高级的机器人，想要上天，发射一个机器人，或者发射一颗侦察卫星，不就得了，干吗非要花那么多钱把人弄上太空呢？

是的。机器人不仅能从事机械性、重复性的操作，还能在真空中工作，比人更耐热、耐寒、耐辐射，不需要复杂昂贵的生命保障设备，就能去人不能去的地方，做人不能做的工作，而且计算速度比人还快。但机器人毕竟是机器，它无法从根本上代替人的作用——也永远不可能完全替代人的作用，有些活儿适合它干，有些活儿则不适合它干。因为再好的机器人也是人造的，并由人操纵、控制的，它自身无法解决人想要解决的所有问题。而侦察卫星在军事上的作用的确很大，它可以在天上侦察到地面的种种军事设施，包括一栋楼、一座山，一间房、一辆车，一门炮、一杆枪，甚至一个人、一棵树、一条蛇、一只鸟，都逃不过它的“眼睛”。但侦察卫星也是按人的种种假想设计的，它上天后也只能按人设计好的程序办事，一旦现实超出了程序假想的范围便束手无策、无计可施。所以，无论是机器人也好，侦察卫星也罢，就其功能系统而言，都没有智慧，没有预见性，更没有创造力和应变力。而这些，人类却有。比如，人如果上了天，就可以根据不同的情况，随时调整、改变计划与策略，处理各种具体细节和意外事件，分析、识别、判断种种复杂现象。尤其在遇到特殊情况时，既可随机应变、灵活处置，还能与地面及时沟通、共商对策。而这些都是机器人和侦察卫星无法做到的。从这个角度说，人是非凡的，超物质的，不可替代的。

此外，从根本上讲，搞载人航天的目的就是要让人进入太空。因为宇宙空间是一个充满未知数的神秘领域，人若不亲临其境，就无从感受，永远不可能真正了解宇宙空间的秘密与奥妙。唯有通过人的亲自考察、探索，才可能让宇宙空间成为人类活动的舞台，从而真正带动人类的进步与发展。所以载人飞船问世以来，颇受各国青睐。

也许有人会问，搞载人航天风险很大，搞不好人死了连尸骨都找不回来！冒这么大的风险，值吗？

是的。人类为了登天，为了探索太空，截至 2003 年，已有二十三条生命永远留在了太空。在探究大自然的征途上，人类要往前走哪怕一小步，都得付出代价，这是不可抗拒的自然法则。翻开人类文明史，在“进步”一栏里，我们所看到的最醒目最震撼的两个字，肯定有“牺牲”！回溯历史，陆地寻路死了多少人？航海探险死了多少人？航空飞行又死了多少人？别说飞天，就是登山，沿途掩埋的忠魂烈骨亦不计其数。甚至我们平常出门远行，探亲访友，或者上班骑车，出门散步，游玩公园，上楼下楼，一不小心还会摔上一跤，不是闪了腰杆，就是崴了脚。那么，我们是不是因为怕摔、怕闪、怕崴，就不出门了呢？

也许有人还会说，载人航天被吹得天花乱坠，到底能给老百姓带来什么实惠呢？现在既看不见，又摸不着，谁知道将来是怎么回事儿啊？

是的。在梦想尚未变成现实之前，潜藏着无穷变数，许多事情在前期是很难看清前景的。那么是不是因为潜藏着变数，我们现在看不清楚，就停止探索的脚步甚至干脆放弃呢？一百年前刚搞飞机的时候，几乎全世界的人都在问：搞飞机有什么用？多危险啊！后来人们坐上了飞机，翱翔蓝天，心旷神怡，并知道了从中国到美国坐船要一个多月，而坐飞机却只需八九个小时，现在还有人会问：搞飞机有什么用吗？

其实，在该不该搞载人航天、为什么要搞载人航天这个问题上，世界各国早就有过激烈的争论，而且意见从未有过统一。比如苏联和美国，刚开始搞载人航天时，对其“好处”和“意义”，其实同样也没有想清楚，弄明白。而之所以后来还是搞了，主要是出于国家领袖的某种心理需求，或者换言之，是为在国际政治赌场上打出一张好牌！因此，苏联美国双方拼命争抢的，都是“第一”。再后来，经历了最初的狂热与成败后，这才向着寻求军事意义和经济价值方面转变。但随着苏联、美国载人航天的步子越跨越大，不少人士对为什么要搞载人航天、搞载人航天究竟意义何在等问题，又纷纷提出了质疑与批评。

我曾查到一份资料，这份资料说，每个国家的科学院都是反对搞载人航天的。这个说法未必一定准确，但国外有不少专家反对搞载人航天，却是事实。

比如，美国学者查尔斯·克劳萨默在1986年撰写的一篇文章中，就对美国的载人航天提出了批评，他说："我们在以错误的方式探索太空。在太空中的不应该是我们的身体，而应是我们的头脑——配备着火箭的腿和机器人的眼睛。……从务实的眼光看，'阿波罗'登月飞行是一件毫无意义的事情。我们花了十年时间把人送上月球，但他们做了什么呢？开车转转，捡几块岩石，打打高尔夫球。只需用十分之一的费用，一个机器人就可以完成上述工作——当然，可能打高尔夫球要除外。"

美国斯坦福大学的M.班克斯教授也曾撰文批评说："苏美两个超级大国竞相发展的载人航天，仅仅是考虑国家威望而非根据科学技术因素作出的政治决策。"而苏联一部分相当有权威的生物学专家、医学专家和心理学专家也认为："从生理和心理学角度讲，航天因素对于人的机体是不可接受的。"苏联著名火箭总设计师瓦西里·米申院士也说："我看不出'能源号'和'暴风雪号'系统在今后几十年中有什么用处。"特别是后来苏联在载人航天发射中出现种种失误后，这种争论更是异常活跃，有的甚至还到了故意散布谎言以攻击对手的地步。

于是有人据此认为，苏美两国发展的载人航天所带来的国家威望，并未起到类似战略核武器所起到的威慑作用，有核国家仍然依靠战略核武器实现战略威慑，而空间军备竞赛只是核军备竞赛的延伸，空间军事化的发展至今并未使核威慑理论过时。因此载人航天仅仅是考虑国家威望、根据非科学技术因素作出的政治决策，当属不具有实际意义的发展领域。对美国耗资二百五十亿美元的"阿波罗登月计划"，在美国航天界更是非议多多。有人将"阿波罗登月计划"抨击为一次"突击性飞行"，一次"绝妙的政治杂技表演"，一种违背科学技术固有的发展规律的"头脑发热"的行为。美国宇航局还常常收到公众或纳税人的来信，他们对载人航天进行种种质疑。甚至有一位在非洲的美国修女还这样质问过美国宇航局：

> 我们所在星球上的问题够多的了，特别是那些迫在眉睫的问题，诸如污染、灾害、饥饿、贫困、失业、吸毒、犯罪、住房、医疗，不是比用成百亿美元去发展载人航天更需要倾注更大的精力和更多的投资去研究与解决吗？

现在，中国要搞载人航天了，出现各种争论，奇怪吗？

这些没完没了的争论，从内部扩展到外部，从北京蔓延到全国，观点很多，内容不少。但概括起来不外乎两大派：一派认为中国应该搞载人航天，一派认为中国没必要搞载人航天。为叙述方便，我姑且将这两派称之为“主战派”和“反对派”。在这两大派中，“主战派”占多数，“反对派”占少数。

“主战派”的观点概括起来主要有以下六点：

其一，载人航天是国家总体战略的一部分。从国家战略地位的角度来看，有人在太空和没有人在太空是大不一样的，就像有没有“两弹一星”大不相同一样。如果说当年搞“两弹一星”是为了打破国际核讹诈和军事封锁，保卫新生的共和国成果，那么今天搞载人航天，则是为了全面提升和带动航天工业及相关科学领域，使中国在世界高科技领域占有一席之地，在科技全球化的竞争中发展壮大自己的实力，从而更好地服务于现代化建设，造福于全人类。

其二，载人航天可以提高中国的国际地位。载人航天象征一个国家的综合国力，面对21世纪，中国只有搞载人航天，才能保持航天发展的势头，提高国际地位，同时激发民族自豪感和增强民族凝聚力。持这一观点的代表人物有航天部副部长刘纪原。刘纪原说，我认为中国最牵动人心的有两件事：一是体育，二是航天。因为载人航天是当今世界航天领域一座新的高峰，代表了当今世界最高的科学技术水平，是未来发展的一个方向。我们有了卫星、火箭，下一步就该搞载人航天，建立自己的空间站。没有这些东西，中国在国际上就没地位，就受人欺负。我常常想起当年外交部部长陈毅说的话——当了裤子，也要把导弹搞上去！中国要保持大国的地位，在世界航天领域就必须要有一席之地，否则美国等西方国家就要对你实行制约。持这一观点的还有航天部某局局长张宏显。他说，1986年我去法国参加一个国际空间会议，苏联、美国和法国的航天专家被邀请在会上作报告，会后无论走到哪里，总是被人团团围住，问这问那。而到会的中国专家却被冷落一旁，没有一个人理睬我们。那种滋味是非常难受的。我们这么一个科技大国、科技古国，在国际上受到如此冷遇，我作为一个科技工作者，感到这是一件很羞耻的事情！如果中国人上天了，肯定就不是这样了。

其三，载人航天可以促进和带动国家高技术和国民经济的发展。对此，刘纪原有切身的感受。他说，搞载人航天，必将突破许多新技术，这些新技术又可以带动很多新的学科、新的工业、新的材料、新的工艺。比如国家在“863 计划”中设定了七个研究领域，而航天技术就覆盖了全部领域。另外，载人航天利用太空来做实验。比如，人在失重情况下是一种什么状态？生物种子经过太空培养后是什么情况？只有把人和种子送到太空进行试验，才会得到科学数据。航天专家范剑峰也说，载人航天一搞起来，就能带动别的技术。例如，飞船返回进入大气层时，与大气摩擦产生的高温是一千八百至两千摄氏度，那么你用什么材料才能耐得住这样的高温呢？就得研究。这一研究，材料技术就前进了。再有，飞船的飞行高度，我们设计的轨道只有三百多公里，太低，燃料消耗太大。如果轨道能再高一百多公里，燃料的消耗量就会减少三十倍。要是我们掌握了这些技术，就能促进通信技术、材料技术、电磁技术的提高和发展。现在飞船利用的是太阳的能量，还不是燃料电磁。将来还要搞燃料电磁，一搞这个，就可以促进燃料科学的研究，带动民用燃料技术的发展。现在民用燃料存在很多问题。另外，不要老问搞载人航天有什么用。卫星刚上去时，就有人问有什么用。后来通信卫星上去了，大家看上电视了，就知道有用了。搞载人航天也一样，不上去不知道，上去就知道了。就像一个小孩，还没出生，老问他将来能干什么，那怎么说得清楚呀？要先把孩子生下来，等有了孩子，再慢慢培养干什么嘛！

其四，载人航天有极大的军事价值。海湾战争、科索沃战争、阿富汗战争、伊拉克战争以及世界强国空军的“太空战”大演习，已经展示出空天一体作战的雏形，标志着大规模的海、陆、空、天四维立体战争时代的到来。即是说，当国家利益伴随着人类进取的脚步，沿着由陆而海、由海而空、由空而天的轨迹不断拓展时，空天战场必将成为未来战争的主战场。所以在空天领域中国不能缺席，也不该缺席。未来战争很可能就是打太空战，太空早就成了苏美在军事上争夺的重要地盘。航天部科技司司长张成玉就是这一观点的代表。张成玉说，从军事的角度来看，搞载人航天，对今后的空间对抗有很大的军事价值。空间站对今后的空间大战是绝对有意义的。飞船可作为空间大战要走的第一步，它的技术绝对可以带动其他技术。它可以作为通信中继站，可以建立反卫星装置，可建立反击体系，既能进攻，也可防守。载人飞船搞成后，将来一扩大，就是空间站了。要是将来有一天世界空间战爆发了，战场摆在了天上，要在天上打仗了，一旦对方向我们发起攻击时，我们就可以在天上拦截对方的导弹。但如果你没有像飞船或者空间站之类的玩意儿，就只有等着挨打。因为对方打来的是什么导弹你都不知道，只有等导弹实实在在地掉在了你的头上，你才清楚。现在都说人类是一家，但人类是一家吗？现在是一家吗？美国和伊拉克是一家吗？布什和拉登是一家吗？

其五，载人航天能促进中国火箭技术的进一步发展。中国的“长征号”火箭已经发展到了较高的水平，具备了发射飞船或小型航天飞机的能力。如果不搞载人航天，中国的火箭下一步就很难再有大的发展。中国“长征号”火箭在国际商业市场上经过了近二十年的摸爬滚打，已经发射了近二十颗国际商业卫星，但中国的火箭总不能老是只发射卫星。张成玉说，就像一个人开始时做豆腐，总不能一辈子都做豆腐，总得往前发展呀！所以从中国火箭发展的角度看，只有走载人航天这条路，才能跃上一个新的台阶。何况中国是火箭和嫦娥的故乡，自然不能在太空缺席。

其六，载人航天可以带动和培养一大批高科技人才。上个世纪 80 年代末、90 年代初，中国航天队伍人才大量流失，以致青黄不接，出现人才断层现象，已是不争的事实。一位航天专家在 80 年代末做过一个统计：中国科技人员平均年龄四十岁，年龄最大的逾九十岁！这种年龄结构对一个要搞现代化的国家来说，肯定是太老化了！但年轻的又太年轻；中年科技人员因“文化大革命”的原因，又出现了断层。中国如果再不搞载人航天这样的大工程，60 年代参加工作的一大批技术骨干很快就要退出工作岗位，航天队伍状况将继续下滑，其结果必将是人才大断裂！刘纪原说，中国航天界现在人才断层很厉害。现在吸引不住人才，一般都认为是待遇低，其实更深层的原因，是事业自身的吸引力不够，年轻人看不到吸引他们的事业和前途。年轻人大多数看得远。在他们生命力最旺盛的十年、二十年中能干些什么？怎样才能更好地实现自己的价值？这是他们一定要考虑的问题。如果我们的决策缺乏长远的眼光，决策出来的东西吸引不了他们，没有像样的工程让他们搞，就无法带动、培养年轻人才，也难以留住人才。一旦真的出现人才断档、技术断档、经验断档、管理断档，甚至文化断档，那中国航天必然后继无人，已经取得的成绩根本无法“保值增值”。别说追赶世界先进水平，就连现有的差距也会越拉越大！

那么“反对派”又有哪些说法呢？

概括起来，主要有如下四种：

说法一：中国不能跟着苏联、美国跑。苏联搞载人航天，美国搞载人航天，不等于中国就一定要搞载人航天。中国不能和苏联比，更不能和美国比，中国有中国的国情，应该根据自己的国情走自己的路，而不能别人干什么我们就干什么。50年代中国跟在苏联的后面跑，现在再也不能跟着苏联跑了，得走自己的路。

说法二：中国要多务实，少务虚。先把地上的事情干好了，再说天上的事情。地上的事情都干不好，怎么干得好天上的事情？中国航天本来就搞早了，把国家搞穷了。现在国家的经济上不去，就是当年搞“两弹一星”给搞的。中国现在急需解决的是吃饭、穿衣问题，油盐、酱醋问题，是地上的生存与发展问题。而载人航天可有可无，与其徒有虚名，不如脚踏实地，先老老实实地干好自己身边的每件事情。

说法三：载人航天是科学事业，不能搞政治化。中国不能老从政治角度考虑问题，不要一提载人航天，就是为国争光，为民族争气。争光又有什么用？能当饭吃吗？苏联那么多宇航员上天了，展翅腾飞了，翱翔太空了，结果又怎么样呢？伟大的俄罗斯民族不照样在地球上挣扎吗？飘扬了六十九年的苏联国旗不照样从天上落到地下吗？中国曾经历过

“大跃进”的年代，惨痛的历史教训不该忘记。中国再也经不住折腾了，再也不能搞“洋跃进”了，再也不能操之过急了，如果再折腾下去，国家会越搞越穷，人民的日子会越过越苦！

说法四：中国还是一个穷国，不能打肿脸装胖子，硬充富人。中国目前国力有限，经费有限，应该把有限的那点钱用在刀刃上。现在贫困山区的老百姓连肚子都填不饱，花冤枉钱搞那玩意儿，还不如把这个钱拿去援助失学的儿童，救济下岗的工人，支援贫困山区，或者多修几个水库，多建几个电站，多盖几栋楼房，多搞几个医院，或者干脆给大家涨一级工资，也好买一辆小车，住上宽敞些的房子。日子过好点，比什么都强！若真要搞科学试验，送只猫、送只狗或者送只大猩猩上天，不就得了，干吗非要花那么多的钱，费那么大的劲，把一个大活人送上天？完全是多此一举，吃饱了撑的嘛！

“反对派”中，除少数科技人员，大部分是其他行业的人士和普通公民。采访中，我曾有意和持不同意见者交谈，发现他们有个共同的特点，就是都真心地爱着自己的国家，虽然有的言辞激烈，观点偏颇，但内心深处却饱含着对国家的另一种忠诚。特别是有的专家，不同意就是不同意，态度明朗，旗帜鲜明，从不动摇，坚持如一，既不察言观色见风使舵，也不随波逐流人云亦云。对这类科学家，我充满敬意。因为在我看来，一个真正的科学家的生命意义，不在于最终是否发现了真理，而在于不断地探索问题、提出问题。科学精神的本质，也并非总说“是”，还要敢说“不”；尤其是在权威、权势面前，更要敢说“不”！

当然，一部分人反对搞载人航天，还有一个不便说出的原因，那就是多多少少有点私心。因为中国刚刚改革开放，各行各业都在求生存，都在伸手要钱，而国家就那么大块“蛋糕”，要是航天人的胃口太大，先切走一大块，其他行业就只剩一小块了，甚至连一小块也吃不上。

上述两派意见并不存在谁是谁非的问题。无论主张搞载人航天还是反对搞载人航天，都是学术观点问题，而非政治观点问题，更不是是与非的问题。有不同的声音、相反的意见，是好事，是幸事，也是科学民主精神的最好体现，对载人航天的决策利多弊少，有益无害。

经过一段时间的争论，绝大多数专家认为，中国应该搞载人航天。

但什么时候搞，又成为专家们争论的焦点。对这个问题的观点同样可以概括为两派：一派是“现在派”，即主张现在就搞，而且越快越好；一派是“将来派”，即主张将来条件成熟后再搞。

“现在派”的理由主要有两点。一是中国航天尽管一直受到国际上的控制甚至封杀，但始终在发展之中，现在具备了搞载人航天的实力。“两弹一星”的巨大成功，既奠定了技术基础，积累了管理经验，又形成了一支可靠的队伍。尤其是作为运载工具的“长二捆”火箭和返回式卫星技术已经成熟。因此无论在研制、生产还是发射、测控等方面，中国都具备了搞载人航天的基础和条件。二是载人航天是全世界的一个发展趋势，晚搞不如早搞，既然早晚都要搞，为什么不早搞呢？就像做生意摆地摊，去晚了，说不定就没地盘了。因为空间这个地方非常重要，等人家都占领了，我们再搞，一切都晚了，想上也上不去了。刘纪原副部长说，我们当时最担心的，就是美国将来会不会搞一个太空条约，来限制中国和其他国家？这是很有可能的。我有，你没有，我就限制你。如果你也有了，他想限制也不好限制了。几十年来美国一直在控制着世界，过去搞核垄断，后来又有控制太空、海洋的野心和计划。如果中国不搞载人航天，一旦将来太空被美国控制，想搞也来不及了。所以中国应该抓紧搞。

“将来派”的理由主要也有两点。一是国力有限。中国还是一个比较穷的国家，可以先把有限的经费投放在搞应用卫星和卫星应用上，等将来国家经济条件好了，人民的生活水平提高了，再搞载人航天也不为迟，没必要现在就急着把人送上天。二是存在风险。载人航天是高投资，高投资就有高风险。中国某些现有的技术尚不成熟，客观条件也不理想，如果匆忙上阵，一旦有误，上百亿的人民币便会付诸东流，到时如何面对全国父老？怎么对得起人民的血汗钱？

“将来派”中，有的是航天专家，有的是大学教授，有的是德高望重的大科学家和身居要职的高官。如后来出任中国载人航天工程副总指挥的国防科工委副主任沈荣骏，就是“将来派”的代表。沈荣骏胸襟开阔，心怀坦荡，采访中，他对自己当年的立场观点毫不遮掩，敢于说出历史的真相。沈荣骏说，不少人说我是中国载人航天最初的积极推动者，其实不是，这是一个误会。搞载人航天这事一开始我并不积极，是个反对派。历史就是历史，一定要实事求是，不能乱说。当然，后来中央作出决定后，我还是很积极的。搞载人航天，当时大家没有太多的异议，但什么时间搞，却有不同意见，有争论。一部分人主张尽快搞；一部分人认为应该先把重点摆在应用卫星和卫星应用上，载人航天可以往后放一放，缓一步再搞。我呢，就是主张把载人航天往后放一放的人。主要理由，就是我们国家还是一个经济基础比较落后的国家，还是一个发展中的国家，得有主有次，不能一起上！

又经过一段时间的争论，多数专家认为，中国载人航天应该现在就搞。至于其他问题，没有必要也没有时间再争论下去了，要尽快进入实质性问题的探讨和论证，即：中国载人航天到底怎么搞？对此，张成玉司长的观点很有代表性。张成玉说，载人航天不应该再有争论了，如果再这样争论下去，搞不好弄了半天，还不知道人在天上到底是什么滋味。就像有人在那儿哭了半天，却不知道谁死了一样！现在关键的问题，不是搞不搞载人航天的问题，而是怎么搞的问题。

第九章

中国载人航天究竟怎么搞？

迄今为止，全世界把人送到太空的运载工具不外乎四种：一是宇宙飞船，二是小型航天飞机，三是航天飞机，四是空天飞机。四种工具各有优长，互有短缺，作用不同，价值迥异。

中国要搞载人航天，只能选择其一。

问题是，选择哪种最佳？或者说，选择哪种最适合自己？

这就需要专家们拿出意见和方案。

在中国科学界，有三位大名鼎鼎的科学家都姓钱：钱学森、钱三强、钱伟长。这三位科学家大家耳熟能详，但还有一位姓钱的航天专家，却很少有人知道。

这位专家叫钱振业。

钱振业 1932 年生于江苏，1957 年毕业于北京航空学院，一直在航天部秘密从事导弹的研究设计工作。可以肯定地说，在中国载人航天的历史上，钱振业和范剑峰一样，都是有着积极贡献、不可或缺的人物。钱振业做事肯动脑筋，喜欢牵头，有战略眼光和战略头脑。但他脾气倔强，凡事较真，年轻时更是心高气傲、桀骜不驯。20 世纪 60 年代初，某导弹改型时要做试验，几位老专家主张做两次，时任主任设计师的钱振业却偏偏坚持只做一次。开会前夜，政委找他谈话说，明天是钱学森主持会议，领导们已经定了做两次试验，你就不要再谈自己的意见了，只参加会，不要说话。第二天，他果然坐在会场的一个角落，面向墙壁，背对主席台，一声不吭。与众不同的是，他在自己的椅子背后贴了一幅漫画，漫画上画了一张大嘴，大嘴上贴着一张封条！钱学森一进会场，一眼就看见了钱振业椅背上的这幅漫画，也看见了嘴上的那张封条，便问政委，小钱今天是怎么回事啊？政委说，他有意见。钱学森说，有意见好啊，有意见就提呀！然后对钱振业说，小钱，你先谈谈你的意见好吗？钱振业站起来，大声地说道，我认为做一次试验就够了，没必要做两次。钱学森问，理由呢？钱振业说，如果是必然性故障，一次就够了；要是偶然性故障，就是做七次八次、九次十次，也不管用。钱学森听后点点头，让大家先讨论讨论，再作结论。结果，大家认为钱振业的意见有道理。钱振业这才把椅子转过来，面对主席台，端端正正地坐到了会场的中央。

钱振业对于载人飞船，可谓真正的“铁杆儿代表”。早在加加林上天后不久，他就给钱学森写信，建议中国搞载人飞船。70 年代，鉴于国内形势不好，他又给钱学森写信，建议“曙光号”飞船应该及时下马。1986 年 3 月，四位老科学家向中央提出发展高技术的建议，航天部内部反响强烈，火箭研究院提出了小型航天飞机方案，空间技术研究院提出了空间站方案，而他和杨广耀、韦德森等几位专家则提出了飞船方案。但飞船方案开始却得不到响应，达不成共识，找不到市场，自然也就得不到支持。

1986 年 9 月 8 日，中国宇航协会运载专业委员会在宜昌召开第二届学术交流会，研究小型航天飞机方案。本来大会并未安排钱振业发言，但自由发言时钱振业还是放了一炮：中国不具备研制小型航天飞机的技术基础，只能从载人飞船起步！由于此次会议的主题是研究小型航天飞机，钱振业的这一观点依然没有引起会议的注意。但新华社国际内参编辑部一位叫王怀智的记者却对钱振业的观点很有兴趣，在会后找到钱振业，让他写一份关于中国载人航天要从飞船起步的材料，由他以内参的方式上报中央。钱振业回到北京后，很快将写好的材料交给了王怀智。1986 年 10 月，中国空间技术研究院在王希季的主持下，召开第三届空间站讨论会，钱振业在会上作了关于《中国航天高技术发展途径探讨——兼谈飞船及其应用》的报告。会后，还请钱学森的秘书王寿云将这份报告送给了钱学森。但这时的钱振业是空间技术研究院 508 所的副所长，身处基层，一些想法和意见很难直接传递到上层决策者的手上，为此他深感困惑与苦恼。

1986 年 11 月，国务院发展研究中心国际技术经济研究所成立“航空航天战略研究组”，聘请钱振业为客座研究员，负责组织相关专家对“中国载人航天发展战略和发展途径”进行软科学研究。国际技术经济研究所是国务院下属的一个职能机构，其职责是为国家宏观决策提供咨询。这对钱振业无疑是一件再好不过的事情。一来可以全身心地投入中国载人航天的探索与研究，二来研究成果有机会通过国际技术经济研究所直接呈送国务院和党中央。于是钱振业和杨广耀、程玲珠、韦德森三位专家一道，把研究的方向首先定在了对国外载人航天技术的分析和研究上。

经过一个时期的研究，钱振业他们发现，搞载人航天并不存在一个统一的固定不变的模式，主要取决于各国的政治、军事、科技对航天的需求，取决于本国的财力、物力、人力以及传统优势、技术基础等条件。全世界搞载人航天的国家走的无非是两条路：一条是苏联的路，即不断发射载人飞船，用飞船把人送上天，然后发展空间站，进而实施空间实验；另一条是美国的路，即不断发射航天飞机，用航天飞机把人送上天，利用航天飞机发展空间站，进而实施空间实验。

那么中国的载人航天该走哪条路呢？

钱振业他们的结论是：中国载人航天的起步，应该走飞船的路，即苏联的路。

但当时的情况是，全世界都正热衷于航天飞机，大家对飞船没有兴趣，所以中国多数专家们的眼睛也都盯在了航天飞机上。不少人说，飞船是苏联、美国在上个世纪 60 年代搞的东西，早就过时了，现在再搞，没什么价值。钱振业却固执地认为，过去的手表、现在的手表都叫手表，却不可同日而语；过去的汽车、现在的汽车都是汽车，却不能相提并论。为了搞清中国到底能不能搞航天飞机，从 1986 年 11 月起，钱振业和杨广耀一起深入航空部所属的研究所和工厂，展开实际调研。钱振业说，我们当时是拿着鸡毛当令箭，以国务院发展研究中心研究员的身份去的。

我们先准备了一个调研提纲，列了十个问题，如中国的航空和国外的差距有多大，中国到底有没有条件搞航天飞机等。但我到某飞机设计所第一天，就有人问，这个人到底是什么身份啊？我不好说什么，就把国务院研究员的工作证给他们，借口说帮我订一张返程的机票。他们一看我的证件，就另眼看待了。我去另一个设计所也是如此。我们每到一个单位，先参观，再找人座谈。我主要找三种人谈，先是单位行政领导，然后是总师（**即总设计师**）一级的专家，最后是管计划生产的负责人。有一次我在某飞机设计所开总师座谈会，一个总师在会上说，我怎么有一种“大跃进”又要来了的感觉？我们连飞机都搞不出来，还想搞航天飞机？是不是在做梦呀？而在另一个座谈会上，一个总师居然当着我的面拍着桌子说，我们的发动机都是买的，现在连高超音速飞机都搞不出来，怎么可能搞航天飞机！我看简直是在开玩笑！我去另一个飞机制造厂调研时，一位负责人也对我说，我们年生产能力是两百架飞机，可我们一年的订货量却只有十架飞机！我这个厂是个封闭的社会，什么都有，连运输尸体的车都有，就一样东西没有——焚尸炉！我每天厂门一开，就要花钱，只要开工一天，就需要二十万元的费用！你说这日子让我们怎么过？怎么活？没有办法，为了生存，为了活命，我们现在只有去生产鸟笼子了！这位负责人说的是实话，我亲眼看了，他那儿所有生产设备都是从以色列引进的，很先进，一套就三百万元左右，可没活儿干，只有在那儿耗着。当年中国航空工业起步主要为了满足空军的需要，一直用的几乎都是引进的东西，从米格—9到米格—11，再到米格—23，都是如此。但航天不同，1960年苏联专家撤走后，技术全封锁了，只有自己搞。这是中国的航空和航天的最大区别。再一个问题，就是有的航空技术比航天复杂，比如发动机，飞机是重复使用，需要工作一千小时，而火箭是一次性使用，两小时左右就够了。所以在1986年11月的时候，赵紫阳准备投资三百个亿与国外合作搞飞机，想把中国的航空业搞上去，就向世界招标。可国际上最知名的三家飞机公司没有一家来应标的，后来只和中国搞了些零部件的合作。因为在商业场上，谁都不愿意培养一个竞争对手。

就这样，马不停蹄，行程万里，历时两月，钱振业和杨广耀跑遍了航空部60%的单位。他们先后到过沈阳地区飞机设计所、飞机制造厂、航空发动机设计所、航空发动机制造厂，西安地区飞机设计所、飞机制造厂、飞机试飞基地，以及成都地区飞机设计所、飞机制造厂和航空发动机试验基地等十一个单位，获得了大量可靠的第一手信息和资料。他们发现，尽管中国的航空工业起步较早，三十多年来已仿制生产了一万二千架军用飞机，为中国空军作出了重要的贡献，但现状却不容乐观。航空工业系统共有职工五十一万人，大型企业一百一十五个，科研设计所三十四个，科技人员八万左右，其规模居世界第三。然而旧有的生产体制无法适应航空工业新的战略转移的形势，空军订货急剧减少甚至停止，不少单位处于停产或半停产状态，五十一万航空产业大军的存活面临危机。比如，某飞机制造厂拥有职工两万四千人，工程师一千一百人，新补充的大学生五百余人，机床设备两千一百台，具有年产三百至四百架歼-6型歼击机或年产五十架歼-8型歼击机的生产能力。可该厂在1986年投产的当年制造了十架飞机，空军当年却只订购了六架飞机，1987年只订购了三架飞机。也就是说，即使把空军两年订购的飞机卖出去，库房里还剩一架飞机。所以该厂只有靠贷款过日子。而另一家飞机制造厂是一个拥有一万八千名职工的大型企业，本来具有年产三百架歼击机的能力，却同样无人订货，致使该厂难以生存。此外，由于我国民用航空不发达，导致各航线上的飞机均为外国货，中国的飞机市场几乎全部被国外制造商抢占；加之生产布局不合理，民用飞机发展现状堪忧。例如，某地区有个老航空基地，人员素质和技术水平相对较高，设备却很陈旧；而数千里之外的一个飞机制造厂却设备先进，人员素质和技术水平又较落后，以致一位来中国考察的外国专家竟当众提出了一个令人啼笑皆非的问题：你们中国把高技术水平的人放在这儿，先进的生产设备摆在那儿，最好的测试手段又搁在另一个地方，这到底是怎么回事啊？

调研结束，钱振业回到北京，赶写了调研报告《我国航空工业的形势严峻》，提出了四个问题：一是中国五十一万航空产业大军向何处去；二是对于军用飞机的发展众说纷纭，争论不休；三是民用飞机的发展面临航空殖民化危险；四是航空工业体制存在严重弊端。最后的结论是：中国目前没有能力搞航天飞机！

钱振业说，这份调研报告由国务院发展研究中心主任马洪送给中央书记处。中央书记处看完后就找到有关负责人，问怎么办。这期间正赶上航空部召开一个规划会议，会场上出现了这个调查报告的手抄本，人们议论纷纷。有人说，是哪个小子吃了豹子胆，到航空部搞了这份调查报告。航天部李部长也打电话把我叫到他办公室，问我为什么跑到人家航空部去了？我说这事航天部管不着，是国务院发展研究中心让我去的。其实我没有别的意思，就是想了解一下我们国家到底有没有能力搞航天飞机。

通过调研，钱振业更坚定了中国载人航天只能从飞船起步的观点，撰写了长篇论文《为什么要把飞船作为航天产业发展的第一步》。后来我在采访中查到了这篇论文，文中这样写道：

> 飞船是探索太空最简单、最省钱、研制周期最短的工具，所以苏联、美国在探索太空的初级阶段，借助的都是飞船。如果我们把飞船作为探路的工具，先通过搞飞船来突破空间站所需的一些关键技术，那么中国在建立永久性空间站时，就可缩短研制周期，降低研制成本，减少研制难点，避免走弯路。因此，中国航天高技术的发展，不能走苏美以创造“世界第一”为发展目标的模式，也不可能走欧洲空间局和日本从依附到自主发展的模式，而只能走以跟踪为目标、具有中国特色的独立自主的发展途径。这个途径就是，把飞船作为第一步，通过对飞船的研制和发射，从技术上和工程上为建立永久性空间站系统打下坚实的基础，从而促使中国空间产业的跟踪研究尽快起步。

1987 年 2 月，“863 计划”大型运载火箭及天地往返运输系统组正式成立，钱振业被任命为这个专家组的首席科学家，并出任专家组组长，具体负责论证：用什么火箭发射？用什么工具把航天员送上天？

当了“官”掌了“权”的钱振业接受任务后，反而一下感到为难了。

为什么呢？钱振业说，第一，这个组的专家来自全国不同的单位，有北京火箭技术研究院的副院长王德臣，有上海航天局的副局长施金苗，有北京航空学院的教授李椿萱，有中国科学院化学所研究员朱纺兰，有航空部 606 所副所长严成忠，有航天部三院 31 所科技委主任刘兴洲，有航天部火箭研究院 11 所主任设计师朱森元，这些专家都是吃过“洋面包”的，只有我和王德臣是“土八路”，所以我感到工作不好开展，意见很难统一。第二，虽然看起来我们只是一个小小的专家组，但我们这个组却是为国家作决策的，不是给某个人或某个部门出主意的，事关中华民族的千秋大业，所以感到肩上的担子很重。第三，我过去一直是主张搞飞船的，现在又是组长，我既要坚持自己的观点，又不能用我的观点去左右专家组，更不能利用手中的特权搞独断专行。而要先当学生，后当先生，发动第一线的专家和技术人员展开讨论，充分发表自己的意见，尤其是不同的意见，走技术民主的道路。

后来，钱振业琢磨来琢磨去，决定发布一个公告，用投标的方式向全国进行招标！即是说，中国载人航天到底怎么搞，从哪儿起步，运载火箭怎么搞，天地往返运输系统怎么搞，技术途径是什么，具体方案是哪种，投资强度是多大，研制周期是多长，投资经费是多少，等等这些问题，让各单位先拿出自己的方案，看看专家们到底有多少主张、多少智慧、多少点子。因为科学没有唯一性，只有合理性。

招标书发送全国后，一石激起千层浪，各地反响十分强烈，航天部、航空部、国防科工委、中科院、国家教委、总参谋部等部门纷纷应标。据不完全统计，全国积极踊跃应标的单位多达六十余家，参与论证的专家逾两千人！由于此次行动纯属学术探讨，没有行政领导干预，所以专家们在思想上有一种前所未有的为国献计献策的自由与舒坦，在短短两个多月里，就拿出了十一种技术方案。经专家小组论证筛选，从中挑出了六种方案。

第一种：航天部 601 所提出的二级空天飞机方案。该方案技术含金量最大，技术难度最高，国际上也正处于攻关阶段。特点是可以像飞机一样水平起飞、水平降落，并能重复使用。中国若能研制成功，无论是航空技术还是航天技术，均可一步抵达世界顶尖水平。

第二种：北京 11 所提出的二级火箭飞机方案。该方案技术难度仅次于空天飞机。它能像火箭一样垂直起飞，如飞机一般水平着陆，可完全重复使用。与德国搞的方案有相似之处。

第三种：上海航天局 805 所和航空部 604 所联合提出的“长城一号”带主动力航天飞机方案。特点是垂直起飞、水平降落，可部分重复使用。与美国搞的航天飞机有相似之处。

第四种：航天部火箭技术研究院提出的小型航天飞机方案。特点是借助运载火箭进入轨道，既可载人，又可载货，可部分重复使用。

第五种：航空部 611 所提出的法国小型航天飞机方案。该方案在总体技术上与第四种方案接近，是航天飞机方案中较简单的一种方案。

第六种：航天部空间技术研究院 508 所提出的多用途载人飞船方案。此方案与苏联的“联盟号”飞船相似，技术档次在六种方案中最低。

这六种方案选出后，到底选用哪一种，专家组并未急于下结论，而是让方案所属的六家单位对各自的方案继续论证和修改完善，等完成技术可行性论证报告后，再参与下一轮的竞争。

在选中的六家单位中，最具实力、也最具竞争力的，是中国火箭技术研究院和中国空间技术研究院——前者是小型航天飞机方案的代表，后者是载人飞船方案的代表。二者的暗中竞争，其实早就开始了。

1977 年，时任中国火箭技术研究院总体计划部副主任的王永志建议组织一个小班子，跟踪美国的航天飞机。时任航天部副部长的芮杏文当即表示支持。于是火箭技术研究院很快设立了航天飞机跟踪小组，王永志任组长，郁乃庸、黄作义、王丹阳等为成员，在从 1977 年到 1986 年的九年时间里埋头跟踪论证。他们一方面天南海北四处奔波，周密调研；一方面面对浩瀚的外文资料认真考究，潜心钻研，最后搜集整理出来的国外航天飞机的资料和自己设计的图纸堆了满满一屋子！其间，他们还计算出了一个公式：1 元人民币=2.4 美元。即是说，中国人搞航天，花钱少办事大，1 元人民币能当 2.4 美元使。十年间，他们从一头青丝到两鬓斑白，几乎与世隔绝，耗费无数心血，最后得出的结论是：中国搞小型航天飞机，无论在经济上还是在技术上都是可行的。并搞出了一个发射二十吨重的小型航天飞机的方案——这个方案提出的时间比日本还早。所以“863 计划”启动后，他们很快就拿出了小型航天飞机的方案，并顺利杀入“六强”，进入决赛。

而中国空间技术研究院由于早在 60 年代就开始跟踪飞船，加上多年来一直搞卫星——其中返回式卫星技术与飞船返回技术有异曲同工之处，很快也搞出了飞船方案，并挺进“六强”。于是他们信心大增，决心与对手一比高下。

因此，两家竞争对手得知自己的方案杀进“六强”后，为了能在下一轮击败对手，各自连夜翻开方案，通宵达旦加班“备战”！

1988 年 7 月 24 日，“863”专家组在哈尔滨召开专家会议，将对六家单位用了一年时间修改完成的方案进行评审。会议报到那天，全国数十名德高望重、白发苍苍的老专家风尘仆仆赶到哈尔滨，每一位专家仿佛都成了此时哈尔滨一道难得的“风景”。这些“风景”是：

屠善澄——“863 计划”航天领域专家委员会首席科学家；

朱光亚——国防科工委科技委主任；

屠守锷——航天部火箭技术研究院总设计师；

王希季——航天部空间技术研究院总设计师；

杨嘉墀——航天部空间技术研究院院士；

梁思礼——航天部科技委院士；

王树声——航天部火箭技术研究院研究员；

吴中英——上海航天局研究员；

王南寿——航空部科技委研究员；

陆孝彭——航空部飞机总设计师；

何庆芝——航空航天大学教授；

彭成一——南京航空学院教授；

周曼珠——国防科技大学教授；

黄文虎——哈尔滨工业大学教授；

疏松桂——中国科学院教授。

上述专家都是钱振业特意聘请来的，其目的就是要评审出真正最好的方案。而且钱振业还定了一个标准——年龄必须在六十五岁以上的专家才有资格参加这次会议。为什么呢？钱振业说，这个年龄的专家才有经验呀！只有梁思礼一个专家是个特例，他六十四岁，差了一岁！最使我感动的是航空部的著名飞机设计师陆孝彭先生，他已经七十多岁了，身体很不好，但得知是评审中国载人航天方案的会，他专门让两个人陪着从南昌赶到了哈尔滨。

这次会议由钱振业主持，但他在会上不发言，不表态，而是先请六家方案的代表上台阐述各自的方案，再由老专家提问，一个个地答辩，一个个地评审。最后每个老专家再给六个方案写出评语——白纸黑字，签上自己的大名。钱振业说，为了方便老专家们的工作和休息，我给每个专家安排了单间，专家们很高兴，评审起来特别认真，每天晚上都要开夜车到十二点。特别是著名老专家屠守锷，他一般是很少参加这种会的，这次不但来了，而且还非常认真，有一天晚上已经凌晨两点多了，我见他还趴在灯下写呢！

哈尔滨会议开了七天七夜。其间，六个方案的主张者纷纷登台亮相，畅所欲言。为了一个方案，大家可以辩论几个小时。为了一个观点，彼此可以争得面红耳赤。甚至有时为了一句话，也把会场吵得沸沸扬扬。评委们最后得出的基本意见是：空天飞机和火箭飞机是未来的发展方向，中国目前尚不具备相当的技术基础和投资能力，现在要搞，不太现实；航天飞机方案在技术上难度很大，搞起来也很困难；唯有小型航天飞机和多用途飞船可供下一步研究、比较。

为了体现此次评审会公开、公平、公正的原则，会议对六种方案采用打分决胜制，即每个方案按七个内容打分。打分那天，不光被打分的单位的领导心里忐忑不安，打分的老专家的心情也同样紧张，因为每一分代表的都是自己的见解、自己的水平，甚至是自己的人格，同时也关系到国家的成败荣辱。

打分的结果是：小型航天飞机方案获总分 84 分，飞船方案获总分

83.69分。飞船方案比小型航天飞机方案仅差0.31分！

这微不足道的0.31分显示了专家们对小型航天飞机的青睐，更体现出专家们对国家与人民的负责和认真。范剑峰说，事实上，在整个会议期间，只有我和王希季、钱振业等少数几位专家是飞船方案的积极推动者，而多数专家都倾向于搞小型航天飞机。钱振业虽然一直主张搞飞船，又是专家组组长，但他上面的一些领导主张搞小型航天飞机，有些话他在会上也不好说。所以在哈尔滨会议上，主张搞飞船的人，其实是比较孤立的。

打分结果出来后，钱振业并未在这次会上宣布谁是最后的胜者。钱振业说，到底是选择小型航天飞机方案还是飞船方案，事关重大，不仅我自己做不了主，会上任何一位大领导和大专家说了也不算。所以钱振业只在会上通知双方代表：再用一年时间，对现有方案作进一步修改、论证，然后迎接“863”专家委员会的最后裁决。

于是，兴师动众的哈尔滨会议结束后，先前热热闹闹的六十多家应标单位，只剩下了中国火箭技术研究院和中国空间技术研究院两个单位。曾经论战多年的十多个“派别”，也只剩下“航天飞机派”和“飞船派”。我把这两派简称为“机派”和“飞派”。

第十章
中央为何迟迟不拍板?

“飞派”和“机派”能过五关斩六将，最后浮出水面，实属不易。但两派都清楚，载人航天是特大工程，方案最终花落谁家，现在谁也不敢拍胸脯。所以两派专家表面看上去轻松坦然，暗中却都憋着一口气，下决心一定要抢占这块高地，击败对手，绝不错过这千载难逢的机会！

1988 年 7 月的一天，航天部召开“小型航天飞机和飞船方案比较论证会”，中国几乎所有著名航天专家全部到场。而为了迎接此次论战，“机派”与“飞派”都作了精心准备。“机派”由李一民领队，“飞派”由王希季带头。会议一开始，双方均摆出一副“打擂台”的架势，“飞派”说飞船方案好，“机派”说小型航天飞机方案好，谁都不谦虚，谁也不客气。

“机派”的理由主要有四点：

第一，航天飞机集火箭、卫星、飞船的优点于一身，它既能像火箭一样垂直发射，又可像卫星一样在天上绕着地球飞行，还能像飞机一样再次降临大地重返人间。

第二，航天飞机技术含量高，而且可重复使用，从发展的眼光看，可重复使用比一次性使用更经济，更划算。

第三，中国载人航天的起点应该高一些，从技术发展的角度看，航天飞机是一种发展趋势，代表着当今国际航天的最高水平。中国从小型航天飞机起步，可以一步到位。

第四，飞船是 20 世纪 60 年代的东西，技术上太落后，现在世界上已经没有一个国家再去搞了。即便我们搞出来，早晚也会被淘汰。既然如此，何必再搞?

“飞派”的理由主要有五点：

其一，中国返回式卫星的回收成功率是百分之百，如果搞飞船，返回技术基础好，有利于确保航天员的安全返回。

其二，飞船既可搭载航天员，又能为空间站运输物资，还可作为空间站的救生艇，一船多用，既实惠又方便。

其三，飞船比航天飞机技术简单，成本低，花钱少，研制周期短，一旦上报中央，符合国情，容易立项。

其四，搞载人航天，安全、可靠应该放在第一位。搞飞船技术相对简单，安全程度会更高。

其五，航天飞机技术复杂，投资大，研制周期长，前期发射场的投入和今后天上的维修费用相当昂贵。中国经济条件不足，航空基础较差，必然风险多多，困难重重，成功的概率低于飞船。

两派陈述完各自的方案意见后，由老专家提问，两派分别答辩，然后两派面对面展开辩论。辩论中，双方你来我往，短兵相接，针锋相对，互不相让，时不时还碰撞出几点火星，把会场的气氛搞得颇为紧张。“飞派”的专家们还搬出了苏联著名科学家阿尔德·萨格杰耶夫院士的理论，这个理论说：“苏联、美国的航天飞机犯了代价高昂、超前发展的错误。航天飞机是21世纪的技术，为什么要把20世纪的钱花在21世纪呢？耗资极大的航天飞机占了空间科学基础研究所必需的资金。用任何一种一次性的运载火箭把一个有效载荷送入太空，都要比使用航天飞机简便、便宜。”

最后，经过评议，多数专家认为，根据中国的国情，选一个比较稳妥的、循序渐进的、技术基础扎实同时又能省钱的方案，不失为上策。相比之下，飞船方案较为理想。

此次会议“飞派”略占上风。但会议开了两天两夜，也吵了两天两夜，到底用哪个方案，最后还是没有确定下来。

1988 年 8 月初，钱振业所领导的专家小组达成共识：中国航天应分两步走。第一步，在 2000 年左右研制出初期的多用途飞船；第二步，在 2015 年左右研制出两级起降的空天飞机。与此同时，以范剑峰为首的空间站专家组也写出了《我们国家的空间站地面研究》的报告，从空间站的角度强调了飞船的重要性和必要性。范剑峰说，空间站搞起来后，必须要有飞船停靠在旁边。因为空间站不可能永远不出问题，万一坏了，就需要飞船作为轨道救生艇上去对航天员实施救生，对空间站进行维修，而且还得回来。飞船小巧玲珑，非常方便，可以长期靠在空间站旁边。航天飞机就不行，那么大个东西，不可能长期留在天上，也不可能来回地跑。飞船在人类载人航天的历史上是立下过汗马功劳的，今后也大有前途，不仅小空间站需要，国际空间站也需要，将来还可以到火星上去。所以我的意见是，不管航天员怎么上天，从空间站的角度说，飞船作为轨道上航天员长期的救生艇，是一定要有的。

两个专家组的报告很快送到了“863”航天专家委员会首席科学家屠善澄的手上。屠善澄作为首席科学家，一开始便深感论证工作责任重大，麻烦棘手，所以一年三百六十五天，天天早起晚睡，兢兢业业，不敢有丝毫松懈与怠慢。范剑峰说，屠善澄做事非常认真，非常敬业。本来他住在中关村，我住在农业大学，但为对中国载人航天负责，他已经六十多岁了，居然拿着自己构想的草图，从中关村骑着自行车跑到农业大学，找我征求意见。这让我非常感动。所以不管他有什么事找我，我都一定尽力办好。而我遇到什么难处他也总是帮助解决。

但面对飞船和小型航天飞机两个方案，屠善澄却迟迟难以决断。最根本的原因，是专家委员会内部意见不统一。时任专家委员会委员的王永志说，我们专家委员会七个专家，我和航空部两个专家主张搞小型航天飞机，其余四人主张搞飞船，开会一表决，三比四。而且三比四的局面随时都会发生变更。为什么呢？因为有的专家开始同意搞航天飞机，后来又觉着应该搞飞船，有些摇摆不定，你说咋办？

不仅专家委员会内部意见不统一，专家委员会之外的大专家们也有分歧：有的主张搞航天飞机，有的主张搞飞船，有的主张搞战略导弹，有的主张搞应用卫星，有的主张搞空间站，还有的主张搞登月。更为复杂的是，几个大的部门意见也不尽相同。国家利益至上，这个原则人人都懂，人人都会遵循。但在国家利益之下，航天部从航天部的角度，会有自己的想法；国防科工委从国防科工委的角度，也会有自己的考虑；而航空部、中科院、上海航天局以及各个研究所站在自身的角度，同样也会有自己的打算。由于立场不同、角度不同、思维方式不同、价值取向不同，评判标准也就有不同。正所谓仁者见仁，智者见智。

更何况难就难在两个方案各有优势，各有缺点，二者都可以搞，却只能选择其一，舍弃任何一个都会有遗憾。航天飞机技术的确先进，能代表当今世界最高水平。可技术水平越高，研制周期就越长。有人曾经作过估算，中国搞航天飞机的研制周期至少十年，很可能还是二十年！想想看，已经落后了近三十年的中国难道还有耐心等上十年二十年吗？而要是搞飞船呢，研制周期虽然短，可技术含金量小，无法与航天飞机相提并论。

因此，眼看着时间一天天过去，到底是搞小型航天飞机还是搞飞船？上上下下依然诸子横议，争鸣不断，无论是领导还是专家都深感左右为难。但到了 1988 年 8 月，意见不统一也必须统一了。为什么呢？中央要在北戴河召开会议，听取航天航空部领导汇报有关载人航天的情况。

于是，林宗棠、刘纪原两位部长着急了！

从个人的角度说，林宗棠、刘纪原两位部长都主张搞飞船。但按照中央当时的指示精神，中国载人航天怎么搞，行政领导不得过多干预，先请专家们论证。也就是说，得听专家们的。

问题是，中央原定用两年时间论证，现在已经论证了三四年，争吵了三四年，至今还没有一个统一的方案，连航天部自己内部也没统一，怎么向中央汇报？尽管多数人的意见已倾向搞飞船，但仍有部分专家坚持搞小型航天飞机，比如著名火箭专家王永志就是其中之一。

王永志之所以主张搞小型航天飞机，还与当时的国际背景以及他的性格、经历有关。上个世纪 80 年代，航天飞机是国际上最热门的课题，不少发达国家都在跃跃欲试，争相效仿。1980 年，美国给了中国两个名额，去美国观看航天飞机的发射，其中一个就是王永志。王永志他们到美国后，美国方面专门派了一架直升机，把他们从洛杉矶直接送到发射场。那天，是王永志有生以来第一次亲眼观看航天飞机的发射，让他眼界大开，心灵震撼，弄得当晚在床上翻来覆去地“烙烧饼”，一夜未眠。为什么呢？王永志说，因为我是搞火箭出身的，一直钟情于火箭。我认为，火箭发射不能老是一次性使用，应该逐步向重复使用靠拢，这样才能做到低成本、高可靠。而要做到低成本，关键是火箭最上面的那一级要能重复使用。航天飞机就相当于一个可以重复使用的火箭。我们搞火箭的人，心里最遗憾、最难受的，就是看着自己多年辛辛苦苦设计研制出来的火箭一旦发射出去，只能在天上飞行十几分钟，等把别人送到最需要的地方，自己却在空中爆炸了，毁掉了，壮士一去兮再也不复返了！就像自己多年含辛茹苦养大的女儿，眼睁睁地看着她离家出嫁，再也不回来了。所以，我不想让火箭总是一去不回，我希望自己设计的火箭发射出去后，像美国的航天飞机一样能重返人间，再次翱翔太空。所以我一开始就积极主张搞小型航天飞机！

王永志时任中国火箭技术研究院院长，又是专家委员会委员，他的意见举足轻重。所以刘纪原副部长很清楚，如果能首先说服王永志搞飞船，问题就有可能迎刃而解。

于是 1988 年 8 月初的一天，航空航天部主管航天的两位副部长刘纪原和孙家栋一起找王永志谈话。这天是星期天，有太阳，没风，很静。王永志一到办公室，两位部长便开门见山，直截了当地向他表明两层意思：一是中央马上要在北戴河召开会议，李鹏总理要听取载人航天方案的汇报；二是载人航天要早上快干，争取本世纪末下世纪初把人送上天。如果搞小型航天飞机，一是时间太长，二是经费有限，所以部领导研究认为，还是搞飞船方案为好，难度较低，起步较快，也便于组织实施。希望听听你的意见。

王永志说，我当时听了两位部长的话，感到很为难。不过我想，要在十年左右把中国人送上天，只有飞船方案来得及。先搞飞船再搞小型航天飞机也行，就同意了。

1988年8月8日，林宗棠、刘纪原就载人飞船方案问题在北戴河向李鹏作了汇报。汇报结束后，李鹏当即表态说：飞船方案年底定！

两位部长非常高兴，几年来悬在心上的一块石头总算落了地。

当日傍晚，林宗棠、刘纪原陪同李鹏沿着海边散步。林宗棠自己心情不错，见李鹏心情也不错，便开玩笑说，李总理，我估计您这个总理能当两届。

李鹏停住脚步，看着林宗棠说，是吗？

林宗棠说，如果中央能尽快立项，我向您保证，在您卸任之前，把中国的航天员送上天！

李鹏笑了，说，好，说话算话！

回京后，林宗棠很快在小范围内传达了李鹏的意见。专家们听了兴奋异常，尤其是主张搞飞船的专家，更是精神倍增，心想这么多年的努力现在终于有了眉目，飞船方案这下总该定下来了吧。

谁知到了年底还是没有定下来。

有的专家急了，四处打听，没有结果。

有的专家又是分析，又是猜测，最后也没找到答案。

载人航天到底还搞不搞？似乎又成了一个问题。要搞，是搞航天飞机还是搞飞船？谁也说不清、道不明。历史走到这里，好像不经意间画下一个小小的顿号，而正是这个小小顿号，使中国载人航天的探索论证工作从高潮转入低潮。钱振业说，那段时间专家们的情绪受到很大影响，大家都不知道该怎么办了。因为像载人航天这样的大事，如同当年搞“两弹一星”，中央若不痛下决心，下面的专家纵有天大的本事、火一样的热情，也是白搭！

于是，专家们又开始嘀咕起来：中国搞载人航天，怎么就这么难呢？

载人航天的决策对全世界而言都是一道难题，一道大难题！

原因在于，载人航天工程是人类迄今为止最复杂、最宏大、最尖端、最深奥的一项系统大工程，它几乎集中了人类所有的热情与智慧、知识与力量、技术与才干、财力与物力，体现了人类的卓识远见、博大胸怀和高远目光，同时还关涉全国上下左右、方方面面错综复杂的各种关系，一旦启动，牵动全国，影响极大。这就决定了其投资力度必然最大，而投资最大则风险最大、责任最大，决策也就最难！因此，载人航天工程是国家的重大工程，载人航天的决策是国家的高层决策。

在西方世界，参与这个高层决策的人很多，起作用的人也很多，但最关键的人还是总统。总统一旦拍板，就等于有了资金。而资金的多少又取决于项目的大小和工程进度的快慢。否则，要么无从谈起，要么进展缓慢，要么突然夭折，要么中途搁浅。所以，国外有人将载人航天工程称之为“总统项目”！

比如美国。

美国第一位触及航天的总统是杜鲁门。上个世纪40年代，五角大楼和军队开始着手研究火箭、导弹和卫星，却未上报总统，进展不顺。苏联原子弹爆炸试验成功后，美国上层开始讨论是否需要制订一项航天计划与苏联抗衡，效果仍然不佳。直至1952年杜鲁门亲自下令审查卫星计划，美国航天计划才得以实施。杜鲁门对航天的认识尽管与后来的总统无法相比，但他却是美国第一位触及航天的总统。

美国第二位触及航天的总统是艾森豪威尔。艾森豪威尔制定的航天政策开始仅用于对付苏联第一颗人造卫星，但他在1953年至1957年第一届总统任职期间，还是作出了一系列有关航天的决定。比如，批准了优先执行弹道导弹计划，把科学卫星计划作为国际地球物理年的一部分，批准发射美国第一颗人造卫星。1958年他向国会提交了一份有关航天的咨文，请求建立国家航空航天局，美国因此而建立了一个强大的美国国家航空航天局，对后来美国航天事业的发展起到了至关重要的作用。虽然艾森豪威尔对载人航天也持有怀疑态度，但他不是一个顽固不化的总统，而是一个需要别人说服、也可以被人说服的老头儿。比如，他对通信卫星、气象卫星的商业、军事应用就表现出了极大的热情。

美国第三位触及航天的总统是肯尼迪。肯尼迪在竞选总统时就表示过对导弹和航天的关心，但他入主白宫后，并未马上推出载人航天的措施，而是在苏联的加加林上天后才开始行动。他一方面新任命了国家航空航天局局长，一方面向国会提交了一份法案，任命副总统为国家航天咨询委员会主任，将委员会升格为具有决策权的机构。1961 年，肯尼迪对国会演讲时，还用了当时最有说服力的情报来支持美国要在十年内实现登月目标的观点，并承诺实施一项耗资二百亿到四百亿美元的航天计划。尽管后来“阿波罗计划”和“双子星座计划”延期和超支，但肯尼迪却不让副总统约翰逊和国家航天咨询委员会以及国家航空航天局替他承担责任，坚持支持登月计划，并提议在 1964 财年的预算中为国家航空航天局拨款五十七亿美元。就在肯尼迪遭到暗杀这一天——1963 年 11 月 22 日，他在航天医学学校进行演讲时还激动地说：“航天研究并没有白花钱，它是为了自由，为了美国！”

美国第四位触及航天的总统是约翰逊。约翰逊一上任便表现出对航天的偏爱与执着。就在肯尼迪遇害的那个周末，约翰逊将卡纳维拉尔基地改名为肯尼迪航天中心。约翰逊曾与肯尼迪一道制订了美国的航天计划，可惜一上任就碰上了令人头疼的越南战争，不得不削减了 1965 年的航天经费。而 1967 年“阿波罗”飞船的失火，又使他失去了连任总统的机会。但在 1968 年圣诞之际，约翰逊仍以总统的身份亲眼目睹了“阿波罗八号”飞船将美国首批宇航员送上月球的壮观情景。需要指出的是，约翰逊是美国第一位认识到航天对于国家安全和情报工作有着重要价值的总统。在他执政期间，他让副总统出任国家航天咨询委员会主任，并始终与之保持着紧密的联系。即使卸任后，约翰逊依然坚持认为外层空间在召唤着美国的开拓精神。他曾激情满怀地说：“未来的空间探索会带来新的喜悦与成就。这些新成就会像我们曾经目睹过的辉煌时期一样伟大。我们已一再证明自己不愧是世界史上曾征服了一个辽阔的大陆并建立了世界上最强大的国家的开拓者的子孙。”

美国第五位触及航天的总统是尼克松。尼克松 1969 年上任后便坐享了美国登月这一伟大成果。他在发表竞选总统的演说时曾经表示：“美国在世界航天领域决不屈居第二！”只是在他任职期间，国家航空航天局的经费继续减少，登月计划也被砍掉。但尼克松没有放弃努力。1969 年，他任命副总统阿格纽负责航天特别工作组，提出了宇航员登上火星、开拓月球、建造永久空间站以及航天飞机等航天计划。尽管对该计划中不少内容白宫不予支持，但 1972 年 1 月，尼克松顶住压力，力排众议，还是批准了航天飞机的设计方案。用后来者的眼光看，尼克松似乎永远是一个有争议的总统。他曾给这个世界带来的情感上的轩然大波，让后人很难对他作出客观公正的评价。美国有学者把他说成是一个对航天计划深表同情的人，说他对早期的“阿波罗—土星”飞行计划是支持的，并且曾通过无线电话与在轨道和月球上的宇航员们通话，还登上过打捞从月球上返回的宇航员的航空母舰。但也有人把他的这些表现说成是机会主义者，是出于政治目的，还说他砍掉了土星火箭计划，只对航天飞机给予了半心半意的支持。然而，正如不能把美国人登月的功劳都归于尼克松一样，也不能把“阿波罗”时代国家航空航天局衰败的责任全算在尼克松的头上。因为当时有一个客观现实是：美国国会和美国公众都不支持美国大力发展载人航天。

美国第六位触及航天的总统是福特。福特坐在总统椅上的时间仅有两年半。如此仓促的时间显然不可能在航天事业上大有作为，但他曾签署了一项立法，重新确定了科学顾问在新的科技政策处的地位，并为美国航空航天博物馆专门举行了落成仪式。正是因为他的支持，航天飞机计划才摆脱了透支和进度一再拖延的困境。此外，在他任总统期间，美国的“阿波罗”与苏联的“联盟号”实施了对接，将美国和苏联的宇航员第一次连接在了一起。福特不仅和宇航员们通了话，还在白宫设宴招待了他们。这看起来是一项航天活动，其实是美苏政治缓和的重要标志。遗憾的是，整个 70 年代美国的航天政策如同其他政策一样，几乎止步不前。福特作为总统，在对航天问题的处理上常常捉襟见肘，也就不足为奇。

美国第七位触及航天的总统是卡特。卡特对航天的支持比福特稍强一些。在卡特时代，卡特组建了航天政策评审委员会，由总统科学顾问领导。该委员会发表了政策评审备忘录，促使卡特作出了多项有关航天的总统决定，比如由卡特秘密签署的三十七号总统决定和 1978 年公开发表的四十二号总统决定。可惜这些决定尽管支持继续研制航天飞机，却没有对未来的航天发展作出客观的预测。但军用航天计划仍在继续扩充之中。

美国第八位触及航天的总统是里根。里根对美国的航天事业情有独钟，投入很大精力，因而使航天的地位在诸多计划中显得尤为突出。在里根出任总统的头两年，美国的航天计划基本是过去十年的延续。但形势渐渐发生了转变。1982 年 1 月，里根不顾众多支持者的反对，宣布了一项军民用航天研究计划。1983 年 3 月，美国提出了震惊全球的“星球大战计划”。1984 年 1 月，美国又宣布建立永久性空间站。即便在执政的最后一年里，里根也试图加速美国的航天研究——他与苏联商定了一系列的空间合作协议。虽然在 1988 年的国情讲话中他多少有意回避了某些航天问题，但后来他又就航天的领导权问题专门在国会作了一次讲话，并让国家航空航天局的预算达到了一百一十五亿美元，比原来一下提高了 30%。更重要的是，他在 1988 年签署了一项新的国家航天政策，紧接着又宣布了一项下个世纪的、内容更为广泛的航天政策和商业空间倡议。尽管这一做法后来遭到不少人的批评，但该政策中的一些建议最终却成为里根时代宝贵的遗产。可以说，里根是入主白宫的人中对航天事业最热心的一位总统，也是做得最成功的一位总统。因而上个世纪 80 年代美国的航天政策明显地打上了里根的烙印，使他在美国历届总统中显得最为抢眼。当然，里根在航天方面取得成功，除了远见卓识、大胆决策和个人魅力外，还有一个原因，就是国会与公众对航天技术的潜力和前景有了新的共识。因此从这个意义上说，正是日趋成熟的航天技术使里根总统 80 年代在航天方面取得了巨大成功，一如当年日趋成熟的航天技术，使尼克松总统取得了把美国人送上月球的巨大成功一样。

美国第九位触及航天的总统是布什。布什就任总统前是得克萨斯州的国会议员，所以对航天方面的情况比较熟悉。布什在 1988 年竞选总统时，在几次演讲中对支持航天的投票人都给予了不少承诺。上任后，他大胆宣布：美国将用四十年的时间探索月球和火星，并下令将国家航空航天局的预算再增加 20%，并想法说服国会和公众支持这项计划。在美国预算紧张的年代，这不能不说是一个很有气魄的决定。1989 年，布什重建国家航天委员会，并任命副总统奎尔兼航天委员会主任，国务院、国防部、财政部、运输部和商务部的头头均为委员。国家航天委员会重组后，按照总统的要求对美国航天政策进行严格审查，成为总统身边一支重要的决策力量。

毋庸置疑，美国总统在航天决策中起着举足轻重的作用，总统所制定的政策和项目的好坏，直接关系着国家航天的命运。当然，所有决策并非总统一人说了算。总统提出的任何政策和计划，须经国会的批准和财政的支持方能生效。而国会总是充分利用自己的特权制定相关法律。比如，美国国会下设总审计局、技术评估局和国会预算局。总审计局对官僚机构的浪费、舞弊和滥用职权进行监督，在各部、委、局均设有专职检查员，每年都要提出约一千份报告。技术评估局主要协助国会评估立法议案中所涉及的技术含义和研究鉴定科技发展的影响，在职能方面与行政机构中的科技政策处相似。国会预算局是与白宫的管理预算局和经济顾问委员会对应的立法机构，主要就通货膨胀问题对各个法案的影响进行研究，并负责检查政府经济计划所承受的经济负担情况。此外，国会还有权提出制定新的政策或修改总统推荐的计划，而在航天投资上对总统也有制约作用。如，1985 年“星球大战计划”投资的第一年，里根总统申请了十七亿美元，国会却只拨给他十四亿美元。1986 年里根总统申请了三十八亿美元，国会却只拨给他二十七亿美元。1987 年里根总统申请了四十八亿美元，国会却只拨给他三十亿美元。所以，国会与总统之间常常出现关系紧张，尤其是在航天政策与外交政策重叠或者航天投资与战争经费“打架”的时候。在美国早些年的历史上，当时民主党控制的国会曾促使一位性格倔强的共和党总统由开始时反对空间探索到后来转而支持，这一事例也足以证明美国国会在航天政策中的作用。总之，国会与总统之间既相互支持，也相互制约，时而总统稍占上风，时而国会略胜一筹，此消彼长，此长彼消，最终归于一个平衡点上，使决策趋于完美与成熟。

苏联的情况则有所不同。

苏联的航天政策一直是苏联外交政策中不可缺少的重要一环。在苏联，苏共在政府之上，航天政策和航天计划的最后决策掌控在苏共总书记的手里。在赫鲁晓夫时期，基本上是赫鲁晓夫一手遮天——他说搞就搞，他说不搞就不搞；他说什么时候发射飞船，就什么时候发射；他说让几个宇航员上天，就让几个宇航员上天。科学家们制订的计划一直屈从于他手中的政治权棍。

当然，苏联也有部长会议、科学院、国家科学技术委员会等机构，但在戈尔巴乔夫调整机构之前，部长会议从属于苏共政治局和中央委员会。科学院和国家科学技术委员会要对部长会议负责，一方面指导苏联的科学计划，一方面随时向部长会议报告工作。科学院还下设两个机构，一个是外层空间和利益委员会，一个是航天研究所，前者协助政府制订航天计划，后者负责航天计划的实施。而部长会议则决定航天和国防事业的预算，但最后决策却由苏共总书记拍板。后来随着苏共力量的削弱和苏联经济的衰退，过去集中在中央的权力被下放到各管理部门和研究机构，这对苏联的航天决策和航天部门的政策产生了重大影响。不过即使到了 20 世纪 90 年代初，苏联航天计划的发展势头和方向也没太大改变，甚至 1992 年东欧剧变之后，各加盟共和国在航天计划上的合作依然一如既往，至少是有条不紊。这说明俄罗斯民族对航天事业是何等的执着与虔诚。但由于载人航天的复杂性，苏联上层在决策中的矛盾有时也会表现得非常尖锐，尤其在前期。所以苏联高层对航天的决策总是在不断修改和调整之中。

再看中国。

中国是社会主义国家，政治体制与美国完全不同，科技体制则与苏联多有相似之处。尤其是新中国成立至改革开放前，科技体制几乎等于苏联的翻版。虽然中国就是中国，既不是美国，也不等于苏联，但单就载人航天决策而言，同样是国家高层的决策，同样离不开国家最高领导人的掌心与视线。换句话说，中国航天及其他尖端科技项目从 20 世纪 50 年代起步时起，国家领导人的决策就一直起着决定性的作用。比如“两弹一星”工程，如果没有中央领导人拍板，绝无可能。

而载人航天的决策，其难度远远大于“两弹一星”。因此，不仅专家们感到棘手，国家领导人同样非常为难，以至于本该早点决策，却迟迟难下决心。这背后的原因，究竟是什么呢？

原因很多，也很复杂。根据我的调查采访，大致可以概括为以下四个方面：

一是经费短缺。搞载人航天，必须大投资，这是载人航天的性质决定了的，全世界都一样。而中国经济基础薄弱；加之改革之初问题成堆，百废待兴，各部门增加投资、申请项目的报告成箩成筐不计其数，资金短缺便成为中国当时最突出的矛盾。比如，农业部有农业部的问题，交通部有交通部的问题，水利部有水利部的问题，电力部有电力部的问题，教育部有教育部的问题，卫生部有卫生部的问题，光国务院几十个部，一个部解决一个问题，国家要支付的经费就不得了！此外还有军费开支，陆军有陆军的计划，空军有空军的打算，海军有海军的构想，武警有武警的方案。这些计划、打算、构想、方案固然都很重要也很美好，但必须通过一个“钱”字方能变成现实。而国家就像一个家长，国库就那么点银子，养了一大帮儿女，每个儿女都在伸手要，银子拿走一两就少了一两，到头来日子怎么过？再说了，当时国家要上的大工程就有好几个，什么三峡工程、京九铁路，还有航空母舰。就说航空母舰吧，海军想搞航空母舰已经想了几十年了，都因为钱的问题而被搁置一旁。80 年代末 90 年代初，海军又向中央提出要搞一艘航空母舰，上报的预算经费是八十个亿！这笔经费显然不够，因为要搞航空母舰就必须要带飞机，还要有保护航空母舰的舰队。这样的话，光一艘航空母舰的副产品就得八十个亿！而航天部这边又要搞载人航天，至少一百个亿，你让中央怎么办？

其实，航天人自己心里也明白，邓小平时代与毛泽东时代的不同之处就在于，前者眼睛盯住的是经济建设，亟待解决的是现实矛盾，即便国家同意搞载人航天，投资数额也是有限的。如果要求国家像上个世纪 60 年代发展战略武器那样集中资金、集中力量搞载人航天，是根本不可能的事情。中国的载人航天别说像美国、苏联那样大搞，就是“小打小闹”，经费也是个大问题。有专家已经做过预算：搞飞船至少四十亿，多则上百亿；搞小型航天飞机少则四百亿，多就没个准。那么设想一下，如果中国同时搞航空母舰和载人航天，这几百个亿去哪儿拿？找谁要？因此，搞不搞载人航天，怎么搞载人航天，关键还是一个“钱”字。没有钱，飞天梦无论被科学家们描述得多么美好、多么动人，也只能是纸上谈兵，精神会餐。

二是国内国际局势复杂。载人航天的决策不仅受到当时国内政治局势、经济条件、科技水平等诸多因素的制约，也受到国际局势的影响。1989年春夏之交，中国出现了政治风波，国内气氛紧张，国际舆论四起，如何稳定政局、把国内人民的积极性引导到经济建设上来，是中央领导人亟待解决的问题；另一方面，国际上两伊厮杀硝烟未散，海湾战争又骤然打响。特别是苏联政坛狂飙突起，飘扬了六十九年的苏维埃共和国国旗一夜间悄然落下，致使美苏两大阵营格局迅速改变，不仅影响了世界发展的走向，更震撼了中国的神经与心脏。在这种局势下，同为社会主义的中国向何处去？是停下改革的脚步改弦易辙另起炉灶，还是顶住压力继续走自己的路？这是国家领导人亟须考虑的最大的事情。所以，载人航天的决策不可能马上提到议事日程上来。

三是公众航天意识淡漠。搞载人航天，除国家领导人的意志和决心之外，还有重要的一点，就是国民的航天意识和公众的舆论支持。国民航天意识淡漠，缺少民众舆论的呼吁，不利于载人航天决策。美国、苏联开始搞载人航天时，遭到不少人反对，其中一个重要原因，就是公众对载人航天不了解，国民航天意识淡漠。在中国干事情，国民意识和公众舆论同样重要，也很微妙。什么事情，大家说好就好，大家说搞就搞，只要公众舆论认可了，决策起来就容易得多，干起来也会顺利得多。否则，就是犯众。但在当时的中国，人们对载人航天知之甚少，不少人连载人航天是什么意思都搞不清楚，对其价值和意义更是一无所知。至于天上的事情与大家有何关系，能为大家带来什么好处，老百姓的脑海中更是一个模糊的概念，至少认为它不现实。因此，载人航天对千百年来习惯讲究实惠的中国老百姓来说，不过是一个与己无关、遥不可及的漂亮名词，而并非是一种生存的需要。于是在国民呼声不高、公众舆论缺席的情况下，领导层的决心自然也会受到一定影响。

四是意见不统一。当时，飞船和小型航天飞机两种方案都通过不同的渠道，送到了中央和国务院领导人的面前。部门与部门、专家与专家、领导与领导之间都有意见分歧，公说公有理，婆说婆有理。而且，还有少部分人通过各种方式，向中央专委、国务院或者某些领导反映情况，反对搞载人航天。比如，有人向中央写信，说搞载人航天花钱多，看不到具体的经济效益，不如把钱投到别的方面；有人向国务院反映，国内急于上马的项目很多，如医疗、教育、环保、公路、铁路、民航等，而载人航天工程是一个很虚的工程，可以暂缓；甚至社会上还有人给江泽民同志写信，说航天部的人是骗子，千万别把国家的钱投在载人航天上！这些反映情况的人的动机虽然都是爱国，都是为国家担忧，为国家着急，但意见越多，事情就越不好办，必然给中央的决策带来难度。

除上述四个方面的原因外，事实上还有许多看不见摸不着的矛盾和问题困扰着中央。因此中国的载人航天到底搞不搞，怎么搞，是先搞飞船还是小型航天飞机，直到 1989 年底，中央仍在反复思考、权衡之中。

而无论是思考还是权衡，都需要时间。

第十一章

用科学的“钥匙”打开政治的“后门”

在中国科技界有一个很有意思的现象，即当一个重大项目由于某种原因而正面久攻不下时，便有一些科学家采取迂回战术，把自己的观点、意见、建议用书信的形式，通过某种特殊的渠道，送到某些高层领导人的手上，让高层领导人了解、掌握更多更真实的情况，以便决策。这种不走“前门”走“后门”的做事谋略，常常收到事半功倍的效果。对此有人比喻说，这是用科学的“钥匙”打开政治的“后门”。

在新中国的科技史上，此类事情不乏其例。上个世纪50年代，钱学森撰写的《建立我国国防航空工业意见书》直接呈送周恩来，周恩来第二天便作了批示。钱学森的这份“意见书”，很快成为启动中国导弹研制的催化剂；60年代，“东方红一号”人造卫星研制工作搁浅。在一次国庆观礼活动中，著名科学家赵九章借机在天安门城楼向周恩来反映这一情况，之后又给周恩来写信。不久，在周恩来的过问下，“东方红一号”人造卫星二次启动；70年代初期，三位在邮电系统工作的年轻科技工作者黄钟玉、钟义信、林克平有感于中国通信的落后，向周恩来写信，建议尽快发展中国通信卫星。周恩来读到这封“群众来信”后，很快作了批示，通信卫星工程由此启动；70年代中期，“长征三号”火箭总体方案确定后，由于受极“左”思潮的影响，火箭的研制、生产地点被强制定在了西南山区，一百六十五名专家和技术骨干随之迁出北京，还有两千余名专家和技术骨干也在迁移计划之中。负责火箭总体设计的龙乐豪等八位专家联名给新上任的邓小平写信反映情况。邓小平接到这封来信后，很快作了批示，“长征三号”火箭的研制、生产地点不久便从西南迁回北京；80 年代，美国“星球大战计划”出台，中国作何应对？上上下下观点繁多，意见纷呈，争论了好几年也无结果。后来四位老科学家给邓小平写信，才使“863 计划”一锤定音！

我们无须评判这种方式是否合适，但有必要关注的是科学家们渴望国家强盛的心情。几十年的工作经验告诉他们，中国有中国的国情，身为中国的科学家，想问题做事情不能离开中国的国情。要想干成一项大工程，科学家必须与政治家共谋，科学必须与政治联姻。唯其如此，方成大事。尤其在现代社会，科学家们如果还是独善其身，埋头苦干，不走出书斋，不走出传统，不想方设法主动向国家献计献策，纵然学富五车，再有宏图大略，也是枉然。因此，当载人航天的方案上面迟迟没有拍板时，一部分专家便开始动脑筋，想主意，托“关系”，找“后门”，八仙过海，各显神通，或正式呈送组织报告，或私下传递个人书信，或择机口头表示呼吁，总之纷纷向中央反映情况，表达自己的观点与愿望，恳请中央尽快决策。

比如任新民，这是一位上个世纪 50 年代留美归国的老专家，被人称为“中国航天之父”。自 80 年代起，只要有机会，无论是见了航天部、国防科工委的领导还是中央或国务院的首脑，他都呼吁中国载人航天的事。甚至在参加人民代表大会期间，他也抓紧点滴时间，向其他行业的人大代表们宣传载人航天，讲解载人航天，希望他们为促成中国载人航天的起步多多给予声援与支持。

比如范剑峰，这位一辈子老实巴交、只顾埋头干活而从来不问政事的专家，当眼看着时间一天天过去，飞船方案却依然是纸上谈兵、未获批准时，居然也想到了“找关系”“走上层”。一次，范剑峰在中科院作关于载人航天的报告，一位在邓小平身边工作的同志也到了会场。范剑峰以前就认识他，并有过接触，觉得是个机会，所以报告结束后便找到这位同志，想请他回去后为载人航天立项的事说说话。可范剑峰是个典型的“书呆子”，生活中从不求人，也不“唯上”，更不会巴结领导，觉得求人说情很不好意思；再加上知识分子骨子里那份与生俱来的清高与面子，所以在这位同志面前憋得满脸通红，几次话到嘴边，又咽了回去。可一想到机会难得，过了这个村就没这个店，最后还是鼓足勇气向这位同志说出了自己的心里话。他说："我不代表航天部，就代表我自己，请你把我的意见向中央反映一下，中国应该搞载人航天，早就该搞了！我搞载人航天搞了二十多年，搞得太苦了，太不容易了！希望你支持一下，回去给中央说一说，给小平同志说一说。至于经费问题，我知道国家困难，要是能给三十个亿，就行了，我们一定会勤俭节约的！"这位同志被范剑峰的真情与执着打动，当即表态说："老范，您放心吧，我一定把您的意见带上去！咱们这次下决心，一定想法把它搞成了！只是钱的问题，可能给不了那么多。"范剑峰说："钱多少我不管，你只要把我的意见带上去就行，你只要给小平同志说一说就行，只要中央能批准载人航天立项就行！"

再比如钱振业，这位专门论证中国载人航天问题的专家组组长，从上个世纪 80 年代起，已过花甲之年的他便将自己的所有精力全融进了对中国载人航天的探索之中。六年时间里，他撰写的调查、研究、论证、方案、报告便多达二十余份、四十余万字。为促成中国载人航天尽快上马，他多次在各种大会小会上宣讲自己的观点，多次向航天部和国防科工委领导汇报、阐述自己的意见，多次通过不同渠道向中央专委、国务院和中央呈送自己的研究报告。比如，1987 年 5 月，他向国务院呈送了《对载人航天技术的发展战略、目标体系和技术途径的思考》的研究报告。1989 年 5 月，他向国务院总理李鹏和中央专委呈送了《为占据人类第四活动领域一席之地而奋斗》的研究报告。1990 年 5 月，他向李鹏总理和中央专委呈送了《为什么要搞载人航天》的研究报告。1990 年 7 月 28 日，他又产生了一个想法：给中央领导人写信。但信写给谁呢？李鹏？还是邓小平？他犹豫了。后来他找到杨广耀、韦德森两位专家，三人经过商量，认为写给李鹏最合适。因为李鹏是总理，又是中央专委主任，主管航天工作。于是三人连夜躲进 710 所一间办公室，熬了一个通宵，联名给李鹏写了一封长信。

十三年后，我查找到了这封信的原件：

尊敬的李总理：您好！

我们自50年代末，一直从事航天领域的型号研制工作。1986年以来还在国务院发展研究中心国际技术经济研究所兼做软科学研究工作，并直接参与了国家“863计划”航天领域的论证工作。现将主要研究结论汇报如下，欲供您在第三次专委会决策时参考。

一、过去的三十多年，人类利用人造地球卫星形成的通信、气象、资源、导航、军事和科学等应用系统促进了科技进步，加强了本国的国家安全，获得了很大的经济和社会效益。进入80年代以来，除苏联已建成的“和平号”空间站外，发达国家也都把注意力转向了建造载人航天系统。在2000年之前，美国研制的“自由号”空间站以及西欧和日本在载人航天领域的直接投资分别达到了二百至四百多亿美元的规模。发达国家在2000年之前航天领域的投资都严重地倾斜到了载人航天。

一般地说，发展载人航天首先是为了利用空间微重力环境进行材料和药品的开发与规模生产，并作为21世纪实现空间工业化、商业化和军事化的主要手段和工具。可是，宏观地看，苏、美、西欧和日本倾力发展具有很强综合性高技术的载人航天都是出于政治、军事、经济、科技和社会发展等多种因素综合思考的战略性决策，而不是什么单一因素的政治性决策和技术决策。他们从全球和国家战略的高度，把发展载人航天看作显示国家综合实力的发展及水平的重要窗口；看作扩展空间军事应用及其潜力的主要领域；看作促进科技进步和发展的重要杠杆；看作开发空间资源、促进经济发展、提高21世纪初期国际市场竞争能力的必要因素；看作增添世界多极化政治和经济战略格局的重要筹码。

1958年毛主席代表老一代无产阶级革命家发出了“我们也要搞人造卫星”的伟大号召。今天面对世界航天领域的挑战和机遇，我们认为，出自全球国家战略的宏观思考，也应作出“我们也要搞载人航天”的战略决策。

二、怎么搞载人航天？首先，我们要借鉴国外的经验和教训，也要总结自己的经验和教训，同时还要符合中国的国情、国力和基础。特别是要在低投入的条件下稳妥地发展我国的载人航天。美国耗巨资研制成功的航天飞机技术先进而复杂、昂贵且很不经济，每架次运行费高达五亿多美元（含政府补贴）。苏联随后研制的“暴风雪号”航天飞机，耗资百多亿卢布，用处也不大。欧洲凭借所掌握的现代航空技术优势搞的小型航天飞机，也不是发展方向，只是一种过渡工具。实践证明，苏联成功研制并长期使用的载人飞船倒是一个廉价（价值几百万卢布）而可靠的系统，并仍处于发展和有效的使用状态。

中国发展载人航天借鉴国外成功的实践经验，在自行研制成功的可返回卫星的技术基础上，选择既可载人，又可运货，还可兼做救生艇的飞船系统，作为开发空间资源并进行各种科学和军事应用试验的工具，是一个基础好、技术上可行、经济上可以承受的最优方案。并以此作为突破和掌握载人航天的基本技术，形成有计划、分阶段、按步骤发展的布局……概括地说，面对世界载人航天的挑战，中国采取不能不搞、也不能大搞、飞船起步、平衡发展的战略是完全可取的。

三、我们的载人航天必须也只能在已有卫星系统的技术基础上发展，才能少花钱、多办事，才能取得预期的效果。加强国际合作是各国为发展载人航天而采取的重要政策和有效途径。但是我们受到多种因素的制约。美国研制的“自由号”空间站是西方盟国间的合作，欧洲的载人航天计划是区域性合作，两者都具有排他性。而且这些计划中的国家最小投入规模也在十亿美元以上。显然，载人航天领域的国际合作的背景环境对我国来说是很苛刻的。但是，我们在低投入条件下采取多方位国际合作的发展方针，在学术交流、人员互访、空间科学、地面测控联网、单项技术引进等项目上，还是有机会和可能的。眼下，可以充分利用与苏联合作的机遇，以促进我国载人航天技术的发展。

三十多年来，航天领域的全体人员历尽艰辛，为发展我国的航天事业进行了不懈的艰苦创业劳动，以低于美苏两个数量级的微小投入，取得了令世人瞩目的成就。三十多年航天领域的总投资大约只有一百多亿人民币，这是很了不起的成就。今天，只要我们更积极地调动航天战线全体人员的能动性，更充分地发挥他们的聪明才智，我们相信，同样也能够大约用三十多亿人民币的投入，初步建成一个以飞船为目标的基本配套的载人航天系统，那将获得更为巨大的成就。我们期望着中国载人航天事业的成就得到稳定、协调和持续的发展。

此致

敬礼

钱振业　杨广耀　韦德森

1990 年 7 月 28 日

信送走后，钱振业还不放心，同年 10 月，他又将自己和杨广耀、韦德森两人近五年来的研究成果汇编成一份长达近十万字的系列研究报告——《中国载人航天发展战略》，然后请著名航天老专家任新民题词，请著名航天专家杨嘉墀、王希季作序，由国务院发展研究中心主任马洪直接呈送李鹏。

除上述三位专家外，还有一位重要的人物必须提及，这就是刘纪原。刘纪原并非单纯意义上的专家，而是一位集专家、领导于一身的高官。他对中国载人航天同样情有独钟。概括起来说，他在任职期间干了两件大事：一是坚持对外开放，让中国"长征号"火箭打入国际商业市场，为后来发射载人飞船奠定了基础；二是想方设法、出谋划策，积极推动了载人航天工程的上马。早在上个世纪 80 年代初，刘纪原和航天部总工程师白拜尔就曾经组织专家对中国航天飞机的必要性和可行性进行过软科学研究，后来又将注意力转到了飞船上。载人航天论证工作被列入“863 计划”后，刘纪原和白拜尔在航天部内部也组成了一个专家论证组，由老专家庄逢甘负责，就载人飞船问题展开专门论证。这个专家组最后的结论是：中国载人航天应该从飞船起步。于是，刘纪原以航天部的名义向国务院总理李鹏呈送了一份关于搞载人飞船的报告。由于工作的关系，刘纪原与李鹏接触较多。但除工作关系外，二人还有一层比较特殊的关系，这就是，刘纪原当年在哈尔滨四中上学时，四中的校长就是李鹏的母亲，而李鹏的母亲与刘纪原的母亲刘亚雄又相当熟悉，所以刘纪原从小就认识李鹏。刘纪原去苏联留学时，已在苏联留学的李鹏还特意买了一盒绘图仪送给刘纪原，鼓励他好好学习。关于飞船的报告呈送国务院后，刘纪原曾两次找过李鹏和军委副主席刘华清，当面汇报过有关情况。刘纪原说，我通过向李鹏总理和刘华清副主席的汇报，感到无论是李鹏还是刘华清，对搞飞船都很有兴趣，也很重视。所以当时我就感到，飞船上马有戏，只是个时间问题。

于是刘纪原又从航空航天部各单位抽调十九名专家，组成一个联合论证组，由钱振业具体负责，展开工程论证。即是说，从工程的角度先为中国载人航天勾画一个蓝图，比如研制经费问题、研制周期问题、管理问题、协作问题、技术指标问题、关键技术问题、大型设施问题、允许使用苏联贷款问题等等，其目的就是为中央决策尽可能提供实实在在的依据。

1991 年 1 月 30 日这天，即春节前夕，中国宇航学会、中国社科院、国务院发展研究中心联合主办“中国航天高技术报告会”。中国科学院院长周光召、国务院发展研究中心顾问马宾、外交部副部长余湛以及刘纪原等航天界要人均应邀出席了会议。会议第一天，刘纪原见到了第二炮兵副参谋长栗前明。栗前明是邓小平的妹夫，是航天部的老用户、刘纪原的老朋友。所以刚一见面，刘纪原便和他谈起载人航天的事来。刘纪原说，那天我的手刚和栗前明握在一起，脑子里就蹦出一个念头：能不能请栗前明把搞载人飞船的意见带给邓小平？于是我当时就向栗前明简单谈了一下自己的想法。栗前明听了后，认为是件好事，而且事关重大，应该抓紧想办法落实。于是我们利用会议的间隙，又对相关细节问题作了认真商量。然后栗前明让我把材料准备好后就给他。会议结束后，我很快准备了两份文件，一份是《关于开展载人飞船工程研制的请示》，一份是《关于发展我国载人航天技术的建议》，然后交给航空航天部计划司总工程师张宏显。张宏显说，刘纪原副部长把两份文件交给我后，我马上把两份文件封进一个牛皮纸袋，然后亲自送到了栗前明的手上。栗前明接过牛皮纸袋，看了看，只说了一句话：转告刘副部长，放心，我一定送到！至于里面写的什么，我没有打开看，只知道很重要。

十二年后，我在刘纪原呈送给邓小平的《关于发展我国载人航天技术的建议》中，看到了这样两段文字：

> 我们认为，上不上载人航天，是政治决策，不是纯科技问题，也不是科技工作者能定得了的。要靠下面统一认识，是不可能的。
>
> 我国航天事业的发展，是老一辈无产阶级革命家领导创建的，来之不易的航天国际地位存在着得而复失的危险。恳请中央尽快决策。

邓小平收到栗前明转送的《请示》和《建议》后，有何感想，是何态度？我们不得而知。但在关键的历史时刻，邓小平常常敢于拍板、善于拍板，则有史实为证。比如，1961 年，当饥饿威胁着中国人的生存时，“东方红一号”人造卫星的研制工作遇到难关，当时谁也不敢让卫星研制工作暂停，因为这是毛泽东亲自拍板的政治任务。可唯独邓小平发话说：“明年卫星不放，与国力不相称。”“东方红一号”卫星的研制工作由此暂停。1966 年，邓小平去酒泉发射场视察，发现发射场离苏联边境太近。由于中苏关系破裂，为防后患，他当即提出另建一个发射场。果然，三年后中苏间局势恶化，珍宝岛事件发生。1975 年 3 月 31 日，中央军委召开第八次常委会，审议发展中国通信卫星的报告。会上不同意见分歧很大，相持不下。最后，邓小平说：“不要再吵了，我看还是把通信卫星放在第一位吧!”通信卫星工程的报告由此顺利过关。1986 年，邓小平接到四位老科学家的来信，第三天便作出批示，敲定“863 计划”，并拨款一百个亿，一场史无前例的科技大革命由此悄然启动。

而在载人航天问题上，我们依然能感受到邓小平的胸怀与气魄。1979 年大年初一，邓小平飞赴美国华盛顿。在美国总统卡特特意为他举行的隆重的国宴上，已是七十五岁高龄的邓小平与卡特总统举杯豪饮。当日下午，邓小平不但没醉，反而头脑清醒，兴致勃勃地参观了位于华盛顿的航空航天博物馆。第二天，邓小平又飞抵埃林斯空军基地，参观了曾经完成过伟大的“阿波罗”登月计划的美国休斯敦测控中心，接着又参观了美国著名的约翰逊航天中心。在“阿波罗十七号”舱前，邓小平见到了第一位绕地球飞行的美国宇航员。他握住这位宇航员的手，以四川人特有的幽默说：“我今天可是见到‘活神仙’咯!”随后，邓小平又健步登上模拟航天飞机，坐在乘务员的座位上，煞有介事地摆弄了几下身边的仪器，俨然像个即将飞天的宇航员。而在航天飞机的舱外，徐徐展现在他面前的，是模拟的地球家园和外层空间的各种画面。望着如此美妙神奇的景致，邓小平的脸上露出了孩子般陶醉的笑容，好像自己已经飞到了天上。参观结束后，在得克萨斯州举行的欢迎宴会上，邓小平兴奋地说道：“昨天，我在休斯敦度过了难忘的一天。我在航天中心会见了一些美国的科学家、学者和宇航员，还和方毅副总理临时成了‘太空人’。我们在太空走了一趟，很高兴啊！你们美国有很多东西都是值得我们学习的。”1988 年，邓小平在参观北京正负电子对撞机国家实验室时说：“现在世界的发展，特别是高科技领域的发展，一日千里，中国不能安于落后，必须一开始就参与这个领域的发展。还有其他一些重大项目，中国也不能不参与，尽管穷。因为你不参与，不加入发展行列，差距就会越来越大。”后来有科学家解释说，邓小平说的“其他一些重大项目”，指的就是载人航天。1992 年，邓小平去珠海参观某仿真控制系统时，也说过这样一段话：“搞科技，越高越好，越新越好。越高越新，我们就越高兴。不止我们高兴，人民也高兴，国家也高兴。”再后来，据说邓小平还说过这样两句话：我平生有两件事情未了，一件是三峡工程，另一件就是载人航天。

由此可见，高科技——包括载人航天——在邓小平的心中有着非常重要的位置。刘纪原说，1991 年春节过后不几天，我就接到了栗前明打来的电话。栗前明在电话里告诉我说，邓小平很重视载人航天这事，你们就抓紧准备吧！

不久，上面真的就有动静了。

1991 年 3 月 14 日上午，航空航天部办公厅的一位负责人正在忙于处理公务，身边的专用电话突然响了。电话是国务院秘书局一位秘书打来的，说国务院有电话通知，请做好记录。

航空航天部办公厅负责人一听是国务院的通知，急忙放下手头的工作，一字不差地记了下来。十二年后，我查找到了这份电话通知的原文：

> 3 月 15 日下午 3 点至 5 点，李鹏总理要邀见任新民同志和了解飞船情况的同志，听取汇报。

此通知在航天部高层很快传开，无论是领导还是专家，都兴奋至极。因为这一信息至少表明，对于载人航天，中央已进入实质性的考虑。

刘纪原当即通知老专家任新民和“了解飞船的同志”钱振业，速到办公室。二人刚一落座，刘纪原便把国务院的电话通知递了过去。二人看完后，刘纪原说，你们尽快充分作好汇报准备。汇报时要言简意赅，有重点，说到点子上。这次与总理会谈是一次难得的机会，我们一定要抓住这个机会，争取飞船方案上马！

科学家能受到国家总理的召见，是一件很难得的事情。不过著名航天老专家任新民早在上个世纪 50 年代就受到过周恩来总理的接见，后来受到国家领导人的接见不计其数，所以更多的不是激动而是冷静。但中国的载人航天工程是他一生中经历的最大一个工程，而且极有可能将是他一生中最后涉足的一个大工程，所以他把这次李鹏的召见也看作争取载人航天上马的好机会。而钱振业则不同，受国家总理的召见是第一次，难免有些激动，同时还有一种历经酸甜苦辣后终于得到上级认可、国家肯定的欣慰！

3月15日下午3时整，任新民和钱振业准时步入国务院202会议厅。二人刚一落座，李鹏便出现在了会议厅的门口。李鹏入座后，与两位专家简单寒暄了几句，便开门见山，切入正题。

采访中，我查阅到了此次会议的一份纪要。现将纪要主要内容，转述如下：

李鹏说，今天请你们二位来，主要是想听一听有关载人飞船方面的情况。载人航天一般的事大家都知道了，就不谈了，我们今天只谈飞船，谈几个主要的具体问题。第一，先谈谈载人飞船的事。第二，能不能利用现有的“长征二号F”运载火箭发射飞船？第三，载人航天在未来战争中到底有什么作用？第四，搞飞船要花多少钱？它的发展速度和投资有没有关系？

任新民说，先请钱振业同志谈谈吧，他对这方面的情况很熟悉。

钱振业是第一次当面向国家总理汇报，心里难免有点紧张。但载人飞船的情况他太熟悉了，所以一旦提起便如数家珍。钱振业说，欧洲发展小型航天飞机凭借的是它们的航空技术优势，而我国的航空技术不具有这个优势。小型航天飞机技术风险和投资风险都很大，而且研制周期还长。所以我们认为，中国载人航天从飞船搞起，是较为理想的选择。而飞船的发展可分为三个阶段：第一阶段搞技术试验，在1990年至2000年期间研制多用途飞船；第二阶段进行空间试验，在2000年至2010年期间搞一个有人照料的小型空间站，把飞船作为运输工具；第三阶段搞空间开发，在2010年至2020年期间搞一个由小型空间站组合而成的大型空间站。另外，在航天技术上中国已经有了三个里程碑：一是我们已经发射了几十颗国内、国际卫星，熟练掌握了卫星发射技术；二是我们成功地发射了定点同步卫星，掌握了卫星的控制技术；三是我们多次成功地发射了返回式卫星，掌握了卫星的返回技术。而载人航天应该成为中国的第四个里程碑。在这方面虽然我们不能和美国、苏联去搞竞赛，但我们可以在一个点上有所突破，比如从飞船搞起。经过多年的论证，我们总结的发展战略是十六个字：不可不搞，不可大搞，飞船起步，平稳发展。

任新民说，经过“863”专家组的充分论证，飞船是掌握载人航天技术的有效工具，可以作为过渡性的天地往返运输系统，还可以成为空间站的救生艇和轨道机动飞行器。另外，飞船研制难度相对要小，如果能早日发射上天，既有利于带动新技术的发展和培养后继队伍，又能为空间站提供技术基础和经验。

李鹏说，在航天技术方面，看来我们已经掌握了卫星发射技术、卫星定点技术和卫星返回技术，现在只剩下载人技术了。载人这个技术，我们也应当掌握。的确，我们现有的条件，是不可能与美国搞军备竞赛的，但我们也要在某些点上显示我们的实力，不能落后。

任新民说，我们具备了研制飞船的技术基础和条件。我国航天员的环境控制和生命保障技术预研工作一直在进行之中，有较好的基础。在计算机综合管理技术方面，我们可以利用多台计算机对飞船进行控制。运载火箭也可以通过采取一些措施，解决可靠性问题。就是飞船上升阶段的应急救生技术过去没搞过，但可以想法找到解决的途径。

钱振业说，我们可以用“长征二号 F”运载火箭发射载人飞船。从“长征二号 F”火箭现有的技术水平来看，没什么问题，发射推力已经够了。再改进改进，提高可靠性和安全性就可以了。这样的话，我们可以节省不少运载火箭的研制费用。

李鹏说，飞船如果可以用“长征二号 F”火箭发射，那太好了！这样的话，我们就可以充分利用我国火箭技术现有的成果来搞载人航天，既省了时间，又节约了经费，两全其美嘛！

钱振业说，如果搞小型航天飞机，经费可就多了。美国搞航天飞机共投资了一百五十五亿美元。欧洲搞小型航天飞机投资了十五亿美元，现在也没搞起来。日本为了发展载人航天，研制无人微型航天飞机，提出了一个投资四兆日元的计划。

李鹏说，我们搞飞船，你们计划需要多少钱？研制周期是多长？投资与研制周期有没有关系？

一提到钱，任新民和钱振业心里就难免有些紧张。两人心里都明白，钱是最敏感的问题，也是关键的一个问题。钱多好办事，钱多效率高，要是总理能高抬贵手多给点钱，当然是再好不过了！不过两人也清楚，这么多年来，国家在经费相当紧张的情况下，一直大力支持航天，已经很不容易了，现在搞飞船又要让国家掏腰包，实在是件很为难的事情。但没有钱就别想搞飞船，钱少了也搞不成飞船。所以，最后钱振业还是硬着头皮，红着脸，结结巴巴地开了口。

钱振业说，我们估算了一下，研制飞船的经费大约需……需要三十个亿人民币。其中，飞船研制经费大概需……需要二十四个亿，火箭需要两个亿，其他设备改造费和技术改造费大约四个亿。当然，如果投资经费能再……再多一点，研制周期相对会缩短。

李鹏说，我们国家的研制费用比国外低，这主要是我国的劳动力便宜。国外的费用相当大一部分是以工资的形式支付掉了。我国的工资是国家给的。你们提供的国家三十年来在航天方面的投资情况，就足以说明这个问题。你们提出的飞船研制经费二十四个亿，再加上六个亿的设备改造费和技术改造费，总计三十个亿。要是这样的话，1996 年上天行不行？

钱振业没有回答。任新民也没有回答。

李鹏说，97 年呢？97 年上天行不行？

钱振业说，如果能保证经费到位，保证全国大协作，几个关键的技术解决了，六年时间可以。

李鹏说，我们的发展目标是有限的。我们先搞八吨飞船，投资二十四个亿，再加上六个亿的技术改造费，共计三十亿。六年时间行不行？钱的问题，国家目前的确是有困难的，但对我们这样一个大国来说，几十个亿还是可以解决的嘛。只是有一点，飞船工程一定要专款专用！载人航天我们是一定要搞的，就从飞船搞起。九七年发射，争取建国五十周年载人飞船上天！

这时，一直讲话不多的任新民开口了。任新民说，中央同意搞载人航天，这是一个英明的决策。中学生曾寄钱和写信给宇航学会，强烈希望我们中国搞载人航天。有的小学生听说要搞载人航天，居然把自己节省下来的十元钱的伙食费装在信封里给寄来了，很感人哪！我参加人大会议的时候，一些人大委员也纷纷反映，如果国家经费有困难，哪怕采取集资的办法，也要搞中国的载人航天。这说明载人航天有很大的凝聚力，它可以增强我们民族的自信心。只要中央下决心，我相信外国人能做到的，我们中国人也有能力做到！

李鹏说，载人航天谈不上什么英明决策，但它确实是个决策问题。例如，去年我们国家粮食丰收，国家拿出五百个亿，把农民手中的粮食买下来。农民手中有了钱，一来保持了农民种田的积极性，二来市场也活了，国家也有了储备粮。我国差不多五年时间里有两年丰收，两年歉收，一年持平。粮食多了，也给我们创造了向苏联出口的可能性。

钱振业说，未来战争伴随着高技术的发展，将是一个什么样的形式，现在难以作出准确的预测。但从海湾战争来看，未来战争的特点将是陆、海、空、天一体化。空间的争夺将是激烈的，谁占据了空间，谁就有对世界事务的发言权。正因为如此，美国已开展了利用航天飞机进行有关星球大战计划的试验，西欧和日本也把载人航天作为本国发展战略而加以实施。

李鹏说，是的，海湾战争告诫我们，要保持大国的地位，就要有一定的实力。当然，我们不能和美国搞竞赛，我们也搞不起。但在某些方面，我们是一定要搞的！

钱振业说，只要全国大协作，上下齐努力，飞船是完全可以搞成的。我们这一代人虽然很快就要退下来了，却积累了三十多年的技术经验和管理经验。我国既有搞“曙光号”飞船的经验，又有搞返回式卫星的经验，还有一些研究成果，如生命保障技术、环境控制技术、返回防热技术等。此外，我们还可以借鉴苏联一些成功的经验。

李鹏说，我国要搞飞船，基点还是自力更生，必要时也可引进技术。苏联的条件是可以利用的。我们不是依靠，但可以利用与苏联合作的有利时机。有些关键技术我们一时解决不了，可以先引进来再消化。比如宇航服，可以先买嘛。这样可以缩短第一次上天的时间。必要时，也可以引进“设计思想”。这次我们给苏联贷款十亿瑞士法郎，你们可以利用其中的20%，就是两亿瑞士法郎，作为从苏联引进飞船技术和产品的费用。在载人航天方面，我们要充分利用与苏联合作的可能性，充分利用现有的一些条件。

任新民说，这么多年来，航天界也遗留了一些问题。比如，有的修电站需要钱，有的修公路需要钱，有的搞别的项目需要钱，都从我们的研制型号的经费中提取。这样做，无形中增加了型号的研制费用，很不合理。这些问题总解决不了，应该由国家出面统一解决，或者另想什么办法解决，否则今后会影响到飞船工程。

李鹏说，飞船工程的钱一定要专款专用。我们要找一个会计师，专门来管！不能搭车，不能把什么都挂在载人航天这个项目上！

任新民说，这样的话那就太好了。

李鹏说，不过，在经费预算上，你们也不要抠得太紧了！要自己给自己留点余地。你们自己留点必要的钱——不可预见的钱，也是必要的，可以理解的。但是，一定要实事求是。总而言之，中国的载人航天，我赞成先从飞船搞起。你们回去后，先做出一个实施方案来，然后再在小范围内议一议，争取建国五十周年的时候把载人飞船送上天！好了，今天就谈到这儿吧。

谈话结束，李鹏将任新民和钱振业送到门口。

两位专家在回来的路上非常高兴。高兴的原因是李鹏已经明确表态："中国的载人航天，先从飞船搞起。"这就意味着飞船方案基本已成定局，专家们五年来的争论可以画个句号了。

当晚，任新民向国防科工委主任丁衡高汇报，钱振业向航天部副部长刘纪原汇报。钱振业说，我刚回到研究所，气还没来得及喘上一口，就接到了刘纪原副部长打来的电话，让我马上去他办公室汇报。我从晚上 7 点一直汇报到 11 点。汇报结束后，我和刘纪原都高兴得不得了，为什么呢？因为李鹏已经斩钉截铁地说了，就是搞飞船！

第二天，即 3 月 16 日，刘纪原又接到国务院秘书局的电话通知，李鹏要他去谈谈载人航天的情况。刘纪原当时正在中央党校学习，接到通知后马上就赶到中南海。刘纪原说，我这次和李鹏总理谈了两个多小时，在这两个多小时中，李鹏详细询问了方案论证情况及其他相关问题。在所有问题中，李鹏最关心的其实是两个：一个是中国搞载人航天的条件到底具不具备？另一个就是不同意搞飞船的同志到底都有哪些具体意见？这说明李鹏总理对载人航天问题相当重视，也相当慎重。

3 月 20 日，航空航天部收到了从中央办公厅秘书局转来的《航空航天重大情况》之五的报批件。秘书很快将报批件送到刘纪原的手上。多年后，我看到了这份报批件的原文，上面有刘华清、李鹏的亲笔批示：

泽民、李鹏、尚昆同志：

此件请阅示。

最近几年来许多专家都希望中央尽快下决心搞我国的载人航天技术，建议中央下决心干起来，不要再拖延。经济是个大问题，但二十多年的时间，每年分担出，也是可行的。当前财政实在困难，动用国库存的金子，每年出点也得干！

妥否请批示

刘华清

1991 年 3 月 1 日

此事由专委讨论后报中央

李鹏

1991 年 3 月 7 日

在刘华清和李鹏的批示上，是江泽民的画圈签名。江泽民画圈签名的时间是 1991 年 3 月 9 日。

看了几位领导人的批示画圈，刘纪原很感动。从 3 月 1 日到 3 月 9 日，短短八天时间，由航空航天部负责呈送的《航空航天重大情况》便从军委副主席刘华清那里转到了国务院总理李鹏的手上，然后再到了党中央总书记江泽民的案头。反应如此快速，直觉告诉他，中国的载人航天有戏了！

第二天，刘纪原又得到一个“小道消息”。刘纪原说，这个“小道消息”告诉我，我托人转送的“报告”和“建议”送到小平同志那里后，“老爷子”很重视，并很快发了话，说，飞船是大事，要集中力量办大事！

这个“小道消息”是否属实无从考证，刘纪原本人也说不准。但刘纪原说，我记得有一次我陪同李鹏和刘华清出国，在机场时李鹏和刘华清对我说过，小平同志已经同意了。因此我想，载人航天的事如果小平同志不下决心、不发话，肯定是搞不起来的。

对此，王永志也说，大概是1991年底左右，我听说小平同志发话了，说小平同志已经讲了，飞船一定要上！我记得刘华清也说过，小平同志非常关心飞船，经常问起飞船的事。

上述种种说法无法确认。但有一点毋庸置疑，那就是：中国载人航天如果没有邓小平点头，要想启动，恐怕不太可能。

第十二章
就是卖黄金，也要搞载人航天

1992 年为国际航天年，也是中国改革开放重要的一年。这一年，美国、俄罗斯制订了新的载人航天计划，西欧、日本加紧了追赶的步伐。而中国的载人航天问题也终于第一次正式摆在了中南海的会议桌上。

1992 年 1 月 8 日，中央专委召开第五次会议，专门研究中国载人航天问题。中央专委是中央专门负责重大科技项目的一个特殊机构。该机构自 1962 年诞生起至“文化大革命”初，均由周恩来担任主任。“文化大革命”后期，中央专委名存实亡。80 年代初，中央专委恢复工作，后来再次搁浅。李鹏出任总理后，任中央专委主任，中央专委工作再次恢复正常。

这次专委会由李鹏主持。此前，航空航天部联合论证小组突击完成了《载人飞船工程实施方案》，并将该方案上报中央。“863”航天专家委员会也完成了《关于发展我国载人航天的意见》，并由首席科学家屠善澄向中央专委第四次会议作了汇报。这次会上主要由任新民汇报载人飞船工程的立项问题。任新民做事一向细心、认真，他担心有的领导听不懂某些技术问题，特意将一个 1∶10 的飞船模型带到了会场。所以汇报时，他一边讲解，一边用飞船模型演示，一边还用手形象地比画着。汇报结束，他只提了一个请求：希望中央尽快立项。

中央专委经过讨论，最后形成的意见是：从政治、经济、科技、军事等诸多方面考虑，立即发展我国的载人航天很有必要，而且应当从载人飞船起步；但还要在“863”专家委员会和航空航天部过去论证的基础上，由国防科工委牵头，组织全国有关专家，再作一次技术、经济可行性论证。

会议结束后，国防科工委成立了以丁衡高为组长的载人航天领导小组。下面再分设两个小组：一个是技术经济论证组，即工程论证组，组长王永志；另一个是专家评审组，组长任新民。两个小组下面再分航天员组、飞船组、发射组、统计组等九个小组，由二百余名专家组成。

王永志说，1992年1月17日这天上午，刘纪原部长通知我说，下午3点，到科委丁衡高主任办公室去一下。我下午去了，丁衡高主任一见面就对我说，中央专委同意载人飞船工程上马了，你来做工程论证组的组长，组织飞船工程的论证工作，这是科委和航天部一致的意见。我一听，忙说，丁主任，我干不了，还是请任老总（任新民）干吧，我当副的。丁衡高说，任老总年纪大了，要考虑他的身体情况。任老总大你十八岁，你再干十年，他还大你八岁呢！我们认为，你来干合适。我听了后，感到有压力，但组织决定了，我只好服从。

两百余名专家接到通知后，迅速秘密云集北京，即刻展开论证工作。此次论证与以前最大的区别就是由务虚转入务实，因为中央已经明确要搞载人飞船了。即是说，只要专家们这次拿出一个能让中央认可的方案，载人航天工程便可正式启动，研制经费也就有了保证。因此，当来自全国的二百多名航天专家聚首北京，春风满面地坐在会议室里时，六年来他们第一次有了一种无法言说的踏实感——如同一艘漂泊多年的小船，终于望见了杨柳依依的彼岸。

然而，论证第一天，一则来自大洋彼岸的消息便给专家们当头一击。这则消息说：

> 举世瞩目的美国“发现号”航天飞机，在卡纳维拉尔发射场成功地发射升空！“发现号”航天飞机上的国际重力实验室内，安装了十五个国家的科学试验载荷。其中有中国的材料加工和空间碎片两项试验载荷。

这则消息看似平常，却刺痛了专家们敏感的神经，甚至伤害了某些专家的感情！因为如此高难度的航天飞机，美国早在二十二年前就上了天，而且已被数十次掌控于天地之间。现在又一艘新型的航天飞机再次扶摇直上，中国却只能在别人的飞机上搭载一点“材料”和“碎片”！这当然让身为同行的中国专家们心里很不好受。于是，不少专家当晚挑灯夜战，尤其是搞飞船总体方案的专家，几乎通宵未眠。

接下来不久，中国自己的一次发射，又让这二百多名专家惊出一身冷汗。1992 年 3 月 22 日，中国在西昌发射场发射“长二捆”大型运载火箭。“长二捆”火箭是准备改进后用于发射载人飞船的，已被专家们写进了论证报告，此次发射的结果将直接影响甚至决定载人飞船的命运。成功了，证明中国火箭具备了发射飞船的能力。若失败了，则说明火箭还不可靠，载人航天的事很可能随之化为泡影。因此，二百多名专家连晚饭都没吃，早早便围坐在电视机前，忐忑不安地观看这次发射。心脏不好的专家还提前在自己兜里放好了救心丸。结果，“点火”命令下达后，“长二捆”火箭咕嘟了几下，便一屁股坐回发射架上，一个劲儿地冒烟，就是不升天。发射场顿时浓烟滚滚，一片慌乱！尽管火箭侥幸没有爆炸，发射却被迫中断！面对这样的失败，专家们犹如亲眼看见自己的孩子夭折在自己怀里。他们非常清楚，“长二捆”火箭的失败之风一旦刮起来，刮到航空航天部，刮到国防科工委，刮到中南海，那么他们正在论证的载人航天工程很可能就像这枚“长二捆”火箭一样，刚“点火”便中止“起飞”了。

果然，“长二捆”火箭发射失利后，航天界气氛紧张，风云突变。尽管航空航天部两位部长主动向中央写了检查，专家们也很快查找到了火箭故障的原因，但反对载人飞船工程上马的“风声”还是很快“刮”了起来：有人向航空航天部提出了反对意见；有人向国防科工委表达了不同的观点；有人向中央反映了情况……这些“风声”传递的中心意思其实就一点，“长二捆”火箭之所以失利，就是因为太着急、太功利！搞载人航天不能急于求成，应当放慢步子，等等再说。否则，会愧对国家，愧对人民！

“风声”很快也“刮”到了王永志组织的论证会场，二百余名专家的内心自然有了微妙变化，会场气氛也明显异常。有的专家的心里忐忑不安，先前那份踏实的感觉好像一下子去了不少；有的专家睡不好觉，满脑子里都在画着一个个的问号；有的专家担心中央会改变决心，半夜三更竟跑到林宗棠和刘纪原两位部长的办公室，打听“内幕情况”。

两位部长的日子自然也不好过。但他们毕竟久经风雨，见多识广，而且对中央的决心知根知底，深信不疑。一天，两位部长来到专家论证会场，向专家们表态说，请大家放心，中央并没有因为这次发射失败而失去对我们的信任。现在，我们不要再顾虑什么，也没什么可顾虑的了，关键就是我们要加快论证工作，6 月份拿出一个完整、满意的方案来，上报中央审批！

两百多名专家的心这才踏实了许多。

然而，要拿出一个保证让中央满意并通过的载人航天方案，谈何容易！

难就难在方案既要好，花钱又要少。

此前，不少专家都做过预算，开始说三十个亿差不多，后来说三十九个亿够了，再后来又说得要五十个亿，而且向有关部门和李鹏总理都作过汇报。可中国搞载人航天是第一次，究竟需要多少钱？用什么标准来花这些钱？搞起来后还会出现哪些变数？对这些统统没有经验。此前预算出来的经费只能是一个大概，一个理论上的估算。而这次专家组一算，包括基建费用，至少需要九十个亿！也就是说，超出了最初预算的两倍！

这可怎么办？

专家组急忙请来财政部和国家计委的相关人士，帮着一起算。大家围在一起，先掰着指头一笔一笔地算，再拿出计算器一项一项地算。算了一遍不行再算第二遍，算了第二遍不行再算第三遍，有的甚至一口气算了四遍五遍！但无论怎么精打细算，算来算去，最后还是少不了九十个亿，而且很可能还要超出九十个亿！

不少专家开始担心了：如此一大笔经费，中央能批吗？万一不批，岂不前功尽弃？

于是推倒再算！

于是一段时间下来，有的专家算得头昏脑涨，筋疲力尽；有的专家算到深夜，算着算着，趴在桌上竟睡着了……人睡着了，手上拿着计算器，还在算，算了九九八十一遍，还是不行。最后不知算了多少遍，终于算好了，这才发现，计算器算烂了，头发算白了，好不容易算出的方案上报中央后，居然没批……专家一声惊叫，伸手一摸，额头全是冷汗——原来是在做梦呢！

专家们为何如此自找苦吃？为了省钱。

何以要这样省钱？为了通过方案。

专家们很清楚，要搞载人飞船，没有相当数量的经费保证，根本无法进行。同时他们也明白，国家口袋里就那么多钱，要想通过方案，唯一的办法就是每个系统、每个环节都抠着算，能省一分是一分，能省一元是一元。他们中不少人都还记得，上个世纪 50 年代开始搞“两弹一星”时，每个部门的经费预算都做得相当精细，一般经费预算精确到了几百元，非一般经费预算精确到了几十元。最典型的是第一枚导弹的研究规划经费预算，居然精确到了一元钱！这是 1956 年 9 月 15 日聂荣臻给周恩来的一份工作报告中留下的数字。这份报告的原件是这样写的：

> 关于导弹管理局及导弹研究院所需要房子，已经习仲勋同志批准今年在西郊先建二万五千平方米，房屋造价连同移民、移坟、赔偿、管理、勘探设计等费用，共计需款三百四十四点五五万元。……为便于教学和工作准备，急需购置一部教学仪器、技术图书和一笔开办费，初步计算约需二十七点一五四一万元。……
>
> 妥否，请批示。

请注意，这笔经费的最末一位数字，是一元钱！据说分管科技工作的聂荣臻元帅最初审批到这笔预算报告时，感动得流出了热泪。他说，哪怕从我们工资袋里抠，也要给科学家们多抠出几块钱来搞科研！

是的，今日之中国早已今非昔比。但专家们心里明白，只有开动脑筋，运用智慧，在方案上下功夫，精打细算，下决心搞出一个花钱不多、效果又好的方案来，才能顺利通过中央审批这一关！反之，要是搞出一个花钱不少、效果一般的方案来，肯定通不过。好比一个公司要搞某个项目，首先得用方案说服老板，只有你的方案打动了老板，老板才肯掏钱。而载人航天的“大老板”，就是党中央国务院！

王永志说，我是组长，为了论证好这个方案，每天吃不好饭，睡不好觉，脑子里整天琢磨的都是方案！你想啊，为了一个方案，全国动用了二百多名专家，我们只能破釜沉舟，背水一战！但问题是，人家的飞船早在三十一年前就上天了，中国现在才搞飞船方案，怎么搞？是搞三舱方案还是两舱方案？是先上一个航天员还是两个航天员？诸如此类的问题多得不得了，全都摆在我们面前，急需拿出一个具体可行的技术方案。

1992 年 6 月，二百多名专家经过长达半年的论证，终于完成了《中国载人航天工程可行性论证报告》。

然而，这个《报告》关系到上百亿的人民币，中央最后能否批准，又成为专家们心头的一大悬念。

两个月后，即 1992 年 8 月 1 日，中央专委召开第七次会议。这天是“八一”建军节，军内军外喜气洋洋。中央专委选择这个日子商议中国载人航天问题，似乎别有一番深意。会议由李鹏主持，十四名中央专委委员和航天领导小组成员几乎全部出席了会议。因会议涉及经费问题，财政部副部长刘仲藜作为特邀代表也参加了会议。会议开始后，国防科工委主任丁衡高首先汇报总体情况，然后由王永志汇报载人航天工程的具体技术方案。

在中国科学家中，王永志属于那种很有口才的人。他任火箭技术研究院院长期间，凡中方与外宾的技术方案谈判，一般都由他亲自出马，效果奇佳。但王永志说，这次向中央汇报，非同小可，我心里难免有些紧张。为了能顺利通过这一关，我反反复复作了很充分的准备。

王永志首先汇报了载人航天工程的主要技术途径、技术指标、关键技术、解决途径以及研制阶段的划分、进度的安排、航天员上天的时间、经费的概算和使用等问题。然后，他展开随身带来的图纸，一边展示，一边汇报。他说，经过反复论证，我们认为，中国的载人航天不能不搞，但也不能大搞，应该先从飞船起步，稳步发展。我们虽然起步晚，但起点要高，要跳跃式发展，而不能跟在别人的屁股后面跑。所以，我们瞄准的是俄罗斯第五代"联盟号"飞船，这样可以一步到位，迎头赶超。我们的设想是分三步进行：第一步，在2002年前，发射两艘无人飞船和一艘载人飞船，建成初步配套的试验性载人飞船工程，开展空间应用实验；第二步，在2007年左右，突破载人飞船和空间飞行器的交会对接技术，发射一个八吨级的短期有人照料的空间实验室；第三步，建造二十吨级的空间站，解决有较大规模的、长期有人照料的空间应用问题。

王永志说，我一口气汇报完后，本想就此打住，但犹豫了一下还是补充了一句：载人航天的技术难度实在太大，希望中央能给这支队伍一点特殊待遇。我所说的"特殊待遇"，其实指的就是钱的问题。我担心经费预算上了百亿，会影响中央的决心，所以特意强调一下。

听完王永志的汇报，大家开始发表意见。李鹏说，这三步走得好！任新民老总说，这个方案思路清晰，主体概念强。其他中央专委也认为这个方案不错。

于是经过一番讨论，会议最后形成三项决议：

第一，同意载人航天分三步走。

第二，载人航天由中央专委直接领导，国防科工委负责统一组织实施。要像过去抓"两弹一星"那样，下决心把这件事情办好。

第三，实现第一步目标，所需经费约一百二十亿至一百五十亿元，由国防科工委按阶段提出，中央专委按阶段实行一次性审批。国防科工委具体安排年度经费使用计划，国家财政专款下拨，专款专用。

三项决议通过后，刘纪原非常兴奋，带头鼓掌。刘纪原说，决议通过后，大家以为会议结束了，没想李鹏却让大家留步，要与会者一个个地表态。等大家一个个表态同意后，李鹏又说，搞载人航天的事，今天中央专委就算通过了。但这是一件大事，必须上报中央批准。所以，为对历史负责，对国家负责，凡是今天参加会议的人，必须在会议纪要上签名！李鹏说完，接过秘书手上的会议纪要，第一个郑重地签下了“李鹏”两个字。

接着，姚依林、刘华清、邹家华等二十九位中央专委和航天领导小组成员也都在会议纪要上郑重地签下了自己的名字。

这时，秘书向李鹏报告，甘子玉出国了，今天没法签名。

李鹏说，甘子玉回来后，一定要补签！记住，千万别忘了！

甘子玉是国务院计划部副部长兼中央专委办公室副主任。本来按惯例，中央专委的会议无须人人签字，缺席人员也不必补签。但后来甘子玉回国后还是在《纪要》上补签了自己的名字。甘子玉说，中央专委的每次会议我几乎都参加了，可没有哪一次会议像这次会议，每个人都要签名。在我的记忆中，这是唯一的一次。

十一年后，我从《中央专委第七次会议纪要》上看到了这三十人的亲笔签名，他们是：

李　鹏　　姚依林　　刘华清　　邹家华　　王丙乾　　宋　健
迟浩田　　赵南起　　丁衡高　　赵东宛　　林宗棠　　柳随年
周光召　　刘华秋　　刘仲藜　　李世忠　　沈荣骏　　刘纪原
迟海滨　　胡启恒　　王永志　　邢永宁　　谢　光　　怀国模
屠善澄　　王寿云　　陈达植　　王统业　　王盛涛　　甘子玉

会议结束前，李鹏又特别强调，载人飞船的事实在太重大了，中央专委定了不能算，还得向中央政治局常委汇报，由中央政治局最后决定！

会后，《中央专委关于开展我国载人飞船工程研制的请示》经李鹏签字后，正式呈送中央政治局。

然而，据说还有持不同意见者向中央反映情况，说搞载人航天花钱多，目前又看不到实际效益，不如把经费投到别的方面，希望载人航天工程暂缓。

而李鹏的回答是，载人航天是政治决策，是国家的需要、政治的需要，暂不考虑经济效益问题。

1992年9月21日，中央政治局常委会议在中南海勤政殿召开，专题审议《中央专委关于开展我国载人飞船工程研制的请示》。会议由中共中央总书记江泽民主持，中央政治局常委全体成员出席了会议。应邀参加会议的还有杨尚昆、万里、薄一波三位老同志以及国防科工委主任丁衡高、副主任沈荣骏，航空航天工业部部长林宗棠、副部长刘纪原，航天专家王永志和计划部副部长王盛等。

中国载人航天何去何从，最终是搞还是不搞，命运由此决定。

会议开始后，李鹏简单说了几句开场白，便由丁衡高汇报总体情况和组织实施方案。然后，王永志汇报载人飞船的技术方案。听完丁、王二人的汇报后，与会者当即展开讨论。讨论中，常委们的态度很坚决，一致认为搞载人航天意义重大，有利于推动和带动中国的技术进步，增强国力，并认为这个技术方案符合国情。

讨论到经费问题时，会场气氛出现高潮。一位政治局常委问，载人飞船的研制工作目前最大的困难到底是什么？

王永志说，搞载人飞船在技术上没什么问题，主要是经费问题。从目前国家的经济状况来看，这笔经费还能支撑。但我们担心的是，万一今后国家的经济状况不好了，下一步怎么办？

李瑞环说，如果经费出现问题，不管想什么办法，也要搞载人飞船！刘华清说，如果实在没有钱，就是动用国库，把黄金拿出来卖了，也要搞！杨尚昆说，老一辈搞了“两弹一星”，如果现在没有新的任务，我们的队伍就无法完成新老交替，就会断档。用大工程培养新人，这个路子很好！还有几位常委说，载人航天是一件大事，即便砸锅卖铁，也要搞！当年如果我们不搞“两弹一星”，后来就进不了联合国。现在我们要是在空间领域不占有一席之地，联合国常任理事国的席位也很难说能待多久。

最后，财政部的负责人提出一个问题：根据现在物价上涨情况，经费问题能不能采用包干的办法？

李鹏说，我看就不要包干了，现在物价上涨厉害，但总的经费就不要上涨了。上次在专委会上提出的一百四十九个亿的总经费，中央已经批了，原来“863”计划中还有三十六个亿，剩下的财政部一定要补足！

经费问题由于此前已经反复议论过多次，所以很快形成决议。但当讨论到载人航天工程中另外几个重大问题时，领导们表现出相当的谨慎。刘纪原说，会议大概开到一半的时候，江泽民停下来，和李鹏说了几句，便让秘书把宋健叫到会上，询问了几个问题，会议才继续进行。对载人航天的事大家都表示同意后，李鹏又强调说，要把困难估计得充分一些，要像当年抓“两弹一星”一样抓载人航天工程。有事可以直接报告中央。王永志也说，开会途中，薄一波还特意离开座位，来到我的身边，拍着我的肩膀，悄悄问了我一句：王永志同志啊，我们中国搞载人航天，到底行不行啊？我拉着薄老的手说，薄老，您就放心吧。行，肯定行！薄老这才重新回到自己的座位上。

会议接近尾声时，江泽民作总结性发言。他说，大家主张干，我也主张干。但怎么干？要关起门来，悄悄地干，坚持不懈地干，锲而不舍地干。要多干少说，甚至只干不说！

最后，会议正式批准了《中央专委关于开展我国载人飞船工程研制的请示》，批准了我国发展载人航天分三步走的设想。

由于中央批准载人航天工程的时间是 1992 年 9 月 21 日，故中国载人航天工程的秘密代号叫“9 · 21 工程”！

至此，长达七年的大论战终于结束。

第三部

卧薪尝胆

第十三章
顶着压力上路

1992年11月13日，是个小雪纷飞的日子。这一天，中国载人航天工程指挥部秘密通知全国数百名航天专家云集北京，秘密召开第一次会议，悄悄拉开了中国载人航天工程的大幕!

从此，中国载人航天结束了“纸上谈兵”的历史，开始进入工程实施阶段。

所谓工程实施阶段，就是真刀真枪的阶段，埋头苦干的阶段。这个阶段既是整个工程的起点，又是整个工程的关键。所以中央决定：载人航天工程由中央专委直接领导，国防科工委统一组织，工程指挥部具体负责实施，“9·21”办公室实行专项管理。换句话说，载人航天工程指挥部直接对中央专委负责，中央专委再对中央负责，由此形成一个从中央到中央专委、从中央专委到国防科工委、从国防科工委再到下属各主管部门的垂直领导体系。

中国载人航天工程按工作性质分为七大系统，即：航天员系统、飞船应用系统、载人飞船系统、运载火箭系统、发射场系统、测控通信系统、着陆场回收系统。目标只有一个，这就是：中国要在七八年时间里，用自己研制的火箭、飞船把自己培养的航天员送上天！这个目标对苏联、美国而言早已成为历史，但对中国来说却是一个宏大的目标！因为要把人从地球弄到太空，再让人活着回来，是一件非常困难的事情。早在一千多年前，唐朝大诗人李白就说过，蜀道之难，难于上青天。这话除了形容蜀道行走之险外，或许还隐含着另一层意思，那就是：人间最难之事，莫过于上天！

而中国人是第一次上天，自然更是难上加难！

中央正式批准载人航天工程后，在中国航天专家的眼里，1992 年的这个秋天是红色的。为了庆贺这个“红色秋天”的降临，不少专家聚首北京，彻夜长谈，甚至几位从不喝酒的专家还举起了红色的葡萄酒杯！

然而，论证工作的结束，也就意味着一批原来搞论证的专家的历史使命从此终止，意味着他们从此退出历史舞台或者说退出历史舞台的中心。因为载人航天是一个分阶段的大工程，设计、论证是一批专家，进入工程研制、发射、测控阶段又是另一批专家。就像我们盖房子，搞规划、设计的是一拨人，建房、住房的又是另一拨人。所以这个秋天在他们眼里是灰色的。尤其是其中最早搞飞船的一部分专家，比如范剑峰、钱振业、陈信等人，为了民族飞天的梦想，他们搞了几十年中国飞船，也盼望了几十年中国飞船，可谓呕心沥血，鞠躬尽瘁，并且很愿意继续为国效力、甚至献身。但落花有意，流水无情，当这一天终于来到的时候，他们或因工作需要，或因年龄关系，或因某些其他原因，只能厕身其后，让位他人，在国家利益与个人利益面前只能选择服从大局，因而也就永远失去了抵达人生高峰的机会；另有一部分专家则从此“解甲归田”，唯一获得的就是每月一千元左右的退休金。而还有个别的专家甚至连 1992 年这个秋天也没等到，便匆匆离开了这个世界。他们走得牵肠挂肚，走得无声无息，而且在飞船的设计图纸上始终没有留下他们的名字。

此外，还有搞航天飞机方案的专家，为了民族飞天的梦想，他们同样花费了十年、二十年的心血，探索、研究、设计、论证了航天飞机等各种方案。然而到头来，因为中央批准的方案是飞船方案，而不是航天飞机方案，于是那些几乎耗尽了他们一生智慧与才华的方案，便只能锁进保密柜里。这一锁，很可能就是很久很久，乃至永远。因此他们纵然一腔热血、壮怀激烈，也只能仰天长叹！而他们中那些有幸继续参与载人航天工程的专家们，则从此登上历史舞台的中心，成为日后中华民族历史上光彩照人的明星！

这很像一场战争，最开始冲锋陷阵的人，往往成为注定牺牲的人。

当然，前期这批专家未被委以重任，并不意味着他们多年的梦想与努力没有价值，没有意义。如同训练场上的陪练员，虽然最终没有上场参加比赛并夺得冠军，却为最后登上冠军宝座的人作了默默的铺垫。倘若没有他们的牺牲与铺垫，后来者的道路绝对不可能通达平坦。假如组织决定搞载人航天的专家是他们而不是别人，假如中央批准的是搞航天飞机而不是搞飞船，他们的名字同样也会像群星般闪耀太空！

遗憾的是，历史一向冷酷无情。诚如奥地利作家斯蒂芬·茨威格所言："历史只将胜利者举到光明中，却将战斗者扔进黑暗里。人类最古老的法则，那个毫不宽容的戒令，在任何时代都要求：先驱者必须作出牺牲！"

其实，有幸继续参与载人航天工程的专家们日子也不好过，甚至说更不好过。因为要把人送上天，实在不易！何况，万事开头难。

从国际形势来看，1992 年正值世界政坛狂飙突起、风起云涌之际。年初，苏联解体，东欧剧变，在历史风雨中飘扬了六十九个春秋的印有锤子、镰刀图案的苏联国旗伴着刺骨的寒风在克里姆林宫上空黯然落下；拥有八百多年历史的古城莫斯科在一夜之间迅速改变了颜色。于是，一个曾经战胜过不可一世的法西斯强盗并将人类第一颗人造卫星和第一个宇航员送上天的号称世界最强大的社会主义国家的苏联"老大哥"眨眼间分崩离析、土崩瓦解，迅速退出了历史舞台。这一世界近代史上最为强烈、最为抢眼的"政治地震"，对同为社会主义国家的中国"小弟弟"来说，无疑是巨大的震撼！因而来自世界各方的压力潮水般扑向中国，直接波及中国的首次飞天！

另一方面，由于政治的原因，几十年来西方世界对中国高科技的发展始终持警惕态度，一贯实施技术封锁。特别是以美国、法国、英国为首组成的"巴黎统筹委员会"即西方高技术委员会，针对中国作了许多这也不准、那也不行的规定，其目的就是阻止或减缓中国高科技的发展——尤其是国防科技领域的发展。再加上 1992 年中国的航天发射又出现了两次重大失败，这两次失败不仅震惊了中国上层领导，也震惊了世界航天领域。于是中国火箭在世界的信誉度急剧下降，国际航天界对中国开始持一种不信任态度。比如已经签订的十二个合同全部被撕毁，昔日的合作伙伴纷纷撤退。而西方的其他竞争对手更是“磨刀霍霍”，趁机对中国百般刁难，甚至“围追堵截”，大有将中国挤出世界航天市场之势。这也给中国航天人的心理造成很大的压力。

从国内情况来看，1992 年是中国改革路上最重要、最关键的一年。这一年，面对苏联的解体和东欧的剧变；加之国内的政治风波，中国被推向了一个敏感而动荡的危险地带，改革的脚步迈到了一个迷雾重重的十字路口。“中国向何处去”再次成为一个看似不成问题、实则非常严峻的大问题。幸而，1992 年 1 月 19 日，八十八岁的邓小平迈动了穿着圆口布鞋的双脚，离开京城悄然南巡，发表了具有划时代意义的谈话。邓小平说，改革是中国的第二次革命！还说，中国的改革要抓住机遇，加快发展！此后，中国计划经济开始大踏步转向市场经济，新一轮经济建设高潮迅速掀起。

但是，1992 年的中国毕竟正处于大变革、大调整时期，社会主义市场经济体制既不规范也不完善，更无经验。随着社会主义市场经济体制的向前推进，不少问题、矛盾纷纷显露。如固定资产投资规模偏大、货币投放增长过猛、交通运输超常紧张、城市物价混乱等等。另一方面，随着经济大潮的轰然掀起，原先封闭的国门四面洞开，鲜花、杂草一起生长，蜜蜂、蚊虫一起拥进，金钱如同潮水般开始浇灌、冲刷着十二亿中国人一颗颗如饥似渴的心。计划经济的铁链一旦被挣脱，中国人好像突然明白了一个几百年前甚至几千年前就该明白的道理：钱这玩意儿实在是个好东西！于是，一时间人们争先恐后，奋不顾身，抛开铁饭碗，扔掉乌纱帽，纷纷跳进汹涌澎湃、浪涛滚滚的商海，开公司，当老板，做生意，赚大钱，使风起云涌的 1992 年成为中国历史上的“下海年”！尤其是一些几十年来穷怕了的中国人，为了摆脱贫困，更是昼夜想钱，拼命挣钱！为了钱费尽心机，绞尽脑汁，不惜代价！最典型的一个例子是 1992 年深圳特区新股认购，全国一百五十多万人潮水般涌向深圳，参加抢购股民证的排队，疯了似的股民们顶着烈日蜷缩在三百个新股认购发售点前的水泥地上，烟头、手纸、口痰、小便以及数以万计的矿泉水瓶子和快餐盒扔得满地都是。由于秩序极度混乱，众男众女们前胸压后背，前腹贴后臀，一个紧抱一个，在金钱面前完全忘记了男人与女人的区别，也放弃了人的尊严。一个从江西专程赶到深圳的小伙，在发售前半小时竟被挤出队列，他绝望地高举着攥在手上已被汗水和泪水湿透的人民币与身份证，对着疯了似的人群疯了似的大声叫喊："我的妈呀，我排了整整两天两夜啊！"这一天，不足四小时，五百万张股民认购表被一抢而空！而同样在 1992 年，当中国航天人关起门来绞尽脑汁、挥汗如雨、节衣缩食、埋头苦干时，一些大大小小的贪官们则利用手中的权力竭尽贪腐之能事，违法乱纪，贪赃枉法，丧心病狂地侵吞着国家的财产！那么，在如此汹涌澎湃的金钱大潮的狂袭和诱惑下，中国航天人到底是下海还是上天？这不能不说是一个严峻的考验。

从中国载人航天工程本身的特性来看，第一，中国载人航天工程是一个花大钱的工程。

中国与西方先进国家相比，一个最突出的国情就是缺钱。而搞载人航天又必定是巨额投资，没有足够的钱就别想搞载人航天！我曾花费了很大的力气，查证了许多资料，对世界近半个世纪来的几项重大科技工程如美国的曼哈顿工程（即原子弹工程）、苏联的第一枚洲际导弹和第一颗人造卫星以及中国的"两弹一星"等工程作过统计，结果发现，载人航天工程是人类科技史上花钱最多的工程之一。

以美国为例。美国的水星载人飞船工程耗资三亿九千二百六十万美元。双子星载人飞船工程耗资十二亿八千万美元。"阿波罗"载人登月飞船工程直接耗资二百一十三亿四千九百万美元，相关费用三十六亿五千一百万美元，共耗资二百五十亿美元。航天飞机工程耗资一百五十五亿美元。仅上述五项载人航天工程，美国二十年间耗资总额高达四百一十亿美元！若按 1∶8 折算，合人民币三千二百八十亿元！另外，美国 1984 年启动的"自由号"空间站，1985 年 10 月的预算是一百五十亿美元，1987 年 9 月的预算是二百五十亿至三百亿美元，1988 年的预算是四百亿美元。其中光是硬件的研制费就达二百三十二亿美元！对此，中国航天专家钱振业曾经算过这样一笔账：美国空间站建成后，若在太空的工作寿命是三十年，每年运营费按二十亿美元计算，那么“自由号”空间站还将投资六百亿美元，其总成本将高达一千亿美元，相当于八千亿人民币！

苏联用于载人航天方面的投资同样惊人。从上个世纪50年代起至80年代初，苏联每年平均耗资一百六十亿美元。仅1984年一年就耗资三百五十亿美元！1984年后，苏联航天预算的年增长率为15%，年均投资数在二百亿美元左右。三十年中，苏联平均年投资数占国民经济总产值的1%，美国平均年投资数占国民经济总产值的1.5%，苏美两国在航天技术领域总投资为二千亿美元左右！就连我们的邻国日本，仅在1984年至2000年用于航天技术发展的总投资，也逾一百亿美元！

而1992年的中国，不管我们承认不承认，事实上还是一个贫穷的国家。据有关部门资料显示，1985年，中国国民生产总值为三千五百亿美元，人均收入仅三百美元，在全世界一百五十多个国家中，排列第一百三十三位。当时还有专家预测，中国即便到了2000年，人均收入也不可能排到世界的前八十名。在后来联合国发表的《人类发展报告》中，中国在全世界一百六十二个国家和地区的发展指数排名中，排在第八十七位！这一排名未必准确，但它却提醒我们：目前的中国还不富裕。

因此，过去几十年，中国航天事业基本上是处于“穷过渡、穷凑合”的状态。而航天人最大的苦恼，是缺少一个好政策。后来改革开放了，日子好过了，但航天人又面临一个非常尴尬的局面：有好政策，却缺钱！航天部有人作过统计，从1956年到1986年的三十年间，中国用于航天的总投资大约只有一百亿元人民币，若按1∶8折算，等于十二亿五千万美元！这笔小钱，还不及美国、苏联一年的经费！“长征二号F”火箭总设计师王德臣说，我曾作过一个统计，从1974年到1984年，中国航天只花了十个亿的人民币。如果按当时十亿人口计算，等于每个中国人只出了一元钱！中国所花的钱，只有美国、苏联的百分之一。就是说，干同一件事情，美国人要花一百元钱，中国人只花一元钱。美国搞“阿波罗”登月计划时，共花了一千多亿美金，相当于中国的一百倍。这是两个数量级的差别。

即便是举世瞩目的中国最大的载人航天工程，中央拨给的总经费也不过只有一百九十亿元人民币。而这一百九十个亿，若按1∶8折算，等于二十三亿七千五百万美元，不及美国同样工程的一个零头，仅相当于国内建几百公里的高速公路。

时任载人航天工程副总指挥的刘纪原说，我们搞载人航天，花的钱其实是最少的。中国四十多年花在航天方面的钱还不如美国一年的多，连印度每年都有三亿多美元的航天经费！有一次，我参加人代会，和农业部的部长谈到载人飞船的事情。这位部长问我，你们搞载人飞船花了多少钱？我说，不到二百个亿。他一听，很吃惊，说，什么？你搞这么大一个工程，还不到二百个亿？我不信。我说，你不信？我告诉你吧，刚开始的时候，才批了一百多个亿呢！后来才追加到二百来个亿，我已经很满足了！他反问我，你知道我搞一个水电站是多少钱吗？我说，不知道。他说，我原来以为你们搞这么大一个工程，肯定花了国家不少钱，没想到还不如我搞个水电站花的钱多呢！实话告诉你吧，我搞一个水电站，就得二百多个亿！

可以肯定地说，中国搞载人航天是全世界花钱最少的国家。究其原因，就一个字——穷！那么我们是不是就真的穷到了再也拿不出更多的钱来搞航天了呢？未必。据媒体透露，前几年全中国每年光是用公款吃喝掉的钱，就高达一千亿人民币！仅1997年7月，中纪委公布曝光的吃喝干部就达一千八百八十三名！有的贪官仅是“一夜情”就花掉公款上万元！一个市委书记，便让国家受损三亿二千万元！设想一下，如果把贪官们贪污的钱花在中国载人航天上，中国的飞天之路又会是什么样？

由于国家投资有限，所以中国航天人采取的办法是：一方面靠人的积极性来提高质量，另一方面靠降低成本来确保开支不超。

第二，中国载人航天工程是个技术相当复杂的工程。

从发射铁疙瘩似的导弹卫星，到发射活蹦乱跳的人，是人类航天史上一次质的飞跃，也是人类通往太空的路上一座很难逾越的高峰。所以国际宇航界公认，载人航天工程是人类历史上规模最大、系统最多、技术最难、安全性和可靠性要求最高的一项工程！比如，仅在“长征二号F”火箭上，就有十个分系统，四万多个零部件，五百多吨燃料，二百零九个火工品；仅在“神舟号”载人飞船上，就有十三个分系统，十二万多个零部件，七十多万条重要软件语句，一百二十九个火工品。火箭、飞船二者加起来，共有一百七十多万条软件数据，一百多万句程序控制语言！要保证火箭、飞船的安全飞行，整体可靠性必须达到 0.999999。而中国工业基础薄弱，工艺水平较差，基础设施、试验设备、生产厂房等客观条件与国外相比都存在很大差距。在这种条件下要确保技术的绝对可靠，难度可想而知。

第三，中国载人航天工程是个“万人工程”。

从宏观上看，载人航天工程不同于贝尔发明电话，不同于爱迪生发明电灯，也不同于居里夫人发现镭，更不同于陈景润证明“哥德巴赫猜想”。一句话，它不是一个、几个或者几十个科学家躲在实验室里就能搞出来的，而必须依靠国家数以千计的科研单位和数以百万计的航天人联手打造！以美国登月计划为例，参加登月工程实施的科学家、工程师达四万三千人，直接工作人员达四十二万人。参加研制“阿波罗”飞船的公司达两万家，大学一百二十所，科技人员四百万。此外，为实现登月计划，美国还专门培养了博士生和研究生十七万人。而在中国，直接承担工程任务的部门就有航天科技集团总公司、中国科学院、信息产业部、解放军总装备部、航天机电集团、国家海洋局以及解放军总参、空军等一百一十多个单位和部门；承担工程研制协作配套、技术改造和基本建设任务的，有分布在北京、上海、天津、江苏、陕西、甘肃、四川、内蒙古等省（市）、自治区的三千多个单位，分别涉及航空、机械、石油和化工、冶金、纺织、建材、有色金属、船舶、核工业等领域；全国的相关单位有数百个学科、数千个专业承担了技术攻关任务；承担技术攻关任务的专家学者和工程技术人员，全国有上百万！此外，直接或间接参与载人航天工程的，还有军内外几万个相关行业、部门以及数以百万计的工人、士兵。

由此可见，中国的载人航天，从中央到地方，从军内到军外，从首都北京到偏远小镇，从中科院到各研究所，从各个基地到各大院校，从专家到技工，从教授到学生，从将军到士兵，遍布长城内外，涉及大江南北，绝对是个名副其实的国家大工程！

第四，中国载人航天工程是个绝密工程。

可以说，全世界任何一个国家搞航天，没有一个是敲锣打鼓搞的。搞航天的人必须耐得住寂寞。如果喜欢热闹，最好趁早离开这个行当。中国航天工程从上个世纪50年代起，就特别强调两个字：保密！保密是那个年代最大的特色。而中国航天人最大的特点，就是寂寞孤独，默默无闻，踏踏实实地做事，不声不响地干活。正如一首歌里唱的那样，什么也不说，祖国知道我。这是中国航天人的风格，也是中国航天人的品德。由于保密的原因，中国航天人过去没有专著，没有论文，没有知识产权，没有个人专利，即便搞出了火箭、卫星，甚至搞出了氢弹、原子弹，也永远属于自己的祖国——属于祖国的绝对机密！而其他行业，可以一招鲜吃遍天，可以一夜成名红遍全国，可以一次成功一劳永逸！但航天人不行，他们的工作性质就决定了他们终生只能默默无闻。尤其是从上个世纪50年代到70年代，即便面对几十年厮守在身边的亲人，他们也不能有半点吐露。他们甚至有话不能说，有苦不能言；成功了不能笑，失败了不能哭；纵然一声巨响威震天下，满腔的喜悦和一肚子的苦水也只能埋在心底，不能对外说出哪怕一个字！一切都在默默中摸索，一切都在默默中进行，一切都在默默中承受，一切都在默默中耗尽。因此，航天人的人生是与热闹喧嚣无缘的人生，航天人的人生是与鲜花掌声无缘的人生。当无名勇士，是航天人的天职；做无名英雄，是航天人的宿命。保密，已经融入航天人的生命，甚至成了航天人的代名词。航天人留给世界和历史的，只有八个字：埋头苦干，默默无闻。航天人一生唯一的荣誉，便是国家荣誉。如果把国家荣誉比做一座耀眼的金字塔，塔底便是全体中国航天人付出的沉重代价！

从苏联的航天历史来看，保密也是一大特点。苏联尽管发射载人飞船的数量为世界之最，但在上个世纪50年代前，外界对其航天工程却知之甚少，尤其是在六七十年代，许多载人航天计划都是在绝密中执行的。如，苏联在发射第一艘“东方号”宇宙飞船之前，曾经发射过五艘无人飞船，别说中国人不知道，就连神通广大的美国人也不知道。几十年来苏联之所以在载人航天方面夺得那么多个“第一”，总是领跑于世人，究其原因，严格保密、只干不说，不能不说是个秘诀。难怪中国载人航天工程启动时，江泽民强调说，要关起门来悄悄地干！

不过，因为保密，也带来一个问题，即在严格保密的情况下做事情很不方便，甚至非常困难！就像一个人，白天在长安街公开跑步，和夜晚在小路上悄悄爬山，完全是两种感觉、两码事。何况飞天之路还是一条曲折蜿蜒、复杂而漫长的羊肠小道！当年的淮海战役之所以取得胜利，最根本的依靠是民心，是民众的支援。今天搞载人航天，实际上也是在打一场高科技的大战役。但此战役非彼战役。由于保密，绝大多数中国人都不知道中国在搞载人航天，所以既不知道意义何在，也就不可能给予支援。而在航天系统内部，一部分面临各种生存困境的基层员工，听说要搞载人航天，还有一肚子的意见。假如当年搞载人航天能像后来发射“神舟六号”“神舟七号”飞船一样公开透明，那毫无疑问，中国航天人将会拥有很大的心理优势，同时也能获得民众更大的支持。因此从这个角度说，1992 年中国启动载人航天时，由于保密这一原因，事实上不可能做到万众一心众志成城，一声令下千呼百应。这是历史的局限，也是历史的宿命。

第五，中国载人航天工程是个政治决策工程。

时任国务院总理的李鹏说过，载人航天的决策是政治决策。讲政治是中国的一大特点，也是一个传统。虽然政治高于一切压倒一切的时代已经过去，但凡事“讲政治”已然成为中国的一种社会风气，或者说已然成为中国人民的一种习惯。自新中国成立以来，所有的重大科技工程、科技项目，都是在政治的统领下实施并搞成的。其好处是，只要中央一声令下，各行各业千军万马，都可以调动起来，相互帮助、相互支撑、相互救援，从而形成上下一杆枪，全国一盘棋！这一点，西方任何一个资本主义国家只能望其项背。这是中国特色、中国国情，也是中国特有的优势。比如当年搞“两弹一星”，政治力量就起到了决定性的作用。否则，结果肯定是痴人说梦。但是，政治与科学的关系并不是简单的1+1的数学关系，政治家与科学家的关系也非一般意义上的领导与被领导的关系。二者唯有珠联璧合，真诚联手，方能成就大业。若像“文化大革命”那样，极“左”政治一旦束缚了科学家们的手脚特别是大脑，其压力是不可想象的，甚至是致命的。因此从这个角度说，面对载人航天这样的国家工程、政治工程，中国航天人心头的压力肯定会比一般工程大得多。

总而言之，1992年载人航天工程启动之际，中国航天人面临的困难和背负的压力是史无前例的。既没资本可言，又无经验可谈；既无先进的试验设备，还缺乏足够的研制经费；加之中国人飞天又是第一次，各方面条件和世界航天大国相比相差甚远。其结果到底是成功还是失败，谁也无法作出准确的预测。就像一枚硬币，天生具有两面，一旦抛向空中，只有最后落在了地上，才知道面向天空的究竟是哪面。

然而，在1992年那个小雪纷飞、寒气逼人的冬季，中国航天人顶着各方面的巨大压力，还是上路了。而且，载人航天工程指挥部向中央立下军令状：争取1998年、确保1999年发射中国第一艘无人试验飞船，2000年左右把中国航天员送上天！

军令状能兑现吗？

第十四章
大总师王永志

一个时代需要大师。一个民族需要大师。一个行业也需要大师。

中国航天过去数十年如果没有一批杰出之士，是不可想象的，也是不可能有今天的。而今天的中国人要想飞天，倘若没有一批大师级的科学家，同样也是绝无可能的！

载人航天工程获得批准后，谁来担当载人航天工程的“大总师”，是当时中国航天人关注的一个敏感问题，也是国防科工委、航天部以及中央反复考虑的一个问题。

所谓“大总师”，就是载人航天工程的总设计师，或者说，就是七大系统之上的总设计师。显然，“大总师”这个角色不是谁都可以胜任的，也不是简单下个行政命令任命一下就算完事的。这个人应该是一位卓尔不群的具有大智慧的大专家、大手笔！

据载人航天工程副总指挥刘纪原说，载人航天工程的大总师最初有四位人选，他们是任新民、王永志、戚发轫、钱振业。

这四位专家都是我的忘年交，有的与我相识五六年，有的与我相识十来年，有的甚至与我相识了二十年！因此，根据我多年的接触，我个人的观点是，这四位专家各有千秋，各有优势，也各有短缺。

任新民，时年七十七岁，年纪最大，资历最老，德高望重，既是中国科学院院士、国际宇航科学院院士，又是中国航天界的“四大元老”之一，无论是组织能力、号召力还是技术水平以及工程经验方面都足以胜任。缺憾是年纪过大。

王永志，时年五十九岁，年富力强，知识面广，组织能力强，既有技术水平和工程经验，又有号召力和亲和力，从上个世纪50年代起就搞运载火箭，近十多年来又一直参与国际商业发射市场的竞争，是中国顶呱呱的火箭专家。缺憾是对卫星系统相对不熟。

戚发轫，时年五十九岁，经验丰富，头脑清醒，业务能力、组织能力、号召力和亲和力都很强，并且几十年一直搞卫星，而卫星与飞船在技术上有不少相通之处，因此搞飞船比别的专家有着得天独厚的优势。缺憾是对火箭系统相对不熟。

钱振业，时年五十八岁，一直搞运载火箭，近十年专门跟踪研究载人航天，并参与了中国载人航天最初总体方案的设想，对飞船系统比较熟悉，而且有才华，有胆魄。缺憾是性子直率，脾气倔强，个性太强，不擅长处理某些人际关系。

从理论上说，上述四位专家谁当大总师都可以。

问题是，综合考虑，谁更合适？

经过一段时间的酝酿和考察，决策者们把目光聚焦在了王永志的身上。

采访王永志是一种享受。

在未见王永志之前，我就听说，年轻时的王永志很喜欢古希腊哲学家亚里士多德的一句名言："我爱吾师柏拉图，但我更爱真理。"

我第一次采访王永志，是1999年的夏天。因载人航天工程当时尚处于高度保密之中，所以有关载人航天的事只能在秘密中交谈，不像后来满世界都可以说，故地点选在了王永志刚刚住进去的新家。那时王永志身体很好，给我的第一个印象是：抽烟厉害！那天我们谈话是在他家的书房里，由于天气闷热，又关着门，开着空调，屋里空气非常不好。可王永志一讲话就要抽烟，而且是大口大口地抽，一支接一支，好像满肚子的话必须要靠香烟才能刺激出来。为了不影响他谈话的情绪，我尽管很难受，也只好忍着。但很快，在他侃侃而谈的精彩讲述中，我完全被感染了，不知不觉便忘记了烟味的刺激。所以王永志给我的第二个印象是：口才极好。他的讲话是典型的科学家式的讲话，条理清晰，逻辑严谨，有理有据，句句真诚。而且，他谈吐优雅，善于表达，话音里似乎带有某种磁性，让你隐隐感到他身上仿佛有一种神奇的力量，牵引着他，也牵引着你，走向一个人迹罕至、众所不知的神秘世界。

我第二次采访王永志，是在 2003 年的夏天——又是一个炎热的夏天。本来，时值“非典”期间，像王永志这种级别的科学家是不许外人接触的，但因为我们之间的特殊关系，他还是同意接受我的采访，采访地点仍然选在了他的家中。也许是王永志在苏联留过学的缘故，谈话前，他先泡了一杯咖啡。他说，他一直喜欢喝咖啡，几十年来已经习惯了。王永志这次最大的变化，是已经彻底戒烟，再就是明显瘦了。王永志一米七五的个儿，在苏联留学时，就有“中国帅哥”之称。他年轻时就爱好体育，是学校有名的篮球前锋，几十年来身体一直很棒。如今虽已年近古稀，却依然风度翩翩，气宇非凡。所以王永志给我的第三个印象是大气、帅气，还有几分洋气。但自王永志出任大总师后，由于压力太大，工作太累，身体每况愈下，前不久竟累得住进了医院。这不，刚刚出院没几天，几十年来一直是七十五公斤左右的体重，只剩下六十三公斤了！不过，一谈起载人航天，王永志立即精神焕发。他说，我一生有三大愿望：第一个愿望，就是让自己设计的火箭可以发射到世界任何一个需要的角落；第二个愿望，就是把国内外的卫星送入太空中任何一条需要的轨道；第三个愿望，就是把中国人送上太空！

其实，王永志还有一个爱好，就是养花。王永志在中学时就立下志向，将来当个生物学家，搞农作物改良。所以，他对花草很有兴趣，平常唯一的业余爱好就是养花。他家的阳台上养了很多花，都是他亲手培育的。他生病期间最不放心的，除了飞船，就是他的花了。他几十年来从未住过医院，这次住院后，他不得不离开了他心爱的花，于是他把照料花的重任交给了老伴王丹阳。老伴不辱使命，每天伺候他的花，就像伺候他们的孩子。在我们谈话的间隙，王永志还特意把我领到阳台，看他养的各种各样的花，同时听他介绍各种花的习性、特点、好处，以及他的养花之道。这时的王永志完全没了大总师的气派，而好像还原成了一个天真的孩子，那份得意、那份欣喜、那份成就感，绝不亚于他向外国朋友介绍中国的火箭和飞船！

一个痴迷于探究宇宙秘密的科学家，为什么喜欢养花？

王永志说，我是农家子弟出身，从小就在地里摸爬滚打，最喜欢的就是花草树木和那满地一片嫩绿的庄稼！要是退休后能回老家买一块地，自己去种，种各种各样的花、各种各样的草，那该多好！

一位著名的航天专家，爱花、爱草爱到如此地步，心地该是何等的至善至美啊！

在中国，有一个值得注意的现象，即不少杰出人物都出身于农民家庭，且都有一个相同的特点：早年家境贫寒。所谓苦难造就人才，这似乎成了中国社会人才成长的一个规律。

王永志也不例外。

王永志1932年出生于辽宁昌图县一个贫穷的乡村家庭，父亲是个地道的农民。这位农民父亲一辈子的最高生存需求和中国其他农民一样，就是“二亩地，一头牛，老婆孩子热炕头”。而这位农民父亲一生中攀登的最高点，就是借助自家的梯子爬上墙头，看到了好大一片自己亲手种下的大豆和高粱。然而这位农民父亲直至临终前也没想到，儿子后来居然当上了中国载人航天工程的总设计师，并成了一名文职将军！

儿时的王永志是个苦孩子，从小下地干活，家中排行老四，小名德宝。七岁那年春节，父亲买了一堆旧报纸回来，让王永志把它糊在墙上。王永志拿起一把小刷子，站在板凳上，第一次看见报纸上的汉字，却一个也不认识。那天雪下得很大，王永志对着窗户哈出一口热气，便看到雪花像一只只银色的蝴蝶在窗外飞来舞去，还有十几个背着书包的孩子正在雪地里欢天喜地打着雪仗。他知道，这是有钱人家的孩子，他们和自己最大的区别，就是每天早上能背着书包上学。于是他想，要是有一天能和他们一样背着书包上学念书，该有多好啊！

大哥见王永志望着窗外的孩子发呆，便问了一句，是不是想上学了？王永志点了点头。大哥说，没关系，我去跟爹说说，让你上学。

当晚，大哥走进爹的房间，说，爹，弟弟想上学，就让他去吧！爹愣了一下，不说话。大哥又说，爹，俗话说养子不读书，不如喂头猪。我看还是让德宝弟弟上学念书吧。爹把头偏向一边，仍然不说话。

正月十六这天，是小学新生报名的日子。大哥将王永志带到学校一位老师面前，说，先生，我这个弟弟哭着闹着要念书，可我爹不同意，我就偷偷带他报名来了。请您行行好，收下他吧。

老师说，想念书？想念书好哇，想念书的孩子一定是个好孩子，姓什么？大哥说，姓王，属“永”字辈的。老师问，叫什么名字？大哥说，还没名字呢，老师，您就给取一个吧！

老师推了推眼镜，瞄了王永志一眼，说，中国有句成语，叫有志者事竟成。我看这孩子挺有志气的，就叫王永志吧！

此后，王永志就叫了王永志。

1950 年，王永志去沈阳念高中，他的生物老师王致谦很有学问，课讲得特别好，对他很有吸引力，于是农家出身的王永志便有了最初的愿望：将来当个生物学家，为家乡的农业生产服务。不料朝鲜战争很快爆发了。

王永志说，朝鲜战争爆发后，美国飞机侵犯辽东，老投炸弹，老搞空袭，沈阳城里一天不知要响起多少遍空袭警报，学校根本无法上课。过了一段时间，沈阳机场出现了苏联的“米格-15”飞机，超音速，飞机过去了半天才听到响声。每次，敌机一来，发出空袭警报，苏联的“米格”飞机就升空迎战，美国的飞机很快便向东南方向逃去。那飞机太吸引人了，给人撑腰壮胆，很争气！我就想搞国防，想搞飞机设计。我感到没有国防国家就永无宁日，连念书都觉得受窝囊气！

显然，当时驾着飞机在天上扔炸弹的美国飞行员做梦也不会想到，正是他们扔下的这些炸弹，为中国“炸”出了一批著名的航天大专家。这批大专家除王永志外，还有同为东北老乡的孙家栋、胡世祥、戚发轫等。

1952 年，王永志如愿考入清华大学航空系飞机设计专业。1955 年，他又到苏联莫斯科航空学院学飞机设计。从北京到莫斯科，路程一万多公里，列车走了七天八夜。留苏学生中，不少都是高干子弟，如刘少奇的儿子，方志敏的儿子，叶挺的儿子，还有出身于资产阶级家庭的一些孩子，而王永志则是一个农民的儿子。但不久他就被选为莫斯科航空学院中国留学生的学生会主席。1957 年秋，聂荣臻带领中国代表团去苏联谈判。10 月 15 日，中苏正式签订协议。当日，王永志接到中国驻苏联大使馆的通知，让他和其他几所学校的学生干部马上到大使馆，有重要领导要接见。

王永志说，那天去了大使馆后，我才知道接见我们的重要领导就是陈赓大将和刘杰。他们见了我们后很亲切，给我们布置任务，说苏联答应为中国培养原子能、导弹专业的留学生，从现在起你们中部分同学就要改行学火箭、导弹了。我从大使馆回来后，大使馆留学生管理处很快做了具体安排，让我等八人从飞机设计专业转为导弹专业。我当时对飞机专业很感兴趣，对导弹却不了解，就问一位苏联同学，到底学飞机设计好还是学导弹专业好？由于 1956 年苏联的洲际导弹就发射成功了，所以苏联同学对导弹的性能和威力都非常熟悉，就告诉我说，当然学导弹好，导弹可比飞机厉害多了，想打到哪儿就打到哪儿，世界上任何一个角落都能打到。我们想学导弹还不要我们学呢，你真幸运！这样，我就从学飞机设计专业改成学导弹专业。但由于导弹专业是一个非常敏感的专业，尽管中苏之间当时还是“同志加兄弟”，可在保密要求上依然十分严格。我们每次上课都是空着手去，空着手回。进了教室再发笔记本，下课时由班长统一收回笔记本，等下次上课时再发给你，一律不准带回宿舍。如果你想去复习，就先到保密科，拿学生证登记，借出你的笔记本，看了后再还回去，绝对不许带出保密科半步。所以为了能记住一些东西，我被迫强化自己的记忆，该记住的东西就死死把它记在脑子里。后来同事们都说我的记忆力特好，也许就是那个时候给锻炼出来的。1960 年，我回国在火箭研究院实习，正赶上中苏关系破裂，苏联专家撤走。五年制的同学正好毕业，就不用回苏联了，可我是六年制的，还有一年才毕业，却回不去了。这时，我的女朋友毕业了。我想中苏关系闹成这样，反正我也回不去了，那就结婚吧！我俩就结婚了。没想到刚结婚四天，周总理就在人民大会堂召见我们，说中苏关系虽然破裂了，但一些重要专业不能断。但每个系只能派一人。我们系最后定了我一个人。临走前，有关人士跟我谈话说，你这次重新返回苏联学习，主要任务就是学习洲际导弹的设计。这是中国将来国防事业的需要。不管情况有多复杂，条件有多么不利，一定要把这个技术学回来。这样我就又回到苏联学了一年。

王永志在苏联学习导弹设计的导师，就是大名鼎鼎的苏联“火箭之父”科罗廖夫的第一副手和接班人、苏联著名的火箭设计师米申院士。米申院士对中国非常友好，对王永志也非常疼爱。尽管当时这个专业的中国应届毕业生只有王永志一个，可他主动向莫斯科航空学院领导提出，要亲自指导王永志的毕业设计，于是王永志有幸留在了米申院士的身边，埋头学习洲际导弹设计。后来王永志的毕业论文做的就是《洲际导弹设计》，并得到了最高分数——五分！

王永志说，米申见我这位中国留学生很勤奋，又聪明，而且很有志向，心里非常喜欢我。但毕竟当时中苏间的关系很微妙，苏联的学习环境对我很是不利，米申教授便常常安慰我，鼓励我，说，政治问题是国家领导人的事，我们是搞科学的，不用管那些，你只管把导弹学好就是了。于是，我无论遇到什么问题都问他，而且问他什么他就讲解什么，一点也不保守。离开苏联前夕，我问他火箭用什么做推进剂，他就告诉了我。此外，根据当时聂荣臻元帅“回国不要带电视机等电器，多带专业书籍和资料”的指示，我还从苏联带了不少参考资料回国。1961 年回国后，我被分在了中国火箭技术研究院，从事火箭的设计工作。上班第一天，领导就向我下命令说，王永志，你先不要上班了，你的第一件事，就是赶快把毕业论文的梗概回忆出来，以填补档案里的空白！于是我不分白天黑夜，把自己关在屋子里，一边整理笔记，一边回忆要点。这些东西后来对我搞火箭设计有很大的帮助。

为了实现人生的第一个愿望，王永志拼命工作。但“文化大革命”开始后，王永志和中国大多数知识分子的命运一样，日子变得很不好过了。1974 年“批林批孔”运动开始后，由于此前洲际火箭第二次发射时失败，有人便借题发挥，说洲际火箭之所以发射失败，就是因为王永志没有把关键技术交代给其他副手，与上海争抢“振动塔”。于是有人把报告打到中央，说王永志是知情不报，蓄意破坏洲际火箭的研制！报告送到王洪文那里，王洪文一看，破坏国家战略火箭，这还了得，大笔一挥，当即批示：“严加查处!”1974 年 3 月 8 日，王洪文针对王永志的问题，还批评七机部太右，办事不力。于是 3 月 21 日，在王洪文的授意下，王永志在北京被隔离审查，关押在火箭技术研究院八十九栋二单元一间狭小阴暗的小屋里。

而王永志的夫人王丹阳也因此被停职，不准再从事情报研究工作。而他们的两个孩子，也在这时患了肾炎。王丹阳只好每天凌晨 4 点多钟就去医院排队挂号，给两个孩子看病，晚上再为孩子熬中药，等熬完中药，已是深夜。关押期间的王永志，内心的痛苦可想而知。但即便如此，王永志依然无法割舍自己最爱的火箭事业。造反派不让他看科技书，他便看《史记》等历史书籍；造反派没收了他有关火箭的所有资料，他便坚持每天晚上躺在床上回忆各种程序、公式和数据，把脑子当稿纸，反复推敲各种火箭设计方案和技术难题，留苏时锻炼出来的记忆力这时完全派上了用场。他夫人王丹阳说，王永志的记忆力极好，他被关押期间我们向他核对数据时，小数点以后的几位数他都记得非常准确。

正是靠着惊人的记忆力，他在被关押期间硬是偷偷坚持写完了《“331”工程概论》一书。

1975 年，被关押了五百天的王永志因查无实据，终于被放了出来，但仍给他留了个“有政治错误”的尾巴。于是单位不能使用，更不能重用，他被下放到火箭技术研究院铁路专用线当了一名搬运工。同步通信卫星工程上马后，“长征三号”火箭总师谢光选想起了王永志，顶住压力，给王永志分配了一个任务：搜集、整理、分析国外资料，编写一本有关同步通信卫星发射方面的书。当搬运工的王永志这才回到家中，开始与夫人王丹阳一起编写《同步通信卫星的发射》一书。

1976 年盛夏，唐山大地震，火箭技术研究院的人都住进了防震棚。但防震棚太乱太吵，很难正常工作。为了尽快赶出书稿，没有震情时，王永志和夫人就回到六楼家中写稿。一有震情，两人再带着孩子、提着装满书稿和草图的小箱子，从六楼跑到防震棚。一天晚上，震情预报后，一执勤人员见六楼一间屋子仍亮着灯光，急忙冲到楼上，敲开房门一看，王永志夫妇满头是汗，正伏案写作呢！后来《同步通信卫星的发射》一书出版后，受到业内人士的高度好评，为中国通信卫星工程奠定了很好的基础。

1977 年，中央工作组直接进驻航天部，终于搞清了王永志的问题，并为王永志平了反。不久，王永志被提升为总体设计部第一副主任。为了让中国的火箭立足于世界之林，王永志一上任便搞起了他的老本行——火箭设计。此后，他设计出了一系列的火箭，从而实现了他人生的第一个愿望。

1986 年 12 月，王永志出任火箭技术研究院院长，他率领着他的团队，向银行贷款四点五个亿，大刀阔斧地搞起了大推力“长二捆”火箭，并让“长二捆”火箭走出国门，参与国际商业发射市场的竞争，多次成功地将美国制造的卫星送入太空，为后来搞载人航天奠定了基础，从而实现了他人生的第二个愿望。

一位苏联专家曾经说过：“搞火箭的人，不是得心脏病，就是得精神分裂症。”作为一直搞火箭导弹的总设计师，王永志承受的压力常人根本无法理解。也许正因为几十年来他总是提心吊胆，所以他的心脏也难以保持正常。然而，为了实现他人生的第三个愿望，他又将心血全部倾注在了对中国载人航天的探索与论证上。

也许国防科工委和航天部的领导们看中的正是王永志这种博大的胸怀、超人的胆识和过人的才干，经过综合考评，打算将大总师这一重担搁在他的肩上。

但据说为慎重起见，1992 年的一天，有关领导还是专门来到钱学森家，就谁当大总师一事征求钱学森的意见。

钱学森第一次接触王永志是在上个世纪 50 年代末，而真正“认识”王永志则是在 1964 年。

1964 年夏天，中国在酒泉基地发射“东风二号”导弹。那天戈壁滩天气炎热，气温高达四十多摄氏度，导弹加注燃料后，随着时间的推移，装入导弹的燃料温度越升越高，最后出现了严重的“气化”问题。若不及时补救，将影响导弹的射程，致使导弹无法达到预定目标。

情况一出现，指挥部当即召开紧急会议，专家们谈了不少补救方案，都不合适。火箭总师急了，现场总指挥、军委副总参谋长张爱萍也急了，于是指挥部再次召开扩大会议。当时还只是个小小中尉的王永志也被“扩大”进了会场。不过在众多大专家面前，他还是个小字辈，只有听的份儿。但是，当他听到不少专家都在说，要再补充燃料以加大火箭的推力，提高火箭的射程时，他再也坐不住了，突然站起来说道，不能加燃料！我认为应该泄出一些燃料，才能增加射程。

王永志话一出口，语惊四座。有人哑然失笑，有人莫名其妙。大家看着这个“毛头小伙”，有些陌生，也有点吃惊。王永志继续说道，我计算了一下，我们只要泄出六百公斤燃料，就可达到火箭的射程。有人当即反驳说，你是在开玩笑吧？谁都知道，只有增加燃料才能增强推力，就像一辆汽车，汽油加得越多才会跑得越快越远，如果减少油量，汽车怎么跑得远？再好比说，只有一加一等于二，哪有二减一等于三的道理？如果再减少六百公斤燃料，导弹的射程岂不更短了吗？结果，不少人反对，总师也未同意。

但王永志认为自己的思路是对的，计算结果也是可靠的，既然专家们不接受自己的建议，干脆去找大专家钱学森，直接陈述自己的意见。于是当天晚上，王永志敲开了钱学森的房门，将自己的补救方案大胆地向钱老作了详细的阐述。钱学森听后说，有道理，我看行！接着便在第二天的会上力排众议，对王永志大胆的逆向思维给予了肯定，对王永志减少燃料的方案表示赞同，并决定采纳王永志的建议。但总师是个对工作极端负责的人，对这个方案还是有些担心，迟迟不肯在发射书上签字。总师不签字，就不能发射，这是当年聂荣臻元帅在发射场定下的规矩。张爱萍只好出来说话了。他说，我看还是打吧，如果成功了，算你们的；失败了，算在我的头上，我向中央作检查！总师这才签下了自己的大名。

最后发射圆满成功。王永志这个名字也因此留在了钱学森的脑海里。

钱学森第二次“认识”王永志，是七年后的1971年。

1971年9月10日，中国在酒泉基地发射第一枚洲际运载火箭。火箭开始加注时，气象部门却突然预报说，一股强冷空气正在东移，在未来三天时间里，发射场上空将会低云密布。于是指挥部下令立即停止加注，召开临时会议，紧急商议对策。为此，时任试验队发射现场技术负责人的王永志心急如焚。

本来，这枚洲际火箭早在1965年中央专委就定了要搞，一直拖到1969年3月中苏珍宝岛事件发生后才加速进行。洲际火箭总装完成后，要进行全箭试车，但唯一的一个试车台上海方面已经占用。所有研制人员心急如焚，又无计可施。在此情况下，王永志提出了一个方案：不试全箭，只对火箭的第二级进行试验。这无疑是一个大胆而又冒险的方案，如果可行的话，就无须使用试车台，只在郊区一个试验站就能进行。王永志的这一方案一经抛出，顿时激起千层浪，招来一片反对声。可这一方案却得到钱学森的支持。结果，不仅二级火箭试车成功，还把时间提前了整整十一个月。

然而，由于这枚火箭的背后，有着太复杂的政治背景；加上火箭到达发射场后，问题不断，又用了一百天时间，才通过技术阵地的测试。然而就在火箭准备转运发射阵地时，北京国防科委的一位领导却传出话来，说这枚火箭测试的次数太多了，就像一个人，已经老了，再也经受不住折腾了，我看别发射了，就让它老死在地上吧！但钱学森、屠守锷等众多专家却坚决支持发射这枚火箭，钱学森还明确表示说，宁肯让这枚火箭老死在天上，也不能让它老死在地上！9月8日，周恩来在人民大会堂听取了几位专家的汇报，当即拍板，同意发射！

可没想到，现在箭在弦上，发射在即，气象又出现问题！

经过冷静分析，王永志认为，虽然低层云团会给发射带来影响，甚至有一定的潜在风险，但并非决定因素，依然可以发射。因为这枚火箭的主要仪器已经到了寿限，如果推迟发射，就要泄出燃料，重新加注一次，而导弹以及相关的设备仪器又得重新检测折腾一次，风险反而更大。

因此，他力主按时发射！

最后，指挥部同意了他的意见。

结果，中国第一枚洲际火箭发射成功，震惊世界。几年后，在航天部的一次会议上，当讨论到谁当新一代战略火箭的总设计师时，钱学森说："我建议第二代战略火箭由第二代人挂帅，这个新型号由王永志担任总师。"于是，1978 年，王永志出任新一代战略火箭的总设计师，成为中国第二代火箭的领军人物。

因此，当有关领导就载人航天工程的总师问题征求钱学森的意见时，钱学森很坦诚地说了自己的看法，大意是：王永志这人有许多过人之处，他的思维常常与众不同，很有自己的见解，年轻时就崭露头角，我看由他当总师比较合适。

1992 年 11 月 15 日，中央专委发文，正式任命王永志为中国载人航天工程总设计师。两年后，又经中央军委主席江泽民亲自批准，王永志从航天部紧急调入国防科工委。

于是六十一岁的王永志第二次穿上军装，一夜间成了一名文职将军。

在 1949 年之后的中国历史上，在特殊情况下直接穿上军装的科学家有两位，一位是留学美国的钱学森，一位就是留学苏联的王永志。1957 年，钱学森随中国代表团去苏联，为提高中国专家的身份，经周恩来特批，直接授予钱学森中将军衔。而为了中国人上天，王永志由原火箭研究院院长晋升为载人航天工程总设计师，也从一位穿便衣的专家，变为一名文职将军。因此，如果说钱学森是新中国第一代科学家成功者的典范，王永志则是新中国第二代科学家成功者的代表。

当然，载人航天工程是一个大系统的概念，既包括载人飞船，也包括航天飞机，还包括空间站。它是一个庞大的国家工程，而非某项科学试验。作为这样一个工程的大总师，光有伟大的科学思想不行，还必须具备工程的实践经验。因此，中央任命曾经当过中国火箭研究院院长、统领过数万科技大军的王永志出任载人航天工程的大总师，虽不能说非他莫属，但从他的资历、素质、水平和工程实践经验来看，应该是当之无愧的。当年美国启动“曼哈顿工程”（即原子弹工程）时，罗斯福总统之所以没有起用率先给他写信提议美国搞原子弹的大科学家爱因斯坦担当“曼哈顿工程”的总设计师，而选用了工程大专家奥本海默出任“曼哈顿工程”的总设计师兼总指挥，其原因就在于，爱因斯坦只是一个拥有伟大科学思想的大科学家，而不是一个工程大专家。

然而，在1992年那个冷风萧萧的秋季，刚刚走马上任的王永志日子并不好过。他不仅深感压力重重，而且还多少有些紧张与不安。尽管中国当时已经掌握了大推力火箭和返回式卫星技术，但就载人航天而言，严酷的现实与紧迫的时间并没有给他以按部就班的从容和傲视群雄的自信。要在国内设计和制造水平相对落后的条件下，几乎一切从零起步，造出一艘能够跨越国际四十年发展历程的飞船，他深感困惑与茫然。因为载人航天工程是天字号的国家工程，庞大复杂，盘根错节，上上下下千头万绪，各种问题如一座座山头般横陈在他面前。比如，工程总体技术方案如何设计？飞船怎么造？火箭如何搞？航天员怎么弄？发射场如何定点？测控怎么布局？飞船如何回收？航天员的安全怎么保证？七大系统如何分配？上百个技术方案如何实施？数千个单位怎样协调？几十万人马怎样调动？如此等等。

王永志说，载人航天工程是我一生中遇到的最大的挑战。出任总师后，我的压力很大，脑子里一直在思考一个问题，就是我怎么样才能在人家的飞船上天几十年之后，做出一个飞船来还能振奋人心？1992年刚开始论证时，我们预计经过十年的努力，到2002年就可以把中国宇航员送上天。但问题是到了2002年，苏联人已经上天四十一年了，美国人也上天四十年了，如果我们再搞一艘和苏联四十年前水平差不多的飞船，就不能起到显示国力、鼓舞人民的作用，也激发不起民族的自豪感。所以我一直在想，在人家的飞船上天四十多年之后，中国怎么样有所创新，怎么样做一艘比苏联好的飞船来振奋人心，而不能让人家说，瞧，这不是苏联的“联盟号”吗？人家早上天几十年了，你怎么现在还搞这么个玩意儿呀？当时有领导也对我说，老王，你可别做一个和别人一样的飞船方案啊，到时《人民日报》一登，别人一看，这不就是苏联的“联盟号”吗？那可就完啦！听了这话，作为一个搞顶层设计的总设计师，我深感责任很大，压力也很大。

于是，飞船成为中国载人航天工程的龙头。

第十五章

谁来搞飞船，飞船怎么搞?

按照中央的决策，中国载人航天先从飞船搞起。

从飞船搞起，首先遇到的问题是：谁来搞?

在载人航天工程七大系统中，应该说飞船是最难啃的一块骨头。但偏偏这块最难啃的骨头大家却都要抢着“啃”、争着干。

这是为什么呢?

毫无疑问，无论哪个单位搞飞船，都是为国家争光，为民族作贡献，都是为了实现中华民族千年的飞天梦。即使国家不给一分钱奖金，也照样会干。但实事求是地说，还有一个大家心知肚明而又不便说出的原因，那就是，谁搞飞船谁就能在经济上获得一定的实惠。

这是一个无须回避的问题。中国从计划经济转向社会主义市场经济后，国家不再向航天系统的民品项目拨专款，使得过去几十年来一直吃惯了“皇粮”、捧惯了“铁饭碗”的中国航天人如同突然断了奶的孩子，一时手忙脚乱，不知所措。等清醒过来后，才恍然明白，从此只能忘掉“皇粮”，自己“找米下锅”，自己想法挣钱，自己靠自己的本事养活自己！于是，积极争取国家的科研项目，就变得不再像过去那么单纯，那么容易，那么简单。

我们知道，过去中国的科研单位或者科学家们搞科研项目，要么纯粹是为国家作贡献，要么是为完成一项政治任务，本单位几乎从不考虑小集团的利益，科学家们更不考虑个人的得失。一件事情干成了，国家光荣，集体光荣，个人也跟着光荣。哪怕是你造了一颗原子弹，顶多一张奖状、一张喜报，大不了再在胸前挂上一枚闪闪发光的勋章，既不晋升一级职务，更不发放一分钱奖金。总之，绝不会和“钱”这个字沾边！

然而，今天不是昨天，过去不是现在。

现在是什么？现在是社会主义市场经济。接触了市场经济，中国航天人才开始懂得“项目＝经费”这个公式的确切含义。即是说，一个科研项目，除了政治，除了奖状、喜报、勋章，还有美金、港元、人民币！只有争取到了项目，才能获得国家的经费。只有获得了经费，才能给单位和个人带来或多或少的实惠——除了开展新的研究课题之外，还可以发点奖金、加班费，或者盖点房子、添置点设备。一句话，有了经费，才能提升专家和科技工作者的待遇，改善工作和生活条件，让日子过得实在一些、体面一些，同时也让大家的干劲再大一些。比如像飞船这样的大项目，谁能争取到手，既可为国家争光，又能为单位获利，一举两得，两全其美，何乐而不为呢？

因此，在中央尚未批准飞船方案前，好几个单位都暗中盯住了飞船！为了确保飞船工程落入自家手中，除正常渠道外，有的单位能找熟人的找熟人，能找门路的找门路。有的单位还私下找航天部领导，想通过“老首长”的关系，说说人情，走走“后门”。总之，几家单位绞尽脑汁，暗中较劲，各显神通，据理力争，都想来“啃”飞船这块“硬骨头”！

这一来，某些不太好摆到桌面上的东西，便多多少少开始影响到科研项目的分配了。领导们在进行项目分配时，很难像过去一样，仅靠简单的行政命令解决问题，而是既要实事求是，考虑国家大事，也要或多或少顾及单位利益，不然有些事情就难以“摆平”，影响工作积极性。因为看起来是项目分配问题，实际上隐含着经费分配问题。而经费的分配在市场经济体制下的科研项目的运作中，又是个如同大脑神经般敏感的问题，也是过去搞“两弹一星”从来没有遇到过的新问题。

于是，为了对国家负责，对人民负责，航空航天部正式下文，以招标的形式公平竞争，挑选一个搞飞船的最佳单位。

在诸多竞争单位中，最具竞争实力的有三个：一是中国火箭技术研究院，二是中国空间技术研究院，三是上海航天技术研究院。为了能将飞船竞争到手，三个单位都拼尽全力，作了精心准备。中国火箭技术研究院搞出了两个方案，因方案的封皮是黄色的，便自称“黄皮书”。中国空间技术研究院搞出了三个方案，因方案的封皮是绿色的，便自称“绿皮书”。上海航天技术研究院搞出了七个方案，因方案的封皮是蓝色的，便自称“蓝皮书”。

为了做到对三个单位的飞船方案心中有数，航空航天部聚集各路专家，在北京专门召开论证会。会议由庄逢甘主持。出席会议的专家有“航天部四老”——任新民、屠守锷、黄纬禄、梁守槃以及白拜尔等数十名航天大专家。会上，三个单位的专家代表面对面地坐在会场。由于大家都想搞，所以吵得很厉害，前一个专家刚一讲完，后一个专家接着就跳到台上。各家代表纷纷抢着发言，唇枪舌剑，六亲不认，谁都不当谦谦君子，而是实事求是，一边“卖瓜”，一边“自夸”——都说自己的方案如何如何好，都讲自己的条件怎么怎么棒。会场气氛非常激烈，就像打擂台一样！

之后，由专家评审团一个一个地提问，三个单位再一个一个地答辩。

李颐黎是中国空间技术研究院的代表之一。他说，其实，对承担飞船工程的竞争早就开始了。大概是在1990年，刘纪原副部长打算以航天部710所为依托，成立一个飞船室，搞飞船的总体研制。但710所搞飞船总体研制有经验的人不多，只有黄祖蔚曾在一院搞过运载火箭。于是，又从一院、五院和上海航天局各调了四个人。我也去了，还把我们五院过去搞的论证材料都拿去了。然后开始搞飞船的总体方案。小头头是黄祖蔚，钱振业具体领导这个组。经过半年的论证，我们大约在1990年的五六月份就把飞船总体方案搞出来了。除了飞船本身，运载火箭、发射场怎么弄，着陆场和测控系统怎么弄，都搞出来了。1990年底航天部还把这个方案报到了中央。后来大家觉得710研究所搞总体有问题，应该依托某个研究院来搞才比较合适。但因为当时好几个单位都想搞飞船，大家就开始争。比如，飞船怎么搞？飞船的总体部到底设在哪儿？是设在一院、五院，还是上海的八院？当时流行招标，航天部领导就决定招标，把招标的红头文件下到了一院、五院和八院。谁搞的飞船方案好，就作为考核的一个重要条件。这样，我们五院就赶紧组织了一个飞船论证组，范剑峰任组长，我任副组长，开始进行论证。为了争取到飞船这个大项目，我们五院的专家憋了很大的劲，加班加点，论证出了三舱方案、两舱方案和硬通道方案。我们知道五院的有利条件不少，于是写了一大堆论证报告，总体的，各个分系统的，还有各种专题的，堆起来恐怕得有一人多高。这些论证报告的封面上半部是深绿，下半部是浅绿，所以我们称它为“绿皮书”。

此次会议开了三天，经专家们反复评审后认为，三个单位的方案都不错，三个单位都具备搞飞船的能力。这让与会的领导和专家们感到非常欣慰。此前，对中国能否独立搞出飞船方案，领导们还多少有些担心，现在看到这些实实在在的方案后，才如释重负。

但问题是，在这三个单位的方案中，哪家的方案最佳呢？这三个单位谁来搞飞船的总体设计更合适呢？

应该说，三家单位各有利弊，各有长短。

中国火箭技术研究院的优势是工程管理能力强，不利因素是其“本职工作”为研制运载火箭，而不是空间飞行器，对载人飞船中的真空、微重力、抗辐射等工程技术并不熟悉。而且，该院还承担着繁重的运载火箭和战略导弹研制任务。若由该院来搞飞船，不仅有可能顾此失彼，还容易打乱航天系统的整体布局，导致各单位研制任务失衡。

中国空间技术研究院的优势是长期从事卫星研制工作，特别是有十余年研制返回式卫星的经验。另外返回式卫星与飞船在理论上异曲同工，有不少技术捷径可寻。不利因素是，该院承担着“东方红三号”“风云二号”和“资源一号”等卫星的研制任务。

上海航天技术研究院的优势则是多年来既研制运载火箭又研制卫星，两个领域都有经验。而且该院地处上海，工业基础雄厚，当下的研制任务也不重，最有条件集中力量来搞飞船。不利因素是，它与基础设施相对集中的北京和中央主管部门相距太远，不便于管理协调。

于是，围绕着谁搞飞船总体的问题，上上下下又是好一场争论。

刘纪原说，中央决定要搞载人航天后，其中一个最大的问题就是分工问题。飞船到底由谁来搞？一时成了一个难题。北京的五院、一院要搞，上海的八院也要搞，大家都想搞，彼此都在想法争，而且争得相当激烈！几个单位各有各的主意，各有各的方案，公说公有理，婆说婆有理，各持己见，互不相让。比如我用什么办法来搞飞船，其技术方案是什么，经费是多少，我这个方案如何先进等等，都写进了自己的报告里。我记得甚至航天部第二天就要在会上宣布由谁搞了，火箭研究院的专家们还不放过最后一次机会，头天晚上专门跑到我的办公室，送来紧急报告，当面向我陈述要搞飞船的理由，摆出他们能搞飞船的种种依据。总之，每个单位都能摆出很多道理，拿出许多依据，证明他这个单位能搞。这让我们当领导的很为难。我们当时确定的分工原则是："确保战略武器的研制，加强应用卫星，合理分工。"

航空航天部总师白拜尔说，谁搞飞船之所以有争议，主要还是来自我们领导层的意见不统一。有的说给五院搞，有的说给一院搞，还有的说给上海搞，一时难以拍板。我的意见是五院搞飞船的总体，上海搞其中一部分，一院集中力量搞运载火箭。但不管谁来搞，我们当时有一个统一的指导思想，就是既要确保战略武器的研制，又不影响实用卫星的开发，还要完成飞船的研制任务。

空间技术研究院院长戚发轫说，当时几个单位都争着要干，我这个当院长的当然也要争了！因为我是实实在在的有实力，要没这个实力，我就放弃了。实事求是地说，我们五院干是最合适的。为什么呢？五院开始成立的时候，就明确是搞卫星、搞飞船的，而且70年代就搞过"曙光号"飞船，后来又搞过返回式卫星，既有人才，又有经验，这是很实际的东西，而这些条件是别的单位没有的。另外，我们还有一套设施，做空间环境模拟的设备，比如大振动台，以及一套完备的检测仪器等。这是"八五"期间搞"东方红三号"卫星时，国家给我们投了一大笔钱建立起来的。使用这套设施，怎么检查、怎么筛选、怎么测试，哪一个厂做合适，我都有一套标准。

经过一番激烈竞争，最后还是中央拍板，航天部下文作了明确分工：

中国空间技术研究院承担飞船的总体设计和总装任务；中国火箭技术研究院承担“长征二号F”运载火箭任务；上海航天技术研究院承担飞船的推进舱和飞船的三个分系统任务。

这样，北京、上海两地三家都有活儿干，都有“饭”吃。

对于这个分配结果，有的专家认为，这有点像一块蛋糕，无论大小，都切上一块，大家匀着吃。

但白拜尔说，这个分配结果从载人航天总体考虑，还是比较客观、公正、合理的。因为北京搞飞船基础好，而上海在搞大发动机方面很有经验，技术要强于北京。南北结合，各自发挥自己的技术优势，有利于载人航天工程的实施。

搞飞船的单位确定后，接下来的问题是：飞船怎么搞?

换句话说，中国到底该搞一艘什么样的飞船?中国飞船究竟跟谁姓?是姓“苏”还是姓“美”?或者干脆姓“中”名“国”，名字就叫“中国”?

这是一个难题，也是一个老问题。

说难，因为飞船国外早就搞过了，苏联的飞船三十五年前就上天了，美国的飞船三十四年前也上天了，甚至美国人二十三年前已经登上月球了。可中国现在才开始起步！既然是起步，就什么都得从头搞起，什么都得从ABC做起，困难、问题、矛盾自然不少。说是老问题，因为这个问题从1986年到1992年，已经争吵了七年，至今还没确定一个具体可行的方案。

当时，可供专家们选择的路有四条：一是模仿苏联的模式；二是追随美国的路子；三是效仿西欧、日本，与西方结盟；四是自力更生，关起门来自己悄悄干。

四条路各有优势，各有利弊，各有难处。若像苏联那样牺牲农业和轻工业，以年均航天经费占国民经济总产值1%的巨额投资来优先发展先进的国防工业和航天技术，中国负担不起。若像美国那样，凭借年均航天经费占国民经济总产值1.5%的雄厚经济实力和科技优势，以巨额投资来追求高技术的先进目标，中国行不通。若像西欧和日本等国那样，借助与美国在政治上的结盟，利用“伙伴”条件来发展本国航天技术，肯定也没有可行性。若是采取谁都不理睬、关起门来自己干的策略，中国自身又不具备条件，而且时间必然拉长，别说 1998 年不能发射试验飞船，就是再往后推迟三五年，也未必能造出第一艘飞船。

也有专家想到和俄罗斯联手搞飞船。这条路的最大好处是，可以加快中国载人航天的步伐，让中国一步跨入世界“载人航天俱乐部”。根据我的调查采访，中国搞水下六千米机器人走的就是这条路——中苏联合研制，几年时间就让中国一步跨进了世界机器人的先进行列！

但中国搞飞船，能走这条路吗？

实际上，苏联人自己曾经送来一个机会。那是 1990 年秋，苏联航天代表团回访中国，团长是原“联盟号”飞船的总设计师。此人不仅水平了得，且好动脑筋，善于审时度势。负责接待陪同苏方代表团的，是中国“863 计划”航天领域首席科学家屠善澄和钱振业。有一天，在参观途中的一个休息室里，苏联总师对屠善澄和钱振业说，通过这两天的参观，我有一个想法，想和二位聊聊。

屠善澄以为他要给中国搞飞船提建议，忙问，什么想法？

苏联总师说，从 80 年代起，我们就开始研制一种最新型号的“联盟号”飞船，这种飞船可重复使用，是目前世界上最先进的飞船。可不久前我们不得不停止了。

屠善澄问，为什么？

苏联总师说，没钱！

屠善澄问，那怎么办？

苏联专家说，既然贵国现在要搞飞船，我们何不携起手来，共同打造这艘最先进的飞船？

屠善澄问，需要多少钱？

苏联总师说，我估算了一下，大约二十亿美元。

屠善澄看了看身旁的钱振业，不再说话。

苏联总师说，这样，我们各出十亿美元，如何？

屠善澄问，发射问题怎么办?

苏联总师说，发射有两个方案：一个是在我们的发射场用我们的火箭把中国航天员送上天；一个是在你们的发射场用你们的火箭把中国航天员送上天，因为你们的运载火箭有这个能力。两个方案都可以，你们任选其一。

屠善澄听了后，觉得也不失为一种思路，便与“863”专家委员会商讨此事。但不少专家认为，中国没有与苏联合作的必要，只要中央批准上马，中国自己有能力搞飞船，只是早晚而已。

于是屠善澄将此事搁了下来。

但苏联总师却搁不下来。这位一直用生命热爱着航天事业的航天专家，把一生的心血都倾注在了苏联的“联盟号”飞船上，没想到当年列宁同志曾经许诺过的“面包”现在突然没有了，他和其他苏联专家每天只能在饥饿和惶恐中搞飞船。这次来华，他看到了中国经济的发展，也看到了中国航天事业的现状与明天，因此他希望与中国合作，一是借助中国的资金完成“联盟号”飞船的研制，二是借助中国的资金填饱一下肚子，摆脱目前生存的困境。可他主动向中方谈了自己的提议后，中方却迟迟没有回应。于是他着急了，一有机会就找屠善澄谈，而且反反复复地谈。有一天晚上，谈到伤感处，他竟潸然泪下。屠善澄被感动了，便口头答应他说，先等一等，我们再商量商量。

苏联代表团回国的前一天，中方特意在北京和平饭店举行隆重的午宴，为他们饯行。可谁也没想到，午宴一开始，便出现了一个极其尴尬的场面。中午 11 时 30 分，苏联专家如约来到北京和平饭店。午宴开始后，中方主持屠善澄率先举杯致辞，然后请苏联专家举杯共饮，但苏联专家一个个坐在那里，纹丝不动，尤其是那位“联盟号”飞船的总师，把头偏在一边，连酒杯也不看一眼。

屠善澄望着诸位苏联专家，感到莫名其妙。按理说，这天的午宴规格是相当高的，不仅专门预订了苏联人爱吃的饭菜，还特备了中国的名酒茅台和苏联人爱喝的北京“二锅头”。可面对如此丰盛、极具诱惑力的中国酒菜，苏联专家们却既不动筷子，也不动叉子。

屠善澄再次举起酒杯，说，请吧！

苏联专家们仍然不动。

屠善澄问，怎么了？

苏联总师说，我希望在我们离开中国之前，能把搞飞船的合作协议签了。

屠善澄恍然大悟，忙说，我们先吃饭吧，先吃饭吧，等吃完饭，再商量，好吗？

苏联总师说，如果今天不签，我们就不吃饭。

这怎么行呢？屠善澄见多识广，却从未见过如此场面，一时竟有些不知所措。

钱振业忙说，各位朋友，我们先吃饭，合作的事，到时一定再商量，好不好？

苏联总师低着头，还是不吭声。

屠善澄说，要不这样吧，我们先吃饭，然后我尽快请示我的上级，一有消息，我就立即通知你们，如何？

苏联总师还是说，今天不签字，我们就不吃饭……

就这样，无论中国专家怎样好言相劝，这位倔强的苏联老头和其余专家就是一个态度——不吃饭！

屠善澄一看表，已经12点半了，再不吃饭就赶不上飞机了。赶不上飞机，就意味着还得为苏联代表团再买上十多张机票。若是这样，这八字还没一撇的“买卖”岂不吃了大亏！无奈之下，屠善澄只好叫工作人员赶快拿笔和纸来，与苏方草签了一份意向书。

苏联总师和他的团员们顿时笑逐颜开，这才痛痛快快地吃了起来。满满当当的一桌中国酒菜，片刻便风卷残云般一扫而光。

但后来中方考虑再三，还是放弃了这次合作的机会。

很快，航天部系统内部开始对飞船方案展开论证。

参与这场论证的范剑峰说，中国的飞船到底怎么搞，当时的论证过程非常复杂。参加论证的单位很多，提出的方案也很多，一个舱的、两个舱的、三个舱的，各种方案都有，争论得很厉害，而且都是一些老专家。我当时负责五院飞船论证组的工作，论证组一百多人，总体组有二十多人。我定期组织会议，总体组先开会讨论，然后再扩大到一百多人。我提前布置任务，哪个问题由哪个研究所解决，每个研究所再组织五六个专家，拿出方案后再展开讨论。我们本院就有几种不同的意见，要把各种意见捏合起来，很难。航天部有的局长、司长的意见不对，我也给否了，甚至我把一位老专家的方案也否了。飞船前后舱之间有个仿真层爬不过去，门又是不能打开的，一打开就烧掉了，老专家就搞了个外通道方案。这个方案有人反对，也有人赞成，我是坚决反对的。我虽然是组长，一百多人都归我管，但他是老专家，又是我的上级，我要尊重他的意见，很为难。我就让工厂做了个一比一的模型，把这位老专家叫来一起做试验。通道很窄，胖点的人都爬不过去，我很瘦，就先爬，爬不过去，我就把衣服脱了，再爬。我说这个方案有危险，老专家说没有什么危险，我们有这个技术，可以解决。于是我们两个就争，争得面红耳赤。还有掉头方案，也是吵得一塌糊涂。后来再开会我就不去讲了，让副组长李颐黎去讲，他讲了一次就让老专家们批得不行，顶不住了，我又上台去讲。

参与这场论证的李颐黎说，像这样的“吵架会”我不知参加了多少次。当时我们五院主张搞两舱方案，一院和上海航天局则主张搞三舱方案，刘纪原副部长也倾向于三舱方案。上报时，我们把两舱方案作为主打，同时也报了三舱方案和硬通道方案。但到底用什么方案，上面的评审团保密，没有宣布结果。再说了，那只是一个草案，一个大致的框架。由于当时中央尚未正式批准飞船工程，许多问题无法确认，只能停留在理论层面上。

后来，中央正式批准飞船工程后，对于飞船到底怎么搞就必须拿出一个切实可行的方案了，而且还得工程化、科学化、程序化、具体化。于是，从 1992 年 11 月起，就中国飞船到底怎么搞的问题，专家们再次展开论证，展开争辩。

论证中，大会小会一个接一个。有人提出完全由中国自己搞；有人提出也可以考虑照苏联的“联盟号”方案搞；有人提出还要对三舱、两舱方案重新比较论证；有人提出只论证三舱方案即可，其他方案无须再论证。由于参与飞船方案论证的单位多、专家多、意见多，争吵自然也就多。每次会议都有异议，都有争吵，甚至有的争得面红耳赤，吵得怒发冲冠，到后来竟然拍案而起，拂袖而去。

这种“吵架会”是中国载人航天工程中的一大特色。在中国的不少会议上，我们常常看到这样一种情景：一位领导在那儿讲话，讲得眉飞色舞，唾沫四溅。有的话明明讲得不着边际，莫名其妙，甚至漏洞百出，成百上千的听众坐在台下，却没有一个人站出来说个“不”字，而是习惯了点头，习惯了沉默，习惯了“听话”，习惯了哼哼哈哈，习惯了集体装傻！但在载人航天工程的会场上，民主气氛却相当浓厚，不同意见的争吵司空见惯。尤其决策重大问题时，绝不是一言堂，而总有不同的声音随时发出，总有敢于说“不”、敢于说NO的专家挺身而出。每个方案出台前，都要专门召开听证会，听取不同的意见，允许、鼓励大家“唱反调”。而且听证会的风格和做派与别的会议也不相同，会上不是谁的官大谁就说了算，也不是谁掌握了权力就等于掌握了真理，而是大家都有一个共识：唯有不同意见的争吵，才是找到真理的前提。

例如，1993年10月28日，航空航天部召开飞船总体方案论证报告评审会。会议一开始，主持人——著名航天专家庄逢甘便毫不客气地说，科委谢副主任对我们过去搞“长二捆”火箭出厂的评价是“认认真真走过场”。这次评审会我们不能走过场！谁走过场，我就逮谁！

一般而言，中国的评审工作有两种情况。一种是挑好的说，往大处说，往虚处说，说得越好、越大、越虚就越中听，这是我们社会常见的一种。还有一种，就是拣不好的说，就是挑刺，就是发难，就是敢于说“不”，甚至敢于“对着干”！

这天，在会上第一个站起来说“不”的，是钱振业。钱振业是个敢于说“不”的专家，他研究、论证了七年载人航天，工程正式上马后便“靠了边”，转而搞战略武器的研究，这次是以“特邀嘉宾”的身份出席会议的。他一上来就说，会议主持人说了这次会议不能走过场，可我听了《报告》后有些担心。担心什么呢？担心这次评审还会走过场。我想，“认认真真走过场”说明态度还是好的，若是我们“名副其实”或“实事求是”地走过场，那就达不到评审的目的了。可这次评审会有效时间就两天，会前不给材料，到会上才见到有半尺厚的二十余份报告，这让评委们什么时候看呢？现代工程评审要通过数据说话，有的问题只通过定性分析是说明不了问题的，要定量才能看出问题。有的问题看起来是抢了时间，可到头来不是快而是慢。另外，刘纪原副部长曾指示我们研究所“要对飞船的重要节点进行复核”，可近两年来我们没有得到一分钱的支持，但我们还是本着对事业负责、对国家负责、对人民负责的精神，做了大量的工作。机关的同志也曾给我们找单位，让我们去要钱。我们也去要了，可人家说，谁让你复核你找谁要钱，我们没有让你们复核，所以不给钱。我们就是在这样的条件下工作的。以上这些话可能不好听，却是我的真心话，算是开场白。

接着，钱振业就飞船问题直言不讳地谈了三点意见：

第一，要按研制程序办事，不能留尾巴。这是我们航天事业三十多年取得的宝贵经验，不能丢失。

第二，不能照以前苏联的“联盟号”飞船搞。俄罗斯不少专家建议我们不要搞“联盟号”那样的飞船，那是60年代的产物，说现在科学技术向前发展了，当时搞“联盟号”受到防热技术、计算机技术、运载能力等限制，是个折中的产物。我认为俄罗斯专家的忠告是值得我们思考的。中国搞飞船应该在总结“联盟号”飞船的基础上向前发展。我不理解有人想照抄“联盟号”的总体方案是出于什么样的想法。我们没有搞“联盟号”的经验，照“联盟号”的样子搞不等于就能把苏联的经验接过来。要把别人的经验变成自己的经验，还得通过自己的实践去掌握。“联盟号”飞船存在着固有的缺点，如空间小，不适于做运输系统使用，着陆安全性较差等。另外，有两个关键技术的解决办法依赖于与俄罗斯签订的某个协议书，我认为那是不可靠的协议书，是没有法律效力的。我们应该吸取印度引进火箭发动机的教训——美国一压俄罗斯，俄罗斯就终止了同印度的合同。现在美国已放弃扼杀俄罗斯航天技术的政策，而改为收买、联手的政策。我们应该警惕，防止上当，要把立足点建立在自己的基础上。总之，载人飞船我们是第一次搞，总体方案是全局，应该多下功夫，慎重决策，做得不好，会对飞船造成很大的影响。60 年代“东风二号”导弹首次发射失败，就是总体方案的问题。借鉴苏联“联盟号”的经验是必要的，但引进外援不能作为条件，只能争取，不能躺在人家身上，还得走自己的路。

第三，“后墙不倒”的提法应当调整。有人说，载人航天的发射计划是向中央立了军令状的，现在时间很紧了，只剩下五年了，计划安排要从后往前算，1998 年是底线，是“后墙”，必须保证“后墙”不倒，不然就完不成任务。但现在已经是 1993 年 10 月了，载人航天工程时间已经过去了一年半，按照研制程序，所做的工作与要求还有差距，遗留的问题也不少。若在这种情况下还提“后墙不倒”，我认为不合适。苏联、美国曾经为了争夺第一而展开竞争，现在这个时代已经结束了，单纯为了抢时间而去发展载人航天，已经失去了当年的意义。所以我建议还是要实事求是，对计划作适当的调整，把总体方案做得更扎实一些。

钱振业刚一说完，专家们紧接着便是唇枪舌剑，争论不断。

经过无数次的“争吵会议”，专家们基本达成共识：美国飞船在总体发展方向上不适合中国的发展路子；苏联的飞船在发展方向和技术特点上比较适合中国的国情，可以适当借鉴，前提是不能照搬“联盟号”的模式。王永志说，经过多次讨论争吵，我们最后形成了一个总体思路，这就是，中国飞船必须在确保安全可靠的前提下，在总体技术方案的设计上把中国特色体现出来，把中国的综合国力和中国人的聪明才智体现出来，把技术进步体现出来。有所跨越，有所创新，这是最重要的。我们虽然起步晚，但起点要高，要跳跃式发展，一步到位，迎头赶超。而且，必须达到这样一个目标：中国飞船一旦面世，就要和苏联搞了四十年的飞船处于同一档次上，就要和它并驾齐驱，甚至在某些局部上还要超过它！而不能亦步亦趋，跟着别人的脚步走。这是基本的设计思想和发展战略。否则，搞个飞船出来还有什么意思？

然而，在最后确定中国飞船是搞两舱方案还是三舱方案时，专家内部却出现了两派完全对立的意见：一派坚持要搞两舱方案，一派坚持要搞三舱方案。

所谓两舱方案，就是飞船只设计推进舱、返回舱（美国飞船搞的就是两舱方案）。所谓三舱方案，就是飞船除了推进舱、返回舱，还要设计一个轨道舱，即生活舱（苏联飞船搞的就是三舱方案）。两派的代表人物都是中国航天界的顶级大师——庄逢甘、王永志、白拜尔、戚发轫！四位专家中，白拜尔和戚发轫是两舱方案的铁杆代表，王永志和庄逢甘则是三舱方案的忠诚卫士。

为什么要坚持搞两舱方案呢？

白拜尔说，如果只搞两个舱，飞船的返回舱就可以大一些，因为返回舱将来主要是用于送人上天的，空间大一点，人在里面就会更舒适一些，这个很重要。如果搞三个舱，重量就要加大，推力也要加大，返回舱的体积还得变小，技术难度也会增加，而实际意义不是很大。

戚发轫说，两舱方案相对简单、安全，有利于逃逸救生。就是说，遇到紧急情况，飞船逃逸时，逃逸火箭只需带着飞船的返回舱逃走就行了。如果搞三个舱，逃逸时，火箭除了要带走返回舱，还要带上一个轨道舱，这样在设计上很复杂。技术难度增大，安全性相对就会减小。所以我坚持两舱方案。

为什么要坚持搞三舱方案呢？

王永志说，多搞一个轨道舱，是为了让这个轨道舱成为天地往返的运输工具，就是相当于在天上留了一艘飞船。因为下一步我们要搞空间站，有一个交会对接的问题，要拿它作为交会对接的目标飞行器。对接试验成功了，才敢发射空间站，人才能进去，所以这个技术非掌握不可。如果先搞空间站，对接不上就麻烦了。第一艘飞船发射上去后，这个轨道舱就留在天上做试验，不回来了，待上半年，等下一个新的轨道舱上去和它对接好后，再让它返回地面，半年后下一个再上去对接。这就是搞三舱的最大优点。美国和苏联每交会对接一次，要发射两艘飞船。而我们做一次交会对接试验，只需发射一艘飞船。也就是说，对接试验做得越多，我们发射的飞船就越少，也就越省钱。中国发射一次需要八亿元人民币，如果少发射四次，就节省了三十二个亿。我们的钱有限，每一分钱都要用到实处。我们搞的东西，不能说只在政治上有点影响就行了，还要突出应用，讲究实效。总之，飞船无论是搞三舱方案还是两舱方案，最重要的是要体现中国特色和技术进步。我们是一个发展中的国家，不管追赶哪个国家，都要跳跃式发展，这样搞出来的东西才不落后。虽然我起步晚，但你搞了三四十年的东西不也就这样吗？我这刚一出世，一步就赶上了，就和你并驾齐驱了。我们中国人有能力做到这一点。那么把谁作为赶超的目标呢？俄罗斯的第五代飞船——“联盟－TM”，它是世界上最先进的飞船。现在世界上使用的飞船都是俄罗斯的“联盟号”，它达到这个水平经过了三十年。所以我们要搞就搞三舱方案，搞一个像“联盟－TM”那样的飞船！

有人对此提出疑问：苏联的“联盟－TM”飞船是三个舱，你中国现在搞的飞船也是三个舱，二者怎么区别？

王永志说，我们和“联盟－TM”飞船的最大区别，就是中国飞船的轨道舱是一个多功能的轨道舱，前面还有一个附加段，而俄罗斯没有。还有就是“联盟—TM”飞船虽然是三舱，但它的生活舱和推进舱进入大气层后，都被烧毁了，只有中间坐人的返回舱回到地面。而我们的生活舱却要让它留在天上，继续飞行半年，每二十四小时转十六圈，可做很多的科学试验。这等于发射了一颗科学试验卫星。为什么要这么干呢？因为费了九牛二虎之力才把这两三吨重的东西弄到天上，如果让它白白地烧毁了，岂不可惜！

然而，几番论战之后，由于几位大专家各持已见，谁也说服不了谁，致使两派陷入对峙局面。

这一来，航天部的领导急了，决定让这五位专家组成一个专家小组，由任新民当组长，投票表决。航天部领导对五位专家说，现在把决定权交在你们五个人的手上，三比二胜，你们定了搞什么，就搞什么！

于是任新民将白拜尔、庄逢甘、王永志、戚发轫四位专家召集在一起开会讨论，让大家表态。结果是二比二：白拜尔、戚发轫主张搞两舱方案，王永志、庄逢甘主张搞三舱方案。身为组长的任新民一看出现平局，感到事情复杂了，自己很难表态，便说，这事今天就先到这里吧，等等再说。

任新民之所以叫“暂停”，是因为他最初的意见是搞两舱方案，后来又认为三舱方案不错，便有些举棋不定。现在一看出现平局，觉得自己这一票投在哪一方都很难。在他看来，三舱方案和两舱方案不是谁对谁错、谁好谁差的问题，而体现的是两种设计思想、两种价值取向问题。两舱方案简捷、安全、可靠、实用；三舱方案技术先进，发展余地较大。二者各有利弊，关键是看你想要什么。

任新民当场没有表态，这可急坏了王永志。当晚，王永志就找到任新民，详细谈了他为什么要坚持搞三舱方案的理由和想法，目的是希望争取任新民这一票。后来任新民经过再三考虑，认为应该搞三舱方案，于是也不开会了，在会外投了王永志一票。

结果，三比二，中国飞船最终定为三舱方案。

但中国仅靠自己的力量搞飞船，行吗？

第十六章

苏联“老大哥”

任何一个民族的发展，都离不开人类整体发展这个大背景，离不开国与国之间的相互学习与交流、借鉴与援助。载人航天工程是一项国际性的空间活动，关乎全人类的公共利益，任何国家要想有所作为，同样离不开国与国之间的相互学习与交流、借鉴与援助。

中国要搞载人飞船，当然也离不开必要的国际援助。

问题是，找谁援助？

世界上搞过飞船的国家，只有美国和苏联。若是美国，当然厉害啦。从载人航天的技术含量来看，美国是这个地球当然的老大。但找美国不行。共产党领导的中国从诞生那天起，在政治上和美国就是一对“冤家”，而中国的航天从起步那天起，几十年来也一直受到美国等西方国家的控制。当年搞“两弹一星”如此，而今搞载人航天还是如此。载人航天起步时，江泽民叮嘱中国航天人一定要悄悄地干，关起门来干，一声不吭地干。但美国人还是很快就知道了——这个世界哪有美国人不知道的事情呢！知道后的美国人真的就给中国人找了不少麻烦，不是这样实行控制，就是那样不准出口，甚至就连一个小小的飞船元器件，都要卡住不放。即使可以卖一些元器件给你，但真正的技术也不给你——不管你出多少钱，也不给。道理很简单，任何一个国家再愚蠢，再傻，也不会傻到为了赚取几两银子，就去培养自己的竞争对手。航天部负责元器件进口的一位处长说，有一个元器件本来我们想从美国进口，但美国一看中国想要，便故意抬价，抬到几百美元！一个小小的元器件，就要几百美元，这不是故意坑人吗？一气之下，我们干脆不要，改从德国进口。后来搞飞船时工作计划一拖再拖，其中一个原因就是从美国进口的元器件迟迟不能到货。所以中国人要到天上去，想让美国人帮忙，没门。

于是，中国航天人想起了昔日的“老大哥”——苏联。

咀嚼历史，是一件饶有意味的事情。

苏联和中国，是很有意思的两个国家。在近半个世纪的历史中，彼此分分合合，合合分分，时而亲密无间，时而兵戎相见；昨天还称兄道弟，转眼就反目成仇。两个地理上邻近而又遥远、政治上相像而又不同的国家，看似很难相容，实则谁也离不开谁。不管将来历史对此作何评说，有一个事实却无法否认，这就是，在 20 世纪 50 年代，苏联这位“老大哥”给予了中国很大的援助！

就拿新中国成立前后的几件事来说吧。

第一件事，1949 年 6 月，以刘少奇为首的中国代表团秘密出访苏联。据时任中共驻共产国际代表团团长任弼时的秘书师哲回忆，此次出访不仅受到斯大林的热情款待，而且斯大林还慷慨解囊，向刘少奇当面表示：为对即将诞生的新中国给予支持和援助，苏联愿为中国提供三亿美元的贷款，年息 1%，每年六千万，五年贷完，十年还清。刘少奇将此事电告毛泽东，毛泽东感动不已，亲自给斯大林打电话，说，1%的利息太低了吧？斯大林趁机说道，是的，我们给各人民民主国家的贷款利息都是 2%，但考虑到中国还在打仗，所以优惠点。当然咯，如果你们愿意高一点，我们也接受。斯大林还说，苏联可以帮助中国排除海里的雷，还可以把扫雷艇卖给东北，再派苏联专家到大连帮助中国训练。

第二件事，1957 年 9 月 7 日，中国为发展自己的国防事业，要搞导弹、原子弹和人造卫星等尖端武器，特派聂荣臻元帅率领中国政府工业代表团前往苏联就相关问题进行谈判。此次谈判历时三十八天，是中苏历史上最长的一次谈判，也是中国受益最大的一次谈判，尽管双方都守住了自己谈判的底线——中国的底线是既要得到苏联更多更好的尖端技术，又不能让苏联要价太高，以致倾家荡产；苏联的底线是既要让中国的尖端技术尽快发展起来，又不能把看家本事全部奉献。9 月 14 日，苏联代表别尔乌辛把刚刚写好的《中华人民共和国政府和苏维埃社会主义共和国联盟政府关于生产新式武器和军事技术装备以及在中国建立综合性原子工业的协定》（草案）郑重其事地交到聂荣臻手上时，还说了这样一段话："像这样一份对外援助协定，在我们苏联的外交史上还是第一次。因为中国是我们最可靠的朋友，最信赖的兄弟!""老大哥"如此慷慨大方，让聂荣臻感激不已，在当日代表团的会上，聂荣臻说："苏联政府这次确实很热情，很诚恳，非常慷慨地帮助中国。我们得到这援助后要珍惜，要好好发挥最大的作用。"聂荣臻还将此事很快告诉了周恩来，周恩来又很快告诉了毛泽东。10 月 15 日，中苏正式签订了两国历史上具有划时代意义的协定。之后不久，即 12 月中旬，来自莫斯科的 23770 列车便从满洲里秘密入关，为中国送来了第一枚导弹——P－2 导弹。P－2 导弹是苏联研制的第一枚导弹。能把如此宝贵的导弹送给中国，"老大哥"的心有多真，意有多诚，可想而知。日后证明，这枚导弹对中国导弹的起步与发展起到了至关重要的作用。

第三件事，1958 年，中国准备研制建造核潜艇，最大难题是原子动力装置以及某些无法解决的关键技术。为此，同年 8 月 5 日，张爱萍副总参谋长率领中国军事代表团前往苏联进行谈判。此次谈判历时一月，尽管不尽如人意，但就在代表团回国的第二天，赫鲁晓夫致电周恩来说，苏联同意在舰艇新技术方面给予广泛的帮助，并邀请中国代表团再次赴苏，就援助中国海军新技术问题进行具体商谈。于是中国政府专家代表团再次前往苏联，最后双方终于签订了《关于在中国海军舰艇制造方面给予中华人民共和国技术援助的协定》。该协定规定，苏联将向中国出售常规动力导弹潜艇、中型鱼雷潜艇、导弹快艇、水翼鱼雷快艇以及五十一项设备的技术图纸资料和部分船用设备和导弹样品，并向中国转让上述制造特许权。这份来之不易的协定，对提高中国海军装备技术，尽快缩短中国海军与世界海军的差距，无疑起到了一定的作用。

第四件事，1958 年 10 月 16 日，中国为了向苏联学习如何搞人造卫星，中国科学院派出了由赵九章、卫一清、杨嘉墀、钱骥等著名科学家组成的“中国高空大气物理代表团”前往苏联学习考察。此次学习考察长达两月之久，不仅考察了天文台、电子所、试验生物舱等，还亲眼看到了苏联的火箭，用一位专家的话说，该看的都让看了。并且一位苏联老专家还向代表团建议，人造卫星很复杂，最好先从探空火箭搞起。此后，中国在航天方面向苏联不断伸出求援之手，而苏联方面几乎是有求必应。因此，如果把苏联航天比作一轮光芒四射的太阳，那么这轮太阳一开始便照耀着中国的航天之路了……

此外，在中苏两党的历史上，还有一个重要的人物我们似乎也不该回避，这个人物就是大名鼎鼎的苏共总书记——赫鲁晓夫！赫鲁晓夫几十年来在大多数中国人的眼里，就是一个背信弃义、恶贯满盈、十恶不赦、混账透顶的家伙，一个遗臭万年的“修正主义”恶棍！赫鲁晓夫到底是个什么人，并非本书主题，在此不作讨论。我要说的是，赫鲁晓夫当政期间，确实为中国办了几件大事、好事。不管这位老兄当时出于什么目的，什么“动机”，甚至什么“阴谋”，但刚刚站起来的新中国确实受益匪浅，却是不争的事实。官方权威杂志《党史纵横》2005 年第二期曾经披露，从斯大林到戈尔巴乔夫，在苏共政党的历届头头中，赫鲁晓夫是为新中国干好事干得最多的一位。

还是让事实说话吧。

第一件事，赫鲁晓夫当政十一年期间，承诺援建中国的项目二百八十六项，并扩大了斯大林援建项目的设备供应范围。苏联专家撤走前，帮助中国建成的大型企业有一百二十项，基本交完设备的有二十九项，一共一百四十九项。

第二件事，1950 年 3 月和 1951 年 7 月，中苏先后签订了创办中苏石油公司、中苏有色金属公司、中苏民用航空公司、大连中苏建造和修理轮船公司的两个协定，苏联将上述四个中苏合营公司的苏方股份移交给了中国。

第三件事，1954 年 10 月，赫鲁晓夫在参加新中国成立五周年庆典时，同意先帮助中国建造一座小型原子反应堆，同时为中国培训这方面的专家；1957 年还签订了为中国提供原子弹样品和生产原子弹的技术资料的协定。尽管后来苏联撕毁了这一协定，但苏联援建的原子反应堆在培养中国核工业人才方面却起到了积极的推动作用。

第四件事，1954 年 10 月，赫鲁晓夫在访华期间提出将旅顺口海军基地归还中国，而后中苏双方就此发表了《联合公报》。1955 年底，苏联军队全部撤出旅顺口海军基地。

第五件事，1950 年 2 月 14 日，中苏两国曾经签订了一份《中苏友好同盟互助条约》。这份条约中的《秘密补充条约》对中国极为不利，毛泽东对此很不高兴。后来中方向赫鲁晓夫反映了这一情况，1956 年 5 月 10 日，苏联政府废除了这一条约。

第六件事，1956 年 10 月 23 日，在赫鲁晓夫的支持下，中苏签订了相关协定，对卢布与人民币的比值进行调整。即是说，中苏之间在非贸易兑换时，由原来的 1∶2，改为 1∶6，即一元人民币等于六个卢布。后来苏方按这一比值，补偿了中国九千九百一十万个旧卢布。

第七件事，1961 年 2 月 27 日，即中国三年天灾人祸时期，赫鲁晓夫致函毛泽东，提出苏联愿意以贷款形式为中国提供一百万吨粮食和五十万吨古巴食糖。还明确表示，十亿卢布的贸易逆差可分五年偿还，且不计利息……

遗憾的是，赫鲁晓夫后来和毛泽东闹起了别扭，特别是 1959 年中国十周年国庆那天，当盛大的阅兵部队和游行队伍刚刚开始通过天安门时，站在天安门城楼的赫鲁晓夫竟不合时宜地对毛泽东嘟囔了一句："苏联决定中止帮助中国搞原子弹。"毛泽东听后极为不快，可鉴于国庆大喜之日，忍气吞声，装出一副若无其事的样子。从天安门城楼下来后，毛泽东往沙发上一躺，发了一顿脾气，接着和赫鲁晓夫大吵一架。在场的周恩来还算冷静，很快平息了这场"龙争虎斗"。但"弟兄"俩很快便彻底闹翻了。1960 年，苏联撤走了在华的全部专家，援助中国的一百二十多个科研项目全部中止。中苏两党、两国以及两国人民从此不再往来，苏联对中国的援助也到此为止。

然而，历史总是变化多端，出人意料。岁月匆匆，世事沧桑，三十年一晃而过，苏共从斯大林到赫鲁晓夫，从赫鲁晓夫到勃列日涅夫，从勃列日涅夫再到叶利钦，数十年间沉沉浮浮，大起大落；而中共从毛泽东到华国锋，从华国锋到胡耀邦，从胡耀邦到赵紫阳，从赵紫阳再到邓小平，数十年间同样电闪雷鸣，风雨不断。直至1989年夏，戈尔巴乔夫访问中国，两个几十年来势不两立的“兄弟”才谈笑间握手言和，冲突冰雪消融。

也就在这个时候，中国这个“小弟弟”要上天，急需造飞船的经验和技术。只是，今天的“小弟弟”已不再是当年的“小弟弟”了。当年的“小弟弟”已经长大成人，变得坚强了，有力了，成熟了，不再寄人篱下受人摆布了；而今天的“老大哥”也不再是当年的“老大哥”了，当年那个雄心勃勃、如日中天、称霸世界的“老大哥”，已然日落西山、奄奄一息。一句话，土豆没有了，牛肉没有了，面包没有了，已经变成一个穷光蛋了，甚至连裤子都穿不起了！

于是一个需要造飞船的技术，一个需要填肚子的面包，两个分离了几十年的“兄弟”继“两弹一星”之后，又跨过欧亚大陆，握手言和，坐在了同一张餐桌和同一张会议桌前，一个握筷子，一个拿叉子；一个说中文，一个讲俄语，开始了新一轮的沟通与交流。

中苏两国政府很快签署了《关于在和平利用与研究宇宙空间方面进行合作的协定》，确定了中苏两国在航天领域合作的意向。这既为中国的载人航天提供了一个极好的机遇，又为中国学习苏联的航天技术和利用苏联的部分航天产品和设备提供了可能。与此同时，中国航天人还一批又一批地踏入了苏联那片饥饿而混乱的土地，开始了对苏联载人航天的学习与研究。不同的是，当年中苏两国专家在一起，皆因政治的需要；今天中苏两国专家在一起，前者为了飞船，后者因为生存。

中苏两国航天专家之间的交往，始于上个世纪80年代末。

1989年上半年，中国宇航学会邀请苏联专家、“联盟号”飞船总师米申院士来中国访问。米申院士是第一次来中国，那天他一下飞机就打听王永志的名字。一位年轻的中方人员感到奇怪，问他，你怎么知道中国有个王永志？米申院士听后哈哈大笑，说，王永志是我的学生啊！这位中方人员更是一头雾水，心想王永志是中国火箭技术研究院的院长，鼎鼎大名的火箭专家，怎么成了这个老头的学生？米申院士见年轻人不明白，便说，这是历史，你们年轻人不懂，总之你们想法帮我找到王永志，让我们见见面就行。

王永志说，我得到米申院士来中国的消息后，非常兴奋，当晚便带着女儿到北京饭店去看望他。在去的路上，我的心情很激动，也很复杂。米申院士是我的恩师，可由于中苏两党政治上的原因，我们师徒二人相隔天涯，已经整整二十八年没有见过面了。二十八年来，我总会时不时地想起他，想起当年我在苏联留学时他教我搞导弹设计的情景。尤其是在“文化大革命”中我失去搞导弹设计的资格与权利的时候，或者是在我工作上遇到困难的时候，我更会想起他。但二十八年前的恩师，二十八年后还是恩师吗？他还会一如既往地认我这个学生吗？到了北京饭店后，米申院士打开房门，一眼就认出了我，我也一眼就认出了他，我们师徒二人紧紧拥抱在了一起，彼此都忍不住流下了眼泪。我女儿见了后，也感动得哭了。女儿为了不打搅我们，把有限的时间全部留给我们，干脆躲到另外一个房间去了。女儿一走，我和米申院士直接就用俄语聊了起来。我们聊生活，聊工作，聊家庭，聊别离二十八年后的酸甜苦辣，聊得十分开心，非常痛快。特别是米申院士得知我当了中国火箭技术研究院的院长，当了火箭总设计师后，非常高兴，一再表示祝贺！他说，我最担心的，是你在“文化大革命”中活不过来了，没想到你不仅活过来了，还当了火箭总师，为你的国家作了这么大的贡献！太让我高兴了！

第二天，刘纪原副部长得知王永志与米申院士这一特殊关系后，认为这样一位世界级的著名火箭专家来到中国，是中国学习的一次好机会，便找来王永志说，你把米申院士领着到火箭技术研究院看看，看中国搞的“长二捆”火箭到底行不行，多听听他的意见。这是个好机会，千万不可错过！

王永志说，我把米申院士带到了火箭技术研究院，当时我们的“长二捆”火箭正在装配阶段，我领着他一边看，一边把“长二捆”火箭的情况向他作了介绍。米申院士看了后非常惊讶，很激动，说，我怎么也没想到中国还有如此庞大的一个火箭技术研究院，而且居然有两万六千人！我就非常骄傲地对他说，老师，我这火箭上的东西，可全是我们中国的，连每一个元器件都是中国货，没有一个螺丝钉是外国的！他听了后说，好，这个设计非常好！搞成后，我估计这家伙能把十吨重的东西发射上天。后来“长二捆”火箭的发射能力达到了九点二吨。然后，他还非常诚恳地和我交换了对火箭一些地方的修改意见，并说中国的火箭装配车间比苏联的好！

1989年下半年，王永志带了一个团回访苏联，受到米申院士的热情接待。米申院士这时已经七十二岁高龄了，他亲自领着中国代表团到有关部门逐个参观。此前，中国航天界一些专家到苏联访问时，都很想见见这位大师，可米申院士每次都婉言谢绝了。他对中国代表团说，凡是来苏联参观的客人，我从来不陪，但王永志是我的学生，所以例外。每到一个地方，米申院士都自豪地把王永志介绍给他的同行说，这是我的学生王永志先生，中国火箭技术研究院的院长，著名的火箭专家！有一次，米申院士还当着苏联国家计划局主任的面，把王永志大大夸奖了一番，说王永志当年在苏联留学时如何如何刻苦、在火箭导弹设计方面怎么怎么有才华等等。不仅如此，米申院士还邀请王永志到他家做客，亲自为王永志沏茶倒水，并与王永志共进晚餐。

王永志说，那天晚上，在他家的小院里，我们促膝交谈，谈到很晚很晚。当我向他谈到中国近年来改革开放的大好形势时，他为我的国家感到非常高兴。而当他向我谈到苏联的现实和未来时，眼里却涌动着泪水，久久不说一句话。后来，在一些国际学术会议上，我又多次见到了我的老师，并多次聆听了他在国际学术会议上作的报告。他告诉我说，当年在苏联学习的那一批火箭专家中，我是最后一个了。同时他也很关心中国的航天，常问我一些中国的发展情况。所以到了1993年，当中国的载人航天在总体方案上有了基本的构想后，为了获得一个最佳方案，我决定以火箭技术研究院的名义邀请米申院士到中国来一趟。我当时的考虑是，米申院士是世界顶尖级的航天大师，他不仅是苏联洲际导弹的火箭设计师，还是苏联“联盟号”飞船的总设计师，如果他能来中国给指点指点、把把关什么的，对我们刚刚起步的载人航天肯定大有帮助，我的心里也会更踏实一些，因为有的地方我也不是那么有底。当然啦，如果我们按自己的想法搞，也是可以搞起来的。但我们毕竟从来没搞过，不能夜郎自大，故步自封，而应该有一种虚怀若谷的胸襟，有一种以我为主、同时又吸取世界先进技术的开放姿态。再说了，时间不等人，如果完全自己搞，太慢。

米申院士接到王永志的邀请函后，知道中国要搞载人航天了，非常高兴，当即回复王永志说，尽快来中国。结果不仅他自己如期而至，同时还带来了五名飞船专家。这一年，米申院士已经七十六岁了。这位老人一到中国，便积极投入工作。由于王永志的俄语基础好，两人在一起交流时直接用俄语对话，根本不用翻译，谈得十分投机。无论王永志问哪方面的问题，米申院士总是有问必答。

王永志说，1997 年，我再次去俄罗斯，就航天领域的合作问题进行谈判。与我谈判的对手是米申院士的学生——俄罗斯国家宇航局的局长，所以谈起来很顺利。这位宇航局局长对我说，你是米申院士的学生，我也是他的学生，有什么问题你尽管提好了。还有一次，我和王壮一起到莫斯科航空学院，和该院飞行控制中心技术主任、我当年的同学聊天。王壮问他，我们搞的交会对接这种方法行不行？我的同学说，这当然好啦，比我们的好多了，既省钱又省时间，你们中国人真聪明！王壮就跟他说，这就是你这个老同学出的主意。然后我们又找了我毕业时的设计指导老师，问他行不行，他也说，行呀，怎么不行，好主意！总之，就我们的一些做法征求征求俄罗斯专家的意见，对我们是很有帮助的。

在此期间，钱振业也多次往返于中苏之间。最早是 1989 年 10 月，钱振业带着一个考察团去苏联考察。当时，苏联方面非常愿意和中方考察团合作，各个研究所都邀请他们去参观访问，参观的日程安排得满满的，几乎每天都排到夜里十一点。苏联“能源号”航天飞机的总设计师已经七十多岁了，有一天已经夜里十点多了，还向钱振业他们介绍说，他们的“能源号”航天飞机可以打一百个转发器的通信卫星，只要打三颗卫星就可以解决全世界的通信问题，而且全是自己管理。钱振业回国后，便给航天部领导写了个报告，建议请苏联专家到中国讲学。刘纪原非常支持。于是，大约从 1991 年下半年起，航空航天部就先后邀请了好几批苏联航天专家到航天部讲学。

钱振业说，我记得我们前后大概请了二三十个专家，重点讲他们在发展载人航天、特别是研制“联盟号”飞船方面的技术和经验，讲飞船各个系统的情况，包括总体，还有生命保障系统。有时候是一个专家来，有时候是好几个专家一起来。苏联第一艘飞船“东方号”的总设计师也前后来过两次。第一次大概是在 1991 年，第二次大概是在 1992 年。第二次我把他的夫人也一块请来了，两位老人对中国特别友好，非常重感情。遗憾的是，第二次来了两天他就犯病了，病刚好一点，我又赶快将他们送回去了。当时和苏联专家特别好打交道，主要原因，一个是苏联经济太差，他们的教授每月只有十八美元的工资。我去过苏联控制所一个专家的家里，那个专家因为我们去了，才去莫斯科买了两个什么沙拉罐头招待我们。过去苏联每月二百个卢布就可以生活得非常好，后来就不行了。89 年我们去的时候，一个美元是三十二个卢布，可等我们走的时候，才过了一星期，一个美元就变成了三十八个卢布，黑市一个美元还四十个卢布呢！由于太穷，苏联的专家们没饭吃，都愿意和中国打交道，几乎不讲什么条件，有口饭填饱肚子就行，有件衣服穿暖暖身子就行。比如说，有个搞生命保障的专家刚来中国时不是很积极，我送了他一块航天表，他特高兴，一下就来了情绪，问什么说什么。后来我去俄罗斯时，他还带我去参观了一天，请我去明星俱乐部吃了顿饭，也送了我一块表，因为他家的对面就是表厂，很便宜的。他还请我去他家做客，见了他老婆，因为我请他老婆去过中国，招待过她。那天晚上，他在家中对我说，我实话告诉您吧，你们的生命保障系统我建议就不要再搞了，我搞了这么多年，就没用过。还有一个搞运载火箭的副总设计师，他有糖尿病，到中国后不能喝饮料。我知道后，无论走到哪里，都给他带一瓶矿泉水。当时俄罗斯还没有矿泉水，他喝了矿泉水后非常感动，说以后我们就是哥们儿了，有什么问题你尽管问，什么时候你去我那儿，我用飞机带你到各地去玩。甚至有一个搞控制的俄罗斯专家还给我打电话说，我在我的国家吃不饱饭，你就邀请我到中国去吧！我来了，至少可以在你那儿吃顿饱饭。我会竭尽全力帮助你们搞飞船的！

苏联专家对中国如此友好，除了当时经济落后生活贫困，还有一个原因，就是老一代的苏联专家对中国怀有很深的感情。这些专家在上个世纪50年代就与中国交往甚密，中国给他们留下了深刻而美好的印象。所以，他们得知中国要搞载人航天后，打心眼儿里想帮中国。比如，有一个叫亚道夫斯基的专家，是搞发动机的，钱振业1989年去苏联时，想要一个一百吨的液氧煤油发动机，但他只有八十吨的。钱振业说，我们自己研制怎么样？他说，你把我这八十吨的买回去，但不要买专利，你买两台我送你一台。送你这台在苏联进行试验，你派人来苏联一起参加试验，不就掌握这个技术了吗？只要有了这个技术，你们只要五年，花一个亿，自己就搞出来了！后来钱振业他们只用了一千四百万元人民币，就把两台都买回来了。1990年3月，亚道夫斯基回访中国，他对钱振业说，我是列宁培养出来的专家，对中国有感情，愿意把好东西给中国，不给美国。我的技术不能给资本主义，要给就给中国！

而范剑峰这期间因为搞飞船的论证工作，在1991年以前也常到国外，搞调研、查资料，考察航天飞机和飞船。范剑峰他们开始去的是美国，跑了七八个城市，美方不仅让他们看了发射场训练中心、控制中心、载人飞船，而且空间站和航天飞机也敞开让他们看。也就是说，美方除了核心的地方不让看之外，其余地方都让他们看了。因为当时是中美关系最好的时期。美国之行对范剑峰的震撼很大，但范剑峰说，我看了美国搞的东西后，总觉得美国搞的东西都特别大，起点很高，好是好，却不符合中国的国情，不实用，我们没必要搞成那样。再说了，我们也没那么多钱呀，如果跟着他们搞，肯定就被拖死了！

后来，范剑峰又去了苏联，先后去了三次，一次是参加国际会议，另外两次是去参观访问，学习取经。范剑峰说，后来一比较，还是觉得苏联搞的可靠性比较高，比较好，跟我们在技术风格上、思路上都比较接近，技术可以吸收。另外，他们的专家也肯讲。当时他们经济状况不是很好，一些老专家只要给点钱，谈得投机了，技术上就什么都讲了。

我去苏联时，找了一个“礼炮号”空间站的副总设计师，给了他一点钱。我说，咱们来苏联，一个是技术上取点经，再一个就是将来有些项目可以合作。我先讲了自己的想法，他听了后说，很好。我说请教一下，您是怎么解决这个问题的？他就把他的方法给我讲了。然后，我们又接着聊别的。聊到后来老头还要聊，说我们聊得挺好的。我们原定的时间是两个小时，结果一聊就聊了四个半小时。这些苏联专家对中国的感情很深，对我们国家搞飞船也很支持。他们科技处的人说，我们几十年的经验都让你摸走了。回国后我给国防科工委打了报告，说把搞“礼炮号”空间站那个老头请来吧，给咱们的人讲讲课，经费由我们负责。国防科工委同意了。后来就把这老头请来了，讲了一次，很好，又请他来讲了第二次。后来还想请他来，他却不来了，写信说，我也很想到中国来，但工作太忙，出不去。我们就派留苏的学生去打听他的情况，原来政府怕他泄密，不让他出来了。总之，通过与苏联专家的交流，解决了不少我们一直争论的技术问题。后来有些一直争执不下的问题带到俄罗斯去，请教一下他们。他们一听，行，就保留；不行，就否了。我们对这些专家的话是很相信的，毕竟人家搞了几十年，咱们才刚刚起步嘛！

是的，在中国载人航天刚刚起步时，中国航天人趁苏联红旗落地、经济萧条之际，确实抓住了一个大好时机，一次次地出入于苏联的国门，获得了不少实惠，捞到了不少便宜。那时的中国航天人，可谓腰缠万贯，踌躇满志；而苏联专家由于自己的祖国四分五裂，经济萧条，则处境艰难，斯文扫地。

记得在上个世纪60年代初，当全中国都在饿肚子时，为了援助中国的国防建设，苏联一百多名专家踏上了中国饥饿的土地。当戈壁滩上成千上万的中国火箭将士饿得啃树皮、吃沙枣叶时，苏联专家每天吃的却是中国最好的猪肉、香肠和奶油面包！而今天，岁月刚刚过去了三十年，历史便彻底翻了个个儿：中国专家有吃不完的猪肉、香肠、大豆、高粱，苏联专家别说“土豆烧牛肉”，就连吃一块小小的面包也有困难。而中国航天人正是抓住这个机会，闯进对方的国门，而后依据“各取所需”的市场规则，闪电般地完成了一次漂亮的飞船技术与土豆面包的“国际交易”!

据航天部统计，中国先后有近一千人次开往苏联/俄罗斯。不仅航天部和总装部的主要领导去了，载人航天工程指挥部的主要专家和七大系统的老总去了，如刘纪原、沈荣骏、白拜尔、王永志、戚发轫、张宏显等，还有二十多个年轻的技术员也被派往苏联学了整整一年。这些人后来成了中国载人航天战线各部门的主要领导和业务骨干。他们既与苏联搞飞船设计的研究所有过密切接触，也和俄罗斯宇航局等政府部门有过洽谈；既看了苏联的发射场、航天员训练，也看了苏联的火箭与飞船；不仅花了五六千万人民币在俄罗斯做了风洞试验，还让俄罗斯为中国培训了两名航天员教练；不仅购买了一些相关的仪器设备，还花了上千万的人民币从莫斯科买回了一艘两米多长的飞船！虽说这艘飞船是被苏联废弃多年的一个外壳，对苏联而言已经毫无价值，但对从未见过飞船更未造过飞船的中国航天人来说，至少是一个实实在在的学习模具，一次真真切切的启发与借鉴。谁能说，它对中国造飞船毫无意义呢？想当年，中国引进苏联的“P－2”近程导弹时，尽管这枚“P－2”导弹的射程还不到六百公里，而且早被苏联淘汰。但就是这枚早被苏联淘汰了的导弹，为中国导弹的起步起了重要的作用。中国近程导弹的历史，可以说正是起始于这枚导弹。遗憾的是，当后来中国“神舟五号”发射成功、杨利伟从天上凯旋后，这段历史似乎被无数的鲜花和掌声遮蔽了，被一些忙于庆功的人遗忘了，再也无人愿意提起了。

其实，这是一段不该遮蔽不该遗忘的历史，也是一段不该回避的历史。事实就是事实，有什么可遮蔽、可回避的呢？当今世界，科学技术越来越全球化，你中有我，我中有你，相互借鉴，相互渗透，是全球化时代发展的一个特点。人类的历史，就是一部相互学习、相互借鉴的历史。中国学外国的东西，外国也在学中国的东西，学点、拿点、用点人家的东西，没什么大惊小怪的。学了就学了，拿了就拿了，用了就用了，地球人都心知肚明，无需遮遮掩掩羞羞答答。想当年我大唐帝国，敞开国门，广交天下，谁愿意来谁就来，想看什么就看什么，想学什么就学什么，想用什么就用什么。甚至，一些外国人来摸点、偷点、抢点什么，也没当回事情。结果呢？大唐还是大唐，照样繁华，照样鼎盛，照样风流，照样倜傥，照样牛皮哄哄，照样气势如虹！如果一说我们借鉴了别人的东西，就感到自己不行了，就不是那么光彩了，其实是一种很不诚实的态度，也是一种很不自信的表现。

当然，苏联人不是傻瓜，金钱这玩意儿不光中国人喜欢、美国人喜欢、日本人喜欢，只要是地球人都喜欢，当时正饿着肚子的苏联人更喜欢！因此，我们也必须承认，中苏两国在这场交往中，除了上个世纪50年代那点所谓的“革命友谊”“兄弟情感”外，更多的或者说主要的，还是“钱”起了作用。

航天医学工程研究所所长宿双宁说，俄罗斯对中国在技术上也是有所保留的，有些东西他们纯粹是只卖产品，不卖技术。你要买技术，价格就比产品高出一百倍，开一个天价让你不能接受。有的即便这个技术卖给你了，有些细节性的技术你也掌握不了，他也不会给你说清楚。有一次我们想买他们的一个抗冲击产品做试验，我们开价十五万美金，他们却要三十万美金。后来他们知道我们掌握了这个技术，愿意降低价格再卖给我们，我们也不买了。

而金钱之所以能发挥如此大的魔力，其根本原因是苏联/俄罗斯只有利用航天技术及航天产品换取中国的人民币或民用轻工商品，才能摆脱国内商品严重匮乏的困境，从而减缓国内激烈的现实矛盾。

所以，中国搞载人航天的初期，与其说是中国人和苏联人在交往，不如说是中国人和苏联人在交易。后者听起来虽然不是那么悦耳，却是事实。因为在两国成交的所有项目中，没有一个项目不涉及“钱”字。尤其后期，不谈钱，就甭想谈技术。而且，有的交易用中国专家的话来说，还是很“黑”的！

比如，中国飞船系统的专家想让俄罗斯的专家看看某一设计方案行不行，只希望对方说一个字或者两个字——“行”或者“不行”，甚至连一个字也不用说，就点一下头或者摇一下头，但俄罗斯专家张口就要八十万美元！又比如，中国火箭系统的专家想就某个问题咨询一下俄罗斯专家，对方张口就要一百万美元！再比如，酒泉基地司令员张建启在俄罗斯拜科努尔发射场考察时，发现该发射场用于处理污水的设备不错，便问俄罗斯专家是何原理。俄罗斯专家却不谈原理，只谈价钱，要中方购买他们的设备。张建启问他要价多少，他说一个炉灶八万美元。张建启感到价钱尚可接受，便答应可以考虑。可当双方正式谈判时，俄方却把价格由八万提升到了十二万。中方觉得十二万也可以接受，便继续往下商谈。但最后进入实质性阶段时，俄方竟然把价码加到了一百五十万美元！张建启司令员一赌气，不要了，再便宜也不要了！结果回来自己干，只用了十八万元人民币，便研制出了所需设备。

最典型的一个例子，是飞船轨道设计专家陈祖贵。

陈祖贵，四川人，专业出众，技术精湛，但脾气倔强，说话竹筒打米——直来直去，对事不对人，认理不认官，典型的性情中人。1998年，有人对飞船上的某些问题有点担心，便组织了一个代表团前往俄罗斯，打算将中方的某些设计方案请俄罗斯方面找专家评审一下。陈祖贵得知这个消息后，认为把中国的技术方案给外国人评审，既要掏钱，还容易泄密，不是上策。他考虑再三，决定不去。有人劝他说，别人一说出国，连病都没了，你放着出国的机会不去，何必呢？你先出去，能谈就谈，谈不成就走人嘛！他想了想，觉得也对，便去了。

陈祖贵说，到了俄罗斯，开始时谈判进行得很顺利，谈了几十个项目，要价也不高。后来我们就想买他们现成的落点回收程序，可对方说要几千万元人民币！这还了得，我的研制经费才几十万人民币，你狮子大张口，一下就要几千万，你让我去偷还是去抢啊？所以我想，去他的，还是自己干吧。后来，想请他们评审我设计的飞船的控制系统方案，可他们一张嘴，开价就要一百六十五万，我的妈呀，那可是美元啊！他们的理由是这个系统很关键，它是俄罗斯的专利技术，值钱得很！而且“行”或者“不行”，都是他们说了算。我一听就笑了，也来气了，就说，一百六十五万美元，可以！但是，请你们把小数点左移一位，然后，再除以二。小数点左移一位，一百六十五万就变成了十六点五万，再除以二就变成了八点二五万。他们一听，生气了，说我没诚意。我就自己跟自己说，对，我就是没诚意，我也用不着有诚意。你们的飞船的缺陷我都清楚，我们的关键技术我也不告诉你。让我把我的国家机密给你，还要让我掏钱，这种买卖老子不干！之后，俄罗斯的专家又带着讽刺的口气说，我们的知识很值钱，这一百六十五万美元卖的是知识，你们当初买的飞船返回舱可没有什么价值哟！言下之意说中国人是傻的。我一听这带侮辱性的话，把方案一卷，提包一拿，起身就走了！第二天我就坐飞机飞回了北京。我心想，有你们要干，没你们老子照样能干！后来，五院的一个总师给我打电话说，你的方案不给俄罗斯看，不辞而别，很多人都为你担心呢！到时候中国的飞船上天后回不来，你怎么交代？其实，我当时并没想到后果，我是中国人，只想为中国人争一口气，不希望中国几代科学家的心血成果从我的手中溜出去，也不希望国家的机密从我的手上泄露出去。我们有先前卫星多次返回的成功经验做基础，而飞船的返回方案我们又经过了无数次的修改完善，我有把握让我们的飞船返回来，凭什么还要请他们评审！再说了，我就从来没想过我们的飞船会失败。后来事实证明，我们的飞船飞得比俄罗斯和美国的还好，美国、俄罗斯的飞船前几次返回时距落点都是上百公里，而我们第一艘飞船返回来距落点仅十一公里左右！

是的，中国航天人承认，苏联在载人航天方面取得了举世瞩目的巨大成就，航天水平远远领先于中国；同时中国航天人也认账，中国搞飞船确实得到了苏联“老大哥”很大的帮助，学习借鉴了“老大哥”一些技术。但是，苏联航天在总体上领先，并不等于每个项目都领先；中国航天在总体上落后于苏联，并不等于在单项技术上也全部落后于苏联。因此，不能什么事情都依靠、都寄希望于苏联，50 年代中苏之间那段历史的经验教训值得注意。

航天部副部长刘纪原说，在与俄罗斯的合作上，一定要“以我为主”！我不需要合作就不合作，我需要合作就合作。有的问题用不着兴师动众，买两张机票，请两个俄罗斯专家过来，听听他们的意见，就行了。我举个例子，俄罗斯国家航天局局长高普切夫听说中国要搞载人飞船，马上就找到我们，说想跟中国合作。他的意思是说，俄罗斯有现成的飞船，你中国不用再搞了，买他们的飞船就可以了。但我们不同意。为什么呢？如果买俄罗斯现成的飞船，省事倒省事，但年轻的技术队伍就没有锻炼的机会了，中国今后的航天事业就没法发展了。后来，大概是1997年，这位局长又来中国，再一次提出要跟中国合作搞飞船的事。国防科工委副主任沈荣骏知道后说，让他去我们的航天城看看吧。我就陪同这位局长去了。那天，他到航天城一看，傻了。他对我说，怪不得你们不跟我们合作呢，原来你们都搞到这个程度了，没想到这么短时间你们就搞得这么好！

中国不买俄罗斯的飞船，是因为自己有能力搞出来。后来事实证明，中国与苏联/俄罗斯的合作策略是正确的，采取的行动也是及时有效的。如果当初不及时主动走出国门，后来许多事情做起来就很麻烦。

钱振业说，大概到1993年后，中俄关系就不行了，中俄两国单位与单位、专家与专家之间的交流与合作越来越困难，有的项目简直就进行不下去了，甚至根本就不能进行了。特别是叶利钦上台后，对有关科研部门和单位作了明确规定：不经国家允许，不准俄罗斯专家到中国去，不准把有关的航天技术和航天产品转卖给中国。后来一些俄罗斯专家就去了美国。但听说美国也有规定：只接受搞核武器的专家，对搞载人航天的专家没有兴趣，不予理睬，甚至有的干脆拒绝入境！

由此可见，中国与苏联/俄罗斯上个世纪90年代初在航天领域的合作关系，既不同于50年代“老大哥”无私援助下的师生关系，也不同于50年代后两国政治对抗下的敌对关系，而是市场经济下彼此依赖的互惠关系。

然而，无论中苏两国过去、现在、今后怎么合作，高科技这玩意儿说到底，主要还得靠自己。若是忘记了自己，迷失了自己，不仅前途渺茫，而且后患无穷！

问题是，中国首次涉足载人航天，依靠自己的力量，能造出飞船吗？

第十七章
白头老翁与诺亚方舟

“神舟五号”飞船上天后，举国上下，街头巷尾，十三亿中国人谈论得最多的话题便是飞船，甚至连几岁的孩子都在大声叫喊：中国飞船上天咯！

但在上个世纪90年代初的中国，又有多少人真正熟悉、了解飞船呢？

什么叫飞船？飞船又称宇宙飞船。何谓宇宙？东方学人说，四方上下称之宇，古往今来谓之宙。西方智者讲，宇宙就是一个有规律而又和谐的整体。东方人说的是外延，西方人讲的是内涵，其实说的都是一个意思：宇宙便是一个无穷大！因飞船是在一个无穷大的空间飞行，故称宇宙飞船。

我们知道，人要远行就得有车，要过河就得有船，要上天就得有飞机。这车、这船、这飞机，就是人类在陆地、海洋和大气层行动的交通工具。那么人要离开地球，去无穷大的宇宙空间探索、航行，同样也离不开交通工具。而宇宙飞船便是人去太空必不可少的交通工具之一。用专业的话来说，就是宇航员去太空时乘坐的一种空间飞行器。空间飞行器可分为人造地球卫星、月球探测器、行星际飞行器、宇宙飞船、航天飞机、空天飞机、空间站七种。宇宙飞船与人造卫星的最大区别，就是飞船是由宇航员亲自驾驶的一种航天器，它具有一套人造卫星不具有的生命保障系统。所谓生命保障系统，就是飞船上保证宇航员在往返于地面与太空的途中和在太空飞行时的生命安全的全套设备。宇宙飞船的作用和任务主要有四个方面：载着宇航员独自在低轨道飞行，为空间站运送替换的航天员，运送登月航天员，为空间站运送所需仪器、食品和相关物资。此外，载人火星飞船也正在酝酿之中。这种飞船的任务就是把宇航员运往火星，一般为一次性使用，将来也有可能发展为多次性使用。不管是多次性使用还是一次性使用，这种飞船都要返回地球，所以均有返回系统。

实事求是地说，在苏联和美国，飞船已经成为发黄的历史，倘若有人偶尔谈起飞船，就像今天的中国人偶尔谈起轮船。早在上个世纪六七十年代，苏联、美国的幼儿园的孩子就把卫星、火箭、飞船挂在嘴边了。而与此同时的中国，农村的孩子——尤其是偏远山区的孩子，除了熟悉鸡、鸭、猪、狗，还有红薯、茄子、辣椒、蒜苗，能背诵几段当时流行全国的“毛主席语录”以外，别说卫星、火箭、飞船，就连火车、轮船、飞机也未必知道。城里的孩子即便知道火车、轮船、飞机甚至火箭、卫星，但未必一定就知道飞船。成年人和孩子相比，科普常识自然要丰富得多，但在那个被各种政治概念塞满脑袋的年代里，又能多到哪儿去呢？

1998 年，中国科普研究所曾做过一次调查分析统计，该统计数据表明，中国有 99.8%的人没有达到基本的科学素养水平，与 1989 年的欧共体国家相差二十一倍，与 1990 年的美国相差三十三点五倍。与此同时，中国科协对国人的科学素质也做过一次二十万分之一的抽样调查。结果发现，对科学概念和科学词汇的理解，与十四个发达国家相比，中国排位倒数第一。而且，据有关部门统计，中国现有文盲二亿二千万，但科盲高达五亿人！于是不难想象，1992 年的中国老百姓对于飞船的认识和了解，最多也就停留在一个热热闹闹的名词上。而中国航天人尽管在上个世纪 50 年代末至 70 年代初曾经搞过飞船，但此后近二十年间却与飞船几乎绝缘。虽说也有范剑峰等个别专家坚持在“搞”，也不过是一厢情愿的“单相思”而已，仍未触碰到飞船的骨肉与神经。

因此，飞船对上个世纪 90 年代的中国航天人来说，如同儿时画过的一幅国画，等几十年后长大成人，某一天与这幅“国画”再次相遇时，虽不陌生，却也并不熟悉。

出任飞船总设计师的专家，是戚发轫。

在中国航天人中，戚发轫是全国人民比较熟悉的一位。究其原因，除了他出镜率较高，主要的一点恐怕是他有一头引人注目的白发！戚发轫1933年4月生于辽宁复县，1956年毕业于北京航空学院飞机系。由于儿时国难当头，饱受日本人的欺辱，强国的梦想从小便在他心中滋生。

我最早认识戚发轫，是在二十四年前的西昌卫星发射场。那时的我是西昌卫星发射基地一个青年军官，戚发轫则是“东方红二号”通信卫星的副总设计师。每天傍晚，我们沿着山谷一起散步，谈论的话题几乎都是卫星。那时戚发轫很精神，什么时候都是一副乐呵呵的样子。到90年代初，我采访他的时候，他还是一副乐呵呵的样子，对航天事业的热情与执着依然不减当年。在此后的十多年里，我们在发射场又有过多次相见，他依然是一副乐呵呵的样子，而我们的话题除了卫星，还是卫星。但到了2003年的春天，我在北京航天城与他再次相见时，却吃惊地发现，戚发轫已不再是当年的戚发轫了，他脸上那副标志性的乐呵呵模样不见了，转而代之是无尽的焦虑与疲惫。最明显的变化是，当年满头青丝，如今一头白发；我们谈论的话题也不再是卫星，而变成了飞船。通过与他无数次推心置腹的交谈，我实实在在地感觉到，为航天事业拼搏了近半个世纪的戚发轫，这次的确是老了，心头的压力也大多了！就像航天部记者左赛春所言，与苏联飞船之父科罗廖夫相比，戚发轫更像一位纤夫，在他的背上，始终勒着生活与工作两根纤绳。他一直在中国航天的崖岸边低头用力，留给我们的，只有一串串沉重而坚实的足迹。

实事求是地说，对于搞载人飞船，戚发轫开始并不积极。在这一点上，他与那些几十年一直坚持搞飞船的专家不同。尽管当年的他也有过“飞天”的梦想，但当飞船的总设计师却并非他的志向。国家强盛，人民富裕，是戚发轫这一代科学家毕生的追求，至于个人得失、职位、名誉，他们的确想得很少。戚发轫当总师这年，差一岁就六十了。中国有句老话，“三十不学艺”。可他年近花甲，已到颐养天年的年纪，如果还要到一个新的领域去拼搏一番，就像一个优秀运动员最后一次出场竞赛，有可能抵达事业的巅峰，也可能会跌入人生的低谷。何况他心里非常清楚，载人飞船绝非一般任务，不仅周期长、要求高、难度大，还将面临种种风险！于是他心里便有了种种担忧与顾虑，甚至还有些发怵。

戚发轫说，我当年并不是一个载人航天的积极支持者，飞船总师也不是我主动争取的，而是组织安排的。这事上面怎么考虑的我不知道，我只知道我当五院院长的时候，上面有明文规定：当院长就不能当总师。主要是怕精力不够。所以在1992年上半年就免去了我“东方红三号”卫星总师的职务。但载人航天工程上马后，领导又找我谈话，要我当飞船总师。我说，当了飞船总师，这院长是不是可以不当了？领导说，总师要当，院长也要干。这下可麻烦了，我的思想斗争很激烈。第一，我已经五十九岁了，六十岁就该退休了，这么大把年纪还去接手那么重大的任务，又是一个崭新的领域。而且，飞船这东西不是几天就能完事的，自己能不能胜任，我心里没底。第二，我从“东方红一号”卫星搞到“东方红三号”通信卫星，和搞卫星的这支队伍摸爬滚打一起搞了二十多年，彼此非常熟悉，非常默契，同甘苦共患难，甚至生死相依，感情深得很呐！比如，1994年发射“风云二号”卫星时，卫星在厂房突然爆炸，厂房的玻璃墙都给震碎了！当时我们一帮人正在测试设备，气流把厂房的门一下关死了，怎么也打不开。有毒的烟雾滚滚扑来，电也停了，唯一的逃生之路，只有从门上的一个小窗户爬出去。我把同事们一个个从窗户弄出去，最后只剩我一个人了。等我爬出窗户，跑到第二道门的时候，就出不去了。我以为这下完了，没想到我的同事出去后，发现我还没出来，又冒着生命危险冲了回来，把我救出去了！后来飞机来了，不少人受了伤，却不上飞机，要去抢救卫星的设备。这种感情让我一辈子都忘不了！你想，现在要让我离开这支队伍，改行去搞载人飞船，我怎么舍得啊！再说了，搞飞船，人马在哪？重新组建队伍比搞技术还难！而要互相协调，达到默契，就更难了！第三，搞飞船比搞卫星风险大多了。搞卫星就算失败了，是个铁疙瘩，不是人，大不了再打一颗，怎么都好说。但搞飞船不一样，有人坐在上面，万一有个闪失，责任可就大了！所以我当时就想啊，这个飞船总师还是不干为好。但领导找我谈话说，老戚啊，你就别犹豫了，干吧！我就很为难了，心想，如果不干，又违背了我的性格，因为我是一个几十年都听从组织安排的人，一个从来都是服从分配、领导叫干什么就干什么的人。我大学毕业后，从飞机设计改为搞导弹，是组织的安排。后来我从搞导弹改为搞卫星，也是组织的安排。现在又要我从搞卫星改为搞飞船，还是组织的安排！我这一辈子除了考大学是我自己填的志愿外，其他都不是我的志愿、我的选择，全是组织的安排！

是的，一切听从组织安排，是半个多世纪来绝大多数中国科学家的一种选择，或者说一种命运。因此，戚发轫最终还是听从了组织的安排，当了飞船系统的总师。

然而，一旦真正上任，他才切切实实地感到，搞飞船实在是太难太难了！

首先，搞飞船必须要有一个好的技术方案。

没有方案，一切无从做起；方案不好，又后患无穷。就像盖楼房，设计搞错了，等人住进去后才发现这儿漏水、那儿没电，麻烦可就大了！当年，苏联为了抢第一，送一个人到天上，转一圈就回来了。美国为了抢第一，也送一个人到天上，转了半圈就回来了。今天的中国当然不能这么干，更不能去抢什么“第一”。但不抢“第一”，得抢时间，不抢不等于可以拖，不抢不等于不赶。中国的飞船怎么搞？一条是俄罗斯的路子，按照“联盟号”飞船仿制；一条是美国的路子，按照“双子星号”飞船布局。戚发轫的想法是，既不能跟着俄罗斯走，也不能跟着美国跑，中国要搞就搞一个真正现代的、起点高的、有中国特色的、最安全的飞船方案，搞它一个世界上最大的飞船，一步到位！俄罗斯的飞船舱内的空间太小，直径只有 2.2 米，航天员坐在里面太挤。中国的飞船舱内空间可以做成直径 2.5 米，能坐三个人。但要搞出这么一个技术方案，却非常之难。

戚发轫说，一是 1992 年工程上马时，国家不少条件都不具备，比如国家拿不出像美国、苏联那么多的钱，我们就不可能做大量的地面实验。我们过去发射卫星时，从来都不发射试验卫星，一上来就发射正品卫星，为的就是省钱。二是我国的工业基础较差，比如电子元器件、原材料等，都不能满足载人航天的要求。三是飞船方案不是画出来就完事了，还要做出来才行。而要把方案做出来，我们搞设计的就得深入到工厂，和工人们一起讨论，看这个方案可不可行，看怎么做更合适、更省钱、更容易，工艺上更合理。四是中国起步晚，人家是60年代，我们是90年代，相隔几十年。虽然与苏联有过接触，但关键技术苏联人不会给我们，我们只有在吸收他们经验的基础上自己摸索着干。尤其是三舱方案定下来后，三个舱具体该怎么搞？体积该多大？如何布局，怎么排列？哪个舱摆在前面？哪个舱放在中间？哪个舱搁在后面？这一大堆问题都是我们从来没有遇到过的非常棘手的问题。而这么多问题摆在诸位专家面前时，又各有说法，意见不统一。

而且，七大系统搞载人航天，都是大姑娘上轿——第一次。各系统之间的技术分工与协调都是摸着石头过河，有的可能顺顺当当，有的难免磕磕碰碰。比如，火箭这次发射载人飞船，要求火箭的可靠性要达到百分之百，但中国的火箭最多可达97%，那么剩下的3%怎么办？谁来保证？从理论上讲，这3%应该是火箭系统的事。但为了确保航天员的安全，上面觉得这3%由飞船系统来保证更合适，所以要求飞船系统在设计上想办法。这一来，矛盾便出现了。

戚发轫说，像这样的事，我有苦难言，不愿干也得干。我们费了很大心血，干得非常吃力。因为这3%的安全措施要比那97%复杂得多！当时系统内不少人都想不通，说，本来只有3%的事，却要花百分之九十几的精力，值得吗？我开始也不愿干。但为了确保航天员的安全，费再大的劲也得干！

再比如，中国过去用火箭发射卫星时，从来没出现过火箭与卫星在天上分不开的情况。但这次发射的不是卫星，而是飞船，里边坐着活生生的航天员！于是有人提出，飞船入轨时，万一火箭与飞船分不开怎么办？戚发轫就说，过去从来没有过这种情况呀！对方说，过去没有，不等于这次没有啊，万一这次发射飞船时有了怎么办？于是工程总体就要求他们在设计飞船时，由航天员给火箭发一个指令，让火箭与飞船再分离一次。

戚发轫说，给火箭发指令，本来是火箭系统的事，不是我飞船系统的事。苏联发射“联盟号”飞船，火箭和飞船是一个总师。我们中国是两个总师，火箭系统的总师是王德臣，飞船系统的总师是我戚发轫，我能管得着王德臣的事吗？我就不愿做。可上面认为我们做这个方案更合适，最后也只有做，设计了一个让航天员发指令的程序。

但问题很快又出来了，有人说，航天员是第一次上天，万一糊涂了，摁错了电钮，乱发了指令怎么办？就是说，不该摁电钮的时候摁了，该摁电钮的时候没摁，怎么办？

戚发轫说，我就抬杠了，我说只要航天员按程序办了，就没事，即便航天员不注意碰了、撞了，也绝对不会误发指令，因为要发送指令必须解开保险，纵摁一下，横摁一下，才能把指令发出去。但是，你航天员自己判断错了，或者不该摁的时候你摁了，就像开车的司机，该刹车你不刹车，该踩油门你却踩了刹车，那我就没办法了。

有人又说了，能不能让地面给航天员发个指令，让他摁才摁，不让他摁就不能摁。但谁来给航天员发这个指令呢？这个指令万一发错了怎么办？责任谁来负？后来这个意见没有采纳。但过了一段时间，又提出一个新问题：如果火箭在还没有把飞船送入轨道之前，半路起火了，或者出现别的问题了，怎么办？

戚发轫说，毫无疑问，首先是想法把火箭和飞船分开，让载着航天员的飞船快跑！但这个时候的飞船速度已经不够了，火箭却还有速度，火箭就随时都有撞到飞船的可能。一旦撞了飞船，就像我们在公路上开车，后面的车撞了前面的车，叫追尾。而追尾的事是你后面火箭的事，不是我前面飞船的事。所以不应该我来解决这个问题。但工程总体最后还是要我们飞船系统想办法。为了保证航天员的安全，我只有想了很多措施，一旦出事了，就让飞船的发动机先点火，就赶快逃！总之，凡有利于航天员安全的事，愿意干的我们要干，不愿意干的最后也得下决心干！

所以，在那段日子里，身为总师的戚发轫很苦闷、很尴尬，心理上的压力非常大，脾气也就大。用他老伴和女儿的话来说，他回家后家里人都得看他的脸色，一看他脸色不好，就躲得远远的，不然一旦惹着了他，他就会拿你撒气！

第二，搞飞船必须要组织起一支人才队伍。

1992 年飞船工程启动之际，正是中国市场经济刚刚兴起之时。本来航天系统是有一定人才储备的，但在市场经济大潮的冲击下，社会上掀起了轰轰烈烈的“下海热”“出国热”，很多大学生不仅不愿到航天部工作，而且来了之后很快又离开了。于是航天部人才大量流失，“肥水外流”的趋势愈演愈烈。当时航天部曾流传这样一个笑话：在某名牌大学的毕业晚会上，当几个女生问到一个男生分配到什么单位时，这个男生捶胸顿足，一脸苦相，说，我可惨了，我可惨了！几个女生忙问怎么惨了？这个男生说，我被分到航天部去啦！

的确，当时不仅新毕业的本科生、研究生不愿来航天部工作，就是现有的年轻骨干也纷纷出走，另谋生路——有的出国，有的跳槽，有的改行。有一个单位，第一批去的二十多个研究生先后走完，一个不剩。后来连本科生也留不住了，每年都要走掉五十多个。甚至摩托罗拉公司的大轿车都开到了中国火箭技术研究院的门口，每天等着把人才拉走！而原有的科技队伍中，老的老、病的病、退的退，即便能在岗位上干活的，也多为 1966 年或 1967 年毕业的大学生。于是一时间，航天部人才短缺，青黄不接，后继乏人。

航天事业如此壮美伟大，人才为什么会离开呢？

究其原因，主要是生活待遇差。生活待遇主要是指工资和住房。应该说，从上个世纪 50 年代到 70 年代，中国航天人与社会上其他一些单位的人相比，无论工资还是住房待遇在全国都是上等的，日子过得有滋有味，还有一点优越感。因为他们生活上靠国家拨专款养活，精神上靠国家荣誉支撑。但后来和社会上很多行业、单位相比，就不行了，有的单位连基本的生活条件都不具备。尤其是随着整个国家从计划经济体制向市场经济体制的转变，航天部提出了“转轨变型”的方针，即从计划经济转向市场经济，从试验轨道转向商品轨道，从军用产品转向民用产品，从依赖皇粮变为服从市场。于是航天工业从此脱离计划经济，跨入市场经济，航天人再次陷入任务不足、经费不够的困境之中。不仅一般的项目不再享受国家专款的待遇，甚至连造火箭这样的国家大事，也得自己想法贷款，背着债务去干。因此在上个世纪 80 年代的航天系统，曾流传这样几句顺口溜：

> 50 年代戴着“帽子”搞导弹，
> 60 年代饿着肚子搞飞船，
> 70 年代举着“宝书”搞卫星，
> 80 年代背着债务搞火箭。

比如，后来用于发射“神舟五号”飞船的“长二捆”火箭，在最初研制的时候，火箭技术研究院就曾经向银行贷款两千多万元！还有，中国发射国外的商业卫星，在老百姓看来，航天系统肯定赚了大钱，航天人的腰包也肯定早就塞满。可事实上呢？除去成本和劳务外，赚的外汇几乎所剩无几，最后能够分到相关航天人手中的人民币不过百十来块钱。难怪当时社会上出现了一句很著名的流行语：“搞导弹的不如卖茶叶蛋的！”而用航天人自己的话来说，航天系统是“看起来热闹，听起来感动，说起来光荣，实际上却十分艰辛而清苦”。

就拿工资来说，在 80 年代，一般科技人员且不讲，研究生每月工资才八九十元，加上其他补助，不过几百元，甚至连一些在国际上都著名的大专家，薪水也少得可怜。比如，发射“神舟五号”飞船的首任火箭总师王德臣，我曾当面询问过他的工资情况：1992 年，王德臣的基本工资一百多元；1999 年，基本工资三百六十元，加上其他杂七杂八的补助，每月一千五百元。至于那些为中国航天事业拼搏了一辈子后退下来的老专家，每月把所有的钱加起来，也不过一千元左右。而在国外，像王德臣这样的大专家，月薪大约十万美元，当时折合人民币约八十万元。国外一般本科毕业生月薪大约也是六千美元，折合人民币五万元。即便当时在中国的外企公司，本科毕业生一月薪水也是四五千元。因此，年轻人目睹了这些情况和结果后，想留他们也留不住。

对此，戚发轫深有感慨。他说，有一次，我带了两个博士生去参加一个国际学术会议，会上两个人都有不俗的表现。但搞飞船时，两个人都走了。为什么？穷！有一个博士生家里四口人，父亲、母亲和姐姐，一家人都在东北一家企业里上班，可厂里连工资都发不起，后来全下岗了。全家人从小含辛茹苦，省吃俭用，供这个博士生上了学，希望他能为家里带来生存的转机。他却没做到，不是不想做到，而是实在做不到。他一毕业就到航天部，本打算把自己的青春献给航天，甚至把自己的生命也献给航天。可他有这份心，现实却没这份情，他拼命干工作，也干出了成绩，但每月所获得的工资却养不活他全家。无奈之下，他只好走了。

而另一个博士生离开戚发轫的原因，是因为到航天部好几年了，却一直没房子。80 年代、90 年代初的航天系统，别说年轻人结了婚没房住，只能自己到外面租房，就是一些为航天事业贡献了几十年的专家，住房也同样紧张。比如有的上个世纪 50 年代的老专家，已经三代同堂，仍然只能挤在一间两居室的小房里。甚至有的专家直至闭上眼睛离开这个世界，也依然挤在一间狭小简陋的小房子里。有一位专家，全家四五口人，长年挤在一间大约九平方米的房子里，没有厨房，就在门口搞一个蜂窝煤炉子，来往的人要通过过道，只有侧着身子挤过去。尤其是夏天，每次做饭炒菜，烟熏火燎，那个热呀，热得浑身汗水湿透！但没有办法，只有一天天地熬着。所以离开戚发轫的这位博士生说，哪儿都是为国家作贡献，我为什么一定要在航天系统干呢？既然这儿待遇差，我为什么不换一个地方，让自己生活得好一点呢？我虽然无力改变现实，却有选择离开的权利。于是，这位博士生去了一家外企，不仅有了房子，而且工资一月七八千，比在航天部多了好几倍！

还有一个原因，就是不少年轻人当时感到在航天系统干没什么发展前途。在航天系统，充当顶梁柱的人物绝大多数都是上个世纪 50 年代从美国、苏联留学回国的老专家。其次是“文化大革命”前毕业的一批大学生。由于“十年浩劫”导致整整一代人断档，这些专家虽然年事已高——一般都在六七十岁甚至七八十岁，却仍然占据着主导位置。所以年轻人深感航天系统“老头子太多”，要想有出头之日，不知熬到什么时候，即便像戚发轫那样熬白了头，机会未必就一定能落在自己的头上。加之当时中国航天很不景气，载人航天工程论证了六七年也迟迟未见结果。等后来正式批准下来了，人也走得差不多了。因为，这些六七十年代出生的年轻人较之上一辈航天人，在思想意识、生活观念、人生哲学以及工作方式、行为方式等方面都有很大不同。上一辈航天人首先想到的是国家，是民族，是集体，个人利益从来不考虑，或者说几乎不考虑。可现在时代变了，世界变了，这一代年轻人也跟着变了。他们的人生变得很实际，生活变得很实在，不可能像老一辈航天人一样一辈子守着一个岗位。他们对诸如“模范”“标兵”“先进”一类荣誉的兴趣淡漠了。作为一个人，他们首先考虑的是生存，是发展，比如吃饭、穿衣、住宿，还有谈婚论嫁、生儿育女、赡养父母、个人前途等等。所以当这些正常的、起码的要求得不到满足，他们便选择离开。因为时代为他们提供了多种选择的可能。后来随着载人航天工程的启动，加之航天部采取了多种措施，人才队伍才渐渐稳住并壮大起来。

因此，戚发轫上任之初，不仅要从不同单位、各个部门寻找人才，重新组织起一支搞飞船的队伍，而且还要将这支队伍拧成一股绳，一心一意、争分夺秒搞飞船。这无疑又是一道难题。

第三，搞飞船必须攻克种种技术难关。

飞船较之卫星，技术要复杂得多。仅按技术性质分类，就有十三个分系统：结构与机构系统、制导导航与控制系统、数据管理系统、测控通信系统、热控制系统、推进系统、电源系统、有效载荷系统、环境控制与生命保障系统、乘员系统、仪表照明系统、应急救生和回收着陆系统。

也许有人会问，一个飞船，何以搞得如此复杂？

飞船要完成载人飞行，必须破解三大难题，一是“上得去”，二是“待得住”，三是“下得来”。“上得去”，就是要保证航天员能顺利进入太空。“待得住”，就是要保证航天员进入轨道飞行后能有一个舒适的空间环境。“下得来”，就是要保证航天员能安全返回地面。看起来只有简单的三句话九个字，但飞船系统要攻克的重大技术难关就有十八个之多，要破解的技术难题则成百上千！

而上面对飞船的要求是：必须绝对安全！可以出事，但不能死人。要做到这一点，相当艰难！难就难在，要成功，十三个分系统、六百多台设备、五十多万个软件程序、三百多根电缆、八万多个接点，还有三百多个协作单位，一个都不能有问题。而要失败，只要其中有一个部门、一个人、一根电缆、一截导线、一个接点出错，就全部完蛋！

更何况每个环节所涉及的技术问题都从未搞过，极其复杂。比如：火箭点火起飞后，飞船噪音极大，震耳欲聋。要保证航天员不受到这种噪音的刺激与干扰，心平气和地操纵各种仪器，就必须想法克服这种超强的噪音。为保证航天员的安全，飞船系统要设计二十三种逃生模式。这二十三种逃生模式，每一种都必须确保万无一失。为了防止航天员上天后出错，在飞船舱内要设计安装一个装置，航天人戏称“小秘”。这个“小秘”要随时告诉航天员，怎么工作，怎么吃饭，如何排泄，飞到国外怎么控制，从天上返回如何确保安全，等等。

第四，搞飞船必须要有足够的经费。

过去几十年，中国热衷于搞政治运动、搞阶级斗争，而忽视了经济，忽视了金钱，不但认识不到金钱的价值和意义，甚至把金钱视为洪水猛兽。直至改革开放后，要搞经济建设了，才知道金钱原来竟如同空气般不可缺少！这一点，戚发轫同样深有体会。他说，载人航天工程启动后，尽管国家拨了专款，但这笔钱从上到下层层都得有一点，到了基层单位，经费也就相当有限了。为了弄几个钱，我还得到处“活动”，说情，想法找点关系。为了尽快搞出飞船，有些事情你不想走“后门”，逼得你也得走。看见科技人员工作太累，有时就给发点奖金，可上面一查，说不符合规定，不符合标准，还得挨批评。

的确，载人航天是高投资，一旦启动，总是捉襟见肘，这一点全世界都一样。美国航天飞机的研制经费原定是五十五亿美元，后来实际高达一百五十五亿美元，增加了一百亿美元，地面设施的费用还不包括在内。法国的阿里安火箭、航天飞机以及欧洲的哥伦布空间站，经费也是不断增加。比如赫尔墨斯小型航天飞机，开始计划是十七亿美元，后来增加到三十亿美元。中国搞载人航天，中央开始拨款一百四十九个亿，后来又增至一百九十个亿，但还是不够!

没有钱，或者钱有限，干活自然就难。当年搞“两弹一星”时，是绝对的计划经济，专家只管技术，不操心金钱。钱振业说，60 年代初，每年国家给航天事业的投资是两个亿，到年底都花不完。当时国家在各方面都很支持，要什么给什么。最困难时期，全国各地都很支持，东北的大豆，广东的鱼，还有内蒙古军区打的黄羊，都送给我们科技人员吃。

但现在是市场经济，专家既要负责技术，还得操心经费，干每个项目都得要钱，没钱开路，寸步难行；加上市场经济又刚刚起步，一切尚在探索之中，许多事情做起来既不像计划经济，又不像市场经济，不伦不类，两头不靠。所以在这种情况下，载人航天工作出现不少麻烦，航天专家们常常陷入一种进退维谷、左右不是的尴尬局面之中。戚发轫说，有的工厂，你找他干活，本来签了合同、谈好了价钱，可到后来他说你给的钱不够，就不干了，成天找你要钱。你不再给钱，他就不给你元器件，即使做好了也不给你。比如，我们做一个火工机构方面的元器件，先是找了一家老厂，谈好了，并签了合同，可后来元器件也没给我们做出来。为什么呢？他总厂接到活儿后，交给分厂干，分厂遇到了问题，总厂不管。总厂说我没拿钱，与我无关。分厂干不下去了，又找你要钱。后来我们把钱汇过去了，那边的银行又把钱给扣住了。怎么办？找银行打官司？不敢打啊！其实不是不敢打，而是打不起！因为没有这个时间、这个精力。没办法，我们只好另外找沈阳一家工厂重新干。可等这家把元器件做好了，飞船的计划早给耽误了。所以说，像飞船这么大的工程，我本人是坚决反对搞市场经济的。为什么呢？因为当时国家还处于计划经济和市场经济的交替时期，许多规章制度和法律制度都不健全，都没理顺，有许多扯皮的事，就没法弄。

第五，搞飞船必须搞好各种关系。

西方先进国家是个讲法制、讲程序的社会。而中国除了讲法制、讲程序，还是一个很讲关系的社会。关系就像空气般无所不在，如同细菌般无孔不入。搞飞船，当然也要讲关系，甚至从某种意义上说更要讲关系。这种关系当然是正当的关系，它主要包括内部关系、外部关系、上下关系、社会关系。

从内部关系来说，光飞船系统就分了十三个分系统。十三个分系统你中有我，我中有你，谁也离不开谁。而飞船系统除戚发轫这个总师外，还有七个副总师、十五个主任设计师，年龄最小的五十五岁，最大的六十五岁。在这众多关系中倘若有一个关系处理不好，都会直接影响飞船的质量与进度。

从外部关系来说，飞船系统是龙头，与其他六个系统密不可分，若与其中任何一个系统发生“短路”，都会影响整个载人航天工程的推进。

从上下关系来说，飞船系统既受国防科工委领导，又受航天工业集团总公司领导。这“两个领导”，一个是军方，一个是地方，文化背景不同，管理方式不同，甚至思维方式也不尽相同。就像两家人在一个锅里吃饭，锅碰盆、盆碰锅的矛盾时有发生。倘若二者关系处理不当，也会给工作带来很大的影响。

从社会关系来说，搞飞船不是单打独斗，不只是关起门来搞试验，而必须依靠社会的力量。这就注定要和社会上各个部门、各个单位、各种人群打交道。光飞船系统所涉及的单位，全国就有三百多个！这三百多个单位专业各不相同，情况相差很大，其诸多关系怎么处理、如何协调，非常棘手。中国进入市场经济后，社会关系较之当年搞“两弹一星”时不是复杂了多少的问题，而根本就不是一码事！比如元器件的生产，过去研制部门与工厂打交道都是无条件的，其关系也是非常单纯的，除了一方说“任务”，一方说“完成”，谁都不会提一个“钱”字。但戚发轫说，现在就不行了，你找到某家工厂，对方什么都不讲，先讲一个“钱”字。给钱干活，多给钱多干活，少给钱少干活，不给钱不干活！甲乙双方的关系变成了一种纯粹的金钱关系。

此外，社会上还有一些关系，同样非常深奥，或者说非常微妙。这些关系像一张摸不着、看不见的蜘蛛网，让专家们很难做到滴水不漏、游刃有余。倘若一不小心触碰了这张网，就有可能带来麻烦，甚至留下隐患。比如，飞船要上天，可以在飞船的返回舱里搭载一些东西。但飞船的重量是有限的，最多只能承载三百公斤的东西，增加一斤，甚至增加一两，火箭的推力都要改变！那么哪些东西该搭载，哪些东西不该搭载？哪家的东西该搭载，哪家的东西又不该搭载呢？这让当总师的戚发轫感到非常为难。

戚发轫说，飞船的搭载问题，是我在设计飞船时遇到的一个难题。我们的国旗和一些科学试验品毫无疑问是应该搭载的。但全国不少单位听说中国飞船要上天了，都想在飞船上搭载一点自己的东西，不少人都找来了，有的还想方设法找关系，想“开后门”。想想看，飞船就一个舱，一个舱就那么大点空间，你让我这个当总师的怎么设计？满足谁，不满足谁？设计飞船又不像建房子，想建多大就建多大。再说了，现在就是建房子也要受到地皮的限制、成本的限制啊！这些事情让我感到非常头疼！

让戚发轫感到头疼的，当然远不止这些。作为总师，他不光要负责技术，还要负责管人。七个副总师，十五个主任设计师，还有几百号技术人员，怎么做到“千人一颗心”“万人一条船”？尤其是时间紧迫，这是当时所有专家遇到的最大问题，也是戚发轫遇到的最大问题。同一时间里，既要设计方案、论证方案，又要选拔人才、组织技术队伍；既要研制飞船、抢建航天城，又要筹建飞船试验中心、攻克无数技术难关……如此繁多复杂的事情，全挤在一个时间段里，如何严密组织？如何高效运作？如何科学安排？唯一的办法，就是将全部工作交叉作业，让所有人员拼命加班！因为飞船系统任何一个环节出现“误点”，都会影响其他六个系统。一旦拖了进度，就得挨批评。所以戚发轫说，飞船系统干活最多，挨批也最多！

由于时间紧任务重，戚发轫把全部时间和精力都用在了飞船上，但时间还是不够。戚发轫当总师后，因总师不是行政职务，所以没有资格配小车，他每天只有从位于中关村的空间技术研究院乘坐班车到北五环的航天城上班。从中关村到航天城，途中要走一个小时。北京人多车多，若是遇上堵车，少则一个半小时，多则两个小时。每天这样在路上跑来跑去，跑了一年半，跑掉了不少时间，跑得戚发轫上火，跑得戚发轫心疼。为了抢回点时间，他只好每天坐在摇摇晃晃的班车上改方案、查资料、看文件。

后来，袁家军当了副院长，配了一辆小车。袁家军年轻有为，在航天界有“英俊少帅”之称。但袁家军论辈分算晚辈，又是戚发轫的学生，所以见戚发轫每天坐班车上班，有些不好意思，便每天把戚发轫捎带着一起上班。坐班车与坐小车当然是两种感觉，而更重要的是两种速度，节省了不少时间。但渐渐地戚发轫感到这个办法有些不妥。袁家军上班下班没有规律，有时想早走，不好意思让他提前；有时开会太晚，又不好意思让他久等；有时途中要办点事拐个弯，也不好意思让他在车上陪着转。所以尽管袁家军对戚发轫非常照顾，但越是照顾，戚发轫越觉得不好意思。最后，戚发轫还是主动离开了袁家军的小车，改坐班车上班。

不久，戚发轫也有了一辆小车，但不是专车，是几位专家合用的车。直到 2003 年，当了十一年飞船总师的戚发轫才终于有了一辆属于自己的“红旗”牌小车。

有了小车的戚发轫开会办事方便多了，也省时多了。但他依然很忙，参加各种会议，解决各种难题，处理各种矛盾，时间还是不够用，每天从早到晚依然忙个不停。

2003 年 8 月的一天，我见戚发轫实在太累太忙，压力太大，为了让他缓解一下情绪，便在八一电影厂联系了一场电影，打算陪他去看一看，放松放松。我将此事告诉他后，他很兴奋，说他年轻的时候其实是很喜欢看电影的，后来因为一直忙，大概有二十年没在电影院看过一场电影了。可他刚一说完，又犹豫了，说还有不少事情要处理，要不等飞船上天后再说。

我说电影厂那边已经安排好了，是专门为您放的，还是放松一下吧，来回就三个小时，大科学家钱学森还经常听音乐呢！

他听我这么一说，便点头同意了。于是，这天下午我俩一起坐着他的“红旗”牌专车去了八一电影厂，然后走进小电影厅。电影开映后，戚发轫神情专注，脸上表情十分丰富，看到高兴处，竟拍手叫好，像一个终于逃离了学校和家长的孩子！没过一会儿，他就对着我的耳朵悄悄地说，坐在电影院看电影，感觉真好！当年我们看电影都是在露天坝里看，我简直没想到，现在的电影院都发展到这么高级了！看来，以后退休了我得多看几场电影。

戚发轫刚说到这里，他的手机就响了。接完电话，他悄悄对我说，对不起，飞船有个地方出问题了，我必须马上赶回去！我一看表，坐下来还不到二十分钟。我只好起身送他出门。就在他即将走出电影院门口的时候，我发现他突然停下脚步，回头望了一眼，眼里尽是依依不舍的留恋与遗憾。

第十八章

真人航天员

载人航天的核心是人。

这人，便是航天员。

航天员并非一般人，一般人当不了航天员。真正优秀的航天员都是天之骄子，尤其是第一次上天的航天员。苏联的加加林是，美国的斯特朗是，中国的杨利伟也是。

中国航天员从上个世纪的最初选拔到本世纪的上天，历经四十二个春秋。1961 年和 1970 年，中国曾两次秘密选拔过航天员，但皆因历史的原因，这两次选拔出来的航天员最终都从青年变为老年，由青丝变成白发，不仅没有上天，而且连飞船的影子也没见着，只能在一声声叹息中度过余生。

中国第三次秘密选拔航天员，始于 1995 年冬。这个冬季，北京有点冷。在这个寒冷的冬季里，由空军和国防科工委联合组织的选拔航天员的专家组顶着寒风开始了秘密选拔活动。此次选拔的对象仍是空军飞行员。这是从苏联和美国学来的经验。1957 年，苏联第一次选拔航天员时，从三千名歼击机飞行员中选出二十名预备航天员，最终只有六名成为航天员。1959 年，美国从喷气式飞机驾驶员、热气球驾驶员、潜艇驾驶员、登山运动员、赛车手中选出五百名预备航天员，最终只有七人成为航天员。中国的这次选拔，是先从空军一千五百零六名飞行员中选出八百八十六人参加初选，再从这些人中选出六十名参加角逐，最后经过层层筛选，挑选出了十二名预备航天员。也就是说，最后这十二名预备航天员是从一千五百零六名飞行员中选拔出来的。

中国航天员的选拔采用的基本是苏联的标准，同时参考了美国的标准，但又有别于苏联和美国的标准。美国航天员的身高标准可达 1.93 米，因美国是航天飞机，空间大。苏联航天员的身高标准是 1.70 米，因苏联用的是飞船，空间小。至于年龄标准，根据苏、美以往几十年的经验总结，男人四十岁为最佳。因为男人只有到了四十岁，生理机制才会处于最佳状态，返回地面后后遗症最轻。相反，年龄越小，后遗症越重。像美国“哥伦比亚号”航天飞机上的航天员，年龄都在四十岁以上。因此，中国航天员的选拔标准中除了增加一条政治标准外，主要有如下几个硬性条件：身高，1.60～1.72 米；体重，55～70 公斤；年龄，25～35 岁；驾机飞行时间，不得少于八百个小时。

此外，航天员选拔出来后，还要把航天员的家属和孩子接到北京，逐一进行严格的体检。家属们来到北京后，既高兴又很担心，她们担心的不是自己的身体有病，而是担心自己的身体有病而耽误了丈夫的前程，耽误了国家的大事。比如后来乘“神舟七号”上天漫步太空的翟志刚，他的妻子当时就明确表态说，万一自己的身体查出来有问题，就和丈夫离婚！

对于这次航天员的选拔，新老飞行员们都表现出强烈的参选愿望和浓厚的兴趣。空军一位副司令员曾亲自找到北京航天医学工程研究所所长沈力平说，我除了年纪不合格，其他条件都行，我愿意代表空军的飞行员第一个报名，而且不计任何代价！北京军区一个飞行员参加选拔最终落选后，还找到航天员系统负责人吴川生，要求给他发个证书，在证书上写上“某某同志某年某月曾参加过中国首批航天员的选拔并入围”。吴川生问他要这个证书干什么，他说将来有一天他当爷爷了，可以拿着这个证书对孙子说，孙子，你看，爷爷当年曾经参加过中国首批航天员的选拔呢！甚至中国原子弹之父钱三强的夫人何泽慧已年过八旬，有一次开会见到沈力平时还开玩笑说，中国人要上天了，把我这个老太婆也算一个吧，我的身体还不错哟！

在选拔航天员的同时，对航天员教练也进行了选拔。尽管事先官方有过声明，航天员教练的待遇条件绝不低于航天员，但飞行员们对当航天员教练的兴趣还是不大，甚至有的明确表示不愿当航天员教练。比如某军区有一位飞行团团长，各方面条件都不错，却明确表态说，当航天员就来，做航天员教练就算了。其主要原因是，航天员能上天，可以成为举世瞩目的英雄，而航天员教练却只能在地上，上不了天，永远默默无闻！不过，最后还是从空军二十名双学位歼击机飞行员中挑选出了两名非常优秀的航天员教练员，一个是指令长教练员吴杰，一个是随船工程师教练员李庆龙。

然而，中国当时还不具备训练航天员的能力和条件，或者说还不完全具备。全世界具备训练航天员能力与条件的国家只有两个，一个是美国，一个是俄罗斯。开始时，中方打算让十四名航天员都去俄罗斯培训。可一打听价格，太贵！贵到什么程度？最初在北京谈判时，一个航天员一年的学费，俄方要两千万美元。后来中方砍价，砍到一千四百万美元！即便这样，加加林宇航中心在对所有国家的收费中，对中国还是最低的。而对美国最高，比中国高出十倍！算算吧，中国一个航天员要一千四百万美元，如果十四个人都去，该是多少？

后来中方决定，只派吴杰和李庆龙两人去俄罗斯加加林宇航中心受训。同时，每季度再轮流派出一个专家小组，也去加加林宇航中心学习。

俄罗斯加加林宇航中心位于莫斯科的北郊，是世界最著名的航天员培训中心，不仅有国际一流的器材设施，还有世界顶级的训练教官。加加林宇航中心地处一片茂盛的森林之中，四周是一个很大的湖，名为天鹅湖，生活区就建在湖边上；湖的另一侧，是航天员训练中心大厦。航天员宿舍是宾馆式住宅，推开窗户便能见到大片的白桦林。整个加加林宇航中心无论地形还是建筑，都显得非常漂亮。加加林的遗孀就住在天鹅湖旁边一栋白色的别墅里。遗憾的是，据亲眼见到这位老人的中国专家说，这位当年享誉全球的人类飞天第一人的妻子，如今已是一位目光呆滞、表情木讷、忧郁寡言的普普通通的俄罗斯老太太了。加加林中心的主任是一位上将，正春风得意，踌躇满志。加加林宇航中心常年都是封闭式管理，任何人未经许可不得走出中心的大门。加加林宇航中心已有四十多年的培训历史，四十多年来已为世界各国培养了不少优秀的航天员，其中包括美国的一些航天员。美国虽然有自己的宇航中心，但为了吸收他国经验，同时为了避免“近亲繁殖”，也将航天员送到加加林宇航中心培训。凡到这个中心受训的航天员，受训时间一般三到四年，最多六年，至少两年。中国因时间紧迫，经费有限，要求把时间缩短为一年。尽管加加林中心对此感到不可思议，还是认真负责地为两名中国航天员专门制订了一个为期一年的教学训练计划。

1996 年金秋十月，中国航天员教练员吴杰、李庆龙怀揣飞天的梦想，第一次走进俄罗斯加加林宇航中心。加加林宇航中心主任克里木克将军本来就对中国航天员心中没底，加上吴杰、李庆龙的身高只有一米七左右，与人高马大的欧美航天员相比，既矮又瘦。因此，他安排加加林中心按照俄罗斯选拔航天员的标准，对他俩的身体素质和航天特殊生理功能又做了一次测验。测验结果：完全合格！

但接下来要过的每一道关口，都非常不容易。

比如，语言关。吴杰说，我们过去从来没有接触过俄语，虽然来俄罗斯之前曾到北京外语学院找了三个老师，专门进行了八个月的俄语强化训练，但到了加加林宇航中心，俄方教员都用俄语讲课，而且讲的全是专业术语，我们学的那点俄语根本不够使，刚开始几乎一句都听不懂。我们只好加班加点，恶补俄语，每天训练结束回到房间，不管有多苦多累，第一件事就是打开电视，收看俄语新闻。甚至上厕所都在强背单词。

又比如，冬季野外耐寒生存训练关。李庆龙说，冬季野外训练开始后，俄方用飞机把我们拉到北极圈。那里的积雪非常厚，大概有一米多，温度接近零下五十度，人站在雪地上如果不动，几分钟就能把你冻僵！但俄方要求我们三人一组，独自生存四十八小时以上，一切困难自己想办法克服。而且，每人只发给几块压缩饼干、几块拇指大的巧克力和一瓶矿泉水。没有房子，我们就自己搭建一个几平方米的“雪屋”。冷了，自己生火。渴了，就把冰块装在铁盒里，再放在篝火上加热后喝。困了，却不敢睡觉，因为人一旦睡着了，身体温度低于三十五摄氏度，就会患低温症，搞不好还有生命危险。所以在这四十八小时里，我们几乎没睡，实在扛不住了，打一个盹，猛一醒来，还以为自己已经到另一个世界了。等到早上的时候，我们嘴唇冻得发紫，脸上、头发上、眼睫毛上全都结上了冰凌子，只有眼珠还在转动。有个美国的航天员就因为鼻子冻伤，被淘汰了。但我和吴杰都挺过来了！这四十八小时让我永生难忘，因为完全是一种死里逃生的感觉！

再比如，隔离舱训练关。所谓隔离舱训练，就是把一个航天员单独关在一间只有七八平方米的小屋里，身上捆绑着各种测试导线和仪器，昼夜不停地按规定的程序操作各项科目，七十二小时后再放出来。在这三天三夜里，只有你自己陪伴着自己，不能睡觉，不能说话——包括自言自语。吃饭时由外面的人从窗户洞里送饭进来，每天只能吃一块饼干，喝一小杯水。除了工作就是工作，不能有丝毫的松懈和怠惰，否则就完不成规定的科目。完不成规定的科目就被淘汰。所以再累再困，也不能闭一下眼睛，只要一打盹，警灯立即把你惊醒。更不能出错，一出错就前功尽弃。特别是到了第三天，度时如年，孤寂难熬，你必须用毅力控制自己的情绪，不能有半点急躁，因为外面有监视器一直监视着你的一举一动，包括你的眼神和面部表情。

为什么要做这种训练呢？因为太空是一个完全不同于地球的地方，航天员在太空飞行中始终处于低压、缺氧、宇宙辐射、高温、低温、超重、失重、噪声以及与世隔绝等极为恶劣的环境里，很容易出现不同程度的心理障碍。美国有一个航天员，由于在太空待的时间太长，情绪出现烦躁，便和同事吵架，甚至打了起来，差点导致航天飞机出事。苏联也有一个航天员，上天后由于心理不稳定，无法控制自己的情绪，便乱扳开关，差点造成飞船出轨。因此，要让航天员做到意志坚定，临危不惧，头脑清醒，遇事不惊，耐住寂寞，情绪稳定，就必须要加强心理训练！李庆龙说，因为航天员在太空有时要连续几天几夜单独执行飞行操作任务，在这几天几夜的太空生活里，是非常孤独寂寞的。做这个项目，就是要训练你承受孤独寂寞的心理能力。这种孤独与寂寞不是一般人所能承受得了的，它需要超常的控制自我的毅力与坚忍的耐心。等三天三夜放出来后，我都快憋疯了，恨不得抓起一把凳子把隔离舱砸了！

与吴杰、李庆龙同时在加加林宇航中心参加训练的，还有美国、法国、英国、德国、以色列等国家的共三十多名航天员。欧美的航天员与中国航天员相比，训练水平总体上差不多，只是在一些具体科目上各有长短。但在金钱物资上，欧美航天员绝对占优势。比如，美国的航天员在加加林宇航中心的附近建有专门的小别墅，他们每天开着高级小轿车参加训练，还可以带着夫人或者情人住在这里，自己做饭，像度假一样。每当训练满一个月后，他们便回国休假一个月，再回来接着参加训练。法国等欧洲国家的航天员则每周五乘坐飞机回国度周末，周一再来参加训练。由于欧美航天员财大气粗，参加培训的时间一般又是四年，他们无论在训练上还是生活上都显得十分从容。而中国航天员不光经费有限，而且培训时间只有一年，所以生活上既显得十分寒碜，训练中又显得相当紧迫——因为中国急需航天员教练！尽管加加林宇航中心有双休日，其他人都玩去了，唯有他俩在争分夺秒，惜时如金，刻苦学习，拼命训练，不仅周末不出门，甚至两个月也不上一次街，把自己关在屋子里，不是啃《航天员手册》，就是吃方便面。

整整一年时间里，吴杰和李庆龙没有回过一次国，他们的妻子也没去过一次。他俩就像被关进了不能出门的隔离房一样，与外界断绝了联系，忍受着长时间的孤独与寂寞。他俩唯一去过的加加林宇航中心之外的地方，就是加加林博物馆。俄罗斯是一个崇尚英雄的民族，航天员是他们崇尚的英雄之一。俄罗斯的航天员都有小汽车，国家专门为航天员定制了特殊的车牌，航天员开车上街，大人小孩见了都会敬礼欢呼，其他的车都会自动让路，警察也会为他们开绿灯。俄罗斯已有一百多名航天员上了天，每次航天员从天上返回时，都要从加加林宇航中心的“英雄大道”上走过，不仅两边有无数的人夹道欢迎，国家要员也会出面迎接。而且，当晚加加林宇航中心与皇家歌舞团还要通宵举行隆重的欢迎晚会。每年的加加林逝世纪念日这天，凡是在加加林宇航中心受训的航天员，无论你来自哪个国家，也不管你去没去过加加林的故乡，加加林宇航中心都会把你拉到加加林的故乡，参观加加林博物馆。该博物馆里除了赫然醒目的加加林塑像，还陈列着加加林生前穿过的服装、使用过的办公室以及第一次上天的返回舱。那天，吴杰和李庆龙站在加加林的塑像前，想起加加林三十六年前就已上天，而自己虽然来自嫦娥的故乡，却还在俄罗斯人的帮助下每天气喘吁吁地进行着上天的基础训练，心里涌出的是一种非常复杂的滋味。

当然，训练之余，他俩也有自己的精神寄托方式——给远方的妻子写信。本来他俩也想打电话，可没条件把电话打回国内，便只有等妻子的电话。按照国内相关规定，家属一个月只能打一次电话。而且，电话费太贵，每次说不上几句话，两百元的通话费就没有了。只有长话短说，可说可不说的话不说。至于夫妻间那些亲热的话，想说也不能说，因为妻子的身边全是排队打电话的人，当着那么多人的面，怎么好意思说啊！许多外国航天员很不理解他俩的生活方式，问，你们怎么受得了啊？他俩淡淡地回答说，习惯了。

吴杰、李庆龙用一年时间，学完了外国航天员需要四年学完的课程。但要想拿到加加林宇航中心的宇航员资格证书，还必须闯过最后一道难关——考试！

加加林宇航中心的考试极为严格，没有任何特殊照顾，更没有“后门”可开。亲眼目睹了此次考试过程的航天员系统负责人吴川生说，两位中国航天员的考试，由加加林宇航中心的七名专家组成考试小组，考官是加加林宇航中心的副主任。只要有一个专家不投票，考试就算不及格。考试时，两位航天员与教练员不能相见，全部隔离开。航天员是坐在飞船的模拟舱里进行考试，外面是监控室。航天员先穿上航天服，走到考官处，从题库里自己抽取考题，然后进入模拟舱。考题分 A 卷和 B 卷，包含四个步骤：模飞四个小时，上升四个小时，运行四个小时，返回四个小时。中间设计了五个故障：两个严重故障，三个一般故障。只要有一个严重故障航天员没发现或者是发现了没排除，就别想及格。航天员的俄方导师和教练事先都不知道考题内容，考试时又不让进去，所以非常紧张，急得在外面走来走去，因为航天员的考试成绩直接关系到他们的职务和军衔的晋升。特别是当第一个严重故障出现时，他们为两位中国航天员捏着一把汗，直到看见两个中国航天员发现并圆满排除了故障，才松了一口气，赶紧跑到外面抽了一支烟。在“交会对接”技术的考试中，几个美国航天员过去第一次都没过关，但我们的航天员上去后对接得非常准，一次过关，考了个四点五分，相当于百分制的九十分。毕业时，加加林宇航中心专门举行了一个仪式，由加加林宇航中心主任克里木克将军为两名中国航天员正式颁发了宇航员资格证书。克里木克将军还伸出大拇指说，没想到，中国航天员真棒！

两位航天员回国后，带回不少宝贵经验，还翻译了几册加加林宇航中心的训练文件和资料，为中国航天员的训练提供了难得的帮助。李庆龙说，在俄罗斯学习的一年，我认识上有了很大提高。国外航天员的敬业精神和献身精神，给我留下了很深的印象。美国的航天员在训练当中的吃苦精神很令人敬佩，对工作也兢兢业业。比如我们在黑海训练时，外边温度是四十摄氏度，人扔到海里就有五六十度，他们和我们一样训练，做得一丝不苟。有一次，一位俄罗斯老航天员问我，你们中国的火箭老出问题，你怕不怕？我说，现在还没想到那一步，你怎么看？他告诉我说，作为一名航天员，你不要想这些东西，你要相信你的上司，相信工程技术人员，这个东西是个大的系统，不该你管的事老去想它，你的活就干不好，你只管好自己的事就行了。还有一位教我自动控制系统的俄罗斯教员也问我，你们载人航天工程搞到什么程度了？我说你们的报纸上已经登了。他说如果情况真是那样的话，没有七八年时间你们是上不去的，因为不掌握核心技术就别想上天。我说，不一定吧。他说，如果你们国家对航天员不负责任的话，可能会提前。回国以后，经过多年的训练，我更加坚定了对中国载人航天这个事业的信心，因为你人没上天，就不是国际空间俱乐部的成员，人家根本瞧不起你。

1998 年 1 月 5 日，中国第一支航天员大队正式成立，空军司令员亲手将十四名预备航天员（包括两名航天员教练员）的档案移交给了国防科工委。十四名预备航天员于当日进驻航天城。接着，3 月 9 日，一个春暖花开的日子，十四名预备航天员正式开始长达五年的“魔鬼”般的训练。

于是，从这时起，十四名航天员已不再是驾驶飞机的飞行员，而是中华人民共和国的首批航天员！航天员是军人中的军人，是勇士中的勇士，是人杰中的人杰，是骄子中的骄子！虽然当时的中国还算不上很富裕，可国家在他们身上却投入了相当大的财力。

十四名航天员的职级都是副团级或正团级，军衔是中校或上校，航天等级是三级或四级（航天等级最高为特级）。航天员的家属由部队统一特招入伍，再分配到各个科室。航天员训练时有训练津贴，每月大约八百元。伙食标准每人每天九十元，食品由专门的生产基地供应，还有五名厨师专门烧菜做饭。而且人人都有人身保险，保费每人高达数百万元。十四个航天员每年不仅需要大量的生活费，还需要相当昂贵的培训费。比如，为了培养航天员，国家专门建了一个体训馆和模拟器大楼，专门的服务工作人员就有几十人甚至上百人。如果把训练设备器材、医监医保、训练教员、后勤保障、体育场所、基本建设等费用都算在一起，国家每年投在一个航天员身上的各种费用可想而知！

难怪有人说，如果说飞行员是国家用黄金堆起来的，航天员就是国家用铂金堆起来的！

国家为什么要投入如此巨资？十四位航天员心里都清楚，就是希望他们尽快百炼成钢，早日上天，实现中华民族千年的飞天梦想！

然而，从一名预备航天员到一名正式航天员并非易事，其间还隔着一段相当艰难的路程！

首先，从训练者的角度来说，承担航天员训练任务的北京航天医学工程研究所当时在客观上存在着不少问题和困难。从上个世纪 50 年代起，北京航天医学工程研究所以陈信为首的一批老专家就开始了载人航天的研究，几十年来一路风风雨雨，坎坷不断，1985 年大裁军时还差一点给裁掉。直到 1992 年载人航天工程启动后，这个所才正式纳入国防科工委编制，开始逐渐恢复元气。

但载人航天工程启动后，一些很现实的问题一直冲击和困扰着研究所。

一是部队的待遇当时还没提高，科研人员每月的岗位津贴只有一两百元，成天加班也没加班费。与地方相比，同一档次的专家和技术干部月收入还不及人家的一半。新来的本科生、研究生到部队三年了，月收入才一千多元，主任设计师也只有两千多元。而地方则至少是五六千元，一些热门的专业如计算机、生物医药、电子技术等的同级专业人员甚至可以拿到一万元。因此，新来的本科生、研究生第三年就开始不稳定，第五年、第六年就转业走人。

二是晋级晋职问题。研究所是军队编制，而科研人员晋级晋职和地方一样，也要看你发了几篇论文，有什么成果，得了几个科技进步奖。但训练航天员，多数人只能当无名英雄，每个人的工作就管那么一小块，你说它不重要，离了还不行，成果却看不见。加上载人航天工程是保密的，你的研究水平再高也不能发表论文，无法从纸面上体现出来，成果也很难申报。即使成果能申报，载人航天是系统工程，一件事情几个部门、几十人甚至几百人同时都在干，成果再大，也是大家的功劳，个人成就显现不出来，评职称时自然就会受到影响。

三是市场经济初期带来的一些矛盾与困惑。曾参加过航天员选拔的白延强说，不少航天产品都要通过外面的工厂协助才能完成，而我们的经费是上面分阶段拨下来的，合同只能分阶段签，一艘飞船一艘飞船地签，两三年签一次，不能一下子就签八年十年。第一年签合同时价钱还可以，但第二年、第三年再签合同时对方就开始加价了，而且越往后，要价越高，你不加还不行。他说设备需要更新了，没法干了，你就得给他更换设备。你让他尽快把产品赶出来，他说赶出来可以，但得加班，你就得再给他付加班费。因为航天产品不能半路再找别人干。当然这些厂都是国营的，有它的难处，本身就不景气，加上物价和材料不断上涨，多要点钱可以理解。但如果是计划经济，他就不敢打马虎眼，也不敢要钱，上级部门可以用职权监督、制约他。再比如说，按航天员训练大纲的要求，航天员每年都该进行一次飞行训练。但我们四年才搞了一次。为什么呢？与管理体制有关，与市场经济有关。搞这样的飞行训练，必须要和空军协调，一协调就涉及钱的问题。过去搞这些项目是不用花一分钱的，但空军说我没有合适的飞机，没有相关设施，现有的飞机又都老了，很多东西需要更换，航天员规格很高，我们马虎不得，万一出了问题，谁负责啊？这就涉及钱的问题，没钱不好办。这就是市场经济初期带来的矛盾与困惑。结果协调了三年，2001 年才搞了一次飞行训练。如果每年搞一次的话，对航天员的心理素质、操作技能的提高会更好一些。“两弹一星”为什么能在那么短的时间里搞出来？说明计划经济有它的优点，大家都不计报酬，可以集中人力、物力把工作完成。而现在，下达任务是按计划经济，实施中有的具体事情又得按市场经济办，所以不好干。

再一方面，训练航天员的条件、能力和经验有限。训练航天员是一项开创性的工作，中国过去没干过，缺乏基础，既没硬件设备，又没训练经验，许多事情只能摸着石头过河。航天员系统负责人吴川生说，开始什么都没有，许多设备连见都没见过。但国家经费有限，不少训练所需的大型设备器材只能白手起家，自己研制生产。比如模拟器，就是我们自行研制的。还有离心机，上个世纪 70 年代曾经搞过一个液压式的，耗能特别高，每次一发动，半个海淀区都得停电，号称“电老虎”！后来改为电机型，设备小，但启动速度快。

航天员的女教官黄伟芬也说，我是 1985 年到研究所的第一批研究生，去的时候几乎什么都没有，不光硬件的东西没有，软件的东西也没有。1997 年 5 月我去了俄罗斯加加林宇航中心，当时正好是他们专业训练最多的时候，我们就参与了他们每天的训练。回国后，我们在原来方案的基础上再进一步分析，开始写航天员的训练大纲。在编写大纲的过程中，我们首先分析俄罗斯和美国的一些资料，看他们做的是什么，而不是看他们为什么这样做。一些好的经验我们直接拿过来就用。当然，我们也不是全部照搬，我们自己也作分析，比如对航天员的飞行有什么样的要求，天上对人有什么要求。同时还征求航天员和其他系统专家的意见，与他们反复商量，看这样做合适不合适，然后再确定我们训练什么，怎么训练。由于我们没有训练经验，对航天员所有的训练项目，我们的教员都要敢当第一个吃螃蟹的人，自己先试一次，有的要试八次、九次，通过反复体验摸索经验。比如像离心机、转椅、秋千这些滋味难受的科目，甚至像跳伞这样的危险科目，我们都要最先亲自体验，然后再把我们体验到的东西写进大纲。所以我们教练员被碰伤、扭腰、崴脚，是常有的事。说句玩笑话，如果中国要选女航天员的话，我肯定是第一人选，因为航天员训练的项目我全都亲自经历过，连训练费都给国家省了！按当时的规定，航天员训练有补助，我们教练员却连一分钱的补助都没有。但做这件事的时候我们就想好了，谁都知道加加林，但谁都不知道加加林的老师是谁。

而最大的问题，还是航天员的训练与训练设备研制工程同步进行。按理说，应该工程竣工、设备到位之后，才能开始训练航天员。但实际情况是，由于时间紧迫，工程还没完成，设备还没到位，航天员的训练就已经开始了。与此相关的研制工作也在加紧进行之中。这好像几辆急于赶路的车，都同时挤在了一条道上。吴川生说，当时一边要研制航天员的大型训练设备，一边要开展航天员的训练，一边还要抓飞船上的环控生命保障系统，这个系统产品多，系统多，非常复杂。由于许多工作同步进行，所以非常艰难。举一个简单的例子，飞船还没造出来，就要搞模拟器，怎么搞？每个程序都不知道是什么样子，怎么编到模拟器上？飞船还没有，怎么搞操作训练？一段时间强调这个，一段时间又强调那个，训练大纲不断修改，而且训练设备又不能靠引进，首先美国就不可能卖给我们。即便把航天员全部送到俄罗斯去培训，俄罗斯的飞船与我们的飞船结构上有差异，不按我们自己的国情来培训，就算培训回来了也不会飞。本来原计划航天员在模拟器这个科目上训练一年或一年半的，可等模拟器搞出来后，只剩半年时间了，这就影响了航天员的训练计划。于是只有加大训练强度，航天员双休日也不休息了。

再从航天员的角度来说，要具备飞天的能力，最终成为一名合格的航天员，自身必须经过炼狱般的训练。就像《西游记》中描写的孙悟空一样，只有经过太上老君的八卦炉，才能炼出“火眼金睛”。航天员的训练内容主要有八大方面：基础理论训练、体质训练、心理训练、着陆冲击训练、专业技术训练、飞行程序与任务模拟训练、救生与生存训练、大型联合演练。其中仅基础理论这一项，就有载人航天工程基础、航天医学基础、计算机应用基础、自动控制基础、导航基础、电工电子学基础、力学基础、解剖生理学、地理气象、政治理论、高等数学、文学艺术、英语十三门课程。很显然，上述八个方面的训练都极其枯燥、艰难，极其痛苦，要想通过其中任何一项，都极不容易。

比如说，十四个航天员都是优秀的飞行员，但优秀的飞行员不等于合格的航天员。飞行员下了飞机，可以不在公众场合抛头露面，可以不参与社交活动，可以选择自行回家，休息日爱干啥干啥。但航天员不同，下了飞船，得与世人见面，不光要会微笑，要会致意，要会招手，还要会讲话。一旦参与国际空间合作，还要会讲外语——至少要会讲英语。这就要求航天员的修养、气质、外表、风度、言谈举止等都要与众不同，达到更高水准，具备所谓的“国家形象”。

但实事求是地说，由于十四位航天员绝大多数都出生于农村，多数人的基础理论知识并不是太好，在学识、修养、气质、风度等方面也存在着一定的差距，所以只有通过各种严格的训练，才能加以弥补、提高。可航天员个个都是三十多岁的人了，再学“英格里氏”，再学文学艺术，再学高等数学和航天医学，该是多么枯燥、多么艰难、多么痛苦啊！据说有的航天员晚上死啃书本时，为了扛住这枯燥难熬的日子，不让自己打瞌睡，常常一手拿着课本，一手拿着牙签不停地扎着自己的脸！有一次英语考试，有个航天员只考了几分，回家后，媳妇第一句话就问，今天考得怎么样啊？他满脸通红，低着头不敢回答。因为不光无颜面对媳妇，还有儿子也在旁边竖着耳朵呢！于是他当晚一夜不睡，躲在被窝里狂背单词。翌日早上起床，还靠墙倒立，反复背诵。儿子见了问，这是干什么呀？他说这叫“倒背如流”。还有一次，为了培养、提高航天员的艺术气质，航天员大队把十四名航天员专门拉到北京音乐厅去听交响乐。可是，也许因为训练太累，也许对交响乐毫无兴趣，听着听着，有几位航天员居然在音乐厅里打起了呼噜！幸亏那时候的航天员还默默无闻，加上出门绝对保密，旁边的听众谁也不知道打呼噜的小伙子们竟是后来中国的航天员！

比如说，航天员抗超重的耐力要达到八个G。一个G即地球表面的标准重力。即是说，我们在地面上是一个G，航天员在升空和着陆时就要高于我们的八倍。人几十万年都是生活在地球上，即几十万年都是在一个G的重力环境下生活，如果从地上飞到了天上，一下子就要在八个G的环境里生存。那么怎么让航天员适应天上这个新的恶劣环境呢？这就要在离心机上进行适应训练。我曾亲眼见过这种训练。当离心机飞速旋转起来后，随着离心机的不断加速，航天员的脸渐渐涨红，逐渐变形，肌肉下陷，前额凸起，眼球鼓出，全身像压着一块上千斤重的石板，从而导致心跳加快，呼吸困难，其难受的样子无法描述。当然，在航天员的身边也设置了一个红色的按钮，若实在受不了时，也可以伸手按下这个红色按钮，请求停止。但在五年上千次的训练中，却没有一个航天员按过一次这个红色按钮！

再比如说，为了体验在太空环境中工作的状态，航天员就要进行失重状态的训练，体验失重的感觉。因为飞船一进入轨道，就会进入微重力状态，即通常所说的失重状态。如果航天员能提前体会一下这种感觉的话，以后乘坐飞船上天就会更适应一些。而要进行这项训练，就必须有大型的喷气式飞机，这种飞机可以飞抛物线，飞出二十五秒的失重状态。但中国没有这种大型喷气式飞机。这种飞机造价昂贵，中国不能为了训练一下航天员就自己专门去造一架，或者掏钱从国外买一架。最好的办法是租用外国的这种飞机。就像一个人想体验一下在空中飞行的感觉，用不着自己花钱去造一架飞机，或者到国外去进口一架飞机，而只需买一张机票，到天上飞上一圈。何况今日之世界早已变成了一个地球村，而地球村一体化经济的最大特点就是不求所有，但求所用。因此，中国决定租用俄罗斯的大型喷气式飞机，让十四名航天员到俄罗斯进行失重体验。

失重体验飞行，在一万多米的高空进行，飞机要在一小时内连续飞出十二个抛物线，一会儿头朝上，一会儿头朝下。朝上是超重，朝下是失重，超重、失重，失重、超重，轮番进行，交替出现。虽然失重时间只有短短二十五秒，却要来回折腾十二次！大脑前庭功能稍差和体质不过关的航天员当即便会头昏脑涨，狂吐不止，根本受不了。

因此，当1999年中国航天员来到俄罗斯加加林宇航中心时，俄方教官一看他们个个身材瘦小，其貌不扬，估计小伙子们的身子骨根本经受不住折腾，便对中方负责人说，可能用不了半小时，这些小伙子们就会被折腾得死去活来。中方负责人说，不会的，你放心，这些小伙子的身体棒着呢！俄方教官说，为了对你们航天员的安全负责，飞行中要是他们呕吐了，我们就立即停止。中方负责人一听就急了，心想，这怎么行呢？来俄罗斯进行失重体验，飞一次就是十万美元！一停飞，十万美元岂不就打了水漂！于是坚决不同意，并半开玩笑地说，要是有人吐了，你们就把他从机舱里扔出去！不过，希望你们飞抛物线的时候，动作不要太大，我们的小伙子都是第一次体验。俄方答应试一试。

第二天，十四名航天员临上飞机前，中方负责人对他们说，别忘了，这是我们用美金换来的机会，这个机会对你们来说既是第一次，也是最后一次！所以希望你们无论如何也要坚持住，就是吐到了嘴里，也要给我咽回去！

据现场的翻译后来说，这天俄方不但没有减小，反而暗中加大了飞机飞抛物线的幅度，说是要考验一下中国航天员的前庭功能和身体素质。结果，失重飞行刚进行到一半，俄方一个助理教练就吐得一塌糊涂；而中国十四位航天员不但一个没吐，反而全部完成了俄方规定的科目，最终赢得了俄方教练们的一片掌声。

当然，航天员也是人，也是普普通通的平凡人。

十四名航天员中，除杨利伟出生于辽宁绥中县西关街外，其余十三人无一例外全是贫寒的农家子弟。纯朴善良、吃苦耐劳、勤奋好学、追求上进，是中国航天员最可贵的品质。而作为从农村走进军营、从茅屋住进高楼的中国航天员，除了身负民族的飞天使命之外，自当兵那天起，就发誓一定要通过自己的艰苦奋斗去改变自身的社会地位，摆脱家庭的贫穷困境，这也是他们有别于世界上其他国家航天员的一个显著特征。正因为他们绝大多数出生于农村，生长在农村，小时候吃过很多苦，上学时家里连学费都交不起，只能借钱读书，所以他们能有今天这样一种生活待遇，已经感到很满足了，从不计较待遇和报酬。有一次，广东省的一位副省长问有关负责人，航天员一月能拿多少钱？有关负责人告诉他说，三四千吧。这位副省长很吃惊，说，三四千还算钱？我看三四万也不多！航天员们听说这事后，很不好意思，说，我们什么都不怕，就怕说钱。

航天员系统的张平说，十四名航天员都很朴实。性格有的比较外向，有的比较内向，外向的大约占三分之一。但多数航天员都能敞开谈、随便聊，在跟他们交往中能做到无话不谈。航天员都很聪明，个个都是人精，他们之间的差距不是很大，每个人本身的智力、理解力和记忆力都非常好。最大的特点是个个争强好胜，上进心强，训练科目再苦再累也要完成，训练指标无论如何也要达到，计算机都达到了二级水平。打篮球时，从不服输，对方只要赢了一分，马上就拼命抢回来。他们年轻气盛，大的矛盾没有，小的磕磕碰碰是难免的，但都不在乎，彼此都非常谦让。另外，每个人在平常生活中自我和相互的保护意识都非常强，比如打篮球不小心碰着谁了，立即就问，怎么样，没事吧？

不过，常人与生俱来的弱点在航天员身上同样存在，比如担心、害怕。一位航天员说，我们刚当飞行员的时候，第一次开飞机，心里就有些怕。选上航天员后，刚到航天城参加训练时，心里也有点怕，只是嘴上谁都不说而已。为什么呢？因为驾驶飞机和驾驶飞船毕竟是两码事情，你面对的是两个完全不同的物体。加上对飞船、火箭的性能、特点不了解、不清楚，就会产生种种担心与顾虑。飞机上天可以飞很多次，这次不行有下次，下次不行还可以再飞一次。但飞船不行，飞船上天只有一次机会，不可能给你第二次机会，也不允许你有第二次机会，行不行就一锤子买卖。万一上去了下不来怎么办？心里难免就会犯嘀咕。后来，逐渐知道载人航天是怎么回事了，逐渐熟悉飞船、火箭的特性了，摸到规律了，心里也就不怕了。因为我们毕竟飞了那么多年的飞机，又有这么多年的航天员知识与技能的训练，还有那么多优秀的航天专家！

其实，航天员的兴趣比较广泛，常人的喜怒哀乐、七情六欲、生活需求，他们同样也有。他们喜欢收集一些纪念品，比如扇子、刀具什么的；他们喜欢文学作品，看一些传记、小说、科幻读物等；他们喜欢辩论，善于辩论，比如看“新闻联播”，看着看着就辩起来了；他们爱好运动，喜欢篮球、乒乓球、羽毛球和足球，有的围棋也下得不错；他们几乎都能喝酒，一般都能喝半斤八两，据说有的能喝一斤多，而且喝了还不醉！

航天员系统负责人吴川生说，大部分航天员以前做飞行员时还有抽烟的历史，到了航天城后，开始时也抽烟。后来我们从医学的角度考虑，建议他们不要抽烟，他们便统统戒了，而且说戒就戒了。喝酒也一样，不能喝时，滴酒不沾。这也是航天员毅力的一种体现。因此，除了过节聚会，航天员一般不抽烟、不喝酒。但一旦喝起来，就不得了，他们身体素质好，个个都是海量，酒桌上很少找到对手。

此外，航天员还喜欢跳舞。为了增强航天员的文化气质和艺术修养，教学中给他们设置了文化艺术欣赏课，并安排他们观摩一些国内国外的大型文艺演出，如交响乐、轻音乐、歌剧等。开始时他们听不懂，后来搞了个管弦乐队，让他们学五线谱，吹管乐，部队的一些文艺演出都要求他们上台表演；还有一些书法、美术、演讲、卡拉OK以及体育等方面的活动也让他们参加。他们通过亲身体验，渐渐培养了兴趣，到后来有了一定的欣赏水平。部队还专门请了解放军艺术学院等一些老师对他们进行形体训练。有时也让他们学学交谊舞。刚开始，十四个航天员没有一个会跳舞的，到后来几乎没有一个不会跳舞的。航天员每年都有疗养的机会，但按规定，航天员疗养时不能带妻子。为什么？因为是健康疗养。健康疗养是调理航天员的身体，不是夫妻共度蜜月，只有康复疗养即受伤后的恢复疗养才允许带妻子。航天员在家训练时，每个周五可以回家，周六、周日自己安排，周一早上按时归队，夫妻生活与飞行员近似。虽说多了些约束，少了些自由，可每周能与家人团聚，日子并不寂寞。但到了疗养院，难免就显得孤单，因为疗养院对航天员的活动范围有限制，一般不准步出疗养院大门。航天员在家被“关”，出来还要受管，便与站岗的战士磨蹭，变着法子也想出去溜达一圈。后来疗养院组织舞会，给了航天员一个放松的机会。于是，跳舞成了航天员最喜欢的消遣方式，而疗养院的姑娘们也喜欢和又帅又酷的航天员跳舞。这一来，有的航天员的妻子便有点紧张。别看航天员个个在外八面威风，在家却几乎都是“妻管严”！据航天员大队一位负责人说，十四位航天员至少有一半怕老婆！因此，他们不光在家要受妻子的“领导”，出门也得服从妻子的“遥控”。好在航天员不仅飞行技术出色，对付老婆也有一套。据说有一天晚上，舞会即将开始，一位航天员的妻子突然打来电话“查岗”，问，你在干什么呢？航天员说，我准备出去。你出去干什么啊？我出去开会呀。开什么会呀？航天员说，你就别问了，反正是很重要的会，领导还在那边等着呢！妻子一听老公说“开会”，而且还有“领导”在“等着呢”，便放心地挂了电话。于是航天员关掉手机，从容步入舞场，搂着一位护士姑娘便“嘣嚓、嘣嚓”地跳了起来……

那么，这些航天员在妻子的眼中，又是个什么样呢？

我曾对十四名航天员的妻子做过采访，我们不妨来听听其中几位的原始录音——

杨利伟的妻子张玉梅说，杨利伟无论做什么都很认真，脑子比较好使，反应比较快。十四人里面他的基础不是很好，但有一次我去食堂吃饭，碰到他的教员，教员对我说，祝贺你，你们家杨利伟英语考了一百分！以前他对家务事基本不怎么做，家里的事没怎么让他操过心。但2001年7月，我查出来得了肾炎，住院了，杨利伟从这个时候开始做家务了，对我也很体贴，很照顾。他觉得很内疚，因为他以前不管家。医院那种地方，各种病菌比较多，我不想让他去，但最初做肾活检的时候，他陪了我一个半天、一个晚上。我做完之后他就参加飞行训练去了，我出院的时候他还没回来。杨利伟平常工作非常忙，但他还要辅导孩子学习。孩子八岁了，上小学三年级。每次送孩子去学英语，只要能去，都是他带着孩子去。近期他们做强化训练，每个周末回来都拎着一个包，包里全是模拟器训练的教材，每做一次都是新内容。他跟我说，每次他都是第一个做。他们的训练量很大。他说一次训练下来，他的体重能减两公斤左右。他的老部队的领导对他都很关心，有个副团长打电话对他说，利伟，你要是第一个上天，我组织一个战友团给你助威！我就试探着对他说，别太拼命了，差不多就行了吧。他却很认真，说那不行，我来这儿是干什么的？不上天，我当航天员干吗？在平时的闲谈中，我感觉他有想第一个上天的愿望。

翟志刚的妻子张淑静说，在我的眼中，翟志刚主要有三点。第一点，他是一个很负责、很温情的丈夫。比如说，他每天无论工作多么疲劳、多么忙、多么晚，他都要给我打个电话，让我放心。第二点，他是一个很可爱的父亲。每个周末儿子见他回来，特别亲，好像好久没见到爸爸似的。他放下东西就陪儿子一起玩玩具，一起学习。我跟他开玩笑说，给儿子买的玩具，每次都是你先玩。有一次儿子住院了，一个病房住了六个人，别的孩子下午都是父亲来看，晚上是奶奶、外婆来看。我们家就我自己。儿子就问，妈妈，我的爸爸怎么跟别人的爸爸不一样啊？我说怎么啦？儿子说，爸爸怎么不来看我呢？说得我挺心酸的。后来他给儿子道了歉。其实他对儿子很关心，就是太忙了。第三点，他是一个很孝顺的儿子。他的父亲很早就去世了，他一直对母亲非常孝顺，对家里的哥哥姐姐也很好。他说他的工作不是为了他自己，已故的老父亲和健在的老母亲都在老家看着他呢！总之，他这人做什么事都要做好，动手能力比较强，做起事来特别细，细的时候我觉得我一个女人也不如他！他心理素质特别好，坐班车的时候有个老师跟我说，他做离心机训练的时候，有的人很紧张，他还面带微笑呢！他这人心态挺好，对航天员这份职业信心挺足，聊天的时候他跟我说，如果他被选为首飞第一人，他会毫不犹豫地尽百分之百的努力去完成任务。如果选不上，也一定尽力配合好！

聂海胜的妻子聂捷林说，聂海胜对航天事业、对自己的理想有一股执着的追求精神，有坚忍不拔的品质。比如说，他当了航天员后，体重偏高，就得减肥。航天员的伙食非常好，但大虾之类的好东西他都不吃，而且我们全家也得跟着他减肥。他只要一回家，家里就不做荤菜了。但孩子一天不吃肉就不行，所以在他回家之前，我就让孩子先好好吃顿肉。减肥除了控制伙食，还有运动，他的运动量比别人要大两三倍，上完体育课，他自己还要练。甚至星期天一大早，也拖着老婆孩子去大操场上跑，谁也别想睡懒觉。他很快就减了十斤。因为长期运动量很大，后来他的关节有点积液了，他就很着急，找医生理疗。可理疗还没结束，他又开始锻炼了。还有就是学外语，他是农村小学毕业的，那时的农村学校没开外语课，到高三才开外语课，毕业时他只考了几分，只认识二十六个字母。所以他学外语非常吃力，一个单词一个单词地查它的读音。语法也不懂，费很长时间把基本语法看一遍，完了再一个一个对号入座，然后把这一句话翻译出来写在下面。不懂的地方，有时候问我，有时候问孩子，有时候干脆全家一起坐下来讨论，谁说得对就听谁的。有的项目他比别人差一些，他很着急。我就说算了吧。可他不放弃，他说，只要还没有人踏进飞船，我就有希望。他这个人的思想比较传统。他的一个观点就是，我尽我最大的努力，我要能上，那就最好。有一次他和我说到首飞的问题，他说，假如我是三个人中上不了天的那一个怎么办？我说别人半夜三更就得起来做准备，你可以睡个安稳觉啊！他说那我也睡不着。我说你不睡干什么？他说我就陪着这个要上天的航天员，帮他做准备，给他讲点笑话呀、弄点好吃的呀什么的，让他放松放松。

费俊龙的妻子王洁说，费俊龙这个人特别细，我跟别人开玩笑说，在家里我干粗活，他干细活。家里什么细活、小活他都能干，雨伞坏了他修雨伞，闹钟不走了他修闹钟，搭毛巾的架子松了他修架子，马桶坏了他修马桶，安装空调他自己抹腻子，甚至细到一支自动铅笔坏了他都能修好。我说一支铅笔还修它干吗，扔掉算了。他说为什么要扔，我马上就能修好。说着说着他真的就给修好了，然后还很得意地说，看看你老公怎么样？结婚前他问我，你对我当飞行员有什么看法？我说，我举双手赞成。他说那我就放心了。后来我也问他，你心胸有多宽？他说，你看蓝天有多宽，我心胸就有多宽。当了航天员后，他没有说过豪言壮语，工作上的事也很少跟我说。但有一点给我印象很深。当飞行员时不让吸烟，他戒了三次都没戒掉。当了航天员后，有一天晚上他给我说，他抽完这一包就不抽了。以后五年多，我真的再没见他抽过一支烟！

李庆龙的妻子蒋红说，当初李庆龙告诉我他选上航天员后，我也很自豪。但我觉得航天员比飞行员风险大，就很担心，我说你能不能不去啊？他说不行了，选拔的人告诉我说，你已经是国家的人了！我刚来北京，他就去俄罗斯参加训练了。孩子要学英语，还得学琴，家里所有的事只有我一人干。我家里条件很好，有人开公司，搞得挺不错，我原来搞了多年的财会，他们很需要我。2002 年的时候，我说要不我就转业吧，你自己在这里干。他说我干这个工作，你哪能说走就走，走了孩子怎么办？开公司的人多的是，干我们这个的有几个？记住了，要奋斗就有牺牲！我觉得他这人干什么事都很执着，包括谈恋爱也一样。我第一次见他的时候，觉得他很普通的，个子不高，光头。那时候我还不到十八岁，他十九岁。放假时他妹妹晚上去我家，约我出去吃冰激凌，然后去了他们家。他伸出手跟我握手，我感觉很不好意思，伸了一下手就缩回来了。后来他说在这之前他见过我。我们家住的是四合院，院子里种了好多花，他一个高中同学家的窗子正好对着我们家，说我们家有五朵金花，他就从那个同学家的窗子里看见了我。后来他妹妹就让他给我写信。有一天我收到他的信，感到很奇怪，他写了两张纸，说对我感觉很好，如果愿意交朋友就给他回信。我没给他回，给他妹妹回了信。后来他妹妹跟我说，她哥哥挺伤感的，说他争强好胜的没看上过别人，看上了我又不搭理他。他妹妹就让我给他写信。后来我们就通信了。他给我写了很多信，每次给我写信都说，我一心一意想跟你交朋友。他一直很真诚，说我们家就这样，没钱，也没权，我本人个子又不高，是个“二等残废”，你可别后悔。他把给我写的信件全编了号，说看看到底能写多少。他航校毕业后，就和他妹妹一起跑到单位去看我，我一见他脸就红了。我们已经好几年没见过面了。他第一次去我们家是空着手去的，什么都没买，他自己不懂这些事，我们家也不在乎。他这人就这样，现在都不知道自己的工资是几级，一个月拿多少钱。他们政委说他是小事很糊涂，大事不糊涂。不过有时候他也很浪漫的，比如结婚纪念日，他给我买了一束花。去俄罗斯训练回来时，他给我买了好几条项链，好几个耳环，还有几百块钱的香水。别人都把钱留着，他说老婆只有一个，留钱干吗？他这人个性很强，性格很倔，只要自己认准的，从不在乎别人说什么。比如请他去参加联欢会，也就是应酬的会，别人都去了，他却不去。我说你怎么不去？他说我是来当航天员的，拿个话筒摆来摆去的，干吗？他就这么个性格，我爱上他可能也是因为这个性格。他一点也不喜欢应酬，心无杂念，总想一心一意地干点事。他这人还爱憎分明，从不给人留面子。即使他母亲做错了，他也会马上指出来，说妈妈你错了，必须改。他经常说，我当老师的话，肯定是全国最优秀的老师。原来他在飞行大队当教官，学员飞得好的就上飞机，飞得不好的就下来，有时候还当着众人的面批评学员，弄得人家很没面子。我就说他。他说，批评他怎么了？这是人命关天的事，他上去出了事怎么办？我跟他父母怎么交代？他当航天员教练后，工作上的事我从来不问。他是为了追求他的事业来的，我是为了支持他的工作来的。对他能不能上天，我无所谓。他刚从俄罗斯回来时，领导说让他和吴杰也当航天员，一样参加选拔，能选上就上天。但他在十四个航天员中年龄最大，自己担任的又是航天员教练，可能觉得自己没机会上天了，就跟我说，我能上就上，上不了就好好培养航天员，一定要把中国的航天员好好培养出来！

有人说过，不想当将军的士兵不是好士兵。不想上天的航天员呢？可以肯定地说，十四个航天员没有一个不想上天的。但也可以同样肯定地说，十四个航天员不是人人都能上天的。因此，十四个航天员自从成为预备航天员那一刻起，争取上天，便成为他们拼命追求的梦想！

但十四个航天员心里都明白，争取上天的前提是：必须从一个预备航天员成为一个合格的航天员。即是说，你得首先摘掉“预备航天员”这顶帽子，拿到正式航天员的合格证书。就像一个司机，只有先拿到了驾照，才有可能上路开车。

而要想拿到航天员的“驾照”并不容易。从苏联、美国的经验来看，他们训练航天员的淘汰率是百分之四十到五十。也就是说，在从预备航天员到正式航天员的训练过程中，有近一半的人被淘汰！从中国自身实际情况来看，训练航天员是白手起家，从零做起，训练成效到底如何，最后还须经过层层严格的考试才能知道。倘若十四人中任何一人有一关过不去，都会被淘汰出局！因此，十四个航天员尽管进了航天城，尽管脱掉飞行服、换上了航天服，尽管在训练中万分刻苦、拼尽全力，但能不能成为一名合格的航天员，最终拿到驾驶飞船的“驾照”，谁的心里都没底，因而难免忐忑不安。

可喜的是，十四个航天员通过四年的拼搏努力，全部通过了几近残酷的考试，终于摘掉了“预备”这顶帽子，拿到了航天员资格证书，从而成为中国第一批正式的航天员！

但就在这时，情况突然有变。

在原定计划中，乘坐“神舟五号”上天的是两个航天员，而且在天上飞行的时间是七天七夜。两个航天员一起上天的好处是工作上彼此互补，生活上彼此照应，精神上相互支撑，心理上相互依靠，万一遇到什么问题两人可以相互商量——毕竟是第一次嘛！如果是这样，十四个航天员每人入选的概率就是七分之一。但为了把风险降到最小，上级最后决定：改变原定方案，由两个人上天变成一个人上天，由在天上飞行七天变成只飞行一天！这一变，使得本来就激烈的竞争一下子变得更加激烈了。即是说，十四个航天员中只能有一个人上天！

那么，这个人会是谁呢？

像个谜，而谜底谁都不知道。十四个航天员自己也都不知道。他们只知道，这一变，原来由两个人完成的工作现在就压在了一个人身上；上天后一旦出现问题，原来两个人可以商量，现在只有一个人自己扛。这意味着对航天员的身体条件、心理素质和技术水平等都提出了更高的标准、更高的要求，也意味着训练难度会比原来更大！于是，对于争当中华飞天第一人，十四个航天员个个都暗中铆着劲，开始了更加激烈的竞争、更加刻苦的训练！

应该说，十四位航天员无论哪一位都很优秀，都很出众，要不怎么是百里挑一呢？但相比而言，最为突出者，或者说最有特点的人，还是杨利伟和翟志刚。

先说杨利伟。

在我采访十四位航天员之前，我并不知道第一个上天的航天员是谁；但当我采访完十四位航天员之后，我感到第一个上天的航天员就是杨利伟！这个判断在当时没有任何根据，仅凭我的直觉和经验。就像有十四个漂亮的女孩，当她们分别出现在你面前的时候，你会觉得每一位都很漂亮；而当十四个女孩同时出现在你面前的时候，你一眼便能看出哪一位最漂亮。杨利伟当时给我的就是这种感觉。

杨利伟最大的一个特点，或者说他的与众不同之处，就是比别人多了一份淡定与沉稳。他的这份淡定与沉稳，仅仅在电视画面上或者听人讲述，你是很难体会到的。只有当你面对面地和他坐在一起倾心交谈，并注意他那一双始终静如止水的眼睛，你才有可能直接、真切地感觉得到。我在与杨利伟第一次面对面的交谈中，便明显地感觉到了这一点。尤其是当他和其他十三位航天员坐在一起的时候，这一点尤为突出。

杨利伟的这份淡定与沉稳，在我看来，是天生的，或者说是他的基因决定的。这样的天分，再加上后天的勤奋，便造就了杨利伟日后的从容不迫与坚毅自信。据说加加林第一次上天之前，本来排名是在第三位，但就在上天的前夕，因为他比另外两个航天员在心理上更淡定、更沉稳（传说其中一个航天员还尿了裤子），于是他便从第三名跳升到第一名，成了人类飞天第一人。但加加林在“东方号”飞船起飞那一刻，心率是一百次，而杨利伟后来在“神舟五号”飞船起飞那一刻，心率却只有七十六次！由此可见，杨利伟的这份淡定与沉稳，绝非凡人所能。而这一点，对于要在茫茫宇宙中穿行而不是在地上散步的航天员来说，至关重要。这是杨利伟有别于其他十三位航天员的最厉害之处。

为了对杨利伟有一个立体的认识，我采访了主管航天员训练工作的女教练黄伟芬。黄伟芬说，杨利伟是个非常全面的航天员，技术全面，成绩很好，口才也很好。他爱人的肾有问题，他的训练却一直不受影响，做到这一点不容易。他的心理素质很好，遇事沉着冷静。原来在当飞行员的时候，他曾经遇到过事故，是飞机的发动机坏了。飞机的发动机出问题是很严重的，但他很冷静，处理得很好，让飞机安全着陆，还立了功。心理素质好也体现在成绩上，成绩好能体现一个人的全面素质。他的基础不是特别好，刚开始训练的时候，他的成绩也不是最好的，后来他成绩就慢慢上去了，差不多都是优秀。他对教员很尊敬，对身边的工作人员也很尊敬，为人比较谦和，能做到一切行动听指挥。比如教员提什么要求，他肯定会按要求去做。他的突出点就是各方面比较全面，比较稳定，不是某一方面很突出。他的歌唱得不错，演讲口才也不错，参加体育比赛，五百米跑了第一名。

再说翟志刚。

什么是帅？什么是酷？什么是英俊潇洒？什么是艺高胆大？什么是挥洒自如？如果你见了翟志刚，相信你会从他身上直接得到这一答案。在我看来，在十四个航天员中，翟志刚的情商最高。什么是情商？这是1995年美国哈佛大学心理学教授丹尼尔·戈尔曼首次提出的一个新概念，它包含五个方面的内容：情绪控制力；自我感知力；自我激励、自我发展能力；认知他人的能力；人际交往的能力。丹尼尔·戈尔曼教授认为，情商是一个人重要的生存能力指标，是一种发掘情感潜能、运用情感能力影响生活各个层面和人生未来的关键的品质因素。真正决定一个人是否成功的关键，是情商而不是智商。智商即智慧、智能，是人们认识客观事物并运用知识解决实际问题的能力。它包括观察力、记忆力、想象力、分析判断能力、思维能力、应变能力等。于是有人创造了一个公式：成功等于百分之八十的情商加百分之二十的智商。这个公式可以理解为，智商再高而情商不高，未必成功，即便成功了也不一定能持续成功；而智商不高但情商较高，则易于成功。1960年，美国著名心理学家瓦特·米歇尔还做了一个所谓的“软糖实验”，即把一帮幼儿园的孩子关在一间屋子里，每人面前放上一块软糖，告诉孩子不能吃，谁吃了就不奖励，谁没吃就可以再奖励一块软糖。结果，老师走后，有的孩子把手背在身后，闭上眼睛，一动不动；有的孩子刚把手伸出去，又缩了回来；有的小孩开始还能忍住，后来就把软糖塞进嘴里了。后来继续跟踪研究，发现未吃软糖的孩子上初中后大多数成绩很好，有毅力，有合作精神。反之，吃了软糖的孩子则各方面表现平平。心理学家认为这些不吃软糖的孩子是情商较高的人。

儿时的翟志刚就是一个“不吃软糖”的孩子。在我看来，他的情商与母亲有很大关系。翟志刚出生于黑龙江省龙江县一个贫穷的农民之家，父亲因脑血栓后遗症而长年卧床不起，在翟志刚很小的时候就病故了。他兄弟姐妹六人，只有靠母亲一人抚养。母亲为了供他兄弟姐妹们上学，只好做点小本生意——把生瓜子买回来，用铁锅炒一炒，再一小包一小包地卖出去，从中赚回几毛钱的差价。母亲把卖瓜子的地点选在电影院门口和火车站。每场电影放映一个多小时。电影开场前，母亲在电影院门口卖瓜子。电影开始后，母亲就匆匆跑到火车站去卖，等电影快要结束时再匆匆赶回电影院门口卖。每晚两场电影，于是母亲每晚都要在电影院和火车站之间来回奔波四次。冬天天气冷，看电影的人很少，买瓜子的人更少。但挎着小篮子的母亲依然裹着头巾每晚坚持站在寒风瑟瑟的电影院门口，小心翼翼地迎候着一个个进场和散场的观众。于是翟志刚的童年，是每天晚上看着母亲在煤油灯下数着一分、两分的硬币和一角、两角的纸币度过的。看见母亲如此辛苦，翟志刚决定不再上学，要帮母亲卖瓜子。没想到母亲生气了，把他叫到身边，流着眼泪告诉他，爹妈闯关东到了东北，一辈子就是因为没文化，不会写一个字，才受了这么多的苦！你一定要好好念书，不好好念书，怎么对得起你死去的爹！于是翟志刚又回到了学校，从此发愤读书。学校的补课班要交五块钱，翟志刚交不起，就把补课班的同学的笔记拿回去抄上一遍。家里只有一个电灯，为了不影响家人睡觉，翟志刚就给电灯接上一截导线，晚上把电灯拉到外面去看书，白天再把电灯拉回房间。这时的翟志刚第一次有了自己的梦想，这个梦想就是：一定要通过自己的努力，让母亲和家庭摆脱贫穷，过上好日子！考上高中后，翟志刚学英语没有录音机。有一天，在火车站卖瓜子的母亲偶然得知卸鹅卵石车皮可以挣钱，便让女儿找来几个人包下一节车皮，然后自己也颠着小脚赶到现场。翟志刚的母亲既不能挑，也不能扛，便用手捡起一块一块的鹅卵石，再往女儿肩上的筐里装。她和女儿以及几位同乡一起，拼命干了整整四个小时，卸下五十吨鹅卵石，却只挣回了三十元钱！母亲就是用这三十元钱，给儿子买了一个砖头式的录音机。翟志刚高中毕业时被选上了飞行员，老师同学都为他高兴。他却高兴不起来，甚至还打算放弃，原因是他担心自己走后家庭的重担会压垮白发苍苍的母亲。母亲知道后非常生气，又把儿子狠狠数落一顿，并要儿子一定穿上军装，离开家门！

翟志刚临走这天，母亲第一次中断了卖瓜子的生意，亲手炒了半盆热乎乎的瓜子，全部倒在桌上，请邻居们都来嗑瓜子！在翟志刚的记忆中，从没见母亲嗑过一粒瓜子，可这天他第一次看见母亲嗑了半把瓜子。送别时，翟志刚的两个姐姐都哭了，可母亲迈着小脚跟着火车走了半里地，竟没掉一滴泪！后来翟志刚孝敬母亲的唯一方式，就是每月给母亲寄钱。他头两个月的工资一分未花，全部寄给了母亲。用他自己的话说，能寄多少就寄多少，直到寄得自己心里舒坦为止。

是的，人就是活在梦想之中。梦想是什么？梦想就是一个念头，一个希望。一个人如果连梦都不敢想，谈何前程？谈何希望？一个没有梦想的人，或者说一个连梦都不敢想的人，如同一个没有梦想的民族，是永远不可能有前程和希望的。苦难的童年，迫使翟志刚不得不编织自己的梦想，或者说是苦难的童年造就了翟志刚的梦想。这个梦想，翟志刚实现了。而且，他最终超越了自身的苦难，超越了自身的贫穷，由个人的狭小梦想，转变为整个民族的宏大梦想。这个民族的宏大梦想就是，中华民族要挣脱地球的束缚，飞到天上！为此，他将个人的梦想叠加在了民族的梦想之上，或者说他将个人的梦想融进了整个民族的梦想之中。

于是，我们从翟志刚的身上，又看到了一种率真、大气、潇洒与豪放！翟志刚的这种率真、大气、潇洒与豪放，体现在他的脸上，准确地说，体现在他脸上的笑容上。在与翟志刚的近距离接触中，我发现，无论在公共场合、平时生活或者训练当中，翟志刚是十四个航天员中脸上笑容最多的一个。他笑得很自然，很率真，甚至在离心机上进行训练时，在七八百斤的重压之下，他依然能面带微笑，从容应对。可不能小视了这点笑。从人的角度来看，如此自然、率真的笑，是人性、人情、美好内心世界的体现，今日之中国太需要这个东西了！需要，就是缺少。中国传统中的公众人物——明星们除外——特别是某些身居高位者，脸上大都写着“严肃”。严肃当然没错，但这“严肃”很容易被人民当成冷漠。如今，“以阶级斗争为纲”的年代早已过去，中国开始讲究以人为本，讲究和谐社会，我们的老百姓很需要一点人的温暖、人的温情、人的关怀。再具体点说，很想多看见一点笑，尤其是像翟志刚脸上那种自然、率真的笑。这笑，颇具中国新一代青年人的气质，很能代表新一代中国人的形象！所以，翟志刚作为一位公众人物，一位航天员，他脸上的笑便显得弥足珍贵，意义非常。这是翟志刚最具魅力的地方，也是有别于杨利伟的地方。

事实证明，翟志刚和杨利伟同样了不起。翟志刚曾先后两次入选“神舟五号”和“神舟六号”航天员第一梯队，但两次都没有上天。这两次落败，对翟志刚来说，心灵上的打击是无可避免的，至少是有影响的。翟志刚本人是否经受住了这种打击或影响？后来长达五年的事实表明，翟志刚经受住了。这对一般人来说，是很难做到的。须知，从 2003 年到 2008 年，是漫长的五年，漫长的一千二百八十六天！在这漫长的一千二百八十六个日日夜夜里，倘若翟志刚的情绪稍有一点沮丧，意志稍有一点松懈，必将被淘汰出局！然而翟志刚没有。历经五年卧薪尝胆之后，他终于登上了“神舟七号”飞船，出舱行走，漫步太空！他坚韧、自信、豁达、乐观的性格，或者说他独具魅力的情商，造就了他个人的成功，也成就了一个民族的辉煌。而且面对宇宙，他横空一笑，倾倒天下看客！

然而，无论杨利伟还是翟志刚，甚至包括高层领导，这个时候都不知道，究竟谁能成为中国第一个上天的航天员。

第十九章
军中无戏言

1997 年，中国载人航天工程进入了一个非常尴尬、非常微妙的阶段。

说它尴尬，说它微妙，是因为五年前即 1992 年工程指挥部曾向中央立过军令状，争取 1998 年、确保 1999 年发射中国第一艘无人试验飞船。之所以要立这个军令状，确保 1999 年发射，是因为这一年是新中国成立五十周年大庆，有国庆大阅兵，还有澳门回归祖国，如果能在 1999 年发射第一艘试验飞船，这年中国便有三大亮点——建国五十周年大庆，澳门回归，飞船上天！这便是所谓的“争八保九”计划。这一计划既是航天人对中央的承诺，也是航天人对十三亿国人的承诺！

但是，谁也没想到，全国数以万计的航天人自 1992 年起便关起门来争分夺秒、流血流汗、埋头苦干，干了整整五年，到 1997 年，载人航天工程还是比原计划延迟了整整一年半！也就是说，不仅 1998 年发射第一艘无人飞船没戏，如果再不拿出紧急对策，就连 1999 年发射第一艘无人飞船的计划也将化为泡影！有道是军中无戏言，倘若果真如此，到时怎么向中央交代？怎么向国人交代？曾向中央立下的军令状，岂不成了欺世戏言？而更要命的是，中央前期拨给的一百四十七个亿眼看着就要花光了！中央给了钱，搞了六七年，还打不上去，怎么回事？这不等于向中央开了空头支票吗？既然军令状不能兑现，没有信誉，又怎么好意思再向中央伸手要钱！没有钱，下一步怎么搞载人航天？

于是，一石激起千层浪，不同的声音、不同的反应很快便出现了。

有人提出，载人航天工程应该放慢脚步。有人对载人航天工程中出现的问题提出了种种疑问。有人对到底能不能搞出飞船产生了担忧甚至动摇。还有人则向中央反映，说搞载人航天意义不大，应该暂时停止！与此同时，有的西方媒体也做起了文章，嘲笑讽刺中国，说什么中国既没经济实力，又缺技术力量，现在搞载人航天，是在打肿脸充胖子！如果还要一意孤行，继续坚持搞下去，用中国人自己的话来说，就是死要面子活受罪！即便将来中国具备了搞载人航天的条件，没有十年八年，也别想把飞船发射上天！

这一来，问题严重了！倘若这股所谓的“下马风”继续刮下去，载人航天工程中途暂停，甚至下马，也不是没有可能的。因为中国搞不搞载人航天，自提出要搞载人航天那天起，从上到下，从内到外，从航天专家到一般科技工作者，再到普通老百姓，反对之声就一直断断续续、时强时弱、相伴至今。假如载人航天工程真的暂停了，或者下马了，那中国航天人的脸在全国乃至全世界面前可就丢大了！航天人丢脸是小事，中国载人航天胎死腹中，那才是天大的事！

负责载人航天工程的头头们着急了，载人航天工程的专家们着急了，参与载人航天工程的全国数十万科技人员也着急了！

最着急的是沈荣骏将军。

沈荣骏将军时任国防科工委副主任、载人航天工程副总指挥。当发现工程的进度延迟了一年半后，将军立即下令，由国防科工委和航天部联合组成一个调研小组，由他亲自带队，开赴天南海北，深入各基地、工厂和研究院，逐一展开调研。他要搞清楚，问题到底出在哪儿？拖了进度的原因究竟是什么？下一步应该采取什么对策？

沈荣骏说，问题主要出在飞船系统上。1996 年底发现飞船系统拖了后腿，拖了一年半，这样将导致整个工程都得往后推！因为其余六个系统都有一定的基础，只有飞船系统从来没搞过，难度相当大。但是，军中无戏言，争取 98 年、保证 99 年发射第一艘无人试验飞船，是我们向中央立了军令状的。所以不管有多难，必须兑现这个承诺！再说了，任何一个国家都不允许一个投资巨大的工程无限期地拖延下去。“争八”不行了，那么怎样“保九”？就是说，怎么才能保证99年把第一艘无人飞船打上天？既然问题主要出在飞船上，那么解决了飞船的问题，99年发射是可以做到的。

当时还有一个背景情况，就是火箭问题。

用于发射飞船的“长征二号F”火箭是在原来“长二捆”火箭的基础上改进的，所以必须通过发射试验才能证明是否可靠。按原计划，火箭要通过发射一艘无人试验飞船来检验其可靠性。但现在连一艘飞船的初样都没搞出来！而且按飞船系统现在的进度，到1999年也很难搞出来。于是一个很尖锐的问题便摆在了面前：试验飞船没有搞出来，1999年火箭发射什么？

围绕这个问题，航天界出现了很大的争议。专家们出谋划策，提出了各种设想方案，这些设想方案概括起来主要有三种：

第一种，用火箭发射一颗国外的卫星，或者一颗国内的卫星。这样既可赚点外汇，又可检验火箭。但1999年既没有签订发射国外卫星的合同，国内也没有发射卫星的计划。

第二种，搞一个假配置，即是说让火箭发射一个与飞船重量相等的“铁疙瘩”，就像发射导弹一样，让这个“铁疙瘩”落在太平洋上。其好处是简单、容易、省事、节时，火箭又能得到检验。但把一个“铁疙瘩”发射到太平洋上，回收这个“铁疙瘩”时还要出动军舰，费用不说，白白地发射一枚火箭，纯粹为试验而试验，很不划算。中国人再大方，也不能大方到这个地步啊！

第三种，让火箭发射某个东西到月球，为将来中国登月奠定基础。但火箭发射什么东西合适？有人主张发射一面国旗，告诉世人中国在2000年前已经上了月球，很有政治意义；有人主张发射一个登月舱，把一些仪器放在上面，这些仪器不再返回地球，让它在月球上做通讯试验，看月球上的信号地球上能不能收到，如果月球上的信号能传回地球，就能对月球的环境情况做一些测试。多数人倾向后一种方案。这个方案航空航天部想搞，中国科学院想搞，其他单位也想搞。

刘纪原说，这个方案宋健很支持。宋健先找江泽民汇报，江泽民听了后很高兴，还当场给宋健念了一首苏轼的词，就是那首“明月几时有，把酒问青天，不知天上宫阙，今夕是何年”。宋健回来后，就找我商量，我也认为这个方案不错，便马上组织十四所的专家进行论证。专家们论证后认为这个方案在技术上可行，只要钱的问题能落实，中国人登月不成问题。按当时专家们的论证，所谓的登月不是让火箭绕着月球转一圈就完事了，而是要让火箭发射一个登月舱，让登月舱在月球上着陆。登月舱的经费预算都做出来了——三个亿，并将预算报告送给了国务院。但航天部在与国防科工委协调此事的时候，国防科工委提出要建一个测量月球的测控站，也需要三个亿。后来在国务院开会讨论这个方案时，说一共需要六个亿。李鹏就问，你们原来不是说好三个亿吗，怎么又变成六个亿了？我们忙解释说，三个亿是直接研制经费，有关的基建和设施还需要三个亿。朱镕基是个有话直说、从不拐弯的人，听到这里，就说话了。他说，这个方案有所得有所失，登月花钱太多，国家就这么一块肉，搞了登月，国家别的项目就会受到损失。再说了，能打好影响当然好，但如果打不好呢？打不好影响岂不更坏？还不如不打呢！我看就暂时先不要搞了吧，还是集中时间和精力抓好载人航天工程！于是会场的气氛就变了。结果会上决定，既然需要这么多钱，就先不要搞了。那天会上最尴尬的是宋健，因为他不知道经费变了，他看了我一眼，意思是说，原来不是说好三个亿吗，怎么变成六个亿了？会后宋健问我，我才把情况给他讲了。没办法，当时科研经费很紧张，大家都希望中央能多给一点。结果，登月计划没搞成。

对此，有部分专家感到很遗憾，认为中国的好多事情，不是人不行，而是钱有限。如果当时中央下决心搞的话，既试验了火箭，又登了月，一举两得。可惜国家当时还穷。

但也有部分专家认为，当初不搞是对的，一是时间非常紧张，要搞登月，“保九”计划就无法兑现。二是真正搞起来，谁也说不准会出现什么意外情况，万一遇到难关，登月登不了，还会影响载人航天，到头来鸡飞蛋打，岂不自找麻烦？再说了，国家就那么点钱，花钱的部门多着呢，花钱的项目也海着呢，搞载人航天已经拿走了一百多个亿，发射登月舱又要六个亿，别的地方还花钱不花钱啊？别的部门还吃饭不吃饭啊？

登月方案被否定后，火箭到底发射什么，既是一个焦点，又成为一大悬念。

这时，沈荣骏抛出了一个意见：能不能把飞船系统现有的一艘电性测试船改成一艘试验飞船发射上天？就是说，把现在的一艘在地面做试验的飞船改为一艘上天的试验飞船，简化它的功能，降低它的标准，能上去、能工作、能回来就行了。这样既可以大大缩短研制时间，确保1999年发射，又能起到检验火箭和各系统的目的。但问题是，这艘电性测试船属于初样飞船，就像工厂生产的某个产品，还是一个毛坯，不是一个正品。而在中国几十年的发射史上，凡是发射上天的东西——无论导弹还是卫星，都必须经过初样、复样、正样三个阶段，最后成为合格的正式产品之后，才能发射上天，而初样产品是不能上天的。这有点像一个刚穿上军装还未经过严格训练的战士，突然遇到了紧急情况，便一声令下，要他开赴前线打仗，说对也对，说不对也不对，就看你怎么想。

沈荣骏这个意见一经抛出，便引起一阵轩然大波。支持者大有人在。反对者也不在少数，甚至一些很有分量的专家也不同意。反对者的主要理由是，中国过去从来没有这么干过，国外也没有这样的先例。这么干，违背规章制度，违背科学规律。有的专家甚至很生气，说，这是冒险，是蛮干！

沈荣骏说，把电性测试船改成一艘试验飞船发射，虽然是在特殊情况下的一个风险决策，但并不是不讲科学，并不是蛮干。我当时了解到，飞船系统的电性测试船在地面的试验已经做得差不多了，改成一艘上天的试验飞船是可行的。其一，这是一艘试验飞船，试验主要的东西就行了，不急需试验的东西，没必要先上，可以缓上，所以可以简化功能。其二，凡是确定要上天的产品，一律按正样产品的标准进行验收。而且我们对这艘飞船的要求并不高，只做到三点就行了：第一能准确入轨，第二能正常飞行，第三能安全返回。说白了，返回时只要掉在中国，就算成功！虽然这种事过去我们确实没有干过，存在一定的风险，但搞科学哪有一成不变的东西？哪有不冒险的事情？科学试验嘛，有成功就有失败，有时也需要一点冒险精神，不然就什么事也别想干了！再说了，不这么干，99年就不能发射。推迟一年，就意味着要多花国家几个亿的钱！多花钱，国家不同意，人民也有意见。本来经费就紧张，再拖延下去，从哪儿来钱？我们是军人，军中无戏言，如果向中央的承诺都不能兑现，怎么有脸再向中央要钱？当然，我的压力也是很大的，成功了，皆大欢喜。失败了呢？都是你出的馊主意，怎么交代？也许就要“秋后算账”咯！

科学家最重要的品格是什么？在我看来就两个字：坚守。坚守自己独立的人格，坚守自己的价值标准，坚守科学的立场，坚守自己的判断，一句话，坚守自己认为是真理的东西。至于坚守的这个东西到头来是不是真理，并不重要，重要的是无论在任何时候——哪怕刀架到了脖子上——你是否发出了属于你自己的声音。否则，这个世界还养活科学家干什么？

在众说纷纭的各种意见中，沈荣骏坚守了自己的立场和意见。但为慎重起见，他找到时任总指挥的曹刚川，谈了自己的想法。两人当即达成一致意见。然后他又找到飞船系统总师戚发轫。戚发轫从专家和本系统的角度考虑，当然不希望越过常规往前赶，更不希望冒这个风险，何况飞船系统本身就非常吃紧。但飞船系统已经拖了大伙的后腿，他为此深感不安，很不好意思，尽管是因为客观原因。如果再拖后腿，麻烦可就大了。因此，为了“保九”，他思来想去，最后痛下决心，同意按总体要求，在1999年之前搞出一艘简易试验飞船。但前提是，上海航天局必须按时完成推进舱系统和电源系统的任务。

是的，沈荣骏非常清楚，能否确保1999年发射，七大系统中关键的关键，是飞船系统。飞船系统的关键，是飞船的推进舱。而负责研制推进舱的单位，是上海航天局。

于是，沈荣骏决定亲自到上海走一趟。

1997年12月31日，即新年的头天傍晚，沈荣骏一行上路了。

北京的这个傍晚很冷。天空飘着雪花，路上少有行人。一些单位张灯结彩，一派喜迎新年的气氛。临行前，秘书曾劝将军说，算了，明天就过新年了，等过了年再去吧。将军说，不行，等过了年，黄花菜都凉了。秘书说，下雪了，天这么冷，出门不方便，万一您生个病啥的，可就麻烦了。将军说，这是打仗，下点雪怕什么，这点雪还能冻死人！说完，将军大衣一披，大步出门，顶着风雪，上了飞机。

上了飞机的将军一言不发。天上万里无云，地下灯火通明。新年将至，一人出门远行，是悲凉还是悲壮？将军顾不上想这些，只想他的推进舱。在将军的感觉中，第一次搞载人航天，就像第一次建造一座摩天大厦，开始破土动工时，很难想清楚困难、风险究竟有多大，大到什么程度。随着工程步步推进，楼房层层加高，施工规模越来越大，困难和问题才逐步显现出来。因为是第一次，没有经验，经费又捉襟见肘，材料紧俏短缺，再遇上一点“风吹雨打”，矛盾和问题便愈加突出，压力也就越来越大。幸而将军是经过风雨见过世面的人，是经历过无数成功、也遭遇过无数失败的人。早在 1959 年，将军从解放军测绘学院毕业后，便去了戈壁滩上的酒泉基地。此后他在发射场摸爬滚打几十年，伴随着中国航天事业的成长壮大，从一个中尉升到了中将，成为我国一位著名的航天发射指挥官，其间风风雨雨、沟沟坎坎多了去了。办事干净利落，从不拖泥带水，敢说敢干，敢于拍板，敢于负责，是将军的性格。1985 年，将军出任国防科工委副主任，在一次全军的军级干部会上，他竟当着中央军委副主席刘华清的面“放了一炮”。结果，正是他的这一“炮”，促使一个拖了八年没有立项的发射场很快立项。载人航天工程上马后，要建立三个中心：一是宇航员训练中心，二是指挥控制中心，三是飞船总装测试中心。起初航天部领导把飞船总装测试中心选在了机场附近，并看好了三百亩地。将军带着人实地考察后认为，若三个中心合并一起，统一在北边建造一个航天城，更有利于工作。他亲自找到北京市副市长张百发，征得了土地三千亩。结果，将军一句话，把飞船总装测试中心从机场附近挪到了北边，三者合而为一。后来航天城建成后，俄罗斯的专家看了说，这个航天城比他们的好。为什么？俄罗斯的三个中心是分开的，相距较远，遇到问题处理起来很不方便。

然而这次，将军心里清楚，中国将要发射的是第一艘无人试验飞船，事关重大，非同小可。将军不会忘记，就在 1996 年 2 月 15 日，中国“长征三号乙”火箭发射国际708通信卫星，起飞后两秒钟，火箭姿态发生异常，随后一头栽在地上，轰然爆炸！火箭从起飞到落地爆炸，只有二十二秒钟。接着，1996年6月4日，以法国为首的欧洲空间局聚集十四个国家的上万名专家、耗资三百八十亿法郎、历经十一年研制出的新一代大型运载火箭“阿里安-5”在发射升空后仅三十七秒，便横空爆炸，灰飞烟灭，纷纷坠落的火箭碎片顿时覆盖了发射场方圆两公里的面积！这次爆炸震动了欧洲，也震动了中国！一个半月后，欧洲空间局向世界发布了《“阿里安-5”运载火箭故障调查报告》。沈荣骏将军当即命令载人航天办公室将此报告分发给软件和测控专家组，仔细分析研究，提出预防方案。而接下来的8月18日，中国“长征三号”火箭发射“中星七号”卫星，卫星未能入轨，发射再次失利，以致火箭技术研究院院长不得不远涉重洋，向世界六十多个国际保险商一个个地赔礼道歉，同时对这六十多个保险商提出的一百三十多个问题一一耐心解答。因此，将军清醒地认识到，中国的这次发射，推迟得起，但失败不起。一旦失败，受挫的不仅是一枚火箭、一艘飞船，而是中国人首次飞天的信心与自尊！

将军到了上海后，首先对飞船推进系统进行了实地考察。他发现，上海方面的问题主要是主发动机的问题。按国外的标准，主发动机上天之前，地面试车的时间要达到十万秒。按中国的标准，至少也得几万秒。而上海的主发动机的地面试车时间仅有九百三十秒。很显然，上海拖延进度的原因不在技术上，而在时间上。如果通过调整计划、加班加点等手段，增大工作量，再创造一些有利条件，为主发动机的试车抢出更多的时间，那么在1999年发射是可以做到的。但是否一定能做到，得上海方面自己表态。于是，将军让上海航天局的载人航天工程副总指挥、飞船系统副总设计师施金苗当面承诺，行就行，不行就不行，实事求是，决不勉强。但一旦确定，军中无戏言，到时必须完成，没有任何商量的余地！

施金苗说，说实话，当时沈荣骏副主任让表态，我的压力是非常大的！但事在人为，办法总比困难多。为了顾全大局，兑现对中央的承诺，为上海方面争一口气，我们经过反复研究，慎重考虑，最后还是拍着胸脯，许下诺言：不管有多大困难，一定千方百计赶上整体进度，决不让中国第一艘飞船在我们上海晚点！

将军这才回到北京。随后在载人航天工程指挥部会议上，正式确定了由电性测试船改为无人试验飞船这一方案，并将发射的时间定在了1999年10月左右。会议结束时，将军松了一口气，开玩笑说，从现在起，从我开始，我们只有星期七，没有星期天，谁也别想偷懒！

接着，载人航天工程总指挥曹刚川和副总指挥刘纪原联名给李鹏写了一封信，信中简要汇报了准备发射第一艘试验飞船的情况，同时也报告了发射的预计时间：1999年10月左右，即建国五十周年之际。写信的时间是1998年1月12日。

然而，搞科研毕竟不是搬砖头，每天说搬几块就能搬几块，不可知的问题随时都在候着你。只要一个点上出问题，时间就会拖长，计划就会泡汤。更何况中国人飞天是第一次，又是市场经济，不像过去计划经济时代，一声令下，一呼百应，科学家们除了琢磨技术问题，其他诸如经费、人事等问题有国家大包大揽，有民众无私奉献，根本无须考虑，不用发愁。现在时代变了，体制变了，人们的思想观念也跟着变了，很多工作盘根错节，微妙复杂，航天人只能摸着石头过河，以探索的姿态硬着头皮往前拱。于是，计划往往是一回事，真正做起来又是一回事。正如专家们常说的那样，计划永远赶不上变化！加上时间紧迫，工作量巨大，所以，七大系统可以说每天都是战战兢兢，如履薄冰，各自心里都有一本难念的经！

别的不讲，单是技术方面的难题就让人伤透脑筋。

以运载火箭系统为例。改革开放后，中国“长征号”系列火箭在全世界声誉鹊起，享有盛名。但“长征号”火箭过去发射的一直都是卫星，即便多次发射过世界上最牛的美国卫星，也是卫星——一个没有生命的“铁疙瘩”！而这次火箭要发射的是有生命的人，是举世瞩目的中国航天员！因而其要求和标准自然大不一样。据统计，苏联、美国、中国、日本、印度、巴西六国以及以法国为首的欧洲空间局先后共研制了二十三个系列二百零八种型号的运载火箭，而最终能用于发射载人飞船的，却只有苏联和美国的火箭。当时世界上可靠性最高的火箭，也是苏联和美国的，其可靠性可达 99%。中国火箭的可靠性是 91%，即是说，发射十次，可能失败一次。这个可靠性仅次于美国和苏联，与欧洲空间局并驾齐驱，在全世界也算高的了。但这次中国火箭是首次发射载人飞船，要把中国航天员送上天，所以要求火箭的可靠性必须从 91%提高到 97%！即再提高六个百分点。而火箭上的箭载计算机的可靠性指标则必须达到 0.9999，即做一万次飞行试验，只允许有一次失败！从数学的角度说，要把火箭的可靠性再提高六个百分点，看似微乎其微，但要真正做到，却难上加难。就像中国运动员刘翔，其奔跑速度已经达到世界顶尖水平，要他再提高 0.06 秒，难度可想而知。

比如火箭发动机问题。谁都知道，发动机是火箭的心脏，发射能否成功，发动机的作用要占一半。要保证火箭上天后发动机不出问题，必须做到三个百分之百：一是发动机在总装前所有部件的检测必须一次性百分之百合格，二是发动机正式出厂时所有项目的检测必须一次性百分之百合格，三是发动机在发射场的所有测试工作必须百分之百合格。而要做到这三个百分之百，总体部对发动机提出的可靠性要求是：一级发动机的故障率只允许 1‰，二级发动机的故障率只允许 3‰。尽管搞发动机的专家和科技工作者们在研制过程中严格要求，把发动机这个“心脏”简直就当成了自己的心脏，但在 1997 年对发动机进行试车时，刚刚试验到 480 秒（必须达到 600 至 1000 秒），还是突然发生了爆炸，顿时山摇地动，火光冲天，毒气四射，整个山头与天空一片红色！结果，成千上万航天人耗尽智慧与心血研制的火箭发动机眨眼间便化成烈火碎片。但为了取得第一手现场试验数据，专家们冒着残留的烟雾与毒气，在地上爬来爬去，一边拍摄，一边记录。另外，逃逸塔发动机的研制同样充满坎坷。设计者们对这种发动机只在报纸上见过，却从来没有搞过，非常陌生。此前在与俄罗斯的接触中，本打算买一个旧的这种发动机回来参考，可对方不愿意，只同意卖给一个“联盟号”飞船逃逸塔发动机的外壳，要价八十万美元！一个三十年前的废外壳就要八十万美元，中国专家觉得太坑人，一赌气，断了“参考”的念头，决定自己干！于是他们呕心沥血，用了整整三年时间，终于研制出了逃逸塔发动机的初样。可是，第一次在秦岭的大山沟里做试验时，这台好不容易研制出来的发动机点火试车还不到一秒钟，三千多度的高速火焰瞬间便将四个喷管全部烧穿！上百人三年的心血在一秒钟内便灰飞烟灭！

比如火箭的整流罩问题。整流罩的作用，一是在火箭穿越大气层时，保护飞船不致受到大气层的剧烈摩擦；二是一旦火箭发生故障，整流罩要迅速伸开双臂，抱住飞船，掩护逃逸塔带着飞船快速逃离，从而确保航天员的生命安全。但整流罩技术非常复杂，光零部件就有一千三百多个，既没搞过，也无参考资料，又是一批年轻人在搞，所以第一个整流罩生产出来后，居然超重九百多公斤，比火箭本身的重量还重！于是为整流罩“减肥”，成为当时航天系统一大新闻！刘纪原得知情况后，立即在一次动员会上向火箭系统总指挥黄春平宣读了中国航天工业总公司“一号令”：“必须不惜一切代价，在1998年6月10日之前，完成火箭整流罩的研制生产任务，否则以重大失职行为论处！”最后，在火箭总师王德臣、副总师张庆伟的率领下，火箭设计部的专家们绞尽脑汁，几经磨砺，才终于为整流罩“减肥”好几百公斤。

比如火箭的故障检测系统和逃逸系统问题。这两个系统是中国“长征二号F”火箭的独门技术，也是一个世界难题。前者相当于火箭上一个“自我诊断器”，后者相当于航天员的一个“保护神”。就是说，发射中火箭一旦出现危及航天员生命安全的故障——比如火箭爆炸，故障系统便会立即自动给逃逸系统发去指令，使飞船与火箭分开，让逃逸塔带着飞船迅速逃离危险区。但怎样才能保证故障检测系统判断准确、不错发指令呢？此前，专家们本打算走点捷径，想在外国既有经验的基础上搞设计，便向美国专家请教。没想到对方的回答是，要问这个问题，请先付一百万美元的咨询费！于是专家们一赌气，决定硬着头皮自己干！但美国、苏联是通过数十枚火箭的发射试验才总结出一套故障判定数据的，而中国不可能通过发射数十枚火箭来换取试验数据，一是经费不允许，二是时间紧迫。于是只有绞尽脑汁，苦思冥想。专家们想了三百多种火箭可能出现故障的情况，然后对这三百多种故障情况进行逐一筛选，最后确定出十一种故障概率最高的模式，再用几年时间对这十一种故障模式进行上万次的飞行仿真试验，从而得出故障判定数据。但火箭发生故障时，其爆炸的威力是多强？毁灭的半径有多大？留给飞船逃逸的时间是多少？航天员逃到多远才最安全？所有这些问题又是一座座难以逾越的大山，必须经过大量的地面试验才能闯过去。于是，为了拿到可靠的试验数据，有关专家和技术人员在湖南一个偏僻的山沟里选了一个新中国成立初期曾是麻风病医院、如今早已废弃多年的破落大院，住在里面，经过近一个月的反复试验，才终于得到了确保飞船和航天员安全的试验数据：火箭爆炸一点七秒钟之内，逃逸塔必须带着飞船逃离到一百五十米之外；火箭爆炸两秒钟之内，逃逸塔必须带着飞船逃离到三百米之外。

再比如火箭元器件问题。“长征二号 F”火箭上的元器件有三万七千六百九十个，只要有一个出现问题，火箭就上不了天，即使上了天也不能正常运行，甚至还会一个跟头从天上栽下来。因此，要保证火箭的安全，保证航天员的安全，首先得保证每一个元器件质量过关。但要想做到这一点相当艰难。为什么呢？火箭元器件的工作环境是在天上，而天上环境恶劣，温度一会儿是正一百摄氏度，一会儿是负一百摄氏度，甚至高温上千度！火箭一会儿拼命冲击，一会儿剧烈震动，很容易出现故障。地面科学试验表明，同样的元器件，分别在火箭上和实验室中试验，在火箭上发生故障的概率是实验室的八十倍！因此，一个一般的元器件在地方市场上可能只卖三元钱，但用于载人航天的元器件一个就得一千元！这种元器件一般在一千个同样的元器件里只能挑选出五个，然后再从这五个中挑选出三个，再拿去做各种各样的老化试验、高低温试验、真空试验，最后最多也就只能挑出两个。

此外，元器件的生产质量难有保障。航天科技集团张宏显局长说，我们国家有一个问题，就是基础工业差。原来在计划体制下搞元器件，靠的是“七专”，就是专线、专人、专厂、专设备等。这样生产出来的元器件比较有保证。但现在实行市场经济后，带来一个问题，“七专”没人管了。因为我们要的元器件比较少，不是批量生产，这样对方就赚不了钱，一个元器件给它一万块钱，也就几万块钱，连生产线都养活不了，有些厂在市场经济的残酷竞争中就倒闭了。所以现在只能军工和民营合起来搞。但军品和民品混在一起搞也麻烦，民营企业的质量很难达到要求。所以，有的元器件只能从国外进口。但进口一点元器件也不容易啊。我们开始是从美国订的货，订的都是世界最高标准的宇航级的元器件。可1989年春夏之交的政治风波发生后，美国政府对中国实行制裁，不让元器件出口到中国，包括气象卫星的一些元器件都不给，一下卡住了。我们忙找日本，日本不行又忙找德国。一个转发器，美国九万美元，德国十三万美元，日本十六万美元！价格这么高，还不能按时到货。但没办法，再贵也得买，再等也得买。

火箭副总师刘竹生也说，火箭的可靠性要求从原来的百分之九十一提高到百分之九十七，难度确实很大。火箭从发射到入轨的时间虽然只有短短的六百秒，但在设计火箭的时候，其寿命必须达到五百四十六小时！火箭上的几万个元器件，除了极少数是进口的，绝大部分是国产的。此外火箭上还装了二百二十八只火工品，涉及八百五十八项关键的原材料。所以这次设计火箭压力很大。过去设计的火箭，发射的都是卫星。说得不好听一点，就是发射失败了，最多也就是个面子问题，保险公司赔钱的问题。把原因找出来，再造一枚火箭、一颗卫星，重新发射一次，也就完事了。但这次不一样，火箭是用来发射飞船的，飞船里面坐着一个大活人！一旦失败，就是箭毁人亡。在发射场死了人，可不得了！于是，这次我们在过去“航天标准”之上，对元器件又增加了一个严格标准，严上加严，对每一个元器件都要进行二百多次试验，不能出现任何一次故障！

由此可见，在如此短的时间里，仅解决七大系统的技术问题，就是一件很难做到的事情。而且这些技术难题，不是一个两个、十个八个，而是成千上万不计其数！不仅要做到，还要做好，做得稳妥可靠，万无一失；既要抢时间，又要讲质量，还要保安全。

怎么办呢？加班加点，拼命苦干，靠加班来赶进度，抢时间！过去搞“两弹一星”是如此，现在搞载人航天也是如此。加班，好像成了中国航天人几十年来制胜的传家宝。

美国搞载人航天，强大的后盾是美元。而中国搞载人航天，强大的后盾是精神，是一不怕苦、二不怕死的精神！有了这种精神，白天干，晚上干，星期天干，节假日干，大干苦干拼命干！有人去航天部和国防科工委转了一圈，回来后说，看科技人员搞载人航天，让人想起淮海大战。意思是说，人多，玩命，太累，太苦！

的确，在我采访的日子里，我看到，从机关到基层，从研究所到发射场，成千上万的航天人每天每夜都在加班，几乎没有一个星期天和节假日。每时每刻，他们的脸上好像都写着两个字——累啊！而七大系统中，加班最多的是载人飞船系统。“保九”任务下达后，加班就更频繁了，每天都有开不完的会，每晚都有加不完的班，甚至不少人把铺盖被子都搬进了办公楼，把办公桌当成床板，开始二十四小时轮流加班！以致飞船系统的副总指挥袁家军连续一个多月失眠、厌食甚至呕吐，最后躺倒在了医院！

不加班不行吗？不行。工作量实在太大，问题实在太多！不加班加点，1999 年就不可能发射第一艘无人试验飞船！如同有的航天人所说，三十多年前苏联人、美国人就上天了，而且已经在天上折腾好几十年了，已经落后几十年的中国人如果再不快点上天，等有一天别人控制了太空，你再想上去，就来不及了！

不过，加班多了，确实也带来一些问题。

飞船总师戚发轫说，俄罗斯专家曾提醒我说：“你这个总设计师千万不能被政治家牵着鼻子走，要按科学规律办事，不要再犯历史的错误。当年苏联就是催着赶快打，结果就炸了嘛！”我们加班，当然不是什么也不顾，而是采取了一些特殊的措施。不过，天天加班、月月加班、年年加班，压力非常大，也实在太累、太苦了！我们有两个搞飞船的专家都给累坏了，一个得了脑溢血，另一个眼睛出了问题。还有的年轻人对加班也有情绪和意见，说加班一个月可以，加两个月也行，但老是这样加下去，我们怎么谈恋爱呀？的确，加班把年轻人谈恋爱的时间都给“加”进去了，许多人都到了谈婚论嫁的年龄，不是不想谈，而是没有时间谈，没有心思谈，没有情绪谈。你想想吧，一个故障出现了，马上就得查，就得找，就得解决，不然下一步工作就没法干。因为许许多多的事情和问题都在追着屁股呢，哪有时间去谈，哪有情绪去谈？所以我们不希望以后再这样干了。

火箭总师王德臣说，加班，就是人为地拉长生命。在国外，像美国、苏联，凡是搞航天的，从来都不准加班。有情绪的不准干，家里有困难的不让干，两口子有矛盾的不准上岗。国外对这类问题都有一套严格的明文规定。可中国的国情不同，天天加班，长年加班，已经成了一种习惯。有的领导对加班不但不批评，还一个劲儿地表扬！我是一贯反对加班的，但这次遇到了特殊情况，也没办法，只得加班！

火箭技术研究院院长吴燕生说，搞载人航天确实太苦了！一年四季，几乎天天加班。我有时就想，如果生活就是这样、人生就是这样，也太没乐趣了！

当然，航天人赶进度、抢时间，不光靠加班，还靠智慧——主要是靠智慧。就是说，靠开动脑筋，靠巧干来解决问题、加快进度。这样既节省了经费，又争取了时间。

火箭总师王德臣说，由于缺钱，或者没钱，中国在硬件上比不过外国，我们就只有多动脑筋，想办法，少花钱，多办事。比如，英国搞一个方案论证，要花十三万英镑，相当于一百六十万元人民币。我们搞一个方案论证，只花几万人民币，结果是一样的。国外做一百次试验，我们只做十次试验，效果也差不多。要做到这一点，就只有开发“软件”。“硬件不行，拼软件!”这是几十年来中国航天界流传下来的一句名言。这个“软件”，就是专家们自己的大脑和身体。专家们通过多动脑子、多加班，就能弥补因经费不足而导致的硬件不足，就可以减少一些试验项目，从而抢回不少时间。

举例一：动物试验问题。按国际载人航天的惯例，人上天之前，都要先做动物试验。苏联、美国为做大动物试验，付出了很大的代价。他们从小耗子开始，然后狗、猫、猪，还有猴子、大猩猩等，做过很多次的试验。于是中国一部分专家提出，在航天员上天之前，是不是也应该做动物试验。但现在要做动物试验，就要用猕猴来做，因为猕猴和人最接近。但猕猴的代谢量仅仅是人的六分之一，代谢量太少。你要检验飞船里坐三个人行不行，就得装十八只猴子。这十八只猴子还得找聪明的猴子，愚笨的猴子训练不出来。中国聪明的猴子在云南，即便找到了，这十八只猴子怎么装？另外，光是猴子的住房和照管的人工费用，按当时的预算，就得三千多万元人民币，这还不考虑猴子的生命保障系统怎么供氧、供食、供水等。这套东西真要搞起来，经费还不知要增加多少。即便经费允许，做了，也不一定能确认这个猴子的生命保障系统是否适合人用。因此，不少专家都不同意做。大总师王永志就是其中一个。

王永志说，动物试验是很难做的，动物的生命保障系统也很难设计，技术很复杂，很费工夫。美国曾经用大猩猩做过试验。尽管大猩猩在地面训练过，可一到了天上，在失重的情况下就害怕了，结果就钻出来到处乱抓，去摸开关，特别危险，跟“闹天宫”一样。我在华盛顿航天博物馆看见过，大猩猩被五花大绑地捆在坐椅上，不吃不喝，很难办。如果把猴子弄上天，同样会害怕。一到天上，它就不吃不喝，两天就饿瘦了，很快就饿死了，你说咱们的航天员还敢上吗？再说了，苏联、美国以前做大动物试验，是不知道人在失重情况下生理上到底行不行。现在他们已经做过了，已经证明人上天是可以的，而且几十年来人家已经有成百上千的人上天了，不管是男的还是女的，都顺顺当当地回来了，回来后也都正常。只要我们的飞船的条件做得跟他们的飞船一样，是适合人的环境，不就行了吗？干吗还要从猴子做起呢？完全用不着嘛！所以，我在医院住院时，有几个领导来征求我的意见，我是坚决不同意。有些事情我们不能跟着外国跑，得具体问题具体分析，不能照搬照抄，要独立思考。

飞船专家范剑峰说，搞不搞动物试验的问题，航天系统内部也有争议。主要有两种意见，一种不主张动物试验，一种主张发射一只狗上天。有个研究所的人来问我，是不是先发射一只狗上天？我说这个问题二十年前就很清楚了，还上狗干吗？没必要。因为狗上天后，也要吃、要喝、要动、要吐，还要拉屎撒尿，很麻烦，比人更难管。上狗的意见被否定后，有人又提出一个意见，能不能先发射一个假人上天。

后来，专家们经反复考虑，取消了动物试验，也否定了发射假人的意见。这不仅节省了经费，还节约了时间。

举例二：零高度逃逸飞行试验问题。火箭在发射架上出现故障后，逃逸塔能不能带着飞船安全逃跑？怎么逃跑？这需要反复不断地做发射试验，才能得到准确的数据。毫无疑问，这个试验应该做。但怎么做，做多少次，却没有固定的模式。美国做这种试验时，各种高度都做了，每做一次，就等于发射一枚火箭，发射完了火箭也就报废了，几十秒钟几个亿就没有了。中国如果也像美国这样做，代价太大，做不起，财力和时间都不允许。后来专家们绞尽脑汁，经过多次探讨论证，认为高空逃逸试验没有必要做，只做三次零高度逃逸试验就可以了，一次是垂直发射，另两次是带一定的角度发射。但当第一次零高度发射试验成功后，大总师王永志经过反复考虑，认为做这一次就够了，其余两次都没有必要再做了。

为什么呢？王永志说，做一次，就相当于发射一枚小火箭，好几个试验队都得去，五院、一院的，全得去，各级领导也得到场，花钱不少，代价太大，多少有点劳民伤财的意思。而关键的是，这样做，事实上未必一定能做出什么东西来。因为火箭发生故障的情况千变万化、多种多样，太复杂，很难通过几次试验作出准确的判断。如果要把所有故障模式都判断出来，那得发射多少次啊！几十次、几百次也下不来。所以我就提出，后两次试验不做了，拿这个钱搞一个故障检测和逃逸仿真实验室，进行仿真试验。这样的话，你想做多少次就做多少次，可以千百次地做下去，什么情况都能做。

王永志的这一意见后来得到采纳。于是，中国航天人没有走美国的老路，而是另辟蹊径，很快建了一个仿真实验室，巧妙地应用了一个现代手段，便取得了同样的试验数据，还节省了不少经费和时间。

举例三：海上打捞航天员的问题。按专家们设定的飞行航线，中国飞船起飞后，很快便到太平洋上空。飞船到太平洋上空后，万一发生故障，掉到太平洋里，怎么办？根据专家们的计算，飞船从西北往东南方向发射后，可能溅落在太平洋上的海域一共是五千二百公里！也就是说，在太平洋五千二百公里的海域上，到处都是飞船可能落下的地方。但事前谁也不知道飞船什么时候会出现故障，出现故障后到底又会落在什么地方。那么一旦飞船到时果真发生意外，面对如此广阔的海域，搜救人员怎么才能及时打捞出航天员呢？航天员一旦落在海上，马上就得有船去救。海水是凉的，若打捞不及时，航天员就会冻死在海里。而船在海上走得特别慢，一小时才二十海里，船少了显然不行。但要把五千二百公里的海面全部监控起来，那得多少船在太平洋上值班啊！美国当年发射时，由于财大气粗，海上力量强，在太平洋上设了十六个打捞救生点，出动了三艘航空母舰、二十一艘舰船、一百二十六架舰载飞机、两万六千名搜救人员。苏联地理位置相对要好，国土东西向较长，飞船飞到太平洋上就只剩下三千五百公里了。即便如此，也出动了七艘舰船、一百一十架舰载飞机、一百二十九架直升机，平均五百公里一艘舰船。

中国呢？中国怎么办？如果也像美国、苏联那么干，得花多少钱啊！1980 年 5 月 18 日，中国向南太平洋国际水域发射了一枚洲际导弹，为了回收一个弹头舱，仅搞了一个回收点，就花掉了九千万元人民币！要知道，1980 年的九千万相当于现在的几个亿！那么可以算一算，如果中国也像美国一样在海上设立十六个点，得花多少钱？要是一艘船负责几百公里，得派多少船啊？

而且，光有密密麻麻的船还不行，每条船还得配置辅助设施，还要有直升飞机等。倘若真要这么搞，即便让十三亿中国人都掏腰包，也搞不起啊！所以，有专家提出，飞船在太平洋上空这个时段估计不会有事，干脆海上救生这一块就别搞了——不是不想搞，而是代价太大，实在搞不起。

但问题是，飞船在哪个时段有事、哪个时段没事，谁说得准啊！万一恰恰就在太平洋这段有事呢？而且，还有一个非常敏感的政治问题是，西方世界一直指责中国“不讲人权”，如果中国真要放弃了海上打捞航天员的预案，到时万一航天员真有事了，岂不正好授人以柄？再说了，如果没有海上打捞这一预案，对航天员的心理也是一种阴影。

因此，载人航天工程指挥部最后决定，海上救生的预案还是要搞。于是在大总师王永志的带领下，专家们关起门来，挖空心思，冥思苦想——“硬件不行，拼软件”。好在中国人不只是勤劳的，也是智慧的。他们终于想到了一个好主意：在波涛万里的太平洋上，只选三个点布站，最近的一个点在日本海附近，最远的一个点在新西兰附近，中间再选一个点。如果飞船故障出现早，就让返回舱落在第一个点上。如果飞船故障中途出现，就让飞船落在中间的点上。如果飞船故障出现晚，就让飞船落在最远的第三个点上。如果飞船往前再出现故障，就让飞船掉头回来，还是落在第三个点上。这样只需三个点，不管飞船的故障出在哪个时段，都能保证飞船安全返回，而无论飞船落在哪个点上，事先布置好的舰船、直升机等均可对航天员及时实施救援。

这一大胆创意，美国没有，苏联没有，全世界也无先例。这个属于中国人的专利是中国专家们拼命开发“软件”的结果。它体现了中国航天人的聪明才智，不仅为国家节约了十几个亿的经费，还为“保九”计划赢得了宝贵的时间。

1998 年秋，距离 1999 年 10 月首次发射还剩一年。这时七大系统最大的敌人还是时间！

就在中国航天人奋力拼抢时间之际，一件意想不到的事情发生了。这就是，有人直接给江泽民写了一封匿名信，其大意是：1999 年发射试验飞船在技术上是不成熟的。航天部的人这样做，是借搞载人航天之名，欺骗中央，捞取国家钱财。国家有搞载人航天的钱，还不如拿来搞航空母舰。载人航天工程应该停止，否则国家的经济将会受到更大损失！恳请中央尽快查处！

刘纪原说，这封信是谁写的，出于什么目的，至今我也不清楚。江泽民总书记收到这信后，批给了李鹏，李鹏批给了宋健，宋健马上找到了我。中央批示的意思，是要认真对待，认真研究。我看到这个批件后，心里很紧张，压力非常大！为什么呢？因为自从载人航天工程上马后，就面临着各种各样的压力，不断有各种意见上诉到中央。每走一步都有不同的认识。一部分人总是从自己部门的角度提出各种质疑。另外，1999 年万一打不了怎么办？即便打了，万一不成功，又怎么向中央交代？我们不仅1992年向中央立了军令状，1998年初给李鹏写信也汇报了发射的时间。所以当时我最担心的，是怕这些意见影响到中央的决心。我们分析后认为，载人航天要下马，可能性不大，主要怕工程暂停。因为工程万一中途搁浅，再启动起来就很困难，而且将造成极大的浪费！如果中央认为经费紧张，哪怕减缓一点速度也行。宋健和我商量的结果，就是给中央写一份报告，把载人航天工程的真实情况和进展程度作个汇报，让中央放心，以免节外生枝。

航天工业总公司的报告很快呈送到了中央。但报告送走后，刘纪原心里依然没底。刘纪原肩上一直挑着两副重担，尤其在载人航天工程的攻关阶段，这位载人航天工程的副总指挥简直成了救火队的队长，哪里有问题就出现在哪里。甚至在除夕之夜，他也带着设备，冒着大雪，从北京赶到天津，再从天津赶到山西长治，连夜去工厂解决重大的技术攻关问题。他唯一的一个患有智障的儿子，已经失踪了十四年，至今下落不明。这给他本人和他夫人的心里投下了厚厚的阴影。他为此很痛苦，尤其在逢年过节、夜深人静之时，他甚至会把自己一个人关在屋里，望着儿子的照片偷偷流泪。但他把这种痛苦深深地埋在心底。看到中央的批件后，载人航天下一步怎么走，能否走得下去，一年后能否兑现对中央的承诺，这些问题让他感到非常忧虑与着急。根据他几十年的工作经验，他知道，中国搞载人航天，除了经费、人才等条件外，得到国家领导人的承认和支持是非常重要的。于是他睡不着觉了，开始反复考虑：如何才能确保载人航天工程继续顺利发展下去？怎样才能兑现对中央的承诺？最后思来想去，他想到一个主意，就是请中央领导人去北京航天城看一看，看看载人航天工程到底走到哪一步了，现在是个什么情况，以便心中有数。因为工程指挥部已经用四年的时间，在北京北郊的一片荒滩水田上建起了一座世界一流的、占地三千多亩的现代化航天城，并在航天城里首次建成了中国的三大中心：载人航天指挥控制中心、航天员训练中心、空间技术试验研究中心。根据中央的指示精神，搞载人航天不能说，不能宣传，只能关起门来悄悄地干，所以，成千上万的航天人用心血和汗水搞了整整六年的载人航天工程，一直还是一个秘密工程。

不仅中国老百姓鲜有人知，就是中央领导人也从未谋面。如果中央领导人能亲自去航天城看一看，那就再好不过了。

刘纪原说，我当时的想法是，让中央领导去看一看，就知道我们在短短六年时间里到底都干了些什么，进展情况怎样。不然的话，你花了那么多钱，这些钱到底都干什么去了？中央并不清楚。所以我想，只要能把中央领导请到现场，就成功了一半，就会继续支持载人航天。

刘纪原的这一想法得到国防科工委领导和不少专家的支持，有的专家说，这叫“政治攻关”。为了航天事业，科学家除了技术攻关，也要“政治攻关”。这是中国特色。

于是，工程指挥部很快向中央办公厅打了一个请示报告。不久，中央办公厅回话，说中央很支持，江泽民总书记以及其他几位常委都要来看一看！

得知这个情况后，总指挥曹刚川和副总指挥刘纪原当即给江泽民写去一封信，信的主要内容就是请江泽民给飞船题写两个字：“神舟”！此前，中国的飞船到底取什么名字，大家想了很多，都不满意。有关部门就在航天系统内部为中国飞船广泛征集名字，一下征集了几十个。后来领导们便从这几十个名字中挑选出了“神舟”二字，决定请江泽民题写。

刘纪原说，我们的信送上去后，很快我就听说，江泽民很爽快地答应了为飞船题字的事。当秘书把纸笔给他准备好后，他一口气就写了四幅“神舟”，说拿回去让我们自己选，我们喜欢哪一张，就用哪一张。我们拿到江总书记的题字后，非常高兴，马上组织有关人员，连夜就把江总书记题写的“神舟”两个字喷在了第一艘试验飞船上。

几天后，即1998年11月10日上午，江泽民来到位于北京唐家岭的航天城。按航天城的规矩，凡是进航天城的几个中心工作或参观的人，为防止将尘土带入大厅，无论职位高低，一律都得更换白色的拖鞋。所以江泽民一行进入航天指挥中心之前，同样更换了白色的拖鞋。江泽民来到飞船总装大厅时，一眼就看见了几天前他亲笔题写的“神舟”二字已经喷在了飞船的肚子上，且赫然醒目，十分鲜艳。江泽民非常高兴，转身对陪同他的曹刚川和刘纪原说，我刚写完你们就用上了，你们的动作挺快嘛！接着又说，你们让我写飞船的名字，我就赶紧写了。虽然我的字写得不好，但我有一个愿望实现了，就是我的心能跟航天员一起上天了！谢谢你们！

刘纪原说，参观结束后，江泽民出来时很高兴。就在大家一起换拖鞋的时候，吴邦国一边换着拖鞋，一边对江泽民说，航天部门看来只要给钱，是能搞出名堂来的。江泽民一边换着拖鞋，一边说，对，争取建国五十周年的时候发射一艘试验飞船，十六大要有人上天！

全国人大常委会委员长李鹏是当天下午来到航天城的。李鹏看得很仔细，观看中不时询问产品的性能，对新研制出来的火箭整流罩和逃逸塔发动机表示满意。最后，李鹏也发表了讲话。他说，今天参观后很有感触。我们上一个载人航天工程，它的意义绝不在它的本身，而是要通过它把我们中国航天带向一个更高的层次，而且发展整个空间技术及相关的高技术。同时，更重要的是培养了一大批人才，使我们的人才队伍没有断层，使我们的事业后继有人，使我们能够赶上国际先进水平。明年就要发射第一艘飞船，首先要感谢广大参试人员和工程技术人员，祝贺你们取得了伟大的成就！

国务院总理朱镕基来到航天城的时间是 11 月 11 日，即江泽民、李鹏参观后的第二天。朱镕基在真空环境模拟器 KM−6 旁边观看的时间最长。真空环境模拟器是世界上最先进的五大真空容器之一，相当于一个人造小太空，飞船上天前，必须要在这里做太空模拟试验。只有通过了这里的模拟试验，才能上天。参观中，朱镕基也发表了讲话。他的讲话是随意性的，边看边讲，边讲边看，看到什么讲什么，直来直去。他说，在这么短的时间里就矗立起一座航天城，而且很多设备都达到了世界先进水平，很不简单。这在别的国家，即使是在科技发达的国家，也是不容易的。他对载人航天工程的进展总体上表示满意。他向载人航天的工作人员表示了由衷的敬意。他说，这个工程不但有重大科技、国防和带动经济发展的意义，而且还有重大的政治意义，因为它能够凝聚整个中华民族！我想中国人民一定会记住你们的，中华民族一定会记下你们的光荣业绩的！

不过，当朱镕基听到有关负责人介绍说飞船密封上还有一些问题没有解决时，很是担心，便问了很多技术细节问题。特别是当他发现有个真空罐的表面还留下了加工中的毛刺时，马上就对承制单位提出了严厉的批评。他说，这么大个东西，搞得这么粗糙，怎么叫我放心呢？载人航天是一项高风险的事业，必须注意每一件细小的事情，一定要严上加严、细上加细、慎之又慎，不能有一点的马虎！科学试验可以失败，但载人航天不一样，飞船是要上天的，是我们的航天员乘坐的，同志们，人命关天啊！

朱镕基刚讲到这里，突然发现十四个航天员就站在人群的后面。可能考虑到航天员的感受，他又改口说道，不过，我们的航天员同志也不要担心，要相信我们的领导干部，相信我们的科学家，相信我们的工程技术人员，他们一定会把问题解决好，做到万无一失的，一定能保证你们的安全的！你们上天，是代表中国人民，代表中华民族，花多少钱都在所不惜！

接下来，朱镕基又转身对曹刚川和刘纪原说道，既然要搞就搞成，要搞就搞好。你们要多少钱，我给多少钱！

朱镕基话音刚落，全场一片掌声。

几天后，刘华清带着二百多位将军也参观了航天城。

毫无疑问，几位国家领导人的航天城之行，给正在拼命“爬坡”的航天人以极大的精神鼓舞。而且，航天人还得到了物质上的“奖励”——朱镕基回去后，很快就给载人航天工程批了一笔经费！这对急需鼓励和支持的载人航天工程来说，犹如雪里送炭、雨中送伞。同时，这也为“保九”计划加了一道保险！

然而，这是动力，也是压力。总书记江泽民说了，委员长李鹏也说了，明年建国五十周年要发射第一艘无人试验飞船！尽管这一句话并非指示，更不是命令；但对载人航天工程的领导者来说，却比指示还指示，比命令还命令。因为从现在起，满打满算，仅剩一年时间了。

那么一年后的今天，能保证中国第一艘“神舟号”试验飞船顺利升天吗？

第四部

血火涅槃

第二十章
飞船开膛破肚

1999 年，是中国载人航天工程最为关键的一年。这一年，中国“神舟一号”飞船发射进入倒计时。

但形势不容乐观。

5 月 8 日，美国用三枚导弹偷袭中国驻南斯拉夫大使馆，导致使馆毁坏，人员伤亡，中国人的尊严再次遭到重创！消息传出，中国人愤怒了，纷纷上街声讨！正在埋头苦干的航天人也愤怒了，不少科技人员一大早便赶到工厂，参加声讨大会。某研究所一位书记还带着一班人马，将该研究所生产的软质防弹背心送到《人民日报》和《光明日报》国际部，托付他们一定送给正在南斯拉夫采访的中央电视台记者白岩松。而在驻南使馆被炸身亡的朱颖的父亲，也来到航天工业总公司，流着眼泪对航天人说，在你们这里，我感受到了一种国家的力量，一种民族的力量！我只想拜托你们，再加把劲儿，再快一点，让我们的国防再强大一些！

十天后，即 5 月 18 日，中国载人航天工程指挥部召开首次飞行任务工作会议，七大系统老总聚首北京。会上，总指挥曹刚川神情凝重。他说，当前国际形势严峻，但载人航天工程必须继续往前推进！五十周年大庆、澳门回归、飞船首飞，是今年中央提名的三件国家大事。所以，“神舟一号”首次发射只能成功，不能失败！

接着，副总指挥沈荣骏宣布：1999 年 11 月 8 日至 12 日，在酒泉发射场择机发射“神舟一号”试验飞船！

会后，七大系统争分夺秒，夜以继日，开始了最后的冲刺！

7月23日，载着“神舟一号”飞船的专列从北京悄然出发。三天后，专列顺利抵达酒泉发射基地。千古荒原上第一次出现了飞船，发射场的官兵们感到非常新鲜，围着飞船看个没了没完。

接着，8月15日，“长征二号F”运载火箭出厂。三天后，同样顺利抵达酒泉发射基地。

酒泉发射基地位于西北大戈壁。这里史称“死亡地带”。早在新石器时期，东西方文化就在这里交汇。从西汉至明朝，历朝历代均在此建立过城池。可惜明朝之后，此处五百余年与世隔绝，无人问津。1958年，新中国在这里创建了第一个导弹发射场，组建了共和国第一支导弹发射部队。现在，中国第一艘飞船又将从这里起飞。

但把发射飞船的地点定在酒泉基地，同样有过意见分歧。

1992年中央批准载人航天工程后，可供选择的发射场主要有两个：一个是位于四川的西昌发射场，一个是位于西北戈壁的酒泉发射场。一种意见认为，发射场应该建在西昌基地，理由是西昌基地一开始就是为发射飞船而建的，而且那里已经发射过“长二捆”大型火箭，有现成的发射塔，用不着再建一个新的发射场，可以节约几个亿的经费。另一种意见认为，发射场应该建在西北酒泉基地，理由是酒泉基地在大戈壁滩上，发射场区占地面积五万平方公里，视野开阔，能见度好，航区二百公里内基本不见人烟，六百公里内没有密集的城镇和交通干线，万一航天员掉下来，好找。而且戈壁滩气候干燥，雷电日少，没有雨季，发射气象条件较好。如果在这里发射飞船，航天员返回时的落点就可以选在地势平坦、一望无际的内蒙古草原，便于搜寻。而西昌气候恶劣，一年四季雷雨频发，不易满足发射所需的气象条件。而且，发射场四周全是大山，山上全是树，航天员一旦掉进深山老林，不好搜救。此外，西昌发射的方向是西北，若是冬天发射，航天员万一掉在海里，水温很低，安全没有保障。

后来，经过一年多的勘察、论证，发射飞船的地点最终定在了西北的酒泉基地。

但对于建一个什么样的发射场，又发生了激烈的争吵。一种意见主张搞一个最先进、最现代的发射场，即“三垂”模式的发射场——火箭可以在发射场垂直装配、垂直测试、垂直转运。这种发射场的设计最早起源于美国肯尼迪航天中心，后来被法国和日本采用，是当时国际上很流行的一种发射场。其好处是发射时间快，火箭、飞船运到发射场后，一般只需三天便能发射出去，而过去传统的老模式的发射场最快也要半个月。另一种意见主张继续沿用过去老模式的发射场，即平行测试的发射场。理由是老模式的发射场中国已经搞了几十年，技术已经很成熟，而且建设费用很低，没必要花大钱（国外要几十亿美元）再搞一个新的发射场。何况一切还得重新设计，技术上有风险。

为此，两种不同意见的专家“打”得非常厉害。尤其是个别老专家，坚决反对搞“三垂”模式的发射场，其中原因之一就是长期节约惯了，也穷惯了，穷怕了！每个项目作论证时，总舍不得花钱，更舍不得多花钱。一花钱，就心疼，能省一点，总想省一点。

经过一番争吵、论证，上级还是决定，新建一个“三垂”模式的发射场。前提是：鉴于载人航天工程总的经费有限，投资控制在十亿人民币之内。

如此少的经费，要建起一个具有国际先进水平的发射场，当时不少国外专家都认为这是天方夜谭。但中国航天人结合自己的实际情况，自己设计，自己建造，经过四年的艰苦努力，一座具有国际先进水平的“三垂”模式的发射场最终耸立在了酒泉基地弱水河东侧的戈壁滩上！

7 月，戈壁滩酷暑难熬。飞船、火箭运抵基地后，各系统迅速展开工作。经过两个多月的调试，各系统仪器设备基本正常。为确保首次发射成功，指挥部决定在 10 月 2 日这天，让火箭、飞船与地面其他设备进行一次大合练。

合练中，火箭系统一路过关。

但飞船系统在联试中，当测试人员给飞船的数据处理装置和返回舱加电时，一连加了好几次都加不上去。经测试人员分析，认为可能是飞船返回舱内一个控制器出了问题！

接着，在飞船的第二轮测试中，又出现了一个更严重的问题：一个定向陀螺仪被卡在里面，原因不详。控制器属于环控生命保障系统，事关航天员的安全。而陀螺仪则是飞船的“眼睛”，它为飞船提供定位的基准信号。如果陀螺仪出现故障，飞船上天后就不能沿着预定的轨道飞行，更无法正常返回。

问题一出，发射场顿时炸了锅！因为要解决这两个问题，就必须打开飞船的防热大底，对里面的设备进行一一检测，待排除故障后再把飞船大底重新合拢，重新密封。

但凡业内人士都清楚，打开飞船大底，非同小可！飞船大底在合拢、密封之前，里面的每台仪器、每根导线、每颗螺丝钉、每个焊点，都是经过无数道严格程序检测过的。现在要打开飞船大底，就意味着里面已经安装好的火工品要重新装配，七十多根电缆线要重新拔出，对陀螺仪的精度要重新测量。牵一发而动全身，一旦碰坏一个焊点，接错一根导线，发生一点纰漏，便有毁掉整艘飞船的可能。据有关部门计算，打开大底再重新复原，新的损害概率是96.3％！

于是，飞船的大底是拆开还是不拆开，成为首次发射飞船争论的焦点。

一种意见认为，飞船上有备份，这个坏了，可以用备份顶替，还是不开大底为好。因为“神舟一号”飞船本来就是用电性测试船改装的，经不住折腾，万一大底开坏了，就会废了整艘飞船，首次发射也就前功尽弃！另外，离发射时间只有一个多月了，若要打开大底，势必延迟发射日期。

而另一种意见则认为，虽然打开大底确有风险，但不带问题上天，是发射场几十年来一条铁的法则。只有打开大底，排除了隐患，飞船才能上天。虽有备份，但备份是留给飞船天上用的，如果飞船还在地面上就用了备份，上天后万一出现问题怎么办？

最着急、最难受的，是飞船系统总师戚发轫和总指挥袁家军。因为无论采取哪种方案，都很为难。不开大底，飞船会带着隐患上天，有风险。若打开大底，稍有不慎，出现纰漏，也有风险！从内心来说，他们很不愿开大底，因为这艘飞船从设计、研制、生产、检验再到完全合拢，凝聚了飞船系统三万科技人员七年的心血！如果真要给飞船“开膛破肚”，他们实在于心不忍！何况开大底风险非常大，搞不好就会赔了夫人又折兵！

袁家军说，拆开大底有十四个风险，这些风险中又有四个风险是致命的。在拆开大底的过程中，如果碰到电器，还可以测量。如果碰到火工品或导爆索和非电传爆产品，就没法测量。一旦其中任何一个发生爆炸，人员和飞船都不安全，大家七年的心血就会付之东流！但若不开大底，万一上天后再出现问题，这个责任谁承担得起啊！

结果，折腾了一天，飞船大底是拆开还是不拆开，谁也定不了。不仅飞船总师戚发轫定不了，大总师王永志也定不了。

事情很快惊动了北京。

最先乘专机赶到发射场的，是航天工业总公司总经理王礼恒和副总经理张庆伟。两人一到发射场，便在现场召开了会议。会上两种意见针锋相对，谁也说服不了谁。最后王礼恒只好说，科学的真理往往掌握在少数人的手上，拆不拆开飞船大底，咱们也不好举手表决。我看今天晚上暂不决定，各位总师和总指挥回去再考虑几个小时，明天再定。会后，又将北京卫星制造厂副厂长张志礼紧急调来发射场。张志礼多年从事飞船总装工作，对飞船开大底颇有经验，曾经总结出几十条对策。很快，载人航天工程副总指挥沈荣骏、参谋长胡世祥也乘专机飞到了发射场。再接着，载人航天工程总指挥曹刚川也乘专机来到了发射场。

是夜，工程指挥部召开七大系统“两总”紧急会议（即总指挥和总师会议）。会上，对于开不开大底争议仍然很大。争吵到最后，大家不说话了，都看着总指挥曹刚川。

曹刚川到发射场后，只听汇报，不表态。不是不表态，而是很难表态！但现在他必须表态了。他说，我知道，你们都等着我表态。不拆开飞船大底，就不会捅出新娄子，就能保证发射的进度。如果备份在天上听话，还能保证试验飞船的正常飞行。这样的话，上下全好交代。不错，“争八保九”，我喊得最厉害。用电性测试船改装试验船，最后也是我拍的板。现在飞船肚子痛，难道我们要让它到天上去拉稀吗？大家盼着我来，我知道，有盼着我说一个字的，也有盼着我说两个字的。我现在就说一个字：开！而且谁开谁得立军令状，绝对不能开出问题来！

会议结束后，全部压力都压在了飞船系统上。由于压力太大，航天专家张宏显刚一走出会议室，眼泪就流出来了。

拆开飞船大底这天，测试大厅气氛异常紧张。上至副总指挥，下到技术员，全围在了飞船的身边。

返回舱的起吊，是拆开飞船大底的关键。如果返回舱吊起来不晃动，就算成功了一半。要是返回舱左右晃动，火工品就容易爆炸。所以起吊之前，大总师王永志缓缓走到飞船返回舱跟前，亲手把每一根吊带摸了一次，又摸了一次。而飞船总师戚发轫则把起吊的各个关键岗位检查了一遍，又检查了一遍。当时有人看见，两位总师的眼里都暗暗噙着泪水……

飞船大底终于拆开了。专家们发现，故障的原因并不复杂，是一根小小的信号线在合拢大底时，不小心给压断了！专家们如释重负。一位女技术人员还当众哭出声来。

由于飞船拆开大底耽误了时间，原定 11 月 8 日至 12 日发射的计划只有往后推。这一变更使得发射窗口必须重新确定。所谓发射窗口，是指适合发射飞船的时间范围。发射窗口有长有短，长则几天，短则几分钟，依具体气象、天体情况而定。有关部门重新预测的最佳发射窗口是 11 月 18 日至 22 日。于是指挥部将发射时间改定为 11 月 18 日。

然而，发射窗口刚刚确定，太平洋上又传来一条消息：“远望一号”测量船在海上遇到强烈风暴，无法继续向前！

怎么办？

此前，“远望一号”测量船曾遭遇过两次台风的袭击。没想到这次根据气象预报，未来三天之内，还会出现更大的海风！于是“远望一号”

测量船能否抗住海上风暴的袭击，按时到达指定海域，又成为发射场人们心头的一大悬念。

而就在这时，正在发射场忙得不可开交的飞船应用系统总设计师顾逸东又接到了北京中科院空间环境预报中心发来的一份加急电传。这份电传说：根据天文预测，1999 年 11 月 18 日，太空将会出现狮子座流星雨！如果“神舟一号”飞船在 18 日发射，飞船极有可能与狮子座“流星雨”相遇！

顾逸东说，看到这份电传，我脑袋都大了！此前天天都在开展预想，什么都想到了，就是没想到还会有来自天外的“流星雨”！“流星雨”就是在太空中像乱箭般迸射的小陨石，它是航天器飞行中的“天敌”。据说一个核桃大的小陨石就能将飞船击穿。实在是防不胜防啊！

顾逸东急忙放下手头工作，接通了北京空间环境预报中心主任龚建村的电话。

顾逸东问，电传上的信息是否可靠？

龚建村说，可靠，这是我们近期通过监测和天文计算的结果。如果 18 日发射，飞船碰到“流星雨”的可能性极大！而且，后面还有可能遇上“流星暴”！

空间环境预报中心组建于 1998 年，历史虽短，却实力不凡。进入 11 月后，预报中心的专家们在搜寻资料时看到国外多次报道说，11 月太空可能出现“流星雨”！果然，国际空间站的发射时间很快被推迟，美国国防部随后也为其间谍卫星发出了应急规避的轨道指令。于是这一信息引起中国预报中心专家们的高度警觉。他们加班加点，一边实施监测，一边加紧天文计算。计算结果，11 月 18 日“神舟一号”飞船的发射窗口正好在狮子座“流星雨”的时段内。而且，其后还有可能发生“流星暴”。即是说，还有从彗星上迸出的陨石射向地球外层空间，其数量为每小时一万五千颗左右，时速为每小时七万至二十万公里，其危险程度比“流星雨”还要可怕！

顾逸东问，18 日遇到“流星雨”的概率是多大？

龚建村说，18 日发射，风险率为百分之百；推迟二十四小时，风险率为百分之六；推迟四十八小时，风险率几近于零。

顾逸东放下电话，当即将情况报告了副总指挥沈荣骏。沈荣骏又当即将这一情况报告了总指挥曹刚川。工程指挥部马上召开紧急会议。会上曹刚川说，我国首次发射飞船，事关重大，别说百分之六的风险，就是万分之六的风险我们也不冒！

会议最后决定，“神舟一号”飞船的发射时间再往后推迟两天，即发射时间定在11月20日。这样，既可避开“流星雨”的袭击，又给“远望一号”测量船多留了两天时间。

会后，指挥部当即将发射时间呈报中央。

果然，11月18日这天，北京空间环境预报中心获悉，美国、俄罗斯、澳大利亚、法国等国均观测到了那场可怕的“流星雨”！

消息传至发射场，专家们个个瞠目结舌，一阵后怕。

11月20日凌晨6时，即将起飞的火箭、飞船巍然屹立在发射塔上。成千上万来参观的群众不顾冬夜的寒冷，早已等候在发射场的四周。吴邦国、张万年、吴仪等中央领导也坐镇在指挥大厅观看发射。尽管此次发射的飞船里没有航天员，但由于是第一次发射飞船，所以从指挥大厅到各个技术岗位的气氛都很紧张。尤其是火箭和飞船系统的几位老总，眼睛紧紧盯着大屏幕，表情十分严峻。

6时30分，指挥员准时下达了“点火”口令，载着“神舟一号”飞船的“长征二号F”火箭拔地而起，扶摇直上，开始了中国载人航天的处女之航！

十二秒后，程序开始指挥火箭拐弯。指挥大厅频频响起调度员的声音：逃逸塔分离正常！助推器分离正常！一级火箭分离正常！

大厅随之响起一片掌声！

然而就在这时，大屏幕下方的一组曲线突然发生急剧变化。接着前方测控站传来信息：火箭飞行速度正在急速下降！

掌声戛然而止。专家们的心跳骤然加快。尤其是火箭总师刘竹生和总指挥黄春平，两人不禁一起从座位上站了起来，大冬天的，额头居然渗出一片细汗！

很快，曲线恢复正常。

接着，从北京航天指挥控制中心传来调度员的声音：

火箭、飞船分离正常！火箭反推点火成功！飞船准确入轨！

掌声再次爆响！

刘竹生和黄春平这才长长地松了一口气。

片刻，中央军委副主席张万年走到大厅的前台，大声宣布道：“神舟一号”飞船发射成功！它标志着我国载人航天工程取得了重大突破，是中国迈向21世纪的一座新的里程碑！

然而，当“神舟一号”飞船进入第十三圈时，一个意想不到的情况再次把北京航天指挥控制中心的专家们的心揪了起来：按事先预定的程序，飞船进入最后一圈后，地面要给飞船注入一个变轨的返回控制指令。但渭南测控站第一次向飞船注入返回控制指令时，没有成功。青岛测控站第二次向飞船注入返回控制指令时，仍然没有成功。飞船很快飞临日本海上空，位于太平洋上的“远望二号”测量船第三次向飞船注入返回控制指令，还是没有成功！

北京指挥控制中心的紧张气氛一下子达到了顶点！专家们坐不住了，全都站了起来！

很快，“神舟一号”飞船进入第十四圈，即最后一圈。即是说，给飞船注入返回指令只剩最后一次机会了。这个最后的机会留给了“远望三号”测量船。而“远望三号”测量船注入指令的时间只有四十七秒！如果在四十七秒内再不能给飞船注入指令，飞船的落点将会偏离四十公里，甚至很可能失去控制！

此时，最紧张的是北京指挥控制中心飞控组的专家们。他们快速完成了故障分析、测控条件计算、数据注入仿真试验后，马上提出了故障处理方案。但飞船进入“远望三号”监测区后，当飞控组的专家对原来的第一条指令进行删除时，一连删除了好几次，就是删除不掉！再继续删除，还是删除不掉！注入指令的时间眼看着一秒一秒地流失，最后只剩下了十秒！就在这千钧一发之际，飞控组果断地向飞船发出了应急指令，终于打开了飞船舱内的接收设备，转换了应急电源！

1999 年 11 月 21 日凌晨 3 时 41 分，“神舟一号”试验飞船绕地球飞行十四圈后，成功返回地面。中国航天人终于完成了“争八保九”任务，兑现了向中央立下的军令状，从而进一步赢得了中央的信任。副总指挥沈荣骏说，发射成功后，我们向中央申请补助经费的报告刚递上去，朱镕基总理当天就大笔一挥，又批给了我们四十个亿！

此次发射试验在“神舟一号”飞船上搭载了两面旗，一面是中华人民共和国的国旗，另一面是澳门特别行政区的区旗。澳门特别行政区区旗在澳门回归祖国这天，即 12 月 20 日，由航天工业总公司总经理王礼恒亲手交到了澳门特别行政区官员的手上；而被航天人称为“太空国旗”的中华人民共和国国旗，则在 21 世纪来临的第一天，升起在了天安门广场。

第二十一章

火箭突然被撞

“神舟一号”飞船发射成功，在国内外产生了较大影响，也增强了中国航天人的自信。2000 年春节刚过，载人航天工程指挥部在北京召开七大系统的“两总会议”。会议最后决定，将在 2000 年 12 月前择机发射“神舟二号”飞船！

“神舟二号”与“神舟一号”的最大区别在于，“神舟一号”是一艘配置较简单的试验性飞船，围绕地球只飞行了十四圈；而“神舟二号”则是一艘配置比较完整的正样飞船，航天员系统和应用系统全部参加试验，凡与航天员生命环境保障有关的仪器设备也全部采用真件；并且它将第一次按照载人飞行的实际轨道，围绕地球飞行一百零八圈，共计七天时间。飞船返回时，轨道舱将继续留在太空运行半年。有人将“神舟一号”称为“最小配置版”，将“神舟二号”称为“完整配置版”。

此外，还有很重要的一点是，由中国科学院负责的飞船应用系统在“神舟二号”飞船上第一次安装了多种科学试验仪器，飞船届时将在太空首次开展空间科学试验活动。比如“宇宙伽玛射线暴”探测器，此次就将跟随“神舟二号”进入太空。

何为宇宙伽玛射线暴？宇宙伽玛射线暴又称宇宙伽玛暴，为宇宙射线之一种。宇宙射线是 1912 年奥地利物理学家赫斯首次发现的，他因此而获得诺贝尔物理学奖。此后，科学家们对宇宙射线展开了广泛的研究。但宇宙射线的起源却一直是个谜，已困扰国际科学界近百年之久。而宇宙伽玛暴则是宇宙中一种非常神秘而又奇异的天文现象，虽然它持续的时间仅 0.1～100 秒，可据科学家们推测，它在几秒钟内释放出的能量却相当于几百个太阳一生中释放出的能量的总和，是人类已知的宇宙中最为猛烈的一种能量爆发！1967 年，美国发射了一颗 Vela 间谍卫星，上面装有一台监测伽玛射线的仪器。这台仪器本是用于监视苏联、中国核试验情况的，却意外发现，有一种伽玛暴的强度会在几秒到几十秒内突然增加，而后又突然减弱；并且既不是来自太阳，也不是来自地球，而是来自外太空，即太阳系外的宇宙空间，所以给它起名叫宇宙伽玛射线暴。这是 20 世纪人类最重大的一个发现。经过计算，伽玛暴瞬间爆发的能量相当于一千亿颗十万吨级的原子弹爆炸！由于保密的原因，首批伽玛暴的观测资料直到 1973 年才公布，并很快得到了苏联方面的证实。而在 1997 年 12 月 14 日发生的一次伽玛暴，距地球为一百二十亿光年，在爆发后一两秒钟内，其亮度与整个宇宙的亮度相差无几。它在五十秒内释放出的能量，相当于银河系两百年的总辐射能量。一年后，即 1999 年 1 月 23 日发生的一次伽玛暴，则比这次还要猛烈十倍！

至于伽玛射线形成的原因，目前国际学术界主要有两种观点。一种认为伽玛射线来自宇宙黑洞。另一种认为可能是两个相互吸引的中子星球经过上亿年的吸引，最终碰撞到了一起，从而产生大爆炸。但不管是何种原因，天文学家们一致认为，伽玛暴在吞噬宇宙星球时喷射出来的大量伽玛射线，总有一天会吞没整个地球。伽玛暴不仅是地球生命的最大杀手，而且是宇宙生命的最大敌人，随着人类的脚步挺进太空，它完全有可能危及宇航员的生命！

然而，由于伽玛暴的持续时间极短，而且方向不好确定，人类对伽玛暴的研究进展缓慢。20 世纪 80 年代初，基于美国卫星的观测结果，人们相信伽玛暴是银河系中的一种现象，其成因与中子星有关。80 年代中期，美籍波兰裔天文学家帕钦斯基提出，伽玛暴发生在银河系外。1991 年，美国发射了康普顿伽玛射线天文台卫星，其中的“贝斯”探测器测到了两千七百多个伽玛暴，发现伽玛暴在宇宙中的分布是各向同性的，这为伽玛暴发生在遥远的宇宙提供了依据。1996 年，意大利和荷兰联合发射了一颗卫星，发现一个伽玛暴的光学对应体远在银河系之外。

遗憾的是，尽管有关伽玛暴的研究论文全世界已发表了五千余篇，却没有一种理论能解释清楚宇宙伽玛暴现象。于是世界天文学家们普遍认为，宇宙伽玛暴是一个全新的领域，其中肯定存在着某种人类根本不知道的原因与奥秘。

中国的天文学家们对宇宙伽玛暴的探究始于上个世纪 70 年代。其中的一个代表人物，叫马宇倩。马宇倩梳着齐耳短发，端庄优雅，说话不紧不慢，细声细气，脸上透着一种单纯见底的书卷气。她生于 1943 年，1967 年毕业于北京大学技术物理系，现为中国科学院高能物理研究所研究员、宇宙线室主任。早在 1972 年，还是姑娘的马宇倩第一次听到一位天文学家讲宇宙伽玛暴时，便被伽玛暴的神秘与魔力深深吸引住了。此后，她开始了长达二十余年的探索与研究。从 1972 年到 1982 年，她和她的同事们用了整整十年时间，完成了宇宙伽玛暴探测仪的物理设计和技术方案，并研制生产出了一台样机，准备装进中国第一颗天文卫星。可由于国家财力不足，经费捉襟见肘，第一颗天文卫星最终胎死腹中。

但马宇倩如同痴迷于飞船的专家一样，在此后近二十年的时间里一直没有放弃对宇宙伽玛暴的探索与研究。她将一张美国卫星拍摄到的宇宙伽玛暴的照片压在自己办公桌的玻璃板下，闲暇时总要看上几眼，以此激励自己。1992 年，载人航天工程正式上马，马宇倩长达二十年的执着与坚守终于有了回报。中国科学院决定，在“神舟二号”的空间极其有限的轨道舱里，为中科院高能物理研究所和紫金山天文台联合研制的伽玛暴探测器留出一块空间，同时任命马宇倩为飞船应用系统分系统主任设计师。于是，马宇倩和她的同事们又用了近十年时间，终于研制出了中国自己的伽玛暴探测器，并装在了“神舟二号”飞船上。

马宇倩说，银河系是一个星系。从最近的星系到达我们这儿要花十六万光年。我们经常讲宇宙是广阔无垠的，但我们现在认知的宇宙总是有限的。我们要了解这些，主要要了解距离代表着时间，代表着宇宙演化的过程。也就是说如果我们在地球附近测到不同距离的天体发射出来的光，就相当于知道了这些天体在不同时间段的演化过程。物质结构、生命起源、宇宙演化，是人类认识自身、认识自然必不可少的基础性科学。而空间技术的发展为人类打开了认识宇宙的新视窗。宇宙伽玛暴就代表着当时的国际前沿，我们中国人为什么不去探索这一新的领域呢？所以飞船上马后，我们就选择了这个课题，后来变成了中国空间天文的唯一项目，被安排在了“神舟二号”飞船上。我们在“神舟二号”上安排了三个探测器，其中的超软X射线的探测器要比美国的“贝斯”卫星考虑得全面。美国的卫星是九百三十七千克，是全向探测，各个方向的伽玛暴都能记录下来。我们的“神舟二号”飞船一共只能装二百千克的东西，伽玛暴探测器只允许三十千克，上面的存储器只有512K字节，很小，所以我们在设计时，就只考虑捕捉大的伽玛暴，舍弃小的伽玛暴。这个伽玛暴探测器完全是我们自己研制的。这是我们国家第一个真正的测量外太空天文现象的探测器。

因此，马宇倩对“神舟二号”飞船的发射备加关注。

2000年11月8日，一架载有“神舟二号”飞船的大型运输机从北京起飞，三个小时后，顺利降落在西北酒泉鼎新机场。

由于上次“神舟一号”出师不利，所以这次飞船系统对“神舟二号”加倍重视，唯恐出现丝毫的疏漏，不仅在技术上精益求精，而且在飞船的运输方式上也由原来的火车运送改为飞机空运。用火车运送不但要把飞船分成八块，而且到了发射场后，已在北京做过的各项检测工作，比如总装、测试等，全得重来一遍，稍有不慎还会出现问题。而用飞机空运飞船，虽然在我国尚属首次，难度很大，却能实现整体运送，还能节省时间。

“神舟二号”顺利抵达机场后，顺利转运至基地测试大厅。在接下来的一系列测试中，同样一帆风顺。

然而，说来令人难以置信，飞船一帆风顺，“长征二号F”火箭抵达发射场后，却一路坎坷，甚至横生惊天大祸！

此次发射“神舟二号”的火箭在技术上做了较大改进，主要是在火箭上装配了两个事关航天员生命安全的重要系统：自动故障检测处理系统和逃逸系统。但2000年12月3日这天，火箭在做单元测试时，火箭控制平台的一个陀螺仪却突然出现问题，经反复检测，怎么也查不出原因。控制平台被称为火箭的“大脑”。“大脑”突然有病，却查不出病因，这让火箭总指挥黄春平非常着急。

火箭总师刘竹生说，要解决控制平台的问题，非得请到徐云锦！

徐云锦是中国控制平台的权威专家，在航天部享有“平台皇后”之称。可“平台皇后”已七十有余，退休赋闲在家，不在发射场，而在千里之外的北京城。

黄春平当即飞往北京。下了飞机，几经周折，黄春平终于设法找到了徐云锦等几位专家，接着又请他们用电话遥控指挥发射场做试验。可是几位专家遥控指挥了一天，故障还是无法排除。于是徐云锦提议，发射场试验条件简陋，最好把控制平台运回北京！

控制平台是一个七十多吨的庞然大物，从酒泉运回北京，一路颠簸，状态肯定会发生变化，万一老毛病没有解决，新问题又折腾出来，怎么办？黄春平思来想去，最后还是决定，控制平台不能拉回北京，只能请徐云锦等几位专家辛苦一下，跟他去一趟发射场。但“平台皇后”走南闯北大半生，从来只坐火车不坐飞机，尤其最怕“图－154”！这是老太太几十年养成的习惯。习惯是个很难改变的东西，尤其是老太太的习惯。不过，这次事关发射成败、国家荣辱，老太太最后还是一改几十年的习惯，带上一大包药片，迈着颤巍巍的双脚，跟着黄春平便上了飞机。

徐云锦等几位专家在发射场经过几天几夜的反复试验，终于发现，原来故障的原因是平台内环轴端有一根导线碰到了内壁的电缆束管所致。导线取出后，徐云锦特意将这根导线用秤称了称，总共只有十七克！而就是这根仅有十七克的导线，竟然阻碍了七十多吨的控制平台的飞速旋转，并让众多的专家们从北京赶到戈壁，心跳一次又一次地加快！

火箭的故障刚刚排除，飞船的麻烦又接踵而至。

12 月 11 日上午，在飞船、火箭和发射塔的联合检测中，飞船系统人员刚一加电，便收到了一个不该收到的误发信号——“船箭分离”信号。再一复查，该信号又神秘消失，无影无踪。“船箭分离”信号是一个非常关键的信号，如果正式发射时在不该出现时出现了，便意味着飞船与火箭在不该分离时分离了，其后果将是毁灭性的。

此事报告给飞船总师戚发轫后，戚发轫也为这一神秘的信号颇感头疼。后来在戚发轫和飞船总指挥袁家军的组织下，经过六十多次的反复试验，终于查找到了故障原因。原来是开关电缆保护层上的镀铝薄膜与一个节点相碰，造成短路所致。

故障排除后，飞船系统的专家们稍稍松了口气。

然而，就在 2000 年 12 月 31 日这天，即 20 世纪的最后一天、21 世纪的前一天，一个几乎是灾难性的打击又突然降临发射场！

这一天，火箭与飞船已经对接成功，测试已经全部完成，飞船的燃料也加注完毕，头上顶着装满了燃料的飞船的火箭，准备在第二天就垂直转运发射场，四天后正式实施发射。

而这个时候，在发射场忙碌了几个月的航天人也在准备迎接新年的到来，“告别旧世纪，迎接新世纪”的红色条幅已经挂出，聚餐的食品已经准备齐全，军民联欢活动也已安排妥当。大家打算好好过上一个元旦，然后再将“神舟二号”飞船一举送上天！

可万万没想到，就在这节骨眼上，即 2000 年 12 月 31 日下午 3 时 10 分，一个消息犹如晴天霹雳，在发射场轰然炸响：由于基地一位操作员的操作失误，已经处于垂直对接状态的火箭，突然被撞！

于是短短几分钟里，发射场上所有领导的办公室电话和手机几乎同时鸣响。最先拿起电话报告这一消息的，是一位女调度员，她话还没说完，便呜呜地哭了……而领导和专家们得知这一消息后，全都愣了，甚至有的都傻了！

事故原因很快查明：基地发射站的一个战士在二岗没到位的情况下，给发射平台备份电源通电，由于疏忽大意，阴差阳错，把备份电源和正式电源接反了，结果导致不该行走的活动发射平台突然往前行走，一下撞在了火箭的腰杆上！

这是中国航天发射史上从未出现过的怪事！这一飞来横祸，会给此次发射带来什么后果，一时谁也难下结论。

最紧张的是黄春平、刘竹生、张建启。三人都是火箭的直接负责人，对火箭被撞负有不可推卸的责任。如果火箭真被撞坏了，用张建启的话说，搞不好是要坐牢的！

黄春平时任火箭系统的总指挥。黄春平是福建人，1938 年生，曾用名黄清官。他细眼睛，粗腰杆，头大耳阔，面带福相，谁见了都说此人命大福大。可在中国专家的队伍中，恐怕再没有比他出身更苦的了。在发射场那间拥挤不堪的小屋里，当他向我讲起童年的苦难日子时，泪流满面，痛哭不止。概括地说，十二岁前，他把人间的苦几乎都“吃”完了。但就这么一个从小在苦水里泡大的孩子，完全靠着自己的勤奋与毅力，居然以优异成绩考上了北京工业学院，之后在中国火箭技术研究院一干便是四十年。黄春平是典型的性情中人，平常碰上高兴的事或伤心的事容易动情。尤其是每当看到火箭穿过熊熊烈焰从发射塔上成功升起，他常常以泪洗面，泣不成声。但工作中的黄春平雷厉风行，魄力十足，是个典型的“工作狂”。特别是在处理一些棘手问题时，他显得刚柔并济，游刃有余，既有专家的智慧，又有常人的聪明。为了确保火箭的质量，他狠抓火箭的元器件，跑遍了全国六十多个元器件生产厂家，亲自蹲在车间与工人交谈，事无巨细一抓到底，因而有“元器件副院长”的绰号。可以说火箭上可能出现的问题他和专家们几乎全想到了，但唯独没想到火箭从北京安全运到发射场后，居然还会被撞！

黄春平说，火箭被撞这一天，原本是 20 世纪的最后一天，大家都准备过年了，却突然接到了火箭被撞的电话，我把它叫做 20 世纪最黑暗的一天！当时我们几个领导正在发射场的宿舍里休息，还没上班。事件发生后，在场的薛京宁给我打来电话，边哭边说，黄总，我们的火箭不行了，被撞了！我一听就蒙了，脑门冒汗，血压也一下就上来了！但具体情况还不清楚，为了不惊动更多的人，我一边稳住在场的人，让他们先别动，一边通知总师刘竹生、副总指挥刘宇，然后我们三人立即赶到火箭测试大厅。大厅里有一个十一层高的工作平台，火箭就被包裹在工作平台里。我们听完简短的汇报，然后就从工作平台最高的十一层开始，一层一层地往下看，而且是跪着一处一处地往下摸，摸一处，记一处。

火箭是薄皮的，任何一个硬东西碰一下都不行。最后一统计，火箭一共被碰伤了十八处，火箭的位置也移动了二十厘米！看着火箭被撞的伤口，我心里难过死了，好像每一道伤口都伤在我的心上！当时我们的第一个反应是，完了完了，火箭伤得比较厉害，可能发射不了了，看来这回要打道回府了！发射基地的同志一听不能发射了，都吓坏了。尤其是张建启副司令员，非常紧张！

刘竹生时为火箭第二任总设计师。他1939年生于哈尔滨，1963年毕业于哈尔滨工业大学，身高1.83米，个儿大，腰细，在发射场一站，如同他的名字，像一根挺拔的竹子。父亲为他取名“竹生”，是希望他像竹子一样，始终保持自己一份纯真的本色与纯真的性情。的确，他一派儒雅，性情温和，说话不紧不慢，不愠不火，与他交谈，既轻松又融洽。刘竹生从小喜欢美术，梦想长大后当个画家，家中至今还存有他当年为妻子画的《青春少女》。他曾很想报考中央美术学院，可他家境贫困，买不起去北京的火车票，甚至连买颜料的钱都没有，最后只好选择了离家最近的哈尔滨工业大学。毕业后他搞上了火箭，也爱上了火箭，再也没时间画画了。但在闲暇时收藏点戈壁滩上的石头和根雕，或者去北京潘家园淘点别的什么古董，也是他一件忙里偷闲的乐事。尤其对古董钟表，他更是爱不释手。也许是他惜时如金的缘故，他说，一听见钟表的“嘀嗒”声心里就特舒服。《航天报》记者闻杨杨说，刘竹生穿衣服的标准很简单，就一个字：大！在他的衣柜里，同一号码、同一颜色的衣服特别多，以至于他刚换了衣服走出家门，别人就问，刘总，你怎么老穿一件衣服啊？甚至他去菜场买菜，一买也是一大堆。有人问，你干吗买一大堆啊？他说一次买够，省事，痛快！但对火箭，刘竹生却心细如发。刘竹生说，不细不行啊，百分之一的失误就有可能毁掉百分之九十九的努力。载人航天的最大特点，就是一个人的一个小错误，就有可能葬送成千上万人十年二十年的心血，所以必须一丝不苟。

的确，刘竹生想火箭，常常想到几近疯狂的地步，有时半夜三更突然想起一个问题，他会立即翻身爬起，擂响同事的房门，拉着别人讨论，或者自己跑到办公室狂画草图，如痴如醉。他平常上班使用的交通工具，是一辆“二八圈”的天鹅牌自行车。这辆自行车他已经骑了二十年！大总师王永志有三个愿望支撑着自己的生命，刘竹生和王永志一样，也有三个梦想支撑着他的人生。刘竹生从小就喜欢听嫦娥奔月的故事，幻想着人有一天飞到天上，这是他的第一个梦想——飞天梦。他对爱因斯坦的相对论和神秘的宇宙非常着迷，总想去探个究竟，这是他的第二个梦想——航天梦。他喜欢航天，偏爱火箭，希望通过航天，让国家变得更加富强。这是他的第三个梦想——强国梦！所以，每当一枚新的火箭运到发射场，他总是感叹说，火箭这玩意儿尽管拍一拍是金属的，用手摸一摸是冰凉的，但我总感到它像人一样，也是有生命的。你如果不好好伺候它，它就肯定找你算账！

这不，今天就因为一个小战士没有伺候好火箭，火箭就要起脾气、使上性子了！

刘竹生说，接到电话后，我的第一感觉，就是火箭肯定受到重创了！所以当时大家的脸都灰了，全傻了！我感觉整个戈壁滩好像都鸦雀无声了。因为火箭这一撞，关系到很多问题，比如火箭到底撞在什么地方了？修复后还能不能用？需不需要拉回北京？发射推迟多长时间？发射试验队撤不撤离现场？等等。火箭就像一艘渡船，它的历史使命不到六百秒，要在这不到六百秒的时间里将载着航天员的飞船送入太空，一旦点火，就没有回头路可走。所以别说被撞了，就是碰一下，也让人心疼，让人睡不着觉！

张建启时任酒泉基地副司令员、发射副总指挥。我与张建启副司令员是老战友了。三十年前，我们同在西昌发射基地，我是小技术员，他是大参谋。他 1946 年出生于山东鲁西最穷的曹县，儿时家境贫寒，加之赶上饥饿年代，用他自己的话说，已经上中学了，还长得像棵豆芽菜似的。但贫困与饥饿并未挡住他求知的步伐。1964 年，他考入哈尔滨军事工程学院，五年后学成毕业，被分配到酒泉基地。后西昌基地急需人才，他又被从西北调至西南。1979 年，我们同去上海学习计算机，每逢节假日，我钻进上海图书馆饱读文学名著，他则趴在招待所的床上死啃电路图。他给我留下的印象是：刻苦，专一，有志向，有毅力，思维清晰，判断果断。1984年，西昌首次发射同步通信卫星，在众多竞争对手中，他脱颖而出，成为西昌基地指挥大厅第一个调度指挥员。后来我离开基地到了北京，他先是升任总装备部作试部部长，而后出任酒泉基地副司令员，主管发射技术工作。他干起工作来非常认真，非常严肃，但平常在生活中又是一个很随和的人。比如他与人见面，总是面带微笑；遇上高兴事，还会开怀大笑；和同事们说段笑话，开开玩笑，更是常有的事。就在火箭被撞的这天上午，他见了老朋友火箭总指挥黄春平，还在黄春平的脸上吻了一口，引得大家哄堂大笑。有位记者抢拍下了这个镜头，开玩笑说，这是20世纪最后一吻！可就在这天，老天也偏偏开了个大玩笑——居然把他分管的火箭给撞了！这一撞，他再也笑不起来了。

张建启说，这天下午我正在总装测试厂开会，得到消息后，我的心里立即"咯噔"一下，心想完了！赶到现场一看，火箭被撞了十多个地方，比想象的还要严重。说实话，从西昌基地到酒泉基地，我参加的发射也有几十次了，经历过无数次的成功与失败，经历过许许多多的风风雨雨，但还从来没有这次的压力大！想想吧，当时离"神舟二号"飞船发射的时间只有四天了，而发射窗口一共只有十二天，过了这个发射窗口，就没有机会发射了。可火箭偏偏在这个节骨眼儿上被撞，你说倒霉不倒霉？火箭到了发射场，就等于交到了我的手上，现在又是我手下的兵操作失误，才导致火箭被撞，你说我心里的压力有多大？如果因为这起事故而导致不能发射，怎么向上级交代？怎么向中央交代？要知道，这事撤职事小，搞不好可是要坐牢的呀！当时就有人追问，是谁指挥的？是谁操作的？必须追究责任！心情当然可以理解。但我说，现在不要追究谁指挥的、谁操作的，也不要忙于追究谁的责任。我是现场总指挥，出了问题，责任由我承担！当务之急，先查清楚问题，拿出应急办法，稳定发射场人员的情绪。

飞船系统总指挥袁家军和总师戚发轫同样十分紧张。因为"神舟二号"飞船这次装有六百多台（套）设备仪器，上百台大小计算机，数十万条软件程序，十二万多个元器件，还有总共加起来十多公里长的电缆线。而且，燃料已经加满，用专家们的话来说，飞船只要加注了燃料，就像一个超级炸弹，只要磕碰一下，便有爆炸的可能。还好，袁家军和戚发轫检查后，初步诊断飞船没有什么大问题，受到震动的力度远远小于发射时。

而远在北京的天文学家马宇倩得知这一消息后，也很紧张。马宇倩说，把伽玛暴探测器放在“神舟二号”飞船上，上面只给了我们这一次机会。也就是说，如果火箭被撞，飞船出了问题，我们的探测器出了问题，这次不能发射，或者发射时有隐患，以后我们就没机会了，十年都白干了！所以我当即打电话告知在发射场负责伽玛暴探测器硬件的王焕玉和张承模，让他们密切关注火箭、飞船的动态，随时报告新的进展情况。

很快，载人航天工程副总指挥胡世祥在发射场召开了紧急会议。各系统老总赶到后，个个神情凝重，都不说话，尤其是发射场系统和火箭系统的几位老总，脸上像下了一层霜。会议气氛空前紧张。

怎么办？听完几个系统的简单汇报后，胡世祥问了一句，声音虽小，分量很重。

戚发轫和袁家军明确表态：飞船没有问题，不用重新测试。

问题的焦点集中在了火箭身上。大家都盯着黄春平和刘竹生，等着他俩表态。

黄春平和刘竹生的心情此时非常复杂。这个态要表很难，不表又不行。火箭意外被撞，最好的处理办法，当然是取消此次发射，更换火箭被撞的所有部件。这就意味着要对火箭重新分解，再对分解后的产品重新试验，然后再用两个月的时间对装配好的火箭重新检测。这样的话，时间显然不允许，也将打乱后期的全部计划。根据他俩的初步检查，火箭虽然身有十八处伤痕，但初步估算，火箭受力不是很大，估计没有伤筋动骨，做些处理修复，不致影响此次发射。但口说无凭，科学讲究的是数据。火箭在没有经过检测之前，天知道它到底是个什么状态，谁敢说火箭没有问题！

最后，黄春平只好表态说，还是先给火箭做个“体检”再说吧！

但火箭怎么“体检”法，会议上意见不一，一时难以确定。

会议决定基地成立事故组、现场组、分析组三个小组，分头展开工作，并将事故情况上报总装备部和中央。

当晚，久旱无雨的戈壁滩纷纷扬扬飘起了鹅毛大雪，发射场气温骤然下降，整个“东风”航天城冷冷清清，寂静无声。专家们本来就冰冷的心更凉了。尤其是火箭系统的黄春平和刘竹生，两颗备受折磨的心更是苦不堪言。重新检测火箭，凶险多多。一个五十八点三米高、几百吨重的庞然大物颤巍巍地立在厂房，胳膊大腿、五脏六腑、里里外外都要“体检”一遍，无异于在太岁头上动土！尤其是火工品，已经安装在了火箭身上，每一个火工品都像一颗定时炸弹，倘若更换中忙中出乱，随时都有引爆的可能；而且，火箭测试时间极其有限，必须在三五天内解决问题，因为几天后戈壁滩便进入最寒冷的冬季，气温将下降至零下三十多摄氏度。若是真拖到那个时候，即使火箭的伤疗好了，发射的“窗口”却没有了，那“神舟二号”飞船的发射就必然泡汤。于是，他们立即联系北京，紧急调动北京的火箭探伤专家连夜登机启程，火速赶往发射场！

这个晚上，张建启副司令员同样一夜未眠。睡不着啊！事情刚发生几个小时，他好像就瘦了一圈。为了这次发射，他率领发射场的将士们不知加了多少班，熬了多少夜，定了多少制度，立了多少规矩，想了多少预案，琢磨了多少对策。可万万没想到，一个小战士最多一秒钟的疏忽大意，便酿成惊天大祸！真是防不胜防啊！他先来到飞船系统现场，接着又去了火箭系统现场，看着专家和科技人员在寒冷的冬夜紧张忙碌的样子，他有一种深深的负疚感。作为直接主管发射系统的副总指挥，火箭被撞，他无疑负有不可推卸的领导责任。令他感动的是，火箭系统和飞船系统的专家们没有埋怨，没有牢骚，更没有扯皮，而是一心扑在如何查找问题上。为了缓解他的压力，飞船系统总指挥袁家军给他吃了定心丸，说飞船没有问题，可以放心。火箭系统总指挥黄春平也对他说，火箭被撞的力度看来不大，主要对火箭的储箱有些担心。尽管如此，他依然无法放心。因为他知道，飞船的燃料已经装满，检测中稍有不慎，就会捅出大娄子！而且飞船返回舱上的电池是有时限的，若不能及时发射出去，电池就得重新更换。火箭虽然受力不大，但伤口毕竟多达十八处。而且，火箭的位置已被移动，有无内伤，在检测报告尚未出来之前，谁都不敢下结论。尤其是火箭的气管，是火箭的致命穴，万一触碰到了，火箭肯定报废无疑。倘若这枚被撞的火箭真被“堵”在了发射场，如同高速公路发生了汽车追尾，后续的几次发射必将全部被打乱！那么接下来要发射的“神舟三号”怎么办?“神舟四号”怎么办？载送中国第一个航天员上天的“神舟五号”又怎么办?

第二天，即 2001 年 1 月 1 日，新年第一天，载人航天工程总指挥曹刚川、副总指挥沈荣骏、大总师王永志从北京匆匆赶到发射场，一下飞机，便召开了指挥部紧急会议。由于形势严峻，专家们坐在各自的座位上，个个紧锁眉头，一声不吭，会场气氛显得紧张而又沉闷。

副总指挥胡世祥素以幽默著称，他在发射场摸爬滚打了几十年，每遇挫折或难关，常常一通幽默，便将人们的紧张情绪化为乌有。这不，胡世祥见专家们个个低着头闷闷不乐，便率先说道，各位，火箭被撞，大家心情沉痛，我的心比你们还痛！但在我看来，这没什么大不了的嘛！当年我在西昌基地当司令员，发射卫星时火箭大爆炸，把一个村子都给炸平了，把招待所的房顶都掀没了，整个基地人心惶惶！后来朱镕基总理见了我，说，胡司令——朱总理叫的可不是《沙家浜》的胡传魁司令啊——你打十颗卫星，能不能成功七颗八颗？不能次次都失败啊！后来我们经过整顿，次次成功。你们看，我现在不是还坐在这里好好的吗?胡世祥一说完，专家们的情绪一下子轻松了不少，有的专家还忍不住笑了起来。

基地司令员刘明山这才说道，事故发生后，我们已向中央作了汇报。军委领导指示，要对发射计划进行调整，要保进度，但不能赶进度，进度要服从质量，服从成功！所以，对于这起事故，现在我们不能埋怨，不能气馁，而要把精力集中在分析事故上，集中在搞好应急方案上。戈壁滩现在已经进入冬季，冬季发射本来就是一种严峻的考验，加上计划有变，气象莫测，我们必须把各项工作做好。

胡世祥说，对！从火箭被撞这起事故来看，我们的工作还有死角，还有想得不周全的地方。下一步一定要一事一报，一事一批，不要怕麻烦！火箭、飞船上天之前，麻烦点好，多想问题好。问题事先没想到，一旦上了天，就是灭顶之灾！另外，对那些平常不被重视的系统，不被重视的岗位，以后一定要高度重视，任何一个小细节都不能放过！

副总指挥沈荣骏说，一定要按规定办事，按程序办事，把问题查清楚。问题没有搞清楚前，不能糊里糊涂地打！

总指挥曹刚川说，火箭的检测工作要一步一步地来，不要忙中出乱。火箭身上已经安装好了火工品，现在要重新检测，这等于是在太岁头上动土。大家工作起来千万要小心，一定要慎之又慎！

会议接着展开讨论。讨论十分激烈。主要是两种意见：一种意见认为，火箭经过计算，受力不大，做一般性检查，就可以发射。另一种意见认为，火箭必须做彻底检查，对固体发动机和整流罩都必须做彻底检查。否则，万一什么地方撞击后留有隐患，上天后连后悔都来不及……

会议经过长达五六个小时的讨论，最后决定，把已经对接好的火箭与飞船重新分离，各自重新进行检测。尤其是火箭，要做重点探伤检测。等火箭、飞船故障排除后，再重新对接。然后按原来程序，重新测试一次。

会议一结束，各系统立即展开工作。由中国航天科技集团组织的以任新民、曾庆来、王德臣为首的十三位权威组成的专家组也迅速赶到发射场，对火箭的检测工作实施严格监督。

1 月 3 日，经过专家组的检查，火箭箭体正常。火箭气管也有幸逃过一劫——只差几毫米就撞上了。若是火箭气管被撞，价值几千万元的火箭便彻底完蛋！

1 月 4 日，对火箭明显被撞的储箱、整流罩等部位进行了修复，对一些不放心的部件也进行了更换。同时，火箭系统用了四天时间，写了一份长达五十二页的有关火箭被撞的分析报告。结论是：火箭修复后可以发射！

1月5日，十三人专家组对事故的分析结果和处理措施展开严格的评审。经过评审，十三位权威专家一致认为，火箭与工作平台的碰撞属于挤压过程，并非冲击，碰撞产生的力量小于火箭的设计承受力量。目前火箭已经恢复原有状态，并通过总检查，可以发射！

1月6日，载人航天工程指挥部再次召开七大系统“两总会议”。会议对火箭作了进一步讨论和评审，最后为火箭颁发了可以“上岗”的“通行证”，并将“神舟二号”飞船发射的时间定在2001年1月10日凌晨1时。

然而，“神舟二号”正式发射这天，指挥部的领导和专家们对火箭仍然有些不放心。尤其是基地副司令员张建启和火箭系统总指挥黄春平，心一直怦怦跳个不停。因为火箭毕竟被撞过一次，撞过和没撞过是绝对不一样的——至少在心理上是不一样的。而刘竹生不仅为火箭捏着一把汗，还别有一番滋味在心头。再过三天，就是他六十岁的生日了，作为这枚火箭的第二任总设计师，如果火箭能在自己六十岁生日之际顺利升空，自然比任何一份生日礼物都更重要、更珍贵！可这枚火箭毕竟受过太大的“委屈”，万一上天后要起脾气来，那可如何是好？

1月10日凌晨1时，随着发射指挥员一声“点火”令下，载着“神舟二号”飞船的“长征二号F”火箭腾空而起，将飞船准确送入轨道！当总指挥宣布发射成功时，张建启和黄春平紧紧搂抱在一起，两人都流出了滚滚热泪。

黄春平说，我们这些搞火箭的人，发射成功了可能是功臣，发射失败了就是罪人！我听说当时军事法庭都介入火箭被撞这件事了。

张建启说，应该说我是很幸运的。火箭被撞，责任在基地。幸亏火箭被撞的地方不是火箭的气管。如果撞到了气管，那就完了，再怎么弄火箭也报废了。在火箭被撞这事上，火箭、飞船系统没有埋怨，大家没有推脱责任，这对我是个很大的支持！你把人家的火箭都撞成那样了，飞船的燃料也加注了，要是人家不表态，或者表态模棱两可，我就没法下决心了。这是我几十年来压力最大的一次。所以听到“飞船入轨”的口令后，我流泪了。这是我在发射场第一次流泪。当时我还对黄春平开玩笑说，看来我们不用坐牢了！

是的，火箭成功发射了，飞船准确入轨了，张建启、黄春平、刘竹生等专家们放心了。然而从这个时候起，马宇倩等天文学家们的心却如同天上的星辰，又被高高悬了起来。

“神舟二号”飞船升空后，要经过几天几夜的飞行，等到1月14日方能启动伽玛暴探测器程序。马宇倩说，“神舟二号”上天后，我们最难受、最着急的，是10到14号这几天。因为这几天我们的伽玛暴探测器还没有加电，所以不知道仪器性能好不好。直到14号、15号，我们才给伽玛暴探测器加电测试。加电测试那一刻，我们非常紧张！当我们终于测到了信号，也看到了信号的时候，心情非常激动！

1月16日，飞船在太空运转了一百零八圈后，返回舱顺利返回地面。而马宇倩他们研制的伽玛暴探测器则和飞船的轨道舱一起，继续留在了太空。

1月17日，马宇倩他们开始在轨测试。没想到，第一天便幸运地测到了一个伽玛暴！这伽玛暴来自宇宙的深处，传递着神秘宇宙百年难遇的神秘信息，其能量相当于一千亿颗原子弹。这让马宇倩他们兴奋异常！马宇倩激动地双手撕下记录这一伟大瞬间的传真纸，虔诚地将它收藏起来。因为这既是中华民族对宇宙伽玛暴第一次伟大的发现，也是她和她的同事们一生中最美好的纪念！

马宇倩说，当我们第一次测到第一个宇宙伽玛暴时，我们激动得不得了，也才真正放下心来。当时向上级报告了一下，然后通知了我的伙伴们，大家都非常高兴！有人开玩笑说，你这回能交账了。我说，是啊，能捕捉到宇宙伽玛暴，我这十年也算没白干了！并且，后来发现，我们测到的第一个伽玛暴，居然是我们自己发现的伽玛暴。什么意思呢？就是说国际上其他的卫星此前并没有测到这个伽玛暴。而更幸运的是，就在“神舟二号”轨道舱停止飞行前一个小时，我们还最后测到了一个宇宙伽玛暴！

几天后的一个深夜，马宇倩把此次“神舟二号”飞船测到的伽玛暴中的四个数据发到了伽玛暴国际网络中心，请该中心的权威天文学家们帮忙验证。对方验证后回复说，他们调了两个卫星数据出来，中国测到的第一个伽玛暴，也在他们的等待模式之下，只是他们尚未测到而已。这等于给了中国一个旁证，证明1月17日马宇倩他们测到的那个宇宙伽玛暴，的确是由他们第一个发现的宇宙伽玛暴!

此后，“神舟二号”飞船在太空继续飞行了半年时间。在这半年时间里，马宇倩他们研制的宇宙伽玛暴探测器又从遥远的天外之天捕捉到三十多个宇宙伽玛暴，从而为中国的空间探测之路打开了一扇希望的天窗!

第二十二章
发射推迟三个月

2001 年 9 月 31 日，“神舟三号”飞船从北京运至酒泉发射场。

“神舟三号”飞船是按载人的标准设计研制的，这是它与“神舟一号”“神舟二号”的最大区别。换言之，其标准要高于前两艘飞船。此外，“神舟三号”的发射还有一个最大的特点或亮点：江泽民这次要亲临发射场观看。如果说前两次发射中国对外还未完全公开，那么这次发射因江泽民的到场，意味着中国航天将向世界敞开窗口，公开亮相!

于是，总装备部指示：“神舟三号”飞船务必发射成功!

航天人的压力自然比前两次更大。而压力最大的，还是飞船系统，尤其是身为飞船系统总指挥的袁家军。

袁家军在中国航天界有“英俊少帅”之称。“英俊”，指他人长得帅气；“少帅”，指他很有才气；加之他人格的魅力以及职位显赫——三十三岁便出任副总指挥，接着又升为总指挥，因而颇受上级赏识、群众推崇、“粉丝”追随、女青年迷恋。京城一位女记者到了酒泉发射场，多次采访了袁家军之后，居然深深暗恋上了袁家军，躺在招待所的床上不吃不喝。基地新闻干事王艳梅问她何以如此，她毫不掩饰地吐出心中秘密：为什么袁家军要那么早结婚啊？这个世界优秀的男子很多，可没有像他这么全面的，长得帅，有能力，又风度翩翩，彬彬有礼。他真是太完美了，要是能天天待在他身边，该多好啊！

袁家军的完美并非天生的。袁家军 1962 年生于吉林通化，从小疾病缠身，以至成了妈妈的一块心病。一天，他对妈妈说，妈妈，给我缝个沙袋吧，我把它捆绑在腿上，天天跑步锻炼！妈妈真的给他缝了两个沙袋，于是他将沙袋捆绑在小腿上，跑步上学，跑步回家，天天如此。几年下来，他的身体大有起色，还当上了班里的体育委员。从此，袁家军养成了锻炼的习惯，且长年不断。每日清晨练一小时太极拳，每周两小时游泳，是他风雨不变的锻炼项目。即便后来到了发射场，他依然忙里偷闲，每日清晨站在胡杨树下，面对茫茫戈壁，照样打上一个小时的太极拳。高中毕业前夕，他报考了飞行员，并通过了政审和体检。在报考北京航空学院填写志愿表时，他在“是否服从分配”一栏里，居然挥笔写下“不服从”。结果，他同时接到了北京航空学院和空军的录取通知书。思考再三，他最终还是选择了北京航空学院。大学期间，他依然锻炼不止，以至于成为北京高校跨栏纪录的保持者。他的老师说，袁家军没搞体育，体坛少了一颗明星！1984 年他大学毕业前夕，空军在北航挑选飞行员，他第二次入选。同时他考取了中国空间技术研究院的研究生。再次面对两种人生，他最终选择了后者，从此一步跨进了航天的大门。

我采访袁家军，是在发射场他的宿舍兼办公室里。房间很小，东西很多，一套音响却摆在了最恰当的位置上。交谈中我发现，袁家军的确多才多艺，一表人才，谈吐优雅，气度不凡。他既有极强的逻辑思维，又有浓郁的文人气质。他不仅喜欢体育，还酷爱音乐，最喜欢的音乐家是深沉忧郁而又暗流滚滚的马勒。他似乎天生就有一副好嗓子，七岁那年，差点还被艺校选去唱京剧“样板戏”。上大学后，他是有名的校园歌手，唱起流行歌曲来韵味十足。而他最痴迷的还是歌剧，这种曲高和寡的音乐形式也许和他的本性最为吻合。

当然，我最看重的不是袁家军的外表，也不是他的年轻，而是他的胸怀，他的眼光，他的思维，他的见解。在我看来，袁家军这一代年轻专家与上一代、上两代老专家最大的不同，是思维不同，观念不同，眼光不同，生活方式不同。由于中国实行改革开放，他们赶上了一个好时代，在他们的脑袋中，几乎没有“左”的政治阴影，更没有受到各种政治运动的冲击，因此他们在看待世界、思考问题时，用的是自己的眼睛、自己的脑袋，脑子里少了很多科技之外的条条框框和各种莫名其妙的概念。他们考虑问题有自己独特的思维，而且视野宽，眼界广，不保守，不自恋。他们干起事业来，既科学严谨，又大胆开放；既鞠躬尽瘁，又不清心寡欲。国事家事，工作生活，兼而顾之，才情并济。他们和老一代科学家一样，同样深爱着自己的祖国。但他们爱得轻松，爱得自由，爱得实际，爱得潇洒。他们以一种对自然、对人类的博大情怀面对身处的这个世界，而不是让自己一生都生活在沉重的"政治任务"和狭隘的民族心理中——这是他们这一代科学家有别于老一代科学家的最大特点。此外，由于他们赶上了中国改革开放的好年代，自己又有外文的功底，因而当地球变得越来越像一个村的时候，他们就不是只生活在中国，而是融入了世界。比如1997年，在联合国外空司与国际宇航联组织的"国际空间技术应用研讨会"上，袁家军以声情并茂、酣畅淋漓的英文演讲报告征服了在场的外国同行，大家起立为他鼓掌，大会主席还拥抱了他，说他的英文讲得太棒了！

然而，袁家军毕竟只有三十多岁。在美国，四十出头的人就已是总统了，可在中国他只能被划入"嘴上无毛，办事不牢"的"毛头小伙"之列。而一个"毛头小伙"要统领飞船系统一支三万多人的大军，谈何容易啊！何况，成也年轻败也年轻，是中国社会的一个基本规律。年轻是资本，也是陷阱，至少是自己的陷阱。因为年轻，必然招致人们相当苛刻的挑剔；因为年轻，必然引起某些再正常不过的嫉妒，甚至有时还会是大面积的嫉妒；因为年轻，也必然经验不足。而经验是在学校、在书本上学不到的，必须栽了跟头爬起来之后它才可能惠顾于你。1997年夏天，袁家军连续一个多月失眠，吃不下饭，睡不着觉，还常常呕吐。最后，他被迫住进了医院。与其说他是病倒了，不如说是累倒了，压倒了！

袁家军说，"神舟二号"虽然发射成功了，但有的工作还是没有做好，栽了跟头。我是飞船系统的总指挥，感到非常难受，非常愧疚，在院里到处做检查，各种检查不知做了多少遍。因为我的工作没有做好，让飞船系统受到影响。说实话，"神舟二号"之后，我才真正感觉到什么叫产品的质量，也让我真正开始思考飞船的质量和技术的复杂性问题。

这几年日本、印度和巴西都在搞载人航天，为什么没有搞成呢？因为载人飞船本身的技术实在是太复杂了！从系统工程的角度来看，越往后走，技术难度越大，要求越高，困难就越多，我们的步子就越艰难！由于技术难，时间紧，我们的队伍就只有连续疲劳作战！因为整个载人航天工程的核心就在飞船上，航天员所有的要求都要落实在飞船上。我们在地上不玩命，航天员在天上就要玩命了。我们必须全力以赴，把身上所有的能量全部释放出来，向生命的极限发起挑战！所以，“神舟二号”发射后，我们飞船系统用整整八个月的时间，加班加点查找隐患，整顿质量，全力打造“神舟三号”，发誓要打一个翻身仗！

然而袁家军没想到，“神舟三号”再次出师不利！

2001年10月3日，一位技术员给“神舟三号”飞船做测试时，发现压力传感器上有一个插座接点不通！

消息传出，发射场再掀波澜！

这种插座飞船上有七十七个，涉及的点有一千多个！到底是一个插座有问题，还是七十七个插座都有问题？究竟是一个点不通，还是一千多个点都不通？如果只是一个插座有问题、一个点不通，重新更换一个即可，既不费太大的力气，也不用花更多的时间。但假如七十七个插座都有问题，就是批次性问题了！所谓批次性问题，就是这一批插座全有问题！要真是这样，麻烦可就大了！

测试人员又经几次测试，插座、接点还是不通，而且无法判断到底是只有一个插座有问题还是其他插座也有问题。

事情马上报告了指挥部。指挥部当即召开紧急会议。会上专家们有两种意见。一种意见认为，第一，这种插座在“神舟一号”和“神舟二号”上已使用过，经受过发射实践的考验；第二，插座上是一根导线两个点，一个点不通，另一个点是通的，可以保证正常使用；第三，飞船上有备份插座，备份插座没问题。因此，可以不换插座，按原计划发射。另一种意见认为，备份插座是在天上用的，不能在地面就用。现在不能确定是一个插座的问题还是批次性的问题。如果是批次性的问题，说不定前两次发射就带着问题上天了，只是当时侥幸没有暴露而已。“神舟三号”飞船是按载人标准设计的，飞船的试验次数本来就少，如果让问题拖到“神舟四号”时再改，而不再多试验一次，航天员的安全就无法确保了。所以这个问题马虎不得，必须查个水落石出！

很显然，判定只是一个元器件的问题还是一批元器件的问题，是解决问题的关键所在。而要判定这个问题，只能请北京最权威的元器件专家来现场诊断。于是会议决定，在北京组建元器件专家组，并让专家组立即赶赴发射场，对故障插座进行判定，然后依据专家组的结论，再决定“神舟三号”的命运。

这一来，戚发轫和袁家军睡不着觉了。

北京的元器件权威专家叫朱明让。我第一次采访朱明让是在行进中的汽车上。车上噪音很大，老朱的声音很大，我的声音也很大，所以开车的司机以为我俩在吵架。老朱在航天部一直搞质量管理，对火箭、卫星、飞船的元器件了如指掌，在元器件这个行当里摸爬滚打几十年，可谓“老江湖”了，在航天部享有“元器件首席专家”之称。

朱明让说，我接到通知后，很快组成了元器件专家组。10月16日这天，我们就要上飞机了，载人航天工程副总指挥王礼恒一连给我打了两次电话。他说，老朱啊，你们这次去发射场事关重大，决定“神舟三号”飞船是否如期发射。我现在给你三条意见：第一，你到现场，充分发扬技术民主，听取各方面的意见；第二，专家组独立判断，拿出意见；第三，行政领导不得干预。王礼恒的这三条意见看起来是给了我很大的权力，给了我尚方宝剑，实际上是把我给架起来了。因为行不行就是我一句话，所有责任都要我扛。过去遇到元器件问题，我说这个元器件能用就用，我说不能用就不能用，航天部领导也要过我这一关。所以我一下飞机，发射场的专家们在机场一接到我，就先给我诉苦，说这个插头如果要取下来，如何如何困难，如果这批插座要更换，问题多么多么严重，等等。但在我没有看到事实之前，我不能表态，所以我只听不说话。

朱明让到了基地，招待所都没去，便直奔飞船测试现场。现场气氛紧张，争论激烈。大家见老朱带着专家组来了，既高兴又担心。因为都知道老朱是权威，是大腕儿，是北京派来的“钦差大臣”，他的一句话，甚至就一两个字——行或不行，一言九鼎，将决定飞船的命运！于是大家都等着、盼着，甚至是催着老朱表态。尤其是飞船系统的戚发轫和袁家军，更是虚火攻心，心急如焚！所以老朱赶到后不到两分钟，血压就升至一百六十！

但老朱毕竟是“老江湖”了，金口玉言，岂能轻易表态！他和专家组一起，反反复复查看了一个下午。末了，心里明白问题复杂，相当棘手。但老朱就是老朱，他一言不发，去了招待所，洗把脸，擦把汗，再喝水。

老朱不表态，戚发轫和袁家军心里开始发毛了。

晚上，现场开会。发射场的领导、专家加上朱明让带领的元器件专家组全部到场。分析，讨论，争吵，辩论，你来我往，各持己见，争论得十分激烈。飞船系统这边人多势众，戚发轫、袁家军、王壮等主要的头头儿都去了。而元器件专家组这边主要靠老朱一人顶着。所以后来有人开玩笑说，这天晚上老朱是舌战群儒。会议从晚上七点开到深夜十一点半，插座到底是个别问题还是批次性问题，仍然没有结果。最后，大家只有等老朱一句话。

朱明让说，飞船系统的专家们都希望插座是个别问题，而不是批次性问题，都不希望更换插座，心情我完全理解。我和这些专家朝夕相处几十年，他们的艰辛、他们的不易、他们的委屈、他们的酸甜苦辣我都清楚。我也不希望是批次性问题，我也不忍心看着飞船来回折腾。但我要讲情面，更要讲原则，不能为了情面就放弃原则。飞船是要载人的，如果不载人，这次我就放行了。由于情况复杂，当时我确实很难表态。说是批次性问题，还没有证据。说不是批次性问题，又很难排除这种可能。所以逼到最后，我绞尽脑汁，只好表态说，在飞船没有解剖之前，很难排除不是批次性问题！

朱明让刚表了这个态，会场便炸开了锅！

朱明让的这个结论是中性的，既没说肯定是，又没说肯定不是，而是“很难排除不是”——老朱就是老朱啊！但在飞船系统的专家们听来，这就等于说是批次性的问题了！这一来，飞船系统专家们的心一下就被悬了起来！因为如果是批次性问题，飞船上的七十七个插座就等于全部被判了死刑，就得全部撤换下来。但要命的是，工厂没有现成的插座，要重新设计生产这样的插座，最快也要等上三个月！这就意味着，经过八个月艰苦准备、发誓要打翻身仗的“神舟三号”必须中止发射，已经到了发射场的四百多人的发射人马将撤离现场，打道回府，而下一步“神舟四号”“神舟五号”的发射计划也会被全部打乱！所以，在场的飞船系统的所有人员对老朱的表态都很不满意。

最不满意的是总师戚发轫，最先起来反驳的也是戚发轫。说实话，戚发轫早就坐不住了，一听老朱的“结论”，就更是急眼了。所以，一向慈眉善目、温和低调的他，嗓门一下比平常大了好几倍。

戚发轫说，老朱，你要给我一个明确的意见啊！你给了我一个很含糊的结论，什么“很难排除不是批次性问题”。到底是还是不是啊？你这么说，让我这个当总师的怎么办？不是批次性问题，我只换一个插座就行了；是批次性问题，那我的飞船就非得开膛破肚了！我们办事得有科学根据，得有原则，你说这话的根据是什么？原则是什么？

朱明让也不示弱，一旦较上劲，嗓门也大了。他说，我这么说当然有我的原则。第一，这个缺陷是系统性问题还是偶然性问题？我认为是系统性的问题。第二，这个故障筛选、剔除不掉，不但剔除不掉，而且是发展的，有可能越来越多。第三，出现故障的概率不符合航天元器件的标准，航天工程元器件允许故障率是万分之五，现在是千分之一。而且，要搞清问题，只有拆开飞船，解剖插座。在插座没有解剖之前，我不好下一个绝对的结论，只能说这个故障很难排除不是批次性的问题。

双方各执己见，谁也说服不了谁。

会议一结束，副总指挥胡世祥连夜带着几位专家飞往插座的生产厂家。经过对插座的分析检验，他们发现，原来插座在设计和生产上都存在问题，而且是批次性问题！

10 月 22 日，航天科技集团也做了试验分析，结果证明插座是系统性问题。于是朱明让代表元器件专家组正式下了结论：“神舟三号”上的插座故障是批次性问题！

2001年10月底，载人航天工程指挥部召开会议，七大系统老总云集北京，共商“神舟三号”命运问题。全部更换“神舟三号”的插座已成定局，用不着再讨论。但更换插座有两种做法：一种是先更换再发射——反正早晚都要换，晚换不如早换；另一种是先发射再更换，从理论上讲这也是可以的。问题是，如果在发射前就更换，时间至少要往后推迟三个月！这意味着，此前所有计划将统统变动，发射场人员将全部撤场！

事关重大，非同小可。作何决策，难以定夺。最后，载人航天工程指挥部将报告打到了中央。

于是，数千名参试人员在发射场上等待中央最后的消息。他们等待的心情非常难受，非常复杂，非常微妙，也非常矛盾。推迟发射，感情上很难接受；不推迟发射，又担心飞船上天后万一出问题。

很快，江泽民在报告上作了批示：

> 要绝对保证安全。既然发生了问题，就一定要彻底解决，切勿抢时间！

于是，载人航天工程指挥部最后决定，“神舟三号”推迟三个月发射！飞船上的七十七个插座重新设计，重新生产。飞船打开大底，拆除旧有插座、电池、计算机以及相关设备，封存在基地，等新插座生产出来后，再安装测试，恢复原状。参加此次“神舟三号”发射的试验队全部撤出发射场！

如此大撤退，在中国四十多年的航天发射史上还不曾有过先例。许多专家和科技人员在感情上难以接受，只能用沉默面对一切；有的专家在离开发射场那天甚至抱头痛哭；而对载人航天工程的领导和专家们来说，这更是一次强烈的震动！

七大系统，上上下下，很快掀起了一股整顿质量的高潮。

载人航天工程副总指挥胡世祥说，为了整个中华民族的利益，我们要建立一个严格的依法管理程序，不能讲情面，不好的作风必须坚决改变！我们搞了一系列的法规和制度，为什么不见成效？关键在于没有很好落实。取得了成绩要论功行赏，奖励落到人头上。出了问题也不能讲情面，要板子打到屁股上！

航天科技集团副总经理张庆伟说，“神舟三号”飞船的这次撤场，我认为不亚于1992年的“3·22”事（即“澳星”发射失败事件），我们又一次退到了失败不起的地步。“神舟二号”飞船的质量问题对我们有震动，但震动还不够大。“神舟三号”在研制过程中就已经因为一些质量问题拖延了进度，现在又发生了批次性问题。有些同志说，别人生病，老叫我们吃药。教训是我们共同的财富，我看这个预防药就得吃，有病就得大家一起吃！

紧接着，飞船系统总指挥袁家军在空间技术研究院召开的质量控制大会上，宣布了研究院刚刚作出的一项决定：全院所有人员一年内工资下调10％！参与载人航天工程的人员，从总师、总指挥到下面的工作人员，工资下调15％！

空间技术研究院顿时笼罩在一片压抑沉闷的气氛中。英俊潇洒的袁家军一夜之间像老了好几岁。袁家军说，说实话，“神舟三号”出现问题，是我没想到的。尽管此前我们下了很大的力气抓质量，还是防不胜防！就因为某一个人一点点疏忽，就因为一个小小的插座，就让成千上万科技人员八个月的心血付诸东流，就让几百人的试验队伍无功而返，还让全院跟着背黑锅，实在令人痛心，也让我承受了前所未有的压力！我又是反反复复地做检查。但也再次接受了一个沉痛的教训，就是载人航天的确没有小问题。芝麻大点事，在飞船上就是天大的事！

最痛苦的，是飞船系统总师戚发轫。一夜之间，他头上的白发似乎又多了一片。试验队宣布撤离发射场那天，他流泪了。他一边默默地流着眼泪，一边默默地收拾着资料，一边在心里默默叹息：没想到啊，没想到啊！

实事求是地说，在载人航天工程七大系统中，飞船系统承受的压力是最大的。作为总师的戚发轫，承受的压力自然也就最大。并且，这压力自始至终从未间断。本来“神舟二号”返回失利给戚发轫造成的压力已经够大了，不料祸不单行，“神舟三号”再次受挫！戚发轫的心痛到了何等滋味，可想而知。而这心痛不只是来自工作的受挫，还叠加上了家庭的不幸！

在一般人的眼里，像戚发轫这样的大科学家，夫人肯定是大专家、大教授、大知识分子。中国不少科学家的家庭也的确如此。但戚发轫不然，他的妻子是一位普普通通的纺织工，而且两人的爱情是素面朝天，像一加一那样简单，没有半点的浪漫。1957 年戚发轫大学毕业时，其他同学都一对一双了，唯独他是单身。他后来娶的妻子先在老家织渔网，后去金县纺织厂当工人，再后来去天津纺织学校读了中专，1958 年毕业后分到了内蒙古。他俩从小就认识，是邻居，而两家的老人比他俩还热乎，穿针引线，就把他俩“穿”到一起了。戚发轫当时被分配到国防部五院，组织决定他去苏联莫斯科航空军事工程学院学习。于是领导便催他说，赶快结婚吧，若不结婚，等从苏联回来媳妇就跑了。他俩就结婚了。结婚后戚发轫没有去成苏联。因为中苏关系开始恶化，他是学总体设计的，苏联不愿给中国培养总体设计师。1961 年，妻子调入北京，先后被安排在中央华北局和国家物资部，地点在白塔寺和钓鱼台。戚发轫家住在南苑，妻子每天上班在路上要走两个多小时，走了整整八年！妻子怀孕时住在办公室，孩子都生了，也没告诉他。后来是妻子单位的人打电话告诉他说，你爱人给你生了个男孩，快来看看吧！他当时正忙着搞“东风二号”导弹，第二天才赶去看了自己的第一个孩子。后来妻子又为他生了第二个孩子，是女儿，他同样不在身边。“文化大革命”中，他在戈壁滩忙着发射中国第一颗人造卫星“东方红一号”，妻子被发配到“五七干校”劳动改造，吃尽苦头，依然对他“保密”。

戚发轫的老伴姓姜，大伙都叫她老姜或姜大姐，年轻人则叫她姜阿姨。很少有人知道她的名字，就连与戚发轫相识二十余年的我，也把她的名字给忽视了。戚发轫与妻子结婚四十一年，一直埋头忙工作，忙了导弹忙卫星，忙了卫星忙飞船，家里的大事小事全搁在老伴肩上。甚至他的父亲母亲以及两个弟弟，有事时从来都只找他老伴而不找他。他的工资几十年来都是全部交给老伴，老伴往他家里寄钱从来都比他想象的多。戚发轫说，好多家为钱吵架，我们家从来没有过。1984 年，中国发射第一颗通信卫星，我去基地一干就是八个月，我的父母和两个孩子全靠老伴一人照顾，这让我省去了全部后顾之忧。不仅如此，载人航天工程上马后，老伴还在院里召开的一次家属联谊会上，用自己的现身说法告诉家属们，男人干上了航天，你就别指望他们帮家里做事情。搞航天是非常辛苦、非常劳神的，一年四季加班加点，还常常在外，要理解他们，支持他们。对他们唯一的一点要求，就是晚上加班时别忘了给家里打个电话。

后来，戚发轫的女儿出嫁了，儿子又在香港，家里便只剩下了老伴孤身一人。老伴对戚发轫唯一的要求，就是不在外地时，晚上能陪她吃上一顿饭。这点要求对一般家庭而言很简单，对戚发轫却很难。戚发轫有时做到了，老伴很满足，很幸福。有时候加班回不去，老伴就不认真做饭，自己随便凑合。于是为了能让老伴吃得好一点，他回不去的时候就打电话骗老伴，说晚上要回去吃饭。等老伴做好了饭菜，再告诉她不回去了。老伴一辈子勤俭节约，怕浪费，不想吃也只有吃了。

“神舟一号”发射成功后，戚发轫找到航天工业总公司副总经理张庆伟，说自己已经六十六岁了，现在实验飞船打成了，是不是可以不再干了？张庆伟说，总指挥你可以不干，但总师还得干！他只好接着又干。没想到，不该发生的事情就在这时发生了。有一天，老伴觉得胸部难受，去医院透视，发现整个左肺已经不能呼吸了！再检查，肺癌晚期！戚发轫当时在西安卫星发射测控中心，等他赶回家，已是半夜了。一推门，见本来在香港的儿子已回到家里，就知道肯定出大事了。一去医院，医生如实相告：老伴肺癌晚期，可能只有几个月了！疲惫不堪的他如雷轰顶，差一点就摔倒在医院里。当时正值 2000 年春节前夕，他没有告诉老伴真相，只对老伴说是肺结核。这个春节，他是陪着老伴在医院度过的。数十年来，由于冬季的发射窗口都在春节前夕，所以他很少在家过春节，而且从来没有因老伴的事请过一天假，没专门陪过老伴一天。这一次，是他几十年来第一次几天几夜守在老伴的身边。可惜晚了，老伴生命已经到了尽头，这样的机会很可能是最后一次了。春节过后，他把病情如实告诉了老伴，没想到老伴很平静，像早就知道似的，说，没事，我一定好好配合医生治疗，你放心走吧！

此前，航天科技集团组织一批老专家的家属去酒泉基地参观。戚发轫的老伴也去了。从基地回来后，老伴对他说，她很受感动，很受鼓舞，一定要好好支持他搞载人航天，一定要等着他们把中国航天员送上天！老伴住院化疗期间，戚发轫一直很忙，只能晚上去医院陪她两小时。他知道老伴化疗很痛苦，但老伴不但没让他留下，还催他快去发射场。“神舟二号”发射在即，戚发轫只能离开。临走时，老伴病情加重，正在发烧，医生说啥也不同意他走。但他是中国飞船的总师，飞船是国家的，老伴是自己的，不得不走。他自己不喜欢手机，老伴也不用手机，但去发射场之前，他还是专门给老伴买了个手机，然后每天在发射场抽空给老伴打个电话，算是对老伴最大的安慰。

“神舟二号”发射时，老伴特别高兴，女儿陪她在电视上看完了发射的全过程。然而沉醉在喜悦中的老伴却一点也不知道，此期间戚发轫正日夜加班加点，拼命忙于解决飞船的关键技术。而这时的戚发轫却非常清楚，属于老伴的生命时间已经不多了。他自己也患有高血压、高血脂、高血糖，所以在发射场那间小屋里，除了摆放着各种药品，还堆放着一堆当药吃的黄瓜和西红柿。为了能多陪陪即将离去的老伴，戚发轫打算不再担任飞船总师了。几位同事知道后，都劝他说，你如果提出不干，一方面让领导为难，一方面别人会认为你出了什么问题被撤职了。于是，为了中国人的飞天梦，也为了自己，在老伴最需要他的时候，他还是选择了留下。在此后长达八个月的时间里，他一边要面对飞船艰难的关键技术，一边要面对躺在病床上的老伴，身心疲惫到了极点！但他最大的痛苦，不是每天拼命加班，而是每天拼命加班解决飞船的关键技术，却又不能告诉老伴为什么没有时间陪在她的身边。因为当时要解决的飞船的关键技术是绝对保密的；再说了，他也实在不忍心让老伴带着对他的牵挂离开人间！

2001 年 3 月的一天，与戚发轫相濡以沫四十一年、在病痛中顽强坚持了十三个月的老伴终于离他而去。等他赶到老伴身边时，老伴已经走了。老伴走时年仅六十六岁，走得很平静，走得很干净，干净得没有留下一句话！

戚发轫说，在我们专家队伍里，不少人的夫人都是大学生、知识分子，都是高层次的，就我老伴是个普普通通的工人，后来才转为干部。她在那些大专家的夫人中只能是小学水平。但我老伴可能有一种人格的力量，几十年大伙都说她是个好人。我再也找不到这么个好人了。她虽然不是中国航天队伍的人，但我觉得她早就变成航天队伍的一员了。

简单处理完老伴的后事后，戚发轫把悲痛深深掩藏在心底，又带着“神舟三号”飞船的队伍匆匆赶往发射场。临行前，他把老伴的照片摆放在面向大西北的位置上，他希望还是孤独一人在家的老伴每天都能看见他在发射场忙碌的身影。

然而，戚发轫怎么也没想到，这次一个小小的插座竟导致“神舟三号”的大撤场！这让他本来就难受的心更是雪上加霜！作为飞船总师，他非常清楚，飞船整个系统的所有元器件都安装好了，并通过了测试，现在要全部更换插座，飞船就只能又像“神舟一号”一样开膛破肚，大动干戈！最麻烦的是，七十七个插座的重新更换和一千多个点的重新焊接，全都要在飞船的船舱里操作，而飞船舱内空间狭小，又闷又热，更换插座的师傅只能在里面蹲着、跪着、趴着、躺着进行盲插。一旦有一个地方出现纰漏，都会捅出新的娄子！

一回到北京，戚发轫和袁家军立即率领队伍全身心地投入“神舟三号”的修复工作中。从基地到北京，从北京到基地，埋头苦干，一干就是三个月！

2002 年 2 月 2 日，即春节前几天，发射“神舟三号”飞船的火箭专列顺利抵达酒泉基地。3 月 18 日，飞船、火箭完成对接。经过三次测试，飞船、火箭符合发射条件。

于是指挥部决定，3 月 25 日正式发射“神舟三号”!

但就在 3 月 23 日中午 11 时，火箭控制系统地面发射台的一个继电器却突然出现故障！按计划，江泽民的专机第二天下午 4 时就要飞到基地，这个时候火箭又出问题，那还了得!

火箭系统总指挥黄春平说，此前这个继电器一直都很正常，偏偏在这个时候突然卡住了。这天又没有直飞北京的飞机，我们都非常着急。下午 4 点，我们办好了继电器的免检手续，决定派人坐晚上 10 点多的火车把继电器送到兰州，同时让北京派人坐飞机到兰州接头，然后拿上继电器再乘飞机返回北京进行检验。24 日下午 5 点，当继电器送回北京火箭大院时，江泽民的专车都开进基地大院了。

此时，火箭飞船已经加注。犹如箭在弦上。发射指挥部的领导一边向江泽民介绍有关发射情况，一边等候北京继电器的消息。其焦急复杂的心情可想而知。

25 日上午，北京传回消息：送回的继电器经过专家和厂家分析解剖，并无大碍。而且发射场的火箭专家们经过认真分析，认定火箭本身还有富余设计，完全可以发射!

一场虚惊刚刚过去，“日凌”问题又困扰着指挥部。所谓“日凌”问题，是指每年春分、秋分前后，定点卫星处于太阳与地球之间，地面通信站在对准卫星的同时，也对准了太阳。于是，强大的太阳噪声很可能导致卫星通信无法正常工作。这一现象被称为“日凌中断”。

“神舟三号”的发射窗口正赶上日凌中断时间。尽管专家们计算的结果是日凌中断的时间一般不会太长，大约只有五分钟。但万一地面与天上的通信正好赶上这五分钟，信息突然中断，那将对“神舟三号”的试验飞行造成很大影响!

就因为这短短的五分钟，总指挥睡不好觉了。24 日，已是深夜时分，他还打电话给副总指挥胡世祥，让专家们一定要好好计算一下，如果实在不行，宁可发射推迟一天。因为江泽民总书记是第一次观看飞船发射，无论如何也要确保发射成功!

胡世祥放下电话后立即召开会议，紧急召见通信系统总师于志坚。

面对大家的担心，于志坚的表态非常自信，他说，我们经过反复计算，不会出现问题。要是实在不放心，可以推迟五分钟发射，这样就肯定不会有问题了！

于是指挥部临时决定，25日的发射推迟五分钟！

2002年3月25日晚10时15分，“神舟三号”成功起飞，准确入轨！

第二十三章

棉被盖在火箭上

2002年10月6日，载人航天工程指挥部决定，将在2002年底前发射“神舟四号”无人飞船！

“神舟四号”是航天员上天前的最后一次发射。如果发射成功，中国将结束无人试验，转入载人飞行。用航天人的话来说，“神舟四号”是中国载人航天工程的最后一次“彩排”！

全国各大媒体很快发布了这一消息。

10月16日，另一消息也不期而至：俄罗斯“联盟号-U”火箭发射升空二十九秒后，突然爆炸，导致发射场一人死亡，八人受伤！

这对正在备战的中国航天人来说，无疑是敲响了警钟！

10月17日，中央专委召开第三次会议，国务院总理朱镕基听取“神舟四号”及相关情况的汇报。中央专委听取汇报，已成中国航天发射史上的一个惯例。从上个世纪50年代开始研制“两弹一星”到90年代的对外商业发射，再到今天的载人航天，每次都是如此。几任总理的特点是：周恩来严肃、认真、仔细；李鹏小心、周全、谨慎；朱镕基洒脱、直率、大气。为叙述准确，我找到了此次会议留下的原始纪要。根据纪要记载，会议召开的时间是2002年10月17日下午3时30分，地点在国务院第四会议室，主持人是朱镕基。参加会议的有国务院副总理吴邦国、中央军委副主席张万年、国务委员兼国务院秘书长王忠禹、总参谋长傅全有、总后勤部部长王克、总装备部部长曹刚川、国防科工委主任刘积斌、外交部副部长王光亚等。会上先由总装备部部长曹刚川分别汇报了前三次发射的简要情况、“神舟四号”的准备情况以及载人航天下一步的计划等。

会议采取边汇报边讨论的方式。在整个汇报、讨论过程中，由于朱镕基惯有的风趣幽默，许多重大严肃的话题讨论起来像聊天一样，会场气氛显得很轻松。比如，当谈到航天员要在天上待五天、航天员要经得起寂寞时，朱镕基便说，不是寂寞，是紧张，航天员在上面能睡得着觉吗？我就睡不着。当谈到上几个航天员的问题时，有人说，上一个航天员比较合适，如果上两个，从天上回来后，谁走在前谁走在后还是个问题呢！朱镕基便说，两个人并排着走嘛！当谈到发射一次要花多少钱时，航天科技集团总经理张庆伟说，一枚火箭是一点八七亿，飞船是四个亿，发射一次大概需要八个亿。副总指挥胡世祥插话说，张庆伟他们是用钱大户，火箭、飞船都是他们搞的。朱镕基笑了，说，你会要钱，他会花钱。结果引出会场一片笑声。

但当谈到“神舟四号”的发射时，朱镕基则一脸严肃。他说，这次试验是最重要的，是历史性的。最后一次无人试验后，我们就要开始有人的世纪了，所以一定要做到万无一失！已经到了这个程度，你们向我要多少钱我都给，拜了三十六拜，就差一哆嗦！总之最后这个阶段，国防工业系统的各个公司、各个单位，凡是与此有关的，都要做最后的动员，确保质量，万无一失，哪一个环节出了问题都不行，人的生命是最关键的！

10 月 30 日，“神舟四号”飞船和运载火箭从北京顺利运抵酒泉发射场。此次吸收了前三次发射的经验与教训，所以飞船、火箭进场后，无论系统测试还是联合检查均进展顺利。11 月 8 日至 14 日，中国共产党第十六次全国代表大会在北京召开。大会一结束，“神舟四号”第一次指挥部会议便在酒泉基地小礼堂隆重举行。由于指挥部几位主要领导刚从十六大会场赶回发射场，所以有人开玩笑说，他们的身上还带着人民大会堂的气息！

会议主持人胡世祥首先发言。他说，“神舟四号”第一次指挥部会议选在今天召开，就是想借十六大的东风把这次发射搞好。不过这次发射新闻媒体也跟得太紧了，跟得我们压力有点大。本来新闻的炒作只有三天，我们的事却被炒了一年，越炒越热。我是不上网的，可昨天上网一看，吓我一大跳，网上的文章几乎全是“神舟四号”的，我们一点隐私都没有了，让人心里有点发慌！大家想想，现在外面什么都讲了，这次打不成功怎么交代？

接着，载人航天工程总指挥讲话。他说，“神舟四号”发射事关全局，备受关注，党中央和全国人民都在等着我们成功的消息。江主席对这次发射很关注，也关心发射场的同志。我给大家讲一件事情，江绵恒副院长（笔者注：江绵恒是江泽民之子，时任中科院副院长、载人航天工程副总指挥）这次临来发射场的时候，江主席把自己视察部队时穿的军大衣、军帽都让他穿上、戴上了。领袖也有人之常情嘛！胡锦涛总书记也很重视这次发射，我们的工作计划随时都要报告中央。希望大家扎实工作，一定圆满完成这次任务！

最后，会议将“神舟四号”的发射时间初步定在了12月29日。

于是，发射场的气氛一下子变得热烈起来，参试人员更是信心十足。飞船系统在加注飞船燃料的同时，针对“神舟三号”曾出现的问题，对飞船的所有插座进行了严格检查，十三个系统相互间进行了“亲密对话”，对二十五个问题进行了彻底“清零”，还在发射塔上开展了一次紧急撤离大演习。基地的发射官兵们更是小心翼翼。他们对发射场上数千台（套）地面设备进行了严格检修，而且谁检修的设备就在这台设备上贴上谁的名字，若出了问题板子就打在谁的屁股上。在垂直总装测试大厅的上方，还赫然挂出一幅巨大的标语：千方百计发现问题，千方百计解决问题，千方百计防止差错！而此时的张建启已由副司令晋升为司令员，成为“神舟四号”的发射指挥长。吸取上次火箭被撞的惨痛教训，他在发射场上喊得比谁都凶：翻箱倒柜找问题，挖地三尺查隐患！

但就在这时，国外航天发射失利的消息再次传到发射场：2002年11月28日，法国“阿里安－5”运载火箭发射进入十秒倒计时之际，因制冷点火装置出现故障，发射被迫取消。接着，12月11日，“阿里安－5”运载火箭再次发射，火箭升空后仅三分钟，便横空爆炸，卫星随即坠入大西洋！

四天后，一股从西伯利亚滚滚而来的寒流扑向中国大西北，扑向戈壁滩，扑向发射场！

西伯利亚的寒流是在一夜之间到来的。寒流先是横扫我国北部，而后越过天山东部山口，一路滚滚而来。寒流到来的直接结果是，发射场的人们翌日清晨刚一睁眼，便发现纷纷扬扬的大雪已经覆盖整个发射场了！

这一天是2002年12月21日，离“神舟四号”的预定发射时间还有八天。很快，酒泉基地气象室通过对三十多年来的气象资料的详尽查阅、分析，作出预报：此次寒流来势凶猛，为戈壁滩上三十年来所罕见，届时将会给发射场带来一场强降雪，造成超低温天气，最低气温很可能接近零下三十摄氏度！

果然，漫天的大雪整整持续了两天两夜，发射场最低气温很快降至零下三十摄氏度！基地很多老人都说，在戈壁滩上待了一辈子，像这么冷的天、这么大的雪还是第一次看见。我从小生长在南方，当兵也在南方，虽然后来在北京生活了近二十年，但零下三十摄氏度的日子也是从来没遇到过。冷，的确很冷！我裹着厚厚的棉大衣站在发射塔下，还一个劲地哆嗦。而忙于火箭、飞船的航天人更冷！这冷不是冷在身上，而是冷在心上，尤其是发射指挥部的几个头头们！

最“冷”的恐怕要数基地司令员张建启。基地上次不小心撞了火箭，差点惹出惊天大祸。这次不知为什么，又惹老天爷翻了脸。作为发射场的负责人，张建启当然紧张。他马上让基地气象人员对发射场区近四十年的气象资料进行分析统计，看近四十年来发射场每年冬季出现低温是在什么时候，最低气温低到什么程度，每次“发射窗口”的低温又是多少。结果发现，往年这个时候发射场的气温不过就是零下七八度，四十年中的最低气温也从未超过零下十八摄氏度！如果“神舟四号”发射日定在12月29日，届时发射场的最低气温将是零下二十四摄氏度，“发射窗口”的气温是零下二十五点五摄氏度！

气象预报一出，大总师王永志着急了！王永志从上个世纪50年代起就在戈壁滩上参加导弹火箭的发射，搞了一辈子的航天，遇上零下几十度的低温还是头一次。他已是年过七旬的老人了，近两天也和年轻人一样，在七十多米高的发射塔上爬来爬去。甚至有时半夜三更还会被一个电话突然叫醒，然后匆匆赶到现场，查找，分析，再会商，一折腾就是一个晚上。从“神舟一号”到“神舟四号”，他一直就没休息过。由于劳累过度，加之精神紧张，就在飞船总装结束的当晚，他刚从现场回到招待所，便突然病倒了。他被送到基地医院后，医生诊断为急性胰腺炎。但基地没有进口特效药。张建启司令员急了，下令马上赶到二百五十公里外的酒泉医院取药，天亮前必须送回！随后，张建启打电话报告了胡世祥。胡世祥当即决定，马上想法用飞机把王永志送到北京！第二天，空军部队的一架测控飞机便将王永志送到了北京。北京当天传回消息，若晚送到几个小时，就有生命危险了！

在寒流袭击戈壁滩发射场的同时，位于千里之外的内蒙古大草原的飞船主着陆场同样是风雪交加，黄沙漫漫，气温也已降至零下三十摄氏度！入冬以来连降几场大雪，加上此次滚滚寒流的突然入侵，绿色的草原变成了白色的雪原。许多在外执勤的科技人员鼻子耳朵冻得失去了知觉。就连一些大型设备，用航天人的话来说，也被冻得“呆头呆脑，反应迟钝”了。有一台仪器不能正常工作，科技人员竟用电磁煲给它保暖！

在如此恶劣的气候条件下，一个庄严的仪式在寒冷的发射场隆重举行。这天上午9时，七大系统的总指挥、总设计师和全体试验队员分成两排，并肩站在一面巨大的国旗下。国旗的另一侧，是威风凛凛的仪仗队员。这时，中央电视台主持人倪萍双手捧着一个红色的锦绣小包，微笑着走上前来。锦绣小包里装着采自全国三十一个省、自治区、直辖市以及香港、澳门、台湾三地的三十四种泥土！倪萍将锦绣小包郑重地放在飞船总师的手上，飞船总师再将这个小包传递到火箭总师的手上，再依次往下传递，最后传到仪仗队的手上。然后，锦绣小包经过公证员公证，由科技人员放进了“神舟四号”，届时它将随飞船一起升空，在飞船凯旋后，再在2003年的春节晚会上亮相！

然而，热热闹闹的仪式结束后，等待航天人的却是更加恶劣的天气！当晚基地气象部门报告：发射场气温为零下二十八摄氏度！

人与老天爷的矛盾，看来是无法避免了。

在气温零下二十摄氏度以下的条件下发射火箭，不仅中国从来没有，就是全世界也无先例。按照中国写进发射文件的规定，发射火箭时，最低气温不能低于零下二十摄氏度！也就是说，零下二十摄氏度是中国火箭发射的极限。因为低温发射对火箭有诸多不利，如会导致密封圈失效，引起燃料泄漏，诱发管路堵塞，造成电缆插头接触不良，等等。尤其是火箭发动机的可靠性要求极高，倘若低温环境超越底线，后果不堪设想。最典型的一个例子就是 1986 年美国“挑战者号”航天飞机发射，现场气温为零下二摄氏度。当时一个工程师曾经提出，低温下发射容易引起橡胶密封圈失效。此意见虽引起争议，却最终被高层主管忽视。后来便发生了全地球人都知道的那场“挑战者号”大爆炸、七名航天员遇难的惨剧！据说这位工程师得知消息后，捶胸顿足，痛悔不已，咆哮道，这简直是一场太空大屠杀！

怎么办？前三次发射，问题不在火箭上就在飞船上。可这次问题既不在火箭上也不在飞船上，而在天气上！

低温，成了整个发射区关注的一大焦点。

指挥部当即召开紧急会议。总指挥头天晚上一夜没睡，他连夜查阅了世界各国有关低温条件下发射的资料，并作了一个统计。所以，会议一开始他便宣布了一个数据：在全世界的航天发射中，有百分之十左右的事故都是由低温引起的，并举了美国“挑战者号”爆炸的例子。他告诫专家们对大自然要充满敬畏之心，一定要居安思危，引以为戒，高度重视这次发射中的低温问题，加强火箭、飞船的保温工作。

会后，发射场迅速展开一系列保温工作。此时火箭飞船已转运至发射场，飞船燃料也已加注完毕，如果气象条件允许，29 日凌晨将实施发射。于是，为了给火箭保温，发射场专门成立了临时“火箭飞船抗寒抢险小组”。工作人员先是弄来两台小型热风机，放在发射平台上，向火箭发动机舱内送热风。不料火箭舱体为金属材料所制，受热快，散热也快，加之外面温度很低，热风送进去很快就凉了。接着，又启动了二十多台大功率空调，二十四小时昼夜不停地给火箭强行送暖。再接着，又给火箭、飞船套上“防寒服”，贴上泡沫塑料，再用几千瓦的电灯泡照烤……

但是，凡中国航天人能想到的办法——不管是土的洋的——都用上了，专家们还是不放心。尤其是火箭飞船竖在发射塔上后，袒露在戈壁滩寒冷的冬夜里，有一天晚上气温居然下降至零下三十二摄氏度！于是火箭、飞船系统的几位老总睡不着觉了，黑灯瞎火地爬到发射塔上，围着火箭、飞船转来转去，一会儿用手摸摸火箭的肚子，一会儿用嘴吹吹热气，久久不肯离去，像守护着自己即将出嫁却又缺衣少穿的闺女。

后来，司令员张建启一声令下，让部队战士从招待所火速扛来二百床被子，然后将被子一床一床地包裹在火箭、飞船的关键部位上。为防止被子撤下时发生遗漏，工作人员给二百床被子一一做了编号，并将每床被子落实到人——谁抱来的被子到时再由谁负责抱走！

航天科技集团总经理张庆伟对逃逸发动机很不放心，专门带着航天动力技术研究院院长周为民、航天推进技术研究院院长雷凡培从北京飞赴发射场，一下飞机便登上发射塔，反复询问、查看，最后要求在发射现场对密封圈进行零下二十七摄氏度的低温试验。

12 月 26 日晚，副总指挥胡世祥召开指挥部会议，讨论发射日期问题：到底是 29 日发射还是 30 日发射？因为根据气象预报，30 日以后还会有更大的寒流袭来，很难找到更好的发射窗口。所以“神舟四号”的发射日唯有在这两天中选择。

会上自然就有两种意见。一种意见倾向 29 日发射，理由是全航区均已排定 29 日发射的所有工作程序，并已正式报告中央，李鹏同志也确定要来观看发射，若推迟一天，就要重新调整全航区的工作程序。再说万一气象预报有误，30 日天气更糟，过了这个村就没这个店了。此外，“远望号”测量船已经在太平洋上恭候多时，海上风急浪大，多待一天就多一分风险，还多花掉近一百万元人民币。另一种意见则主张 30 日发射，理由是，根据气象预报，29 日的最低气温是零下二十四摄氏度，“发射窗口”的温度是零下二十一点五摄氏度，而原有发射文件规定，“发射窗口”的温度不能低于零下二十摄氏度，现在低了一点五摄氏度，所以不符合发射文件的规定。如果坚持 29 日发射，就要修改发射文件。而发射文件是总装备部定的，一旦要改，就必须重新走一套程序，非常麻烦。再说了，中国航天史上没有在零下二十一点五摄氏度发射的先例，如果破例，有很大的风险性，万一到时出现问题，谁来承担这个责任？谁又承担得起这个责任？

最后，会议争论的焦点集中在了超过规定发射气温下限的这一点五度上。虽然“1.5”在人们平常的生活中是个完全可以忽略不计的数字，但在科学上，在发射场，却是一个相当微妙的沉甸甸的数字，它既可把火箭推向万里太空，又能把火箭打入十八层地狱，就看这个神奇的小数点关键时刻是偏左还是偏右了。那么到底是维护原有标准，推迟发射，固守这个小小的“1.5”？还是打破原有规则，按原计划发射，忽略这个小小的“1.5”呢？固守，有固守的道理；打破，有打破的理由，双方各执己见，十分为难。

这个晚上，胡世祥作为发射场的最高指挥官，自然深感责任重大。胡世祥是发射场上有名的“胡大胆”，犯难、发愁这些字眼儿在他的人生字典里似乎就从来没有过。所谓“大胆”，是指他在关键时刻常常能镇定自若，敢于拍板。自三十二年前他用他右手的大拇指按动中国第一颗人造卫星“东方红一号”的发射点火按钮后，大大小小的发射他已经历了上百次！但别说零下二十一点五摄氏度的发射没有经历过，就是零下十一点五摄氏度的发射他也没经历过。所以，这小小的“1.5”一夜之间就让他似乎老了好几岁。过去他在西昌基地当司令员时，每次发射卫星，气象问题几乎都是焦点，总让专家们脑袋发涨。如果是发射卫星，像这种情况，一向干脆利落的他早就下定决心了。但这次发射的不是卫星，而是至关重要的“神舟四号”飞船，不到万不得已，他岂敢轻易拍板！根据我对他的采访，其实他是主张 29 日发射的。他说，发射计划已经上报中央，发射若推迟一天，不仅要惊动中央，发射试验文书还得重新修改、重新下达，而且发射塔上的保温设备和全航区上万台（套）仪器设备还要多工作二十四小时。夜长梦多，这二十四小时能不能支持得住，能不能保证不出纰漏，是个严峻的考验。如果30日如气象预报所说温度能够回升，当然是万事大吉，再好不过了。但万一30日老天翻脸，气象突变，变得比29日更冷，你想发射都发射不了，怎么办？真是前有狼、后有虎啊！

这个晚上，基地司令员张建启内心同样是七上八下，矛盾重重。作为发射指挥长，如果所有专家都同意29日发射，就他一人反对，他不在发射书上签字画押，也发射不成。但他清楚，发射场上任何人的固执都可能带来无法挽回的损失。根据我对他的采访，其实他是不同意29日发射而主张30日发射的。他说，从我近几天对气象情况的分析判断来看，30日气温回升的可能性较大。如果在30日发射，火箭会更安全一些。但推迟一天，全航区的工作程序都要变动不说，光是发射场区的一揽子事情就千头万绪，万一捅出新的娄子，如何了得！再说了，老天爷的脾气谁摸得准？万一30日天气变得更坏，怎么办？所以我也是左右为难，犹豫不定。

火箭系统的两位老总黄春平和刘竹生，这个晚上也很犯愁。本来，一开始黄春平底气很足，曾经拍着胸脯说过，我们的火箭不怕撞，不怕冷，29日发射没问题。可随着发射场的气氛越来越紧张，气温一天天下降，他的底气也开始有点不足了。特别是当火箭总师刘竹生将一份刚刚查出的资料放在他的手上后，他也不再明确坚持29日发射了。因为这份资料显示，在去年国外的一次发射中，由于温度太低，造成火箭储箱尾部燃料输送管冻裂，无法将燃料送入发动机，结果导致发射失败！所以当胡世祥让他表态时，他小声嘀咕了一句，说，我看还是推迟一天吧。

胡世祥一下子笑了，说，你上次不是胸脯拍得山响，说29日发射没问题吗？怎么现在又变了？

黄春平好像很委屈，说，上次是你逼着我表的态嘛！我回去后，大家有意见，说万一29日出问题呢？我也得听群众的意见啊！

会上便有了笑声。这笑声自然浸着几丝凉意，也含有几分苦涩。

总之，在戈壁滩上这个寒冷的冬夜，老天爷抛出的一道难题难住了中国的航天大专家们。会议开至深夜，意见也未统一。

第二天一大早，胡世祥起床后做的第一件事，就是通知基地副司令员崔吉俊，让他赶紧组织人做一次试验，看火箭裸露在外面时，箭体温度下降到底是个什么情况，拿出一个科学的试验数据来。

崔吉俊火速赶到特燃供应站，找到站长李树斌。李树斌让战士锯下一截铝合金管，然后放在电暖器上，使其升温。后来李树斌见升温速度太慢，干脆把管子拿到洗澡堂，用热水冲泡。然后再将管子搁在零下二十八摄氏度的室外进行观察。晚上 6 点，试验结果出来了：火箭裸露在零下二十八摄氏度的空气中时，每隔五分钟箭体温度下降一摄氏度！

崔吉俊立即打电话向胡世祥报告这一试验结果。

当晚 7 点半，指挥部再次召开会议，会议主题还是确定发射日。所有工作都在等着安排，当晚必须拍板——这是决策的最后时限。

会议上还是两种意见，还是没完没了的争论。

胡世祥提出一个问题：按照过去的发射程序，火箭点火起飞前四十五分钟，必须打开搂抱着火箭的发射臂。但根据今天新的试验结果，发射臂打开后，火箭露在外面，每五分钟温度就会下降一摄氏度，等到点火发射时，火箭原有的温度就已经降得差不多了，怎么办？

有人建议：推迟打开发射臂的时间，火箭点火前二十分钟再打开发射臂！

有人担心点火前二十分钟才打开发射臂太紧张。一是发射场所有人员要撤离现场，二是裹在火箭飞船上的二百床棉被必须一床一床地撤下来，万一时间不够，手忙脚乱，乱中出错，留下一床棉被，让火箭裹着这床棉被飞到了天上，岂不成了天大的笑话！

有人主张把给火箭送暖的时间再延长一点，在火箭点火前三十分钟打开发射臂，再对撤除棉被的人员进行严格组织，不会有问题。

最后，大家的意见基本趋于推迟一天，即 30 日发射。

于是，胡世祥让七大系统的老总们表态：推迟一天，大家同意不同意？

火箭、飞船系统表示同意。其他几个系统说，只要火箭、飞船系统同意，我们没意见。

胡世祥又开起了玩笑，说，要是30日比29日更冷，你们也同意吗?

专家们都笑了，说，同意!

好，那就31日0时40分准时发射！胡世祥一锤定音。

12月29日，果然如气象预报所料，气温降至零下二十四摄氏度，而且已经到了下午，还在继续往下降，看不出回升的迹象。

12月30日，李鹏偕同夫人朱琳到达发射场。当天到达发射场的还有吴邦国、贾庆林、宋健等人。发射场的气温这天一直处于零下二十四摄氏度。七十多米高的发射塔上，寒风凛冽。风呼呼地刮着，发射官兵们个个冻得瑟瑟发抖。为了便于操作，他们脱掉棉大衣，两小时下来，不仅脸上凝出一层白霜，耳朵冻得青紫，手上、脚上也结了冰，甚至连话都说不出来，相互间的工作配合，只能借助僵硬的手势。

30日晚11时30分，指挥员下达了“六十分钟准备”的口令，即是说，离发射还有最后一个小时。而此时发射场上的气温依然在零下二十摄氏度以下。低温问题成了悬在专家们心头的一把利剑，仿佛随时都有突然劈下的可能。

就在人们为低温捏着一把汗的时候，发射塔上一个意想不到的情况出现了。按照发射程序，发射塔活动平台上的四根防风拉杆此时应该慢慢收回。可当地下控制室的操作员按下回收按钮时，防风拉杆却纹丝不动。

怎么办？如果防风拉杆不能收回，火箭点火起飞时，必将被这四根防风拉杆拦腰拽住，结果自然是箭毁船亡!

坐在指挥大厅的指挥官和专家们坐不住了。

发射场上的官兵们这时很快作出了一个大胆的决定：电动不行，采用“人动”。于是几位操作手带上工具，冲上高高的发射塔。此时火箭飞船的燃料早已加注，任何动作稍有不慎，都有可能酿成大祸。官兵们很快判定，防风拉杆不能启动，是因天气寒冷，气温过低，被冰霜凝冻住了。于是操作手立即打开气阀，让喷出的热气给气缸加温。不一会儿，其中一根防风拉杆开始松动并慢慢收回。

但还有三根防风拉杆依然故我，一动不动。

此时，离发射还有五十五分钟。若不尽快收回剩下的三根防风拉杆，今晚发射必定推迟无疑。而发射一旦推迟，天气一旦骤然变坏，气温继续下降，后果不言而喻。

在此紧急关头，官兵们果断使用了一种从未用过的“反螺旋顶”特殊技能，最终让三根防风拉杆一一收回。当这一切结束的时候，离发射还有三十五分钟。此时官兵们身上的汗水早已结成了霜。

离发射还有最后三十分钟！

此刻，在发射场区一间小小的屋子里，一只小小的温度计把好几位大专家吸引在了自己的身旁。专家们围在温度计的四周，看着温度计里的水银柱，目不转睛，全神贯注。细细的、温柔的水银柱，时而上升，时而下滑，专家们的心也和水银柱一样，时而上升，时而下滑。水银柱往下落，专家们的心就往下沉；水银柱往上升，专家们的心就往上爬。站在旁边的几位女技术员，竟在心里开始默默祈祷了！

遗憾的是，老天无情。此刻温度计上仍然显示：低温零下二十一摄氏度！而且，水银柱还在缓缓下滑……

然而，天有不测风云，世事变化无常。最放心的事，常常问题突发；最担心的事，却往往乾坤急转。就在这时，奇迹出现了！戈壁滩上突然刮起一股强劲的东南风，正在下滑的水银柱很快开始掉头缓缓攀升。气象专家刘汉涛说，随着这股东南风的突然出现，温度开始回升，而且很快回升到零下十八摄氏度，然后基本就稳定在了零下十八摄氏到十九摄氏度之间。当时看到气温回升，我们高兴得忘乎所以。只是这一现象我们无法解释。

2002 年 12 月 31 日 0 时 40 分，随着指挥员一声令下，火箭腾空而起，“神舟四号”成功起飞，准确入轨，如期返回！这次发射不仅创造了中国超低温发射的奇迹，而且创造了世界航天发射史上超低温发射的最新纪录！

也许，航天发射的最大魅力就在于它的风险性和不可预测性，就在于它不可能事事如意、一帆风顺。倘若没有挫折的心酸与失败的痛楚，成功的滋味还会那么痛快吗？

第五部

飞越人间

第二十四章

上帝的考验

公元 2003 年，是注定不平凡的一年。

这一年，按载人航天工程指挥部的部署，中国将发射“神舟五号”载人飞船，把中国第一个航天员送上太空！于是，西方媒体在预告 2003 年世界航天七件大事时，将中国发射“神舟五号”载人飞船排在了第二位。

然而，冥冥之中仿佛一切早有安排。自然界和航天界的灾难好像商量好了似的，一定要在这年发生！

2 月 1 日，即大年初一上午 9 时，我拨通了载人航天工程副总指挥胡世祥家的电话。胡世祥当年是西昌基地的司令员，我的顶头上司，所以打个电话拜个年，表示问候与祝福。不料电话拨通后，他夫人告诉我说，老胡刚回家，刚躺下。我好生奇怪。据我所知，司令员从不睡懒觉，何况今天是新年第一天，为何一夜未睡？正纳闷呢，胡世祥醒了——其实他根本就没睡着。他接过电话，我便问，司令员，您怎么才睡？胡世祥说，出事了！我急问，什么事？他说，美国“哥伦比亚号”航天飞机爆炸了，死了七个航天员！昨晚指挥部连夜召开紧急会议，搞得很紧张，忙了一个晚上，刚躺下。

我脑袋嗡的一声，愣住了。

放下电话，我急忙打开电视，果然，美国“哥伦比亚号”航天飞机在空中爆炸后解体的画面，正在屏幕上反复滚动播放！画面沉闷悲壮，极其震撼，惨不忍睹，令人心碎！而就在这时，我家的窗外突然响起一阵鞭炮声，噼里啪啦，好不热闹！紧接着，一声声、一阵阵的鞭炮声也随之轰然响起，很快激荡在京城的上空。

听着如此欢快热闹的鞭炮声，我的心，猛地一阵剧痛！

是的，这一天，中国的新年开始了，美国的灾难却降临了。新世纪初，美国的“9·11”事件就震惊世界；今天，“哥伦比亚号”航天飞机又横空爆炸！我想起十七年前，美国“挑战者号”航天飞机爆炸，也是七名宇航员血溅天疆，不幸遇难！短短十七年，悲剧再次重演，是巧合，还是天意？作为一名发射场的老兵，我当然清楚，美国“哥伦比亚号”航天飞机突然爆炸，对即将飞天的中国意味着什么。这好比体育场上一名即将出场比赛的运动员，突然得知另一名运动员从单杠或者双杠上摔了下来，而且当场死亡！这位即将上场的运动员会是什么样的心理呢？

2003 年大年初一的中国航天人，就像这位即将上场的运动员。

的确，在人类通往太空的路上，可谓荆棘遍地，险象环生。自四十二年前加加林上天以来，世界载人航天技术虽然取得了令人叹为观止的神话般的巨大成就，但其风险度也高得惊人！

截至 2003 年 2 月 1 日，全世界共进行了 240 次载人航天发射，共有 951 人进入太空，但献身太空的航天员已达 23 名之多！比如，1961 年 3 月 23 日，苏联航天员邦达连科在充满纯氧的暗室里进行训练时，因舱内起火，被活活烧死，成为人类航天史上第一个牺牲者；1962 年 11 月 1 日，一名苏联宇航员从 24500 米高空跳伞训练时，因航天服出故障导致急剧减压而丧生；1967 年 4 月，苏联“联盟一号”飞船上天后发生故障，在轨道上运行三圈后提前返航，在返回地面时因降落伞着陆系统失灵而坠毁，航天员科马罗夫不幸遇难；1971 年 6 月 6 日，“联盟十一号”飞船将三名航天员送上“礼炮一号”空间站，飞行了 24 天，返回地面时因座舱突然漏气减压，三名航天员窒息死亡；1967 年 1 月 27 日，美国航天员格雷索姆、怀特和查菲三人在肯尼迪航天中心“阿波罗四号 A”登月飞船上进行地面模拟登月时，充满纯氧的座舱突然发生爆炸，三人葬身火海。四年后，“阿波罗十五号”登上月球，登月航天员将这三人的骨灰撒在了月球上。

最令人震惊的，是1986年1月28日美国“挑战者号”航天飞机升空后仅一分多钟便突然爆炸，七名宇航员瞬间魂丧太空！“挑战者号”爆炸后，十二亿美元顿时化为乌有，美国航天飞机发射计划被迫暂停32个月，直至1988年9月29日才得以复航。“挑战者号”机毁人亡，令全世界为之震惊。各国领导人纷纷致电美国总统里根，表示沉痛哀悼；联合国安理会中止了正在举行的会议，全体与会者为“挑战者号”蒙难的宇航员默哀；全世界几乎所有国家的电视台都中断了正常的节目，改播“挑战者号”爆炸的消息。美国更是举国震惊，万人悲痛：全国各地当日下半旗致哀；往日灯火辉煌的纽约帝国大厦当晚一片漆黑；宁静肃穆的教堂响起了哀悼的钟声；纽约股市交易所中止了平时片刻不停的叫嚷；洛杉矶纪念运动场重新点燃了第二十三届奥林匹克运动会火炬；佛罗里达州大西洋沿岸两万多支手电光同时射向夜空；女航天员麦考莉芙家乡各家院子的树上挂满了黄色的彩带；1月31日，在休斯敦航天中心还隆重举行了有一万五千人参加的追悼大会，里根总统亲自出席并在会上发表了悼词，他说：

> 通往未来的道路充满着艰险，人类进步的整个历史就是同困难作斗争的历史。我们又一次深深地体会到，美国——这个被林肯誉为地球上最后发现、然而却是最有希望的伟大民族——是建立在英雄主义和崇高的牺牲精神基础之上的，是由我们的七位杰出宇航员一样的男人和女人们创建的。他们的奉献远远超出了自己的职责，超出了人们所期望或要求的一切……

而除了航天员的牺牲，在通往太空的路上，火箭、飞船和航天飞机的发射，也发生过无数触目惊心的事故。

比如苏联。1960年5月15日发射的第一艘不载人飞船“东方号”返回时，返回舱不但没有回来，反而被抛向更高的轨道而永远失去了联系；

1960 年 7 月 23 日发射一艘不载人飞船，因火箭故障而告失败；1961 年 2 月 1 日发射载有两只小狗的“东方号”飞船，回收时失败；1975 年 4 月 5 日发射“联盟八号 A”飞船，飞行中因第三级火箭发生故障，坠毁于距我国北部边境约三百公里的阿尔泰山脚下；1983 年 9 月 28 日发射“联盟十号”飞船起飞 90 秒钟后爆炸；1988 年 11 月 15 日发射的耗资百亿美元、历经十年研制的“暴风雪号”航天飞机，在飞行了 205 分钟、环绕地球两圈后着陆，因设计的缺陷和救生系统的不完备，从此停放机库，再也没有重返太空……

比如美国。以登月为例，美国在执行三大登月发射计划期间，先后有十二次失败记录。如：1961 年 8 月和 11 月发射的“徘徊者二号”飞船，进入地球轨道后，因发动机未启动而“望月兴叹”；1962 年 1 月发射的“徘徊者三号”飞船，因运载火箭瞄准错误，致使飞船偏离月球三万七千公里；1962 年 4 月发射的“徘徊者四号”飞船，因控制系统短路，飞船在月球背面坠毁；1962 年 10 月发射的“徘徊者五号”飞船，在即将到达月球时，因发动机熄火而前功尽弃；1964 年 1 月发射的“徘徊者六号”飞船，在向月球降落时，因电视摄像机故障而功亏一篑；1961 年 4 月 25 日发射的载假人的“水星”飞船，绕地球一圈后因火箭故障而告失败；1969 年 1 月，连续发射两艘“勘测者号”探月飞船，也均以失败告终。而美国从 60 年代初开始实施的“阿波罗”登月计划，先后共发射了十七艘“阿波罗”飞船，虽然没有出现大爆炸，但从 1968 年 4 月到 1970 年 4 月，短短两年时间就发生了四次“有惊有险”的事故。在运载火箭方面，失败的事例也不少。例如：从 1958 年 10 月起开始执行的“水星”计划，其“宇宙神”火箭在十五次飞行试验中就有六次失败；1986 年 4 月 18 日，“大力神－34D”火箭发射军用卫星，火箭凌空爆炸；同年 5 月 3 日，“德尔塔”火箭发射气象卫星，火箭再次爆炸，这连续两次大爆炸使得美国在国际商业发射市场上拥有的垄断地位一落千丈。

中国当然也不例外。纵观中国几十年的航天发射史，和世界航天一样，失败同样无法避免；甚至每往太空迈进一步，付出的都是沉重的代价。只是这些失败数十年来借助一张“保密”的“面纱”，堂而皇之地给遮蔽罢了，因而给世人留下一个错觉：中国航天好像一直是在风和日丽、春暖花开、一帆风顺中发展壮大起来的。

其实不然。中国最早的几次失败，就是在酒泉基地发生的。第一次是 1962 年 3 月 21 日，中国第一枚自行设计的“东风二号”导弹发射起飞后仅 8 秒钟，便在空中摇摆不止，随后落地爆炸，爆炸点距离发射点仅六百多米；第二次是 1965 年 12 月 12 日，“东风二号甲”导弹发射起飞后 36.8 秒，发动机突然熄火，导弹下落爆炸；第三次在 1967 年 5 月，“东风三号－3”导弹的“点火”命令下达后，操作手按下了“点火”按钮，但发动机却不启动，操作手又几次按下按钮，发动机还是不启动，最后发射被迫终止；第四次是 1969 年 10 月 11 日，“东风三号－3”导弹点火升空几分钟后横空爆炸，弹头在空中解体……

即便到了 90 年代，中国火箭爆炸的事故也时有发生。最大的事故有两次：一次是 1995 年 1 月 26 日，“长二捆”大型火箭在西昌基地发射美国“亚太二号”卫星，火箭升空不久突然爆炸，导致星箭俱毁；还有一次是 1996 年 2 月 15 日，“长征三号乙”捆绑火箭在西昌基地发射一颗国际通信卫星，火箭起飞后仅 22 秒，突然横空爆炸，不仅中国火箭和国际卫星同时惨遭毁灭，而且还造成了人员伤亡！人员伤亡事故，在中国火箭发射史上是第一次。这两次大爆炸，不仅震惊了中国航天界，也震惊了世界航天界！

事实上，自 1957 年人类进入航天时代以来，在全世界数以千计的航天发射中到底发生过多少次失败，很难统计出一个公认的、准确的数字。其中一个重要的原因，就是保密！不过无论失败次数是多是少，今天为探险所付出的代价就是对明天最好的投资。中国古人早就说过，失败是成功之母。西方学人也讲，错误就是财富，错误使人领悟。因此，死亡、爆炸、失败、事故，虽然屡屡发生，但在载人航天的崎岖小道上，永远不乏勇敢的探索者，人类挺进太空的脚步也从未因此而停止，就像人们永远不会因噎废食一样。

美国宇航员格雷索姆临死前曾经说过：“征服宇宙，是值得冒生命危险的一项事业。如果我死了，大家要把它当作寻常事，仍需要人们去接受它，不要耽搁计划的进行。”人类第一位进入太空的女航天员——乘坐苏联“东方六号”飞船升空的捷列什科娃回忆她为期三天的太空之旅时也说过一段话，她说：“我坐在飞船上，并没有想到是否能返回地球，脑子里只有未来二十四小时里我所承担的使命与责任。当我从太空看到地球时，极为兴奋，并主动向地面提出延长在太空逗留的时间。”而就在美国“挑战者号”爆炸后的第二天，美国有关部门还进行了一次民意测验，结果表明：支持航天飞机继续发展计划的人占 79%，达到了美国历史上的最高纪录；美国 NASA 的八十多名宇航员没有一人提出要退出训练；此前提出申请要跟随航天飞机上天的一千七百多名记者、编辑、摄影师中，没有一个人提出撤销申请；甚至还有人主动提出，愿意捐款为美国重造一艘航天飞机！

然而，当历史的脚步跨进 2003 年的大门后，中国载人航天无论如何也不允许发生意外了——不是怕失败，而是失败不起了！因为按上级的要求，满打满算，离中国人飞天的日子只剩下十个月了！而在这十个月中，有多少事情等着加班加点去干啊！其间别说发射失败，就是任何一点闪失，都会打乱全部计划甚至导致功亏一篑！

因此，2003 年大年初一这天，当美国“哥伦比亚号”航天飞机爆炸的消息在中国航天界不胫而走时，从载人航天工程总指挥到副总指挥，从总设计师到副总设计师，从航天城到发射场，从戈壁滩到大草原，从研究所到试验场，七大系统的气氛骤然紧张起来，每个人的脸上都由晴转阴，不见一丝笑容。尤其是航天员系统，气氛更是紧张而又微妙。因为航天员不是无情的机器，不是冷血的设备，而是有生命、有感情的活生生的人！尽管十四个航天员个个神勇无比，但毕竟他们没有一个人上过天。现在，他们的同行——七名活生生的美国航天员瞬间粉身碎骨灰飞烟灭，这对即将飞天的他们来说，打击有多大，刺激有多深，可想而知。难怪载人航天工程前任总指挥、军委副主席曹刚川第一时间便给现任总指挥打去电话，第一句话就说：一定要做好航天员的思想工作！

当日下午，大总师王永志等赶到航天员大队，与十四位航天员进行座谈。座谈前，十四位航天员起立，为美国“哥伦比亚号”七名航天员默哀。之后，王永志介绍了飞船、火箭近期的情况，然后说，从 1961 年起，人类已有九百多人离开了地球，但有二十三位航天员的生命却永远留在了太空。作为一个航天员，生死问题，是一个不可回避的问题，我们必须正视它！

十四位航天员表示，人类飞天的路上确实险象环生，但如果飞天没有风险，还要我们干什么！作为一名航天员，从当上飞行员那天起，我们就做好了随时可能牺牲的准备。只要祖国需要，我们愿与风险同行！我们坚信我们的科学家，坚信中国的火箭、飞船！虽然美国的“哥伦比亚号”航天飞机失事了，七名宇航员不幸遇难，但我们相信，人类探索太空的步伐不会停止，中国迈向太空的步伐也不会中断！

当晚，十四位航天员的家中，气氛多少有些异样。夫妻之间的话，一下子少了许多。

采访中，我还得知这样一个故事，说这天晚上有个航天员回家后，按惯例照常给儿子辅导作业，儿子突然问道，爸爸，你说是美国的航天飞机先进还是中国的飞船先进？

航天员说，当然是美国的航天飞机先进咯！

儿子说，那中国的飞船上天后会不会也掉下来呢？

妻子听见了，急忙制止儿子道，瞎说什么，快进屋睡觉去！

儿子很不服气，说，谁瞎说了？老师今天讲了，中国是第一次发射飞船，也存在失败的可能。

航天员和妻子相互看了看，谁都不说话了。

等孩子睡了后，航天员问妻子，美国航天飞机的事你都知道了？

妻子点了点头。

航天员说，我的愿望，你是知道的，希望你……

妻子说，你是个男人，你要上天，实现你的抱负，实现你的愿望，我理解。可我是个女人，我和儿子要在地球上生活一辈子，上班，下班，买菜，做饭，赡养老人，过日子……

航天员不再说话了。他走到窗前，窗外正下着小雨。突然，他看见雨中有个人在跑步，定睛一看，是研究所一位白发苍苍的老专家……

而这个晚上的副总指挥胡世祥，则挑灯夜战，给七大系统的总指挥和总师们写了一封长信。他在信中首先谈了对美国“哥伦比亚号”航天飞机失事的看法，分析了中国载人航天工程的现状，然后强烈呼吁诸位专家，面对“神舟五号”这一“天字第一号”任务，各系统必须精诚团结，顶住压力，确保万无一失！

2月16日，中国航天科技集团在北京南苑举行“责任令”颁发仪式。所谓“责任令”，相当于古时候的令牌。颁发“责任令”，就是为即将出征的将士颁发一块令牌！“责任令”是一块一尺见方的金属牌，上刻“责任令”三个烫金的大字。别看它只有一尺见方，谁一旦拿在手上，便会顿感重如泰山！

“责任令”颁发仪式开始。航天科技集团公司总经理张庆伟首先讲话，接着由副总经理吴卓宣读“责任令”：

> 中国运载火箭技术研究院院长吴燕生，务必确保“长征二号F”火箭发射“神舟五号”飞船圆满成功，不许失败！

年轻的吴燕生院长走上台，从张庆伟手中接过第一块“责任令”牌。接下来，吴卓又宣读了第二份“责任令”：

> 中国空间技术研究院院长袁家军，务必确保“神舟五号”飞船飞行圆满成功，飞船安全返回，不许失败！

同样年轻的袁家军院长走上台，从张庆伟手中接过第二块“责任令”牌。

随后，张庆伟又向七个单位的七员大将颁发了七块“责任令”牌。在这九块“责任令”牌的颁发过程中，整个会场没有一点声音，站在台上领“令牌”的九员大将更是一脸沉重，不见一丝笑容。

最后，总装备部副部长李安东讲话。他说，我刚才注意到，吴燕生、袁家军等人领“责任令”时，都不笑，为什么呢？因为今年他们完不成责任令，那是要“提头”来见的！当然，他们不会“提”自己的“头”，而是会“提”底下人的“头”。这样一层“提”一层的“头”，就是落实责任的过程！刚才张庆伟发了“责任令”，我感到了航天人的决心。“不许失败”，从科学规律上推敲是不可能的，但是我们从国家的责任感出发，又是合情合理的。今年是我们的决战年，决战打不下，就不能决胜！

据我所知，在中国的航天史上，领导者们使用“不许失败”“‘提头’来见”这样的话，也是第一次。虽然李安东副部长所说的“‘提头’来见”，是为了形象地说明任务的重要，也不乏幽默；但这“形象”“幽默”的背后，谁说不是严厉呢？所以这一刻，领到“责任令”牌的九位大将和在场的所有专家，都深深感到了“不许失败”“‘提头’来见”这八个字的真正分量！

然而，正当中国航天人众志成城、憋足劲头加紧“神舟五号”的发射准备工作时，一场突如其来的大灾难——“非典”降临了！

“非典”是伴着 2003 年春天的脚步一起到来的。谁也不知道这场灾难是怎么发生的，谁也说不清这场灾难还要延续到什么时候，总之一夜之间它便以一种神奇的方式降临中国大地，再以一种神奇的速度神奇地传遍长城内外大江南北，接着横扫东南亚，继而波及全世界！于是一时间全国一片惊慌，十三亿中国人人人胆战心惊谈“非”色变，一种前所未有的恐惧笼罩在北京城的上空，笼罩在全国人民的心头。甚至有人还喊出了“保卫北京！保卫中国！”的口号！

“非典”的不期而至，像一抹巨大而无形的阴影，笼罩着中国航天城，笼罩着即将起飞的“神舟五号”飞船，也笼罩着中国航天人一颗颗沉痛的心；而国际航天界也众说纷纭，舆论四起。这不仅打乱了中国航天人的生活秩序，也打乱了载人航天的发射计划。

北京是“非典”的重灾区，位于京郊的“航天城”以及总装备部、航天部所属的各个单位自然在劫难逃。本来就天天身着“一身白”的中国航天人，每天上班时又添了“一白”——口罩！每天下班又加了一道

"程序"——消毒！早市不能去，食堂不能去，饭馆不能去，澡堂不能去，公园不能去，甚至生病了医院也不能去——尤其高烧，更不能去！于是，有的会议减少了，有的工作暂停了，有的联系切断了，有的试验也中止了。与此同时，位于南苑的火箭系统的专家们集中到一栋楼里，吃饭都靠专人送；"神舟五号"的大本营——中国空间技术研究院还接到海淀防疫站的通知，说是发现疑似病例，于是他们立即拔营移寨，将全部人马从京城的知春路搬到郊外的航天城；航天城里的十四名天之骄子更是成了"大熊猫"，从 4 月 21 日起便被"关"进了小红楼，与妻子、孩子完全隔绝，进入全封闭训练状态。他们妻子们也因此不能上班，不准出门，只能在家带小孩、照顾老人，至于家中所需生活用品比如蔬菜蛋肉、油盐酱醋等，均由后勤管理员每天早上负责送到家门口，直到 6 月才被允许出门；而远在千里之外的戈壁滩发射场，也专门成立了"非典"预防工作组，并拨出专款对科技人员采取专门的防护措施。

当然，恐慌的日子是短暂的。中国航天人顾不上恐慌，也实在没有时间恐慌。因为火箭上有二十多万个零部件，飞船、火箭等上天产品加起来有十二万多个元器件；飞船系统有重要软件语句七十多万条，北京指挥控制中心有重要软件语句一百四十万条！为确保航天员的安全，一方面他们要确保火箭、飞船上的十二万多个上天的元器件不能有一个出问题——只要有一个元器件出问题，飞天梦就将化成泡影；另一方面，他们又要确保全国百万航天大军中不能有一个人染上"非典"——有一个人染上"非典"，专家就有可能倒下一大片。两副重担同时扛在肩上，压力可想而知。

但载人航天工程指挥部在坚持部署和推进"神舟五号"各项工作的同时，迅速启动应急方案，积极应对"非典"！他们提出了"防'非典'，就是保试验、保成功"的口号，凡是参加"神舟五号"工程的科技人员一律集中住宿，不得回家，不得外出，不得与外人接触。一旦发现有人出现发热症状或其他可疑迹象，立即隔离观察。而航天人自身也表现出了高度的责任心，他们忘掉自己，忘掉家庭，始终坚守在自己的岗位上，就像战士坚守着自己的阵地！比如，上海航天技术研究院总设计师助理罗斌到北京参加飞船联试工作时，正赶上"非典"，而且还听到了北京要

"封城"的传言。本来，他完全可以立即飞回上海，但他选择了留下。他说，当时在那么恐怖的情况下，我不是没有想到过自身的安全，但我想得更多的是"神舟五号"的试验工作不能耽误，想到的是如何与大家同舟共济、同命运共患难。"大敌"当前，试验队那么多双眼睛盯着我，我能当逃兵吗?

另一方面，"非典"期间全国人民也很关心飞船的命运。有人曾做过一次网上调查，结果显示，"非典"期间全国人民最关心的是两件事情：一件是"非典"什么时候消灭；一件是飞船什么时候上天。而且，全国不少热心人士还通过各种方式对航天人的安全表示关切，对载人航天表示支持；甚至有些小学生还把爸爸妈妈给自己的压岁钱寄到航天城，说用这钱去给搞飞船的叔叔阿姨、爷爷奶奶们买点营养品，补补身子，身体好了他们就能抵抗"非典"了!

而就在这时，中央有关领导明确指示，中国载人航天工程的步伐一天也不能停止!

但紧接着，一则极其不利的消息也传到了航天城：5 月 4 日，俄罗斯"联盟 TMA-1"飞船返回时，突然与地面失去联系，导致飞船偏离轨道!

而恰在此时，中国飞船也正面临一大技术难题："神舟四号"飞船返回地面后，经有关技术人员对飞船返回舱进行测试，发现返回舱内的一氧化碳浓度严重超标!

一氧化碳是有毒气体，返回舱是要坐航天员的，这个问题若不彻底解决，"神舟五号"上天后，它将对航天员的安全产生很大威胁，甚至会危及生命！为了确保航天员的安全，飞船系统的专家们不顾"非典"的危险，加班加点，反复试验，终于使返回舱内的一氧化碳浓度达到了规定的指标。

7 月 18 日，"神舟五号"飞船经过三十多名专家评审，由中国"航天四老"任新民、屠守锷、黄纬禄、梁守槃给出了最终的评审结论：

"神舟五号"的性能和工艺满足总体首次载人飞行任务的要求。四台发动机同时不工作的概率为 0.0015。评审组认为，

"神舟五号"已具备了出厂的条件，同意出厂。

于是，航天科技集团公司副总经理许达哲当场宣布，尽快请示载人航天工程指挥部，计划在2003年7月29日将"神舟五号"飞船空运至酒泉发射场!

以戚发轫、袁家军为首的飞船系统的专家们在"非典"和技术难关的重重围困中历经半年的苦苦搏杀，终于第一次松了一口气。而其他六大系统围绕7月29日飞船启程的计划，也迅速展开了工作。

然而，就在飞船即将启程的前两天，即7月27日，载人航天工程指挥部突然下令："神舟五号"启程计划暂缓!

刚从"非典"事件中平息下来的航天城忽然又"电闪雷鸣"，再掀波澜!

事情突变，皆因飞船的一个缓冲器。

"神舟五号"返回舱的底部安装有四台反推发动机，当返回舱离地面一定距离时，反推发动机开始点火，给返回舱一个向上的推力，以减缓返回舱降落的速度，使返回舱落地时不至于产生猛烈的撞击。为了对航天员着陆时的安全实行双保险，除此之外，专家们还在航天员的座椅上设计了一个缓冲器，目的是在反推发动机万一不点火的情况下起到保护航天员的作用。因此，缓冲器是航天员着陆安全的最后一道防线。

目前世界上的飞船座椅缓冲器有两种：一种叫"拉刀式"，一种叫"胀环式"。中国飞船系统的专家们通过十年的努力，研制成功了"拉刀式"缓冲器。经过反复试验证明，如果有一台反推发动机不点火，"拉刀式"缓冲器能保证航天员安全着陆；但如果四台反推发动机都不点火，"拉刀式"缓冲器在安全保护性能上就达不到载人航天工程规定的指标。而"胀环式"缓冲器是一种新型的缓冲器，相对于"拉刀式"缓冲器而言，安全保护性能要好一些。此前，飞船系统的专家们也曾考虑过"胀环式"缓冲器，但因研制时间紧迫，所以飞船出厂时采用的还是"拉刀式"缓冲器。

“神舟五号”到底是采用“拉刀式”缓冲器还是采用“胀环式”缓冲器，一直是大总师王永志的一块心病。5 月他就曾经提出过这个问题，但因两种方案都有道理，争执不下，也就没有下定决心。现在，飞船即将启程，他举一反三，考虑来考虑去，总觉得这是个问题。尽管专家评审组对飞船已经作出结论：四台反推发动机不点火的概率仅有 0.0015，也就是说，故障率几乎等于零。但几乎等于零并不就等于零，这0.0015 至少在理论上还存在一点点风险。而中国人是第一次上天，作为载人航天工程总设计师，他必须保证航天员的绝对安全——至少要保证航天员站着走出返回舱！假如航天员出舱时断了一条胳膊，或者折了一条腿，中国人千年的飞天梦就不能算圆满！因此，王永志找到总指挥，将自己的担忧和盘托出，并提出了更换“拉刀式”缓冲器的设想。

作为载人航天工程的总指挥，当然清楚确保航天员的安全绝对是第一位的。同时他也知道，1963 年 3 月，苏联“上升号”飞船返回地面时，就因反推发动机没有点火，导致返回舱偏离落点三千多米，幸亏返回舱落在了大雪覆盖的森林里，航天员才侥幸保住了性命！但如果在“神舟五号”即将启程前更换缓冲器，犹如打仗前突然临时变阵，风险实在太大！何况 10 月择机发射“神舟五号”的消息早已不胫而走，传遍世界。现在留给中国航天人的时间，满打满算，也就只剩下七十来天了。假若新的缓冲器不能按新的计划研制出来，那中国人的千年飞天梦到时岂不成了全世界的一大笑话！再说了，“拉刀式”缓冲器是中国专家们依靠自己的智慧研制出来的一项非常了不起的科研成果，他们为此付出了整整十年的心血，一旦替换掉，对专家们将是多么沉重的打击啊！因此思来想去，总指挥感到此事相当棘手，便分别征求几位老总的意见。几位老总意见不一，举棋不定。他又找到航天科技集团总经理张庆伟，两人交换意见后，他让张庆伟再次组织专家论证，四天之内拿出最后意见。

当张庆伟把飞船暂缓启程的消息通知袁家军时，飞船系统的专家们已经开始收拾行囊，准备奔赴发射场了，这无疑又是一个晴天霹雳！尤其是早已身心疲惫的总师戚发轫，更是欲哭无泪，苦不堪言！“神舟五号”好不容易从“非典”中突围出来，步履维艰走到今天，现在一切准备就绪，即将登机起航，却突然要停下来！若是缓冲器真要更换，飞船系统的工作计划将被全部打乱，许多工作又要重做一遍；而且一旦更换，就意味着专家们十年的心血统统付诸东流！这可如何是好？

因此，在张庆伟组织召开的专家论证会上，激烈的争论不可避免。会议开了三天三夜，“吵”了三天三夜。由于两种缓冲器都不是非此即彼，所以很难抉择。最后，意见渐渐趋于一致：缓冲器是飞船着陆时航天员安全的最后保障，关系到航天员的生命安全，无论多苦多累，不管付出多大代价，也必须做到万无一失，确保航天员的绝对安全！而且设计人员认为，如果特事特办，集中力量突击，可以在有限时间内研制出新的缓冲器。于是，张庆伟最后拍板——更换原有“拉刀式”缓冲器，重新突击研制新的“胀环式”缓冲器！这一意见当即上报了载人航天工程指挥部。

7 月 29 日，载人航天工程指挥部召开“两总”联席会议。会议经过反复讨论，最后作出决定：更换新的缓冲器！同时，智慧的专家们还想到了一个两全其美的办法：一方面在北京集中力量抓紧研制新的缓冲器；另一方面让“神舟五号”提前进入发射场，按原计划做先期的检查测试，等新的缓冲器研制成功后，立即在发射场实施更换。这样，就不会影响整体进度。

最后，总指挥宣布了发射计划：

> 8 月 5 日，“神舟五号”进入酒泉发射场；9 月 18 日，航天员首次进入发射场；9 月 20 日，“远望号”测量船出海；10 月 14 日至 17 日，择机发射“神舟五号”！

会后，立即成立了攻关小组。小组下设六个专题攻关组。任务期限是：10 月 10 日前，必须拿出满足设计要求的新的“胀环式”缓冲器！换句话说，必须在两个月内完成国外十个月才可能完成的任务！

胡世祥说，用新的缓冲器确保航天员站着走出舱，这是“天字第一号”的任务！这次改动有百分之九十九的可能用不上，但我们必须要做百分之百的努力！

总指挥说，我们要用新的方案进一步降低残余风险，直到发射前的最后一刻！“拉刀式”方案已取得很大成果，但我们还要挖地三尺，让“胀环式”方案再创一个奇迹！

时间如此之短，奇迹能出现吗？

第二十五章
会师发射场

2003年8月5日，是“神舟五号”运抵酒泉发射场的日子。

这天，酒泉基地的发射官兵们非常兴奋，迎接“神舟五号”的队伍一大早便赶到了鼎新机场。但这天的戈壁滩好像脾气有点怪异，前几天一直晴空万里，这天却突然狂风骤起，黄沙漫卷。风从早上6时便开始刮起来，一直刮个不停，没完没了。风沙之中，能见度仅四五米！温度也骤然升高，地表温度高达近五十摄氏度！对酒泉基地的官兵们来说，对风沙、高温早已见怪不怪，每天经受风吹日晒，多年来已成一种习惯，没有风沙、没有高温的日子倒反而像女人缺了香水，浑身不自在。但今天他们却是另一种心情。由于天气的原因，原计划上午8时降落的运送“神舟五号”的飞机迟迟不见踪影。基地官兵们只好在风中耐心等待。他们从早上8时一直等到下午5时，等了整整九个小时，终于等到“神舟五号”落地。直至晚上9时，二十多辆大型平板车组成的车队才把飞船从鼎新机场安全送至酒泉基地。

在航天人自己的嘴里，酒泉基地其实不叫酒泉基地，而叫“东风基地”。上个世纪50年代，毛泽东说了一句很有名的话：“不是东风压倒西风，就是西风压倒东风。”于是，当时尚处于高度保密中的酒泉基地便以“东风”二字为代号，从此叫“东风基地”。而“东风基地”的发射官兵们便自称为“东风人”。

“东风人”上个世纪50年代秘密来到戈壁滩时，多数人几乎还是孩子。后来，他们在戈壁滩一待就是几十年，从孩子变成了孩子的父亲或母亲，又有了自己的孩子。他们的孩子自生下来就没离开过戈壁滩，一直在这里长大成人。然后，有办法的远走高飞，没办法的继续留在戈壁滩，子承父业，当兵参军，成为新一代“东风人”。这群长年生活在戈壁滩上的不为外界所知的“东风人”，对外面喧嚣的现实生活和风来雨去的世俗人生几乎不见不闻。他们除了感受每次发射任务给他们带来的兴奋与激动、紧张与不安之外，长年累月沉浸在与世无争的世界里，日子是平静的，闲适的，自由自在的。当然也是孤独的，苦闷的，枯燥的——尤其是在“神舟号”飞船发射前的几十年时间里。由于每次发射带来的兴奋与激动总是短暂的，所以每次轰轰烈烈的发射一结束，他们就又重新陷入一种更深更苦的孤独与沉寂中。好在他们不像城里人那样白天匆匆忙忙，夜晚焦虑不安，也不像城里人有那么多的杂念与欲望、希望与梦幻，因而也就没有那么多的挫折与失落、痛苦与伤感。他们一年又一年为国家的航天事业默默地工作着，一年又一年为自家的小日子默默地生活着，原以为自己的一生就像戈壁滩上的骆驼，跋涉至死，永无人知。然而，没想到有这么一天，当戈壁滩上的太阳刚刚升起而后再透进他们的窗户时，一个喜讯突然从天而降：中国将要在他们生活了几十年的这个发射场把第一个中国航天员发射上天！

于是，他们静谧如画的日子突然因此而被改变了，淡如湖水的心绪也因此而被迅速搅动了。这些蹚过无数生活激流与人生险滩的“东风人”，这些一向被时代逼到生活的尽头然后又不得不重新开始的“东风人”，这些总是把幸福当成传说、把富贵当成谣言、把前程当成梦想的“东风人”，一夜间便感受到了一种仿佛来自天外世界的紧张与战栗、兴奋与快感！同时，他们也第一次感受到自己生活中的每一小时、每一分钟甚至每一秒钟都与中华民族乃至整个世界紧紧联系在了一起！在载人航天工程启动后的这十一年里，他们在昼夜风沙弥漫的戈壁滩上除了上班就是加班，除了调试设备便是检查零件，既未因此而成为功臣，也未因此而变成富翁，更未因此而改变命运，相反，他们付出了常人无法想象的代价！但他们却从心底第一次感受到了一个字：值！于是，他们心甘情愿——心甘情愿地认真检测每一个零件，心甘情愿地仔细振动每一个开关，心甘情愿地全力完成好每一次发射任务，再心甘情愿地等待着下一次发射任务的到来。哪怕等待三年五年、十年八年甚至更长时间，他们依然心甘情愿。几十年来的等待已然成了他们人生的一种姿态，生活的一种习惯。所以，当他们终于等来朝思暮想的"神舟五号"飞船时，心里随之涌起的又是一种新的激动与梦想、新的豪迈与快感!

"神舟五号"顺利落户发射场后，各项测试工作一帆风顺。专家们唯一的担心与牵挂，就是重新研制的缓冲器能否按期完成。8 月 23 日清晨，运载火箭的专列经过三十三个小时的长途跋涉，也顺利抵达发射场。与此同时，来自北京、上海、西安等地参加"神舟五号"发射的全国航天精英也全部云集戈壁滩。为此，基地举行了隆重的欢迎仪式，发射场的气氛一下子就变得热烈起来。

然而，就在飞船、火箭与各路航天精英会师的当天，国外航天发射的坏消息再次传到戈壁滩，再次震惊了发射场!

噩耗来自足球王国巴西。

8 月 22 日这天，巴西原定三天后正式发射的一枚火箭在发射场突然起火爆炸，导致二十一人死亡，伤者无数! 随后，巴西政府举行新闻发布会，向世界公布了这一消息。巴西总统在电视新闻里含着热泪说，这是巴西航天发射史上最悲哀的一天!

巴西火箭大爆炸震惊了世界，更震惊了载人飞船即将飞天的中国!

年初，美国"哥伦比亚号"航天飞机的七名航天员遇难。5 月，俄罗斯"联盟号"飞船偏航。6 月，新疆喀什发生 6.7 级地震，喀什地面测控站受到威胁。现在，巴西火箭又突然爆炸。毫无疑问，这一系列事件对中国的整个载人航天队伍和即将上天的航天员都在心理上产生了不同程度的影响。尤其是巴西火箭爆炸，导致重大人员伤亡，使本来就紧张的酒泉发射场一下变得更加紧张起来。

当日上午，总指挥在第一时间从北京给发射场的胡世祥打来电话，叮嘱说，巴西火箭大爆炸一定要引以为戒，小心再小心，谨慎再谨慎，绝不能有丝毫的麻痹大意! 胡世祥立即在发射场召开了指挥部会议，详细听取了各系统的工作汇报，然后强调说，今年看来是个很不安宁的年头，大家一定要认真查找问题，绝不能犯和巴西同样的错误！

会后，除七大系统外，总参作战部、总参气象局、总参通信部、总政保卫部、信息产业部、内蒙古军区、陕西军区、公安部、安全部、石油部、化学工业局等重要部门纷纷紧急行动起来。

第二天，航天科技集团公司试验大队召开动员大会。大队长许达哲作完动员讲话后，各单位代表纷纷上台递战书、表决心。科技人员的决心也点燃了胡世祥心中的激情，他即兴说道，同志们，现在飞船进场了，火箭也进场了。我们各路英雄已集结在黑水河畔，这个大漠深处的古老战场即将沸腾起来！一场举世瞩目的、炎黄子孙期待的、全世界拭目以待的、由中国人挂帅的征服宇宙的伟大战役就要打响了！这场战役没有战马的咆哮，也没有枪炮的厮杀，但是，随着中国航天员的平安落地，将会震撼整个世界！

五六百人的会场顿时群情激昂。随后，全体起立，举起右手，面对国旗，庄严宣誓：一切为载人，全力保成功！

此后，发射场各项检测工作一路顺利，平安无事。用有的操作手的话来说，你就是想出点问题，也硬是不出问题。由于太顺，大家反而忐忑不安，心神不宁。因为前四次发射问题不断，这次风平浪静，便让人难以置信。这有点像临战前趴在战壕里的战士，听不见一声枪响，心里反而有点发毛。于是在发射场采访的我便听到了这样一些议论：

奇怪了，这次怎么这么顺啊？

是啊，过去领导们都说，太顺了不好，太顺了就容易麻痹大意，一麻痹大意就出问题。

发射前不顺，发射时就顺；发射前顺，发射时就不顺。这是几十年来的发射规律。

可不是吗，前四次发射前都很不顺，结果都成功了！可这次，都到现在了，还没一点问题，会不会……

就在部分人希望出点问题甚至盼望出点问题的时候，问题真的就出现了。问题出在 9 月 3 日，这天火箭做加电试验，因为这个试验很重要，所以司令员张建启和火箭总师刘竹生等专家都来到现场。不料火箭刚一加电，回传数据的屏幕上便突然跳出几行红字，接着就传出报告：火箭一级四台发动机出现最大摆幅，火箭里还发出了碰撞声！

控制系统立即切断电源。一查，原来是一名操作手把一个测试插头插错了，导致发动机与伺服机构相碰，发出了哧哧的碰撞声！

张建启和刘竹生顿时惊出一身冷汗！发动机和伺服机构是火箭的“心脏”和“大脑”。若是伺服机构出了问题，还有备份可换，可要是发动机碰坏了，麻烦就大了！因为发动机已经和火箭储箱安装在一起，并做过了整体密封检查，真有问题，只能运回北京。离发射还有二十来天了，万一发动机因损坏需要更换，可怎么办？

张建启立即向胡世祥报告，胡世祥立即向总指挥报告。总指挥当即致电基地司令员张建启和政委鲁思诚，措辞有点严厉：

> 这次事故说明我们的工作还有死角！航天工程是高度集成的巨大工程，必须引起高度重视，必须要有强烈的忧患意识，必须克服麻痹松懈思想！

幸运的是，专家们通过对发动机进行反复冲击试验，证明这次操作失误没有对火箭造成破坏性伤害。

发动机侥幸逃过一劫！

但由于操作出现失误，加上总指挥亲自来电，原本太平无事的发射场忽然间又高度紧张起来！各系统严格规定，对每台设备、每个元器件、每根导线、每个插头都必须反复检查；哪怕扳动一个开关、挪动一根导线、触碰一个插头，都必须要有一岗、二岗人员同时在现场。而且，对检查后的每一台仪器甚至每一个插头都必须由责任人签字，谁出了问题就追究谁的责任！这样一来，有的心理素质不好的操作手便紧张了，本来是一件非常简单的事情，由于怕出问题，反而神经过敏。最典型的一个事例是，有个单位做设备状态检测时，有一个插头先是两个人做了检查，不放心。后来又叫来两个人检查，还是不放心。再后来十几个人全看了，还是迟迟不敢签字。最后，请来一位工程师。工程师一看，说，不就是一个小小的插头吗，你们怕什么呀？光怕顶什么用啊？关键是一定要插对了，插对了就什么都不怕，插错了上帝都害怕！

而与此同时，重新研制"胀环式"缓冲器的专家们比发射场的专家们还要紧张、还要焦虑！为了赶进度，他们住在野外的简易试验房里，时值盛夏，酷热难熬，但他们根本无暇顾及烈日的暴晒、高温的烘烤以及蚊虫的叮咬，昼夜加班，挥汗如雨。一次次地试验，一次次地失败。一次次地失败，一次次地试验。历经数十次反复试验，最后终于再创奇迹：经权威部门鉴定，与原来的"拉刀式"缓冲器相比，新研制的"胀环式"缓冲器对航天员的过载有明显改善。

2003年9月16日，新研制的"胀环式"缓冲器在酒泉发射场垂直测试厂房中被成功地安装在了"神舟五号"飞船上，替换了原有的"拉刀式"缓冲器，中国航天人因此除掉了最后一块心病！

2003年9月17日下午，十四名航天员将飞抵酒泉发射场。我跟随迎接的队伍，中午12时便赶到了酒泉基地附近的鼎新机场。这天戈壁滩的天气很好，阳光灿烂，万里无云，更因了航天员即将到来，所以大家心情特别舒畅。

16时36分，航天员乘坐的三叉戟飞机降落在机场。在简短的欢迎仪式后，航天员们被护送至酒泉基地宇航员区。宇航员区又称"圆梦园"，它在整体设计上采用了中国园林风格，园内亭台楼阁，小桥流水，诗情画意，美不胜收，是航天员心理放松的好去处；航天员公寓叫"问天阁"，"问天"取自诗人屈原名著《天问》。这是一栋风雅别致而又浪漫无限的二层小楼，总建筑面积三千四百余平方米。航天员宿舍分为四个单元，每个单元设有三套住房。航天员到发射场后，发射前的饮食起居、医监医保、隔离检疫、上天准备等工作均在此秘密进行。显然，无论是诗情画意的"圆梦园"还是浪漫无限的"问天阁"，都寄托着中国人千年飞天的夙愿。

航天员此行的使命是参加发射场上的人、船、箭、地大联试，即依照实际发射程序进行一次模拟大演练。这既是第一次，也是最后一次，非常关键。所以，十四名航天员进了“问天阁”后，立即便被基地保卫人员“关”了起来，哪儿也不让去，连散步也只能在“问天阁”的小院里。前来发射场采访的记者们就更是别想靠近了。

9 月 19 日下午 4 时，人、船、箭、地大联试顺利结束，刚从北京赶到发射场的胡世祥到“问天阁”看望航天员。我好不容易获准进了“问天阁”，但必须先由医生检查体温，然后用酒精洗手，再换上一次性防护衣帽，戴上口罩，将全身捂个严严实实，方能进入。而且，我随身带的相机、录音笔、笔记本全部被收缴代管。进去后也不能随便行动，稍有未经许可的举动，保安人员就会冲到跟前严厉制止。

胡世祥把十四位航天员召集在“问天阁”的小院里作简短讲话。他说，昨天，江泽民同志问到了你们的情况。我说，十四名航天员的情况都很好，每个人都达到了上天的要求。但这次只能上去一个人，其他人下次还可以上。江泽民同志还看了你们的照片，说长得很漂亮嘛！我说当然帅了，这都是从一千多个优秀飞行员里挑出来的。当江泽民同志听说你们的年纪都是三十七八时，他说，就是年纪大了一点。我就说，十一年前他们可都是二十六七的小伙子呀！然后，胡世祥又说，现在，我们能想到的都想到了，能做到的也都做到了。如果还有没有想到的、没有做到的，上天后就只能靠你们自己的智慧了！最后他还问了一句，你们上天到底有没有信心啊？十四名航天员一起答道：有！

之后，已经确定为首飞梯队的三名航天员翟志刚、杨利伟、聂海胜经过一个航天员专用通道，来到专门为航天员设置的一个小厅就座，演练发射当天国家领导人接见首飞航天员的程序。

关于“神舟五号”到底上几个航天员的问题，此前也有不同意见。一开始，专家们倾向于上两个航天员，在天上飞行时间为七天，所以飞船专家们在设计“神舟五号”飞船的时候，是按“两人七天”的方案设计的，并且“神舟一号”“神舟二号”“神舟三号”“神舟四号”的四次发射，也是按照上两个航天员的程序进行的。但到底上一个航天员好还是上两个航天员好，航天员在天上飞行一天好还是飞行七天好，专家们一直有不同的意见。后来这个问题被提交到了中央专委会上，经过讨论，专委会从稳妥可靠、万无一失的角度考虑，最后还是确定了“一人一天”的飞行方案，即“神舟五号”只上一个航天员，在天上只飞行一天！

对此，希望上两个航天员的专家们便有了一些想法，特别是搞飞船的专家，比如飞船总师戚发轫。戚发轫说，我是一直主张上两个航天员的。为什么呢？两个人在天上，有个伴儿呀，心里会踏实一些，遇到什么麻烦事情，有个商量。孤零零一个人，找谁商量去？万一其中一个人按错了电钮，另一个人还可以及时纠正。如果一个人的话，错了就错了，连改正的机会都没有。再说了，“神舟五号”一开始我们就是按两人设计的，后来也一直是按两人演练发射的，搞了好几年了，突然要改成一个航天员上天，一下很难适应，也费周折。因为这不单单是多一个人少一个人的问题，而是涉及一系列复杂技术要改动的问题，比如操作系统要改，由原来的两个人操作改为一个人操作；原来两个人完成的工作，现在要改为一个人完成；原来在天上是七天，现在要改为一天；还有训练计划也要变动；等等。另外，三十二年前苏联第一次上天就是一个人，现在三十二年过去了，中国第一次上天还上一个人，多没劲啊！

还有的专家也说，人类在宇宙面前，本来就很孤独，再让一个人待在天上，不就更孤独了吗？我们平常走夜路，还得有个伴儿呢！还是上两个人好，心理承受的压力会轻一些。

但也有专家认为应该上一个航天员，如航天测控研究所副所长侯鹰，他说，上一个人和上多个人没什么区别，因为出了事谁都帮不上谁。一个人和多个人代表的意义是一样的。一个人上天，是用最小的代价，换取一个最大的成果。

显然，专家们站的角度不同，考虑问题的思维不同，看法也就不同。希望上两个航天员的专家，说穿了就是心里不服这口气，就是要为中国人争一口气：我有能力、有把握上两个，为什么只上一个？而决策者们考虑的是稳妥，是要把不安全的因素减少到最小。万一上天后真出了事故，牺牲一个航天员和牺牲两个航天员，国内国际影响是不一样的。在一次会上，当专家们讨论这个问题时，指挥部一位领导反问了一个问题：

假如你们家有一对双胞胎，你是愿意让一个孩子上天，还是让两个孩子都上天？没人回答。

“一人一天”的飞行方案确定后，十四个航天员经过专家组两个星期的严格考评，作出的结论是：十四个航天员成绩优良，全部合格。接着，从十四个航天员中挑选出五个航天员，进行了为期两个月的强化训练。然后再从五个航天员中挑选出了杨利伟、翟志刚、聂海胜三个航天员，组成首飞梯队。但是，这三人中最终到底谁能上天，此刻谁也不知道。

这天可能是在放“烟幕弹”，排在第一号的航天员是翟志刚，而不是杨利伟，而且只有翟志刚穿的是白色航天员服，杨利伟和聂海胜穿的都是蓝色工作服。在位置的安排上，显然也是有意为之：翟志刚坐中间（即后来杨利伟的位置），杨利伟和聂海胜则坐在翟志刚的两边。于是翟志刚成了三位航天员中最耀眼的明星，吸引了众人的目光——尤其是女性的目光。难怪演练结束后，一向风趣幽默的胡世祥在介绍翟志刚的情况时，指着翟志刚开起了玩笑，他说，大家好好看看，这位帅气的小伙子就是翟志刚，听说在这次合练中他还倾倒了发射场不少女同志！

会场立即响起一片笑声。

接着，为了考考航天员到时应对记者的能力，风趣幽默的胡世祥还以一名“记者”的身份向三位航天员频频提问：

胡世祥：翟志刚，如果这次第一个上天的是你，你上天之后，就得吃牙膏了（指航天食品）。牙膏的味道你能吃得惯吗？

翟志刚：没事，我早就吃惯了！

胡世祥：杨利伟，如果这次第一个上天的是你，你们东北人爱吃大葱。到了天上没有大葱吃，你怎么办？

杨利伟：没有大葱吃没关系，科技人员给我们准备的航天食品，各种风味都有。

胡世祥：聂海胜，如果这次第一个上天的是你，你们湖北人个个都爱吃辣椒，你想没想过带点辣椒上天啊？

聂海胜：如果条件允许的话，我还想多带点辣椒上天呢！

全场又是一片哄堂大笑。

笑声过后，人们最关注的是，三位航天员中最后到底谁能第一个上天？

当日傍晚，戈壁滩上出现了一道少有的“风景”：集体散步。

酒泉基地地处荒凉的戈壁滩，没有体育馆，没有电影院，更没有夜总会，早些年这里甚至连黑白电视都看不上，生活在这里的发射官兵平日的业余生活是相当单调枯燥的。尤其那些原本应当快乐的单身汉们，节假日的时候更是度日如年：或是凑在一起打“拱猪”牌，谁输了就往谁的嘴上、脸上、额头上贴胶布、纸条；或是坐在沙丘上，用树枝在地上画上一个棋盘，再捡上几块小石子，然后开始下棋，谁输了谁就在戈壁滩上狂奔半小时；或者找一个小饭馆，点上一两个小菜，再来上一瓶老白干，晕晕乎乎地打发一个白天和晚上，便算过了一个节或者过了一个年。而对于多数发射官兵来说，每天下班后最普遍的一种消遣方式便是散步。自上个世纪50年代中国第一个导弹发射基地落户在此后，一代一代的航天人正是在这日复一日年复一年的悄无声息的“散步”中，创造了中国的奇迹，也改写了戈壁滩的历史。

我几次在酒泉发射场采访的日子里，放松自己的唯一方式也是散步。这里，茫茫大戈壁，漫漫雄关道，还有千古绝唱的弱水河。在这里散步，总能让人浮想联翩，思接千古。尤其是夜深人静时，独自一人在戈壁滩上散步，抬头仰望星空，总有一种在城里无法找到的感受。生活在城里的人们虽然也每天散步，但由于一年四季天天忙着上班赶路，根本无暇顾及头顶的星空，甚至早已忘记了头顶的星空。即便对星空还心存记忆，也难有闲心抬头仰望。即便偶尔抬头仰望，现代都市的星空哪里还有璀璨的星星和皎洁的月亮！年轻的情侣们虽然喜欢多情的星星和浪漫的月亮，也只能在嘈杂的歌厅里声嘶力竭地叫喊着“星星还是那个星星，月亮啊还是那个月亮”。年幼的孩童本来对星空有一种天生的好奇，可当电子游戏和现代玩具塞满他们的大脑和心灵后，即便每天跟着爸爸妈妈一块去公园散步，眼睛也和爸爸妈妈一样，基本保持一种向下的姿势，少有抬头的时候。因此，城里人天天散步，看似充实，实则空虚。

在戈壁滩则不然。你只要在这里随便走上几步，便能感受到大自然的辽阔与神秘；你只要抬头看上一眼，便能体味到宇宙的伟大与神奇。尤其在子夜时分，当我久久望着一尘不染、繁星闪烁的夜空时，我的心便会平静下来，沉淀下来，一些烦心的事瞬间便会忘得一干二净，而脑子也像泡了温泉似的，一下子变得清澈透明、单纯轻松起来。每当这时，我便会想起德国著名思想家康德他老人家说过的话："有两样东西，我们对它的思考愈是深沉和持久，它们在我们心灵中唤起的赞叹和敬畏就会越发地增长和强烈。那就是，我们头顶的星空和心中的道德法则。"接下来，古希腊大哲学家柏拉图老先生的话也会飘入耳际："哲学，是从我们抬头仰望星空那一刻诞生的。"于是我便想，中华民族飞天的梦想，会不会也是从我们老祖宗抬头仰望星空那一刻开始的呢？如果说今天的人类还是一个孩子，那么我们每往前走一步，不正是向宇宙老人靠近一寸吗?

是的，从北京来基地参加"神舟五号"飞船发射的航天精英们正是在向着神秘的宇宙一寸一寸地靠近。他们虽然户口在城里，却长年奔忙在戈壁滩上的发射场。由于基地条件所限，他们来到这里后，不管你是多大的专家、有多高的水平，都只能屈居在一间小小的客房里。有些六七十岁的老专家也只能五六个人挤着住在一间屋子里。无论工作条件还是生活方式，这里都与大城市有着天壤之别。就连喝一杯水、洗一次澡、看一眼电视，也会因戈壁滩上骤然狂起的风沙而被强行打搅！而且，他们在戈壁滩上一待就是两三个月。若遇上麻烦事——比如发射推迟什么的，还会待上半年甚至更长。于是随之而来的一个问题便是：业余生活怎么过?

中国酒泉发射场由于创建于上个世纪50年代，加之整体设计方案出自苏联"老大哥"之手，因而基本体现的是一种非人性的设计思想——只注重保密，而忽略了情感的需要。不像国外的航天专家，即便到了发射场，业余时间生活依然丰富多彩——泡吧、喝酒、听歌、跳舞，家常便饭。假日期间，还能尽享其乐。比如当年美国专家在西昌基地发射卫星时，每个周末都可以坐专机到香港"玩"上一把，"放松放松"，周一再从香港飞回发射场，该干吗干吗。

但中国的航天专家们没这个福分。酒泉发射场地处荒漠，一觉醒来搞不好生存都是问题，岂敢讲究业余生活！于是散步同样成了他们最好的放松方式，而他们的散步也成了千里戈壁的一大景观。每天晚饭后，或两人一对，或三人一组，或五人一群，在发射场方圆几公里的每条道路、每片沙丘、每个角落，都能看见他们的身影。他们散步的路线一般都是围着基地大院转圈。他们用习惯的步伐，走在不习惯的路上，春夏秋冬，一成不变，风雨无阻。于是戈壁滩上的散步渐渐演变成了一种仪式。

只是稍加留意便会发现，他们的散步其实有所不同。本来，散步是闲人们的悠闲消遣，但航天专家们在戈壁滩上的散步，却往往是一种沉重，一种折磨——看似在散步，实则是换了一个思考问题的方式，变了一个琢磨问题的场所。

“神舟五号”的发射准备工作程序启动之后，更是如此。每天傍晚的散步人数明显减少，次数也大打折扣。而原因就一点：工作比以往任何时候都忙，压力比过去任何一次都重！

所以，直至 9 月 19 日这个傍晚，当人、船、箭、地大演练顺利结束后，他们才终于有了一个喘口气的机会。于是成百上千的专家和科技人员纷纷抬腿出门，让千古荒凉的戈壁滩第一次目睹了一场声势浩大的集体散步。

然而，作为这个散步大军中的一员，当我和专家们并肩走在面向高高的发射塔的路上时，却分明感到，无论是大总师王永志、司令员张建启，还是总师戚发轫、刘竹生以及总指挥黄春平、袁家军，脚步都显得相当沉重，内心根本就没有真正轻松下来。

中国人飞天的日子眼看着一天天逼近，他们能轻松得下来吗？

第二十六章

谁是中国加加林？

2003年国庆刚过，发射场便传来一个重大消息：10月11日至14日，中国共产党第十六届三中全会将在北京隆重举行。

载人航天工程指挥部根据七大系统的准备情况及气象条件，将发射“神舟五号”飞船的日子初步定在10月15日。即是说，十六届三中全会是14日闭幕，如果飞船能在15日发射成功，那就是锦上添花，双喜临门!

接着，发射场又传来第二个重大消息：十六届三中全会闭幕后，胡锦涛要亲临发射场，观看15日的“神舟五号”发射！而10月16日，胡锦涛将出席在泰国召开的APEC国际会议。也就是说，如果“神舟五号”发射成功，这一振奋人心的重大喜讯将由胡锦涛亲自带到APEC会场，就像1970年4月12日中国成功发射第一颗人造卫星“东方红一号”后，周恩来第二天就把这一喜讯带到在泰国召开的“三国四方”会场一样。

于是，随着“神舟五号”发射窗口的日渐临近，发射场的气氛一天比一天紧张；而载人航天工程指挥部的老总和七大系统的专家们心头的压力，也就越来越大。

10月6日晚，我专门就心理压力问题采访了载人航天工程副总设计师沈力平。沈力平说，“神舟五号”发射举世瞩目，加上中央领导要亲临现场观看，确实让广大科技工作者深受鼓舞。但从我们的内心来说，又感到有很大的压力。因为随着发射日的临近，各方面要处理的问题非常之多，气象问题，飞船、火箭问题，海上“远望号”测量船的问题，内蒙古飞船着陆回收的问题，还有新闻记者采访的问题，等等。各种问题堆积一起，在安排上就容易出现矛盾。比如，中央领导要来发射场，如果是14日下午到，要接见航天员，还好办一些；如果是晚上到，接见航天员的问题就很难安排了，因为航天员15日凌晨3点就得起床，14日晚上需要早点休息，要是14日晚上安排中央领导接见，万一航天员一兴奋睡不着觉了，第二天上天怎么办？所以如何处理好这些问题，对我们既是一种压力，也是一个考验。

而导致发射场气氛紧张的原因还有一个：“神舟五号”的发射到底搞不搞现场直播？关于这个问题，从北京到发射场，一个星期来吵得沸沸扬扬。每天发射场从早到晚都有来自天南海北的小道消息在记者中传来传去。今天有人发布新闻说要进行现场直播，明天又有人传出消息说不搞直播了。从整个航天系统内部来看，从上到下主要是两种意见：一种认为应该搞现场直播，因为中国千年飞天梦的实现在此一举，应该让全国、全世界都亲眼目睹、见证这一伟大时刻！另一种意见则认为不能搞现场直播，因为一搞直播，科技人员就像被架在火上烤一样，会非常紧张！成功了皆大欢喜，万一失败了呢？几亿人亲眼观看，影响实在太大，不利于下一步载人航天工作的开展，所以还是等发射成功后新闻媒体再介入比较稳妥。而航天系统之外的人几乎全都力挺直播。尤其是中央电视台，关于直播的请示报告打到了中央，而且几十人的直播队伍和设备已经浩浩荡荡开进了发射场，负责现场直播的主持人白岩松已经住在了我房间的对门。但后来根据上级的指示精神和发射场的实际情况，指挥部最终还是决定，此次“神舟五号”发射不做现场直播。

然而，新闻媒体的宣传攻势不但没有因此而减退，相反更加猛烈——越是看不见或者不让看的东西，越是想看、要看，而且一定非要看到不可，这是记者的特点。于是在短短几天时间里，全国的新闻记者（包括香港凤凰卫视记者）八仙过海，各显神通，纷纷拥向发射场！有走前门的，有走“后门”的；有持正式采访通行证的，有未办正规采访手续的；有坐专机来的，有乘火车来的，有搭长途汽车来的；甚至还有为躲避警卫战士的堵截，穿越几百公里沙漠，绕道跋涉，风尘仆仆，趁月黑风高之夜，翻越围墙偷偷入境的。总之，大牌的小牌的，男的女的，真的假的，全国各路记者，纷纷拍马赶到。于是一场没有硝烟的新闻记者大战，在沉寂了千万年的戈壁滩上，第一次悄然打响！

10 月 11 日上午 10 点，火箭、飞船从测试厂房垂直转运至发射场。此时飞船已经完成燃料加注，而火箭燃料的加注还要等到发射前夕。本来，前两天气象预报，这天有七级大风，可这天的风速却只有四级，而且还出了太阳；加上总装好的“神舟五号”飞船和“长征二号 F”火箭第一次公开亮相戈壁，所以这天的发射场除了正常的工作人员，除了“长枪短炮”的新闻记者，还有基地不少战士、家属、小孩、老人也纷纷跑来看热闹，而且几乎每个人兜里都悄悄装着一部傻瓜相机，逮住机会便拍下一张。尤其是当火箭、飞船经过吊装高高耸立在七十七米高的发射塔上后，发射场的气氛更是空前热烈、空前喜庆，同时也空前紧张起来！

10 月 12 日清晨，在离发射场千里之遥的北京，气温骤降，北郊远处的山上隐约还有些许雪痕。航天城里，数百名科研人员 8 时不到便聚集在航天城办公楼前，为准备前往发射场的三名航天员杨利伟、翟志刚、聂海胜送行。

7 时 45 分，杨利伟、翟志刚、聂海胜三位航天员一身戎装，走出航天员公寓，准时乘车来到航天城办公楼前。据航天员系统负责人吴川生说，三位航天员这天表情都很平静，平静得就像平常上班一样。

杨利伟下车后，他的父母和妻子、儿子马上迎了上去。他的父母专程从老家葫芦岛赶来为儿子送行。母亲问杨利伟，冷不冷？杨利伟说，不冷，天凉了，你们要多穿点衣服，不要惦记我。由于周围的记者和送行的人群围了个水泄不通，杨利伟面对妻子，有话想说，又不好意思说，只好傻傻地笑了笑，腼腆得像个初恋的情人。杨利伟的妻子却问了一句，带便服了吗？杨利伟反问道，我去发射场执行任务，带便服干吗？引得周围的人一片笑声。为了掩饰尴尬，聪明的杨利伟立即弯下腰去，在儿子的额头上亲了一下。儿子说，爸爸，你一定要早点回来，我等着你教我打游戏机呢！妻子这才趁机在杨利伟耳边悄悄说了一句：到了发射场，别忘了打个电话。

翟志刚这天依然潇洒。早上 6 点起床，7 点吃过早饭，还有一点时间，他竟然拿起小号，吹响了冲锋号！下车后，他一眼看见妻子和儿子站在旁边，便大大方方地走过去，大声地喊了一句：儿子，爸爸要远行啦！儿子天雄立即飞跑过去，也大声对爸爸说：爸爸，这次你可一定要给我带一个电动玩具回来！妻子看着翟志刚和儿子亲热的样子，笑了。这笑里含有泪水。

聂海胜下车后，走过去站在妻子和女儿中间，妻子靠右，女儿站左，不说话，只是一个劲儿地笑着。彼此仿佛都有很多话要说，却谁都不说。吴川生走过去，问聂海胜的女儿，想对爸爸说点什么吗？女儿只甜甜地说了一句：祝爸爸平安！

之后，三位航天员来到另十一名航天员身边。彼此都没有更多的话语，唯有紧紧的握手，紧紧的拥抱以及默默的祝福。同为航天员，同样训练，同样吃苦，同样经历了炼狱般的六个春夏秋冬。不同的是，即将出征的三个航天员中，任何一个都有可能上天，唯有剩下的十一个航天员，肯定全部留在地上！

9 时整，护送航天员的车队到达北京西郊南苑机场。此次全程陪同三名航天员前往酒泉发射场的，是总装备部政委迟万春中将和航天员系统负责人吴川生政委。飞往发射场的专机是两架三叉戟，杨利伟乘坐的是第一架，翟志刚和聂海胜乘坐的是第二架。也许有人会问，三个航天员为何要分乘两架专机？这看似过分奢侈，实则体现的却是决策者们的智慧：倘若三位航天员同乘一架飞机，万一飞机失事，中国人千年的飞天梦，瞬间便会化作泡影；而三位航天员分乘两架飞机，倘若其中一架飞机失事，另一架飞机上的航天员则安然无恙，“神舟五号”照样可按原计划发射。

9 时 15 分，第一架三叉戟飞机准时起飞。十分钟后，第二架三叉戟飞机升空。迟万春政委一上飞机，便把面向前方的座位留给了杨利伟，自己则坐在了背对前方的座位上。杨利伟一看迟政委把好座位让给了自己，马上起身要换座位。迟万春伸手按住杨利伟说，别动，现在一切工作以航天员为中心。然后，一位中将，一位中校，面对面地开始了万里高空的促膝聊天——

迟万春：中央正开十六届三中全会，我昨天刚参加了一天的会。因“神舟五号”发射任务重大，我今天专门请了一天假，陪同你们进发射场。

杨利伟：谢谢迟政委。

迟万春：今天早上几点起的床?

杨利伟：6点。因为这次发射定在早上，为了适应这个时间，近期我们把作息时间作了调整，每天早睡早起。

迟万春：起床后做了些什么呢?

杨利伟：简单活动了一下。7点吃饭。吃完饭后还有十来分钟空余时间，翟志刚和另一个航天员就吹起了冲锋号。听到号声，我们大家都很受鼓舞。

迟万春：没有入选首飞梯队的航天员的情绪怎么样?

杨利伟：很好。在我们三人全封闭训练期间，他们不时地打电话给我们，嘱咐我们他们体会到的一些操作细节。有的对我说，穿航天服的时候一定要注意，不能把面窗割破了。有的还对我说，家里你就放心，出力的事我们包了。战友们的话让我很感动，对什么叫集体、什么叫战友，这次有很深的体会。

迟万春：今年8月我出访时，同一位外军朋友谈话。这位朋友说，国际宇航协会主席在巴黎会议作报告时说，目前，世界上可以独立发射飞船的国家有两个半。我当时就对这位外军朋友说，我可以负责地告诉你们，用不了多少时间，这半个就可以加上了，到时就是三个了!

杨利伟：我们全体航天员的积极性都很高，心情都非常迫切。大家都具备了上天的能力，不管谁第一个飞，都能完成任务。

迟万春：这几天最重要的是要调节好心态和情绪。我想这个时候就不能对这件事想得太多，要想法转移注意力，尽量让心里放松一些。什么事情只要心里放松了，反而会得心应手。

…………

中午12时10分，两架专机顺利降落在酒泉鼎新机场。正在北京参加十六届三中全会的总指挥这天也专门请了一天假，提前在基地“问天阁”迎接三位航天员的到来。三名航天员这天的排列顺序是：杨利伟在前，翟志刚居中，聂海胜殿后。

三人下车后，杨利伟首先向总指挥报告：总指挥同志，首飞航天员梯队奉命来到发射场执行任务，向您报告，请指示！航天员杨利伟。

总指挥说：同志们辛苦了！祝你们在发射场准备期间身体健康，工作顺利，精神愉快！

接着，总指挥与三名航天员进行座谈。总指挥先简单介绍了发射场的准备情况，然后说，现在北京正在召开党的十六届三中全会，会场外大家议论最多的话题就是“神舟五号”。现在，全国人民都在期盼着这一伟大时刻的到来，从今天起，首飞任务开始倒计时。至于这次谁第一个上天，要等到发射前一天晚上才能最后决定。谁上谁不上，关键是看最后的心态，谁的心态好谁就上天。就像当年的加加林，他原本是第三替补队员，但发射前他的心态最好，所以成了人类飞天第一人！希望你们调整好心态，迎接最后的挑选！

10 月 13 日，发射场区开始封闭戒严，任何车辆、任何人员，不具正规手续的一律不得进入基地。上午 10 时，一个别开生面的仪式在“问天阁”悄然举行：航天科技集团公司副总经理、试验大队的大队长许达哲带着相关人员，专门送来一封航天专家和科技人员联名写给航天员的信。这封信上有五百二十二位航天人的亲笔签名，它将放在航天员的飞行文件夹里，随着“神舟五号”一起飞向太空！一位科技人员当着三位航天员的面，朗读了这封信的全文：

亲爱的航天员同志：

在这金秋时节，当您携带着祖国和人民的重托，登上由我们中国人设计和制造的“神舟”飞船出征太空之际，请接受我们——中国航天科技集团公司执行首次载人航天飞行任务的五百余名队员，并代表十万航天员工，向您致以最崇高的敬意和最诚挚的问候！

古往今来，遥望星空，炎黄子孙做了多少飞天梦。我们的祖国凭着丰富的想象力，编织了一个又一个美丽的神话故事。敦煌莫高窟，汇集着千年的飞天梦想；“嫦娥奔月”的美丽传说，唤起了先辈探索宇宙的豪迈热情；“万虎飞天”的勇敢尝试，揭开了人类征服太空的序幕！

人类探索宇宙、飞向太空的脚步从来就没有停止过。直到上个世纪60年代初，人类第一个航天员加加林终于挣脱了地球的引力，首次遨游太空。中国作为飞天的故乡，一直致力于发展载人航天，因为这是一个国家综合国力的象征，也是一个国家高科技实力的体现。党中央英明决策，载人航天工程应运而出。我们研制了“神舟”和“神箭”，您光荣地成为中国第一位遨游太空的航天员。

从承担载人航天工程第一天起，我们就把神圣使命牢牢铭刻心中，深知自己肩上的担子有多重。十余年来，在设计室，在车间，在发射场，我们度过了许多难忘的日日夜夜，做了无数次地面试验，就是为了火箭和飞船的万无一失。

亲爱的航天员同志，我们虽然岗位不同，职责不同，但我们所肩负的责任和使命相同，为实现中华民族伟大复兴的目标相同，为共同圆一个古老的飞天梦想相同。

请您相信，五百多颗心与您心心相连，五百多颗心将伴随您一同遨游太空。请您放心，我们一定以实际行动实践庄严的承诺：确保“神箭”准确入轨，确保“神舟”正常运行，确保您安全返回！

我们为您祝福！当您安全返回祖国母亲怀抱的时候，祖国人民一定会用最隆重的礼节欢迎您——载誉归来的民族英雄！

中国航天科技集团公司
首次载人航天飞行任务大队全体队员

接过这封寄托着成千上万科技人员深情厚望的信，三位航天员禁不住热泪盈眶。

10 月 14 日 15 时，载人航天工程指挥部第四次会议在基地第一招待所小礼堂举行。第一招待所始建于 1958 年，其设计出自苏联专家之手，后因一场大火，原有建筑全被烧毁，人们现在看到的是重建后的模样。

此次与会者大约两百人。会议的中心议题是：正式决定“神舟五号”的发射时间。由于会议事关重大，我提前二十分钟赶到了会场。

会议由载人航天工程总指挥主持。总指挥刚从北京十六届三中全会的会场赶到基地，一下飞机便直奔会场。15 时整，工程指挥部所有新老成员和七大系统的总指挥、总设计师全部到齐。由于这是关于“神舟五号”的最后一次指挥部会议，与会者尽管不像发射“神舟一号”时那样如履薄冰战战兢兢，但紧张的情绪同样不可避免。只不过这种紧张已不再是那种表面的紧张，而是一种难以觉察的暗流涌动似的紧张。

这一切，坐在会场中央的总指挥自然看在眼里。

近一个星期来，总指挥白天参加三中全会，深夜考虑“神舟五号”，时而北京，时而戈壁，空中地上来回奔波。事多任务重，心头压力大，一着急，便上火了。所以，为了缓解一下会场紧张的气氛，也为了释放一下自己的压力，会议刚一开始，他便用略带玩笑的口气说：同志们，发射马上要开始了。我知道，大家都很着急，压力很大。我和大家一样，压力也很大，心里也很着急啊！不信，你们看看，这几天一着急，我的嘴都起泡了！说着用手指了指自己的嘴角。

大家这才注意到，总指挥的右嘴角上果然鼓起了两个黄豆大小的泡。于是专家们笑了，原本有些紧张的会场气氛一下轻松了许多。

接下来，七大系统依次汇报发射前的准备情况。从汇报的整体情况来看，各系统准备相当充分，基本没有大的问题。只有两个问题是会议的焦点。

第一个是高空风问题。据基地气象部门预报，10 月 15 日和 16 日，无论位于戈壁滩上的发射场还是地处内蒙古的大草原，均为优良天气。

只是10月的戈壁滩是个气候多变的季节，虽无暴雨，也无低温，高空风却是最活跃之时。高空风的最大特点是风速很快，而风速的快速切变将对火箭的飞行构成一定影响。此外，随着天气的日渐变冷，位于内蒙古草原的着陆场的浅层风速也在逐渐加大。近一段时间以来，总参气象局和基地气象部门加班加点，忙着绘制高空风切变图。而且为了更形象地说明问题，让与会者一目了然，这天还将一幅极具现代化气魄的全航区的气象图挂在了会场，气象专家一边指着气象图，一边比画着讲解高空风可能出现的种种情况。

第二个是“远望号”测量船的问题。按照发射计划，此时四艘“远望号”测量船已经出海，并分布在太平洋、印度洋、大西洋三大海洋。可就在会议进行到一半左右时，位于太平洋、印度洋上的两艘“远望号”测量船突然来电说，海上风浪开始增大，若按原计划、原速度行驶，难以准时到达预定海域！

针对上述两个问题，会议展开了专题研究。最后大家认为，尽管存在高空风的影响，但明天上午9时左右有一个小时的云空，火箭可以利用这一个小时的云空发射出去。海上风浪开始增大，可以让“远望号”测量船通过提速的办法，提前到达指定海域，等完成对“神舟五号”的测量任务后，再另找躲避风浪的栖身之处。于是，指挥部当即下令：太平洋、印度洋上的两艘“远望号”立即提高航速，尽快抵达指定海域。

随后，会议初步决定，明天上午即10月15日9时正式实施发射。但对于这个决定到底可行不可行，每个系统的负责人还必须表态。比如，你的设备状态行不行、还有没有需要解决的问题、对发射到底有没有把握，等等。每次发射前都是如此。而事实上这个态是很难表的，因为七大系统的每台设备、每台仪器、每根导线、每个元器件都是动态的，情况复杂多端，千变万化，此时没有问题，彼时可能就有问题；表态时没有问题，表态一完可能就有问题。总之，火箭、飞船上十二万多个元器件个个都是怪脾气，谁摸得透啊？再说了，火箭、飞船到了天上会有什么变化，谁说得准啊？但态还是要表的，不表不行，这是一个不成文的规矩。

这不，副总指挥胡世祥面对七大系统的总指挥、总设计师，开始一个一个地问：明天发射，到底还有没有问题？

七大系统的老总们依次回答说：没有。

胡世祥还是不放心，又专门针对飞船系统问总师戚发轫和总指挥袁家军：飞船系统有没有问题？

戚发轫、袁家军回答说：没有。

胡世祥又专门针对火箭系统提出了几个具体的技术性问题，然后问总指挥黄春平和总师刘竹生：有没有问题？

黄春平、刘竹生回答说：没有。

胡世祥又问黄春平：到底有没有问题啊？

黄春平回答说：没有问题。

胡世祥平常总爱和黄春平开玩笑，这次又开起了玩笑，说：声音怎么这么小啊？

黄春平说：急得上火，嗓子都哑了。

副总指挥江绵恒趁机插话道：黄总指挥，敢不敢拍胸脯啊？

黄春平说：敢啊，怎么不敢？

胡世祥穷追不舍：光说敢，你得拍给大伙看看呀！

黄春平果真伸手拍了拍自己的胸脯。

几个专家马上起哄说：不行，拍得不够响亮！

黄春平又伸出双手，非常夸张地在自己的胸脯上拍了两下。

专家们哄堂大笑，鼓掌叫道：好好好，这次肯定没问题了！

总指挥也笑了，说：敢于拍胸脯，好，看来大家很有信心。明天是黄金发射窗口，看来这次是天时地利人和！不过为了对国家、对人民负责，现在我们每个人必须立下军令状，在《首次载人航天飞行任务指挥部决议》上签字画押，谁也别漏掉！

于是，七大系统和载人航天工程指挥部的老总们开始一个接一个地在《首次载人航天飞行任务指挥部决议》上签字。

每次发射前，专家们都必须在《发射责任书》上签字画押，这是一个硬性的规定，一个必须履行的程序。发射“神舟一号”飞船时，大家是第一次签字，多少有点紧张，甚至有的专家的手还有点哆嗦。但一连签了几次后，不知不觉中那种初次的紧张感似乎减弱了，专家们逐渐习惯了这道工作程序。但这次不同，这次是首次载人航天飞行，火箭发射的既不是导弹也不是卫星，而是一个生龙活虎的大活人！因而每个专家都从心底感到了一种更加重大的责任——一种把个人的名字与国家荣誉紧紧连在一起的责任，所以他们一笔一画都写得十分工整，脸上的表情也很凝重，有的专家甚至还有点紧张。比如火箭总师刘竹生，他从小画画，书法出众，每次签字时，众多专家中就数他的字迹颇见功底，苍劲飘逸。但他和火箭打了几十年的交道，早就落下一个无法克服的老毛病：每次发射心里稍一紧张，手心便会出汗！此刻虽然离发射还有十八个小时，然而当他签下“刘竹生”三个字时，手心还是出汗了。而且刘竹生的“竹”字的最后一笔，像一根战战兢兢的竹子，多少还有点歪斜。而大总师王永志拿起签字笔时，神情严肃，面色凝重，“王永志”三个字仿佛不是在签，而是在一笔一画地刻！

当然，有的专家的心情也较轻松，签字时脸上还有几分笑容。而有的看似轻松，实则是装出来的，甚至有的还借助玩笑幽默的方式来掩盖内心的紧张与沉重。比如火箭总指挥黄春平，轮到他签字时，他故作轻松状，拿起笔来，并不急于落下，而是先把手中的笔在空中绕上两圈，然后才签上“黄春平”三个字，并且故意把名字签得很大，然后还开玩笑说，大家见证啊，这是胡世祥老板逼着我签的！说完哈哈大笑，像个调皮的顽童！

最后，总指挥正式宣布：明晨9时，“神舟五号”准时发射，火箭可以加注，发射计划马上上报中央！

下午4时，刚刚散会的指挥部全体成员立即转入旁边另一个小会议室，召开第二个会议：确定明天到底哪个航天员上天！

这绝对是一个绝密的会议。除指挥部成员外，列席会议的有总装备部政治部主任董万才、航天员系统负责人宿双宁和吴川生，其余任何人一律不得进入。由于我与诸位领导和专家都很熟悉，便不请自便，自作主张，冒昧进入会场，有幸参加了此次会议，目睹、见证了会议的全过程。

会议由总指挥主持。总指挥首先发言，他说，今天开会，就一个议题，明天谁上天？为了对国家、对人民、对历史负责，我们一定要选出最优秀的航天员！

接着，由宿双宁代表航天员评选委员会汇报了航天员选拔方案。然后拿出三个航天员的相关资料，让大家分别传阅。三个航天员每人一份简历、三张照片：一张穿着绿色军装，一张穿着蓝色训练服，一张穿着白色航天服。

国防科工委主任张云川一边看资料，一边自言自语：好，杨利伟这个名字好！利伟利伟，有利于伟大的航天事业！还有，身高 1.66 米，好，六六大顺！

大家看完资料，总指挥说，我们是不是采取无记名投票表决？

总装政治部主任董万才说，我看还是让大家一个个地表态比较好，这样可以充分发表意见。

总指挥问，这个意见怎么样？

大家说，可以。

于是，总指挥挨个儿地让大家表态。

总装备部政委迟万春首先表态。他手拿着照片，说，我昨天陪同杨利伟同志一起坐飞机，在飞机上我们聊了两个来小时。通过这两小时的聊天，我对杨利伟有了直接的、更深的认识，使我更坚定了对杨利伟上天的信心。我同意由杨利伟同志担任首飞任务！

随后，与会者一个个表态，全部同意杨利伟第一个上天。

总指挥当即站起身来，大声说道，现在我宣布：首次载人飞行由杨利伟同志担任首飞航天员！翟志刚、聂海胜担任候补航天员！

会场立即响起热烈的掌声。

吴川生抬手看表：离明天 9 时发射还有十七个小时。

总指挥接着说，今天，我们作出了一个历史性的选择，历史将证明我们的选择是正确的！但是，为了对历史负责，我们每个指挥部成员都必须在《首飞航天员决议》上签字。这是历史的见证，将被永久的保存！

大家挨个签完字后，总指挥又说，现在还有两件事，一件是待会儿马上要召开航天员与记者的见面会，大家说说看，会上是宣布选定杨利伟的消息好，还是不宣布好？

董万才主任说，我看还是不宣布好，一宣布记者就要跟踪采访，这一来一下子就吵开了，全乱了，会影响航天员的休息。

总指挥立即表态说，好，那就不宣布！

接着总指挥又说，第二件事，我们刚才的决定，是今晚告诉杨利伟好，还是明天告诉杨利伟好？

这个问题出乎所有人的意料。所以总指挥说完后，大家都愣住了。因为这是一个难题：告诉有告诉的好处，不告诉有不告诉的好处。虽二者均可，但选择哪个更好？

胡世祥首先打破僵局。他说，我看不告诉也行，不告诉的好处是他们可以安心训练、安心休息。

总指挥没有马上表态。与会者也没一个人说话。会议第一次出现了静场，只有墙上的挂钟在“嘀嗒、嘀嗒”地响。而此时此刻，在航天员公寓的“问天阁”里，杨利伟、翟志刚、聂海胜正在各自的房间里来回踱步；杨利伟一边踱步，一边还听着音乐。

会场大约沉默了近一分钟，吴川生说话了。吴川生是航天员系统的负责人，也是新闻发言人。从航天员的选拔到训练，五六年来一直与十四名航天员朝夕相处，对每个航天员的秉性、心理可以说了如指掌。他说，我个人的意见，还是告诉航天员比较好，其想法是：第一，如果不告诉他们，今天晚上三个人都睡不好觉，会影响明天的首飞任务，为什么呢？因为三个人心里都没数，七上八下的，会猜测：明天到底谁上天啊？这样的话反而不好；第二，我们要相信我们选出来的杨利伟的心理素质是最好的，不会出现当年苏联航天员第一次上天前心理状态不好的情况；第三，假如今晚告诉了杨利伟，他的心理真的出了问题，我们还有翟志刚、聂海胜这两位优秀的航天员，他们中任何一个都可以完成任务。

总指挥同样没有马上表态。他思考片刻，对吴川生和宿双宁说，这样吧，今晚到底告不告诉杨利伟，你们先考虑一下。谈不谈，怎么谈，你们回去自己商量决定。

会议结束后，杨利伟出征太空的决定，以绝密的形式当即上报中央。

下午 5 时 20 分，首飞梯队的三名航天员杨利伟、翟志刚、聂海胜与记者的最后一次见面会在“问天阁”的接见厅举行，见面会由总装备部政治部主任董万才主持。

接见厅不大，可容纳六七十人，但在设计上却独具匠心：厅前是一个半圆形的玻璃罩，将航天员完全罩在里面。外面的人隔着玻璃罩可以看见坐在厅里的航天员，却无法接近航天员。其好处是既可保证航天员不受细菌感染，又可避免航天员陷入记者的包围。

杨利伟、翟志刚、聂海胜通过航天员专用通道准时进入接见厅主席台，坐在各自的位置上。位置的排列顺序与上次不同：杨利伟身着白色航天服居中，翟志刚、聂海胜身着蓝色工作服分居左右。三位航天员出台亮相后，六十余名记者报以热烈的掌声。吴川生简单介绍了三位航天员的情况，然后，记者们纷纷开始提问。

其中，新华社解放军分社副社长贾永的提问是：你们三位中的一位将成为第一个飞天的中国人，此时此刻，你们最想对祖国说的话是什么？最想对家人说的话又是什么？

杨利伟回答说：我最想对祖国说的是，感谢祖国和人民对我的培养和信任！我一定不辜负祖国和人民的重托！我最想对家人说的是，感谢家人对我的帮助和鼓励，请家人放心，我有信心和能力完成这次任务！

…………

毫无疑问，这个下午对杨利伟而言是个非常重要的时刻，对翟志刚来说同样也是个非常重要的时刻。虽然杨利伟已经坐在了首飞航天员的位子上，而翟志刚却对自己的命运还一无所知，他的脸上依然挂着惯有的招牌式的微笑，这微笑不仅出现在记者们的闪光灯面前，同时也出现在全世界的视野中，出现在他母亲的泪眼中……

此时此刻，翟志刚远在东北老家的白发苍苍的母亲，因患脑溢血正瘫痪在翟志刚儿时睡过的床上。翟志刚这次来酒泉发射场前夕，他的母亲已报病危，但他的哥哥、姐姐和妻子却一起瞒过了他，不但没有告诉他母亲病危的消息，反而还说妈妈病情已经好转，你就放心去吧！所以这天下午当翟志刚出现在记者见面会上时，他的哥哥、姐姐在家中的电视上刚一看到微笑的翟志刚，便急忙对躺在病床上的妈妈说，妈妈，快看，刚儿（“刚儿”是妈妈对翟志刚从小的爱称）上电视了！可惜此时的翟妈妈已经气息奄奄，命若游丝，不仅连说一句话、笑一笑的力气都没有，而且连眼睛也看不见了！但据翟志刚的家人后来说，也许是“刚儿”给了她一种神奇的力量，她在大儿子和女儿的搀扶下还是坐了起来，微微睁了睁眼皮，动了动嘴唇……我无法得知当时的翟妈妈到底想对“刚儿”说点什么，但我想她一定为儿子能有今天感到由衷的高兴；也一定非常希望儿子能在她离开人世之前回到身边，让她摸一下儿子的手臂，感受一下儿子的体温，听一下儿子的心跳……遗憾的是，她生前唯一的这一愿望并没有实现。直至半个月后，一个太阳西斜的傍晚，翟志刚才站在了妈妈的坟前。坟头的泥土还是新的，妈妈却成故人。望着眼前刚刚垒起的新坟，想起昔日妈妈为了给他交学费而不得不在大雪天卖瓜子的情景，翟志刚双膝跪在坟前，紧咬双唇，泣不成声……作为一名国家的航天员，为了中国人千年的飞天梦想，翟志刚为国家做了他应该做的一切，而且做得非常优秀，非常出色；但作为儿子，在母亲离开这个世界前却未能见上最后一面，这是他一生最大的遗憾，也是他母亲一生最大的遗憾！第二天，“神舟五号”升空，翟志刚没有上天；两年后，“神舟六号”升空，翟志刚还是没有上天。这无疑是翟志刚一生中遇到的两次最大的挑战和考验。然而，也许是母亲的力量支撑着翟志刚经受住了这两次挑战和考验，五年后即 2008 年，翟志刚乘坐“神舟七号”，终于一飞冲天！有人说，航天员在太空能看见中国唯一的物体，便是万里长城。那么我想，当翟志刚高举国旗漫步太空时，如果真能看到长城的话，他看到的肯定不仅仅是中国的长城，而一定还有他亲爱的母亲！

…………

航天员见面会结束后，离发射还剩十五个小时。

而此时此刻，对于到底谁是中国的加加林，记者们不知道，三个航天员自己也不知道。

三个航天员回到宿舍后，已是傍晚 6 点左右。吴川生和宿双宁经过简短商量，认为根据他们与航天员多年近距离的接触，三位航天员的心理素质都是过硬的，应该把指挥部的重大决定提前告诉他们。于是，找杨利伟谈话的任务便落在了吴川生的身上。

但吴川生对这次谈话多少有些犯愁。指挥部会议结束后他就一直在想，三个航天员中只能有一个人上天，这话怎么谈？被选上的杨利伟当然高兴，但翟志刚和聂海胜怎么办？他俩的情绪会不会因此而受到影响？作为与航天员多年朝夕相处的战友，吴川生比谁都清楚，为了这一天，十四位航天员五年多来不知付出了多少常人无法想象的心血与汗水，他们中没有一个人是不想上天的！尤其是翟志刚和聂海胜，好不容易过五关斩六将进入了首飞梯队，更是希望自己明天能上天！可现实就是如此无情。这话具体怎么谈呢？是三人分开谈还是一起谈？

最后，吴川生决定还是分开谈。

吴川生走进“问天阁”时，见杨利伟正好一人坐在自己的房间里，旁边的小会议室也是空着的，便让科技处处长宏峰把小会议室打开，然后叫上杨利伟，一起走进小会议室。吴川生刚一坐下，便听见室外的翟志刚在对宏峰说，你们放心，没问题，明天我就把杨利伟的行李带回北京！吴川生顿时如释重负，心里一阵感动。

吴川生和杨利伟并肩坐在了一张沙发上。当年选拔航天员时，是吴川生把杨利伟从四川带到北京的，两人后来又一直在一起，所以彼此非常熟悉，友情很深。吴川生开门见山，第一句话就说，利伟，祝贺你！刚才指挥部正式决定，明天由你担任首飞任务！

杨利伟眼睛一亮，显得有些激动，一连说了两声“谢谢”。

吴川生说，我们这么多人这么多年的努力，不就为了这一天吗？现在这一天终于等来了，盼来了，希望你一定要用一颗平常心去完成好首飞任务！

杨利伟很快恢复了平静，说，我很感谢政委当初把我和玉梅（杨利伟的妻子）从山沟带到了北京！请您放心，请组织放心，我一定用一颗平常心去完成好这次首飞任务!

吴川生抬腕看了一下表，说，现在离发射还有十四个多小时，今晚关键的是一定要睡好觉！你是知道的，当年加加林上天前并不是首飞航天员，就是因为那位首飞航天员头天晚上没有睡好觉，第二天早上起来心律加快，血压升高，最后才被加加林所取代。

杨利伟说，政委，您放心吧，我会睡好的，我会以最好的心态去完成任务，决不辜负组织对我的培养!

吴川生说，照相机、摄像机都装上飞船了吗?

杨利伟说，都装好了。

吴川生说，到了太空，你一定要多拍一些地球的景色，千万要保存好采拍到的录音、录像等资料。这些资料很珍贵，一定要想法带回来!

杨利伟说，知道了。

吴川生说，飞船上有工作日志，可以在上面留下一段话，这话一定要想好了，这可是我们中国人在太空第一次留下笔迹啊!

杨利伟说，好，我一定做到!

谈话结束，两人同时站起。吴川生紧紧握住杨利伟的手，说了最后一句：我们盼望你平安归来!

杨利伟说，放心，我会做到的!

后来杨利伟从天上平安归来，总指挥与杨利伟同坐一辆车上。总指挥问杨利伟，上天前的头天晚上有人告诉你了吗？杨利伟说，告诉了。总指挥问，谁告诉你的？杨利伟说，是吴政委。总指挥说，你说是头天晚上告诉你们好，还是不告诉你们好？杨利伟说，还是头天晚上告诉好。总指挥说，为什么？杨利伟说，我知道后，心里就踏实了，睡觉也安稳了。

吴川生离开后，杨利伟的随行医生走进了杨利伟的房间，为杨利伟做了一次体检。体检结果，杨利伟与平常一样：收缩压 116，体温 36.1℃，心跳每分钟 76 次。

而就在这时，总指挥接到电话：中央首长的飞机已经从北京起飞。

总指挥的心跳一下加快了!

第二十七章

为了这一天

夜色悄悄降临了。喧闹了一天的发射场渐渐趋于平静。

当晚 9 时，在“问天阁”一套三室两厅的住房里，杨利伟、翟志刚、聂海胜三位航天员开始入睡。据有关工作人员后来回忆，三位航天员入睡正常，尤其是杨利伟，微微的呼噜声打得平静而均匀。

而此刻，万里高空，一架专机穿过夜幕，正向着酒泉发射场飞来。专机上坐着的，是国家主席胡锦涛。

这是一个注定有人睡不着觉的夜晚。

这个夜晚睡不着觉的有两位指挥长。一位是载人航天工程的总指挥，一位是酒泉基地的发射指挥长张建启。

总指挥草草吃了几口晚饭，便匆匆赶到鼎新机场迎接胡锦涛主席的到来。他陪同胡锦涛一行来到基地大院时，已近晚上 10 时。按原计划，胡锦涛到达基地后，先接见航天员，再听汇报；但由于航天员第二天起床的时间是凌晨两点，怕影响航天员休息，接见航天员的时间又改为翌日凌晨 5 时。总指挥向胡锦涛汇报完“神舟五号”发射前各系统的准备情况后，已是深夜 11 时了。

总指挥回到房间后，水都顾不上喝一口，便打开相关的发射文件，开始推敲明天发射中的几个重要环节。由于近期连续来回奔波，会场、发射场两头兼顾，他确实感到有些累了。但上天的杨利伟可以安然入梦，身为总指挥的他却无法入眠。此刻，离明晨发射还有九个小时，全世界都知道中国人要上天了，全世界的眼睛都盯住了中国西北发射场。杨利伟和“神舟五号”是十三亿中国人共同打造的一个“品牌”，一张“名片”，举世瞩目，非同小可。尽管此次发射不做现场直播，但百余名新闻记者已经拥进发射场。在这个信息高度发达的时代，任何一点闪失，指尖一点，瞬间便可传遍世界！何况，中国人首次飞天，不仅中央非常重视，胡锦涛主席亲临现场，全国人民也寄予了极大的期望！因此，作为此次发射任务的总指挥，他必须向国家负责，对人民负责。而负责不只是一个口头的承诺，不只是一纸简单的军令状，必须有实实在在的内容。这个内容就是：只能成功，不可失败！

但他非常清楚，所有高技术的探索都处在科学技术的最前沿，所有开创性的工程都具有很大的风险——要么取得巨大成功，要么导致严重失败。尤其是举世瞩目的载人航天发射，关乎成败的不确定因素无法预见，风险性更为突出，哪怕半点疏忽大意或者突发故障，都有可能导致全盘失利。因此作为总指挥的他，天上地下，任何一个环节，都必须考虑周全，慎之又慎！否则，自己就是历史的罪人，既对不起一代又一代航天人的艰辛努力，也无法向中央和全国人民交代！

而基地司令员张建启身为发射场的发射指挥长，心里当然非常清楚，明天飞船能否成功起飞，发射场是关键的第一站。就像一场接力赛，第一个起跑者倘若出了问题，后面就会跟着乱套；况且，胡锦涛已经到了发射场，火箭、飞船起飞前，发射场不仅成为全中国关注的焦点，也成为全世界瞩目的对象！所以张建启心头的压力有多大，可想而知。就在两天前的一个下午，我还采访过他，我俩单独谈了足足两个小时。从这两个小时的谈话中，我明显感觉到，他对这次发射既有信心又有压力；而这种压力不光来自发射场，还来自政治、社会等方方面面。因此当我望着他满头白发、一脸憔悴的样子，想起二十四年前他满头青丝、活力四射的模样，既为他的事业取得成功而感到由衷的高兴，又为他的身体状况而感到担忧。

我早就知道，为了干出一番事业，张建启婚后一直与妻子两地分居，长达十五年之久；自己家中老人更是无暇顾及。婚后两口子的工资都很低，却要赡养双方父母，全家的日子过得相当艰难。艰难到什么程度？

生炉子做饭、取暖，连煤都买不起，妻子只好常常领着婆婆到铁路边上捡煤渣。父亲去世时，张建启因发射任务在身，也没回去看上一眼。载人航天工程启动后，为了啃下这块“硬骨头”，他查阅资料，钻研技术，常常挑灯夜战，彻夜不眠，写下的学习笔记有好几百万字，查阅的书籍和资料恐怕一卡车也装不完。几十年来他一直身处发射第一线，大大小小的发射经历了几十次，没有哪一次不经受巨大的压力。但以往的压力再大，也大不过这一次！

因此，这个夜晚的张建启根本睡不着。也许是为了平息一下自己的情绪或者寻求某种心理上的平衡，他检查完发射场的工作后，在回来的途中让司机拐了个弯，然后去了“东风革命烈士陵园”。“东风革命烈士陵园”位于基地大院东北四公里处，占地约三万平方米，始建于上个世纪60年代，基地人称“九号半”。这里安葬着酒泉基地、工程兵某部、空二基地等单位近六百人的遗体或骨灰，其中有元帅，有将军，有战士，有家属。当张建启轻轻步入陵园时，陵园一片寂静，没有风吹，没有沙响，只有张建启缓缓移动的脚步声……这个陵园他太熟悉了，60年代大学毕业后他刚到基地的第二天，就曾经来过这里，此后记不清又来过多少次。他熟悉这里的墓碑，就像熟悉发射场上的每一个岗位、每一个战士。陵园共分六个区，一、二区安葬的是团职以上的干部，三、四、五、六区安葬的是营职以下的干部、战士和职工、家属。中间最醒目的一个墓碑，是元帅聂荣臻的，紧挨着的有基地第一任司令员、大渡河十八勇士之一孙继先，基地第二任司令员、黑山阻击战得力干将李福泽，基地第四任司令员徐明，基地副司令员张超义、石荣屺，基地副政委李希宽以及航天专家刘德普和胡文全等。他们有的是老红军，有的是抗日勇士，有的是解放战争和抗美援朝的战斗英雄。战争年代，他们南征北战，立下赫赫战功；和平年代——从1958年起，他们又抛妻舍子，奔赴大漠，隐姓埋名，以基地第一代创业者的身份，创建了共和国第一个综合导弹试验靶场。最终，他们把自己的热血融进了戈壁，把忠骨埋在了大漠，将生命化作了墓碑。在火箭一次次的腾飞中，他们个人什么也没留下，只留下了墓碑上那一个个被戈壁的风沙长年累月反复吹打的名字！这近六百座墓碑，既是中华民族飞天梦的缩影，也是基地发射历史的见证。因此，每次发射前夕，张建启都要来到这里，或者为他们点燃一支烟，或者与他们“聊”上一会儿天。每次来到这里，他好像都能获得一种无形的力量，一种亲切的安慰，一种神奇的支援。

但这个晚上的张建启什么也没做，他只静静地站在陵园中，默默地望着眼前近六百个墓碑，一动不动，既像是在祈愿、思索，又像是在告慰、许诺。其实，什么也不是——张建启后来说，他到这里就一个目的，想缓解一下心中的压力！

这个夜晚还有两位总师也睡不着觉。

一位是载人航天工程的总设计师王永志。王永志在上个月的中旬就来到了发射场。那天他刚下飞机，便有一种习惯的亲切感，同时也有一种扑面而来的不同于往常的沉重感。前四次发射结束后，他明显瘦多了，本来一直挺挺的背也开始出现了微微的弯曲。在汽车驶向发射场的途中，他望着窗外的戈壁滩，只见红柳发芽，秋色正浓，那浓浓的秋色令他感慨，也令他感动。是的，一个伟大的历史时刻就要到来了，这个伟大的历史时刻正考验着中国，也正考验着他这位载人航天工程的总设计师。他已是七十一岁的老人了，一次接着一次的重大发射的确让他深感疲乏。但这个夜晚的他却毫无睡意。向胡锦涛汇报完后，他用冷水洗了把脸，便驱车来到发射场。发射场上，加注官兵正小心翼翼地为火箭加注燃料，除了“突突突”的燃料加注声，整个戈壁滩显得十分的安静；而这种安静在他的感觉中，似乎多少又有点刻意——是刻意让专家们在发射前的最后一个夜晚再静静地想一想，还是刻意静静地等待着明天那伟大历史时刻的轰然来临？他不知道。他走近加注管道，静静地听着加注管道里的燃料汩汩流进火箭肚子的声音。这声音他太熟悉了，每次火箭发射前他都要来到这里，静静地听听这声音，就像一个细心的丈夫，贴着即将分娩的妻子的肚子静静地听着胎音。不过每次听见这声音，他都会生出几分担忧。因为加注燃料是发射前很重要的一环，也是最容易出问题的一环。他清楚地记得，1981 年 8 月 3 日，美国在范登堡基地用“德尔塔”

火箭发射的两颗卫星都未进入预定轨道，原因就是在加注燃料时加注工程师只看见第一组观察孔的燃料加满了，而没去检查第二组测量仪表便停止了加注，结果少加注了二百六十磅推进剂，最后造成发动机推力不足，导致发射失败；还有就是1984年，中国在西昌基地首次发射“长征三号”火箭时，在演练加注燃料的过程中，也发生过燃料泄漏的事故，结果导致发射场黄烟滚滚，一片恐怖。当然了，他每次听见这声音，内心更多的还是激动、兴奋与自豪。

是的，王永志喜欢导弹，喜欢火箭，完全发自内心。自上个世纪50年代踏上苏联国土那一刻起，他便开始发奋学习设计导弹。这既是他个人的愿望，也与当时的国际形势有关。50年代，中美关系剑拔弩张；60年代，中苏局势一触即发。堂堂中国，没有战略防御导弹，哪行啊！1969年珍宝岛自卫反击战开始后，他就听叶剑英元帅说过，没有洲际导弹，毛主席睡不着觉啊！他一听，毛主席都睡不着觉了，这还了得！于是回来后自己就更睡不着觉了。后来他被调到屠守锷老总身边，开始参加研制洲际火箭。1978年，他出任第二代火箭总设计师，从此中国火箭进入第二代。1986年，他出任中国火箭技术研究院院长，原来国家每年给火箭技术研究院拨款四个亿，一下却变成了一年只有四千万；而当时国内发射市场萎缩，中国原有的“长征号”火箭缺乏竞争力，国际上对大的战略导弹又严加限制，想买都买不来。但在这种情况下，他还是顶着巨大风险，亲自签字画押，通过贷款的形式筹集研制经费，开创了中国战术火箭一个成型的系列。1988年底，他又将重点转为研制“长二捆”火箭，把中国火箭的推力提高到了九点二吨，从而带动了整个中国火箭运载能力的提升，同时也带动了中国的载人航天。因为要发射飞船，火箭必须具备八吨以上的运载能力！总之，从近程导弹、中程导弹、洲际导弹、大推力火箭再到今天的载人航天，他一路走来，默默无闻。他当然知道，搞飞机设计可以出名，比如苏联的每一架新型飞机都是以设计师的名字命名的；而搞导弹设计就不能出名，因为导弹是国家的秘密，像苏联著名的洲际导弹总设计师米哈伊尔·库兹米奇·扬格利去世多年后，人们才知道他的名字。不过他心甘情愿。每当望见导弹、火箭成功起飞，他就有一种成就感、满足感、欣慰感和自豪感！尤其在国庆三十五周年和五十周年之际，他曾两次到天安门观礼台参加大阅兵。当他站在观礼台上，望着眼前各种导弹犹如海浪般滚滚滔滔通过天安门广场时，他激动万分，难以自抑，胸中顿时便会涌起一种巨大的豪迈感！这种豪迈既是一个男人的豪迈，更是一个科学家的豪迈，因为天安门广场那一排排从他眼前经过的导弹，不少都是他亲自参与设计的！

当然，更让王永志感到豪迈的，是载人航天。这是另一种豪迈。用火箭把一个活生生的中国人发射到天上，再按照中国人的意志，在茫茫宇宙、万里天疆鸟瞰地球，自由翱翔，这是一种怎样的大豪迈啊！然而为了这大豪迈，他内心承受了多大的压力，常人是无法估量的。想想吧，国家把两百个亿的人民币交到他和他的同伴手上，搞砸了怎么办？这两百个亿可是十三亿纳税人的血汗钱啊！他这一辈子，好像自来到这个世界起，就是来承受各种苦难、折磨和挑战的。童年，他承受着肚子的饥饿，生活的艰难；“文化大革命”中，他承受着“政治”的审查，世俗的冷眼；担任火箭技术研究院院长期间，他承受着研制“长二捆”火箭的压力，巨额贷款的风险；出任载人航天工程总师后，他承受着国人的千年期盼，世界的严峻挑战！尤其是今天晚上“神舟五号”的发射已进入倒计时，他内心所承受的负荷犹如即将上天的火箭与飞船，比以往任何一次都大得多！好在发射场多年的风风雨雨，已使他历练出足够的承受能力。现在，一切准备就绪，他一生中三大愿望的最后一个愿望——把中国航天员送上天，就只待火箭明日点火升空了！

然而，作为七大系统的大总师，王永志非常清楚，科技场就像股票市场，从来没有对与错，只有成与败、输和赢。尤其是搞载人航天，有一个永远无法回避的字眼儿，那就是失败！因为火箭一旦点火发射，虽然谁也不敢说肯定失败，但谁也不敢说一定成功。苏联在把加加林送上太空之前，通过发射各种火箭，做过三十一次动物飞行试验。随后仅用了十个月零七天，又进行了八次无人飞船发射试验。这八次发射试验虽然很快，却失败了四次。美国在第一个航天员上天前，也同样做过多次动物试验，还发射了十七八艘无人试验飞船。航天飞机的飞行试验次数更多，从 1981 年 4 月到 2005 年 8 月，五架航天飞机共进行了一百一十四次飞行试验！其中“哥伦比亚号”二十八次，“挑战者号”十次，“发现号”三十一次，“亚特兰蒂斯号”二十六次，“奋进号”十九次，每次发射经费都在四到五亿美元！而中国，一次发射费用只有一千二百五十万美元，即人民币一亿元左右。由于经费、时间以及其他条件有限，中国只生产了小批量的火箭和飞船，一共只进行了四次无人飞船的发射试验，较之苏联美国，差之甚远，而且还没做任何动物发射试验。尽管这四次发射都成功了，但发射试验次数少，可靠性肯定就低；加之中国工业基础薄弱，体制还不完善，要达到非常高的可靠性和安全性，很不现实。因为可靠性是靠一枚一枚的火箭打出来的，就像一个神枪手是靠一发一发的子弹打出来的一样。打得多，经验多，可靠性就高；打得少，经验少，可靠性就低。所以，对这次发射，他心里清楚，其实有不少人是不太放心的，不仅专家们不放心，就是国家领导人也不放心。前不久，国务院副总理吴仪来到发射场，和他刚一见面，第一句话就问：你们上天之前有没有做小动物试验啊？他回答说，没有。吴仪说，你们胆子可真够大的了，不做小动物试验就敢上人？作为一个科学家，他当然不能拼胆子大，而必须有把握；但再大的科学家，再有把握，再有胜算，在火箭没有点火、飞船没有起飞、航天员没有返回地面之前，谁敢拍着胸脯说，我绝对没有问题？须知，要真正做到火箭、飞船安全飞行，其整体可靠性必须达到 0.999999。如果所有元器件的可靠性也是 0.999999，则火箭、飞船的可靠性才有 37%，发生事故的可能性就是 63%；反过来计算，要满足火箭、飞船整体可靠性的要求，每个元器件的可靠性就必须达到 0.9999999999999999，即负十六位数。但假如正好碰巧遇上了一个不可靠的元器件，飞行中就有可能发生事故——这就是人们常常说的“万一”。1996 年中国的那次火箭大爆炸，其原因就是一个绿豆皮大的铝屑引起了短路，结果导致中国与外国签订的十二个合同全部中止，直接经济损失高达二十六亿美元！而中国的这次发射与过去所有的发射都不相同，这次是要把航天员发射上天！再过几个小时，杨利伟就要坐进飞船了。杨利伟坐进飞船后，如果他的家人或者全国人民要问一句：航天专家们，你们的火箭、飞船可靠吗？作为载人航天工程的总设计师，再过十来个小时，他能给出一个肯定的回答吗？

还有一位是八十七岁高龄的任新民。任老总是中国航天界的元老。二十四年前，我第一次和他相识在西昌发射场时，他就是中国同步通信卫星工程的“总总师”了。二十四年来，任老总给我的感觉是，他心里除了航天，似乎再也装不下别的什么。不计名利，不计得失，不看领导脸色行事；做事执着、专一、认真，处世平静、平淡、平和，是这位老人留给我最深刻的印象。

任老总自上个世纪 50 年代从美国留学回到祖国，就一直工作在航天第一线，在每个重要历史时期都扮演了相当重要的角色。把中国人送上天，是任老总自加加林上天之后就有的梦想。这个梦想既是他的最后一个愿望，又是他唯一的一块心病。1978 年，他带领中国航天代表团访问日本，刚到东京，一位日本记者向他提的第一个问题就是：中国近期有没有把人送上天的打算？他无言以对。1981 年，美国众议院一位专委会主任访问中国，点名要与他会面。会面后这位美国主任向他提出的第一个问题同样是：中国什么时候考虑把人送上天？他仍然无言以对。1984 年，在西昌发射场，当“长征三号”火箭发射成功后，一位中国记者向他提出的第一个问题依然是：中国什么时候把人送上天？他还是无言以对。三次提问，三次无言以对，与其说是因为保密，不如说是一种尴尬，一种无奈。1985 年，已过七十高龄的他开始为中国载人航天积极奔走呼吁。然而，等到 1992 年中央正式批准载人航天工程时，他已是一位七十六岁的老头儿了。假如中国载人航天工程提早启动几年，也许总设计师就不是王永志，而非他莫属了。然而历史没有假如，岁月从不饶人。因此，如果从人生的角度来看，任老总担当过中国大大小小几十种总设计师，唯独没有出任最重要的一个总设计师——载人航天工程总设计师，这不能不说是他一生中最大的遗憾！当然，组织上也给了他一个头衔——载人航天工程顾问。但顾问和总师毕竟不是一码事，用老百姓的话说，顾问顾问，顾得上就问，顾不上就不问。但任老总却不这样想，他还是一如既往，该干什么干什么，好像当不当载人航天大总师原本与他无关。就在上月25日，指挥部把他和另外八位中国航天界赫赫有名的大专家——王大珩、庄逢甘、孙家栋、屠善澄、梁思礼、闵桂荣、王希季、张贵田——用专机接到了发射场，听取他们对“神舟五号”飞船发射的意见。虽说任老总已年近九旬，但当我握着他的手时，我感到他依然很有力量，很有精神。而且，听取汇报时，任老总还是任老总，还是那么认真，他关心的不是取得了什么成绩，而是还存在什么问题；尤其轮到他发言时，他没有一句套话、空话、假话、废话，而是直截了当，有啥说啥，讲的问题都是问题，提的问题也是问题，好像他天生就只会讲问题，不会谈成绩。而且他讲的问题都很具体，也很关键，往往一针见血，令人警醒，从话语中还能听出某些担心。由于这天晚上他不在发射现场，对明天的发射放心不下，所以怎么也睡不着。

这个晚上睡不着觉的，还有两位飞船专家。

一位是飞船总师戚发轫。戚发轫的一生，如果单从事业的角度来看，在中国的专家中应该称得上是一帆风顺。而且，他自迈进中国航天的门槛之日起，便一路吉星高照，几十年一直受到重用，不少头衔他连想都没想，便自然而然地落到了他头上。不像有的人绞尽脑汁，费尽心机，做梦都在想捞个什么官位，结果到头来反而竹篮打水一场空。由于他在航天领域一直担任着重要角色，自然就比常人付出得更多。比如，他从一开始搞导弹到后来搞卫星，再从搞卫星到搞飞船，几十年来每次发射前都要反复进行令人痛苦不堪的“双想”。“双想”是中国发射场上几十年来的一个专业术语，就是每次发射前，上到大专家，下至操作手，都必须要想清楚、想透彻两方面的问题：一是反复回想，还有没有没想到的问题；二是反复预想，还有哪些可能发生的故障。这次“神舟五号”发射，发射场上的“双想”活动更是一丝不苟，而且比以往任何一次都想得厉害，想得透彻。有的吃饭在想，做梦在想，走路在想，把“双想”变成了“四想”，“四想”变成了“八想”。甚至有的操作手晚上上厕所也在想，一不小心脑袋竟然碰到了广告牌上！戚发轫说，当年搞“两弹一星”时，主要是政治压力。今天搞飞船，除了政治压力，还有经费压力。

打成功了，一片欢呼，影响很大；打失败了，一片叫骂，影响更大！因为搞飞船花的是人民的血汗钱，人民的血汗钱不是让你白花的。所以打成功了是应该的，打失败了挨骂也是应该的。既然花了人民的钱，就要对人民负责，对国家负责，对白花花的银子负责！否则，要你专家干什么？

不过“双想”想多了也是个问题。1970 年在发射一颗人造卫星时，戚发轫就预想了一百多个问题，笔记都记了一大本，结果呢，事先预想到的问题一个没出，没预想到的问题反而出来了。所以戚发轫说，“双想”想得太多也不一定是好事，如果一天到晚老想着会出什么故障，一旦出了故障反而忘记了应该怎么办。预想得太多，工作重心不知不觉就偏离了。

但不想又不行，万一有的问题应该想到而没有想到呢？有的专家一辈子献身航天，一辈子默默无闻，想了一千个、一万个问题，可能就一个问题没有想到，发射时就出问题了。结果几十年默默无闻，一夜间就出了名！于是航天专家也要下课，也要撤职罢官！比如，戚发轫有一个同事，是搞“风云二号”卫星的专家，就因为发射“风云二号”时发生爆炸，被撤职了。他北京的一个同学，同样因为一次发射失败，也被撤职了。所以，为了确保杨利伟和“神舟五号”的安全，尽管戚发轫和他的团队已经想了一百零八种故障模式，想了二十多种应急救生方案，但这个晚上的戚发轫，还是感到压力不小；有些问题尽管他早就想过很多遍了，依然还得再想！

当然，这个晚上戚发轫想到的，还有他一生中最爱的两个女人。一个是他的母亲。在中国航天人的母亲中，有不少人都像戚发轫的母亲那样，为国家养育了一个优秀的儿子，然后再把这个优秀的儿子送给国家，而自己只能长年在千里之外的老家想着儿子，在夜深人静的时候梦见儿子，却极少能和儿子在一起。戚发轫的母亲由于新中国成立初期被错划成“地主”，一顶“地主婆”的帽子从此戴在头上，一戴便是几十年。即便儿子后来成了卫星专家，“文化大革命”中每次国庆节来临，她也依然要被驱逐出京，回东北老家“过冬”。甚至有一次戚发轫正忙着加班加点研制“东方红一号”卫星，母亲居然被“造反派”抓到拘留所，和“地、富、反、坏”以及流氓、小偷关在一起。戚发轫本是个很孝顺的儿子，但几十年来总是忙忙忙，直至母亲永远离他而去，他也没有争取到一个好好伺候、孝敬母亲的机会。还有一个就是他的老伴。老伴生前曾经对他说过，她跟他这一辈子，虽然吃了不少苦头，却看到他设计的卫星都飞上了天！其实老伴还有一个希望，就是希望能在她离开这个世界前，亲眼看到他设计的中国第一艘载人飞船飞上太空！可惜，母亲看不见了，老伴也看不见了。不过戚发轫相信，只要明天“神舟五号”飞船发射成功，母亲和老伴一定会看到的！本来，“神舟四号”飞船发射成功后，他就感到实在太累了，曾向领导提出，让年轻人来干，自己退下来算了。但领导还是没有同意。现在他已下定决心，等这次发射结束，不管成功还是失败，一定要退下来！不过他希望自己在退下来之前，能为载人航天工程画上一个圆满的句号，也为自己的人生画上一个圆满的句号。所以，为了这个圆满的“句号”，这个夜晚的他针对飞船的关键问题，不得不想了再想；而越想，反而越睡不着觉了。

还有一位飞船专家是范剑峰。这个夜晚的范剑峰在北京，不在发射场。明晨发射“神舟五号”的消息两天前他就知道了，知道后他的心里有一种说不出的激动，好像为了这一天，他已经等待了一个世纪。尤其是今天晚上，就像一场战争即将打响，发起冲锋前反而让人有些不安——有激动，有兴奋，有期盼，还有几分隐隐的担忧。范剑峰是四十多年来始终坚持搞载人航天的专家，而且任何时候都矢志不渝，坚定不移。但他的命运似乎与戚发轫正好相反，可以说是航天专家中命运最不好的一个。飞船方案没有被批准之前，他一直坚持为飞船的上马奔走呼号，拼命努力；中央正式批准飞船方案后，他却不在飞船研制的第一线了，既没担任飞船总师，也没担任副总师。因此如果要说牺牲、奉献，范剑峰无疑算得上是真正的牺牲与奉献。当然了，在中国，专家们谁上谁下，谁干谁不干，一切由组织决定，个人是无法选择的。所以 1992 年范剑峰离开飞船研制第一线时，心里其实是不太高兴的，有些问题也是有意见的。想想吧，在中国飞船研制最困难的时候，他几乎是一个人孤零零地坚持搞了二十年；而飞船方案经中央批准后，他却不在第一线。这事搁在谁的头上，心里都会有想法。不过，后来范剑峰想通了，他说，搞载人航天是一件极其艰难的事，需要几代人的奋斗，总是有人要作出牺牲的。有些人适合前期披荆斩棘，有些人适合后期肩挑重担。只要能让中国人上天，谁干合适就谁干。三峡那么大的工程，那么多人默默无闻地搞了几十年，后来许多专家不照样什么也没有吗？相比“文化大革命”中，许多科技人员没有任何搞科研的机会，有的还被打倒、整死，我已经算很不错了，很幸运了。

范剑峰的不幸还在于，就在中央批准载人航天工程前不久，他的老伴姜作君到酒泉基地参加卫星发射任务时，突然患脑溢血，陷入昏迷状态。老伴的病情从基地报到国防科工委，还惊动了军委副主席刘华清。某军区立即派了两个主任医生飞到酒泉基地实施抢救。范剑峰赶到基地后，老伴已经昏迷不醒，他在老伴身边守了二十多天，老伴依然没有醒过来。有一天早上，他见老伴没有呼吸了，忙去找医生。医生来了一看，说他抢救不了，得叫主任医生来。医生刚一走，他怕来不及，自己就把呼吸机给老伴套上，然后自己操作仪器，用呼吸机调试呼吸的强度和频率。因为在这二十多天里，他把病房里所有的仪器都摸索透了。等主任医生赶来，他已经把老伴抢救过来了。后来他提出要把老伴送回北京，一定要让老伴醒过来！医生们认为，他老伴能抢救过来已经是一个奇迹了，现在生命危在旦夕，如果送回北京，途中容易出问题，不同意。但他决心已定，坚持要把老伴送回北京，就像他当年坚持要搞飞船一样。他还说，出了问题他自己负责，愿意签字画押！医生只好同意用飞机把他老伴送回北京。从酒泉基地医院到机场，要坐一个半小时的火车，老伴上火车后一个小时就不行了。医生说，你看吧，跟你说不行，你非要坚持。他说，不对，是氧气有问题，人一缺氧，眼睫毛最敏感，氧气没进去，她脸色就发黑，眼睫毛也干了。医生说氧气管没问题，是水平的，这不还在冒泡吗？他说，不对，这氧气没进到喉管里，冒泡是假象，是外回路，不是内回路。我是搞卫星的，这点知识我懂。说着，他竟自己把管子拔了下来。医生拿过管子一看，果然是管子堵了。

范剑锋把老伴送回北京后，上面有人给一家医院打了招呼，才住了院。这家医院开始时很热心，但像他老伴这样的长期病号哪个医院也伺候不起，哪个医院也不愿久留；但又不好明确提出让他老伴出院，就给上面打了报告，说这人可以出院了，老伴就出院了。老伴出院后，他又到处托人、找关系，进了海军医院。海军医院开始也很热情，后来热情也渐渐没有了，他只好再找人帮忙，联系到北京大学校医院。当时不少人都说他老伴剩下的时间不多了，医生也认为没有别的办法可想了。有的好心人甚至劝他说，你已经尽全力了，这种病老天也没治，你就别再折腾了，为老伴准备后事吧。但他就是一根筋，说啥也不放弃，坚持要让老伴醒过来，而且认为老伴一定能醒过来，就像当年他坚持认为中国的飞船早晚一定能搞成一样！于是他雷打不动，每天早上 5 点钟起床，然后骑着一辆破自行车奔波半小时，把饭给老伴送到医院。老伴不能进食，只能通过胃饲管进一点点汤水。他给老伴喂完饭后，再骑车返回单位上班。这期间他一直在搞八吨重的空间站和飞船的论证工作，由于空间站与飞船同时论证，所以需要白天黑夜加班加点，星期天也不休息，搞得非常辛苦，非常疲累，有好几次都累病了。等到晚上八九点钟下了班，他再骑车去医院给老伴送饭。给老伴喂完饭，他这才有时间坐下来，静静地望着老伴……老伴躺在病床上，全身不能动弹，也不能说话。从 1986 年起，他就开始参加载人飞船的论证工作，一直很忙。本来节假日和星期天，老伴很希望他能陪她出去走一走，可他实在没时间，就对老伴说，等我把飞船论证工作搞完了，一定陪你出去走一走！没想到，飞船论证完了，也正式上马了，老伴却倒下了，他为此感到非常内疚。所以，每晚这个时候，他便握住老伴的手，一边为老伴按摩、搓揉，一边在心里与老伴聊天。一个小时后，他再骑车回家。开始，他为老伴按摩、搓揉时，老伴没什么反应，可一个月坚持下来，老伴的一只手居然可以动一动了；他跟老伴说话时，老伴的眼睛也能眨一眨了。老伴在医院住了三年，他坚持往医院跑了三年，天天如此，风雨无阻。他所在的中国空间技术研究院的领导都很照顾他，还请了两个保姆轮流照看他老伴，工作的事也让他暂时别管了，而且工资照发。按理说，人到晚年，家里又摊上这样不幸的事，中国人上天不上天的事他完全可以不管不问了；何况从公事公办的角度说，组织上也没让他问、没叫他管。但载人航天的事他怎么也放心不下。后来，空间技术研究院给了他一个名分——载人航天工程顾问；1993 年国防科工委又让他担任了“863”空间站技术专家组组长，王永志总师还批给了他一万元钱，由他组织二十几个专家，对中国载人航天的第二步——八吨重的空间站展开论证。于是，他每天晚上到医院照顾完老伴回去后，再趴在办公桌上挑灯夜战。历尽辛苦，八吨重空间站的第一份论证报告终于完成。不料有一次下楼时不小心摔了一跤，右腿摔成骨折，接着老伴又去世了。他的日子，可谓雪上加霜。但令他欣慰的是，老伴已经被医生宣布不可救治之后，由于他的坚持和照顾，竟然多活了整整五年！

2003 年 7 月的一天，我走进范剑峰家，特意拜访这位我心中敬仰的载人航天专家。范剑峰妻子去世后，留下他和女儿相依为命，本来就很贫寒的家显得更加贫寒了。采访结束时，范剑峰说，我现在虽然老了，但我希望中国的载人航天后继有人，所以我的一本《空间站概论》出版后，我送给一位在美国留学的学生，在书的扉页上特意给他写了这样一段话：“你要接我的班，为中国人上天奋斗终生作好准备。我这辈子可能不行了，你后面要接着干！”

范剑峰还说，其实，我辛辛苦苦搞了几十年的载人飞船，一辈子最大的愿望，就是想在有生之年，亲眼看到中国的载人飞船上天！

然而这个晚上的范剑峰由于腿脚不便，只能坐在家中的电视前独自望着电视屏幕发呆。他的眼睛紧紧盯着电视屏幕上的发射场，盯着发射场上的发射塔，盯着发射塔上的火箭和飞船，可心里一直魂不守舍、忐忑不安。他一会儿给人打电话询问飞船的情况，一会儿又站起来围着圆桌转上两圈。其实，谁也没有让他考虑明天“神舟五号”发射的事，更没有人给他分配有关飞船的具体任务，可他一直熬到凌晨 1 时多，身子已经躺在床上了，眼睛却还盯着电视机，就是不想睡，就是睡不着……

第二十八章
零秒越千年

10 月 15 日，是中华民族历史上一个堪称伟大的日子。

凌晨 1 时，发射进入负八小时倒计时。

凌晨 2 时，航天员的随行医生依次敲响航天员的房门。医生敲响杨利伟的房门时，杨利伟还在睡梦中；敲响翟志刚房门时，翟志刚也在睡梦中；敲响聂海胜的房门时，聂海胜因为听见了旁边的敲门声，已经起来了。

据资料显示，苏联、美国的航天员上天之前，都习惯在自己住过的房间门后签下自己的名字。这天早晨三位中国的航天员，也按照这一“国际惯例”，各自在自己的房门的背后签下了自己的名字，随后又在客厅房门的背后留下了三人的集体签名。而且，三位航天员昨晚睡觉前，还各自在一本签字簿上写下了一段留言。翟志刚的留言是：“光荣属于集体，属于祖国，属于人民。”聂海胜的留言是：“心系‘神舟五号’飞船，誓圆中华飞天梦想!”杨利伟的留言是：“神圣的使命，航天人的光荣。”

接着，随行医生为三位航天员做身体检查。三位航天员身体正常。杨利伟除了体温比昨天增加了 0.1℃外，其他与往常一样：收缩压 116，体温 36.2℃，心跳每分钟 76 次!

随后开始吃早餐。这顿早餐除了三位航天员，没有任何人陪同。餐桌为长方形，三人的位置是：杨利伟坐端头，翟志刚坐右边，聂海胜坐左边。早餐的内容，是杨利伟最喜欢吃的面条和饺子。这顿早餐吃得不算多，也不算少，用杨利伟自己的话说，感觉挺好，吃得很舒服。

早餐结束前，翟志刚还拿出一瓶红葡萄酒，给聂海胜倒了半杯，给自己倒了半杯，也给杨利伟倒了半杯矿泉水，再往矿泉水里倒了一点点红葡萄酒，然后才举起酒杯说，来，利伟，为你壮行！杨利伟说，谢谢二位！说罢，三人站起，高举酒杯，一饮而尽！

这是杨利伟上天之前，在地球上吃的最后一顿早餐。

早餐结束，杨利伟坐在客厅的凳子上，默想了一会儿飞行程序。然后在工作人员的帮助下，开始穿戴航天服。翟志刚和聂海胜则在旁边帮助杨利伟收拾东西，不时提醒杨利伟进舱的一些注意事项。

凌晨 3 时 40 分，随行医生为杨利伟做最后一次体检。杨利伟身体正常，几项指标依然是：收缩压 116，体温 36.2℃，心跳每分钟 76 次。4 时整，随行医生和航天医学专家分别在杨利伟的体检报告上郑重地签下了自己的名字。

4 时 30 分，杨利伟的一切准备工作就绪。吴川生提议，在杨利伟出征之前留个影。于是，身着航天服的杨利伟坐在中间，翟志刚、聂海胜站在杨利伟身后，宿双宁、吴川生各站一旁，照了一张合影。身后墙上的挂钟显示的时间是：2003 年 10 月 15 日 4 时 37 分。

这是杨利伟上天前留在地球上的最后一张照片。

5 时 20 分，“问天阁”举行航天员出征仪式。国家主席胡锦涛这天也起了个大早，亲自为航天员出征壮行，并作了讲话。

胡锦涛说：杨利伟、翟志刚、聂海胜同志，“神舟五号”马上就要发射了，这是你们期盼已久的庄严时刻，也是全国各族人民期盼已久的庄严时刻。一会儿，杨利伟就要作为我国第一个探索太空的勇士出征，就要肩负着祖国和人民的重托去实现中华民族的千年梦想。我们相信，你一定会沉着冷静，坚毅果敢，圆满完成这一光荣而神圣的使命。我们等待着你顺利归来！

杨利伟说：请总书记和全国人民放心，我决不辜负祖国和人民的期望。我向总书记和全国人民保证，坚决完成任务，不辱使命！

之后，杨利伟左手提着航天服通风箱，向着大厅的侧门走去。这时胡锦涛又往前走了两步，望着杨利伟的背影挥了挥手。杨利伟一回头，见胡锦涛在向自己挥手，也挥了挥手，然后向着航天员公寓外的广场走去。

广场上，数百名为航天员送行的队伍早已等候在此。他们中除了航天专家、科技人员和基地发射官兵，还有身着民族服装的少数民族男女、白发苍苍的老人以及佩戴着红领巾、手持鲜花的少先队员。虽是10月中旬，但戈壁已是初冬，加之是早晨，所以站在人群中的我尽管身穿棉大衣，也依然感到阵阵寒意。

5时30分，杨利伟身着乳白色航天服亮相于广场，人群顿时一阵欢呼，欢快的《迎宾曲》也骤然响起。在热烈的欢呼声中，杨利伟走到事先摆好的一个话筒前，向总指挥庄严报告：“总指挥同志，我奉命执行首次载人航天飞行任务，准备完毕，待命出征，请指示！中国航天员大队航天员杨利伟！”

“出发！”总指挥大声下达了命令。

“是！”杨利伟行了一个标准的军礼，然后向护送自己的专车走去。翟志刚、聂海胜紧随左右，护送着杨利伟上车。杨利伟临上车前，三人紧紧拥抱在一起。

5时40分，护送杨利伟的车队在晨曦中向着发射塔缓缓驶去。杨利伟的身后，是无数双满含热泪与期盼的眼睛以及此起彼伏的激动人心的口号声：“杨利伟，我们盼着你胜利归来！”“杨利伟，祝你一帆风顺！”……

5时58分，护送杨利伟的专车直接开到发射塔下。杨利伟下车，进入防爆电梯，身后是教练员和随行医生。胡世祥、王永志、张建启、戚发轫、袁家军、黄春平、刘竹生等与杨利伟作最后的告别，他们纷纷对杨利伟说：“利伟，祝你成功！”“利伟，祝你凯旋！”

站在电梯里的杨利伟一脸微笑，说：“放心，明天北京见！”

就在防爆电梯快要关闭的时候，大总师王永志像父亲一样伸出手臂，拉住杨利伟的手，没有任何语言，眼睛却分明在说：去吧，小伙子，没有把握，我们是不会送你上天的。由于杨利伟穿着航天服，不能正常握手，两人的手只能紧紧挨在一起，直至防爆电梯开始自动关闭，彼此才慢慢、慢慢松开……

这是杨利伟上天前与大总师在地球上的最后一次“握手”。

防爆电梯将杨利伟徐徐升至近六十米高的飞船舱门前，杨利伟走出电梯。按照程序规定，杨利伟离进入飞船的时间还有十五分钟。也就是说，杨利伟要在飞船的舱门前等待十五分钟。此刻，在六十米高的发射塔上，在飞船的舱门前，一共只有五个人：杨利伟、教练员、随行医生以及专门负责关闭飞船舱门的两位师傅，而绝对没有一个记者。所以后来见诸各种报刊、书籍的关于杨利伟进入飞船前向人们挥手致意的照片，均是记者们也包括我在内三天前“导演”的作品，而绝非杨利伟当日上天前的留影。由于这一时刻非常特殊，也非常微妙，所以五个人坐在那里，你看着我，我看着你，都不说话。应该说，这一时刻对杨利伟来说是一个非常难熬的时刻，就像一个人被悬吊在了空中，大家都在看着你——看你什么时候升到天上，或者落在地上；但你就是迟迟不升，也迟迟不落。而对其他四个人来说，同样也是一个很尴尬的时刻——和杨利伟说话不是，不和杨利伟说话也不是；说了觉得有点多余，不说又感到有些不放心。

过了一会，还是有人说了一句，给杨利伟说个笑话吧。

本来，说这话的人是想缓和一下气氛，结果呢？不仅笑话没人说，连提议说笑话的这个人，也不知说什么笑话是好。后来，还是一位负责关闭飞船舱门的师傅和杨利伟聊了起来。这位师傅对杨利伟说，听说苏联的加加林第一次上天的时候，也有两位师傅负责为他关闭飞船的舱门。后来，其中一位师傅退休了，另一位师傅当上了苏联国家航天博物馆的馆长……两人刚聊到这里，指挥控制中心突然传来“航天员进舱”的指令。于是，杨利伟在教练员、医生和两位师傅的协助下，缓缓爬进了飞船返回舱；而就在两位师傅即将最后关闭飞船舱门的一瞬间，杨利伟一回头，微笑着向刚才与他聊天的那位师傅开了一句玩笑：“‘馆长’，明天见!”

这是杨利伟上天前留在地球的最后一句玩笑。

上午8时，鲜红的太阳从地平线上缓缓升起。

这一天，戈壁滩上的天气出奇的好。没有风，没有雨，更没有沙尘暴，只有阳光洒满千里戈壁，戈壁一片灿烂金黄！高高耸立于蓝天之下的发射塔，在阳光的照射下，犹如一个顶天立地的伟岸汉子，站在大西北的地平线上，随时待命出征！而千古荒凉的戈壁滩，这天仿佛也突然变了模样，容光焕发，朝气蓬勃，活力四射，给人以神奇伟大、妙不可言的感觉。

的确，这是一片神奇而伟大的土地，这是一片多情而壮阔的土地，这是一个注定诞生神话与英雄的地方。默默流动的沙海勾画着历史的千年足迹，缓缓移动的驼队咀嚼着岁月的无尽沧桑，千年不倒的胡杨树撑起的是生命不朽的天空，高高的发射塔则延伸着人类从远古到未来、从陆地到太空的漫漫旅程。蒙古族人称这片土地为额济纳旗。额济纳旗位于内蒙古自治区的西北端，东临巴丹吉林沙漠，西与新疆哈密相通，南与甘肃酒泉紧邻，北与蒙古国接壤。这里曾经古树参天，草木葱茏，流水潺潺，遍地牛羊，早在原始社会便有人类生存栖居、繁衍生息。大自然的鬼斧神工在这里留下了无数的杰作：胡杨树千年不倒；弱水河长流不断；居延海烟波浩渺；“沙漠王”享誉世界。千百年来，这里上演了一幕幕血淋淋的历史大剧，也留下了无数神奇的传说与迷人的故事。老子在此骑牛西游，苏武在此牧羊十九年，霍去病在此攻打河西，马可·波罗在此秘密探险。自秦汉起，这里便是北方民族与中原王朝血火拼杀的战场。骁勇剽悍的蒙古族土尔扈特人数百年来也一直游牧、抗争于此，这个马背上的部落在1630年还西征到了伏尔加河下游，在那里创建了威震四方的土尔扈特汉国，其领土扩展至俄国乌拉尔河与顿河、察里津与高加索之间。令人痛惜的是，18世纪中叶，百折不挠的土尔扈特人东归故国时却代价惨重——离开伏尔加河时十七万之众的队伍，东归抵达故土时却仅剩几万条性命！而且，这里还是中华民族梦想飞天的地方，距此不远便是飞天圣地敦煌莫高窟……漫漫黄沙，萧萧长风，历史的脚步走到了1958年，新中国的第一个导弹靶场便落户于此，十万航天大军秘密开进大漠，在此安营扎寨。于是，祖祖辈辈生活在这里的蒙古族同胞把最好的草原让给了共和国第一个发射场，而自己则北迁一百二十多公里，重新开垦拓荒，新建家园。从 1958 年到 2003 年，新中国第一支导弹发射部队在冰雪风沙中一路走来，走过了常人无法想象的四十五年，熬过了常人无法想象的艰难岁月。他们如同戈壁滩上不倒的胡杨，深深扎根于此，完成了一千多枚导弹火箭、三十四颗卫星、四艘无人试验飞船的发射，为中国创造了波澜壮阔、震惊世界的十个“第一”——第一枚导弹从这里发射，第一枚核弹头从这里升空，第一颗人造卫星从这里起飞，等等等等。

而后，走到了今天。

今天，历史再次选择了这片土地。中国将在这片神奇的土地上用自己研制的火箭发射自己研制的“神舟五号”飞船；中国人将从这片神奇的土地上离开地球飞向太空！

这片神奇的土地，能再现神奇吗?

说来有点离奇，此次“神舟五号”的发射，无论火箭还是飞船，自进入发射场后，便一路绿灯，一帆风顺，不像前四次发射，问题一个接着一个，而且每个问题都能把人吓出一身冷汗！

然而，7 时 49 分，就在大家为这次的一帆风顺而暗自庆幸时，一个万万没想到的故障还是发生了：01 发射指挥员郭宝新突然听到火箭系统指挥员王学武报告，火箭利用系统测试电源出现掉电！

郭宝新的脑袋里“嗡”地响了一声。因为这个电源的供电时间最多为三十分钟，即是说，如果在三十分钟内不能排除故障，就意味着今天原定 9 时发射的计划就必须推迟！郭宝新当即下令启用应急方案，王金安总师立即带领配电抢修小组赶到现场，火速排查！

发射系统的人们焦急地等待着排查结果。十五分钟后，掉电故障终于排除！郭宝新的额头一片虚汗，发射系统的官兵们长长地舒了一口气。

8 时 15 分，紧紧搂抱着火箭的发射支架像一双巨大的手臂，开始缓缓展开，托举着“神舟五号”飞船的“长征二号 F”运载火箭将自己乳白色的身姿完全袒露在阳光映照的蓝天之下，于是“中国航天”四个大字显得格外耀眼。如果说飞船是飘扬在高科技的珠穆朗玛峰上的一面旗帜，火箭就是将这面旗帜插上珠穆朗玛峰的登山运动员。迄今为止，全世界已先后研制出的各种火箭有二十三个系列二百零八个型号，但拥有能发射载人飞船的火箭的国家，只有中国、美国和苏联/俄罗斯。中国的“长征号”系列火箭从1970年至今已有过近百次的发射纪录，而“长征二号F”火箭则是“长征号”火箭家族中可靠性最高、安全性最好、推力最大的运载火箭。它全长近六十米，起飞推力六百吨，可将八吨重的飞船送上太空!

这时，胡锦涛一行来到发射塔下，与即将升空的火箭、飞船作最后的留影纪念；而在香港的参观大厅，凤凰卫视台的新闻频道正播放着一条消息：伊拉克又发生一起爆炸事故，二十名驻伊美军遇难，布什总统火速召开紧急国事会议；在日本东京，国际宇航员会议开始不到十分钟，会议主持人便临时宣布暂时休会。于是中国即将发射的“神舟五号”和杨利伟的安全问题成了会议谈论的主题。

8时45分，总指挥与飞船里的杨利伟通话。双方声音清晰，悦耳动听。

总指挥说：杨利伟同志，再过十几分钟，你将乘坐“神舟五号”飞船飞向太空，中国人千年的飞天梦想即将实现!……希望你沉着冷静，坚定执着，按照预定的程序认真做好每一个动作。我们信任你，全国人民期盼你!

杨利伟说：感谢首长的关心!我在舱内感觉非常好，请首长放心。我一定不辜负首长和全国人民的重托，以最饱满的精神状态迎接挑战!我向祖国和人民保证，坚决完成任务!

8时50分，01发射指挥员下达了“十分钟准备”的口令。坐在飞船里的杨利伟向地面报告：“舱内初始状态检查完毕，设置正确!”

这是杨利伟上天前留在地球上的最后一次报告。

接着，胡锦涛一行登上基地试验指挥楼的楼顶平台，把目光投向了即将起飞的“神舟五号”。发射场附近，直升机、搜索车、救护车等快速出动；一百多名记者携带“长枪短炮”，争先恐后，纷纷抢占有利地形；成千上万观看发射的战士、家属、老人、儿童以及当地老百姓，全都盯住了发射塔；而在距离发射塔两百米远的戈壁滩上，十几匹骆驼也朝着发射场的方向，驻足引颈，抬头仰望……

与此同时，在千里之外的北京指挥控制中心大厅，观看发射的中央领导人以及中央各部委贵宾已经就位，目光全部集中在了大屏幕上。而在北京南苑火箭技术研究院的一间小屋里，一位火箭专家的妻子正盯着电视屏幕，一动不动。每次发射，这位专家的妻子都要看，不管成功与失败，就像球迷看球赛不管输和赢。久而久之，她总结了一个小小的经验：每次发射前如果家里吃饺子，发射就成功；如果家里吃面条，发射就失败。于是为了这次发射成功，这天她从清晨5时就开始包水饺，本来胃不好的她，居然一口气吃了六十六个水饺！她说，六六大顺啊！此刻还有一个发射军官的妻子，也坐在家中的电视机前。每次发射她都看，每次看发射她都习惯在茶几上放点水果，边吃边看。有一次她吃的是西瓜，结果发射成功了；有一次她吃的是梨子，结果发射失败了。从此，她再也不吃梨子了。可有一次她分明吃的是西瓜，发射还是失败了。所以这一天，一个早上她都在家里转来转去，不知道该在茶几上放西瓜好还是放梨子好，最后，她决定又放西瓜又放梨子。结果，从早晨6点她就守候在电视机前，两个多小时过去了，她一会儿拿起梨子，一会儿拿起西瓜，虽然早就又饥又渴，却什么也不敢吃，一口也没吃——不是不想吃，而是怕吃错了！

“五分钟准备!”发射进入最后的倒计时。

此刻，距离发射塔一千五百米远的基地指挥控制大厅里，看似十分平静，实则每个人心里都怦怦跳个不停。谁都没注意，就在这时，总指挥侧了侧身，轻声问了大总师王永志一句：“带了吗?”王永志点了点头，并用手摸了摸衣兜。由于每次发射都惊心动魄，如履薄冰，所以几十年来不少航天专家都患上了一种职业病——心脏不好。久而久之，每次发射前带上一盒救心丸，便几乎成了专家们的一种习惯，或者说一个不成文的规矩；而且在火箭点火前几分钟，彼此还会提醒一句：“带了吗?”王永志心脏不好，发射前医生给他和好几位专家都准备了救心丸。总指挥担心他忘了，所以问了一句。

而此刻火箭系统的总指挥黄春平和总设计师刘竹生，两人脸上的表情更是显得阴沉凝重。再过两分钟，火箭就要点火起飞了；但两分钟后，火箭能成功点火吗？能顺利起飞吗？尽管为了一个航天员的生命安全和发射的成功，火箭系统大胆突破原有设计理念，采用了 55 项新技术，攻克了故障自检处理系统和逃逸救生应急系统两大世界性难关，并对火箭 309 个质量问题和一千多个插头全都进行了重新检查，其可靠性已达到了工程总体要求的 97%。97%是一个什么概念呢？年初美国的“哥伦比亚号”航天飞机在第 28 次飞行时爆炸，他们计算了一下，其可靠性就大致相当于 97%。而可靠性是一个随机性的问题，28 次中失败一次，这一次有可能是第一次，有可能是第 18 次，也有可能是第 28 次。面对这样一个 97%，谁能保证这一次绝对成功？万一那个 3%偏偏就出在这一次呢？因此，在火箭点火前一分钟时，黄春平还是伸手下意识地摸了摸自己的衣兜。他衣兜里和王永志一样，同样装着救心丸；而刘竹生的老毛病早就犯了，手心已沁出一大片细汗！

“10，9，8，7，6……”发射进入读秒倒计时。

这时，基地指挥控制大厅的大屏幕上清晰地传出一幅图像：杨利伟举起右手，向全国人民庄严地行了一个军礼！

这是杨利伟上天前留在地球上的最后一个军礼！

“……5，4，3，2，1，点火——起飞！”

随着 01 发射指挥员一声令下，2003 年 10 月 15 日 9 时整，火箭一声长啸，腾空而起！霎时间，烈焰熊熊，雷霆万钧，山呼海啸，天地动容，指挥大厅和方圆十几公里内的人群一片欢呼雀跃！在众人的欢呼声中，火箭在熊熊烈焰中徐徐上升。火焰紧紧包围着飞船。飞船里的杨利伟此刻承受着巨大的超重压力，耳边不时响起火箭升空时脱离箭体的碎片的“嘎嘎”爆裂声，但他依然目光炯炯，神态自如，从天上传回的各项生理参数显示：他的身体状况一切正常，而且心跳还是每分钟 76 次！

“一、二级火箭分离！”

"火箭、飞船成功分离!"

9时9分50秒，飞船顺利进入预定轨道!

从火箭点火起飞，到火箭、飞船成功分离，不过短短的270秒!但在这短短的270秒里，不少专家尤其是火箭总指挥黄春平的心跳，均超过了每分钟160次；火箭总师刘竹生的手心，则是一片大汗淋漓!然而，从270秒后，杨利伟却终于挣脱了地球的束缚，冲破了地球的引力，成为第一个离开地球、叩开宇宙大门的中国人!

9时33分，随行医生与杨利伟通话，询问杨利伟感觉如何，杨利伟回答说："我现在感觉良好!"

这是中国人第一次从太空传回地球的声音。

9时42分，总指挥正式宣布："'神舟五号'载人飞船发射成功!"

接着，胡锦涛在发射场发表了讲话，他说：举国上下期盼已久的"神舟五号"飞船的发射已经取得成功，我国自行研制的飞船载着我们自己的航天员顺利进入太空，这标志着我国首次载人航天飞行初战告捷，也标志着中国人民在攀登世界科技高峰的征程上，又迈出了具有重大历史意义的一步……同志们，你们为祖国、为人民、为民族建立的卓越功勋，党和人民永远不会忘记!

然而，稍加注意便会发现，除火箭专家和发射官兵热烈拥抱、尽情欢呼外，其他专家的掌声都显得很有节制，甚至眉宇间还多少藏着些许隐忧。这又是为什么呢?

这是因为，飞船进入预定轨道后，只意味着火箭发射成功，并不等于中国载人航天飞行任务全部结束；而只有杨利伟从太空安全返回地面，才算大功告成!因此，火箭发射成功、飞船入轨后，"神舟五号"能否顺利着陆，杨利伟能否平安回家，仍是一个很大的悬念!

第二十九章
杨利伟回家

“神舟五号”成功入轨后，我与专家们一起，当即乘专机飞回北京；接着马不停蹄，又赶到北京航天指挥控制中心。

此时的指挥控制中心，一派紧张繁忙。人间天上，信息频传。飞船的飞行状态和飞行轨迹，在偌大的显示屏幕上一目了然；错落有致的各种现代化设备，飞速运转，眼花缭乱。这里，与戈壁滩上的发射场截然不同，没有轰轰烈烈、惊心动魄的壮观场面，只有成千上万的密码指令和信息数据，像清风徜徉于祥云般默默穿梭交流。身着白色工作服的专家们坐在各自的岗位上，看上去平平常常，普普通通。他们的工作的最大特点，就是无声无息，深藏不露，但在关键时刻却能把人类的思维和意志变成神奇的计算机语言，然后再将这些神奇的语言神奇地传递至茫茫太空，让天上的飞船和航天员完全听从地上的指挥。譬如，飞船起飞后，何时入轨，何时展开“翅膀”，何时变轨，如何运行，如何与地面沟通，何时返回地面，怎样返回地面，怎样准确着陆，怎样处置意外情况，等等。这些在局外人看来不可思议的事情，在他们指尖跃动的一瞬间，便能悄然变成奇迹！

的确，这是一批卓尔不群、非同凡响的人物。他们曾经创造的传奇历史，至今鲜为人知。1970 年，中国发射第一颗人造卫星“东方红一号”时，担任其测控任务的主设备仅是几部国产雷达和两台 60 年代研制的国产计算机。但专家们最终却准确预报出了卫星飞越一百多个城市上空的时间，让全世界看到了中国的第一颗人造卫星，并听到了卫星播出的《东方红》乐曲声。1979 年 6 月的一天，美国驻华大使馆受命向中国外交部发出通告：美国“天空试验室”在回收时失控，希望中国能协助搜寻并预报落点。美国“天空试验室”变轨频繁，控制难度极大，要从太空中数千颗飞行的卫星中将它捕捉并预报出其准确落点，无异于大海捞针！但中国的测控专家们经过二十多天的昼夜搜索，精心计算，终于在 7 月 11 日正式预报出了美国“天空试验室”陨落的时间，与卫星实际陨落时间仅差四分钟。1983 年，苏联发射的一颗海洋核动力侦察卫星在返回途中解体后失控。该卫星腹内剩有相当数量的核燃料，倘若不能及时捕获并控制，掉在任何一个国家的头上，后果都不堪设想。塔斯社向全世界通报了这一险情后，中国测控专家们紧急开通了航天测控网，实施昼夜跟踪。仅仅半月，便锁定了这颗失控的卫星；并以国家公告的形式及时通报了苏联及相关国家。结果，中国预测的精确度仅次于苏联。

然而，全世界恐怕没有一个国家相信，立下上述卓越功勋的中国测控专家们长期使用的计算工具，竟是一台早被国外淘汰的老掉牙的 320 计算机！

其实，中国的测控专家们何尝不希望自己也拥有世界最先进的设备！同样发射一艘载人飞船，美国在太空有中继站、天上有飞机、海上有二十四艘测量船，陆地上还可以实行全球布站，从而形成一个陆、海、空、天立体交叉的庞大的航天测控网。苏联则充分利用自己国土辽阔的优势，在陆地上由东向西一路布站，同时在海上也布置了十余艘测量船，从而形成了强大的测控覆盖网。它们用一颗同步卫星便可覆盖地球表面的 50%，两颗同步卫星便可覆盖地球表面的 85%，三颗同步卫星就能覆盖全球，对任何航天器的飞行都能实施全时段的跟踪测控。但中国却做不到。受国情所限、基础所限、经费所限，中国测控的轨道覆盖率只有地球表面的 15%，通信的覆盖率只有地球表面的 30%。在这种情况下，测控系统和其他系统一样，硬件不行就只能靠“软件”。这个“软件”就是人，靠人绞尽脑汁，耗尽心血，开启智慧，想方设法。虽然，中国的测控专家使用的不少办法很土，却简单、经济、实用、可靠。比如，海上打捞飞船用的网，基本设计思想就与一位织渔网的老人有关。这位老人后来说，织了一辈子的渔网，没想到渔网居然还能打捞飞船!

总而言之，为了完成这次“神舟五号”的跟踪、测量、控制任务，确保杨利伟安全回家，中国专家们设计了四千多种故障模式，七百多条应急控制指令和注入数据，一百四十多万条软件语句，十四种返回模式，一百多个软件故障预案，二百五十多个硬件故障预案，一百三十九个排解飞船故障的对策……此外，陆地上预设了四个救生区：酒泉、银川、榆林、邯郸；海上预设了三个救生区，每个区长八百公里，宽一百公里；六艘打捞船上也均有信标设置，飞船一旦掉进海里，立即便能发现。

由于飞船要绕地球飞行几十圈、上百圈（“神舟一号”“神舟五号”飞行二十一圈，其余飞行一百零八圈），除了第二、第十三、第十五圈经过国内上空之外，其余全在国外上空。因此为了保证飞船无论在哪一圈发生故障都能顺利着陆，不管掉在地球任何地方都能及时实施抢救，专家们除了在国内预设了东北、华北、东南、四川遂宁四个应急返回着陆区之外，在国外也预设了八个飞船应急着陆区。这八个飞船应急着陆区是：美国、澳大利亚、巴拉圭、伊拉克、埃及、巴西、苏丹、阿根廷。这样，就构成了以北京、酒泉、西安三个指挥控制中心和渭南、青岛、厦门、卡拉奇、纳米比亚等国内外十个测控站以及海上四艘“远望号”测量船为主的陆、海、机载人航天测控网。即是说，专家们把地球设计成了一个“大兜子”，不管飞船落在陆地、海上的任何一个地方，都能将它一把“兜”住!

9 时 50 分，“神舟五号”开始了第一圈飞行。

当飞船飞临太平洋、印度洋和大西洋上空时，跟踪、测量飞船的重任便落在了四艘“远望号”测量船上。四艘测量船的布阵情况是：“远望一号”和“远望二号”在太平洋，“远望三号”在印度洋，“远望四号”在大西洋。每艘船上的出海人数均为三五百人。此刻，四艘“远望号”正分别航行在波涛滚滚的大海上，“目不转睛”，严阵以待，紧张地捕捉着飞船的每一个信息。过去发射卫星时，“远望号”只到太平洋；这次发射载人飞船，经总参批准后，又开辟了大西洋和印度洋两条新航线。三大洋浪涛汹涌，台风频频，深不可测。据史料记载，著名航海家麦哲伦1520年途经太平洋时，曾用“测深绳”探测过太平洋叨摩群岛附近的深度。麦哲伦一连放下五六根“测深绳”，最终也没够着太平洋的底。事隔多年后，有科学仪器测出，当年麦哲伦探测的那个位置深度竟达五千余米！而这样的深度在“远望号”老船长的眼里却算不了什么，老船长说，在“远望号”行驶的航区里，这不过是一个普通的数字而已，“远望号”行驶过的航区的最大深度已达一万米！即是说，如果将珠穆朗玛峰搬到这里，峰顶距离海面也还有一千多米！

要在如此险恶的大海上航行并执行跟踪、测量飞船的任务，“远望号”测量船面临的风险与困难可想而知。因为中国在国外没有殖民地，在公海也无一寸地盘，所以无法在全球布置测量站，唯一的办法就只有在这风险四伏的大洋上使用机动性能强、测量跟踪功能齐全的远洋测量船，开辟为我所用的试验航区，让万吨测量船定点在事先确定好的方位上，以便比在陆地更精准地测量、计算从千里之外的戈壁滩上高速飞来的火箭和飞船！这种方法当然并非中国人的发明，从50年代末起美国、苏联就已经使用过这种方法。像这样的远洋测量船，今天的美国已拥有二十余艘，苏联拥有三十余艘。换句话说，原本属于世界共享的茫茫公海，早已成为美国、苏联独来独往的“私人海域”。而五百九十八年前就有郑和下西洋的中国，直至上个世纪70年代末才好不容易建造出了两艘远洋测量船。

四艘“远望号”中，“远望一号”是名副其实的“老大”。它于1977年首次下水，先后远征大洋三十余次，可谓筋疲力尽，伤痕累累。即是说，它设备老化，故障不断。比如船上有二十五年前制造的重要设备，至今还“坚守”在“岗位”上。“远望一号”的测量区域在日本海，航程虽短，海况却相当复杂，暴雨、寒潮、大雾时常光顾，从不间断。“远望二号”也是1977年下水的，先后二十五次远征大洋，总航程四十万海里。它的测量区域台风最多，遭遇七八级的台风和三四米高的海浪是家常便饭。比如“神舟二号”发射前夕，“远望二号”测量船一直处在八级台风的围攻之中，当酒泉发射场的指挥员询问“远望二号”准备情况时，有的专家正趴在船舱里哇哇呕吐不止。“远望三号”1995年下水，十三次出征三大洋。在四艘“远望号”中，唯有它每次驶向大西洋时必经好望角。好望角是世界著名的风暴角，这里高五六米以上的涌浪每年都达四个月以上。自1999年首闯好望角以来，“远望三号”已五次往返于好望角，就是说，已经受了十次惊涛骇浪的生死考验。“远望四号”在四艘“远望号”中排行最小，只有五年的成长岁月，但它却具备了对包括飞船在内的所有航天器的海上综合测控能力，并六下太平洋，四征印度洋，总航程达十万海里。二十五年来，四艘船总航程八十万海里，即一百四十八万公里，相当于绕地球四十圈，圆满完成任务四十二次！

而“神舟五号”飞船经过“远望号”头顶的时间，最多不过十几分钟，具体捕捉一个信息或数据的时机更是只有零点几秒。但就为了这十几分钟，就为了这零点几秒，这些自称“远望人”的官兵们付出的却是几十天、几个月、几十年的生命、青春与心血。比如发射“神舟一号”飞船时，四艘“远望号”分别在海上待了三十五天、六十二天、九十三天、六十九天，分别航行了五千三百、一千八百、二千二百、一千六百海里，穿越了八个海峡，停靠过五个国家的六个港口，越过赤道线和国际日期变更线，并通过了好望角。而此前的准备时间却是整整七年。在这七年中，“远望人”每次出海都是两三个月，往返一次，相当于绕地球一圈，几乎有一半都是在大海上度过的，有一年甚至在海上待了整整七个月！而海上的生活是极其枯燥的，也是极其孤独的。不能写信（没有邮差），不能发“伊妹儿”（容易泄密），不能打手机（没有信号），除了看大海的波涛汹涌、浪花滚滚，就只能看一个电视频道的雪花满天重重叠影。由于长年经受海浪的颠簸，加之海上险象环生，事故频发，高度紧张，身体疲劳，心理和生理都容易出毛病。心烦、失眠、急躁、呕吐、四肢无力、精神恍惚、胃下垂、关节炎、颈椎病、腰肌劳损，这些都是船上官兵的常见病。至于心脏病，船上的干部几乎人人有份。但“远望人”的内心深处是平静的，眼光是高远的，精神更是神圣的。船上除少数专家之外，一半官兵都是大学本科以上的年轻军人。虽然年轻人的梦想像大海，总是蓝色的，但能为实现中华民族千年的飞天梦而尽一份自己的责任，却是他们人生的一大骄傲与幸运！他们没有什么奢求，也无任何索取，只希望顺利完成测量任务，然后像杨利伟一样平安回家。为了不漏掉一个数据，他们珍惜每一秒时间；为了减少国家开支，他们节约每一个“铜板”、每一台设备、每一个元件、每一颗螺丝钉、每一根导线，尽可能做到花最少的钱，出最大的力，办最大的事。因为他们知道，出海一次，总共就得消耗两千万元人民币！所以，每次出海时人们送的鲜花或者塑料花他们总是留在船上，从来舍不得扔掉，为的是“远望号”凯旋时可以再次派上用场。甚至船上若有人不小心让一束塑料花掉到了海里，他们也会立即想法打捞起来，以便留在下次使用。有人说，“远望号”是大海上“移动的国土”，但在这远离祖国港湾的“移动的国土”上，又有多少人知道，这些长年沐浴万里海涛的“远望人”姓甚名谁，是男是女，是老是少？

当然，没有任务的时候，“远望号”也可以寻找机会在八个国家七个港口适当停靠一下，一方面休息休息，一方面进行生活用品、油料、副食的补给以及动力设备检修等。靠港时间一般为五六天。每靠一个港口，该国的政府官员、外国使节、华侨代表甚至国家首脑等都会上船参观。于是“远望人”便在船上适当地搞点宴会、招待会之类的外事活动，趁机把祖国宣传一番。有的华侨老头儿、老太太已是耄耋之年，却从来没有回过祖国，他们听说祖国的大型测量船靠岸了，感到很骄傲，带着子孙和点心水果来看望船上的亲人。看到祖国强大，他们很高兴，希望祖国变得更强大，他们在海外就更扬眉吐气了。

毫无疑问，海上测控是个难题，一个世界性的大难题！难就难在飞船是一圈一圈绕着地球飞行，因而海上测控就只能分段进行。飞船每过一个多小时就来，“远望号”测量船就得不断地改变航向。为保证航向的稳定，就得不断校正航向，匀速航行。因为只要一偏航，精度就没有了，测的数据就报废了。所以飞船每一分钟、每一秒钟在什么位置，必须测得非常精确。但飞船在运动，船在运动，设备在运动，人也在运动，要保证测量的精度极其不易。只要对飞船的飞行有一圈没跟上，或者没跟到头，船就得不停地拐弯，不停地改变航向，一般都要绕上四五十圈。

尤其这次对“神舟五号”飞船的测量，时间长，任务重，设备老，技术复杂，测量要求高，所以“远望人”的压力非常大!

就在陆地、海洋上的专家们忙个不停的时候，天上的杨利伟也没闲着。人间天上相距十万八千里，我们当然无法知道天上的杨利伟在想什么，但通过天上不时传回的信息与图像，却能一目了然地看清飞船上的杨利伟每时每刻都在干什么。

10 时 10 分，当神秘的宇宙向第一位来访的中国客人缓缓打开天窗时，杨利伟也打开太空日志，拿起笔来，写下了这样一段文字：

为了人类的和平与进步，中国人来到太空了!

这是中国人第一次将汉字留在了太空。

10 时 35 分，杨利伟用相机在太空拍下了第一张地球的照片。

这是中国人第一次在太空回望家园。

11 时整，杨利伟一边看书，一边吃午餐。

这是中国人第一次在太空享受吃饭。

12 时整，杨利伟仰面卧躺，开始睡觉。

这是中国人第一次在太空进入梦乡。

17 时 26 分，国防部长、原载人航天工程总指挥曹刚川在北京航天指挥控制中心与杨利伟通话。曹刚川询问了杨利伟的身体和工作情况后，对杨利伟说：“祖国和人民期待着你的凯旋!”杨利伟说：“请首长放心，我一定努力工作，把后续工作完成好，向祖国和人民交一份满意的答卷!”

这是中国人的第一次天地通话。

18 时 24 分，飞船开始进入第七圈飞行。这时，杨利伟面带微笑，慢慢掏出两面旗帜——一面是中国国旗，一面是联合国旗。自人类开展载人航天以来，美国的航天飞机和苏联/俄罗斯的飞船先后四次搭载过联合国旗。2003 年 7 月，中国向联合国正式提出申请，由“神舟五号”搭载联合国旗，以作为和平利用外层空间、造福人类的象征。9 月 4 日，在维也纳国际中心举行的仪式上，联合国维也纳办事处执行主任科斯塔将两面联合国旗转交给中国常驻维也纳联合国和其他国际组织代表张炎大使，张炎大使又当场将这两面联合国旗交在了中国载人航天办公室负责人的手上。其中有一面旗帜与中国国旗尺寸相同，长 15 厘米，宽 10 厘米，重 10 克，为尼龙质地；另一面旗帜则长 180 厘米，宽 120 厘米，重约 330 克（此面旗未在太空展示）。18 时 40 分，在距离地球 334 公里的太空，杨利伟左手举起中国国旗，右手举起联合国旗，一边轻轻挥动，一边用中文说道："向祖国人民、港澳同胞、台湾同胞、海外侨胞问好，感谢全国人民的关怀！"接着，他又用英文说道："向世界各国人民问好，向太空中工作的同行问好！和平利用太空，造福全人类！"

这是中国人第一次在太空展示自己的国旗，也是中国人第一在太空展示联合国旗。杨利伟在挥动旗帜的一瞬间，既把一个民族的尊严留在了太空，也把人类对文明的向往留在了天上！

19 时 10 分，就在杨利伟即将进入第八圈飞行时，在北京航天医学研究所观看"神舟五号"飞行实况的杨利伟的妻子张玉梅突然接到通知，让她带着儿子和杨利伟的父母赶到北京指挥控制中心，与杨利伟进行天地通话。其实，飞行程序上原来并没有这项安排，是总指挥考虑到杨利伟在太空的孤独与疲劳，想让小两口感受一下天上人间的暖暖亲情，临时决定的。张玉梅对此当然一无所知。自从三天前杨利伟离开她后，她的心就一刻不得安宁，也多少有些矛盾。一方面，作为一个中国人，她当然希望杨利伟上天；另一方面，作为一个妻子，她又为丈夫的安全有几分担心。所以杨利伟没有被选定上天之前，她心神不宁；杨利伟被选定上天之后，她又焦虑不安，比如昨天晚上，她几乎一夜没睡，心里一直怦怦跳个不停。

张玉梅来到指挥大厅后，飞船已进入第八圈飞行。19 时 58 分，工作人员接通了天地连线，张玉梅马上看到了从太空传回的杨利伟的图像！由于失重的原因，杨利伟面部充血，满脸通红。终于见到了天上的丈夫，张玉梅很激动，很心疼，又很担心。在这一刻，她感到自己有很多话要对丈夫说，但当着那么多人的面——不，是当着全地球人的面，东方女人的含蓄与羞涩又让她有点不好意思，一瞬间竟不知该说什么是好。后来她还是鼓起勇气，像第一次恋爱一样问了一句：“利伟，你好吗?”接着，她便听到了杨利伟从太空传回的声音：“我在太空感觉很好，太空的景色非常美！我一定会圆满完成任务，等候我的好消息吧!”张玉梅激动了，有点不知所措。后来她说，这声音十多年来在我耳边曾无数次地响起过，但唯有这次，听起来非常悦耳，非常动听，深深地打动了我的心！

是的，什么是做女人的幸福？或许这就是做女人的幸福。这一刻，张玉梅实实在在地感受到了。

接着，杨利伟的儿子杨宁康，跪在椅子上，开始与他老爸“聊天”。儿子问：“爸爸，你在天上都看到什么了?”

杨利伟说：“好儿子，我看到我们美丽的家了!”

儿子问：“爸爸，你在天上吃的是什么呀?”

杨利伟说：“我吃的是航天食品。”

儿子问：“味道怎么样?”

杨利伟说：“味道好极了!”

父子天地对话，引来全场一片笑声；而坐在旁边的两位老人也笑了。两位老人是杨利伟的父亲和母亲，他们除了脸上的微笑，眼里还噙着泪水。连日来，两位老人一直为儿子揪心。尤其是父亲，深知儿子渴望上天的心愿，自己也非常希望国家能选中儿子上天。就在昨天下午，他一个人还趴在杨利伟家的窗前，一直望着西北戈壁滩的方向，望了整整一个下午，一句话也不说。到 6 时多了，老伴叫他吃饭，他也不动，一直望着。后来他问老伴，你说儿子能选上吗？老伴不吭气，却把一个烟袋递到他手上，说，实在想儿子了，就抽一袋吧！今天早上，单位领导通知他们全家去看发射实况，他心里一下就明白了，儿子被领导选中上天了！单位领导担心他俩精神压力大，心脏受不了，特意让一辆救护车停在门口，还安排了一位医生坐在他们身边。没想到，此时此刻，两位老人望着大屏幕上一脸微笑的儿子，却显得相当的平静，好像他们这个早就交给国家的儿子，现在不在天上，而就在身旁。

杨利伟与妻子、儿子的通话，用了四分零五十秒。中国人亲情的电波，第一次穿越时空的隧道，从人间飞到天上，再从天上传回人间。

23 时 45 分，飞船进入第十一圈飞行。

杨利伟在静谧的太空，开始第二次进入梦乡。

…………

10 月 16 日凌晨 5 时 4 分，飞船成功进入返回轨道。身披宇宙滚滚风尘的杨利伟，在太空连续飞行了二十一小时、行程五十八万公里、绕地球十四圈后，准备回家了！

飞船顺利返回，航天员安全落地，是载人航天工程中的最后一环，也是关键的一环。就像一个马拉松赛跑运动员的最后冲刺，如果冲刺不好，甚至在压线前摔倒，都将前功尽弃，全盘皆输！

1961 年，加加林即将从太空返回地面时，飞船总师科罗廖夫用电话向赫鲁晓夫报告说：总书记同志，现在飞船的降落伞已经打开，飞船正常，正在着陆……赫鲁晓夫没等科罗廖夫说完，便立即大声说道：快告诉我，人还活着吗？显然，赫鲁晓夫最关心的是人，人是否活着最重要！只要人能活着回来，哪怕落地后少了一只胳膊、缺了一条腿，就是胜利，就是成功！

把人从地上发射到天上，很难；再让人从天上返回人间，并保证活着回来，同样很难！在世界载人航天历史中，迄今为止牺牲的二十三位航天员，其中有十一人都是在返回途中遇难的。

一般说来，飞船返回的方案有两种：一种是让飞船在海上溅落，一种是让飞船在陆地降落。美国选择的是在海上溅落的方案，即把飞船返回的落点选在海上，再用庞大的舰队和直升机群联合搜救。因为海上没有障碍物，视野广阔，一览无余，容易发现目标，即便飞船偏离预计落点，也便于找到。另外还有一个好处，就是在同等条件下降落，航天员落在海上比落在地上更安全。而苏联选择的是在陆地降落的方案，因为苏联在陆地上有优势，可以用浩瀚的沙漠做着陆场。

中国的实力和经费有限，只能选择让飞船在陆地降落。但我们虽有九百六十万平方公里的国土，真正能够满足飞船着陆条件的区域却不多。开始时因时间仓促，经验不足，中国曾把着陆场选在河南开封以南、驻马店以东长约两百公里、宽约一百公里的一个地区。后经过一番争论、论证，耗时三年有余，进行了六次、十八万多平方公里的大规模勘察，最终将主着陆场定在了内蒙古四子王旗的阿木古郎大草原。这里总面积为两千一百六十平方公里，地形平坦，视野开阔，人烟稀少，土壤松软，全年少雨多风，气候干燥，能见度高，为中温带大陆气候。专家们最后认定，这是一个少见的得天独厚的飞船着陆场。

早晨5时30分，北京航天指挥控制中心进入最后也是最紧张的阶段。此时向飞船发出的每一条指令都是以秒或零点几秒计算。5时35分，指挥控制中心向飞船发出返回指令，位于大西洋的“远望三号”测量船很快搜索到了飞船。短短一分钟内，飞船完成了姿态调整，然后轻轻一转身，朝着回家的路飞奔而来。

按照设定的程序，飞船从空中返回地面时，首先要调整姿态，给自己重新定位，再从太空返回大气层。比如刹车、关闭飞船发动机、控制点火姿态、减缓降落速度等等。也就是说，飞船被火箭送到天上后，那感觉是雄壮、豪迈的；当飞船要从天上返回地面时，就必须重新调整自己的姿态，低下自己高昂的头颅，从仰望太空转而面向地球，重新找回自己在地球上的归属感，适应在地球大气层环境中运动和生存的需要。因为自己原本就属于地球，属于人间。

5时38分，飞船制动发动机点火。

5时59分，飞船轨道舱与返回舱成功分离。飞船返回舱速度减缓，开始向着内蒙古大草原着陆场方向缓缓降落。

此刻，位于内蒙古自治区四子王旗阿木古郎草原的着陆场冷风飕飕，寒气逼人。为保证在第一时间快速、准确地发现目标，搜救队伍早已作好了各种准备。4时50分，五架搜救直升机腾空而起，飞赴待命空域；数十辆专车迅速出动，开赴搜索地区；医监医保人员也各就各位，作好了应急抢救的准备。如果我们把载人航天比作一场从地面到太空、再回到地面的接力赛，飞船返回时回收飞船、搜救着陆场上的航天员就是最后一棒了。难怪有一次副总指挥胡世祥到着陆场检查工作，发现有一个关键的气象问题没按原计划落实好时，非常生气，冲着一位气象负责人发了脾气：如果航天员回来出了问题，我就枪毙了你！因此，现在杨利伟能否安全回家，关键就看这里了。

6时整，飞船进入中国境内。位于新疆和田的测控站第一个发现目标。

6时4分，飞船以每秒七点八公里的速度进入离地面约八十公里的大气层。这时，由于飞船的表面与大气层剧烈摩擦，产生等离子层和摄氏几千度的高温，形成电磁屏障，飞船的信息下不来，地上的指令上不去，天上地下的通信全部中断，相当于整个飞船遭到了屏蔽。航天专家们把飞船降落时的这一段行程称为无线电“黑障区”。它发生在飞船离地面八十到三十公里时，持续时间约两分钟。在这两分钟里，飞船只能依靠自己的主导航系统为自己导航。此时不能下降太快，而必须减少超重——不能超过四个G。一旦超过了，杨利伟就不能平安回家。“黑障区”虽然不过短短两分钟，但这两分钟却最黑暗、最关键、最危险、最可怕，也最无奈，全世界至今无解。

当指挥控制中心传出“各号注意，飞船进入‘黑障’”的口令时，巨大的屏幕上顿时一片漆黑。人们瞪大眼睛，屏住呼吸，既不见飞船的一丝模样，也不知杨利伟的半点信息。无论是测控专家还是中央领导，所有人的脸上都是一副焦虑不安、急不可待的样子，脑子也几乎全是一片空白；而杨利伟的妻子张玉梅则悄悄伸出双手，紧紧捂住了自己的眼睛……

是的，等待，所有的专家们都在等待。除了等待，别无选择。事后我了解到，在这短短两分钟的等待里，有三分之二专家的心跳都迅速加快，而且每分钟平均高达一百四十次以上！

6时6分，犹如涅槃再生的“神舟五号”飞船身披熊熊火焰，终于穿越“黑障区”，朝着草原直扑而来！

6时7分，着陆场的搜救直升机收到了飞船返回舱发出的无线电信号，机上人员也依稀看见了正徐徐飘落的返回舱。搜救队伍迅速扑向着陆地点。众人一片欢呼，喜极而泣！

6 时 23 分，“神舟五号”飞船在内蒙古大草原成功着陆，杨利伟从太空平安返回地球！飞船的实际着陆点与理论着陆点相差仅四点八公里，且返回舱完好无损！据说，飞船落地时，一位牧民正举着鞭子赶着羊群在草原上缓缓独行，他突然一抬头，发现一个“怪物”从天而降，吓得扔下羊群便夺路而逃。

杨利伟自主出舱后，微笑着向人们挥手致意，而后对前来搀扶他的工作人员痛快地说了一句：落地的一刹那，我感觉像是在一张海绵垫子上轻轻颤了一下！

是的，轻轻颤了一下。这轻轻一颤，抖落的是世间万般尘土，成全的是一个民族的千古梦想！值得玩味的一个细节是：中国第一颗原子弹爆炸的时间是 1964 年 10 月 16 日，而中国第一艘载人飞船返回的时间也是 10 月 16 日。一个民族，两个惊天动地的日子前后相隔了三十九年，居然同月同日，完全重叠，这是历史的巧合吗？

当无数鲜花、笑脸、欢呼像潮水般涌向杨利伟身边的时候，在北京航天指挥控制大厅里，我注意到了一个人，这个人就是中国载人航天工程的总设计师王永志。此时此刻，杨利伟已经平安落地，紧张的气氛瞬间烟消云散。当温家宝总理与专家们热情握手之后，记者们便拼命奔向了杨利伟专机降落的机场；大厅里的人们则纷纷汇入沸腾的人群，拥向欢乐的广场。而这时，大总师王永志的身边，既没有鲜花，也没有掌声，只有他与专家们相互握手，彼此庆贺！我走过去，与王永志的手紧紧握在一起，然后请他的秘书周雁飞为我俩照了一张相。就在周秘书按下快门的一瞬间，我突然想到了一个人，谁？苏联载人航天总设计师科罗廖夫！

我问王永志，现在载人飞船发射成功了，航天员杨利伟平安回家了，中国千年的飞天梦实现了，您一生的三大愿望也如愿以偿了，此时此刻您最深的感受是什么？

王永志说，我就想找个地方好好睡上一觉！

尾　声

清醒，是一种素质

如果我们把宇宙比作一个大作坊，它最骄傲的产品或许便是人类。

四十亿年前，生命在宇宙中出现。五百万年前，人类在地球上诞生。人类的生命登陆地球，用了近三十六亿年。但生命一旦登陆地球后，只用了四亿年便离开地球而飞向三十八万公里远的月球。接着又用了多一点的时间，飞向另一个比月球更远的星球——火星！

人类在明天的路上到底还能走多远，我们无法预料。但有科学证明，迄今为止人类仍是宇宙中已知的唯一的智慧生物。于是我们似乎可以说，人类今天想的已不再是能不能干什么的问题，而是什么时候干、怎么干的问题。比如，挣脱地球的束缚，到天上去“散散步”“遛遛弯”，是人类很早就想干的一件事情，更是中国人很早就想干的一件事情。这件事苏联人、美国人早就干成了，现在，中国人也干成了。后来“神舟六号”“神舟七号”又先后将中国的五位航天员费俊龙、聂海胜、翟志刚、刘伯明、景海鹏送到了天上，第一次把中国人的脚印留在了太空；而与此同时，美丽的“嫦娥一号”也将自己轻柔的手臂第一次搭在了月球的肩上。

我们承认，中国第一次飞天只有杨利伟一个人，杨利伟也只在天上飞行了二十一个小时，而且比苏联、美国晚了四十二年！然而对中华民族而言，这却是惊心动魄、开天辟地的二十一小时！

也许有人会说，中国人要是早点上天就好了，要是再多上几个人、多飞几天就更好了！其实，不是中国人不想早点上天，而是地上的事情过于沉重；不是中国人不想多上几个人、多飞几天，而是托举飞船上天的人心有余而力不足。中国近百年的历史世人皆知，何况中国有中国的国情。中国的国情既不同于苏联，更不同于美国。1949 年前不论，单说新中国成立后，在国际上先与美国剑拔弩张，后与苏联翻脸，不是政治上受到打击钳制，就是技术上遭遇挤压封锁；而国内又长期闭关锁国，“左”风盛行，大跃进、三年自然灾害、“文化大革命”，再加上工业基础薄弱，设备仪器落后，经费捉襟见肘，科技体制老化，因此中国科学家们纵有三头六臂，一腔热情，也有苦难言，无能为力，只能望天长叹！

然而，就在如此国际国内环境中，就在有限的经济基础和落后的技术条件下，中国依靠自己的力量，从无到有，从小到大，从弱到强；从荒漠到高山，从陆地到海洋，从天空到太空，从地上到天上，从发射导弹、卫星到发射活生生的人，终于圆了一个民族的飞天梦，从而成为继苏联、美国之后第三个独立掌握载人航天技术的国家。所以无论怎么说，这都是一个了不起的壮举！而杨利伟的上天，也向世人宣告：在茫茫太空，中国人从此不再缺席！

当然，如果我们从全球的角度来看，与载人航天大国相比，中国还有很大的差距。因为迄今为止，全世界已先后进行了二百四十次载人飞行，有二百多个航天员、九百五十一人次进入了太空。中国的杨利伟上天，仅是全世界“太空人”中的九百五十二分之一。就拿俄罗斯的航天员来说，他们已创造了在太空连续飞行四百三十八天的纪录；而美国人更是早在 1969 年，就驾着飞船登上了月球，并多次成功发射了航天飞机。换句话说，飞船这玩意儿，他们早就不玩了。甚至美国前任总统布什还公然宣称，美国已经到了把人送上火星的时候，在 2019 年，要让全世界的人们看到美国国旗飘扬在火星上！所以，中国与世界相比，还真不能自以为是，更不可得意忘形！

更何况，杨利伟上天，与中国第一颗人造卫星上天差了三十三年，与中国专家提出载人飞船的设想差了四十五年，与苏联第一颗卫星上天差了四十六年，与苏联第一个航天员上天差了四十二年，与美国人登上月球差了三十四年，与俄国齐奥尔科夫斯基提出的“走出地球摇篮”的设想差了一百零五年，与中国的“万虎飞天”差了整整六百年！

也许有人会说，苏联的加加林第一次上天，只在太空转了一圈；美国的第一个航天员上天，也只在天上溜达了十五分钟，并且是在一个亚轨道上；而中国的航天员杨利伟上天，却在天上飞行了二十一小时、十四圈！但有一个事实却不容忽视：苏联从发射第一颗人造卫星到发射第一艘载人飞船，只用了四年；美国从发射第一颗人造卫星到发射第一艘载人飞船，也只用了四年；而中国从发射第一颗人造卫星到发射第一艘载人飞船，则折腾了三十三年，且风风雨雨，雷鸣电闪！在这三十三年中，世界载人航天技术飞速发展，苏联、美国不仅一次又一次地把无数个航天员送上了太空，还先后创建了空间站，而且是国际空间站，永久性的空间站！

毫无疑问，杨利伟上天，显示了一个民族的空间高度。但一个民族光有空间的高度是不够的，还必须要有思想的高度。唯有拥有了思想的高度，其眼光、胸怀、境界才大不一样，甚至说话的气派、分量也大不相同；而天天看到、想到的，就不仅仅是秦砖汉瓦、巍峨长城，滔滔黄河、滚滚长江，还有五洲四海、辽阔世界，万里长空、茫茫宇宙！

当然了，一个民族的思想高度，取决于每个公民包括每个航天员的思想高度。这如同飞船上天，需要一个漫长的过程。虽然中国改革开放后，经济发达了，国家兴旺了，民众富裕了，国家从贫穷走向富裕了，百姓由瘦小变成“肥胖”了；但人胖不等于壮，国富不等于强。而要民富国强，又富又强，发展载人航天，开拓辽阔天疆，也许正是一种明智的选择。

一位西方军事战略专家曾经说过，在19世纪，谁控制了欧亚大陆，谁就能称霸世界；在20世纪，谁控制了海洋，谁就能称霸世界；到了21世纪，谁控制了太空，谁就能称霸全球！可见载人航天在西方人的眼里是何等重要。美国发动的几次战争，之所以以天机为主，就是因为掌控了制天权。而太空，是迄今为止人类所知道的最神奇的一个空间、最富有的一座“矿藏”。为生存而去探寻未知世界，是人类的天性。向太空进发，既是各国的战略，也是人类的出路。从根本上说，搞载人航天，其终极目的就是扩大人类的活动领域，拓展人类的生存空间；通过探索太空，打开人类的视野，增长新的知识，使人类能有新的发展与进步。倘若我们开拓得当，利用得好，太空完全有可能成为人类的第二故乡。须知，千疮百孔、满目疮痍的地球已过中年，在人类数千年的反复折腾下早已不堪重负。所以，发展太空，是人类的必然选择。也许在将来的某个清晨，当我们一觉醒来打开电子邮箱时，一封来自太空的请柬便出现在你我的眼前。

现在的问题是，人类下一步究竟该怎么走？载人航天到底该如何发展？如果在通往太空的路上，我们对神奇富饶的太空横行霸道，肆无忌惮，不顾一切地走下去，结果肯定非常糟糕，甚至太空很可能成为人类自掘的坟墓。据"阿波罗十七号"飞船的航天员拍回的一张照片显示，月球上已经发现了一个由废弃的电线、金属以及破损的零件组成的垃圾堆。美国国家宇航局对此的解释是，这是"阿波罗"月球卫星实验站的残留物。但这堆残留物却让我想起南极的不幸。很多年前，南极被科学家们称作"地球上最后一片净土"。后来呢？后来随着人类的脚步反复踏入，这片地球上的"最后净土"，竟然变成了一个巨大的垃圾场！

那么，南极的今天，会不会是太空的明天呢？

再从另一方面来说，当我们为飞船发射成功、航天员遨游太空而欢呼而庆贺的时候，是不是还应该注意和考虑到，地球上还有许许多多的问题一直存在着并亟待我们去解决呢？比如，粮食问题、能源问题、环境污染问题、自然灾害问题、教育问题、医疗问题以及住房问题、食品安全问题、身体疾病和心理疾病问题、贪污腐败问题，等等等等。这些问题无疑是中国目前急需解决的问题，也是国人渴望解决的问题。但要真正解决这些问题，除了正确的国策，同样需要科学，需要人民币，需要政治家和科学家共同拿出像搞载人航天一样的胆魄与智慧、力量与勇气！

英国著名学者李约瑟说过："谈到 11 世纪，我们犹如来到最伟大的时期"，这一时期中国的"科学与文化都达到了前所未有的高峰"。后来呢？鲁迅说得有点辛辣："外国用火药制造子弹御敌，中国却用它做爆竹敬神；外国用罗盘针航海，中国却用它看风水。"

的确，近几百年来，中国科技一落千丈。中国本是火箭的故乡，但在二十多年前，很多美国人居然不知道中国能造火箭！而且不只是很多美国人不知道，西欧不少人更不清楚。所以，当中国的火箭专家们跑到美国去推销“长征号”火箭时，有美国人居然画了一幅漫画，画面是一个啤酒瓶，啤酒瓶里插了一挂鞭炮，旁边还用英文写了一句：这就是中国的火箭与发射场。其实不是美国人不知道，而是美国人根本就不相信！有幸的是，改革开放后，国门洞开，中国的火箭不仅发射了自己的卫星，还发射了美国最牛的卫星，发射了最大容量的国际通信卫星！从 1996 年 10 月到 2003 年 10 月，中国“长征号”火箭创下了连续二十九次成功发射的奇迹；而“神舟一号”“神舟二号”“神舟三号”“神舟四号”“神舟五号”以及“神舟六号”“神舟七号”的连续成功发射，更为中国航天迎来了前所未有的辉煌，让国人看到了新的希望！

但是，面对成功，我们必须清醒！失败了要清醒，成功了更要清醒。清醒，是一种素质。一个人在任何时候都要保持清醒，一个民族在任何时候更要保持清醒。而且，一个成熟的民族，不仅要有清醒的头脑，还要有大胸怀、大境界。什么是大胸怀、大境界？美国航天员登上了月球，拿着美国国旗在太空使劲挥舞，你可以说那是骄傲，那是豪迈；你也可以说那是浅薄，那是轻狂！但一个确凿的事实是，美国航天员登上月球后，并没有说这是美国人的一大步，而是说这是人类的一大步！这就是清醒，这就是大胸怀、大境界！

美国前总统肯尼迪早就说过：“谁能控制空间，谁就能控制地球。”克里姆林宫也多次宣称：“控制空间，是赢得战争的先决条件。”当今世界，太空已成为新的战略制高点，空天战场和空天力量正在崛起，世界主要强国，都在纷纷抢占先机。在信息社会高速发展、军事形态加快转型、外层空间逐步军事化的大背景下，未来战争的状态和模式正在发生根本性的改变，一场新的军事革命正在大踏步地向我们走来！空天军事一体化已成为世界无法遏制、不可抗拒的一种发展趋势；而空天一体作战，作为一种新兴的作战样式，也已傲然登上了战争的历史舞台。

因此，中国要强大，要提高国际地位，一方面要开拓天疆，造福人类；另一方面还要抢占太空军事制高点，作好未来太空战的准备。载人航天不搞不行，搞不好也不行；因循守旧、夜郎自大不行，急功近利、操之过急也不行。因为在通往太空的漫长道路上，注定风尘滚滚，险象环生。任何一点自以为是、忘乎所以或者掉以轻心、疏忽大意，都将导致种种麻烦，甚至灭顶之灾！

据说，在美国宇航中心大厅的正中央，有一尊非常引人注目的铜像。这尊铜像雕塑的是一位美国科学家怀抱着一颗美国 1957 年第一次发射失败的卫星！

这是美国人的清醒。

那么，中国是不是也该建造一座这样的铜像呢？

2009 年 2 月 26 日写于北京

附　录

《千古一梦》是个大工程

飞船总师　戚发轫

我作为一个航天人，以李鸣生的朋友和读者的身份，说几句。第一，作为读者，我非常感谢作家、出版单位，用你们的心血和智慧，推出了《千古一梦》这本书，反映出了我们航天人各个领域、几代人的辛勤劳动以及我们作出的奉献和承受的压力，让全国各行各业的人对航天事业、对航天人有所了解，全国人民才那么支持我们航天人。

第二，作为鸣生的朋友，也说几句话。我与鸣生上个世纪80年代初期在西昌发射基地就认识了，到现在断断续续已经二十多年了。鸣生是一个很勤奋、很用心、很有思想的人，而且是一个有爱心的人。他走到今天，靠的是自己的勤奋。另外我觉得他很有思想，他的作品思想境界比较高。更重要的是，他爱他的事业，尤其是爱中国的航天事业，所以才有激情，才在作品里把激情反映出来了。他不爱他的事业，不爱他所写的这个航天事业，我想他不会花那么多精力和心血，付出那么多劳动，积累那么多资料，把《千古一梦》这本书写好的。

鸣生的《千古一梦》我看了，这本书确实站在比较高的层次，全方位地、大面积地反映了中国载人航天的历史。作品从五六十年代说起，一直讲到现在。我们现在很多的作品和媒体只报道了成功的，但前面有那么多千辛万苦，大家并不太知道。我想年轻人看到这本书后，就知道了这段历史，知道我们取得今天的成果来之不易，我觉得这是一个很好的爱国主义的教材。从空间的角度来讲，我们载人航天有七大系统，书里都写到了。这是一部少有的作品。

另外我觉得更重要的一点，航天事业有一些像我这样命运比较好的，可以上媒体，但更多的人是在幕后。鸣生写了这些幕后人，我看了很受感动。确实我们十几年来有很多人默默无闻地在幕后做了很多工作，因各种各样的原因，在胜利的时候他们没有出面。但是没有他们，就没有今天。我曾经说过，我说我是第三个馒头，就是说，一个人饿了，吃第一个馒头没吃饱，他看不到第一个馒头对他的作用；第二个馒头也没吃饱，吃第三个馒头才吃饱了。我就是命好，工程上马时，我的任务也很艰苦，但是如果没有第一个馒头、第二个馒头，第三个馒头也就起不了什么作用。鸣生把一些幕后的默默奉献的人们的功绩给写出来了，而且写得非常生动，他们的作用不亚于我们现在最后完成任务的人。

总的来讲，我看了《千古一梦》很激动。这本书从我们航天人的角度来讲，作品站得比较高，视野比较开阔，写了历史，同时很有思想，面也比较宽广。正像我们讲的是一个大系统，是一个大工程！咱们都讲航天精神，“两弹一星”精神，载人航天精神，虽然书里没有直接陈述，但通过这些事例大家都理解了这种精神怎么来的，意味着什么。所以我感觉这本书的思想是很深刻的，应该很好地推广它，宣传它。我想我们航天人看了后会有特殊感情，也会很有启发的。

当代报告文学的重要收获

——评李鸣生《千古一梦》

马相武

当代报告文学纪实文学类作品，在我看来，凡成功的优秀的，需要满足最重要的同时也是最基本的三个条件：重要的选题和题材，权威的真材实料，正确的立场和非凡的见识。我细读了李鸣生的《千古一梦——中国人第一次离开地球的故事》，发现这部报告文学作品在这三个方面都达到了令人信服的、最为成功的程度，作家又以其强健的笔力和探索的勇气，赋予这部作品独特而完满的文体表现。因此，这部作品被广泛誉为最优秀的高科技题材报告文学，确实当之无愧。

首先，作家选题和题材是中国载人航天事业的艰难历程和辉煌成就，优势浑然天成：一是这一划时代壮举具有战略性又具有重大时事性，牵动全军全国人民的神经末梢，且举世瞩目，牵动了海内外读者的眼球。二是由于主客观条件的限制，说实话，一般作家是不那么容易进入这一领域的。而李鸣生坐拥独特优势，长期浸润于该领域，妙笔生花，杰作迭出，风生水起，在该领域的报告文学创作领域独占鳌头。作家权威不权威，读者心中是有一把尺子的。三是以载人航天历史进程作为全书叙述纵线，以四分之一篇幅将载人发射作为叙述重点，实际上兼顾了读者心理和图书市场的两大需求和卖点。毕竟发射成功背后的故事，是读者好奇的主要之处。而中国载人航天从决策到实施，从准备起步到几上几下，从技术到组织，从设施到人员，从高层到基层，从中国到苏联/俄罗斯，全部的历史和具体细节，长期以来由于国际格局的局限，也由于历史和政治的原因，一直处于高度保密状态。虽然近年来一些“内幕”得到零零星星的披露，但真真假假，云山雾罩，野史正说，难以确认，说九牛一毛并不为过。全面地系统地权威地提供这样的历史资源和文化养料，适当地揭秘解密，可以说是广大读者的迫切需要，也是人民群众政治文化民主权益的正当要求。而报告文学又是完成这一文化使命的最恰当的文学载体。李鸣生作为该领域创作的翘楚之一，又具备其权威身份，便理所当然地成为最恰当不过的担当者。四是高科技领域的“高处不胜寒”，对作家设置了极大的难度。作家怎样才能高度熟悉相关领域，掌握关键点和症结点，最大程度地在高科技领域成为“专家”和“通才”，并且能够有效地、融合地利用文学载体和语言，同时照顾到各种读者的接受程度和需求，甚至让内行和外行都无话可说，这也是一大难题。这个难题，我看在李鸣生那里，解决得相当理想：让我们的阅读过程毫无科技或知识障碍；让他在我们面前具有权威感；因为他通了，所以我们通了。总之，报告文学纪实文学创作中的选题和题材问题，实际上也是一个综合的、紧密联系着作家主体性的难题。事实证明，它对作家的要求是很高的，换句话说，也许是什么样的题材，需要什么样的作家；同时，作家需要投入大量的时间和精力在题材的转换、特殊知识领域的关键问题上下功夫。

其次，这部作品取材于最新进程中的载人航天事业，但又具有强烈的多方面的历史意识：或直接或间接地弥漫于或贯穿于全书的“天人合一”和“千古一梦”的千年历史意识；近现代中华民族沉浮命运、不屈抗争和仰天长啸的百年历史意识；半个世纪以来新中国艰难曲折而又生生不息的载人航天的历史意识；三十年改革开放与中国载人航天曲折命运的历史意识。载人航天历程折射着整个民族强国梦的奋斗历程以及一个东方大国和平崛起的伟大而悲壮的身影，让我们不禁感慨万千。作品给我们印象最深的，还是裹挟于出彩文笔中的作家那股不吐不快的、直抒胸臆的浩然正气，蕴含在哲理性和政论性语言中的睿智深沉而又明快犀利的激扬文字以及指点寰宇的大量精彩见地和那种大我小我常常高度融合一体的宏观的视野和宽广的胸怀。同时作品以民族生存发展的立场、全球化中的中国立场以及国际博弈格局中和平崛起的立场，巧妙地而又历史地符合逻辑地将历史意识同航天战略、当代发展方向、载人航天意义和人民福祉意识紧密地结合在一起。

第三，作品引用和选用了一些珍贵的文献史料和会议内部纪要，又上上下下采访了大量当事人和亲历者，并不吝“爆料”，又加入大量以自己现场拍摄为主的珍贵的摄影图片。所以，对于报告文学纪实文学作品来说，重要到关乎其生命的文献性、真实性和现场感，在这部作品中足以达到完全让读者放心称心的地步，足以让读者高度满足相关载人发射进程、国防科技事业甚至科技与政治之间高层决策博弈的好奇心和求知欲。不妨说一句“反话”：这样的作品，要想不成功都很难。

文体的魅力赋予作品以可读性和阅读快感，也增加了作品的内在容量。从文体上看，全书具有十分突出的综合性。这体现了作家思维、语言、文学和知识的综合优势，也是作品内部隐藏的能够全面满足读者多种阅读需求的潜在功能。作品有意强化了常以功力深厚的简练白描而传神的写人的叙事散文方式来叙述无数涉及上上下下人物身上的大大小小的故事，在故事内外又散发独到而又精辟的议论和分析。这些议论和分析往往又是一种附着问题意识、哲理意识和历史意识的政论性议论和分析；同时展开一些现场采访、人物采访和文件文献资料数据。这似乎是作家十分擅长的、出口成章的、手到擒来的东西。于是高度结合的故事性和政论性使得作品十分“好读”而又非常“耐读”。我以为一般作家很难达到这一炉火纯青的语言和文体境界。

作品的综合性还表现在作家天衣无缝地将人物、事件、问题、史实融为一体的功力。特别是作家以很强的问题意识来贯穿全部作品大大小小的、里里外外的人物、事件和文献史料，使得全部人物、事件、史实能够有机地联系在一起，而很难被刻意分散开来。所以，很难特别简单地从题材出发，将这部报告文学划分为是事件型还是人物型，是问题型还是史志型；也不太容易从报告文学文体形式特点出发归入是散文型还是杂文型，是政论型还是见闻型。简单地说，它们杂糅在文体之中，相互结合在一起。它们实际上是一种“既是什么又是什么”的文体内在关系，而不是“只是什么不是什么”的文体相互关系。这一文体形态，需要作家具有高度频密而又十分自然的文体表现手法的转换功力。

总之，《千古一梦》作为最优秀的纪实长篇，其让人欲罢不能、爱不释手的文学魅力，来自于那将故事性和政论性紧密结合在一起的文体语体中的最具权威叙述的真实可信性；来自于那惊天地、泣鬼神的历史沧桑感和激情燃烧的奋斗历程；来自于那无数大小悬念环环相扣的最具可读性，即“千古一梦”的总悬念、半个世纪的历史悬念、分部构成的几上几下的阶段悬念、分章设置的政治悬念、决策悬念、难题悬念、科技悬念、经济悬念、失败悬念、英雄悬念和大众悬念，真可谓波澜跌宕、惊心动魄而又引人入胜，尽显国家、民族、军队誓为世界航天巨人的人格意志和文化软实力；同时，来自于那通篇贯穿的一种由这样的“我”构成的主体性：视界开阔、壮怀激越、权威亲历、真知灼见、真情实感。文笔洒脱雄健，理趣盎然，节奏抑扬顿挫，铿锵作声。

通过观察李鸣生在文体探索上的综合性趋赴，看到通过有意强化故事性来加强报告文学的文学性和可读性，通过自觉强化政论性和问题性来加强报告文学的文化内涵和社会意识，并且同时结合一系列其他作家的创作成果进行考察，我以为，这一文体特点很可能呈现了当前报告文学纪实文学创作的主要文体探索趋势。

李鸣生是个内心有巨大能量的作家

何向阳

李鸣生是一个内心具有巨大能量的作家。从文字上看，他内心的巨大的能量不比能够把宇宙飞船送上太空的能量小，没有这种能量的人，不可能写出《千古一梦》这部具有史诗品格的作品。从文学过往经历上看，李鸣生曾获得第一届鲁迅文学奖、第二届鲁迅文学奖等全国多项优秀文学作品奖，几乎拿遍与报告文学相关的所有奖项。无疑，这些奖项反映了文学界对他创作的肯定，但另一方面，对一个真正的作家来讲，这些奖项已是他创作的过去式，是一个作家作品曾经成功的外在的符号，并不足以表明他内心的能量。

李鸣生的能量可以从他自己说的话中加以证明，他曾说过："不是谁要我写，而是我要写。""我要写"，这句话体现了一个作家的主观选择与文学人格。对于一个作家要写什么的选择之研究、之窥探，属于创作心理学范畴。我想先从动因说起，他选择航天这样一种题材进行写作长达几十年，这么多年的同一领域的写作追踪，这么多部包括"航天五部曲"在内的文学作品，为什么在这样的基础上还要写《千古一梦》呢？我认为跟他的经历有关。李鸣生年轻时就在发射基地当兵，与航天科学家、科研工作者建立了血肉联系。和知识分子和科学家长期的这样一种生生相息，心心相印，给他的人格成长注入了不可多得的精神资源；这种不可复制的精神资源又为他的人格成长带来了与众不同的生命体验。由于当时在西昌发射场只能看到天空，除了天空之外几无其他风景，对于这份阅历给他的不同于其他作家的精神礼物，他曾经在一篇文章中这样写天空：“天空……成了我灵魂的栖息地，天空……成了我精神的大容器，……天空，成了我思想的唯一窗口。”这是李鸣生的“望星空”。但是这种体验，其实也只提供了“我能写”的背景。“我能写”，只成就于以上客观、经验层面的东西。这只是动因。而“我要写”，还有很大一块需要研究——他的动力。这个主观、体验层面的东西，我觉得源于对于中华民族的深深的热爱，源于我们国家曾经的落后、经济不发达、科学发展不尽如人意以及历史上我们曾经因为落后而挨打与遭受欺凌和由此带来的文化人格的扭曲与民族的无尊严，等等，是他“我要写”的动力，从文字的灼烫上可以见出这种愿望的强烈与动力的巨大。无论他的激情、他的思辨，这一点，都清晰可辨。这当然也升发出我们对于报告文学的看法。

我不是专攻报告文学的研究者，但是从李鸣生提供给我们的一些文本来看，我觉得报告文学应该是对于历史检索之后、对于现实深思之后、对于人性剖解之后的对于时代的深度的理想要求，这可能是报告文学家的唯一重要的创作动机。以此反观，《千古一梦》是徐迟先生《哥德巴赫猜想》的激情的延续，对科学的求真，对人文的热诚，对真理的书写达到了一种美的境界。对于美和真不可抗拒的愿望成就了这部作品的史诗品格。《千古一梦》，是作家对共和国一代和几代科学家、知识分子的崇高敬意与深深鞠躬。它为我们时代的报告文学提供了一个很好的文学范本，而报告文学中应该重视的一些品格在这部书中也得到了非常好的体现。

《千古一梦》："双声叙事"的非虚构魅力

丁晓原

《千古一梦——中国人第一次离开地球的故事》（以下简称《千古一梦》），尽管从题材上看，已无原初报道特有的新奇感和由此伴生的吸附力，但我读这部作品依然被它内置的叙事魅力所召唤着，欲罢而不能。《千古一梦》作为一种典型的非虚构文本，它在没有题材优势的书写中，依靠作者自觉的"双声叙事"设计，建构了关于历史大叙事的具有意义和滋味的结构模式，并且在这种"立体声"的结构链接中，努力地还原历史的本真，质朴地凸显非虚构历史叙事的元素，从而使《千古一梦》的叙事意义既有别于过往的航天文学，又能超越作者此前的类型写作。因此，对于中国航天报告文学而言，《千古一梦》是一种标志性的存在。

毫无疑问，李鸣生是中国航天首席报告文学家。这位结缘于航天伟业的作者，是以航天人的姿态进入报告文学写作轨道的。早在20世纪80年代初期，他就发表了《用生命编写程序的人》这一我国首部关于航天的纪实作品。1991年以来又先后推出航天系列长篇报告文学《飞向太空港》《澳星风险发射》《走出地球村》《中国长征号》《远征三万六》等，尽管李鸣生的报告文学也涉及其他题材的写作，但航天已成为报告文学家李鸣生特殊的别名，他也以此进入到当代报告文学史的生成之中。他正是以《飞向太空港》获得了中国改革开放30年优秀报告文学奖。

《千古一梦》属于史志写作的类型。与以往李鸣生的航天写作有所不同的是，作品不是单一地叙写卫星或火箭等专题性客体，而是以载人航天为主体的综合写作。作品扉页题言"人类不追寻梦想，梦想会追寻人类吗”，内含五部二十九章，正是以当代中国人追寻飞天梦想、实现飞天之梦为主线，以“‘曙光’飞船”“七年论战”“卧薪尝胆”“血火涅槃”和“飞越人间”为叙事基点，在国际空间竞争的广阔视野中，大写中国航天艰难跋涉负重前行的曲折之旅、奋斗之旅和成功之旅。作为一种非虚构的历史叙事，作者注意运用历史叙事的多样性方式，以使历史存在本有的丰富性和复杂性得以存活，从而使读者在接受作品的同时走近叙事对象的历史现场。《千古一梦》历史叙事的多样性，在我看来，主要体现为“双声叙事”的设置。这种“双声叙事”即为采访者叙事和被采访者叙事，而被采访者叙事又包括了自叙事和他叙事。我们以“卧薪尝胆”中“真人航天员”一章为例，这一章主要叙述航天员的选拔、培训以及个人性情、日常生活等，除作者的叙述外（**文字为宋体**），作品以仿宋体特别标示被采访者的叙事内容，其中有吴杰说、李庆龙说、黄伟芬说、吴川生说（**以上为自叙事**）、张平说、杨利伟等四位航天员妻子说（**以上为他叙事**）。作者叙事交代了与对象有关的背景、线索，也记述了不少生动的人和事；吴杰、李庆龙等航天员教练员的自述，真实地再现了他们在俄罗斯加加林宇航中心艰苦受训的难忘情景；而航天员的妻子以及航天员管理者对于航天员的言说，以比作者更为零距离的观察，写出对象所具有的另一种真实。这种叙事设置具有重要的叙事美学效果，它既可以调节叙事的节奏，以变异的叙事打破单一叙事带给读者的接受疲劳，又以多视角的摄取，立体地也更为丰富地呈现出对象的客观存在。而且大量的被采访者叙事的导入，也有效地增强了叙事的真实感和历史感。被采访者的集体性出场，使得《千古一梦》生成了极其珍贵的史料价值。这样的叙事建构在《千古一梦》中已不是一种点缀，而成为一种醒目而普遍的文本景观。作品之所以能有此种景观，一方面是李鸣生具有运用“双声叙事”的自觉，他意识到采用这种叙事方式会对宏大的历史叙事产生独特的效果；另一方面也是作者将采访的优势转化为实际的叙事效能的一种有意义的实践。报告文学的写作在很大程度上依赖于采访，但采访本身并不等同于文本写作。采访航天工程，李鸣生具有得天独厚的人际关系网，他能采访到他人不能采访、无法深入采访的人物。如果将采访所得一律处理成作者的叙事，那么《千古一梦》就不可能具有这样的阅读魅力。李鸣生的聪明就在于他知道在什么地方应该做到人无我有，胜人一筹。

当然“双声叙事”作为一种有意味的形式，它只是为作品的意义生成提供了可能，而作品真正能抵达我们心灵并感动着我们的是叙事本身及其所蕴含的精神力量。让我们难以忘怀的有我国航天事业筚路蓝缕时以废弃的猪圈做实验室等的窘迫，有200多位专家排队等待飞船模型体验等的航天情怀，有在发射之前意外出险的火箭被撞后的紧张，有为了推进航天工程而采取的政治策略，特别令人感奋的是航天人以事业为重的职业素质、专业能力和深挚的爱国精神，感动处我们会潸然泪下。感谢伟大的航天人，也感谢叙写我国航天史的航天报告文学家李鸣生。